OXEN

LOS | IMPERDIBLES

PRÓXIMAMENTE, DOS NUEVOS TITULOS

DE LA SERIE OXEN

El hombre oscuro

La llama congelada

JENS HENRIK JENSEN

OXEN
LA PRIMERA VÍCTIMA

Traducción de Beatriz Galán Echevarría

DUOMO EDICIONES
Barcelona, 2019

Título original: *De hængte hunde*

© Jens Henrik Jensen og JP/Politikens Hus A/S 2012
© de la traducción, 2019 por Beatriz Galán Echevarría
© de esta edición, 2019 por Antonio Vallardi Editore S.u.r.l., Milán

Todos los derechos reservados

Primera edición: abril de 2019

Duomo ediciones es un sello de Antonio Vallardi Editore S.u.r.l.
Av. del Príncep d'Astúries, 20, 3.º B. Barcelona, 08012 (España)
www.duomoediciones.com
Gruppo Editoriale Mauri Spagnol S.p.A.
www.maurispagnol.it

DL B 10.174-2019
ISBN: 978-84-17128-33-3
Código IBIC: FA

Diseño de interiores:
Agustí Estruga

Composición:
Grafime

Impresión:
Grafica Veneta S.p.A. di Trebaseleghe (PD)
Impreso en Italia

1

Era como si el perro hubiese estirado el cuello en un desesperado intento de olisquear la vida por última vez, pero en vano: su hocico ya no podía percibir el aroma de los almendros en flor.

El descubrimiento se veía reflejado en sus ojos, inertes, a la débil luz del amanecer. Llevaba así un buen rato. Su peso había tensado la soga que le rodeaba el cuello.

El fuerte viento del febrero andaluz sopló sobre el embalse de Guadalhorce-Guadalteba y balanceó su pesado cuerpo. Una nube de flores danzaba en el aire, cual copos de nieve rosas y brillantes, y un pétalo fue a posarse sobre su lengua, como si de un beso de gracia se tratase.

Un beso que llegaba demasiado tarde.

La luz del sol empezó a abrirse paso entre el sinuoso manto de flores, y la silueta marrón fue vislumbrándose cada vez mejor. Era un perro grande. Un rottweiler. Un macho.

Algo más allá de la ladera, tras el bosque de almendros y el pinar, se veía un conjunto de edificios blancos. Un camino sin asfaltar y, al fondo, frente a ellos, una puerta de hierro forjado con un cartel en el que podía leerse «Finca Frederiksen».

Los pocos lugareños que aún residían en la zona, pese a la llegada de un gran número de extranjeros adinerados durante los últimos años, recordaban que en su día aquella finca de cuento de hadas se había llamado «Finca Fernández». El nuevo propietario debía de ser sueco, o noruego, o alemán, o danés. Fuera como fuese, los últimos inquilinos de aquella finca junto al lago llevaban allí unos cuatro o cinco años y, sin duda, provenían del norte. Lo cierto es que a la gente de la zona le traía sin cuidado saber de dónde eran. En su opinión, el cambio de nombre había sido una falta de respeto, y nadie había querido tener nada que ver con los extranjeros. De modo que los dejaron allí, sin más, con sus riquezas y sus vallas altas, y ajenos por completo a la comunidad.

Poco después de medianoche, el propietario de la finca, Hannibal Frederiksen, salió en busca de su perro, pero fue en vano. Por primera vez en la vida, Señor no había vuelto a casa tras su habitual paseo nocturno, y Hannibal se sintió francamente desconcertado.

Despertó hacia las siete de la mañana, tras pasar una noche desapacible e inquieta, se vistió sin hacer ruido para no despertar a su esposa y salió a la calle a buscar al can.

Cuando, media hora después, llegó a la última fila de almendros que quedaban junto al lago, comprendió por qué Señor no había vuelto a casa.

La imagen lo dejó petrificado.

2

Los movimientos reflejos con los que exploró el entorno, como si fuese un radar, llevaban a pensar que podía tratarse de un bandido profesional. Se cubrió la gorra con la capucha de la chaqueta y echó un vistazo a su alrededor. Miró hacia la derecha, hacia la izquierda, hacia atrás... Una vez, y luego otra. Saltó la elevada cerca de alambre con sorprendente facilidad, mientras su perro samoyedo blanco se quedaba quieto a la sombra del muro. Obediente; casi invisible.

Saltó y aterrizó ágilmente sobre ambos pies. Bueno, quizá no tan ágilmente como antaño, pero casi sin tambalearse. Sabía a dónde quería ir y corrió hasta el contenedor más cercano. Colocó su llave inglesa casera sobre la corta barra de hierro triangular, la giró hacia la izquierda y abrió la pesada tapa.

La primera vez que hizo aquel gesto le pareció una verdadera tortura. Una experiencia que lo llevó literalmente al límite. Un viaje de humillación y envilecimiento que durante unos segundos lo dejó fuera de combate. El bochorno se enganchó a su piel como un parásito, y allí se instaló varias semanas, corroyéndolo.

Pero en algún momento desapareció de escena y ya nunca más volvió a visitarlo. Lo único que le quedó fue un obvio «Si tienes hambre, come».

Trepó por el vergonzoso umbral de la sociedad de la opulencia hasta el lugar en el que el derroche se le ofrecía como un tesoro. En el primer contenedor había verduras.

Encendió su linterna y empezó a buscar. Así, palpando en la oscuridad, recuperó un viejo recuerdo: ir a comprar al supermercado, en una concurrida mañana de sábado, entre el bullicio de las familias. Prácticamente igual que ahora, solo que con el carro de la compra y su hijo sentado en la sillita desplegable. Tanto entonces como ahora sus elecciones respondían a meros impulsos.

¿Pepinos? Por qué no. ¿Tomates? De acuerdo... ¿Lechuga? Buena idea. ¿Cebollas? Venga. Y patatas, claro.

Todo iba a parar al fondo de su mochila. Lo último fue una bandeja de champiñones que llevaban tres días caducados.

Dejó el primer contenedor, se acercó al siguiente y miró en su interior. Productos cárnicos. La fecha de caducidad de aquellos alimentos podía adivinarse por la peste que rezumaban en la oscuridad, pero a él no le importó. Con la carne solo tenía que ser un poco más cuidadoso, eso era todo. Fue cogiendo los paquetes con una mano, observándolos por ambos lados, enfocándolos con la linterna, y fue marcándolos para sus adentros con el pulgar hacia arriba o hacia abajo. Todo parecía indicar que mañana tendría albóndigas para cenar. Con cebollas, probablemente.

Sisaba y devoraba alegremente alimentos que ningún otro danés habría querido llevarse a la boca: cualquier cosa que hubiera caducado uno o dos días atrás. Sus ricos compatriotas se habían acostumbrado a hundir la mano en los estantes de los supermercados y sacar los productos más escondidos (los más frescos), en lugar de quedarse con los que estaban en primer término y tenían, por tanto, la fecha de caducidad más cercana. De ese modo, cada uno de ellos contribuía a enviar a la basura infinidad de alimentos ciertamente comestibles. Desde ese punto de vista, lo que él hacía no podía considerarse un delito.

Metió en su mochila medio kilo de carne picada. Se había convertido en un rastreador de basura profesional.

Así llamaban los jóvenes a las personas como él: rastreadores de basura. De hecho, la idea se le había ocurrido al escuchar una conversación entre dos niños en la parada del autobús. El término «rastreador» lo llevó a una página web y de allí a un grupo de Facebook en el que se intercambiaban recomendaciones y consejos sobre lugares adecuados para rastrear comida. Y así fue como aterrizó en aquel lugar: el patio trasero de un supermercado del noroeste de Copenhague.

También es cierto que no le quedaba otra opción. Llevaba ya mucho tiempo sin blanca. Durante los últimos meses se había pagado el alquiler recogiendo envases de botellas y ayudando al maldito dueño de la finca con todo tipo de reparaciones.

Cada día era lo mismo: en cuanto se ponía el sol, empezaba una búsqueda interminable por las rutas ya conocidas. Aquel día, ya a punto de acabar, había recaudado casi cien coronas a cambio de envases de botellas, yendo desde el punto de encuentro de los borrachos (el pantano de Utterslev) hasta el cementerio de Bispebjerg, y pasando por el parque de Fælled y luego de vuelta a Nordhavn. Sabía dónde buscar: bancos del parque, garajes subterráneos y paradas de autobús. Al amparo de la oscuridad. Botella a botella. Corona a corona.

Dejó el segundo contenedor y se disponía a mirar en el tercero para ver si encontraba unos huevos o un poco de queso, cuando alguien le gritó:

–¡Eh, tú! ¿Qué haces aquí?

Dos figuras aparecieron junto al último contenedor. Una era pequeña y tan ancha como alta; la otra, espigada y enjuta. No las había oído llegar.

—¿Hola? ¿Eres mudo o qué? Esto de aquí es nuestro. Sal de ahí o te pegamos una paliza, vagabundo de mierda...

El tipo bajo y ancho alzó su puño, amenazante.

Cuando se apartó del contenedor debió de caérsele la capucha, porque de pronto el tío pasó a hablarle con exagerada dulzura:

—Pero ¿qué ven mis ojos? ¿Llevas coleta? ¡Eres como *una* pequeño poni! Joder, yo siempre he querido montar en poni.

Durante unos instantes se quedó allí, indeciso. Una voz en su cabeza le gritó que se enfrentara a aquellos idiotas, y sintió que sus músculos se tensaban.

—Vamos, pequeño poni —siguió espetándole el tío.

—Deja que se vaya —le susurró el larguirucho, quien luego, subiendo el volumen, añadió—: ¡Eh, tú! ¡A ver si lo entiendes: aquí mandamos nosotros, así que lárgate, hijo de puta!

Su determinación se esfumó con la misma celeridad con la que había aparecido. Se levantó la capucha, se colgó la mochila al hombro y se mantuvo encorvado.

—Está bien, lo siento... ya me marcho.

El bajo y ancho siguió provocándole.

—¿Se supone que eso es una disculpa, pequeño poni?

—Lo siento. De verdad que lo siento.

Como un chucho asustado, se mantuvo a una distancia prudencial de aquellos tipos, y luego dio media vuelta, trepó la cerca y se dejó caer al otro lado.

Con un breve silbido puso a su perro en movimiento, como si le devolviera la vida, y pronto desapareció en la oscuridad.

Mascullando para sus adentros, se felicitó a sí mismo mientras recorría el camino de vuelta a casa con Señor al lado. El simple hecho de haber tomado una decisión sin perder los estribos le parecía un verdadero triunfo personal.

—¿Y tú qué opinas, Whitey? He estado bastante bien, ¿verdad? ¡Y eso que me han insultado! Tendrías que haberlos oído. ¡Vaya par de cabrones!

El perro lo escuchaba y asentía.

La puerta delantera de su casa quedaba sumida en la oscuridad y estaba tapiada con varios tablones de madera. Llevaba viviendo así desde que lo obligaron a abandonar su domicilio, hacía ya una eternidad.

Cruzó el patio y entró por la parte trasera.

La puerta rozaba con el áspero suelo de hormigón. Se requería una cierta habilidad, y bastante fuerza, para abrirla del todo. Entró en el oscuro pasillo. A duras penas podía distinguir la montaña de revistas y correos comerciales que no hacían más que acumularse junto a la entrada.

Hacía mucho tiempo, en otro mundo, en otro pasillo, él había dedicado parte del día a clasificar su correo. De hecho, al principio siguió abriendo las cartas...

Cuando dejó de leer el correo también dejó de tener información, pero no fue capaz de determinar la diferencia. Nunca antes había echado de menos una carta, y desde que se había mudado de piso no había recibido ni una sola en su dirección actual. Quizá fuera porque nunca informó a nadie de que se había mudado.

—¡Vamos, entra, Whitey!

El perro obedeció de buena gana, trotó por la puerta abierta, saltó al sofá y se recostó con un suspiro de cansancio.

Por su parte, él vació su mochila en la estrecha cocina y de camino a la habitación fue quitándose algo de ropa; primero la chaqueta y luego el jersey. Al final dio una patada a sus botas, empujándolas hacia un rincón, y se dejó caer en el sofá junto al Señor White. Ese era el verdadero nombre de su compañero, para ser exactos.

El tratamiento de Señor le confería un toque de respeto y anticuada cortesía. Whitey era su versión informal y White, el enfoque más prosaico al que a veces tendía.

Aquella había sido una tarde de lo más provechosa, solo ligeramente fastidiada por aquellos dos idiotas que le habían impedido hacerse con unos huevos y un poco de queso.

Encendió el televisor, hizo un poco de zapeo y se quedó con un programa de *Animal Planet* en el que unos buitres del Serengueti daban buena cuenta de un pedazo de carroña.

En un rato iría a la cocina y prepararía un bocadillo para Whitey y para él.

Durante unos minutos se quedó observando el drama africano de la tele, hasta que perdió la concentración y su mirada se desvió hacia aquel lugar de la pared, blanca y sucia, que se había convertido en su santuario: un recorte de periódico colgado con dos chinchetas. Se sabía de memoria el título y la introducción.

El artículo llevaba ya mucho tiempo ahí colgado, pero él seguía dándole vueltas al asunto. ¿Podría ser esa su salvación?

¿Sería su muerte o su liberación? ¿O quizá lo conduciría a algún lugar de gracia intermedia?

3

La puerta de hierro de la «Finca Frederiksen» se abrió automáticamente cuando Hannibal Frederiksen apretó el botón del mando a distancia. Giró a la izquierda por la carretera de montaña y pisó el acelerador.

En circunstancias normales habría disfrutado del mero placer de la conducción. El potente motor de su Mercedes CLS 350, de color gris antracita, lo obedeció de buena gana, y el cambio automático lo catapultó por el largo y recto tramo que precedía a la primera curva.

Observó el manto de flores que se extendía a su izquierda, hasta el mar, y, dejándose llevar por una inspiración repentina, frenó y se detuvo al margen de la carretera.

Quedaban pocos días para poder observar los almendros. Un paisaje que él llevaba ya cinco años teniendo el lujo de disfrutar. Ciudadanos de todo el mundo se desplazaban hasta distintas zonas de España para admirar la belleza sobrenatural de aquellos árboles, y ahí estaba él, con su propio bosque de almendros a orillas del estanque de Guadalhorce-Guadalteba; un bosque que prácticamente se fusionaba con la brillante superficie del agua, en aquel momento inmóvil ante él.

Sintió que un escalofrío le recorría la espalda.

La alfombra de flores escondía un secreto. Habían pasado ya dos semanas. Él no le había contado a su esposa lo que había descubierto aquella mañana en el campo de almendros, pues ella era demasiado sensible para ese tipo de cosas.

Bien pensado, la pregunta era de dónde había sacado él la fortaleza. Con todo lo que había pasado... y de pronto el cuerpo de Señor balanceándose con el viento... No podía pensar en otra cosa. Ojalá aún se sintiera igual de fuerte que antes, cuando era joven. Poderoso, fuerte y despiadado. Ahora los recuerdos lo atormentaban de tal modo que apenas podía pensar con claridad.

Reanudó su marcha y pisó el acelerador para alejarse de allí. Fueron precisamente su maldito miedo y su indecisión los que le llevaron aquella mañana al aeropuerto de Málaga para recoger a sus huéspedes, cuyo cometido consistía en investigar exhaustivamente cuál era el origen de su insomnio de las últimas noches.

Cuando llegó al acantilado frenó con fuerza. Tenía frente a sí un largo tramo de curvas cerradas que no le gustaba nada, de modo que reanudó la marcha con extrema precaución. Prefería mil veces las carreteras rectas con buena visibilidad. Una vez más, se preguntó si aquello se debía a la inseguridad propia de la vejez.

Por unos instantes reflexionó acerca de la juventud perdida y, justo cuando estaba a punto de coger la primera curva, sumido como estaba en sus pensamientos, algo impactó contra su coche. Fue un empujón por la parte de atrás, un choque que le chirrió en los oídos y le clavó el cinturón en el pecho.

Estupefacto, miró por el espejo retrovisor y vio un pequeño coche de color rojo. El conductor habría perdido el control, obviamente, y se habría precipitado contra su parachoques posterior. Más le valía tener en regla los papeles del seguro... Frederiksen redujo la velocidad y tuvo la lucidez suficiente como para marcar sus movimientos con el intermitente. Justo delante de él se abría una explanada de hierba en la que podrían redactar el parte amistoso.

Sin embargo, el coche rojo le propinó otra embestida, y de nuevo tuvo la sensación de verse impelido hacia delante. Pero ¿qué demonios estaba pasando?

Notó que las rodillas le temblaban sin que pudiera controlarlas. Aferró el volante con ambas manos y, aunque el coche se le fue algo hacia la derecha, logró enderezarlo con determinación.

Aquello era intencionado. El conductor de aquel trasto estaba haciendo aquello a propósito. Tenía que largarse de allí.

Sin apartar la vista del camino, pisó el acelerador a fondo durante el breve tramo de recta que precedía a la siguiente curva. Miró por el retrovisor. Había ganado algo de distancia, pero ahora… ahora se acababa la recta y tenía que bajar el ritmo. Su coche estaba desnivelado. Aun así, logró entrar en la curva bastante bien.

Apenas unos segundos después, el maldito coche volvía a estar enganchado a su parachoques y lo embistió por tercera vez. La pared de roca y el muro protector centellearon ante sus ojos. De nuevo una recta y la posibilidad de ganar algo de distancia, pero eso lo llevó a entrar demasiado rápido en la siguiente curva. El neumático delantero chocó contra el muro antes de que lograra desacelerar el pesado vehículo. Por el rabillo del ojo vio algo de color rojo en el retrovisor. Una nueva embestida y un nuevo latigazo del cinturón. Tenía los nudillos blancos como la tiza.

Ahí estaba de vuelta. Esta vez lo alcanzó por un lado y sacó a su Mercedes del carril.

Notó sangre en la boca. ¿Se había mordido el labio? Trató desesperadamente de contrarrestar los embates de aquel conductor chalado y dio un volantazo. La línea continua que separaba los carriles desapareció de su vista. Se fue hacia la izquierda, luego hacia la derecha... Era incapaz de controlar su vehículo, y notó que se precipitaba de nuevo, inevitablemente, hacia la izquierda. Hacia el muro protector.

Su consciencia solo alcanzó a percibir el choque relativamente, periféricamente. Se sintió suspendido en la nada, ingrávido, desconectado del suelo. El volante se volvió ligero como un copo de nieve. El cielo azul cubrió por completo la luna delantera, y Hannibal Frederiksen sintió que flotaba mientras su cuerpo empezaba a congelarse.

El conductor del pequeño coche rojo frenó bruscamente y salió del vehículo a toda velocidad. Llegó a tiempo de ver al Mercedes chocar brutalmente contra las rocas, dar varias vueltas de campana y arañarse con las ramas de los árboles, antes de detenerse por completo, cayendo de costado sobre una cornisa de piedra que se había formado a pocos metros del fondo del valle.

No hubo explosión ni bola de fuego como en las películas. Cuando la nube de polvo se hubo asentado, el amasijo de metal que hacía apenas unos minutos había tenido aspecto de coche se quedó quieto y en silencio; oscuro y deforme.

El insólito conductor regresó a su vehículo y desapareció silenciosamente tras la siguiente curva.

Para entonces, Frederiksen llevaba ya varios minutos muerto. El primer golpe de su Mercedes gris antracita contra el acantilado le había partido el cuello.

4

Aquello no estaba siendo una primavera de verdad. Los habían engañado. Al otro lado de las sucias ventanas del tren, el paisaje continuaba siendo marrón y seco; inhóspito.

Se mantuvo tenso en su asiento, con su boina vieja de color verde militar encasquetada en la frente. El Señor White yacía, atento, a sus pies. Ambos se sentían algo intimidados por la cantidad de pasajeros que los rodeaban, todos de un humor tan provocativamente bueno que parecía que el tren fuera a llevarlos a un destino nuevo, mejor.

Los que habían subido en Hadsten y Langå, como si estuvieran de fiesta, habían bajado luego en Randers. En Hobro se incorporaron algunas personas más, y en Arden todo un grupo provisto de banderas rojas y ruidosas bolsas de plástico que ocupó el vagón y lo llenó con su bullicio. Era el primer día de mayo, así que sí, era primavera, y además era el día internacional del trabajador.

El grupo de Arden entonó una canción, y al acabar hicieron un brindis mientras gritaban «¡Que les den!».

Le habría encantado saber a quiénes tenían que darles y el qué, aunque, por supuesto, lo que de verdad le habría encantado era que se pusieran todos a buscar trabajo en lugar de andar por ahí brindando en un tren. ¿Es que ya no quedaban trabajadores honestos en Dinamarca? ¿Habían sido todos sustituidos por los asiáticos, cuyos subcontratos resultaban mucho más baratos?

—¡… y a trabajar, vivos o muertos!

Recorrió el vagón con la mirada, sin detenerse demasiado en nada, pero no le pareció reconocer en aquellos tipos ninguna cara marcada por las inclemencias del tiempo ni ningunas manos curtidas por el exceso de trabajo. Ni un solo héroe de la clase trabajadora. Solo dedos grasientos sujetando latas de cerveza tibia, mejillas regordetas y culos anchos embutidos en pantalones tejanos.

¿Adónde se dirigirían? Probablemente a Aalborg…

El Señor White dio un respingo porque un borracho de unos cuarenta años le pisó la cola, pero en cuanto entendió lo que había pasado se relajó de nuevo. Parecía sentirse seguro en el tren, a pesar de todo.

Al contrario de lo que le pasaba a su perro, él se notaba francamente incómodo. En ese vagón había demasiada gente para su gusto.

Echó un vistazo al pegajoso horario de trenes que llevaba en la mano. Tenía que bajar en la siguiente estación. La voz enlatada del conductor lo rescataría anunciando la próxima parada, y entonces se vería libre de aquella opresiva sensación.

Y empezaría su futuro.

A la porra con la primavera.

Se recostó en su asiento, tratando de fingir que el resto de los pasajeros no existía en absoluto. Quería meterse en sí mismo, hundirse cada vez más adentro y desaparecer.

Fue entonces cuando sintió una lengua húmeda en la mano. El Señor White necesitaba mimos. Así era su amigo, su fiel compañero: lo único que le pedía de vez en cuando era un poco de cariño.

Era de color blanco. Por eso se llamaba White. Y era macho. Por eso su nombre completo era Señor White. Sencillo, ¿no es cierto? Y aunque en su vida no hubiera nada que resultara tan evidente, al menos su amistad con el samoyedo respondía a una lógica simple y clara.

Sus pensamientos se vieron interrumpidos por el tintineo de algunas botellas y el rugido de uno de los antihéroes de la clase trabajadora, vociferando a su espalda el saludo de los mosqueteros. Y a continuación, un brindis a varias voces.

Por fin pudo oír el mensaje liberador: «Próxima parada, Skørping. Pasajeros con destino Skørping, prepárense para bajar».

Le pareció que transcurría una eternidad hasta que el tren se detuvo del todo y abrió sus puertas. El Señor White saltó al andén y él le fue a la zaga. Se puso la mochila y la enorme caja de plástico al hombro y se apoyó brevemente en la pared de ladrillo del edificio de la estación.

Solo cuando el tren empezó a desaparecer en el horizonte y el último pasajero hubo abandonado el andén, él tiró del Señor White hacia el otro lado de la estación.

Había allí un enorme edificio de color amarillo pastel en el que podía leerse un letrero que decía «Estación de la cultura». ¿Había realmente en Skørping tanta cultura como para llenar con ella todo un edificio?

Pero qué sabría él, si solo había pasado por allí un par de veces en toda su vida.

Se puso a llover justo cuando acabó de cruzar las vías y empezó a abrirse paso hacia la ciudad.

La lluvia se intensificó. Él se detuvo, sacó su viejo chubasquero de la mochila y se lo puso. Solía usarlo para recoger y guardar botellas, y tenía ya varios agujeros. Después siguió andando por el camino que conducía a Rebild, una pequeña ciudad a pocos kilómetros de distancia.

Tenía la mente en blanco; ni siquiera la lluvia lo molestaba. Lo único que le importaba era seguir avanzando. Como al ansioso Señor White. En algún lugar de su subconsciente resonó el recuerdo del artículo de periódico que seguramente seguiría colgado en la pared de aquel húmedo piso durante un buen tiempo: hasta el día en que alguien se decidiera a empujar la pesada puerta y se encontrara cara a cara con la situación.

Él, en cambio, se había marchado de la calle Rentemester para siempre. Era solo un recuerdo.

Fue precisamente el artículo de periódico el que le había dado la idea. Que al final se tratara de Skørping se debía principalmente a que podía llegarse en tren (porque no quedaba lo que se dice a un tiro de piedra de Copenhague), así como las ventajas de la zona, pues ya había tenido alguna experiencia por allí en el pasado. Era solo un recuerdo.

Nadie en el mundo sabía que se había marchado de la ciudad. ¿A quién podría habérselo dicho, en realidad? El único nombre que se le ocurría era el de L. T. Fritsen, a quien ya había mencionado la idea en algún momento, cuando se sentaban juntos después del trabajo en el pequeño garaje de Fritsen y conversaban un rato. La idea de marcharse de allí... Pero aquello había sido hacía al menos un año. Fritsen y él eran amigos, pero no se pasaban el día enganchados, como otros.

Miró hacia el cielo y parpadeó. La cortina de lluvia era pesada y azul, casi negra, sin un solo espacio entre las nubes. Iba a diluviar durante un buen rato. Tal vez el resto del día.

Pronto llegaron a Rebild, pero pasaron de largo a paso ligero y cruzaron el gran Parque Nacional, plagado de brezos, en el que todos los años tenía lugar el Festival de la Amistad danesa-americana para conmemorar el Día de la Independencia de los Estados Unidos.

Bajo la lluvia no se veía ni un solo coche, ni un transeúnte. Era perfecto.

Con el cartel de la ciudad ya a su espalda, afrontaron la última etapa de su viaje: la que los conduciría por la vasta zona del bosque en el que cazadores furtivos, ladrones y demás gentuza se habían refugiado siempre, históricamente. Aquí había una treintena de bosques, cada uno con su propio nombre, y juntos formaban el conjunto de bosques más grande de Dinamarca: el prominente bosque del Rold.

5

Mostrando los dientes, amenazador, el pastor alemán gruñó hacia la figura vestida de negro que lo sorprendió en su caseta. El miedo provocó que se le erizara el pelo del lomo, aunque aquello no lo hizo parecer menos peligroso. Entonces empezó a ladrar.

La corpulenta figura dio un par de pasos rápidos hacia delante, y entonces se dio la vuelta y salió corriendo en la otra dirección. Eso fue precisamente lo que provocó la reacción del perro. El hombre se volvió hacia él y se preparó. El animal lo alcanzó de inmediato.

El pastor alemán dio un buen salto y atrapó el brazo izquierdo del humano, quien lo mantuvo firme frente a sí, protegiéndose el cuerpo. Las mandíbulas del perro se cerraron sobre su brazo, bien acolchado.

Se oyó un breve chasquido en el momento en el que el cuello canino se rompió. La presión en el brazo desapareció de inmediato y el animal cayó al suelo, inerte.

El hombre se quedó inmóvil unos segundos. Sintió la necesidad de quitarse el pasamontañas para refrescarse y respirar mejor, pero sabía que no podía correr ese riesgo. Tal como iba vestido no era más que oscuridad, a excepción de la estrecha abertura frente a los ojos y el agujero para la boca. Sintió su pulso acelerado, aunque no había pasado miedo, y dedicó al perro muerto una mirada de satisfacción, absolutamente convencido de que uno nunca olvida lo que ha experimentado en su propia piel.

Al final del enorme jardín había una hilera de farolas, y tras ellas un edificio que debía de ser la casa de invitados. El jardín estaba rodeado de árboles altos y arbustos densos. Los vecinos más cercanos quedaban muy lejos, afortunadamente, aunque no podía excluir por completo la posibilidad de que alguno de ellos hubiera oído los ladridos. Miró a su alrededor. Las luces de ese barrio tan extremadamente exclusivo, Sejs-Svejbæk, brillaban en la oscuridad como si de joyas se tratasen, y subían por la colina y acompañaban a la carretera que avanzaba paralela a la costa de Borre Sø.

Él había fijado su base en Silkeborg, a solo dos millas de distancia, y había pasado varios días analizando la zona y preparándolo todo hasta el más mínimo detalle.

Asió al perro por las patas traseras y lo arrastró por la pradera hasta la lujosa mansión, que se alzaba oscura frente a él. Se acercó a la puerta de entrada y dejó al animal. El día anterior había alquilado una canoa y había estado observando la orilla con unos prismáticos. Enseguida tuvo claro que aquel iba a ser el lugar ideal para hacerlo. Frente a la enorme ventana delantera de la casa había un haya. Era perfecto.

Enfocó la ventana con su linterna y vio que ahí quedaba la cocina. No era una cocina común sino un espacio diáfano en el que dominaban el acero pulido y la madera oscura. Hasta la estantería para los vinos tenía unas dimensiones descomunales.

Por cuanto había alcanzado a descubrir, el propietario de la mansión se llamaba Mogens Bergsøe, era abogado y vivía solo. Y, obviamente, era un hombre rico. Incluso en la cocina tenía obras de arte colgadas de la pared.

Arrastró el perro hasta el árbol, le colocó la soga al cuello y lanzó el extremo suelto de la misma por encima de la rama más baja del haya. Volvió a coger la soga y alzó el perro con un par de estirones largos y potentes. Luego hizo un nudo alrededor del tronco y dio un paso atrás.

Cuando el abogado llegara a casa, dejara su Porsche en el garaje y abriera la puerta principal, seguro que no tardaría mucho en ir a la cocina. Tal vez se sirviera un vaso de leche, o una cerveza, antes de ir a dormir, o tal vez se preparara un pan con mantequilla...

Y en cuanto encendiera la luz, vería lo que colgaba justo frente a su ventana.

6

Conteniendo la respiración, observó al ciervo acercarse cada vez más a la fauna cubierta de fango junto al pequeño manantial, en el que había ya numerosas huellas.

Era un ejemplar más bien joven. Si atendiera a la ley, no podría darle caza hasta la semana siguiente, pero lo cierto era que no tenía ni la menor intención de considerar ese tipo de detalles. Estaba muerto de hambre.

Se mantuvo perfectamente inmóvil en su escondite hecho con ramas, raíces y cuanto había encontrado. Estaba a unos veinte metros de la charca. Se había dejado un agujero en la parte delantera de su escondite, lo suficientemente grande como para poder disparar por ahí cuando el ángulo fuera correcto. Es decir, en cuanto el ciervo avanzara un metro más.

El animal vaciló, pero al fin dio otro paso. Oxen cogió su arco, apoyó una flecha en la cuerda y esperó. Un paso más y el ángulo sería perfecto.

Con movimientos algo nerviosos, el ciervo trotó un poco más hacia delante y se quedó inmóvil unos segundos, antes de ponerse a beber. Oxen tensó la cuerda de su arco. El animal levantó la cabeza y movió las orejas, y justo cuando él soltó la cuerda y disparó su flecha, el ciervo movió el cuello ligeramente. La flecha le pasó por encima y desapareció entre la maleza, al igual que el animal.

Estaba oxidado. Habían pasado demasiados años. ¿Cómo podía haber sido tan ingenuo como para creer que podría recuperar su destreza con el arco después de tanto tiempo? ¿De veras había creído que sus sentidos seguirían siendo lo suficientemente agudos para este tipo de caza y sus habilidades motoras lo suficientemente diestras?

Qué idiota había sido de subirse a un tren en Copenhague con la esperanza vana, casi infantil, de que todo siguiera siendo igual que antes. Como cuando pasaba el día entero en la naturaleza. Como cuando encontraba su centro, y su paz, en el lugar en el que zorros y conejos se daban las buenas noches.

Estaba amaneciendo y empezó a lloviznar. En los ocho días transcurridos desde su llegada, apenas había dejado de llover. El bosque y el valle estaban húmedos, y tras atravesar el paisaje pantanoso, saltando de isleta en isleta, el olor a descomposición se había vuelto más evidente.

Se quedó sentado en su escondite; suspirando, revisando su arco. Estaba en perfecto estado, así que él era el único culpable de haber errado el tiro. El arma había sido construida en la High Country Archery, y las flechas, especialmente diseñadas para la caza, habían sido equipadas con una punta mecánica interna. Tanto el uno como las otras costaban varios miles de coronas. Eran las últimas posesiones valiosas que aún le quedaban de su antigua vida. Preguntarse por qué no las había intercambiado ya hacía tiempo por *whisky* o hierba suponía sin duda un verdadero reto, incluso para él.

Se puso la capucha sobre la gorra de punto y salió de su escondite. Se colgó el arco y la aljaba al hombro y emprendió el camino a casa. Llevaba las viejas botas de goma que había comprado en una tienda de segunda mano y avanzó por el pequeño arroyo. Este tenía unos centímetros de profundidad, pero su fondo era razonablemente firme, por lo que resultaba mejor camino que el pantano o la jungla de sauces, de densidad casi impenetrable.

Continuó por el arroyo hasta su desembocadura en el Lindenborg Å. Se hallaba en lo alto del valle que quedaba entre las montañas. El río no era ni muy ancho ni muy bravo, sino más bien como un torrente serpenteante y rápido. En ese momento se veía tan marrón como el chocolate, pero en cuanto cesara la lluvia, si es que al final lo hacía, el agua se aclararía de nuevo rápidamente.

Recordó que el Lindenborg Å tenía la mejor agua, y la más limpia, pues le llegaba de un buen número de pequeños riachuelos. En el bosque del Rold todas las fuentes eran potables porque el agua provenía de enormes calizas subterráneas. El Rold era el bosque de los manantiales.

Durante el camino de regreso fue deteniéndose en los bancos de arena. El día anterior había lanzado diez anzuelos al agua, con sus correspondientes hilos de pescador atados a palos que había clavado en el suelo blando de la orilla. En las primeras nueve paradas solo tuvo que sacar el hilo del agua fangosa, enrollarlo y metérselo en el bolsillo. La pesca se le daba francamente mal. Solo en un par de ocasiones había logrado sacar del agua dos pequeñas truchas marrones. Y eso que aquella mañana, en el sótano de su casa, había visualizado lo que se suponía que iba a ser un estupendo día de caza. Ya iba siendo hora de que esa maldita lluvia remitiera.

Se detuvo para coger el último anzuelo. Allí lo esperaba otra pequeña trucha marrón. Demasiado pequeña, sin duda, pero comestible. Remató al pez con una cuchillada certera en el cuello y continuó el camino a casa.

El Señor White le lamió la nariz. Al principio no notó nada, pues estaba profundamente dormido, pero a medida que recuperaba la consciencia se dio cuenta de que su fiel compañero, una vez más, estaba indicándole amablemente que ya era hora de despertar.

Cuando al fin abrió los ojos, el Señor White le lamió la cara una última vez y luego se volvió y miró afuera por debajo de la lona. Oxen cerró de nuevo los ojos y se cubrió la cabeza con la manta. La lluvia tamborileaba, implacable, sobre el techo de su campamento. Era insoportable. Era nueve de mayo, ¿no? Se suponía que eso significaba primavera, y en cambio no dejaba de llover.

No había pegado ojo en toda la noche. Cada intento de conciliar el sueño había resultado un fracaso, pese a que no tenía ningún motivo para estar desvelado. En este sentido todo seguía igual: ya fuera en Northwest Quarter o en el bosque del Rold, el patrón era exactamente el mismo. Durmió, como de costumbre, a partir de media mañana.

Antes de irse a la cama había compartido media lata de albóndigas con curri con el Señor White, y, ahora, el desayuno consistía en un puñado de arroz y media trucha asada para cada uno. Estaba muy comprometido con el hecho de mantener una disciplina estricta respecto a lo que eran, sin lugar a dudas sus últimas provisiones. Tenían que durarle hasta que llegaran el sol y el calor.

Una vez más sintió en el estómago el conocido pinchazo del hambre que había intentado esquivar con el sueño. La vida como rastreador de basura se le antojaba francamente lujosa en comparación con la que llevaba ahora.

No le sorprendía que la naturaleza pudiera ser tan despiadada. Ya lo había experimentado hacía años, en Alaska. También allí había pasado una temporada, en primavera, y había sufrido los embates de fuertes lluvias, nieve, granizo y tormentas. La vida salvaje podía ofrecerle cuanto su corazón alcanzara a desear, siempre y cuando supiera cómo arreglárselas para conseguirlo. Y sabía arreglárselas. Vaya si sabía. Sin embargo, ahora llevaba más de una semana con hambre porque todo estaba saliendo mal.

Se dio la vuelta. El Señor White seguía allí sentado, absolutamente inmóvil, y miraba hacia el valle. Oxen yacía sobre un sencillo camastro hecho con madera de abeto, levemente elevado del suelo para evitar el frío. Lo había acolchado con una gruesa capa de hojas secas y había colocado encima su vieja esterilla para dormir mejor.

Había inaugurado ese campamento hacía ya cinco días. Tras buscar durante un tiempo en las laderas, en la parte superior del valle, encontró al fin un lugar adecuado en un claro del bosque en el que el Ersted se unía con el Vester.

Primero vagaron en dirección sur desde Skørping y Rebild, y luego cruzaron el Hobrovej, que conducía hacia el centro del área forestal.

El bosque del Rold se extendía unas ocho hectáreas. Tras la temporada que pasó en Aalborg, Oxen recordaba muchas cosas de aquel paraje; lo demás lo había leído mientras hacía planes en su sótano de la ciudad.

El setenta y cinco por ciento del bosque era de propiedad privada. La mayor parte pertenecía a tres grandes terratenientes: Lindenborg, Nørlund y Willestrup. El resto estaba en manos del Estado. Oxen se encontraban ahora en la parte inferior de la zona que pertenecía a Nørlund. Los primeros días, mientras buscaban un lugar en el que poder asentarse un tiempo, él y el Señor White se habían conformado con dormir en algún refugio improvisado.

Después fijaron su base junto a un enorme roble derribado por el viento que había dejado un agujero en el suelo, en forma de caldero. Sus imponentes raíces, no obstante, se-

31

guían ancladas a la capa más alta del suelo de morrena y se alzaban como un muro de unos dos metros y medio de alto sobre el agujero.

Así pues, la raíz formaba una especie de pared sobre la que se podía anclar la lona. Era una de esas telas de nailon baratas que te daban por cuatro perras en cualquier ferretería. Oxen la extendió sobre una de las largas ramas del roble, cuyos tres metros de ancho y casi cuatro de largo hacían las veces de tejado. Situó su cama junto al muro que formaba la raíz, con la idea de protegerse del viento, y montó la hoguera en el extremo opuesto del arenero. El Señor White dormía a su lado, en su misma cama construida con ramas de abeto.

Había camuflado su refugio, y para ello había utilizado todos los elementos propios de aquel valle pantanoso: ramitas y brotes de árboles jóvenes de hoja caduca y de unos pocos abedules con los que trató de volver invisible aquel lugar.

Un observador casual o despreocupado jamás habría alcanzado a ver su refugio desde la montaña. En realidad, toda aquella zona hasta Lindenborg Å era tan impenetrable que se la conocía como «El terreno más intransitable del reino».

Si al menos dejara de llover....

Apartó la manta y se sentó en su saco de dormir. Llevaba puesta casi toda la ropa de la que disponía. La lluvia y el viento hacían imposible recordar la lógica calidez del aire de mayo.

Le rugió ruidosamente la barriga. Bajo la cama tenía una botella de *whisky* vacía; un *whisky* escocés de Burke & Barry que le había durado toda una semana. Hasta eso había tenido que racionar. Ya solo le quedaba una botella, y mira que el *whisky*, junto con la bolsita en la que guardaba el papel de fumar y la hierba, formaba parte imprescindible de su reserva de medicamentos autorrecetados. No tenía ni idea de lo que podría suceder si se le acababan. Quizá aquel fuera realmente el desafío; la única pregunta que provocó que su retiro en el bosque fuera en serio. ¿Viviría o perecería?

De nuevo volvió a hacerle ruido la barriga. Tenía mucho frío. Nunca antes se había puesto enfermo, pero desde que vivía en el distrito noroeste lo había estado ya en varias ocasiones.

Poco a poco, un nuevo plan tomó forma en su mente. Haría un viaje más largo al atardecer.

7

Las conferencias de Copenhague se prolongaron. Había calculado mal, especialmente la que tenía que ver con la Comisión Wamberg, que había durado casi una hora más de lo previsto, lo cual no era poco. De ahí que fuera ya entrada la noche cuando Mogens Bergsøe regresó a su finca, ubicada en el idílico barrio de Sejs-Svejbæk.

El abogado solo había pasado una noche en la capital y se había alojado, como de costumbre, en el Almirante de Copenhague, en la calle Toldbodgade. Le encantaba aquel antiguo hotel de la cadena Hafenspeicher, que había sido reformado con tanto esmero.

Su pastor alemán, Hermann, podía quedarse dos días solo sin problemas. Tenía suficiente comida y agua, y dormía en una cómoda caseta a la que lo ataba cada vez que salía de viaje desde que Jytte se fue de casa.

Condujo su Cayenne hacia la salida de la autopista y, mirando por el espejo retrovisor, se aseguró de que el segundo par de faros quedara justo detrás de él.

Su guardaespaldas, un hombre que en principio no tenía nombre pero con el que había convenido en usar el apelativo «Madsen», lo había estado siguiendo todo ese rato como una sombra.

La casa estaba a oscuras. Solo brillaban las luces de la entrada al jardín, conectadas a un temporizador, y él pudo intuir la caseta del perro tras la casa. Todo parecía normal. Y sin embargo... extrañaba a Jytte. La casa estaba tan vacía sin ella... No lograba entender por qué las mujeres mayores con una cierta «vena artística» tenían que «liberarse» en cuanto cumplían los sesenta años. ¡Por el amor de Dios, ya era demasiado tarde para semejantes locuras!

Ahora Jytte vivía en un pequeño apartamento en Silkeborg y pasaba los días en el estudio de unas artistas extremadamente maduras y liberadas, haciendo mosaicos de cristal sin el menor indicio reconocible de talento.

Seguían siendo buenos amigos. Iban juntos al teatro, a la ópera o a conciertos de *jazz*. Él había creído que ella no tardaría en abandonar su idea, pero lo cierto es que llevaba ya más de un año viviendo sola. Qué locura.

Aparcó el coche, salió y lo cerró apretando la llave.

—Ven conmigo —le dijo a su guardaespaldas, cruzando el jardín hacia la entrada trasera y abriendo la puerta—. Tengo en casa el mejor salami del mundo, y podemos acompañarlo de unas cervezas antes de ir a dormir, ¿qué te parece?

Encendió la luz del pasillo y fue a la cocina, donde encendió la lámpara que había sobre la mesa en la que solía comer.

—Siéntate, Madsen —murmuró—. Salgo un momento a saludar a Hermann y enseguida vuelvo.

Al decir aquello, Bergsøe se dio la vuelta y se quedó paralizado, en medio de la cocina, con los ojos fijos en la gran ventana.

En un abrir y cerrar de ojos su guardaespaldas se plantó a su lado, lo obligó a estirarse en el suelo y, desenfundando su arma, le ordenó que permaneciera a cubierto.

Pero no sucedió nada. No se oyó ni un ruido. Allí solo quedaba esa gran silueta inerte que colgaba del haya frente a la ventana de la cocina. Tan bien iluminada que era imposible no verla.

Permanecieron sentados en el suelo y con la espalda recostada en los armarios de la cocina. Entonces sonó el móvil de Bergsøe. Una voz masculina le habló en inglés, con un acento bastante marcado. El abogado escuchó atentamente.

–*Go to hell!* –gritó entonces con rabia, advirtiendo sin poder evitarlo que la mano con la que sostenía el teléfono le temblaba.

–*That is a stupid answer, Mr. Bergsøe. I will...*

–*I said go to hell!*

Terminó la conversación y lanzó el teléfono lejos de sí.

8

La luna era grande y redonda y les mostró el camino con facilidad. Calculó que llevaban recorridos unos seis o siete kilómetros. Ya debían de estar a punto de llegar a su destino.

Fueron al norte por la Hobrovej. Cada vez que veía aparecer los faros de un coche, arrastraba inmediatamente al Señor White hacia las sombras del bosque, se agachaba y tapaba al perro con su abrigo, para cubrir su pelaje blanco, que parecía un chaleco reflectante en la oscuridad. Oxen pretendía ser invisible.

Giraron a la derecha en Vælderskoven, y, mientras se dirigían hacia el aparcamiento del hotel Rold Storkro, acercó al perro hacia sí.

–Ahora tenemos que andarnos con cuidado, Whitey. Quédate cerca de mí.

En aquel momento oyó cerrarse la puerta de un coche y, a toda velocidad, se escondió tras una valla de madera. Esperó a que el coche pasara de largo y siguió avanzando hacia el hotel. Antes de llegar había un minigolf, y más allá la entrada, una terraza cubierta en la que podían verse varias mesitas. En el interior empezaban a reconocerse ya los primeros comensales.

Se detuvo tras un árbol, y su comportamiento no difirió demasiado del de su querido compañero: alzó la nariz hacia el aire fresco de la tarde e inspiró hondo, con la esperanza de percibir algún aroma que los acercara a su destino: la cocina del hotel. No pudo oler nada, no obstante, por lo que decidió rodear el edificio del hotel realizando un amplio arco de búsqueda.

Cuando su mirada topó con una fila de contenedores de basura situados en la parte trasera del hotel, ya no le quedó la menor duda. Ahora solo debía concentrarse en mantener los ojos abiertos y evitar que los descubrieran.

El caso es que de pronto se dio cuenta de que podía haber calculado mal sus opciones: al pensar en salsas frías y pegajosas, cerradas en bolsas de plástico con patatas crudas y restos de carne, no es que la boca se le hiciese precisamente agua. Pero en algún momento de la noche el personal de cocina tendría que empezar a deshacerse de la comida que había quedado en los platos de los clientes, o de las piezas que por algún motivo no se podían servir. Era solo cuestión de paciencia.

Al cabo de un rato, efectivamente, un joven cocinero se acercó a los contenedores y lanzó dos bolsas de basura en el que quedaba justo al final. Oxen corrió de inmediato hacia él. A la luz de la linterna examinó el contenido. En la primera bolsa había pieles de patatas, y en la segunda solo latas vacías de tomates pelados. Iluminó el contenedor, pero no encontró nada que le saltara a la vista, o a la boca.

Su expedición hasta aquel lugar había sido una idea estúpida. Tan estúpida como todo ese maldito viaje bajo la lluvia.

De pronto, una puerta se abrió de golpe tras él, y el susto le llevó a soltar la tapa del contenedor, que se cerró con estruendo. Recortada sobre la luz que se colaba a través de la puerta, pudo reconocer la esbelta silueta de una mujer joven.

–¡Ey! –Su exclamación se quedó flotando en el aire. Probablemente estaba tan sorprendida como él.– ¿Qué demonios estás haciendo? –dijo finalmente, dando un par de pasos hacia delante y permitiéndole así ver sus rasgos. Tendría unos veinte años.

Él trató de dar con las palabras adecuadas. Ya casi no recordaba cómo funcionaba eso de dirigirse a los humanos. La última persona con la que había hablado había sido un anciano al que ayudó a levantarse cuando se cayó de la bicicleta, y con el que había intercambiado algunas frases más o menos triviales. Pero eso fue hace ya varios meses. En realidad, había sido justo después de Año Nuevo.

Sí, lo cierto es que ya no estaba acostumbrado a hablar con humanos. Y menos aún con una mujer. En realidad ya ni siquiera hablaba con el Señor White.

–Nada…

Se dio cuenta de lo ridículo que sonaba, por supuesto, y se bajó la boina hasta cubrirse la frente.

–¿Estás hurgando en nuestra basura? ¿De verdad estás hurgando ahí? –La voz de la joven sonaba francamente sorprendida.

–Humm…

–¡No me lo puedo creer!

Él se encogió de hombros.

–¿Es tu perro?

Asintió.

–¿Cómo se llama?

–Señor White.

La joven dio un paso adelante y observó a Oxen a la luz de la puerta abierta, sin ningún reparo.

–¿Tienes hambre?

–Un poco.

–Bueno, parece que más que eso. ¿Y el perro también?

Él asintió.

Ella se quedó quieta un momento, mirándolo de nuevo, y al final le dijo, con tono enérgico:

–Está bien. Aquí fuera no encontrarás nada que valga la pena. Espera, voy a buscarte algo. ¿Para tomar aquí o para llevar? –le preguntó, sonriendo.

No habría sabido decir si aquello había sido una broma.

–Para llevar. Gracias. Es usted muy...

Pero la joven ya se había ido. Parecía amable. Y tenía una sonrisa bonita. ¿Iba a traicionarlo? No, ella no. Ella seguro que volvía.

Pasaron unos minutos. Cinco, tal vez diez. Había dejado la puerta entreabierta. Se dijo a sí mismo que debía de haber mucho trasiego en la cocina y que probablemente le estaría costando hacerse con algo de... Entonces oyó unos pasos apresurados sobre las baldosas del pasillo, y ahí estaba la chica de nuevo. Sonriendo.

Le tendió una bolsa de plástico grande.

–Aquí tienes, *gulash*... Una especialidad de la casa que ha sobrado de la cena de hoy. Yo creo que tenéis suficiente para los dos. Lo he metido en un par de bolsas con papel de plata.

Él cogió las pesadas bolsas y le devolvió la sonrisa.

–Muchísimas gracias. Eres muy amable.

–No hay de qué. También os he puesto cubiertos. Son viejos, así que puedes quedártelos.

–Gracias.

–Pero ¿por qué estás aquí afuera, perdido en el fin del mundo? –le preguntó, extendiendo los brazos para acompañar su curiosidad.

–Yo... Nosotros... vamos en busca de la primavera. Queremos salir de aquí.

–¿Eres un vagabundo?

–No, más bien no.

–¿Un sintecho?

Oxen se encogió de hombros y carraspeó.

–En realidad tampoco. Soy un viajero, como ya te he dicho. Voy de camino a Aalborg.

–¿A Aalborg? Vaya... ¿Puedo acariciarlo? –dijo ella, poniéndose de cuclillas.

–Dile hola, Whitey.

El perro se acercó cautelosamente y se dejó acariciar.

–Qué bonito es. Bueno... ahora tengo mucho que hacer; recoger y todo eso. Tengo que volver.

–Por supuesto. –Él dio un paso adelante y le extendió una mano que ella estrechó sin dudar–. Gracias.

–De nada. Buen viaje... ¡y que aproveche!

La joven se despidió y luego cerró la puerta tras de sí. Él también se despidió... Solo que nadie lo oyó.

9

El kayak amarillo era una elegante embarcación deportiva preparada para hacer carreras. Lo había comprado hacía apenas unas semanas, pero ya se había familiarizado con su delgado casco y su insólito punto de inclinación. Si hubiera intuido antes la diferencia que había entre este modelo y aquel otro para principiantes, antiguo y pesado, con el que se había conformado durante los últimos años, haría ya mucho tiempo que habría decidido cambiarlo.

Ahora, no obstante, era su guardaespaldas Madsen el que debía pelearse con aquel viejo trasto.

Llovía. Debía de hacer ya más de cien días que llovía sin parar. De verdad… ¿dónde demonios se escondía la primavera?

Se secó la cara con el guante.

La lluvia le resultaba indiferente, en realidad. Él había salido a remar y lo haría tanto si llovía como si no. Tenía que hacerlo. Los últimos días habían supuesto una verdadera prueba de fuego para sus nervios. No es que fuera demasiado sentimental con los animales. A diferencia de Jytte, él no los veía como personas a cuatro patas. De ahí que Hermann y su ahorcamiento frente a la ventana de la cocina hubieran desaparecido de su mente en cuanto lo tuvo enterrado entre los abedules. Lo que de verdad lo atormentaba era no saber qué había podido provocar esa muerte tan espectacular.

Habían pasado ya cinco días desde entonces. Ciento veinte horas en las que se había sentido como en una cárcel. Había informado a sus guardaespaldas de que pensaba instalarse en su propiedad por unos días, y desde entonces se le habían asignado dos escoltas más. Ahora estaban ambos de pie en el embarcadero, cada uno con unos prismáticos entre las manos, y se lo tomaban todo con exagerada parsimonia, pese a las ganas que él tenía de salir.

Por fin, el mayor bajó sus prismáticos y asintió.

–¡De acuerdo, señor Bergsøe, buen viaje! –Y luego añadió, con seriedad–: Pero quédese en esta parte del lago.

Se alejó de allí con unos breves y pausados golpes de remo. Era importante calentar y preparar bien el cuerpo antes de tomar velocidad. Especialmente a su edad.

Aún no se había alejado demasiado cuando un kayak rojo apareció por detrás de las cañas. Avanzaba a buen ritmo y estaba dirigido por una mujer bastante joven. Él bajó el ritmo y esperó hasta que ella lo hubo adelantado.

Se quedó mirándola atentamente. La mujer no solo era joven, sino sobre todo extraordinariamente bonita. Tenía una melena negra y brillante que llevaba recogida en una coleta en la nuca, y se le había escapado un pequeño mechón rebelde que ahora le caía sobre la cara. Sus gafas eran de esas deportivas tan modernas cuyas lentes parecían espejos, y en su rostro delicado y uniforme destacaban unos labios muy rojos. Lamentablemente, no pudo distinguir nada más.

Le dedicó una amplia sonrisa y la saludó con una mano. Ella se tomó su tiempo para hacer lo propio. Luego empezó a remar con fuerza y se alejó de allí.

Mujeres, mujeres... Hablaba en serio cuando decía que añoraba a Jytte y deseaba que volviera a casa con él, aunque vivir separados también tenía sus ventajas. Desde que ella se fue él había tenido tres oportunidades de revivir las locuras de antaño, lo cual había supuesto un enorme... *subidón* para su masculinidad, ya más bien menguante. ¿O no era eso lo que se decía?

Las opciones para avanzar por el lago eran tres: hacia el norte por Sejs, el cuello de botella que daba a Brassø; hacia el sudeste, por el estrecho pasaje que quedaba junto a Svejbæk, en Julsø, y hacia el oeste, por la zona de Borre Sø, también llamada «El Paraíso», porque en él había cuatro islitas unidas, como una cadena de perlas, que conducían hacia Østerskov (el bosque del este) y Virklund. En opinión de Bergsøe, esta última era la ruta más bella, y también la más fácil.

Mantuvo un ritmo moderado y se dirigió directamente hacia el gran promontorio boscoso que quedaba en el lado opuesto del lago. Desde allí podría bordear la orilla y pasar junto a las islas. Siguió, pues, rodeando el lago en la medida de lo posible.

La lluvia caía como un velo sobre el paisaje, dificultando la visibilidad, aunque lo más probable era que no estuviese sucediendo nada digno de llamar la atención. Pasaron junto a la más grande de las islas, Borre Ø, que quedaba ligeramente a su izquierda. Había entrado en calor y se atrevió a subir el ritmo. Miró por encima de su hombro: Madsen, su sombra, lo seguía de cerca sin el menor signo de agotamiento. En el embarcadero había visto al hombre ajustándose la funda de la pistola bajo el chaleco. Debía de estar incomodísimo.

Durante muchos años había vivido infinidad de situaciones límite y había tenido que manejar información extraordinariamente comprometida, relacionada sobre todo con cuestiones de seguridad nacional. Últimamente, además, su afiliación a la Comisión Wamberg, de la que ahora era presidente, lo había vuelto todo aún más complicado. Pero nunca había visto u oído nada que lo llevara a pensar en la necesidad de ir siempre escoltado por guardaespaldas armados. Jamás.

No pretendía negar la deprimente perspectiva de esa precaria situación a la que habían llegado. Se había producido un ataque que los había inquietado a todos, una seria amenaza para su seguridad, pero él seguía sintiéndose a salvo, básicamente por una razón: el apoyo de toda una red de poder e influencia que no podía verse ni oírse; una enorme y silenciosa maquinaria que, pese a la presión (o quizá gracias a ella), se había puesto en marcha para identificar y eliminar el peligro.

Su optimismo se mantenía, pues, inquebrantable. Haría falta mucho más que un perro muerto para intimidarlo.

Pasaron junto a Langø y llegaron a la tercera de las islas, Bredø, que se encontraba a unos doscientos cincuenta metros, muy cerca de un estrecho promontorio ubicado al sur, a orillas del lago. La última y más pequeña perla del collar se llamaba Annekens Ø, y en aquel momento decidió que quería rodearla.

Corrigió un poco el curso de su kayak para pasar por la izquierda de Bredø y tomar el estrecho pasaje entre el extremo sur de la isla y el promontorio. En ese punto, las aguas eran profundas. En verano los turistas solían fondear frente a esta isla para bañarse. Dejó de remar por un momento. Un somormujo lavanco desapareció entre las cañas cuando él se acercó, y le pareció ver a un busardo ratonero revoloteando sobre el promontorio. Miró hacia atrás. Madsen estaba a pocos metros de distancia. Él también se había detenido y descansaba.

Ambos se deslizaron por el agua, en silencio. Observó la isla y casi le pareció oír las risas del verano; los grititos y chapuzones de los niños. Era maravilloso...

La superficie del agua frente a la punta del kayak se agitó de repente, y una figura negra emergió disparada del fondo del lago, como un monstruo marino.

Era un buzo, con máscara, tubo y botella a la espalda. A Bergsøe se le paró el corazón, o quizá se le partió en mil pedazos, de puro miedo. Fue todo muy rápido.

Vio un brazo negro que asía el casco amarillo del kayak y un segundo brazo negro que se alzaba hacia el cielo. Vio que el buzo llevaba algo en la mano, oyó un crujido, y apenas tuvo tiempo de darse la vuelta y ver la punta del arpón clavado en el cuello desnudo de Madsen.

Luego perdió el equilibrio y cayó al agua.

El caos se apoderó de todo. La boca se le llenó de agua y vio burbujas de aire elevándose ante sus ojos. Sintió una intensa presión alrededor del cuello y, cuando emergió de nuevo a la superficie, vio brillar la hoja de un cuchillo frente a su cara.

Eso fue todo.

El hombre lo sujetó con fuerza por detrás. Bergsøe reconoció su voz: era la misma que la del otro día, al teléfono. El mismo acento. Había subestimado a sus misteriosos contrincantes.

Iba a acabar con él.

Las preguntas le llegaron, siseantes, al oído. Él vaciló brevemente y sintió la hoja del cuchillo contra su piel. Se esforzó en responder, jadeante.

No había nada que hacer. Trató de contestar lo que sabía, sin preguntarse siquiera si el hombre iba a perdonarle la vida o no. Obediente, gimió una serie de respuestas para las siguientes cuestiones.

Pero... no pudo contestarlas todas. No sabía la respuesta a una pregunta que el buzo se empeñó en repetirle una y otra vez. No supo qué decirle, sencillamente.

Y entonces ya solo quedó el caos. El caos, y las burbujas.

El buzo hundió la cabeza del abogado en el agua y se aseguró de mantenerla ahí. Al principio Bergsøe se resistió y pataleó con todas sus fuerzas, pero luego cedió a la presión. Segundos más tarde, su cuerpo sin vida flotaba en el lago.

El buzo se hizo a un lado y nadó hasta el lugar en el que había escondido su lancha.

No había obtenido *la respuesta*, pero sí había descubierto lo suficiente como para saber qué pasos dar a continuación. Debía conformarse con eso. Sacó su equipo del agua, lo dejó en su lancha y subió a bordo él también. Entonces puso en marcha el motor.

Debía pensar con calma cuál sería su próximo movimiento. Cuanto más se acercara a su meta, más peligroso resultaría todo.

Por el rabillo del ojo vio el cadáver del abogado flotando junto a las cañas que rodeaban la pequeña isla. El chaleco salvavidas amarillo brillaba, literalmente, y su cara estaba hundida en el agua. Tenía los brazos en cruz.

10

Se arrastró a través de la hierba mojada, con el cuchillo entre los dientes. En un momento dado se quedó inmóvil y escuchó con atención. Luego volvió a avanzar lentamente, apoyándose en los codos. La oscuridad de aquella noche era impenetrable.

Lo único que alcanzaba a reconocer eran los contornos del pequeño grupo de árboles hacia los que se dirigía. De allí había venido el chasquido. ¿O no? Se trataba de un sonido que no pertenecía al bosque. Un sonido metálico. Como el clic de dos piezas de metal chocando entre sí. ¿Un cargador al desbloquearse? ¿Un soporte para rifle al desplegarse?

Permaneció un buen rato inmóvil. Rodó hasta quedar boca arriba y contempló el cielo nocturno, de un negro azabache, desde el que probablemente volvería a caer la lluvia por la mañana.

No se oía ni un alma. Ni los ruiditos de las ardillas ni los craqueos de las lechuzas ni los lejanos bramidos de los ciervos.

Se trataba –como siempre– de una falsa alarma.

Había sido igual en aquella otra ocasión, en el patio trasero de un barrio del noroeste: se hallaba en mitad de la noche e iba armado con su cuchillo, que siempre dejaba bajo la almohada, al alcance de su mano.

Se levantó y volvió a entrar en su refugio. Se quitó el impermeable y se metió en el saco de dormir. El Señor White roncaba, ajeno a todo movimiento, en su cama hecha de hojas de abeto. Oxen notó que se avecinaba una de sus fases de desasosiego. Siempre le sobrevenían a oleadas.

Eran casi las cinco, y la noche había sido un infierno. Había vuelto a visitarlo uno de los siete. Tal vez el peor de todos: el vaquero.

El viejo arrugado siempre emergía de entre la niebla que se formaba abajo, en el río. Al principio solo alcanzaba a divisar algo que se movía, pero enseguida, y a medida que la figura iba acercándose, su presencia resultaba cada vez más evidente. Arrastraba a su vaca por la pequeña carretera principal del pueblo, a cuyos lados había ruinas, restos de muros y carteles de anuncios diseminados.

Solo había una casa en todo el pueblo que permanecía intacta, como si estuviera protegida por un muro alto e invisible, capaz de superar cualquier guerra.

La pequeña propiedad quedaba al otro lado de la calle, justo en diagonal, y estaba pintada de color amarillo claro. En las ventanas había incluso unas macetas en las que crecían flores, y una puerta verde conducía al patio interior.

Oxen estaba sentado en la parte superior de un vehículo acorazado para el transporte de tropas. Desde allí observó al anciano, emergiendo una vez más entre la niebla y dirigiéndose hacia la casa amarilla.

Uno de los otros se acercó hasta su tanque y encendió un cigarrillo.

–Mira al viejo, Oxen… ¿cómo es posible?

Desconcertado, el tipo señalaba hacia la pared de la casa amarilla. Junto a la puerta principal alguien había escrito unos símbolos con pintura roja. Una cruz con cuatro «C» a su alrededor. (Las dos de la izquierda, invertidas).

El caso es que las letras no eran «C» del alfabeto latino, sino «S» del cirílico, y querían decir *Samo sloga Srbina spasava*.

–Es por eso. –Se oyó decir a sí mismo, una y otra vez–. Por eso la casa amarilla se ha mantenido intacta.

El anciano estaba ahora muy cerca.

Samo sloga Srbina spasava se traduce como «Solo la concordia salva a los serbios», y es un mantra protector.

Cuando el vaquero se detuvo, justo frente a él, hizo una mueca y esbozó una sonrisa perversa que dejó a la vista sus dientes podridos.

Fue entonces cuando despertó. Escapó de su pesadilla con la sensación de haber lanzado un grito fuerte y penetrante, pero incapaz de salvarlo, en realidad. Como tantas otras veces: gritos que se resistían a salir de su garganta y solo se escapaban al calor del fuego, en la noche, para arrancarlo de sus sueños.

La consciencia era buena. La consciencia era necesaria. La inconsciencia era el infierno. Aunque habían sido testigos de limpiezas étnicas, no habían hecho nada más que enviar a casa inofensivos informes escritos en papel.

En cierto modo, el vaquero y los otros seis que lo perseguían se habían convertido en algo así como miembros de su familia. Los conocía a todos perfectamente, tanto por dentro como por fuera. Cada uno tenía su idiosincrasia. Nunca hacían nada impredecible, y, sin embargo, Oxen no lograba ser más astuto que ellos, ni vencerlos.

Había sido una noche infernal, seguida de una falsa alarma, ya al amanecer pero aún en la oscuridad.

Se incorporó, encendió la linterna y cogió la bolsa en la que guardaba el papel de fumar y la hierba. Se lio un porro, lo encendió, inhaló profundamente y retuvo el aire cuanto pudo.

Luz... una luz brillante. Y una vaga sensación de calidez. Poco a poco fueron despertándose sus sentidos, como burbujitas de aire que emprendían el largo camino hacia la superficie desde el fondo del mar.

Se obligó a abrir los ojos. Desde arriba, a través de un agujero que quedaba entre las raíces del árbol y la lona, un rayo de sol le acarició la cara. Se volvió y levantó la lona, echando un vistazo al exterior. El paisaje radiante lo cegó. Miró su reloj y vio que eran las once. Había dormido larga y silenciosamente. Un sueño vacío. Se notaba el cuerpo pesado y adormecido, como tantas otras veces en las que había optado por compensar la falta de sueño con una fuerza externa, a menudo concentrada en una copa de *whisky* o en alguna hierba especialmente potente que decantaban la báscula hacia el lado en el que la vida le resultaba más fácil de soportar.

Se arrastró boca arriba hasta que encontró de nuevo el rayo de sol y se quedó allí estirado, inmóvil, sintiendo la luz y el calor en el rostro.

Ahora sí. Ahí estaba el sol. Por fin había llegado la primavera.

11

Las veinticuatro horas del día nunca fueron suficientes para Hans-Otto Corfitzen. Había sido así desde su más tierna infancia y no había cambiado un ápice en todos sus años de carrera diplomática sin precedentes... hasta entonces. Hasta el día en que su título quedó eternamente precedido por dos letras: «ex».

El exembajador Corfitzen se mesó el pelo canoso con la mano, dejó las gafas de leer sobre el periódico y miró por la ventana. Por fin hacía sol. Por fin había llegado la primavera.

Su escritorio estaba situado de tal modo que desde allí podía mirar hacia el parque. El sol resplandecía sobre el agua negra del foso del castillo. Pronto el parque florecería, se teñiría primero de verde, y algo después vendrían el resto de los colores. La época del año más bonita era ya una realidad inminente.

Su día había comenzado como de costumbre, a las seis en punto. Si tenía que conformarse con veinticuatro horas, no le quedaba otra opción que aprovecharlas al máximo. A las seis en punto estaba en pie y se iba a dormir entre las once y las doce de la noche. Seis o siete horas de sueño eran más que suficientes para su edad.

El exembajador residía en el castillo de Nørlund, al sudoeste de la gran área forestal del Rold. Para ser exactos, un vasto prado y una carretera separaban el castillo del margen del bosque. La construcción, rodeada de árboles y arbustos, emergía como un pequeño enclave protegido junto a la carretera principal, entre Arden y Aars.

La estirpe de los Corfitzen llevaba solo tres generaciones viviendo allí. Su abuelo compró el castillo por cuatro chavos cuando los dueños anteriores se quedaron sin blanca.

En la actualidad, la propiedad se había convertido en una rentable empresa de 2281 hectáreas, principalmente debido a su aserradero y a sus tierras agrícolas. El aserradero obtenía su materia prima de las grandes haciendas forestales, que incluían, entre otros, los bosques Ersted, Torstedlund y Nørlund.

Hans-Otto Corfitzen consideraba que una pequeña parte de la dramática historia de Dinamarca le pertenecía: esa que estaba estrechamente relacionada con antiguas leyendas sobre el bosque del Rold, en el que se hallaba el castillo. Sentado frente a su escritorio y con la mirada perdida en el foso y el parque, que repartía los rayos de sol con delicadeza, pensó que morir allí, descansar en aquel lugar del jardín que había elegido mucho tiempo atrás, era definitivamente una bonita idea. Tener derecho a descansar entre rododendros y lilas significaba haber logrado algo en la vida.

De todos modos, el anciano diplomático aún se sentía cómodo en aquel castillo un tanto sombrío, entre los fantasmas de aristócratas y ladrones, y no tenía la menor intención de morir en un futuro próximo. Estaba demasiado ocupado para ello.

Abajo, en el parque, vio a uno de sus guardaespaldas hacer la ronda. Le incomodaba haber llegado a aquel nivel, pero sabía que la responsabilidad era, en última instancia, solo suya.

En cualquier caso, pasara lo que pasara, el castillo de Nørlund resistiría. Tenía unos muros imponentes que fueron encargados por su abuelo en su momento, y era, junto con
Sæbygaard, la única mansión del norte de Jutlandia que se
asemejaba a un castillo como Dios manda.

En el siglo XIV, el fortín había sido poco más que una torre, mayoritariamente considerada como un «nido de ladrones», motivo por el cual Waldemar IV ordenó demolerla.
Pero Nørlund se levantó de nuevo desde cero y volvió a convertirse en un punto de encuentro para los saqueadores, que
se ensañaban contra los viajeros que realizaban el trayecto
entre Randers y Aalborg. En algún momento, Margrethe I
decidió –de nuevo– que aquello era excesivo, y Nørlund volvió a ser demolida.

Durante la llamada Guerra del Conde, Nørlund estaba ha-
bitada por el consejero Peder Lykke. Como señor feudal también poseía el castillo de Aalborg-Hus, pero parece que cuando el corsario Skipper Clement irrumpió en él, el consejero no
dudó en huir al Rold. Más tarde, Clement quemó Nørlund,
de modo que el consejero tuvo que huir por segunda vez.

El aristócrata y lugarteniente Ludvig Munk, quien ante-
riormente había expoliado sin miramientos a la población
noruega, fue finalmente quien se encargó de la reconstrucción
del castillo de Nørlund a partir de 1581.

Y ahora era él, el exembajador Corfitzen, quien había cogido el testigo. A esas alturas de su vida sabía que ya había
recorrido la mayor parte del trayecto que Dios tenía previsto para él, y solo esperaba que su hija heredara sus tierras y
honrara su nombre. El Todopoderoso no había tenido a bien
concederle un hijo varón.

El guardaespaldas desapareció de su vista. Era uno de los
cinco hombres que le habían adjudicado, además del chófer
Arvidsen, quien de hecho ejercía también de mayordomo (y

de lo que hiciera falta). Tres de los guardaespaldas lo acompañarían cuando fuera a su cita a media tarde.

Volvió a ponerse las gafas de leer, dobló el periódico y lo dejó a un lado. La prensa de aquel día explicaba detalladamente el motivo por el que no podía prescindir de sus guardaespaldas. Sabía mejor que nadie de qué iba todo aquello, pero, por supuesto, leyó el artículo de todos modos.

«Inspector jefe de inteligencia pierde la vida en un misterioso accidente», anunciaba el titular. El caso es que de eso hacía ya varios días. Era obvio, pues, que la policía había tratado de mantener el asunto en secreto, dada su naturaleza explosiva y su posible repercusión en la sociedad.

El artículo hablaba sobre la muerte del abogado Mogens Bergsøe en Borre Sø, cerca de Silkeborg. Bergsøe era el presidente de la llamada Comisión Wamberg, una delegación especial del gobierno dedicada a supervisar todos los servicios de inteligencia del país y el manejo de los datos personales de la población. De ahí que se refirieran a él como «inspector jefe de inteligencia», y no solo como «abogado», con toda la intención de incidir en la importancia de su cargo. En cuanto a las palabras «misterioso accidente», la idea era resaltar lo insólito del hecho de que el abogado se hubiera ahogado cuando estaba en el lago, pese a llevar puesto el chaleco salvavidas. Un testigo afirmó haber visto a Bergsøe seguido de cerca por un segundo kayak, pero que en un momento dado este desapareció sin dejar rastro.

Por lo demás, el artículo aseguraba que la policía había «iniciado una serie de investigaciones rutinarias», pero que la hipótesis de partida era que se había tratado de un accidente. La autopsia, en cualquier caso, había confirmado que el abogado se había ahogado.

Lo más probable era que se hubiese encontrado mal y hubiese caído al agua. Estas cosas pasaban. Al menos una vez al año alguien perdía la vida así, y en su mayoría se trataba de hombres de mediana edad. El jefe de policía consideró que las investigaciones, al menos de manera oficial, habían llegado a su fin y el trágico caso había quedado archivado.

Alguien llamó a su puerta. ¿Ya eran las diez y media? Puntual como de costumbre, su secretaria de toda la vida, la señora Larsen, apareció para la breve reunión que cada día tenían en su despacho.

–Pase y siéntese, por favor.

Ella se limitó a asentir. Ya se habían saludado por la mañana, cuando la pequeña y huesuda mujer había llegado desde Haverslev en bicicleta.

–¿Qué tiene hoy para mí? –le preguntó.

–Pues la verdad es que hoy hay una montaña de papeles, señor, pero ya se lo he preparado todo. Tenemos algunos documentos sobre el fondo infantil, algunos otros sobre el Consilium y dos sobre el aserradero. ¿Le parece bien si empezamos?

La señora Larsen se sentó en la silla que quedaba frente a él. Era una mujer delgada y eficaz, de unos sesenta años, aunque por su apariencia podría haber tenido diez años menos.

El fondo infantil era muy importante para él. La Fundación H. O. Corfitzen para niños necesitados se creó por indicación suya hacía ya cinco años, y su punto de partida habían sido los años que pasó en el bloque oriental. Allí, él y su difunta esposa habían experimentado demasiadas de las cosas que podían suceder a los niños.

El Consilium, por su parte, era el eje en torno al cual giraban su vida y toda su actividad laboral. Era un *think tank*, un laboratorio de ideas «liberales-humanitarias», y Corfitzen había sido su motor de arranque durante su fundación. Se trataba de un espacio de retiro práctico y mental, un jardín espiritual en el que las mentes más brillantes anhelaban ser estimuladas.

A diferencia del CEPOS* liberal-burgués y de algún otro *think tank*, el Consilium llevó, como él, una existencia retirada del mundanal ruido. Vivir bien significaba vivir en paz.

Y por fin estaba el aserradero, que era, junto con una serie de valores en los que en su día realizó una considerable inversión, la fuente que les dio a él y a sus trabajadores todo el pan que llevarse a la boca.

Poco después del mediodía, Hans-Otto Corfitzen entró en el patio que quedaba entre las tres alas de ladrillo rojo del edificio.

Tras pasar más de una hora con la señora Larsen revisando documentos, quería tomar un poco el aire antes de retirarse para hacer su siesta obligatoria de un cuarto de hora (de 13:15 h a 13:30 h). Se dio la vuelta y silbó con fuerza.

Apenas unos segundos después, un enorme drahthaar alemán apareció corriendo por la puerta y empezó a dar vueltas alrededor de sus piernas meneando la cola.

* CEPOS es la sigla de «Center for Politiske Studier» («Centro de Estudios Políticos» en danés).

12

Los pinos estaban cuidadosamente alineados, como soldados, a izquierda y derecha del ancho camino de grava que serpenteaba a través del bosque.

Eran insólitos, los pinos. Podían ser cualquier cosa. Desde varillas de cobre resplandeciente a la luz del sol del atardecer hasta columnas plateadas a la luz de la luna. En cualquier caso, parecían conducir al inframundo del bosque.

Habían emprendido un largo paseo diurno que acabó siendo también nocturno hasta regresar a su campamento en Lindenborg Å. Para entonces tenía la esperanza de llegar tan agotado como para dormir tranquilo el resto de la noche, sin ayuda del *whisky* o de la hierba.

Intentó tararear la breve melodía de una canción en la que aparecían los Campos Elíseos, porque el sendero del bosque era tan ancho y cómodo como una avenida, y, simplemente, porque por primera vez en siglos volvía a tener ganas de cantar. Aquello era su París, allí estaba su suerte: pinos, abetos, robles, hayas, sauces, abedules, musgo, helechos, moras y ortigas.

El destino de su viaje fue el área sudoeste del bosque, conocida como Torstedlund. Ahí se hallaba el castillo de Nørlund, en cuyos extensos terrenos habían acampado el Señor

White y él, sin pedir permiso ni encomendarse a nadie. Oxen nunca había visto el castillo y sentía curiosidad. Quería verlo de cerca, a la luz de la luna.

En los últimos días de sol y temperaturas suaves, la naturaleza había explotado, y lo mismo había sucedido con sus ganas de vivir. Todo a su alrededor había renacido. Todo se había vuelto más fácil.

Quizá debería saludar al dueño del castillo y darle las gracias por la comida, ¿no? Aquel día su plato principal habían sido dos hermosas truchas del arroyo, cuyas aguas volvían a ser –por fin– cristalinas. Ahora podía interpretar realmente los mensajes de los ríos y sabía dónde colocar los anzuelos. Y ahora los peces también podían encontrar sus cebos.

Había sido un día largo y maravilloso, y habían andado muchos kilómetros. Partieron hacia Gravlev antes del alba. Allí les esperaban un puñado de casas junto a un lago. Con sumo cuidado se habían colado hasta el manantial que quedaba encima del asentamiento y que iba rellenando el lago con sus aguas burbujeantes. Él ya había estado en aquel lugar hacía mucho tiempo y sabía que junto al manantial había dos casas. Bien, tenía previsto marcharse de allí antes de que sus ocupantes salieran de sus camas.

El Señor White se había estirado obedientemente mientras él se desvestía y se deslizaba sin hacer ruido en el agua helada y clara, aunque sabía que allí bañarse estaba estrictamente prohibido. Fue un breve baño matutino no autorizado, pero fue el mejor de su vida. Tal vez por eso empezó a sentirse como si acabara de renacer.

El resto del día lo dedicó a coger leña, poner algunas trampas, desenterrar gusanos, entrenarse en el manejo del arco… y dormir.

Echó un vistazo a su brújula y a su pequeño mapa. Iban bien.

Quince minutos después se hallaban junto al margen de la arboleda, allí donde el sendero se convertía en un camino pavimentado. Eran casi las once y media. En aquel claro del bosque iluminado por la luna vio un paisaje densamente cubierto de vegetación y dos farolas. Esa tenía que ser la entrada al castillo. Se detuvo y se quedó pensativo unos instantes, mientras veía como un coche se dirigía hacia Nørlund por la carretera, a pocos cientos de metros de allí. Entonces sintió una enorme curiosidad.

–¿Qué te parece, Señor White? ¿Serías tan amable de acompañarme? Daremos una vuelta por el castillo; apenas una visita, para ver cuál es el aspecto de un fortín de verdad. Será divertido, ya lo verás. Y luego volveremos a casa y nos echaremos a dormir. ¡Venga pues, viejo amigo!

Justo cuando estaban a punto de cruzar el camino, un coche pasó a su lado a toda velocidad. Oxen gritó una palabrota. Aunque iba caminando por la cuneta, estaba seguro de que el conductor tenía que haber visto su figura negra y la de su perro blanco a la luz de los faros. Y para un hombre que hubiera preferido ser invisible, aquello resultaba francamente molesto.

Una corta avenida conducía al castillo, que quedaba completamente escondido tras altos árboles y arbustos. Dos farolas brillantes iluminaban el camino de entrada. En un poste podían leerse tres letreros. En el más grande ponía «Está prohibido el acceso privado no autorizado»; debajo de este había uno más pequeño con la inscripción: «El castillo no está abierto al público», y finalmente podía leerse un pequeño cartel amarillo que anunciaba «Cámaras de vigilancia».

Al final de la avenida vio un poste con una pequeña caja negra. Un punto rojo brillaba en la oscuridad. Debía de ser el detector de movimiento que activaba la cámara de vigilancia, pero Oxen estaba seguro de que su presencia no la había puesto en marcha, porque estaban demasiado lejos. Se mantuvieron alejados de la luz y se adentraron un poco más entre los densos arbustos.

Unos minutos más tarde se agazapó entre los árboles y atrajo hacia sí al Señor White. Desde donde estaban se podía ver el patio del castillo. Era un espacio abierto, cubierto de gravilla, a cuya derecha podía distinguirse un edificio adyacente, de color blanco.

Nørlund estaba iluminado por unos focos instalados en la estrecha franja de hierba que quedaba entre el foso y el muro del castillo, que emergía sorprendentemente pequeño y compacto, con sus ladrillos rojos sobre una alta base de piedra natural, y con sus numerosas ventanas germinadas.

Las tres alas del castillo rodeaban una plaza desde la que un puente enladrillado permitía cruzar el foso. En cada ala lateral había una escalera, y en el ala central, una torre con una cúpula. Todo era absolutamente simétrico. En el ala central se hallaba la entrada principal, que justo en aquel momento se abría lentamente.

Empujó al Señor White al suelo y se escondió con él tras el tronco de un árbol. Un hombre apareció en el patio. Llevaba un traje oscuro y una camisa de color claro. Encendió un cigarrillo y se quedó ahí de pie, fumando, con la mirada perdida en la oscuridad. ¿Sería ese el señor del castillo, que se regalaba unas caladas antes de retirarse a sus aposentos? Sobre la puerta, Oxen reconoció el contorno de otro aparatito negro y cuadrado. Probablemente todo el castillo estaba equipado con cámaras de vigilancia.

Un poco más tarde, un segundo hombre apareció en las escaleras del ala izquierda. También llevaba traje oscuro. Se acercó lentamente al primero y ambos intercambiaron unas palabras. Al verlos no pudo evitar pensar en cierto tipo de hombres que él conocía a la perfección. Y cuando uno de ellos se dio la vuelta porque aparentemente oyó un ruido, ya no le quedó ninguna duda: la espiral blanca que pudo ver tras la oreja del hombre indicaba que se trataba de un guardaespaldas.

Que dos tipos como él estuvieran frente al castillo de Nørlund en plena noche fue un descubrimiento que provocó en Oxen dos reacciones igual de intensas pero radicalmente opuestas. Por una parte «Lárgate de aquí a toda leche», y por otra «Qué extraño... Quédate a ver qué pasa».

El primer hombre tiró su colilla al suelo y ambos desaparecieron por la entrada principal. Oxen sopesó brevemente la situación y luego se escondió entre los árboles y los matorrales hasta que estuvo de vuelta en la carretera. Un poco más adelante, un camino asfaltado y estrecho rodeaba el castillo por la derecha. El Señor White y él avanzaron junto al muro bajo que marcaba el límite de la propiedad del castillo.

Podía ver perfectamente las alas laterales, iluminadas y brillando entre los árboles, aunque en ninguna de las ventanas se veía una luz encendida. Al llegar al final del parque saltaron por encima del muro y se abrieron paso entre los arbustos hasta llegar a la explanada de césped que quedaba tras el castillo.

Avanzar junto a un perro blanco a la luz de la luna era un punto imprudente, pero no se dio cuenta hasta ese momento, sobre la hierba, junto a uno de los parterres de flores. Alzó la mirada y vio una única luz encendida en una de las ventanas del edificio principal. Cerca de ellos vio un poste con una cámara de vigilancia. Por suerte estaba enfocada hacia el otro lado, pero... Le hizo preguntarse qué demonios estaba haciendo allí.

Con el autorreflectante Señor White resultaba imposible acercarse más al castillo, y desde luego no tenía la menor intención de quedar apresado para siempre en ningún tipo de grabación de seguridad. Por lo demás, ¿tenía sentido dejar a su perro escondido tras el muro para escabullirse por el jardín del castillo como un ladrón? ¿Qué esperaba encontrar? ¿Qué le daba derecho a cruzar esa línea? ¿La presencia de los dos guardaespaldas? No. El Señor White y él se irían a casa en aquel mismo momento. Ya.

Quiso tomar el camino más directo hacia el parque, cruzando los campos que conducían al otro lado del muro. Desde allí podrían avanzar un poco junto a la carretera principal y cruzarla cuando hubieran dejado atrás el castillo. Hizo una señal a su perro. Juntos anduvieron hasta más allá de los parterres y se adentraron en la oscuridad protectora de los árboles.

Pero entonces algo le rozó la mejilla. Fue algo… extraño, insólito… Se detuvo en seco, como paralizado, y miró hacia arriba. Sobre su cabeza pendía algo grande, indefinido. Alzó la mano para ver de qué se trataba.

Lo reconoció antes incluso de que su cerebro pudiera registrarlo. Lo que estaba tocando era la pata de un perro. Movió su mano para llegar lo más arriba posible. El suave cuerpo de aquel perro aún estaba caliente.

Oxen retrocedió unos pasos. Tropezó con algo y se cayó. En el preciso instante en que cayó al suelo, vio un rostro macilento y el cuello blanco de una camisa brillando a la luz de la luna. Había tropezado con un cuerpo sin vida: el cuerpo de un hombre con traje oscuro y una pequeña espiral blanca en su oreja. Un guardaespaldas.

Se puso de rodillas a toda velocidad. En lo que fue sin duda un acto reflejo puso dos dedos sobre el cuello del hombre. Aún tenía pulso y latía fuerte.

Oxen dio un salto y se alejó corriendo de allí, tan rápido como pudo.

13

El cadáver del exembajador Hans-Otto Corfitzen estaba sentado, ligeramente inclinado, sobre la silla que solía usar frente a su escritorio. Las pocas personas que vieron al señor del castillo de Nørlund muerto en aquella tesitura se hallaban ahora ante la posibilidad de compartir sus observaciones, y sus sospechas.

El jefe del Departamento de Homicidios de Jutlandia del Norte, el inspector Rasmus Grube, estaba sentado en un escalón, a pocos metros de la supuesta escena del crimen.

Aún no había entrado en el edificio, sino que se había dedicado a recorrer el castillo de punta a punta, como un lunático. Era perfectamente consciente de que había sido algo hiperbólico al reclamar un número tan elevado de efectivos para peinar y escudriñar el castillo, pero también era perfectamente consciente de que aquella muerte iba a desencadenar una tormenta terrible que caería justo sobre sus cabezas.

Ahora el inspector estaba ahí sentado, esperando, y repasaba para sus adentros, una y otra vez, todo lo que sabía hasta el momento. Su información provenía del policía local de Arden, que había sido el primer oficial en llegar a la escena del crimen, y de los dos únicos interrogados hasta el momento: la secretaria de Corfitzen, una mujer de Haverslev ya entrada en años, y el chófer y mayordomo del castillo, el hombre que había encontrado el cadáver.

Según el policía local, el «decano de la diplomacia danesa» estaba sentado en su silla con una mirada sorprendida en sus ojos apagados pero al mismo tiempo abiertos como platos. Su cabello blanco estaba despeinado, tenía una mejilla hinchada, y sobre una ceja podía verse una pequeña laceración cubierta con una fina capa de sangre seca. A primera vista parecía lógico inferir que Corfitzen había sido objeto de un ataque con violencia.

Pero había algo que resultaba más misterioso: las observaciones hechas por el policía acerca de las muñecas del fallecido. Según el agente, ambas mostraban hematomas, como si alguien hubiera atado con sendas cuerdas las manos del exembajador a los apoyabrazos de su silla.

El primer pensamiento del inspector giró inevitablemente en torno al escenario más obvio: el exembajador atado a la silla y torturado. ¿Hasta matarlo? Solo los expertos podían decidir la respuesta a aquella pregunta, y eso era, precisamente, lo que estaba esperando en las escaleras con enorme expectación: su evaluación preliminar. Los dos miembros del Instituto de Medicina Legal del Hospital Skejby de Aarhus llevaban ya un buen rato trabajando en ello. El inspector esperaba contar con una primera valoración de los acontecimientos antes de levantar al exembajador de su silla y llevárselo de allí.

El oficial de policía de Arden había recibido rápidamente el apoyo de su colega de Skørping, y ambos habían actuado con eficacia y corrección, a pesar de que, obviamente, los asesinatos no se contaban entre los asuntos habituales del día en sus pequeñas poblaciones.

Toda la plana mayor de Homicidios de Aalborg había sido alertada inmediatamente, y los dos oficiales al mando habían seguido al pie de la letra lo que indicaba el manual: habían sellado la escena del crimen, cerrando primero con llave la habitación y bloqueando luego con una cinta de plástico la avenida que daba a la entrada del castillo.

Hans-Otto Corfitzen había cumplido setenta y tres años. Su esposa había muerto de cáncer hacía ya unos años, cuando aún vivían en el extranjero, y solo habían tenido una descendiente, una hija, que trabajaba para un gran banco en Londres.

La secretaria de Corfitzen, Hanne Larsen, les informó de que el exembajador contaba con «una especie de guardaespaldas» desde febrero. Alguien que, según él mismo le había comentado, respondía a la necesidad de protegerse ante las amenazas de un antiguo socio de negocios. «No es que se tomara demasiado en serio a ese tipo», dijo la mujer, «pero prefería estar más seguro, *por si acaso*».

Un tiempo después aparecieron en la casa «cuatro hombres más de ese estilo», por decirlo en palabras de la anciana secretaria. Cuatro tipos igual de lacónicos y correctos que el guardaespaldas. Corfitzen se había referido a ellos como a sus «gestores financieros». Al parecer eran auditores y tenían el encargo de examinar los números de sus empresas, pero, aunque la secretaria no tenía ni idea de inversiones privadas, todo aquello le resultaba de lo más insólito. Sea como fuere, ella acababa su turno cada día a las cuatro, así que apenas veía a los hombres misteriosos.

Nadie había visto a ninguno de los «guardaespaldas», ni tenía la menor pista sobre su paradero desde que se había hallado muerto a Corfitzen. Por supuesto, Grube había dejado claro desde el primer momento que la búsqueda de esos hombres era de máxima prioridad. Sin embargo, algo en su interior le decía que iba a ser difícil encontrarlos...

El segundo interrogatorio del día fue para el mayordomo de Corfitzen, Poul Arvidsen, un hombre introvertido y silencioso que explicó que trabajaba principalmente como chófer, pero que hacía un poco de todo. Incluso de jardinero. Cuando entró en el despacho de su patrón –donde lo halló muerto–, tenía pensado hablar de los detalles del viaje a Copenhague que iban a emprender al día siguiente.

Luego volvieron a preguntar a la secretaria si recordaba haber notado algo que se alejara de la rutina habitual del castillo –más allá de la misteriosa desaparición de los guardaespaldas, se entendía–, y ella mencionó que el perro de Corfitzen, un drahthaar alemán llamado Rufus, había desaparecido hacía unos días. Según Corfitzen se había escapado.

Pero el chucho era irrelevante. Ahora lo importante era mantener la cabeza fría y no cometer errores en esta fundamental primera fase de la investigación. Porque a partir de aquel momento iba a ser todo de lo más interesante.

El inspector Grube estaba pensando en el revuelo que iba a causar en los medios el misterioso asesinato del señor del castillo y exdiplomático de máximo rango –creador, cabía recordarlo, de un fondo de caridad infantil–, cuando lo llamaron y sacaron de su ensimismamiento.

–¡Grube, tienes que venir!

Se puso el mono y se cubrió los zapatos con fundas de plástico. Los técnicos forenses estaban entrando en el despacho, justo en el momento en que los expertos en Medicina Legal habían acabado su trabajo. Tenían previsto escudriñar cada pelo, cada fibra, cada huella digital, cada gota de fluido corporal. Desmontarían el espacio y lo dividirían en átomos.

El superintendente apareció en el umbral de la puerta. Echó un vistazo a la habitación, se acercó con cuidado al escritorio y observó atentamente el cadáver de Corfitzen. Era justo como el policía local lo había descrito: en la mirada inerte del señor del castillo podía verse una indiscutible expresión de sorpresa.

–¿Y bien? ¿Qué opinas? –preguntó, mirando a la jefa de Medicina Legal, una mujer de unos cuarenta años llamada Dalby con la que ya había coincidido en un par de ocasiones. Le había gustado desde el principio. A quien no conocía era a su joven ayudante.

–Sabes que no podemos decir mucho antes de la autopsia definitiva, pero dado que Corfitzen no es precisamente un don nadie, estoy segura de que querrás...

El teléfono de Grube sonó justo en mitad de la frase.

–Un momento, por favor.

Dalby asintió.

El hombre que estaba al otro lado del cable ni siquiera hizo el amago de saludar, sino que fue directamente al grano:

–Voy a pasarme ahora, Grube. Quiero verlo todo en persona –se limitó a decir. Era el director de policía Torsten Vester.

Durante unos segundos ambos mantuvieron el silencio, y luego Vester dejó caer la bomba:

–Vendré con Bøjlesen. Llegaremos en veinte minutos.

Grube colgó y suspiró ante la idea de aquella visita inminente. En todos los años que llevaba trabajando en el Departamento de Homicidios, el jefe superior de policía Max Bøjlesen jamás se había presentado en la escena de un crimen. Pero ahora resultaba que el gran jefazo de Jutlandia del Norte había decidido ir al castillo, aunque ya fuera demasiado tarde para estrechar la mano del venerable exembajador e intercambiar con él algunas frases de cortesía.

–Lo siento, ¿por dónde íbamos?

–Estaba diciendo que Corfitzen no era precisamente un don nadie, de modo que...

–Desde luego que no lo era.

—De modo que te daré una primera opinión... absolutamente extraoficial, por supuesto.

—Oh, sí, por favor, hazlo —se apresuró a responder Grube.

La forense entornó los ojos al sacar los papeles con su informe.

—Muestras de violencia: dos lesiones visibles en la cara, ambas inofensivas, resultado sin lugar a duda de sendos golpes. Una lesión en la parte posterior de la cabeza, de contorno bien definido. No se observan lesiones de defensa en los brazos, pero sí pequeños hematomas y marcas que denotan rudeza en el trato. Hematomas también en ambas muñecas. Por el tamaño y la ubicación parece más que evidente que Corfitzen fue maniatado. Diría que de eso no cabe la menor duda. Hora de la muerte: entre las nueve de la noche de ayer y las tres de la madrugada. Causa de la muerte: nada de lo que acabo de mencionar. Y como por el momento desconocemos el historial médico de Corfitzen, me temo que no tiene ningún sentido seguir especulando. Dicho de otro modo, me temo que tendrás que esperar un poco más...

—Pero el miedo o una emoción muy intensa o algo así... pueden resultar letales, ¿no?

La forense asintió y acabó su discurso:

—Escena del crimen: tendremos que desvestirlo para ver el *livor mortis*, aunque por ahora no disponemos de ningún indicio que nos lleve a pensar que el lugar en el que lo hemos hallado no sea el mismo en el que murió por causas naturales.

—En teoría, podría haber sido objeto de un trato rudo o agresivo por parte de un agresor y haber muerto luego víctima de, por ejemplo, un infarto, ¿no?

—En teoría sí, Grube.

—Pero tengo que dar alguna respuesta... Mi jefe está a punto de llegar y viene acompañado por el jefazo máximo de la policía. Van a acribillarme a preguntas. Que Dios me ayude.

Dalby sonrió comprensivamente.

–¿Viene con Bøjlesen? Pobre de ti... Está bien, como acabas de darme mucha pena, te comparto una primera hipótesis: Corfitzen recibe un golpe en la cara. Tropieza y se hiere en la parte posterior de la cabeza. La lesión facial número dos responde a un gesto de violencia intencionada a fin de amenazarlo o intensificar lo que estuviera pasando. Para entonces, Corfitzen ya estaba atado a su silla, cuya ubicación, aproximadamente en el centro de la habitación, no tiene ninguna explicación, y es un indicio claro de que, obviamente, el exembajador no fue a sentarse tranquilamente a su escritorio justo después de ser golpeado. Lo más probable es que muriera de un derrame cerebral.

El inspector Grube acababa de hacer un breve recorrido por el castillo de Nørlund. Su gente trabajaba a toda velocidad, cada uno concentrado en la tarea que se le había encomendado.

Llegó al puente sobre el foso del castillo justo a tiempo de ver al exembajador Hans-Otto Corfitzen abandonar para siempre su morada terrenal cubierto con una sábana blanca, y ser empujado en una camilla hasta el interior de una ambulancia.

Aquel no era modo de despedirse. Tras una larga vida al servicio de la nación en territorios extranjeros, la mayor parte del tiempo en Europa del Este, resulta que al final el diplomático sufrió la violencia en su propia casa, agregando así otra tragedia a la centenaria historia del castillo.

Levantó la mano en señal de saludo cuando los paramédicos pasaron frente a él, bajo el puente, avanzando hacia la salida. Apenas habían desaparecido de su vista cuando un

Passat negro irrumpió a gran velocidad por el camino de grava, haciendo que esta saliera disparada hacia los lados. Ahí estaban sus jefes. En el coche privado del director.

El jefe de policía saltó del asiento del copiloto, como si la rapidez y la impaciencia pudieran hacer retroceder el tiempo y le permitieran intervenir y aun prevenir el crimen contra el señor del castillo.

Se saludaron. Los jefes miraron a su alrededor para obtener una visión general del terreno y, cuando sus ojos regresaron al punto de partida, que era el foso, empezaron a preguntar:

–¿Ya sabemos cómo lo han asesinado?

Las palabras del jefe superior de policía Bøjlesen sonaron completamente fuera de contexto, como si llevara ya mucho tiempo seguro de que se trataba de un asesinato.

Grube se esforzó por matizar la situación, pero apenas había empezado a esbozar los detalles de la cuestión cuando el otro lo interrumpió.

–¿Hay sospechosos?

Grube respiró hondo. De Bøjlesen solo sabía que había ocupado un cargo de máxima responsabilidad en Copenhague, pero que era originario de Jutlandia del Norte, y que, por tanto, había regresado *a casa,* y que gozaba de un cierto grado de ingenio, acertadamente mezclado con la astucia y la lucidez de la capital. Pero lo que realmente le molestó fue el hecho de que el tipo apareciera en escena solo porque se trataba del –supuesto– asesinato de un vecino célebre. Si estuvieran ante el caso de un drogadicto muerto a cuchilladas en la calle, ninguno de los dos habría llegado al galope, como acababan de hacer.

–Como acabo de explicarle, señor, todavía no sabemos si realmente ha sido un asesinato, y por tanto no hemos abordado aún el tema de los sospechosos.

71

El gruñido del jefe de policía sonó de cualquier modo menos satisfecho. Vester estaba a punto de intervenir para calmar los ánimos del director cuando uno de los policías llegó corriendo a toda prisa.

–Acabamos de encontrar un par de cosas muy interesantes en el jardín, Grube –explicó el hombre conocido por ser uno de los más duros del departamento–: una tumba…

–¿Una tumba?

–Sí, hay un perro enterrado, así que…

–¡Ja! ¡Siempre hay un perro enterrado en alguna parte! –exclamó Bøjlesen con una mueca irónica.

–¿Podría tratarse del perro de Corfitzen? –preguntó Grube.

–Sí, sí. El jardinero ya lo ha reconocido. Además hemos encontrado algunas marcas entre los parterres. El rastro de unas botas de adulto y unas patas de perro. No las del perro muerto, sino otro.

–¿Huellas?

–Estamos en ello.

–Bien. Voy contigo. Enséñame lo que habéis encontrado.

Grube aprovechó la oportunidad para largarse de allí a toda prisa, pero mientras se iba se dio la vuelta y dijo:

–Si lo desean, pueden ir al piso de arriba y echar un vistazo a la escena del supuesto crimen. En el despacho, primer piso, ala principal, hacia la mitad. Los especialistas ya están allí.

La maniobra de evasión resultó un éxito. Estaba convencido de que ninguno de los dos podría resistir la tentación de echar un vistazo a los señoriales aposentos del castillo.

–¿Qué tipo de rastro seguimos? –preguntó, de camino hacia el jardín.

–Pisadas de suelas gruesas, como de botas de montaña o algo así. Empiezan en el muro que conduce a la carretera lateral y reaparecen al otro extremo del césped. Y van acompañadas justo al lado, o a pocos pasos, de unas huellas de perro. Un perro blanco, probablemente. Hemos encontrado un mechón de pelo de ese color enzarzado en un seto un poco más allá… En cierto punto entre los árboles, el hombre ha debido de salir disparado hacia los campos, como si el diablo lo persiguiera. Lo digo porque la distancia entre las huellas casi casi se triplica.

–¿Y el perro enterrado?

–Lo hemos encontrado al fondo del jardín, entre unos arbustos.

14

El sol acababa de salir, pero él llevaba ya varias horas despierto. Estaba sentado en el agujero del árbol, en su escondite, observando a los animales que caminaban entre los pastos. Con una mano sostenía el arco, y una flecha de caza de treinta y cinco gramos reposaba sobre su muslo.

Un rato antes había caído en un sueño inquieto, y entonces reapareció ella: la niña con la muñeca. Como de costumbre, estaba de pie entre las ruinas. Muda, sucia, con su Barbie en una mano. La muñeca no tenía piernas, solo le quedaba un brazo, y su pelo y su cabeza eran una especie de masa negra y derretida. La niña llevaba un vestido rojo y tenía la mirada de una anciana de noventa años. Él no se movió ni un milímetro.

Cuando al fin despertó y recuperó el aliento, tuvo claro que no iba a volver a dormirse.

La última vez había sido el vaquero. No seguían una pauta específica. Lo único que tenía claro era que cada vez que iba a visitarlo uno de los siete, él tardaba varias horas en recuperarse y sobreponerse a la tensión.

La niña con la muñeca lo había visitado en un momento en el que ya sentía, de hecho, una inquietud insoportable. Había pasado una semana desde que estuvo en el castillo de Nørlund a medianoche. Una semana desde los guardias ves-

74

tidos de negro, el perro ahorcado, el hombre inconsciente y la atropellada huida por la colina y el valle.

Desde entonces, el asunto no había dejado de chirriarle un solo día. Había reflexionado tanto sobre ello, en realidad, que hasta había empezado a pensar que podía tratarse de un producto de su cabeza trastornada: el cuento de hadas del hombrecito y su perro que querían visitar un castillo en el bosque. Una maldita historia melodramática, hilvanada entre misteriosos troncos de pinos plateados, y por tanto...

Ahí estaba el cervatillo. Oxen lo observó cuidadosamente a través de la maleza.

Desde su primer intento fallido había decidido dejarlo en paz, y en lugar de acecharlo se dedicó a entrenar cada día en el campo. Aún estaba a años luz de sus viejas habilidades, pero se sentía lo suficientemente seguro como para lanzar un tiro de calidad a veinte metros de distancia.

El cervatillo se quedó quieto, desconfiado, y olisqueó el aire. No alcanzó a ver ningún peligro y dio varios saltitos hasta llegar al sitio al que habitualmente acudía a beber.

Oxen puso una flecha en su arco, lo tensó y esperó a que el animal levantara la cabeza para poder hacer blanco en él. La flecha pasaría de cero a trescientos cincuenta kilómetros por hora en una centésima de segundo. La punta de flecha mecánica con los tres bordes afilados se abriría con el impacto y se clavaría en el animal como un cuchillo en un taco de mantequilla. Ahora solo quedaba por ver en qué parte del cervatillo había impactado... si es que lo había hecho, claro.

El ciervo se detuvo y levantó la cabeza, vigilante. Oxen ajustó el arco y lanzó la flecha. El animal volvió la cabeza y dio unos saltitos ligeros y tranquilos hacia delante, como si quisiera continuar con su trayecto. Luego, diez o quince metros más allá, dio una vuelta sobre sí mismo como buscando un sitio para estirarse a tomar una siesta, y murió en paz.

En la caza con arco y flecha no se producen agresiones excesivamente violentas ni efectos pirotécnicos ni destrozos desgarradores como en la caza con armas de fuego. Con un disparo certero solo se provoca una incisión quirúrgica de entre veintiocho y treinta milímetros de diámetro que atraviesa de un lado a otro el cuerpo del animal.

Oxen salió de su escondite y se dirigió al arroyo.

Había acertado justo en el pulmón, y el cervatillo se ahogó en cuestión de segundos. Esa noche su carne les proporcionaría al Señor White y a él una comida celestial.

Una sensación de calidez le recorrió el cuerpo. Hacía ya muchos años que no se arrodillaba ante un botín tan precioso.

El rugido característico de las palas del helicóptero sonaba aún lejano cuando llegó a sus oídos, pero fue intensificándose a medida que el aparato se acercaba al valle.

Oxen lo oyó mientras se abría paso entre la frondosa maleza que crecía a orillas de Lindenborg Å. Instintivamente, se puso tenso. Dejó el ciervo en el suelo y se agachó. El helicóptero estaba ya realmente cerca, aunque allí, junto al arroyo, se sentía bien protegido por la vegetación.

De cuclillas como estaba, Oxen no podía ver el helicóptero. Comprendió, no obstante, que se había detenido en el aire, justo encima de él, como si su tripulación estuviera buscando algo muy concreto. Sabía que su campamento estaba perfectamente camuflado y no temía por ello, pero no podía saber si el Señor White iba a ponerse a ladrar o si saldría corriendo hacia su escondite, con la idea de protegerlo de los invasores que llegaban por el aire.

Pero entonces el helicóptero volvió a ponerse en movimiento. Sus palas cortaron el aire y empezaron a sonar cada vez más fuerte. Oxen se estiró boca abajo.

▶ Tango 21, aquí Tango 24. Taxi a casa. Esperamos contacto visual en breve. Aguardamos nueva orden. Cambio.

▶ Tango 21. Entendido. Corto.

En pocos segundos, el Chinook rugiría de nuevo sobre el puerto de montaña y se mantendría a la altitud mínima –como hiciera también en el valle de Shahi-Kot, en la guerra contra Afganistán– sobre la zona de aterrizaje. Ahora lo único que tenían que hacer era esperar. Pronto aparecería el taxi, envuelto en una gran nube de polvo. Solo unos minutos más.

▶ Tango 24, aquí Tango 26. Talibanes escondidos tras las rocas, 100 metros al noroeste. Bazucas avistados. Maldita sea, han visto el Chinook. Esperamos nueva orden. Cambio.

▶ Tango 24. Debemos eliminarlos. ¡Rápido! Esperamos señal. Confirmado. Cambio.

Cra-cra… En algún lugar detrás de él voló un cuervo. Oxen entornó los ojos, cegado por los rayos de sol que se reflejaban en el arroyo. Tres pequeñas truchas chapotearon sobre el fondo arenoso del riachuelo.

Volvió a alzar la mirada. Vislumbró el helicóptero por un hueco entre las copas de los árboles. Zumbaba sobre el valle como una avispa gigante; luego recorrió las laderas y volvió a subir hacia la colina, hacia arriba, zigzagueando por todo el valle. Eso solo se hacía en una misión muy determinada: la de cazar un objetivo.

Al final se hizo de nuevo el silencio. Oxen se quedó sentado un rato más, y luego se levantó y cogió el venado por el cuello. Si tras su visita al castillo de Nørlund se había sentido algo inquieto, ahora tenía una verdadera crisis de ansiedad.

15

La pelea resultó agotadora. Fue como una de esas hogueras que puede tardar días y días en dejar de arder antes de convertirse en cenizas y, por fin, desaparecer. El entorno hacía imposible una discusión dura, a poder ser con gritos, que sin duda les habría ayudado a limpiar el ambiente de una vez por todas.

Llevaban ya quince días en un hotel de esos a los que los daneses se referían como «Schlossgut». Se encontraba a las afueras de Hobro, en las colinas de la cara norte del fiordo de Mariager, cuyas brillantes aguas cristalinas quedaban a solo unos cientos de metros de distancia. Se trataba de un lugar precioso, en realidad.

Se habían registrado con los nombres que tenían en sus pasaportes: Helena y Konrad Sikorski, oriundos de Barsinghausen, al sudoeste de Hannover. Sin embargo, el lenguaje en el que discutían entre susurros no coincidía en absoluto con el que se les presuponía en aquel papel: ellos hablaban en ruso con ciertos dejes lituanos.

El caso es que una pareja instalada en un pequeño hotelucho danés, peleándose durante varios días y discutiendo en un idioma extranjero era una combinación perfecta para llamar la atención y no pasar en absoluto desapercibidos.

–Si no hubieras sido tan bruto, ahora no estaríamos como estamos –dijo Helena, una mujer de unos treinta años, con un rostro fino y delicado, ojos marrones y un melena oscura como el carbón, que llevaba recogida sobre la nuca en una tensa cola de caballo.

–No dejas de repetirme lo mismo. ¿Cuántas veces tengo que explicártelo para que lo entiendas? ¿Cómo iba yo a saber que el viejo era tan condenadamente terco? ¿Y por qué nadie me había dicho que estaba en tan mala forma?

Indignado, Konrad se golpeó los muslos con las manos. Se moría de ganas de gritar hasta que las paredes temblasen. Su cabeza, enrojecida por la ira, parecía a punto de explotar. Tenía arrugas en torno a los ojos y la boca, y aunque apenas se le notasen las generosas entradas en el pelo rubio rojizo (básicamente porque lo llevaba rapado al cero), podía verse con toda claridad que era bastantes años mayor que ella: debía de tener unos cuarenta y pico.

Cualquiera que los hubiera visto juntos habría llegado a la conclusión de que se trataba de un hombre con suerte por tener a la bella Helena a su lado.

–¡Por Dios! No hace falta ser un lumbreras para saber que las personas mayores exigen un poco más de prudencia, ¿no te parece? ¡Es lógico, maldita sea! ¿Acaso tu padre está igual que cuando tenía veinte años? ¿Y qué vamos a hacer ahora? ¿Qué demonios se supone que vamos a hacer ahora?

Llevaban todo el día pensando en cómo llevar a cabo su encargo, pero no habían logrado dar con una solución.

Konrad no respondió. Se limitó a seguir caminando de un lado a otro de la habitación, como una bestia enjaulada. Al fin se detuvo frente a la ventana. Tenía la sensación de estar dando vueltas en círculos. Todo eran acusaciones y explicaciones que daban cuenta de por qué su plan había fracasado, pero no decían nada constructivo que les ayudara a salir de ese embrollo.

–Necesito que me dé el aire, a ver si así pienso con claridad. Quizá se me ocurra algo… Pero antes debo reflexionar sobre algunas cosas. ¿Quieres que vayamos a dar un paseo? Así podremos hablar de esto tranquilamente –dijo.

Se sentaron en el banco de la colina. Frente a ellos se abría una pendiente enorme, y abajo de todo estaba el fiordo, rodeado de una vegetación exuberante.

–Qué bonito es esto, ¿no te parece? Los daneses tienen suerte de tener un país tan perfecto, tan limpio y bonito, sin pobreza, sin problemas. En realidad deberían ser las personas más felices del mundo, ¿verdad?

Él gruñó algo ininteligible a modo de respuesta. Lo que Helena decía era ingenuo, pero al mismo tiempo cierto: aquello era muy bonito.

–Si la Guerra Fría hubiera acabado en una guerra real, ahora estaríamos sentados en territorio ruso –dijo.

–Tonterías –respondió ella–. Si aquí se hubiera librado una guerra, nada estaría igual. No quedaría nada. Aunque seguro que a ti te educaron para creer lo contrario.

–A mí no me educaron para creer en nada, sino para reafirmarme e imponer mi criterio. Escucha… en última instancia tú decides, por supuesto, pero se me ha ocurrido algo y creo que puede funcionar –le espetó.

–Pues suéltalo ya, hombre.

–Hasta ahora hemos estado recorriendo el bosque tras la marca de unas huellas en la nieve, pero de pronto ha llegado el deshielo, y el rastro ha desaparecido.

–Qué poético.

–¿Y qué podemos hacer al respecto? Pues esperar a que llegue alguien que conozca el camino.

–Tendrás que explicarme eso mejor, porque no te sigo.

–Cuando aparezca ese alguien, lo seguimos.

–¿Y si no viene nadie?

–Claro que vendrán. Puedes estar segura. Los nervios están a flor de piel, y las personas como ellos no pueden soportar tales situaciones. No están acostumbrados. Lo único que conocen es el control, y el miedo hace que se les caigan todas las máscaras. Así que no importa quién nos muestre el camino: estaremos preparados y seguiremos sus huellas.

Helena se sentó y asintió, fijando los ojos en el fiordo y en el paisaje que se extendía tras él. En boca de Konrad todo sonaba tan fácil… Nunca tenía miedo. O, si lo tenía, sabía mantener de tal modo la compostura que era imposible vérselo. Era un profesional.

–Pero… –dijo ella, lentamente–. No sabemos cuánto tiempo tendremos que esperar, y eso podría resultar arriesgado. Es peligroso seguir aquí, tan cerca.

–Deja que yo me ocupe de eso.

Fijó su mirada en un velero blanco. Hacía un día magnífico para navegar. Soleado y con una suave brisa.

–También podríamos marcharnos. Irnos. Dejarlo estar –añadió.

Ella tardó un rato en responder. El velero había desaparecido tras unos árboles.

–Ya hemos llegado demasiado lejos para eso. Lo haremos como has dicho.

16

La pequeña tropa, formada por cinco hombres armados hasta las cejas, se abrió paso a toda prisa a través de la espesa maleza.

Ya casi habían llegado a su destino, y el jefe del Departamento de Homicidios, Rasmus Grube, acababa de indicarles –a través del intercomunicador– que a partir de aquel momento debían proceder con la máxima precaución.

En ese punto, bajo las coníferas, estaba todo tan oscuro como la boca del lobo, pero Grube podía notar la presencia de una sombra a su derecha, y pudo oír también el crujido de una rama al partirse en dos. No formaban una maquinaria bien engrasada, ni una unidad de élite, pero sí un grupo de hombres buenos y experimentados del Departamento de Policía. Y eso era suficiente. Tenía que serlo, porque él se había negado rotundamente a llamar al Comando de Operaciones Especiales. ¡Por el amor de Dios, pero si eran de las unidades antiterroristas! Y la escena de aquella mañana no había tenido absolutamente nada que ver con el terrorismo.

Un poco más abajo de la pendiente salieron del bosque de coníferas, aunque seguía estando todo oscuro y aún no podían ver lo que les quedaba enfrente.

–Esperaremos aquí, en el margen del bosque, hasta que empiece a amanecer –susurró el inspector hacia el micrófono.

Por supuesto, todos los hombres –excepto Grube– llevaban consigo sus armas habituales, además de una Heckler & Koch MP5, y, para asegurarse de estar a la altura de las circunstancias, se habían provisto también de visores y láseres.

Al inspector no le hacía ninguna gracia ir armado y había rechazado la ametralladora que le habían ofrecido. La idea de llevar encima tanta munición no había sido suya, por supuesto, sino de su jefe.

Durante los últimos días se había confirmado definitivamente lo que ya le había parecido intuir en los minutos que estuvo reflexionando frente al despacho del señor del castillo: la muerte de Corfitzen había provocado una verdadera avalancha de acontecimientos, las esferas superiores del poder se inmiscuían en todo, y había un contingente de armas adicionales por si no se presentaba el AKS. Aparte de eso, el propio jefe de policía apareció en escena todos y cada uno de los días para ir informándose del punto en el que se hallaban las investigaciones, lo cual presionaba terriblemente a todo el departamento.

El hecho era que no habían avanzado demasiado, y que si no sucedía algo, y pronto, Grube sería reemplazado como cabeza de la investigación. Aun así, y pese a la falta de progresos, la acción de hoy le parecía tan desproporcionada como carente de imaginación. Era fácil llegar al quid de la cuestión: buscaban a un hombre en compañía de un perro blanco. Este hombre había estado en el jardín del castillo en el momento en que cesaron las lluvias de mayo. Eso fue todo. No había la menor razón para el drama y las ametralladoras.

Y no había ni un átomo de verdad en los numerosos titulares de periódicos y en las insólitas transmisiones televisivas de los últimos días. Desde que se dirigieron a la ciudadanía para pedir ayuda en la búsqueda de un hombre con un perro blanco, todo se había ido de madre.

Personalmente, había intentado insistir una y otra vez en el hecho de que la policía solo quería *hablar* con ese hombre, pero por lo visto ese detalle tan aburrido se había ido perdiendo, de un modo u otro, en el relato de los medios de comunicación.

«¿Desertor enajenado responsable del asesinato del exembajador?». Este titular le pareció especialmente memorable. La prensa interrogó a un buen número de ciudadanos de Rebild y los manipuló vilmente con preguntas del tipo «¿No le parece que la gente que vive en el bosque está un poco perturbada?». Así, a partir de esa anómala premisa, la población adoptó casi sin darse cuenta aquella versión del drama.

De modo que ahora el hombre con el perro se había convertido en un enfermo mental, un loco, un psicópata, y no había duda de que esa gente era lo peor de lo peor. Por supuesto, un tipo de esa calaña podía ir perfectamente armado... y además, de un modo u otro tendría que comer, ¿no? ¿Era posible que además fuera un cazador?

El caso es que, así, el inspector Rasmus Grube y sus hombres se encontraban ahora en el margen del valle de Lindenborg, equipados con chalecos antibalas y ametralladoras, y eso que no debían matar a alguien, sino solo encontrarlo.

Miró hacia delante, en la oscuridad, y luego echó un vistazo a su reloj. Pronto amanecería.

Después de todo, los investigadores de los medios de comunicación habían contribuido a demostrar que el hombre con el perro blanco no era un producto de la imaginación de nadie. Que existía de verdad. Un joven de Haverslev lo había visto aquella fatídica noche junto al castillo de Nørlund cuando cruzaba la carretera corriendo. Además, una joven que trabajaba como ayudante de cocina en el Rold Storkro se había puesto en contacto con la policía: había sorprendido al hombre mientras rebuscaba en los contenedores que quedaban junto al restaurante, había sentido lástima por él y les había dado, a él y a su perro, una buena cantidad de comida. La mujer lo describió como «un poco extraño».

El inspector no tenía ni la menor idea de quién podía esperarles ahí en la oscuridad. Todo lo que sabía era que el helicóptero había dado con un perro blanco y una especie de campamento en el valle. Habían conseguido las coordenadas y habían avanzado guiados por el GPS. Ahora solo les faltaba un poco de luz diurna.

Sentía curiosidad, debía admitirlo. Dado que no habían podido avanzar en la pista de los misteriosos hombres que habían trabajado como guardaespaldas de Corfitzen y por lo visto se habían esfumado en el aire, el hombre con el perro se había convertido en la única pista concreta de la que disponían en aquel momento.

Las instituciones psiquiátricas del país se habían visto muy presionadas cuando los políticos decidieron someterlas por enésima vez a nuevas medidas de austeridad. La cifra de camas había sido recortada y los pacientes volvían a reinsertarse en la sociedad lo antes posible, aunque tuvieran que dejarlos en la calle o en un hogar en el que solo les esperaban cuatro míseras paredes a las que seguir mirando.

Básicamente, suponer la existencia de una persona con una enfermedad mental era lo más lógico. Según confirmaban las propias estadísticas policiales, los antiguos reclusos solían retirarse a la soledad del bosque.

Visto lo visto… quizá estuvieran a punto de enfrentarse a un tipo, algo ido y malhumorado, acompañado de un perro de color blanco. Un pobre lunático que en realidad necesitaría una mano amiga y no el acoso de una tropa de hombres armados hasta los huesos al amanecer.

–De acuerdo, vamos a bajar poco a poco.

Por indicación del inspector, el grupo se puso en marcha: bajaron por la pendiente y avanzaron a través del cinturón de sauces; se adentraron en las heladas aguas del estrecho arroyo, limpiando un poco el hedor apestoso de sus botas y pantalones –aunque al otro lado volvieron a encontrar el maldito lodo–, y pronto estuvieron allí. A solo cincuenta metros de su destino, por fin tuvieron tierra firme bajo sus pies.

Grube estaba seguro de poder localizar el campamento en cualquier momento, y ordenó a sus hombres que se arrastraran el último tramo entre la hierba alta.

Cuando ya solo estaban a unos veinte metros del árbol caído, se dispersaron hacia los lados, distribuyéndose alrededor de su objetivo y formando un círculo en torno a él. Justo en el momento en que sus hombres le informaron de que estaban en posición, un perro empezó a ladrar como loco bajo la lona verde. ¡Maldita sea, el animal estaba realmente comprometido con su causa! No podía ser de otro modo, en realidad. Ladraba como enloquecido.

Al final de la noche, Oxen aún no había logrado pegar ojo. Los dientes podridos del vaquero le removían las entrañas. Un día, el fantasma serbio se lo comería mordisco a mordisco. Y si no, aún quedarían otros seis dispuestos a echarle una mano. Nunca terminaría. Tal vez fue esa idea la que hizo que se rindiera.

Había dado unos cuantos tragos y había fumado algo de hierba, de modo que estaba profundamente dormido cuando el Señor White empezó a ladrar. Le llevó varios segundos recuperar la consciencia, y tardó un buen rato en saber dónde estaba y en comprender que los ladridos de su perro anunciaban un asunto serio.

Su mano se cerró rápidamente sobre la empuñadura del

cuchillo que siempre guardaba bajo la almohada. Se puso boca abajo y se arrastró hasta fuera de la lona. Al principio no vio nada. Entonces descubrió una figura humana, a unos veinte metros de distancia, arrodillada sobre la hierba.

–Hola. Policía. Nos gustaría hablar con usted. Por favor, levántese.

¿Policía? Todavía estaba medio dormido y no alcanzaba a pensar con claridad. ¿Policía? ¿Qué hacía ahí la policía? ¿En su campamento?

De pronto lo comprendió todo. De repente la inquietud que sentía desde el otro día halló la respuesta redentora. Se trataba del castillo de Nørlund, del perro ahorcado, del hombre inconsciente y los tipos trajeados. Por eso el helicóptero había querido explorar su campamento.

Se levantó con lentitud. En ese momento vio el resto de figuras oscuras, ocultas entre la hierba, a su alrededor. Cuando se levantó, alzó los brazos y dejó caer el cuchillo.

Las figuras también se levantaron. Eran cinco en total; cuatro de ellos con ametralladoras y chalecos antibalas. Pero ¿qué demonios estaba pasando?

El Señor White empezó a ladrar de nuevo, completamente fuera de sí, y Oxen solo podía pensar en una cosa: que su perro no atacara; que no hiciera ni el menor movimiento sospechoso, o, de lo contrario, cualquier dedo excesivamente nervioso podría tensarse en su gatillo.

Llamó a su fiel amigo para que fuera junto a él, lo acarició, lo calmó y logró que se sentara obedientemente a su lado.

Cuando el inspector Rasmus Grube vio que sus hombres avanzaban tan concentrados y terminaban la maniobra, se descubrió a sí mismo pensando que aquel hombre alto y delgado que acababa de ser rodeado de una manera tan efectiva, debía de estar, sencillamente, estupefacto.

La imagen que tenía frente a sí solo podía resultarle desconcertante, así como el modo en que había sido sorprendido y despertado, ya estuviera mentalmente enfermo o no. Sea como fuere, ahora lo tenían, y eso era exactamente lo que todos habían estado esperando.

–No se mueva y asegúrese de que el perro siga tranquilo, ¿de acuerdo? No queremos hacerle daño. Solo queremos hablar con usted.

Ya estaban muy cerca del hombre con el perro blanco. Tenía un aspecto bastante descuidado. Su barba era fina pero espesa, y su melena morena y grasienta estaba recogida en una coleta.

El hombre se limitó a quedarse quieto, murmurando unas palabras tranquilizadoras a su perro, y entonces asintió lentamente. Por fin una evidencia, la primera, de que aquella figura inmóvil disponía de alguna habilidad comunicativa.

–Mi nombre es Rasmus Grube. Soy el jefe del Departamento de Homicidios de la Policía. Lamento las circunstancias en las que nos estamos dirigiendo a usted, pero sin duda entenderá que en nuestro trabajo a veces nos encontramos con situaciones que nos obligan a tomar ciertas precauciones –dijo, señalando a sus colegas, ahora visiblemente más relajados, y luego continuó con un tono amable y tranquilo–: Querríamos pedirle que nos acompañara a la comisaría de Aalborg para… conversar con usted. ¿Estaría de acuerdo?

El hombre esbozó una débil sonrisa. ¿Qué era lo que le hacía gracia? Quizá no fuera consciente de la gravedad de la situación… ¿Podía ser que no entendiera lo que estaba sucediendo? ¿Que nadie habría enviado a un escuadrón de policías armados a buscarlo por simple diversión?

–Es decir… nos gustaría charlar detenidamente con usted sobre ciertos asuntos. Y nos gustaría llevarlo a Aalborg, a la comisaría. ¿Le parece bien?

–¿Por qué? ¿De qué se me acusa? –De modo que sí lo entendía. Entendía perfectamente, tanto las palabras como la situación.

–No le consideramos culpable de nada, si se refiere a eso.

–Entonces podríamos hablar aquí, ¿no le parece?

Grube sacudió la cabeza, a la defensiva.

–Preferiríamos que viniese a comisaría.

–¿Y sobre qué quieren hablar?

–Sobre… ciertos acontecimientos que tuvieron lugar en el castillo de Nørlund hace unos días. ¿Estuvo usted allí?

El hombre asintió.

–Está bien. Dígame su nombre.

–Niels.

–¿Niels qué más?

–Oxen. Niels Oxen.

Grube tuvo que hacer un esfuerzo por reprimir una exclamación de sorpresa; tragó saliva y trató de recomponerse. Observó a aquel hombre por un momento y, finalmente, incapaz de guardar su asombro para sí, añadió:

–¿Niels Oxen? No me lo puedo creer… ¿Y qué está haciendo aquí?

–¿Lo conoces, Grube? –gritó uno de sus colegas.

–Depende de lo que entiendas por conocer. Digamos que sé quién es. Él… –En aquel momento, Grube vaciló. Sabía que debía elegir las palabras con cuidado. Debía ser expeditivo pero al mismo tiempo cortés, sin parecer demasiado cercano ni demasiado tímido. Lentamente, continuó–: Niels Oxen estuvo una temporada en el mismo curso que yo en la academia de policía. Es un veterano de guerra y un excazador militar de élite. El soldado más condecorado de la historia de Dinamarca.

17

En un primer momento, el jefe de policía Bøjlesen sonrió complacido al recibir la noticia de que habían encontrado al hombre implicado en el asunto de Corfitzen, aquel que iba con un perro blanco, y que lo habían llevado a comisaría, pero cuando le mencionaron el nombre del susodicho, una sombra oscureció su rostro. El inspector Rasmus Grube, sin embargo, no se dio cuenta de ello.

–Niels Oxen... –El jefe de policía se frotó la barbilla.

–Veterano de guerra y excazador del ejército danés.

–Humm.

–El soldado más condecorado de todos los tiempos.

–Tal vez sea por eso que el nombre me resulta familiar... por la prensa.

–Consiguió el Premio al Valor del Ejército. En tres ocasiones. Le concedieron la medalla con las hojas de roble doradas, que es la que otorgan cuando se obtiene el mismo reconocimiento por tercera vez.

–¿Por tercera vez? ¡Pero eso es una barbaridad! –murmuró Bøjlesen.

–Y aún hay más. Niels Oxen fue el primero en recibir la Cruz del Coraje: la distinción más novedosa y de más alto rango que tenemos. Es el único a quien se le ha reconocido este honor hasta el momento. Para llegar tan lejos debes haber hecho algo absolutamente excepcional.

–¿Estás sugiriendo que el pordiosero con el chucho blanco es en realidad el mayor héroe de guerra de nuestra nación? ¿Es eso? –El jefe de policía frunció el ceño, pensativo.

–Pues… sí. Me temo que ninguno de nosotros le llega a la altura de los talones. Busqué su historial en Google en cuanto regresamos. Hasta los más altos cargos militares afirman que superar los logros y reconocimientos de Niels Oxen será en el futuro una gesta poco menos que imposible de conseguir. «Oxen *nunca* podrá ser eclipsado», dijo el comandante en jefe del ejército en un artículo de periódico de hace unos años.

–¿Y sabemos cuáles han sido sus heroicidades? ¿Sabemos qué ha hecho para acabar siendo tan condecorado?

–Aún no he tenido tiempo de ocuparme del tema.

–De modo que nos las estamos viendo con un indigente excepcional e insólito, con un desaliñado pordiosero que es en realidad un valiente y épico héroe nacional cuyo nombre va a estar por siempre ligado a la historia del pueblo danés. Si eso no es un asunto delicado, amigo mío… La prensa se volverá loca de alegría. A los medios les encantan todas estas mierdas. Pero por muy extraordinario que sea nuestro hombre, no olvidemos que puede ser culpable. No sería el primer veterano de guerra mentalmente… accidentado. Que sea venerado desde aquí hasta el Polo Sur no significa que no haya podido matar a Hans-Otto Corfitzen.

Una vez más, el jefe de policía se refería a los hechos de manera imprecisa: Corfitzen no había sido asesinado. Al menos no en sentido estricto. Los médicos trabajaron con enorme diligencia y tuvieron los resultados de la autopsia el mismo día en que la policía encontró el cuerpo sin vida del exembajador.

Hans-Otto Corfitzen tenía un coágulo de sangre en el corazón. En los papeles de su informe podía leerse «AIM», es decir, Agudo Infarto de Miocardio. Dicho con otras palabras: ataque al corazón, resultado, presumiblemente, del estrés sufrido y la violencia a la que fue sometido cuando estaba atado a la silla.

–¿Cuándo empezaremos con el interrogatorio? –preguntó el jefe de policía.

–No se trata de un interrogatorio propiamente dicho, sino más bien de una *conversación*. Oxen ha venido de manera voluntaria.

–¿Dónde se encuentra ahora?

–En mi oficina.

–Iré con usted y lo veré, al menos de pasada. Permítame que tenga un poco de curiosidad, ante un individuo de tamaña valentía…

El jefe de policía Max Bøjlesen había echado un largo vistazo a través de la puerta abierta mientras caminaba por el pasillo, y al llegar a su oficina le había dicho a Grube: «Clávalo en la pared. Es un trofeo».

Niels Oxen estaba sentado junto a su perro blanco, justo delante del inspector, quien, por deferencia al carácter y al pasado heroico de su visitante, iba acompañado de su jefe, Torsten Vester. El comisario Grube fue el primero en darse cuenta de que Oxen apestaba como un ñu.

–Un poco de aire fresco nos sentará bien –murmuró, abriendo la ventana.

No pudo evitar observar la cara de Oxen y especular sobre las heroicidades que podía haber llevado a cabo; heroicidades que destacarían indiscutiblemente sobre la mediocridad de las personas normales como él.

Sea como fuere, Oxen había cambiado mucho. Su rostro se había vuelto más enjuto y parecía considerablemente más viejo... aunque también era cierto que habían pasado muchos años. En la academia de policía Niels Oxen había sido un referente para todos, porque ya entonces había recibido dos medallas por su valor. Ningún estudiante había sido nunca tan valiente como él.

Valiente... ¿Cómo hace uno para ser valiente? ¿Es un rasgo innato de la personalidad o es algo que todo el mundo tiene y puede activar en casos extremos con solo presionar un botón?

–¿Por qué abandonó su formación en la academia de policía, Oxen?

Obviamente, el inspector le hizo aquella pregunta porque pretendía crear un ambiente amable y relajado a partir de su pasado común... y, bueno, por pura curiosidad.

Oxen se encogió de hombros a modo de respuesta. Había hablado mucho desde que se bajó del tren ese absurdo uno de mayo en Skørping. Primero con la chica que le había ofrecido *gulash*, y ahora con la policía. No estaba acostumbrado a hablar tanto. Le estresaba. Se encogió de hombros otra vez.

–A veces, sencillamente, llega el momento de hacer otra cosa.

–¿Y decidió entrar en el ejército, como cazador?

Él asintió.

–He leído que en los últimos años los mejores cazadores fueron requeridos para ciertas misiones internacionales, en Irak, Afganistán... Y me preguntaba si participó usted en alguna de esas operaciones en el extranjero.

La pregunta era estúpida. Nadie en su sano juicio le daría esa información. Oxen respondió de la única manera posible: «Tal vez».

El inspector Grube suspiró, y el director de policía Vester se mantuvo en silencio, sentado con las piernas cruzadas. Oxen acarició silenciosamente al Señor White detrás de las orejas.

—Está bien, empecemos. Si no le molesta, grabaré nuestra conversación.

Oxen asintió con la cabeza.

—Bueno… empezaremos con algunas cuestiones prácticas. Muchos soldados han tenido que ir a terapia. ¿Usted también?

—¿Por qué lo pregunta?

—Solo por disponer de toda la información.

—Sí. La respuesta es sí.

—¿Tiene algún documento que dé cuenta de ello? ¿Nos daría permiso para echarle un vistazo?

—No entiendo a qué viene todo esto. La respuesta es no. Vayamos ya al grano, por favor.

—Está bien. Como le expliqué brevemente esta mañana, estamos investigando la muerte del exembajador y terrateniente Hans-Otto Corfitzen y las… misteriosas circunstancias en las que se produjo. Nuestros compañeros de la científica encontraron huellas en el jardín del castillo de Nørlund, y al compararlas con las de sus botas pudieron determinar que estuvo usted allí.

—Sí.

—¿Cuándo?

—Hace ocho días.

Grube comparó la respuesta de Oxen con la declaración del testigo, el joven conductor que afirmó haber visto a un hombre con un perro blanco, y comprobó que ambas se referían al mismo día.

—¿Había estado antes en aquel castillo? Me consta que los cazadores suelen usar el bosque del Rold para sus maniobras.

—Nunca.

—¿Conocía a Hans-Otto Corfitzen?

—No.

—¿Nunca había oído hablar de él?

—No.

—¿Y qué hacía en el castillo?

—Solo quería echar un vistazo.

—¿Tenía…?

El móvil de Torsten Vester sonó justo en aquel momento. El director se disculpó y les pidió que lo excusaran y realizaran un breve descanso mientras salía precipitadamente de la sala. Poco después asomó la cabeza por la puerta y dijo:

—¿Grube, puede venir un momento? Tenemos que hablar.

Grube y Vester hablaron fuera, en el pasillo. Bøjlesen había llamado y estaba de bastante mal humor. El Centro Nacional de Inteligencia —CNI— había anunciado su llegada a Aalborg en la siguiente hora y media, y obviamente no iba a enviar a ningún simple empleado de Åarhus o de la sede de Søborg.

Los visitantes anunciados fueron el jefe del servicio secreto y su mano derecha, el director de operaciones. Obviamente, y como no podía ser de otro modo, el jefe de policía no estaba nada contento con esa noticia, pues la presencia del CNI solía significar, sencillamente, problemas: trabajo extra y presión añadida, no solo en el ámbito interno, sino también para la persona que ocupaba el cargo más alto en el organigrama de la autoridad. Es decir, para él mismo.

—Han cogido un avión y ya están de camino. Es como si se hubiesen precipitado hacia el aeropuerto en cuanto se enteraron de la identidad de nuestro sospechoso, y ahora nos piden que esperemos amablemente y no continuemos con el interrogatorio hasta que lleguen —explicó Vester.

—No lo entiendo. —Grube sacudió la cabeza—. Ninguno de ellos tiene la menor experiencia práctica con estas cosas. De hecho tienen a sus propios interrogadores, ¿no? ¿Qué se nos está escapando?

—Lo único que sabemos es que han pedido a Bøjlesen que

pospongamos el interrogatorio hasta que lleguen. Eso es todo. ¿Les enviaste algo que pudiera haber despertado su curiosidad?

–No que yo sepa. Pura rutina. Solo el papeleo que tú también viste –respondió Grube.

El inspector se había limitado a informar al CNI, tal como se lo habían solicitado sus colegas de Søborg. Naturalmente, el centro de inteligencia debía manifestar su interés por la muerte de Hans-Otto Corfitzen, ni que fuera por simple rutina, puesto que se trataba de uno de los diplomáticos daneses más importantes del momento, cuya red de influencias se extendía mucho más allá del plano nacional. Además, había trabajado ocasionalmente como consultor externo del CNI cuando habían surgido problemas con algunos embajadores.

Tal como dijo a Grube su colega de Søborg: Corfitzen había pasado toda su vida acumulando experiencias con la diplomacia y con su compañero invisible, el espionaje. Y era precisamente eso lo que lo hacía tan atractivo para el CNI.

–Apuesto lo que quieras a que la muerte de Corfitzen se convierte en un verdadero avispero –suspiró Vester.

–¿Lo dices por algo en concreto? –preguntó Grube, con curiosidad.

–A ver, por un lado tenemos a un muerto, noble, diplomático de alto cargo, mecenas del arte y la cultura, emprendedor, pensador, ciudadano del mundo y dueño de varios aserraderos; y, por otro lado, el hombre más valiente del reino, que a todas luces se ha convertido en un pobre demonio, un tipo mentalmente enfermo y digno de compasión. Y ahora, desde el margen, nos llegan los máximos representantes del CNI, Mossman y Rytter. Ya me dirás tú si eso no es un avispero.

–Sí... en cuanto lo vi muerto en su silla, supe que sería un caso de mierda –gruñó Grube.

–Y para colmo ahí tenemos a Bøjlesen, que querría tenerlo

todo claro desde antes de ayer. ¿Sabes lo que me ha preguntado? Si ya teníamos suficientes pruebas como para acusar a Oxen y llevarlo ante el juez.

–¿Se ha vuelto loco?

Torsten Vester sonrió, algo tenso, y se dirigió a su despacho. Grube volvió al suyo y se sentó de nuevo frente a Niels Oxen, que estaba ahí sentado, inmóvil, con una mano sobre la cabeza de su perro.

–¿Podríamos interrumpir nuestra conversación un par de horas, Oxen?

–Me dijeron que si les acompañaba a comisaría no me retendrían demasiado. A mi perro no le gusta estar aquí.

–Es un tema del CNI… Su jefe está de camino, y nos han pedido que interrumpamos nuestra conversación hasta que lleguen. Les gustaría estar presentes, así que…

–¿El CNI? ¿Y qué pintan ellos aquí?

El inspector extendió los brazos, como disculpándose.

–No tengo ni idea.

–Me traen sin cuidado los del CNI. Puede darles la cinta en cuanto lleguen. Continuemos –insistió Oxen.

–¿Entonces se niega?

Oxen asintió.

–Si no coopera con nosotros, me veré obligado a detenerlo temporalmente.

–¿Y con qué motivo? ¿Acaso estoy bajo sospecha?

–El ciervo que dejó tirado en el bosque… Bueno, se le acusaría de practicar la caza furtiva en los terrenos del castillo de Nørlund. A no ser, por supuesto, que hubiera usted comprado el animal entero en el supermercado de Skørping, con sus astas y todo.

18

El despacho del inspector Grube era demasiado pequeño para el aforo de gente que había ido acumulándose en torno a la llamada «conversación» con el heroico e histórico Niels Oxen. Así que tuvieron que buscar un espacio más grande y los interesados acabaron tomando asiento en torno a la gran mesa de la sala de conferencias.

Ante la idea de que tanto Bøjlesen como la cúpula del CNI iban a estar presentes, Rasmus Grube sintió inevitablemente una ligera tensión. Lo más probable era que se viera bastante viejo y bastante pronto, porque apenas tenía una pista concreta o un punto de partida al que aferrarse.

Max Bøjlesen, jefe de policía del distrito de Jutlandia del Norte, se sentó a la cabeza de la mesa, como dando por supuesto que era él quien tenía que ocupar ese espacio, y andaba buscando las expresiones faciales más adecuadas para aquella situación. Había que estar a la altura de un invitado de esa categoría, aunque si prefería mirarlo desde un lado, y no desde delante, iba a costarle encontrar la postura correcta.

Grube tomó asiento en un lateral de la mesa, justo en el medio, frente a Oxen. Torsten Vester se sentó a su lado, y Martin Rytter, jefe de operaciones del CNI, al otro lado. Todos tenían aproximadamente la misma edad, cuarenta y tantos, igual que Oxen.

Rytter llevaba relativamente poco tiempo en el cuerpo pero había sabido medrar con determinación. En los círculos policiales se decía que había que andarse con ojo si uno no quería resultar herido por la cortante y aguda mente de este hombre. Grube descubrió una sonrisa en el rostro bronceado de Rytter en el momento en que saludó a Oxen.

Al lado de Rytter había una mujer. Su presencia fue una sorpresa para todos, pero, más allá de un breve saludo de cortesía, no había dicho una sola palabra desde que llegó en compañía de los otros dos miembros del CNI. Su nombre era Margrethe Franck y fue presentada como su «ayudante». En su oreja izquierda brillaba un llamativo pendiente de plata, llevaba el pelo rubio bastante corto y tenía un aspecto algo huraño, lo cual podía deberse a que sentía algo de dolor. Grube había notado que cojeaba ligeramente.

El último hombre que entró por la puerta fue el director del Centro Nacional de Inteligencia, el famoso Axel Mossman. Era tan alto y corpulento que si se plantara en medio del pasillo resultaría imposible acceder a la puerta.

Mossman había cumplido los sesenta y seguía en perfecta forma. Había pasado casi toda su vida en el CNI, lo había ido consolidando desde los difíciles y convulsos años que sucedieron al 11 de septiembre, y había logrado transformarlo en un moderno centro de inteligencia que satisfacía las nuevas demandas de la sociedad.

Axel Mossman se quitó la gorra de *tweed*, pero no se sentó. En lugar de eso avanzó hacia la mesa, se acercó a Oxen y extendió su enorme mano derecha.

–Señor Oxen. Buenos días. Axel Mossman, es un honor conocerlo. Lo que usted ha hecho es impresionante. Realmente impresionante. Lamento profundamente que tengamos que conocernos en estas circunstancias, aunque tal vez tengamos la oportunidad de conversar más tarde.

Oxen acogió la calidez del director del CNI con un cierto escepticismo. No supo qué contestarle y se limitó a acompañar el apretón de manos de Mossman con un rápido asentimiento.

Después volvió a poner la mano sobre la cabeza del Señor White, y allí la dejó. Había conseguido que dieran algo de agua y de comida a su fiel compañero, pero veía claramente lo mucho que el samoyedo deseaba marcharse de allí. Tanto como él.

Oxen se recostó hacia atrás y observó a Mossman, quien, cual Goliat, arrastró una de las sillas que quedaban vacías y tomó asiento justo a su derecha. Conocía perfectamente a Axel Mossman, su extraordinaria reputación y sus raíces inglesas paternas. Mossman ya era el director del CNI cuando Oxen empezó su formación en el cuerpo.

La verdad es que le habría quedado genial el título de *Sir Axel*, o de *Lord Mossman*. Ese hombre tan enorme tenía un aspecto indiscutiblemente británico. Llevaba una chaqueta de *tweed* de color verde musgo, a cuadros, unos pantalones de lino del mismo color y, por supuesto, una gorra que ahora llevaba en la mano y que era también de *tweed* verde musgo. El conjunto hacía pensar en los caballeros que organizaban partidas de caza en las Tierras Altas de Escocia, o en los que pescaban con mosca en el río Tay.

Una vez sentado, Mossman se alisó el fino cabello gris plateado con la palma de la mano. Algunos afirmaban que mantenía muy buena relación con la cúpula del MI5 y el MI6. A él no le habría sorprendido. Mossman era toda una institución.

Oxen recorrió la mesa con la mirada, de un lado al otro. Tenía ante sí a un puñado de hombres imprescindibles para el funcionamiento del aparato estatal, además de una mujer que lo había mirado a los ojos sin sonreír y sin siquiera parpadear, y que llevaba ese llamativo pendiente de plata, esa serpiente que trepaba por el margen de su oreja, y ese iPad frente a sí.

En la punta de la mesa estaba sentado Max Bøjlesen. Llevaba ya un rato observándolo en silencio. Bøjlesen seguía siendo el de siempre, aunque había ganado algunos kilos y eso hacía que su rostro pareciera más redondo y, en cierto modo, más amigable de lo que recordaba. Pero uno no debía dejarse engañar por eso: Bøjlesen era un lobo con piel de cordero.

Aunque el jefe de policía se comportara como si nunca antes se hubiesen visto, Oxen no iba a dejar que lo confundiera. Por el rabillo del ojo hacía rato que había notado que Bøjlesen no dejaba de mirarlo.

El inspector Grube repasaba sus archivos con impaciencia. Se disponía a empezar de nuevo con el interrogatorio, desde el principio.

Oxen tuvo que armarse de paciencia. La idea de tener que hablar durante demasiado rato lo abrumaba. Por mucho que hubiese deseado serlo, en aquel instante era cualquier cosa menos invisible.

El inspector se aclaró la garganta y empezó con las mismas preguntas que hacía unas horas; preguntas a las que Oxen respondió también del mismo modo. El aparato estatal presente en la sala se mantuvo inmóvil y mudo.

Enseguida se acercaban al punto en el que interrumpieron el primer intento de interrogatorio.

—¿Conocía a Hans-Otto Corfitzen? —preguntó Grube por segunda vez.

—No —respondió él de nuevo.

—¿Nunca había oído hablar de él?

—No.

En ese mismo instante notó un brevísimo movimiento en los ojos de la mujer, que hasta ese momento había permanecido inmóvil, y también observó que la boca de Axel Mossman se tensaba ligeramente.

Pero como era cierto que nunca había oído hablar del terrateniente muerto, era obvio que no podía dar otra respuesta. Grube continuó:

–¿Qué hacía en el castillo?

–Echarle un vistazo.

Y con eso volvieron al lugar en el que se habían quedado.

En comparación con la primera ronda, el inspector parecía algo más nervioso.

–¿Echarle un vistazo? ¿Podría usted profundizar un poco más en esta... por así decirlo... *escueta* respuesta? ¿Echar un vistazo a qué? Al estilo arquitectónico, al foso, a la estructura del techo, a la flora del jardín, ¿A qué, Oxen?

–Ya había estado antes en ese bosque, el Rold. Las tropas de caza lo utilizan para practicar sus maniobras; pero nunca había visitado el castillo, por mucho que hubiera oído hablar de él, y sentí curiosidad.

–Así que estuvo allí con su perro hacia las 11:30 de la noche, ¿correcto?

Él asintió.

–Si fuera tan amable de contarnos lo que sucedió a continuación, con un poco más de detalle, se lo agradeceríamos.

Todo aquel montaje le hizo pensar en una declaración ante un tribunal, con la única diferencia de que él se había presentado allí de manera voluntaria. Y ahora estaba atrapado como una liebre en la trampa que él mismo había colocado. Le habría gustado desaparecer en el acto, pero ya era demasiado tarde para eso, así que hizo un esfuerzo por recuperar su vocabulario latente e informar de que, desde el lugar en el que se hallaba aquella noche, había visto a dos hombres a la entrada del castillo, y tanto su aspecto como su presencia allí habían despertado su curiosidad.

–¿Está usted seguro de que estamos hablando de guardas de seguridad? ¿De algún tipo de guardaespaldas?

–Sí.

–¿Y a Corfitzen no lo vio en ningún momento... o sí?

–No.

–Bien. Continúe, por favor.

–Yo quería ir al parque; por eso me dirigí con mi perro hacia la callejuela que circunda el castillo por la derecha, pero al llegar a la parte trasera de la propiedad saltamos el muro y nos abrimos camino entre los arbustos y los árboles para llegar a la enorme explanada de césped que vimos allí.

–¿Y por qué hizo eso? ¿Qué se le había perdido en el jardín del castillo?

–Quería ver si allí también había guardias; si había alguna otra cosa que me pareciera sospechosa. Pero el terreno era demasiado diáfano y yo iba con un perro blanco... De modo que busqué la ruta más corta a través del césped para volver a los arbustos y regresar a casa.

Hizo una pausa.

Empezaba a estar mareado de tanto hablar. Pero ahora se hallaba en un punto en el que debía andarse con cuidado. Ya había omitido un detalle importante, y ahora tenía que saltarse otro. En algún lugar de su cabeza una voz le susurraba que lo verdaderamente hábil y lúcido era no revelar todo a la vez.

–De modo que estábamos dejando el jardín atrás cuando noté que algo me rozaba la mejilla. Algo extraño. Extendí la mano hacia arriba y toqué la pata de un perro. Entonces alcé la cabeza y vi que tenía a un perro colgando de una soga sobre mi cabeza. Después de aquello, corrí tan rápido como pude a través de los arbustos hasta llegar al campo.

–¿Pretende decirnos que le entró pánico?

Oxen se encogió de hombros y asintió lentamente.

–¿A usted? ¿Pánico? ¿Precisamente a usted? –El inspector Grube arrugó la nariz.

–Ha pasado mucho tiempo desde que… Ahora prefiero ocuparme de mis asuntos.

–¿Y no vio a ninguna otra persona en el jardín? ¿Ni un guarda? ¿Nada fuera de lo común?

–No.

–¿Y eso es todo, Oxen?

–Sí.

La cara opuesta de la mesa se removía con inquietud sobre sus sillas, de un lado a otro, y adelante y atrás. ¿Iban a dejar que se fuera de allí de una vez por todas? Rascó la oreja del Señor White para animarlo un poco.

Grube miró interrogativamente a izquierda y derecha. Mossman asintió.

–Disculpe –dijo entonces el director del CNI–, para alguien que vive en Copenhague, el bosque del Rold no queda precisamente a la vuelta de la esquina, ¿no? ¿Por qué está usted aquí exactamente?

–Quería irme de la ciudad. Quería paz.

–¿Y eso es todo?

–Hace un tiempo leí un artículo en un periódico. Hablaba de un veterano de guerra que había hecho lo mismo. Por lo visto fue la mejor decisión que había tomado en su vida, así que pensé que yo también podría hacer lo mismo. Solo que en otro bosque.

–De modo que un artículo en un periódico; ya veo. –Mossman asintió de nuevo.

Rytter pidió la palabra. La silenciosa asistenta con la serpiente en la oreja le entregó un papel.

–1993, 1995 y 1996, Bosnia. Luego con los cazadores: en 1999 Kosovo, en 2002 Afganistán, en 2005 Kosovo de nuevo, en 2007 Irak y en 2009 vuelta a Afganistán. La lista es impresionante, Oxen. ¿Por qué tantas misiones internacionales?

—Era mi trabajo. Era soldado.

—Pero ¿tantas?

Se encogió de hombros. ¿Cuándo podría marcharse de allí?

—No fui el único.

Todos tuvieron la sensación de que Rytter quería insistir en su pregunta, pero este asintió resignadamente y miró a Grube.

—Si no hay más preguntas, le agradecemos encarecidamente su cooperación, Oxen —dijo el inspector.

El hecho de que el castillo de Nørlund dispusiera de cámaras de videovigilancia, como cualquier escuela que se preciara, prefirió guardárselo para sí, como también prefirió no mencionar nada sobre el hombre inconsciente con el que había tropezado tras haber descubierto al perro ahorcado.

Ambos «detalles» habrían sido piezas importantes para el rompecabezas de la investigación policial. Oxen asumió que el disco duro del sistema de vigilancia hacía tiempo que había sido confiscado por la científica, y que ni él ni el Señor White aparecían en las grabaciones: de lo contrario, toda esta parafernalia no habría sido necesaria.

Mientras todos los presentes iban abandonando la sala, el director del CNI se acercó a Grube y se quedó unos instantes a su lado. Entonces el inspector también salió del cuarto. Algo tramaban, seguro. La sensación no le gustaba nada.

—¿Podemos hablar un momento, Oxen? —preguntó Axel Mossman. Goliat cerró la puerta tras de sí, como si ni siquiera se planteara la posibilidad de que pudieran decirle que no.

Oxen asintió.

—*Well.* —Mossman rodeó la mesa y se sentó en la silla más cercana a Oxen.— ¿Un samoyedo, verdad?

Oxen asintió.

—Es un perro precioso. —Mossman acarició el lomo del Señor White—. Yo también tengo un perro... un golden retriever. Se llama Bonnie.

Obviamente, Oxen había perdido la costumbre de hablar de trivialidades. No sabía qué decir y la verdad es que le importaba un comino si el director del CNI tenía o no un perro, o si este se llamaba Bonnie o Clyde.

Así que esperó a que Mossman fuera al grano tras andarse por las ramas de los amigos de los perros. No tuvo que esperar demasiado. De hecho, el director del centro de inteligencia fue rápido e implacable:

—Está mintiendo —susurró Axel Mossman, sin dejar de acariciar al Señor White—. Miente usted, Oxen.

No sabía si el hombre buscaba una mirada de desconcierto en sus ojos, o si esperaba que empezara a removerse con incomodidad en su silla, la verdad. Goliat le dirigió una mirada penetrante y luego insistió:

—Sé que miente... y si ha decidido mentir en un momento tan crucial, mi olfato me dice que debe de haber más mentiras. O que está ocultando algo. ¿Estoy en lo correcto?

—No he mentido.

Sostuvo la mirada de Mossman.

—Dispongo de datos que confirman mi suposición —aseguró este.

El director del CNI se recostó en su silla. Parecía pensativo, y entrelazó sus enormes dedos justo frente a su nariz. Estaba a punto de realizar su ataque definitivo, de eso no había duda.

Oxen se limitó a esperar sin decir nada. La gente como Mossman solo disparaba cuando tenía munición de sobras, hasta en la recámara.

—*Well*... Me preguntaba si podría imaginarse trabajando para mí en el caso Corfitzen. Es usted distinto al resto y dispone de algunas habilidades especiales, además de experiencia en el cuerpo de policía. Por supuesto, su colaboración sería totalmente extraoficial, pero le pagaríamos bien. Muy bien, de hecho.

Eso era lo último que esperaba. ¿Un trabajo? ¿Una colaboración encubierta y de lujo para Mossman? El anglófilo Goliat le había lanzado una piedra y le había dado de lleno en la frente.

—No, gracias —respondió.

—¿No quiere saber nada más sobre mi oferta?

—No es necesario.

—¿Y a qué se debe esta rapidez en su rechazo, si puede saberse?

—No quiero involucrarme en nada. Estoy... ocupado con otras cosas.

—*Well*, Oxen. Tenía que intentarlo. Le dejo mi tarjeta, por si cambia de opinión.

Cogió la tarjeta blanca que Goliat le ofrecía, aunque sabía que la tiraría en la primera papelera que encontrara al salir.

—Por cierto, su nombre, Oxen... *An ox*... ¿Tiene usted antepasados británicos?

—Se trata de una antigua variante danesa para *okse*.

—Como en inglés. Qué interesante. Bueno, me tengo que ir, y seguro que usted quiere volver al bosque, ¿verdad? Gracias por su tiempo.

Estrechó la mano del director del CNI. No tenía la menor intención de preguntarle por su supuesta mentira: no le haría ese favor. Lo más probable era que Axel Mossman le hubiera lanzado un falso cebo solo para ver si picaba. Era difícil imaginar a un pescador más ladino que él.

Ya en la puerta, el director del Centro Nacional de Inteligencia se volvió de nuevo, como si acabara de tener una inspiración repentina, y soltó:

–En cuanto a mi suposición de que ha mentido usted, Oxen-con-x... estoy seguro de que la policía local pronto demostrará que estoy en lo cierto, ¿no le parece? Hasta la vista, pues.

19

Después de un almuerzo rápido con el jefe de policía Bøjlesen y algunos otros miembros de la cúpula policial de Jutlandia del Norte, el jefe de inteligencia nacional, Axel Mossman, avanzó a paso ligero por los pasillos de la comisaría de policía, acompañado por su asistenta, Margrethe Franck, y su jefe de operaciones, Martin Rytter. Se dirigían al despacho de Grube para ponerse al día del caso Corfitzen.

El inspector los esperaba con una cafetera recién hecha y cuatro tazas, dispuesto a informarles sobre los escasos avances de su investigación sobre las dramáticas circunstancias de la muerte de Corfitzen. Las pilas de informes se acumulaban en su escritorio.

Grube fue leyendo, rigurosamente, los apuntes que había ido tomando en su libreta. Decidió proceder siguiendo un orden cronológico para que sus invitados se hicieran a la idea del curso de los acontecimientos, aunque aún les quedaban muchos cabos por atar. Tenían que revisar todo el material que se hallaba en el ordenador de Corfitzen, y además había montañas de documentos relacionados con su trabajo como administrador y presidente del *think tank* del Consilium, así como toneladas de documentos que tenían que ver con negocios relacionados con el castillo. Una investigación impecable incluía por supuesto un trabajo de revisión exhaustivo, por rutinario y tedioso que pudiese resultar.

El jefe de operaciones del CNI, Martin Rytter, puso sin piedad el dedo en la llaga:

–¿Está usted diciéndonos de verdad que han confirmado la presencia de cinco guardaespaldas en el castillo pero que hasta el momento no han podido dar con ninguno de ellos?

–Puedo asegurarle que lo hemos repasado todo una y mil veces: hemos revisado sus nóminas, sus ingresos bancarios, las fechas de sus llamadas y sus mensajes, las grabaciones de las cámaras de las tiendas del pueblo en las que entraron, y también las de los quioscos y gasolineras... y nada.

–¿Y qué me dice de las cámaras del castillo? Estos edificios siempre disponen de un servicio de videovigilancia, ¿no? –Rytter mantenía bien tensa la cuerda mientras Franck tecleaba en su iPad, impertérrita.

–Nada. Ni el menor rastro de una cámara de seguridad. Sabemos que antes había alguna, pero que el año pasado las desmontaron todas porque no funcionaban bien. Al menos eso es lo que nos dijo un tal Arvidsen, quien por lo visto era el mayordomo de Corfitzen y hacía un poco de todo en el castillo.

–¿Qué opina usted sobre Oxen? –intervino Mossman.

–Me parece en cierto modo... digno de compasión, ¿no le parece? Su estado es lamentable. No es el primer veterano de guerra que decide esconderse en las entrañas de un bosque. Yo le creo. Creo que solo tenía curiosidad. Después de todo, estuvo en el castillo varios días antes de la muerte de Corfitzen.

–Cierto, pero podría haber vuelto. Puede que la primera noche solo se acercara allí para explorar –dijo Rytter.

–Hay tan pocas evidencias para su suposición como para la mía –respondió Grube, incómodo. No le gustaba nada el tono de interrogatorio de Søborg que estaba empezando a tener aquella reunión informativa. No tenía la menor duda de que el trío del CNI no iba a ensuciarse las manos. Nunca lo hacían.

–¿Y qué opina sobre el asunto del perro ahorcado? ¿Eso también lo están investigando? ¿O no? –El jefe de operaciones no dejaba de morder, alternando preguntas abiertas y cerradas.

Grube se encogió de hombros. Otra pieza de aquel maldito rompecabezas que no lograba encajar en ninguna parte.

–Honestamente, no tengo ni idea de cómo enfocar el asunto del perro. Corfitzen lo quería con locura. El perro lo seguía a todas partes. En uno de los informes ya me referí a ello: si alguien decidió ahorcar al perro del exembajador fue sin duda alguna para herirlo a él. Ya fuera venganza o amenaza, debió de tratarse de una advertencia, o de algo por el estilo, ¿no les parece? Sea como fuere, apenas unos días después el propio Corfitzen apareció muerto.

A Martin Rytter le satisfizo aquella respuesta. En el asunto del perro ahorcado, lo que escuchó de boca de Grube fue exactamente lo que él mismo pensaba.

Siguieron conversando y pasaron a otros aspectos del caso, aunque parecía francamente imposible analizar todas las cuestiones relacionadas con Corfitzen y sus compromisos en tantos y tan distintos asuntos.

–Hans-Otto Corfitzen trabajaba para el CNI como consultor de asuntos diplomáticos –apuntó entonces Grube–, de modo que si estuvieran ustedes considerando alguna teoría concreta, estoy seguro de que me harán partícipe de ella, ¿verdad? Al fin y al cabo, soy el investigador principal de este caso.

–Por supuesto, por supuesto –respondió rápidamente Rytter.

–Es decir, ahora, por ejemplo, me gustaría preguntarles por qué demonios han aparecido todos aquí, a toda velocidad, al saber que pedimos a un hombre como Niels Oxen que viniera a hablarnos de un par de cuestiones sin importancia. Es obvio que podría haberles enviado por correo electrónico la transcripción de nuestra conversación con él.

Ninguno de sus tres invitados hizo el menor amago de querer responder aquella pregunta hasta que Mossman, al fin, dijo con un suspiro:

–Pensamos que podría tratarse de algo más importante. Creímos que un hombre de la talla de Corfitzen merecía una investigación con una cierta enjundia, ¿no cree usted?

El inspector solo pudo asentir afirmativamente.

–*Well*, pues en eso estamos. Corfitzen trabajó tantos años para nuestro país, que su nombre resuena en todos los pasillos, incluso en los del palacio de Christiansborg, donde se hallan las oficinas del primer ministro y del Tribunal Supremo. El respeto que le debemos ejerce una presión notable también sobre nosotros, en Søborg. La gente hace preguntas...

El director del CNI miró entonces su reloj, se levantó cuan corpulento era y añadió:

–Deberíamos irnos ya. Aún tenemos algunas cosas que hacer para aprovechar nuestra visita –dijo, cogiendo la chaqueta de *tweed* del respaldo de su silla. Aquella fue sin duda la señal para su pequeño séquito. Margrethe Franck, que no había dicho una sola palabra en todo el tiempo que estuvo allí, se puso su chaqueta de cuero mientras pasaba junto al escritorio de Grube.

–¡Vaya! –exclamó de pronto, en voz alta, cogiendo una carpeta de plástico de la pila de archivos de Grube–. ¿También se interesa usted por el caso Bergsøe?

Movió la carpeta lentamente hacia los lados para que todos pudieran ver el artículo del periódico que había en el interior de la carpeta y tuvieran tiempo de leer el titular:

«Inspector jefe de inteligencia pierde la vida en un misterioso accidente».

Se trataba de aquel artículo sobre Mogens Bergsøe, presidente de la Comisión Wamberg y encargado de supervisar los
dos servicios de inteligencia daneses: el nacional y el militar.

El hecho de que Margrethe Franck hubiera descubierto
el recorte de periódico sobre su escritorio se debía principalmente a dos cuestiones: en contra de lo que se afirmaba en
los informes de la comisaría local, el CNI estaba lejos de haber dado por concluida la investigación sobre la muerte de
Bergsøe, cuyo cargo e importancia en el cuerpo obligaban a
analizar hasta el último detalle de lo acontecido en el lago; por
otra parte, la carpeta estaba en la mesa de Grube por pura casualidad, pues el caso pertenecía en realidad a sus colegas del
distrito de Holstebro, también responsables del de Silkeborg.

–Yo no tengo nada que ver con eso –dijo Grube–. El artículo es uno de los innumerables documentos que se encontraron en la oficina de Corfitzen.

–¿Cómo dice? –Axel Mossman entornó los ojos.

–Estaba en el cajón del escritorio de Corfitzen, junto con
algunos otros artículos de periódico. Según su secretaria, el
exembajador estaba suscrito a cuatro diarios. También reca-
baba retratos, por ejemplo, de los miembros de la asociación
de empresarios, y ciertos artículos sobre asuntos económicos,
sociales y de política exterior, o sobre cuestiones que tenían
que ver con los niños y sus derechos. Y también había varias
historias sobre la región. Como ven, un montón de artículos
bastante variados.

–Ya veo… –murmuró Mossman, poniéndose al fin la chaqueta–. *Well*, Grube, si fuera usted tan amable de seguir in-
formándonos de todo como hasta ahora, le estaríamos muy
agradecidos. Por el momento, no le molestamos más.

Abandonaron la lustrosa comisaría de policía de Jutlandia del Norte, construida a base de azulejos, cemento y vidrio, y en cuanto hubieron bajado apenas unos escalones de la ancha escalera que daba a la calle, Rytter se detuvo de golpe.

–¿Podemos aclarar esto cuanto antes, por favor? De hecho ahora mismo, Margrethe –dijo.

–Por supuesto que podemos –respondió Mossman–, pero entremos al menos en el coche.

Margrethe Franck no se distrajo ni con los escalones ni con la acera mientras observaba atentamente la pantalla de su iPad.

–Estoy abriendo el archivo de Bergsøe con el material del que disponemos. En cuanto lo tenga todo bajado, empezaré la búsqueda de Corfitzen.

Poco después entraron en el coche de alquiler que los esperaba en el aparcamiento y se quedaron todos en silencio, a la espera. De pronto Margrethe anunció:

–Nada. Corfitzen no aparece mencionado en ninguno de los documentos relacionados con Bergsøe.

–Entonces… puede que Grube tenga razón y Corfitzen hubiera recortado el artículo del periódico solo por casualidad –dijo Rytter.

–Estoy escribiendo a nuestros colegas de casa para preguntarles si se han topado en algún momento con su nombre –dijo ella.

En apenas unos minutos recibieron la respuesta, con un resultado negativo.

Se quedaron allí quietos, en silencio, molestos. Todos habían tenido la misma idea, por absurda que pareciera, pero al parecer, Corfitzen no había hecho más que lo que hacía siempre: recortar sus periódicos por mil sitios diferentes y coleccionar todo tipo de artículos, como si de un archivero se tratase.

Axel Mossman movió su corpulento cuerpo en el asiento del copiloto y se dio la vuelta para que los otros dos, que estaban sentados detrás, pudieran verle la cara.

–*Well*, cualquier sugerencia será bienvenida –dijo, con un suspiro.

Margrethe Franck mantuvo su iPad sobre su regazo y miró al techo. Entonces dijo con tono enérgico:

–Tengo la sensación de que estamos considerando opciones demasiado complicadas y ni siquiera nos paramos a pensar en lo que *cuelga* justo delante de nuestras narices. Tal vez deberíamos empezar por otro lado: ¿Mogens Bergsøe tenía un perro?

20

Jytte Bergsøe retrocedió unos pasos para evaluar mejor el trabajo de las últimas horas. El mosaico representaba a Jesucristo en la cruz y era un encargo de la iglesia de Funder, en el distrito de Silkeborg.

Trabajar en un motivo religioso la había conmovido profundamente y había dado a todo un nuevo significado. Desde la muerte de Mogens, había trabajado junto a los artistas de Silkeborg durante las veinticuatro horas del día. Sus amigos empezaban a mostrarse preocupados.

Añoraba a su esposo con toda el alma. Su querido Mogens… Le había sucedido justo lo que ella siempre había temido, desde que se le ocurrió la absurda idea de comprarse un kayak: se había mareado, se había caído al agua y se había ahogado. Y no había tenido a nadie lo suficientemente cerca que hubiera podido acudir a socorrerlo. Los hombres de mediana edad, bueno, los hombres en general, tendían a sobrevalorarse. También Mogens Bergsøe.

Pero lo que más le dolió fue el hecho de que aquello hubiese sucedido mientras estaban separados. Había muerto solo, sin ella a su lado, solo porque le había apetecido realizarse y dedicarse un tiempo a sí misma. Pero lo cierto era que quería estar con él. Era su marido y su mejor amigo, y tenía claro que antes o después iba a volver a su lado, a la casa del lago. Ambos lo sabían, en realidad.

Y de pronto era demasiado tarde.

Dio otro paso hacia atrás. El rostro de Jesús reflejaba una tristeza infinita. Tal vez el halo debiera ser un poco más... Le sonó el móvil.

–¿Diga?

–Hola. Soy Margrethe Franck, del Centro Nacional de Inteligencia.

La llamada no la sorprendió. El CNI había puesto toda su vida del revés, lo cual era, por supuesto, apropiado, después de que Mogens hubiera ejercido de presidente de Wamberg durante más de siete años. La comisión, formada apenas por cuatro personas, supervisaba todos los registros personales del Centro Nacional e Internacional de Inteligencia, así como el traspaso de información entre ambos. Ella sabía aquello, pero nada más. Su marido nunca le había hablado de sus quehaceres en Wamberg.

El CNI debía de haberla llamado ya mil veces, aunque pocas semanas después del funeral las llamadas habían empezado a disminuir.

La mujer del CNI continuó con su discurso:

–Me gustaría hacerle una pregunta que, considerando su enorme pérdida y la gravedad del asunto, podría resultarle algo extraña o inapropiada, pero...

–Suéltela. No soy demasiado sensiblera.

–Está bien. ¿Su marido tenía un perro?

–¿Un perro?

–Sí, hemos...

–Ya lo creo que tenía un perro –la interrumpió Jytte Bergsøe, molesta–. Es decir, *teníamos* un perro. Vivía con mi marido. Se lo he indicado a sus colegas explícitamente. Su nombre era Hermann; era un pastor alemán. Y llevo todo este tiempo intentando encontrarlo, pero nadie me dice nada al respecto. Nadie responde a mis preguntas con una frase que no sea «Nos ocuparemos de eso».

–Disculpe, me he perdido. Cuando dice «nadie» se refiere usted a los agentes de la policía local, ¿verdad?

–Por supuesto.

–¿Y qué le ha pasado a su perro?

–¡Por Dios! ¿Es que no hay comunicación entre ustedes? Hermann ha desaparecido. Debió de escaparse el día que encontraron a mi marido. Yo tardé un rato en llegar a casa, pero... el jaleo era terrible, había un montón de personas que iban y venían de un lado a otro. Alguien debió de dejarse la puerta abierta. Ya se había escapado alguna vez, cuando era un cachorro. Pero ahora... la verdad es que no me lo explico.

–¿Informó usted de su pérdida a la policía?

–Sí, pero parece que nadie tiene el menor interés en Hermann. Después de todo, mi esposo era una persona importante, y resulta que nadie en todo el cuerpo de policía tiene la menor intención de perder el tiempo buscando a un perro fugitivo. Entiendo que tengan que establecer sus prioridades, créame, pero desde entonces han pasado ya muchos días y yo he llamado infinidad de veces para ver si alguien puede darme al fin una respuesta.

Al otro lado del teléfono se hizo el silencio. Entonces Jytte Bergsøe preguntó, repentinamente sorprendida:

–Pero dígame, ¿por qué el CNI se interesa por nuestro perro?

Margrethe Franck no usó un tono triunfal para hablar con sus jefes, pero no pudo reprimir una sonrisa al comunicarles lo que había descubierto en su conversación con la viuda de Mogens Bergsøe.

—Me apuesto el sueldo de un mes a que el pastor alemán del abogado está enterrado en algún lugar de su jardín. Tenga —dijo ella, pasándole el teléfono a Mossman. Al otro lado ya estaba la policía de Holstebro, esperando las indicaciones del director del CNI.

—Buen trabajo, Franckie, muy buen trabajo —dijo Martin Rytter, con aprobación.

—Al habla Axel Mossman. Sí. Se trata del caso Bergsøe... Quiero que excaven cada centímetro cuadrado del jardín de los Bergsøe. Estamos buscando a su pastor alemán.

El jefe del CNI asintió un par de veces y dio algunos detalles adicionales, amigable y servicial. Luego le dio las gracias, colgó y devolvió el teléfono a su asistenta.

—*Well*, diría que lo más razonable será buscarnos un hotel por esta zona, mientras esperamos noticias de Silkeborg, ¿no les parece? Los de Holstebro me han asegurado que se ponían ya manos a la obra y que no se detendrían hasta el atardecer. Sugiero que nos hospedemos en el hotel Hvide Hus.

Margrethe Franck solo tuvo que frotarse la corta melena rubia un par de veces con la toalla para que se le secara. «Veintidós milímetros *exactement*, cariño», le había dicho su peluquero, Alain, mientras examinaba el resultado de sus esfuerzos y lo acompañaba con un gesto de admiración. Su nombre real era Allan y se trataba de un tipo encantador y muy maternal, oriundo de Jyderup, que había vivido en París durante los años más movidos de su juventud.

Secó el espejo con la toalla. Alain le había dejado algunos mechones más largos sobre la frente, lo cual, en sus propias palabras, confería a su rostro una «magnífica asimetría». No era la primera vez que se cortaba el pelo tan corto, pero sí que se dejaba mechones largos. «Guau, Margrethe, estás preciosa, superprovocativa», había dicho Alain entre grititos.

Se puso un brillo de labios rojo y trazó una fina línea sobre sus párpados con el delineador. Luego se envolvió en la toalla, fue dando saltitos sobre una pierna hasta la silla y se sentó frente al escritorio, de tal modo que el muñón de la otra quedó bien a la vista.

Nadie había respondido a sus correos electrónicos mientras estaba en el baño, y eso la molestó, porque –debía admitirlo– su paciencia era incluso más breve que su melena. Si quería algo, tenía que lograrlo de inmediato... por mucho que el universo apenas se dignara a concederle que las cosas fueran así.

Ahora andaba ocupada investigando el pasado del veterano de guerra Niels Oxen. Mossman le había dicho que quería saberlo todo sobre él, desde que estuvo en la cuna hasta el día de hoy.

Examinar la vida de aquel hombre iba a llevarle mucho tiempo, de eso estaba segura. Lo que no sabía era por qué su jefe había insistido tanto en que lo hiciera. No se lo había preguntado, pero lo más probable era que él tampoco le hubiese dado una respuesta. Mossman daba las órdenes y ella las cumplía. Las cosas iban así. Y pese a todo, en los ocho años que llevaban trabajando juntos, siempre habían mantenido una relación cordial basada en el respeto mutuo.

Obtener algo de información acerca de Oxen, más allá de los detalles ya conocidos sobre su vida, era una tarea francamente difícil, pero Margrethe fue a dar con un asunto que resultó ser realmente interesante. Lo descubrió ya en Copenhague, antes de que su avión despegara.

Dado que Oxen había sido soldado, le pareció lógico empezar su investigación por los archivos del ejército. Contaba con una fuente segura en el Departamento de Defensa: un buen amigo de toda la vida, Andreas, quien enseguida le hizo una verificación cruzada.

La combinación Oxen / Corfitzen dio un único resultado: según el generalato, en 1993 Oxen estuvo a un pelo de agredir físicamente al por entonces embajador de la Unión Europea durante su segunda visita oficial a la sede de la compañía danesa en Kiseljak, Bosnia.

Así pues, ambos habían coincidido al menos en una ocasión.

Dicho con otras palabras, Niels Oxen les había mentido en la cara.

Fuera como fuese, Margrethe dejó aparcado el informe detallado sobre la carrera militar de Oxen hasta haber considerado todas las opciones para decidirse a abrir una u otra puerta.

Entretanto, su amigo del Departamento de Defensa parecía haberse quedado mudo. No solo no le envió ninguna información más, sino que, en su lugar, le había hecho llegar un correo de respuesta automática informándole de que estaría ausente el resto del día.

Tuvo que empezar de nuevo, pues, utilizando sus propios archivos. Entró en el registro interno de la policía danesa (el POLMAPE), que, a diferencia del POLSA, permitía buscar simultáneamente en todos los distritos.

Cuando al fin entró en el sistema, escribió «Oxen» en el cuadro de búsqueda. Afortunadamente, el tipo tenía un apellido muy poco corriente. Tal como Mossman les había explicado de camino al vestíbulo del hotel, Oxen no era más que una variante antigua. En lugar de la «ks», la «x».

Acababa de empezar a buscar cuando le sonó el móvil. Era el jefe de policía del distrito de Jutlandia Central y Occidental: un hombre llamado Nielsen.

–Tengo una llamada perdida de este número –dijo enseguida, como disculpándose–. Me gustaría hablar con Axel Mossman.

–Ahora no está, pero puedo pasarle el recado. Imagino que se trata del asunto del perro de Bergsøe, ¿no?

–Correcto. No nos costó nada encontrarlo. Alguien lo enterró entre unos abedules. No quedaba particularmente oculto y apenas estaba cubierto por un poco de hierba y unas cuantas hojas secas. No sabíamos que podía haber algo en el jardín, y cuando la señora Bergsøe nos habló del perro... está claro que no le prestamos la suficiente atención. Yo no estaba al corriente del asunto, sinceramente. Lo lamento.

Nielsen sonaba innecesariamente afligido. En circunstancias normales, ningún policía habría pensado en dedicar ni un solo segundo a buscar un perro fugitivo.

–No se preocupe. Nosotros tampoco teníamos ni idea de que debíamos buscar a ese perro. Le daré su mensaje a Mossman.

–Hay algo más. Solo un detalle. Quien enterró al perro también tiró un trozo de cuerda al hoyo. Una soga larga, de varios metros, con una lazada en un extremo. La hemos llevado a investigar, por supuesto.

–Muchas gracias, informaré de todo inmediatamente. Estoy segura de que Mossman se pondrá en contacto con usted personalmente si tiene alguna pregunta. Un saludo.

Increíble... De modo que sí había una relación entre aquellos dos prohombres (el abogado y presidente de la Comisión Wamberg, Mogens Bergsøe, y el diplomático más importante de Dinamarca, Hans-Otto Corfitzen): sus perros. O, para ser más exactos: sus perros ahorcados.

Marcó el número de Mossman y le puso al corriente de su descubrimiento. Luego se levantó y ya se disponía a ir dando saltitos hasta la cama, donde la esperaban su ropa y su pierna ortopédica, cuando recordó de pronto el POLMAPE. El sistema había dado un resultado.

Ostras...

Se sentó en el acto para seguir leyendo. Niels Oxen era un viejo conocido de la policía, y no solo desde el punto de vista del honor. Su registro de pecados cometidos durante la época de la academia era sorprendentemente largo y diverso.

Pasó las hojas a toda velocidad, hacia delante y hacia atrás, limitándose a hacer una primera y rápida lectura en diagonal, hasta que su mirada se posó inevitablemente en una palabra.

El soldado más condecorado de la historia de Dinamarca había sido acusado de actos de violencia, perturbación de la paz, amenazas, intentos de fraude y... violencia doméstica.

21

El Señor White, tranquilamente sentado sobre su cola, observaba el montón de ropa junto a la orilla del río, sin perder de vista a su amo ni un minuto. No es que fuera necesario vigilar la ropa, la verdad, pues se hallaban probablemente en el lugar más solitario del reino. Allí no había ni un alma a kilómetros de distancia.

El espeso bosque se cerraba herméticamente alrededor de Lindenborg Å, pero Oxen tenía sus métodos para abrirse paso: seguía las pisadas de los venados que se hallaban por la zona, o bien tomaba alguno de los estrechos senderos que él mismo había ido abriendo a fuerza de pasar por el mismo sitio durante los casi treinta días que llevaban en el bosque Ersted.

Estaba de rodillas, desnudo e inclinado sobre el arroyo, lavándose. Las rodillas se le hundían en la fina arena de esa explanada, en la que el agua clara y en movimiento apenas tenía veinte centímetros de profundidad.

Era una sensación maravillosa y gélida, hundir la cabeza en el río o echarse agua en el cuerpo con las manos. Lavarse de aquel modo le hacía sentirse tan alejado de todo... tan en otra época y lugar y, sin embargo, hacía apenas unas horas que había estado en el cuartel general de la policía en

Aalborg, en condiciones de lo más civilizadas, sintiéndose escudriñado por todos los que se sentaron con él en aquella mesa.

Sabía exactamente lo que se proponían. Trataban de descubrir lo que se escondía tras todas aquellas condecoraciones que solo él había logrado obtener. Nada podría resultarle más indiferente. Solo había una cosa que no lograba quitarse de la cabeza, y de ahí que estuviera ahora arrodillado ante el agua helada, frotando como si quisiera limpiar hasta los recuerdos de aquella conversación. Pero seguía teniendo el estómago removido, y veía más claro que nunca que aquello era solo el comienzo. No iban a dejarlo paz. Al contrario. Era indiferente cuánto se hubiese apartado; cuánto se hubiese escondido en el corazón del bosque del Rold.

«Miente usted, Oxen».

Todavía podía oír la agradable voz del director del CNI. Y aunque rebuscó en su memoria y se desplazó mentalmente hasta el pasado, hasta el momento en que salió de la academia de policía, no logró entender por qué Mossman lo había acusado de mentir, y menos aún por qué el director del Centro Nacional de Inteligencia había decidido mezclarse con los agentes de campo y encargarse personalmente de un caso práctico. Las cosas no solían ir así.

Los únicos puntos sobre los que Oxen había mentido, o mejor dicho, sobre los que se había mantenido en silencio, eran el tema de la videovigilancia y el del guarda de seguridad inconsciente. Pero estaba absolutamente convencido de que no era esa la mentira a la que había hecho alusión Mossman.

Y luego estaba el tema de la oferta de trabajo. Fue francamente insólito. El mero hecho de que fuera el propio jefe del CNI quien le hubiese hecho la propuesta no le hacía pensar en nada bueno.

Estaba a punto de sumergir la cabeza en el agua por última vez cuando le pareció oír algo en la distancia. Un sonido quedo. Tal vez voces.

Se sentó muy quieto en el centro del riachuelo y escuchó atentamente. El rumor llegaba desde muy lejos. Parecía alguien dando gritos o manteniendo una conversación acalorada. Se plantó en la orilla de un salto y se secó apresuradamente con una toalla hecha jirones. Luego se vistió, se puso las botas, cogió sus prismáticos y su cuchillo, y salió corriendo río abajo. Apenas cien metros más allá, la ladera del bosque Vester se alzaba como un muro rocoso. A su entrada, dos pinos enormes parecían indicar por dónde se accedía a él. Los miró satisfecho: eran perfectos para su propósito.

Se subió al primer árbol, tan alto que le permitió ver por encima de los arbustos. Entre las agujas puntiagudas y las ramas encontró un lugar donde sentarse. Cogió sus prismáticos y empezó a rastrillar sistemáticamente la cara norte del valle.

No pasó mucho tiempo hasta que descubrió a dos figuras en un claro colindante con el bosque Ersted. Eran un hombre y una mujer, y estaban discutiendo acaloradamente. Si seguían avanzando más o menos en línea recta encontrarían su sendero entre la hierba, los arbustos y el pantano, e irían a parar inevitablemente a su campamento.

Más allá de la hiperbólica aparición de los policías del norte de Jutlandia, ellos eran las primeras personas que veía por toda esa zona desde su llegada.

Tardó unos veinte minutos en regresar a su campamento. Se acercó con cuidado y miró si había huellas. Ni una. Todo estaba intacto. Decidió esconderse entre la hierba, cerca del árbol caído, y esperar allí con el Señor White justo al lado.

Pocos minutos después volvió a oír las voces. Le pareció que estaban pronunciando su nombre. El sonido fue acercándose, y por fin distinguió a un hombre y a una mujer que dejaban atrás el pantano y avanzaban por tierra firme. Se dirigían directamente hacia su campamento. Se quedó escondido, agazapado, hasta poder ver claramente sus caras. Entonces dejó salir al perro, se incorporó y les salió al encuentro.

–¿Oxen? ¿Niels Oxen?

La mujer llevaba un Stetson de ala ancha y color marrón oscuro. Lo miró como si fuera el mismísimo doctor Livingstone y el barro negro de sus botas de goma no fuera otro que el barro propio de las orillas del lago Tanganica.

Oxen se caló su gorra en la frente y asintió. Ella le tendió la mano.

–Soy Karin Corfitzen. Y este es mi ayudante, Poul Arvidsen.

Le estrechó la mano con sorprendente firmeza. De modo que esa era la hija del exembajador del que le habían hablado en la comisaría de policía. Trabajaba en el mundo de las finanzas, vivía en Londres y era la única heredera del castillo de Nørlund. El hombre que ahora estaba detrás de ella era Arvidsen, el chófer y jardinero del embajador, del que también le habían hablado en varias ocasiones.

Arvidsen le hizo un gesto con la cabeza. Su mirada tenía una expresión sagaz y despierta que no parecía propia de alguien acostumbrado a ocuparse solo de parterres de rosas y plantas perennes.

–Estoy… impresionada.

La mujer lo miró a los ojos sin añadir nada más, y Oxen no entendió si estaba buscando nuevas palabras o solo quería enfatizar lo que acababa de decir.

–¿De qué? –preguntó él al fin.

–De las cosas que dicen que has hecho. De tus… *gestas*. Sí, probablemente esta sea la palabra correcta.

–Humm…

–He hablado con el inspector Grube. Fue él quien me habló de tu campamento. Te encuentras en tierras de mi padre, y, por tanto, en mis tierras, y tengo entendido que te has dedicado a pescar y a cazar por aquí.

Él asintió.

–Soldado de élite en el pasado, cazador furtivo hoy. *A hero and a trespasser* –dijo, y sonrió. Era obvio que su frase le había gustado.

En realidad hablaba con mucho cuidado, como prestando atención a lo que decía, como buscando siempre la palabra correcta. Por cuestiones profesionales había pasado muchos años en Inglaterra.

Karin Corfitzen era una mujer delgada, ni muy alta ni muy baja. Se quitó el sombrero para secarse el sudor de la frente. Llevaba la melena de color castaño oscuro recogida en una coleta tirante sobre la nuca. Tenía el mentón ligeramente pronunciado y las mejillas más bien regordetas. En aquel momento no se veía ni rastro de rímel o pintalabios en su cara, pero su aspecto general, y la actitud con la que se desenvolvía, no dejaba lugar a dudas: al igual que su padre, la heredera del castillo de Nørlund sabría cómo desenvolverse en el escenario internacional cuando fuera necesario.

Ella lo observó atentamente. ¿Querría echar un vistazo a sus condecoraciones?

Oxen no sabía qué decir respecto a esa frase que a ella tanto le había gustado: *A hero and a trespasser.* Un héroe y un furtivo. En su opinión, una cosa no excluía a la otra.

Sus ojos eran verdes. Hacía una eternidad que no tenía delante a una mujer tan hermosa. Y encima aquí, en medio del bosque. Una vez más, se dio cuenta de que le faltaban las palabras y que su capacidad para mantener una conversación normal era francamente limitada.

–¿Qué quieres de mí? –no se le ocurrió nada mejor que decir.

–Por supuesto; *sorry*, a un hombre como tú no le gustan las charlas de cortesía. Solo quería pedirte que explicaras a la policía todo lo que sabes. El inspector me dijo que, en su opinión, sabías más de lo que habías admitido. ¿Es eso cierto?

–No.

–¿Y por qué me dijo eso, entonces?

–¿Cómo quieres que lo sepa? Pregúntaselo a él.

–Solo trato de descubrir quién mató a mi padre, ¿lo entiendes? Solo espero poder llevarlo ante la justicia. Para mí es importante. *Justice*… Mi padre no merece que las cosas se queden así. Por eso he venido a buscarte. Para pedirte ayuda. Piénsalo. Di a la policía lo que sabes, aunque consideres que lo que sabes no es importante. *Please*.

La mujer le tendió la mano de nuevo, con prudencia pero también con determinación, y esta vez sin el menor amago de sonrisa.

–Hasta la vista. Tú y tu perro podéis quedaros aquí todo el tiempo que queráis.

Y dicho esto puso sus botas de goma en movimiento y se fue por el mismo camino por el que había venido. Arvidsen lo saludó con la cabeza y corrió tras su nueva jefa.

La luna brillaba como un faro sobre el valle. Estaba casi llena y su brillo era tal que podía verlo todo casi como si fuera de día. Oxen se arrastró por la hierba con el cuchillo entre los dientes.

Esta vez no eran imaginaciones suyas. Esta vez era la pura verdad. Esta vez había alguien ahí fuera. Alguien que acechaba su campamento y no había sabido mantener el silencio.

Pero a él nadie lo pillaba durmiendo.

Se arrastró un poco más, buscando refugio tras un árbol

caído. Luego se puso de cuclillas y miró más allá de la zona en la que crecía la hierba. Por allí vendría el enemigo.

Recorrió el perímetro con la mirada, lentamente, de izquierda a derecha y de delante a atrás; por donde emergían las cañas y la hierba se elevaba sobre los pastos; por entre los arbustos. Una y otra vez volvió la cabeza hacia su espalda, para asegurarse de que el enemigo no aparecía repentinamente por ahí.

Permaneció mucho tiempo inmóvil y encogido en su escondite. Cinco minutos, diez minutos, un cuarto de hora. Ahí fuera no se movía nada. Ni búhos ni murciélagos ni ciervos: esa noche todos estaban callados.

A medida que pasaban los minutos empezó a despertar en él una conciencia más profunda que le advirtió de que no solo estaba despierto y alerta, sino a punto para sacar conclusiones.

Se tumbó de espaldas y miró la luna.

Había estado a punto de quedarse dormido cuando oyó el crujido de una ramita al partirse en dos. Tal vez sus ojos se hubieran cerrado ya. Había sido un día inusitado. En las horas seguras de la mañana no había podido pegar ojo, porque la policía se había presentado repentinamente en su campamento.

Había reflexionado mucho durante todo el día. Se había cruzado con un montón de desconocidos y había tenido la sensación de estar hablando durante horas. Por eso estaba cansado. Así que se había metido en su saco de dormir con la sensación de que, precisamente aquella noche, iba a dormir y descansar plácidamente. Pero entonces había oído aquella maldita ramita partiéndose en dos...

¿Llegaría alguna vez la noche en la que no se rompiera ninguna rama? ¿En la que no chasqueara ninguna grava? ¿En la que no crujiera ningún suelo de madera?

El repentino cambio del distrito noroeste de Copenhague al bosque del Rold no había dado paso a una nueva era, tal como él había querido creer, aunque sí había cambiado alguna cosa. Sí, su huida le había proporcionado otras cosas, probablemente mejores, pero en esencia nada había cambiado demasiado desde que se bajó del tren en Skørping el día uno de mayo y se puso en marcha bajo una lluvia interminable.

Antes solía esconderse en el sótano del patio trasero o en uno de los garajes para sorprender al enemigo; ahora se arrastraba entre la hierba alta.

¿De verdad tenía tanta necesidad de comenzar una nueva era? ¿O prefería encontrar paz en lo conocido? ¿Y qué pasaría si ese día hubiera realmente alguien acechándolo pero no rompiera ninguna rama? ¿Sería esa su salvación? ¿O su muerte? ¿Sería esa la noche en que lo atraparían, después de tanto tiempo?

Silbó suavemente y poco después oyó al Señor White abriéndose paso entre la hierba. Luego notó el aliento de su perro en la cara y su lengua mojada en la mejilla.

22

El correo electrónico apareció en la pantalla del iPad, que ella trataba de mantener limpia con verdadera obsesión. Acababa de frotarlo con la funda de la almohada del hotel, cuando su buen amigo del Departamento de Defensa le devolvió la llamada.

–Paciencia, Franckie, acabo de dar con algo que seguro que te interesa. Dame media horita más.

Margrethe Franck se puso cómoda sobre los grandes y blandos cojines que había amontonado a su espalda. Entre una cosa y otra ya eran las diez y media de la noche. Si era necesario tener que quedarse más tiempo en Aalborg, la verdad es que la cama de un hotel no le parecía el peor sitio para trabajar.

Andreas tenía con ella la suficiente confianza como para llamarla «Franckie». Aparte de él solo había dos o tres personas más a las que les permitía ese trato; una era Martin Rytter, a quien por lo visto le encantaba llamarla «Franckie» (ya que «chaval» era obviamente inadecuado).

Andreas se había parapetado en su casa y trabajaba febrilmente.

Ella le había presionado bastante, la verdad. Quería saberlo *todo* sobre Oxen. Y con «todo» no se refería a la información de la que ya disponían, sino a esas otras cosas que tarde o temprano también iban a acabar sabiéndose.

Su prótesis se hallaba en el centro de la habitación, donde la había tirado. Se tapó ligeramente con las sábanas limpias y suaves y sintió aquel tacto tan agradable, tanto en la pierna que tenía entera como en la otra, a la que le faltaba la mitad.

Andreas también había perdido la parte inferior de su pierna en algún lugar abandonado de la mano de Dios, en la provincia de Helmand, Afganistán. Se conocieron en la sala de rehabilitación del Hospital Rigs. Más tarde intentaron practicar juntos algún deporte, y durante un breve espacio de tiempo incluso fueron amantes, pero lo cierto era que funcionaban mejor como amigos. Ahora él ya llevaba cinco o seis años felizmente casado, y de hecho tenía el *pack* completo: dos niños, una casa, un perro y una montaña de deudas.

Andreas había empezado a enviarle algunas cosas sobre Oxen, pero ella solo las había ojeado por encima: estaba concentrada en el archivo policial del soldado.

Su registro de pecados era en realidad el cuadro típico de un veterano de guerra, siempre más avezado a sufrir trastornos por estrés postraumático (TEPT).

Un hombre en su sano juicio, al fin y al cabo, nunca se habría ido a vivir al bosque con su perro.

«Alteración de la paz y brotes de violencia en diversas ocasiones.» Uno de los síntomas más propios del TEPT –y de eso ella sabía mucho– consistía en tener poco aguante, poca mecha, lo cual derivaba rápidamente en violencia. Para llegar a esa conclusión bastaba con echar un simple vistazo a las estadísticas de los informes policiales... y tener un poco de lógica.

Sea como fuere, Niels Oxen era distinto a cualquier otro veterano. Incluso antes de tenerlo cara a cara en la comisaría, Margrethe comprendió que ese hombre en realidad ya no existía. Se había aislado completamente de la sociedad. Desde su último domicilio, una habitación alquilada en Amager y registrada hacía unos dos años y medio, Oxen había ido dejando a sus espaldas una verdadera tormenta de preguntas sin responder, tanto del sistema como de la vida real.

Durante todo ese tiempo, ninguna autoridad pública, ninguna organización profesional o grupo de interés militar, había tenido la menor idea de cuál podía ser el paradero de Niels Oxen... suponiendo que siguiera vivo en alguna parte.

De ahí que no hubiera percibido ni un solo céntimo del Estado, ni de nadie. Ninguna prestación por desempleo u otro beneficio social: ni rehabilitación, ni asistencia sanitaria, ni pensión por discapacidad, ni subsidio para la educación... nada. Y si alguien hubiese querido ayudarlo, o hasta hacerle un donativo, no habría podido saber a dónde enviarlo.

Y por si fuera poco, Oxen no solo se había enfrentado al TEPT propio de los soldados, así como a varias balas y metralla enemiga repartida por su cuerpo, sino también a un divorcio (como el cuarenta por ciento de los daneses que –con las mejores intenciones– se lanzan a la aventura del matrimonio). Y este último punto hacía que aquel hombre desaliñado y taciturno, de mirada despierta, resultara de pronto mucho más parecido al resto de los mortales.

Fruto de ese matrimonio fallido nació un niño; un chico que ahora tenía doce años. Margrethe no disponía aún de ninguna información sobre la ex.

Se habían presentado un total de quince denuncias contra él. Seis veces por violencia en el trabajo, dos por violencia de género, una por alteración del orden, una por daños a la propiedad, tres por amenazas y dos por fraude. Pese a ello, y con toda esta fea colección de despropósitos, Oxen solo fue citado a cinco juicios, y apenas cumplió treinta días de condena por una agresión física a un compañero. En otro orden de cosas se le acusó por haber amenazado, aparentemente fuera de sí, al conductor de un coche de policía, y, además, le cayeron dos multas económicas: una por alteración de la paz y el orden y otra por daños a la propiedad. En el primer caso se había dedicado a increpar a voz en grito, borracho y descamisado, a los transeúntes que pasaban junto a la Storchenbrunnen de Copenhague; y en el segundo –también borracho– había lanzado una caja con macetas de flores contra el escaparate de una tienda de abrigos de piel.

En el resto de ocasiones, Oxen había sido exonerado de los cargos presentados contra él, ya fuera porque las acusaciones habían sido retiradas, ya porque habían sido sorprendentemente revocadas. Esto último fue lo que sucedió con el asunto de la violencia doméstica… lo cual, lamentablemente, no era algo inusual: los hombres llorosos y desesperados, aparentemente atormentados por su conciencia, que admiten su culpabilidad y se rasgan las vestiduras con signos de arrepentimiento y promesas de mejora, acaban provocando la compasión hasta en los oyentes más escépticos.

En cualquiera de los casos, no obstante, el resultado final presentaba un balance francamente inusual. Todas esas acusaciones retiradas invitaban a realizar –aunque fuera precipitadamente– una investigación policial.

Margrethe cogió la cerveza del minibar y le dio el último trago. La idea de hallarse ante un caso complicado le encantaba. Y si algo había aprendido durante sus años de trabajo, era que la apariencia siempre podía ser engañosa. Incluso los hombres más respetables en los cargos más prestigiosos golpeaban a sus esposas; incluso los tipos más virtuosos tenían adicciones o se propasaban con los niños; y ahora… hasta los veteranos más condecorados tenían una cara oscura. A juzgar por los informes, Niels Oxen era un verdadero cerdo impresentable.

Le sonó teléfono. Era Andreas.

—Hola, Franckie. Ahora te paso lo que he encontrado, que es un montón, pero antes de pasarme mil horas escribiendo aclaraciones en el *mail*, te cuento lo más importante por teléfono ¿vale?

—Está bien, dispara.

—La primera misión internacional de Niels Oxen fue la guerra civil de los Balcanes en 1993. En 1995 estuvo allí por segunda vez. En esa ocasión, él y sus cinco compañeros se vieron inmersos en una situación de vida o muerte al ocupar un puesto de control en la Krajina. El puesto se hallaba precisamente en una zona en la que los serbios croatas estaban realizando un importante contraataque: la *Operación Oluja*. Las milicias serbias capturaron al grupo de Oxen y abusaron de ellos utilizándolos como escudos en su retirada. Por eso...

—Cerdos cobardes.

—Sí, no era la primera vez que los serbios hacían algo por el estilo. Después de aquello los dejaron tirados en un búnker en el que, inmersos en el caos más absoluto, los croatas dispararon contra ellos a quemarropa porque creyeron que eran soldados serbios. Entre los compañeros de Oxen se hallaba también su mejor amigo, Bo «Bosse» Hansen, a quien conocía de su primera misión en el extranjero. Bosse salió corriendo hacia la línea de fuego y agitó su casco azul de la ONU para hacerse ver por los croatas y provocar el alto al fuego. Sin embargo, uno de los tanques disparó una granada y lo mató. Niels Oxen se quejó internamente de la decisión de su supervisor de no evacuar al pequeño grupo de inmediato, y no dudó en culpar al comandante en jefe de turno por la muerte de Bosse.

—Un gesto muy poco corriente.

—Ni que lo digas. Solo que no sirvió para nada. Pese a todo, más de un año después, Oxen siguió insistiendo en el tema: lo sacó a la luz pública y convocó a un comité de investigación. Escribió cartas al Secretario de Defensa y al Comando de Operaciones, a título personal, e interpeló a todos los portavoces de defensa de todos los partidos del Parlamento.

–Estaba realmente comprometido con que alguien se hiciera responsable de lo sucedido.

–Sí. Y al final logró que se constituyera efectivamente un comité de investigación, fruto de la presión política que se había ido creando. Pues bien, el comité tardó dos años en realizar su investigación y llegó a la conclusión de que no había nada, absolutamente nada, reprochable en la actuación del comandante en jefe de aquella operación. Tras casi trescientas páginas de informe, la investigación concluía con una absolución muy clara e irrevocable del comandante en jefe.

–¿Y a qué viene todo esto?

–Paciencia, Franckie, paciencia. Pronto lo descubrirás: ¿quién crees que dirigió el comité de investigación?

–Pues no tengo ni idea. ¿Cómo quieres que...?

–Mogens Bergsøe.

Ella dio un respingo.

–¿Bergsøe? ¡Es coña!

–No, el hombre que presidió la Comisión Wamberg y que recientemente se ahogó mientras hacía kayak en los lagos Silkeborg. Bueno, en primer lugar descubrí para ti que Oxen tenía previsto saltar a la yugular al embajador Corfitzen, en los Balcanes, hace ya muchos años, y ahora... ahora esta conexión con Bergsøe. Franckie, ¿crees que Oxen...?

Margrethe Franck se sentó en el borde de la cama, se puso la prótesis y se vistió rápidamente. Quería llamar a la puerta de Mossman e informarle de sus últimos descubrimientos, aunque tuviera que despertarlo.

Hacía ya varios minutos que había acabado su conversación con Andreas, pero la cabeza aún le daba vueltas. En 1993, Niels Oxen se abalanzó sobre el embajador danés de la Unión Europea y lo acusó (tanto a él como a la propia UE) de hacer la vista gorda ante la masacre en los Balcanes y de lavarse las manos ante los asesinatos, y algo más tarde, en 1995, perdió a su mejor amigo por una acción que atribuyó a un liderazgo altamente cuestionable.

Tras tantos años de esfuerzo, la creación de un comité de investigación cuya última conclusión fue que *nadie* podía ser considerado responsable de la muerte de su compañero debió de suponer para Oxen una verdadera frustración, por no decir un desperdicio de energía.

Corfitzen. Bergsøe. Dos perros ahorcados. Dos hombres muertos.

Por el momento no había ninguna conexión entre Niels Oxen y las dos escenas del crimen, pero una cosa era segura: aquel veterano de guerra tan sumamente condecorado tenía motivos de sobra para odiar a aquellos dos hombres.

23

El helicóptero había aterrizado al amanecer cerca de su campamento. Unos minutos antes había regresado del arroyo, donde se había estado ocupando de sus anzuelos. Aquella noche había dormido largo y tendido sobre la hierba, a la luz de la luna, y por primera vez en mucho tiempo se había sentido francamente descansado. Además, tres magníficas truchas de río habían aparecido en sus anzuelos para indicarle que aquel iba a ser un gran día. Una idea que el sonido de las palas del helicóptero se había apresurado a romper en mil pedazos.

Aparte del piloto, solo había visto a otro pasajero en la cabina del pequeño Robinson: el inspector Rasmus Grube, quien, haciendo un esfuerzo por superponer su voz a la del helicóptero, le había gritado:

—Oxen, las cosas han cambiado. ¡Ahora es usted sospechoso de asesinato! ¿Puede venir conmigo para que le interroguemos de nuevo, por favor?

—¿Estoy detenido? —había gritado él, a su vez.

Grube había sacudido la cabeza hacia los lados y le había dicho que no podía obligarlo a declarar, pero le había instado encarecidamente a que lo acompañara. Así que eso había decidido hacer, por segunda vez en dos días. Para acabar con el asunto de una vez por todas. Para que lo dejaran ya en paz.

En el helicóptero no había habido suficiente espacio, por lo que tuvo que dejar atado al Señor White, con bastante agua y comida para pasar todo el día.

Ahora estaba sentado en la sala de interrogatorios, esperando. Tenía el estómago revuelto por la rabia. Esta vez estaba aún más desconcertado que la última vez ante lo que podían querer de él. Grube no le había dicho nada. Suponía que pretendían endosarle el asesinato de Corfitzen, pero las pruebas eran tan insuficientes que entendía que no podrían arrestarlo. La última vez que estuvo allí ya habían hablado de sus huellas en el jardín del castillo, de modo que tenía que tratarse de algo nuevo.

En esta ocasión no lo llevaron a la sala de conferencias, lo cual contribuyó a acentuar la gravedad de la situación, del mismo modo que la cámara de vídeo enfocada hacia él.

Rasmus Grube entró en la habitación y se sentó frente a él, al otro lado de la mesa. Después entró su superior, el director de policía Torsten Vester.

–Vamos a grabar el interrogatorio –explicó Grube, lacónicamente, antes de empezar a recitar formalidades como la fecha, la hora y las personas presentes.

La amabilidad –suponiendo que en algún momento hubiesen llegado a tratarlo con algo parecido a la amabilidad– se disolvió inmediatamente en el aire.

El inspector puso una montaña de papeles sobre la mesa, frente a él, y empezó:

–Su primera misión internacional tuvo lugar en 1993, con la Compañía del Estado Mayor Danés, en Kiseljak, Bosnia. ¿Podría decirnos cuáles fueron sus impresiones durante esa misión?

—¿Mis impresiones?

—Sí, ¿cómo se sintió, qué sucedió sobre el terreno, qué pensamientos o sentimientos provocó todo aquello en usted?

—¿Ha estado usted alguna vez en una misión de guerra? No, por supuesto que no. De lo contrario no me plantearía una pregunta tan estúpida.

Se inclinó hacia delante y miró a Grube a los ojos. Se arrepintió inmediatamente de haber usado ese adjetivo, pero... había algo en el tono de Grube, algo en su actitud, que le parecía amenazador. ¿Y pese a todo decidían preguntarle qué «impresiones» le había suscitado la guerra? Vaya panda de gilipollas.

—¿Podría ser usted tan amable de obviar mi falta de experiencia militar y responder a mi pregunta?

El sarcasmo de Grube indicaba sin lugar a duda que la batalla acababa de empezar, pero es que a él le resultaba imposible responder a esa pregunta de manera sucinta. Ni siquiera estaba seguro de que su lenguaje, cuyo uso había ido abandonando durante los últimos tres años, recordara el vocabulario necesario o dispusiera de los suficientes matices para crear las frases adecuadas. ¿Que cuáles fueron sus impresiones sobre la guerra? La pregunta le parecía totalmente desproporcionada.

—Está bien, escuche... ¿pensamientos? ¿Quiere saber si una misión como la del 93 despertó en mí pensamientos o sentimientos? Pues mire, sí. Joder, por supuesto que sí. Que la guerra es una enorme mierda, por ejemplo. O que el olor a carne humana carbonizada apesta. Eso lo aprendí el tercer día, cuando apenas era un chaval. Por cierto, que la carne humana también apesta sin necesidad de estar carbonizada. Apesta mientras se descompone, esparcida por el suelo, al calor del verano. Apesta una barbaridad. Ese fue uno de mis pensamientos durante la guerra, si quiere saberlo. Llevaba apenas catorce días en Bosnia cuando atravesamos un pequeño pueblo. Junto a la carretera había una fila de estacas, todas ellas coronadas con las cabezas cercenadas de un grupo de civiles. ¿Le parece posible que algo así no provocara en nosotros ninguna *impresión*?

—La crueldad de las experiencias, la brutalidad, las víctimas... ¿No ha sentido usted repulsa por todo eso en algún momento? El sentimiento de impotencia debe de ser terrible, supongo.

Oxen miró inquisitivamente al superior de Grube, como si esperara la confirmación de que con este nivel de ignorancia no había nada que hacer, pero Vester no movió ni un músculo.

Respiró hondo.

—Mire, no conozco a ningún soldado que no haya sentido *repulsa* por la guerra. ¿Qué espera que le diga al respecto? ¿Que fue divertida?

—Seguro que hay distintos grados....

—¡Por el amor de Dios! El trabajo de un panadero es hacer pan. El de un policía es luchar contra el crimen. El de un soldado es ir a la guerra. En sentido estricto, no es más que un oficio. Cuando los soldados se despliegan, llevan a cabo tareas bien definidas, sea cual sea el grado de su repulsa. ¿Le parece a usted que la criminalidad es *repulsiva*? ¿Se siente impotente ante ella? ¿O se limita a hacer su trabajo con la mayor profesionalidad posible? ¿Adónde cojones quiere ir a parar, Grube?

Hacía mucho mucho tiempo que no pronunciaba un discurso tan largo, pero de un modo u otro, con mayor o menor fortuna, las palabras fueron abriéndose camino en su boca.

—Entiendo, pues, que su primer destino bélico le afectó y despertó en usted sentimientos muy intensos, pero que las órdenes eran las órdenes y las cumplió como un profesional.

—Es usted un lince, amigo.

—Pero si al final la guerra era cumplir órdenes y la repulsa no entraba en confrontación con la profesionalidad, Oxen, ¿por qué enloqueció usted de tal modo cuando el embajador de la Unión Europea Hans-Otto Corfitzen visitó el campamento de Kiseljak junto con otros representantes europeos? Estuvo a punto de matarlo, y si no lo hizo fue gracias a la intervención de sus compañeros.

Grube y Vester lo miraron fijamente. De modo que era eso. Por eso se había reunido allí todo ese enjambre de policías, y por eso el jefe del CNI le había dicho que había mentido.

Se quedó callado, concentrado, y durante unos minutos trató de recordar todo aquel asunto. Había pasado ya tanto tiempo... Por aquel entonces él era aún muy joven. No le había interesado especialmente el nombre de aquel tipo, sino solo el cargo que desempeñaba: embajador de la Unión Europea.

Lo sacaba de sus casillas que de pronto apareciera por ahí alguno de esos malditos payasos políticos enviados por Europa para echar un vistazo a la vida real, a la guerra real, cuando lo cierto era que el tema de los Balcanes no les interesaba lo más mínimo. Desafortunadamente, cuando sucedió todo aquel despropósito él estaba bastante borracho... aunque no se encontraba de servicio, por supuesto, sino en su tiempo libre.

Resultó que había sentido curiosidad, como tantos otros ciudadanos, y había querido ir a ver a la horda de diplomáticos y demás cargos electos que se dirigían hacia algún tipo de encuentro de alto nivel; pero resultó también que, a diferencia del resto de ciudadanos, se puso a gritar hacia la primera fila de la comitiva y trató de abrirse paso para compartir su punto de vista sobre la guerra con esos idiotas de la Unión Europea. En aquel momento ni siquiera sabía que el diplomático al que empezó a increpar era precisamente un danés. La discusión fue subiendo de tono y ambos llegaron a las manos, aunque lo cierto es que apenas recordaba el asunto vagamente. En los días posteriores el altercado fue silenciado y él se libró del tema con una simple sanción disciplinaria.

Fue la imagen de las cabezas cortadas lo que le había llevado a tomar demasiadas cervezas aquel día. Cuando su destacamento pasó por aquel pueblo para volver a casa, Oxen vio a una mujer mayor descolgando una de las cabezas de un poste. Justo cuando pasaron por delante de ella, la mujer se quedó mirándolo fijamente, inexpresivamente, sin el menor atisbo de esperanza. Estaba allí quieta, sin más, con la cabeza de aquel joven entre las manos. Lo más probable era que se tratara de su hijo.

En un momento dado, la anciana bajó la vista hacia la sangrienta cabeza, y luego volvió a mirarlo a él, el soldado desconocido, que avanzaba como en un desfile de vehículos militares. Oxen se había dado la vuelta para seguir observando a la anciana el mayor tiempo posible. Lo último que le vio hacer fue meter suavemente la cabeza en la bolsa de la compra.

Y dos días después llegó la camarilla de diplomáticos, dispuestos a visitar a las tropas.

¿Corfitzen? Hans-Otto Corfitzen, el embajador de la Unión Europea. Pues sí, ahora que había pensado en todo aquello, creía recordar vagamente aquel nombre.

La anciana madre con la cabeza en la mano se había convertido en uno de los siete, pero de Corfitzen se había olvidado por completo.

No sabía si había estado distraído mucho tiempo; el caso es que Grube retomó la palabra y dijo:

–Lo tengo aquí escrito. Entre otras cosas, insultó usted a Corfitzen llamándolo «asesino». Y gritó frases como: «¡La

Unión Europea es culpable de genocidio, cabrones!». Sin embargo, ayer negó repetidamente que conociera a alguien llamado Corfitzen. ¿Cómo debemos entender eso, Oxen?

La anciana madre fue, cronológicamente hablando, la primera de los siete, y el vaquero fue el número dos de esa pequeña y exclusiva sociedad. Para unirlos a todos había necesitado una larga carrera militar y, por lo que parecía, ya nunca se libraría de ellos.

–¿A qué diablos viene esto? ¿De verdad cree que mentí sobre Corfitzen? ¿Que lo hice deliberadamente? Pues se equivoca. Hasta ahora mismo, ni siquiera me acordaba de su nombre: no me importaba lo más mínimo. Además, estaba bebido. ¿No hay por ahí ningún informe que diga que iba borracho? Para mí no era más que un diplomático de la Unión Europea. Apenas puedo recordar lo que sucedió, así que menos aún su nombre.

–¿Y no le parece insólito, como a mí, que se comportara usted de un modo tan desafortunado, que recibiera incluso una sanción disciplinaria, y que insista ahora en decirnos que el nombre de Corfitzen no le resultaba ni siquiera familiar? –Torsten Vester intervino por primera vez en el interrogatorio.

–Oiga, acabo de darles mi explicación. Si no me creen, es cosa suya...

–Al final, insultar a un enviado de la Unión Europea y culparlo por los horrores de la guerra no fue más que una muestra de su repulsión e impotencia. Se lo digo para que sepa a dónde queremos ir a parar –dijo Grube.

–Las cabezas ensartadas me impresionaron, efectivamente. Y las vi tan solo dos días antes del altercado. Es posible que de ahí venga todo, sí. Su pregunta podría haber sido un poco más precisa.

El inspector decidió ignorar ese comentario y se puso a hojear sus papeles. En aquel momento Oxen comprendió que aquello no era más que una absurda pérdida de tiempo, y que la premisa de la que partían sus interlocutores era absolutamente errónea.

–Ahora se sienten ustedes satisfechos porque creen que me han pillado en una mentira. Pero aunque eso fuera cierto, el hecho de que un día de 1993, en los Balcanes, indignado y borracho, me peleara con Corfitzen no es ni de lejos un motivo de asesinato, caray. ¿Se han vuelto locos?

Vester hizo un gesto con la cabeza a Grube, quien continuó sin inmutarse:

–Vamos a calmarnos un poco, y a dar un salto en el tiempo. Pasemos a su segunda misión internacional, Oxen. Estamos en 1995, de nuevo en los Balcanes. Hablemos del 4 de agosto. ¿Qué pasó ese día?

–Parece que ya lo saben, así que ¿cuál es la pregunta?

–Nos gustaría escuchar su versión –respondió Grube.

–Esto es una pérdida de tiempo.

–Permita que sea yo quien lo decida.

–Les repito que están perdiendo el tiempo con todo este asunto.

–El 4 de agosto fue el día previo al gran contraataque de los croatas contra los serbios en la Krajina. *Operación Tormenta*, u *Operacija Oluja*, en croata. ¿Dónde estaba usted este día?

–¡Esto es totalmente irrelevante! Paso de seguir con esta tontería. O me arrestan ahora mismo y me meten en una celda, o me acompañan amablemente al bosque del que salí para atenderlos.

Torsten Vester se frotó la cara y suspiró.

–Sería todo más fácil si cooperara un poco, Oxen –dijo.

–Es la segunda vez que estoy aquí, y en ambos casos he venido de un modo completamente voluntario. ¿Cómo llamaría usted a eso?

–Pero no quiere responder a nuestras preguntas.

–*Come on!* Es absurdo preguntarme si la guerra me ha impresionado. Seguro que ya disponen de todos los informes que escribió mi psicóloga, ¿me equivoco? ¿Y ahora pretenden que les hable de la *Operación Oluja*? ¿Se han vuelto locos? Es una historia muy larga, y no hay nada en ella que determine una conexión entre el 4 de agosto de 1995, Corfitzen y el castillo de Nørlund. Se me ha agotado la paciencia. Corfitzen me importa un comino; lo mismo que ustedes dos. Se acabó.

El inspector Grube asintió pensativamente y miró de soslayo a su jefe. Luego se levantó lentamente.

–¿Sería tan amable de disculparnos un segundo?

Oxen se recostó hacia atrás. Estaba indignado. No podía recordar la última vez que había estado tan enfadado, porque siempre había tratado de reprimir la ira. Pero esos idiotas lo habían arrastrado todo hasta la superficie y habían presionado el peor de los botones.

Si al menos supieran lo mucho que había significado para él el 4 de agosto de 1995...

Había recordado esa fecha miles de veces. Había revivido una y otra vez las horas de la mañana en el puesto fronterizo cerca de Karlovac. Durante los últimos años, cada vez que se había preguntado por qué le había ido todo tan mal en la vida, había acabado volviendo a esa mañana del 4 de agosto.

La puerta se abrió y los dos policías se sentaron a la mesa.

–Si no le importa, nos gustaría continuar. Trataremos de explicarle brevemente por qué insistimos en hablar sobre el 4 de agosto de 1995. ¿Qué le parece?

Rasmus Grube lo miró inquisitivamente. Oxen vaciló y, al fin, asintió.

El inspector continuó:

–Gracias. Aquí está la explicación: me gustaría que me dijera dónde estuvo el 12 de mayo. Es decir, el día 12 de este mismo mes.

Eso lo pilló desprevenido. En cuestión de minutos habían dejado atrás 1995 y habían saltado de nuevo al presente, lo cual le pareció al menos tan misterioso como la pregunta en sí misma. Una pregunta que, por cierto, no pudo responder con precisión.

–El 1 de mayo llegué a Skørping con mi perro. Desde entonces, todos los días han sido más o menos igual. He salido a pescar y a cazar. De modo que... ¿el 12 de mayo, dice? Solo puedo decirle que estuve en el bosque. ¿Dónde iba a estar, si no? Pero ¿por qué me lo pregunta?

–Sabemos que le costó mucho tiempo recordar el nombre de Corfitzen. ¿Qué nos dice del de Bergsøe? ¿Le suena de algo? Mogens Bergsøe, abogado.

–Por supuesto que sé quién es Bergsøe.

–¿Podría concretar un poco más?

Ese eterno tira y afloja iba a volverlo loco. Acababan de dejar atrás el capítulo más importante de su vida, y de pronto volvían a insistir sobre él. Parecía que no iba a poder librarse del tema.

–¿Por qué les importa?

–Pronto lo descubrirá. Responda.

–Está bien. Mogens Bergsøe fue el jefe de la investigación que se formó para investigar las circunstancias que llevaron a la muerte de mi compañero Bo Hansen el 4 de agosto de 1995. Pero eso ustedes ya lo saben, por el amor de Dios. Además, que yo sepa, también es el presidente de la Comisión Wamberg.

–¿Compañero? ¿No es eso un poco impreciso? A nosotros nos consta que Bosse era su mejor amigo, ¿no?

Oxen esquivó la respuesta. Se tragó un comentario y se limitó a asentir.

—Sabemos el fallo del comité, e imaginamos lo que piensa de Mogens Bergsøe, pero nos gustaría oírlo de su propia boca, Oxen.

—No hace falta. Veo que son ustedes unos linces.

El inspector sacudió la cabeza.

—Está bien. Mire, tengo aquí unas copias de las cartas que escribió personalmente a Mogens Bergsøe, así como al secretario de Defensa y a algunos otros oficiales superiores y políticos, no solo para exigir una nueva comisión o comentar su trabajo, sino también para quejarse del resultado. Un flujo constante de cartas escritas con su puño y letra, Oxen. Bergsøe reenvió sus cartas al Comando de Operaciones.

El inspector Grube, que ahora sostenía algunas hojas en su mano, continuó:

—Aquí lo acusa de haberse dejado comprar y sobornar, y lo amenaza indirectamente. ¿Es correcto?

—Podría entenderse así, sí. Estaba molesto y muy enfadado. El trabajo de tantos años... todo en vano. Pero ya va siendo hora de que me cuenten...

Grube levantó una mano y lo interrumpió:

—El 12 de mayo murió Mogens Bergsøe. Se ahogó en los lagos de Silkeborg. El CNI sospecha que fue asesinado.

—No lo sabía. No tenía ni idea de que ese idiota había muerto. Pero ¿a qué viene todo esto? ¿Se ha vuelto loco? ¿Acaso insinúa que yo maté a Bergsøe, y también a Corfitzen, solo porque ambos me caían mal? ¿Es eso lo que pretende decirme? Por todos los diablos, hombre, utilice su tiempo para cosas más interesantes, y así yo podré...

—El perro de Bergsøe fue ahorcado, Oxen. En un árbol del jardín de su dueño. ¿Lo comprende, ahora?

El inspector casi gritó la última frase. El rostro le ardía.

¿Ahorcado? De pronto vio la conexión entre la guerra de los Balcanes y este preciso segundo. Una inexplicable calma se apoderó de él. Se inclinó hacia delante y miró a los ojos, alternativamente, a Grube y a su jefe.

–Ya veo. Dos víctimas con las que he tenido algún punto de contacto y contra las que he expresado cierta forma de desagrado. Y además, dos perros ahorcados. Bueno, al fin entiendo adónde quiere llegar. Ya era hora. Aun así, es obvio que no tiene pruebas suficientes. De lo contrario, ya me hubiera llevado ante el juez. Sé que no tiene pruebas en mi contra. Dispone de mi ADN y mis huellas dactilares. Pero no han podido encontrarlas en el despacho de Corfitzen, ni tampoco en casa de Bergsøe, ni en cualquier otro lugar. El 12 de mayo estuve en el bosque del Rold. ¡A ver si lo entiende de una vez por todas!

Sacudió la cabeza, agotado, y continuó:

–No conocí a Corfitzen. A Bergsøe sí, lo admito, pero... ¿asesinato? No. Me da igual que esté usted convencido de que soy un veterano de guerra que ha perdido la cordura y sufre un trastorno de estrés postraumático, o cualquier otra chorrada psicológica, porque al final solo hay una respuesta: yo no he hecho nada. Y ahora, me gustaría volver al bosque.

Oxen estaba completamente agotado tras aquella larga conversación, y por toda la rabia que le habían hecho sentir. Se había quedado solo en la sala de interrogatorios durante unos minutos, cuando el jefe del CNI, Axel Mossman, asomó la cabeza por la puerta. El gigante asintió discretamente hacia la cámara de vigilancia suspendida del techo y le hizo una señal para que lo siguiera hasta el pasillo.

La reunión con Grube y Vester se dio por concluida después de que él pidiera que lo encarcelaran, o bien que lo llevaran de vuelta al bosque. Ellos le prometieron encargarse de su viaje de regreso, y luego abandonaron la sala, sin más comentarios. Esta vez no lo llevarían en helicóptero, sino que lo trasladarían en coche hasta el bosque, en la medida en que lo permitieran las estrechas carreteras.

Mossman miró a su alrededor en ambas direcciones. Por lo visto no le gustó el ajetreo y bullicio en los pasillos, porque enseguida señaló la gran sala de conferencias. Se sentaron, y fue directo al grano.

—¿Ha considerado mi oferta, Oxen?

—Nada ha cambiado. Solo quiero que me dejen en paz.

—Se equivoca. Las cosas sí han cambiado: ahora se halla usted en un aprieto.

—Si estuviera en un verdadero aprieto, ya me habrían arrestado. Estoy seguro de que ha escuchado el interrogatorio. No tienen más que viejos rencores y dos perros ahorcados.

—En cuanto encuentren algo, volverán a buscarlo.

—Pero es que no encontrarán nada, porque no hay nada que encontrar. Y ahora, de verdad, me gustaría volver al bosque.

—Escúcheme bien, Oxen. Sé que no ha matado a esos dos hombres; estoy convencido de ello. ¿Alguien de su calado y con sus cualidades? No, por supuesto que no. Sin embargo, el inspector Grube puede demostrar sin ningún esfuerzo que tiene usted arrebatos de ira y pérdida de control cuando se refiere a los eventos relacionados con la ofensiva croata. Y ambos sabemos que una *misión* de este tipo puede convertirse en una idea fija, ¿verdad? Un hombre y su misión…

—El jefe del batallón sabía que los croatas se acercaban. Lo que hice fue justificado. Eso es todo. Si crees en algo, tienes que luchar por ello.

—Sí, sí, claro. En un mundo ideal, Oxen. No en el nuestro. La policía de aquí arriba está bajo mucha presión y puede volver a involucrarlo en cualquier momento. Reflexione sobre mi oferta, y si tiene alguna duda, venga a verme mañana al hotel Hvide Hus. Necesito la ayuda de alguien como usted.

El seto de mora se alzaba como una pared frente a él, y tuvo que avanzar hacia el norte durante un buen rato hasta encontrar un agujero natural entre las ramas llenas de espinas.

Se detuvo en una pequeña colina antes de seguir el descenso. Desde allí pudo ver gran parte del valle y de la pared verde que formaban los campos a lo largo de Lindenborg Å.

No estaba en casa. Ya ni siquiera recordaba cuál era su casa. Pero aún se emocionaba al ver las cosas que conocía, como por ejemplo el saludo del Señor White, que en breve saldría a recibirlo, feliz.

Ordenaron a un oficial de policía que lo acompañara en coche hasta el bosque. Había sido un paseo silencioso. Lo había acercado al valle lo más cerca posible, a través de los estrechos caminos de grava de Vesterskov. El resto del camino tuvo que hacerlo a pie.

Un poco más tarde, cuando cruzó el arroyo y subió la orilla del río por el otro lado, se descubrió a sí mismo pensando en que si el clima lo acompañaba, podría quedarse allí hasta el mes de octubre.

Aún no había podido ver su campamento, que seguía perfectamente camuflado, pero pronto apareció a su derecha el viejo roble caído, y en ese preciso instante sintió que ahora sí estaba «en casa». Siguió el estrecho sendero que él mismo había abierto a base de andar por allí. Diez metros, nueve, ocho, siete, seis... ya podía ver la parte superior del roble. Cinco metros, cuatro, tres... los últimos pasos por la colina, y en seguida vería...

Se detuvo en seco, en mitad de una zancada.

Petrificado, sacudió la cabeza como si de ese modo fuera a poder borrar lo que acababa de ver. De una de las ramas más bajas y gruesas del roble colgaba algo blanco. Algo blanco y grande...

Salió disparado hacia allí. Corrió entre la hierba como alma que lleva el diablo y al llegar cayó de rodillas. Se cubrió el rostro con las manos y luego miró hacia arriba, desesperado. Se quedó así un buen rato. Finalmente, se dejó caer hacia delante y se quedó tendido boca abajo, con el rostro hundido en el suelo del bosque.

Tres o cuatro metros por encima de él, el Señor White pendía sin vida al final de una soga.

24

La lechuza graznó justo antes de que él gritara.

Luego se quedó en silencio. Todo se quedó en silencio en la densa oscuridad que se había asentado sobre el valle. Solo gritó una vez. Fue un grito largo y desgarrado, como el de un animal herido que hubiera perdido su rebaño. Luego se tambaleó y se desplomó junto a las raíces del árbol caído.

Apoyó la espalda en el tronco y miró hacia arriba, hacia el cielo negro azabache. En apenas unos tragos apuró la botella de *whisky* y siguió agarrándola con fuerza mientras se arrastraba por la hierba hacia la lona, a cuatro patas, con el torso desnudo, aunque bajo aquel cobijo tampoco halló consuelo.

Trató de incorporarse y llegar hasta la pequeña hoguera de su campamento, pero perdió el equilibrio y cayó al suelo golpeándose con fuerza junto a su cama.

En el saco de dormir aún quedaban algunos porros ya liados. Eran los últimos de su cada vez más menguante reserva de provisiones. Alargó una mano para coger uno. Todos sus movimientos y percepciones parecían hallarse en algún lugar al final de una larga tubería por la que él trataba de verlo todo. Se sentía como si hubiera abandonado su cuerpo y estuviera ahora tratando de descodificar su actividad física y de entender los motivos por los que aún seguía en movimiento.

Con un esfuerzo ímprobo logró encenderse el porro. Se lo llevó a la boca, se arrastró hasta la hoguera y se quedó allí estirado. Inhaló el humo intensamente, llenando con él sus pulmones, y lo retuvo durante unos segundos para acentuar el efecto. El mundo daba vueltas a su alrededor, y solo de vez en cuando, por unos breves instantes, el ritmo se desaceleraba como por arte de magia para que pudiera recordar quién era y dónde estaba.

Las llamas le miraban el alma. O quizá fuera al revés. O recíproco. A través del fuego vio a sus antepasados. Y a los antepasados de sus antepasados. Y a los antepasados de los antepasados de sus antepasados, y... vio sus largas sombras en las paredes de una gruta; vio figuras vestidas de cuero y piel; vio paredes y suelos de tierra desnuda; vio a personas construyendo, cada vez más alto, cada vez mejor; escuchó el estruendo de unos cascos de caballos, y vio unas crines ondeando al viento, y vio de nuevo, al fin, a las mismas personas derribándolo y destrozándolo todo.

Y entonces los siete empezaron a emerger, lentamente, de entre las llamas.

Se fumó el último porro y los miró a todos a los ojos, uno tras otro.

Primero llegó la anciana madre con la cabeza entre los brazos. Después el vaquero emergió entre la niebla. Sus dientes podridos brillaban a la luz de la lumbre. Tras él desfilaron también los otros cinco, pasando por delante de Oxen, de izquierda a derecha.

Luego se fueron. Desaparecieron tan silenciosamente como habían aparecido. Y no le hicieron nada. Él se limitó a tomar consciencia de su presencia al final del largo tubo.

Ese tubo por el que también se miraba a sí mismo desde la distancia. Y al final, solo quedaron las llamas.

En un gesto mecánico, intuitivo, extendió su mano derecha y acarició el suave pelaje del Señor White. Lo había cepillado lo mejor que supo. Su fiel compañero yacía a su lado, calentándose junto al fuego. Reuniendo fuerzas para el último viaje.

Al Señor White le encantaba que lo rascase justo detrás de las orejas, especialmente de la derecha, de modo que eso hizo. También le gustaba que le acariciase el lomo, de modo que se lo acarició, una y otra vez.

Permaneció así durante un buen rato. Después cogió su cuchillo, lo sostuvo unos segundos sobre el fuego y clavó la afilada hoja en su brazo izquierdo, justo debajo de las cicatrices.

Lo hundió lentamente, creando una herida larga y uniforme. Poco a poco, la sangre fue brotando hacia la superficie: las primeras gotas se acumularon en torno a la hoja de metal, y en cuanto empezaron a pesar demasiado escaparon de la herida dejando un reguero rojo sobre su piel.

Por suerte sintió el dolor de la cuchilla al romperle la carne: le daba paz. Pese al peta y al alcohol, el dolor destacó con extraña claridad sobre las llamas. Tal vez porque era su confidente.

Se quedó ahí sentado, inmóvil.

Miró las gotas que corrían por su brazo, y con cada gota que se le escapaba, con cada gota nacida del dolor, remitía ligeramente la presión en su cabeza.

Levantó el cuchillo de nuevo y repitió la operación. El segundo corte quedó paralelo al primero.

Tras pasar un rato sintiendo alivio y observando su brazo con distante curiosidad, repitió el mismo gesto por tercera y última vez.

La sangre goteaba en el suelo. Salía a borbotones de los tres cortes y hacía ya un rato que se había fusionado en un único reguero sobre su piel; dejaba su antebrazo ciertamente ensangrentado y caía al vacío, desde su codo.

El dolor externo facilitaba el camino al interno, que de ese modo era capaz de escapar de su prisión y disolverse en la noche.

Cerró los ojos.

Se sintió ligero. Y sintió paz.

Se acercó aún más a su amigo, dejándose caer hacia delante. Puso su brazo ensangrentado alrededor de aquel cuerpo ya frío y hundió su rostro en el precioso pelaje blanco.

Luego se quedó profundamente dormido.

25

Los conductores que viajaban en dirección Støvring y Aalborg no prestaron ni la menor atención a la figura que avanzaba por la cuneta con el pulgar alzado.

Los autoestopistas no lo tenían fácil en las carreteras danesas y menos aún si su aspecto era tan roñoso como el de aquel tipo de la autopista 180, a la altura del bosque del Rold, esa mañana de domingo.

Después de caminar durante veinte minutos, el hombre, que llevaba una cola de caballo, dio por fin con el buen samaritano, que en esa ocasión adoptó la apariencia de una secretaria de Ravnkilde.

Sonrió cuando ella se detuvo a su lado y le preguntó adónde iba.

—Aalborg —respondió él, en voz baja.

No deberíamos juzgar a las personas por su apariencia. Hasta los mejores pueden caer en desgracia en algún momento de su vida. Hasta los más fuertes pueden perder el rumbo. Eso era, al menos, lo que ella pensaba.

Y a pesar del intenso y desagradable olor que se apoderó de su vehículo durante los últimos treinta kilómetros que la llevaban hasta Aalborg, no vio ningún motivo para cambiar de opinión.

El hombre silencioso, que debía de tener buenas razones para mantener ese silencio, se sentó educadamente a su lado y sonrió con amabilidad cuando se bajó del coche, ya en el centro de Aalborg, cerca de la estación de tren.

Tras pasar muchos años en el campo de aviación militar, conocía la ciudad como la palma de su mano. Solo tenía que pasar por el túnel y el jardín Kildepark, y por fin llegaría al hotel.

La decisión cayó por su propio peso. Le resultó fácil tomarla en cuanto recuperó el conocimiento, se bebió medio litro de agua, se tomó una cucharada de sal y tres tazas de café, y logró mantenerse más o menos en pie.

Pero antes, capaz al fin de pensar con una cierta coherencia, quiso enterrar al Señor White. Buscó un lugar cerca del campamento, al pie de un terraplén, que daba hacia el sur. Era un lugar hermoso y soleado; un espacio ideal para el reposo eterno.

Sobre la tumba apiló un montón de piedras. Si alguien paseaba por allí por casualidad, se sorprendería al verlas. Y si él se decidía a regresar algún día a visitar la tumba del Señor White, hallaría el lugar sin dificultad.

Por el momento no sabía lo que le depararía el destino. Se veía incapaz de imaginar sus próximos meses. Ni siquiera desmanteló el campamento, sino que dejó sus cosas allí.

Entró en el vestíbulo del hotel Hvide Hus y se acercó al mostrador de la entrada, revestido de mármol. Allí preguntó cuál era el número de habitación de Axel Mossman. La recepcionista lo miró con escepticismo y cogió el teléfono. Tardó unos segundos en concederle su «Aquí tiene».

Apenas había llamado a la puerta sobre la que podía verse el número 418, cuando el jefe del CNI, aparentemente a punto de marcharse, le abrió con una amplia sonrisa en la cara.

—*Well*, Oxen, ¿ha cambiado de opinión? Entre, entre.

En ese mismo momento, Martin Rytter salió de la habitación contigua a la de Mossman. Lo más probable era que este le hubiese informado de que esperaban un invitado.

—Buenos días, Oxen —le dijo Rytter, estrechándole la mano.

Axel Mossman le pidió que se sentara junto a una mesa pequeña, pero Oxen prefirió quedarse de pie en medio de la habitación de todos modos.

—Alguien ha ahorcado a mi perro —dijo. Mossman lo miró inquisitivamente y Oxen repitió—: Alguien ha ahorcado a mi perro. En un árbol, junto a mi campamento. Estaba ahí colgado cuando volví de la comisaría ayer.

Mossman ni siquiera había llegado a sentarse.

—No me diga que ha ahorcado a su samoyedo como maniobra de distracción, Oxen —gruñó—. Dígame que no es cierto.

Fue un acto reflejo. Echó el brazo hacia atrás y atestó un puñetazo brutal contra la mandíbula de Mossman. El impacto impelió al gigante hacia atrás e hizo que tropezara con una lámpara de pie y se estrellara contra el suelo.

En ese mismo instante, Rytter se abalanzó hacia él, ágil y decidido. Oxen lo detuvo con absoluta precisión, alzando su antebrazo izquierdo y girando sobre su propio eje. El movimiento resultó instintivo. Lo había repetido en infinidad de ocasiones, durante todos esos años de kata en los que fue pasando por los diversos grados de Shotokan, hasta el de cinturón rojo, en el décimo *dan*. Mientras se daba la vuelta embistió a Rytter y le hizo perder el equilibrio clavándole el codo en los riñones.

Justo cuando el jefe de operaciones del CNI estaba empezando a doblarse por el dolor, Oxen le clavó dos dedos en el cuello y lo mantuvo así, con el brazo extendido, mientras este aullaba de dolor.

—Ya basta, Oxen. Suéltelo. Quédese quieto. ¡Y cálmese!

Se volvió lentamente y vio el cañón de la pistola con la que Margrethe Franck había acudido en ayuda de sus jefes. Parecía una mujer decidida. La serpiente plateada de su oreja izquierda podía morder, no le cabía duda, en cualquier momento.

Soltó a Rytter, quien cayó arrodillado al suelo y se frotó el cuello, gimiendo.

Entretanto, el gigante se había levantado y, después de lanzar la lámpara de pie contra la pared, ciego de ira, gritó:

—¡Se arrepentirá de esto, Oxen! ¡Le juro que lo lamentará el resto de su vida! —Tenía el enorme puño alzado, amenazador.

—Vamos a calmarnos todos un poco —aconsejó Margrethe Franck, bajando el arma.

—Me voy.

Oxen se dirigió hacia la puerta y empujó a Franck para que lo dejara salir al pasillo.

—¡Espere! ¡Deténgase, Oxen! ¡Por el amor de Dios, espere un momento, hombre!

Con una rapidez sorprendente, Mossman llegó hasta él y le puso una mano en el hombro. Oxen estaba ya a punto de retorcer el brazo del anciano cuando Mossman empezó a disculparse.

—¡Lo siento! Mi comentario ha sido inapropiado. Le pido que acepte mis disculpas —dijo, y le extendió una mano.

Oxen la estrechó, pero no se movió de la puerta.

Mossman extendió los brazos en señal de resignación y añadió, suspirando:

—¿Puedo tutearte, Oxen? ¿Qué te parece si comenzamos de nuevo, desde el principio? Vamos a sentarnos.

Martin Rytter se puso de pie, frotándose el cuello. Cogió una silla, la arrastró hacia sí y se sentó, pero le fue bastante difícil encontrar la expresión correcta. Margrethe Franck dejó su pistola en el escritorio y se sentó junto a Mossman en el pequeño sofá.

Oxen sopesó la situación, y decidió sentarse en un sillón que quedaba junto a la silla de Rytter.

–*Well* –dijo Mossman–, después de este pequeño… *intermezzo*… seguro que podemos mantener una conversación tranquila y normal. Oxen, ya que has venido hasta aquí, asumo que has considerado al menos aceptar mi oferta.

Él asintió.

–¿Por el asunto de los perros? –preguntó el gigante.

Oxen se encogió de hombros.

–Sinceramente, ahora mismo no sé qué hacer ni adónde ir.

–¿No tienes una casa, un sitio donde vivir? –preguntó Rytter.

Negó con la cabeza. Margrethe Franck lo miró y dijo:

–La última dirección que nos consta es una habitación en Amager. ¿Dónde has vivido después?

–En un sótano en el barrio del noroeste, en la calle Rentemester.

–No percibes ninguna ayuda del Estado. Ni siquiera estás registrado en la Seguridad Social. ¿Por qué?

–No quiero nada. Solo quiero que me dejen en paz.

Mossman farfulló algo ininteligible y luego fue directo al asunto:

–*Down to business*… El CNI necesita a alguien como tú. Deja que te resuma brevemente la situación, y después podrás decidir.

Oxen asintió. Mossman lo miró a los ojos.

–Antes de que aparecieras en el hotel, esperaba que pudieras ser una especie de comodín en nuestra investigación… pero ahora estoy seguro. ¿No se te ha ocurrido pensar que el perro ahorcado puede ser una especie de advertencia? ¿Que los amos de los casos anteriores están muertos?

–Por supuesto. Pero no tiene sentido. Y no tengo nada que ver con esos casos. Llegué a Skørping en tren y enseguida me interné en el bosque.

Mossman asintió, pensativo, y luego continuó:

–Olvidemos por un momento lo que tiene o no tiene sentido. Lo cierto es que estuviste involucrado en el caso Corfitzen, aunque fuera sin saberlo, y que, por tanto, estás también involucrado en el caso Bergsøe. Por eso hoy te necesito más que nunca.

Oxen observó que el rostro del jefe de operaciones reflejaba cualquier cosa menos aprobación. Y Franck también parecía escéptica.

–Quiero que seas nuestros ojos y oídos allá afuera, Oxen –dijo Mossman–. Que te dediques a hacer lo que el Servicio de Inteligencia no puede hacer de manera oficial. Que uses todos los medios que tengas al alcance de la mano para encontrar al o a los culpables de estos asesinatos. Y quiero dejar bien claro que la policía local no es la única que está bajo presión en este asunto, y que por eso me parece necesario acompañar nuestros métodos de investigación tradicionales por unos menos... digamos... ortodoxos.

Oxen entendía perfectamente lo que el jefe del CNI le estaba pidiendo: que ignorara las leyes y dejara a un lado todo lo que se interpusiera en el camino de la explicación y resolución de los casos.

–¿Y si tropiezo con alguna dificultad seria?

–El CNI negará rotundamente que trabajes para nosotros; aunque, por supuesto, si te encuentras con algún fuego haré cuanto esté en mi mano por ayudarte, de un modo extraoficial –respondió Mossman, sin titubear.

Aquello era idéntico a camuflarse en territorio enemigo y realizar maniobras de exploración. El trabajo más jodido y peligroso de todos. La caballería nunca llegaba a tiempo de salvar a nadie, y tampoco lo harían Mossman y Rytter, de eso estaba seguro.

–¿Y a quién debería reportar?

Mossman miró a Rytter, y luego a Franck. Ella asintió lentamente.

–Mantén a Margrethe Franck al día. Ella será tu contacto. Velará por tu seguridad y te proporcionará toda la información que necesites. Se encargará de las cuestiones prácticas, pero recuerda que *no* te ayudará sobre el terreno. Allí estarás solo.

El CNI quería tenerlo bien controlado, al tiempo que lejos, y la encargada de ese difícil equilibrio iba a ser Margrethe Franck.

–Está bien –dijo, asintiendo hacia ella–. Pero si Franck no está disponible, ¿quién hablará conmigo?

–Rytter. O yo mismo –respondió Mossman–. Te sugiero que establezcas tu campamento base lo más cerca posible del castillo de Nørlund. En el Rold Storkro, pues. Franck te buscará una habitación allí, a partir de esta tarde. *All right*, Margrethe?

Ella asintió, aunque a todas luces acababa de reprimir un suspiro.

–¿Y el pago?

–He pensado en ofrecerte un sueldo de consultor. Generoso, por supuesto –respondió Mossman.

–¿Cuánto?

–Cien mil coronas por un mes. El acuerdo puede ser ampliado.

Por el rabillo del ojo distinguió al jefe de operaciones arquear una ceja. ¿Consideraría que esa cantidad era desproporcionada?

Cuando decidió ir al hotel a visitar al director del CNI, Oxen ya había reflexionado sobre sus condiciones. Quería una paga que se ajustara a los riesgos. No le quedaba ni una corona en el bolsillo.

Bergsøe había presidido la Comisión Wamberg, y Corfitzen había sido el decano de la diplomacia danesa. Estaba a punto de meterse en un campo minado, no tenía la menor duda. Y eso hacía que aquel trabajo resultara particularmente arriesgado.

—Doscientas cincuenta mil coronas, en efectivo –dijo.

Rytter se removió inquieto en su asiento, Franck cruzó los brazos y Mossman se aclaró la garganta.

—Una tarifa considerable –señaló.

—Los riesgos son grandes, ¿no le parece? La tarifa refleja el riesgo. Y ni una factura, ni un registro, ni un recibo. Nada.

—Sus exigencias reflejan principalmente tu confianza en ti mismo. Me gusta. No esperaba menos de un hombre de tu talla, Oxen. *Well*, de acuerdo. Cincuenta ahora, y el resto dentro de un mes –dijo Mossman.

Oxen negó con la cabeza.

—Por adelantado.

—Eso es exagerado. Ni siquiera sé lo que obtendré a cambio de esta cantidad –respondió Mossman.

—La idea no ha sido mía. Mejor olvidémoslo todo…

Oxen hizo ademán de levantarse, pero Mossman alzó la mano, a la defensiva.

—No te muevas. Está bien, doscientas cincuenta mil dentro de dos días. Uno no puede conseguir tanto dinero con un simple chasquido de dedos. Te doy cinco mil coronas danesas ahora, en efectivo, para peluquería, ropa y lo que necesites, no puedes ir a ninguna parte con estas pintas que llevas, y luego las doscientas cincuenta mil con la condición de que podré alargar nuestro acuerdo por dos semanas más sin pago adicional. ¿De acuerdo?

Oxen asintió.

–*Well*, pues baja a comer algo y tómate un café. Apúntalo a mi cuenta y espérame en el vestíbulo. Yo me reuniré contigo en un rato y te informaré de algunas cuestiones prácticas.

Axel Mossman se levantó del sofá con un ostentoso movimiento, dando así a entender que la sesión había terminado.

–Bueno, pues hasta luego, Oxen –dijo Margrethe Franck, sin la menor pizca de entusiasmo en su voz.

–Consideras que el pago es demasiado elevado, ¿verdad? –le dijo Mossman a Rytter, tras pasar unos minutos en silencio después de que Oxen cerrara la puerta tras de sí.

Los tres estaban de pie junto a la gran ventana, mirando hacia el parque que se abría bajo sus pies. El jefe de operaciones fue el primero en comentar el acuerdo con el veterano de guerra.

–Yo creo… –empezó a decir Rytter– que un cuarto de millón es francamente exagerado para algo que todavía no podemos valorar. Y menos aún en negro. Como ya te he dicho, creo que es altamente cuestionable hacer negocios con un *loose cannon* como nuestro héroe de guerra aquí presente, inestable y traumatizado.

–Te ha pillado por el cuello por sorpresa, ¿eh, Martin? –murmuró Mossman–. ¿Es esto lo que te molesta?

Rytter negó con la cabeza, enojado.

–Y le habrías metido un balazo en el cuerpo sin pensártelo dos veces Margrethe, que te conozco –dijo Mossman.

–Sí, pero solo en la pierna –respondió ella, mirando por encima de las copas de los árboles, al otro lado de la ventana.

–Sigue ocupándote de Oxen, vamos. Quiero tener acceso a todo lo que encuentres sobre él. ¡A todo! Además, deberíamos conseguir sus informes psicológicos lo antes posible…

–Eso no será posible.

–¿A qué te refieres?

—Oxen ya ha advertido de ello al inspector Grube. No quiere que echemos un vistazo a su historial médico. Y con lo que tenemos no podemos tomar una decisión judicial. Para ser exactos, ni siquiera tenemos motivos para sospechar de él.

Mossman titubeó un instante.

—Entonces tendrás que hacerlo a tu manera, Margrethe.

—Veré lo que puedo hacer. Pero hay algo más que realmente no entiendo.

—Suéltalo.

—Niels Oxen no tiene ni la más mínima experiencia en el campo de la investigación. Estudió derecho durante dos miserables años y seguramente mereció las medallas que le concedieron, pero llevar a cabo una investigación complicada es algo muy distinto. Y doscientas cincuenta mil coronas…

Axel Mossman guardó silencio por un momento. De modo que su asistenta estaba de acuerdo con Rytter, cuya postura ya había valorado en sus consideraciones anteriores. *Well.* Ambos eran relativamente jóvenes. A su edad, él había sido mucho menos obediente que ellos. En verdad, ese era uno de los peores males de la sociedad actual. Los jóvenes no deberían ser tan disciplinados. Deberían rebelarse más. La edad y el cumplimiento del deber tendrían que ser, por así decirlo, proporcionales.

—Mira… —Por primera vez en su vida tardó mucho en dar con las palabras adecuadas—. Mi instinto me dice que Niels Oxen nos será muy útil cuando nuestras investigaciones estén más avanzadas y hayamos logrado vincular ambos casos.

No dio más explicaciones. Margrethe Franck pensó en ello durante unos instantes y entonces añadió en voz baja:

—Supongo que quieres decir útil como uno de aquellos *tontos* útiles, ¿verdad? ¿Qué esperas que haga por nosotros?

—Eso ya lo veremos.

Axel Mossman se encogió de hombros y comenzó a recoger sus cosas. Pronto saldrían de sus habitaciones. Él y Rytter
volverían a Copenhague en el próximo avión, mientras que
Margrethe Franck se quedaría allí, con Oxen.

Dos sándwiches grandes del club, dos Coca-Colas y cuatro
tazas de café fueron el resultado de la invitación a desayunar
por parte del director del CNI. El personal del hotel había
observado a aquel tipo hambriento con suspicacia y el jefe
de sala había llamado a Mossman para confirmar que todo
estuviera bien. Ahora Oxen estaba sentado en un banco en
los jardines del Kildepark, esperando a su generoso anfitrión.
Hacía apenas unos minutos, ambos se habían encontrado
en el lugar convenido, el vestíbulo, pero el director se había
sentado a su lado, sin mirarlo, aparentemente despreocupado, y en lugar de dirigirle la palabra con normalidad había
empezado a leer el periódico y le había murmurado, parapetado tras el rotativo:

–Al parque, Oxen. Ahora. Me reuniré contigo en cinco
minutos.

Al oír aquello, Oxen se había levantado y se había alejado de allí.

El banco del parque quedaba a unos doscientos metros del
vestíbulo del hotel. Efectivamente, pocos minutos después
Mossman se reunió con él y se sentó desabrochándose un
botón de su chaqueta de *tweed*.

–Es mejor aquí. Tengo que subir a un avión, así que vayamos al grano.

Oxen asintió. No sentía la menor necesidad de pasar más
tiempo del necesario con la gente del CNI.

Mossman miró a su alrededor, expectante. Todo parecía
fresco y vital. Una cálida tarde en el parque, en una tierra que
había anhelado la primavera.

—Franck te entregará el dinero en los próximos dos días.

—Gracias.

—Y aquí están las cinco mil coronas. —Mossman le entregó un sobre con un fajo de billetes.— Por lo demás, hay un pequeño cambio de guion, pero es confidencial.

Oxen entornó los ojos y esperó.

—Cuando digo confidencial quiero decir que debe quedar entre nosotros. Es decir, entre tú y yo.

Oxen asintió de nuevo.

—Cualquier cosa que te parezca *grande*, cualquier información que en tu opinión merezca especial interés… deberás pasármela directamente a mí. Ni a Rytter ni a Franck ni a nadie del CNI. Solo a mí. ¿Lo entiendes?

—Sí.

—Cómprate un móvil, Oxen, y ponte en contacto conmigo desde ese teléfono.

Mossman garabateó un número en el reverso de su tarjeta de visita.

—Ten. Memoriza el número y destruye la tarjeta. Asegúrate de hacerla desaparecer completamente. Y que no se te ocurra usar ese teléfono para llamar a un número que no sea este.

Él asintió. Vaya con Mossman; ahora resulta que iba por libre. Eso solo podían permitírselo los jefes y los generales.

—Acordemos abrir una ventana de información dos veces al día. De cinco a seis de la mañana y de diez a once de la noche.

—¿Y si hay una emergencia?

—Las emergencias no existen.

—Está bien.

—Tampoco existen los nombres, ¿de acuerdo? Tú te identificarás como «el cazador».

—Está bien.

—Los informes normales y rutinarios seguirán el programa previsto, y se los entregarás a Franck. ¿Tienes alguna pregunta?

—No.

—Excelente. Mi olfato me dice que hay algo que no me has dicho. Desconozco los motivos, pero te ruego que uses el sentido común. Sáltate las leyes, si es necesario. Ponlo todo patas arriba. Vamos a pagarte una riñonada por tu trabajo, Oxen.

26

Era ya bastante tarde cuando llamó a la puerta de Margrethe Franck. Tenían cuartos contiguos, y ella le había pedido que la acompañara un momento «para revisarlo todo y planificar los siguientes pasos».

Él no tenía nada que revisar, en realidad, pero sí había pensado en una especie de plan. Lo que aún no había decidido era si ella debía estar al corriente o no.

Había pasado parte del día en la peluquería Anja de Skørping, siguiendo las instrucciones de Mossman, cuya ejecución fue supervisada de cerca por Margrethe Franck. Antes de eso, había estado una hora entera en la bañera de su habitación del hotel, esta vez por iniciativa propia.

La disciplina militar en la higiene personal era una regla práctica y llena de sentido que había cumplido a rajatabla durante muchos años. Luego empezó a relajarse hasta que, en algún momento de los últimos años, se había vuelto del todo indiferente a ella.

Entró en la habitación. Margrethe Franck estaba sentada en su escritorio, hurgando en una pila de documentos, y tardó un buen rato en levantar los ojos. La serpiente plateada de su oreja había desaparecido. En lugar de eso, unas estrechas gafas se apoyaban en la punta de su nariz. La montura, gruesa y negra, provocaba un interesante contraste con su rostro de piel clara y su pelo rubio. Y lo mismo podía decirse de la chaqueta de cuero negro que colgaba del respaldo de la silla. *Ebony and ivory...* Pero la armonía perfecta era una ilusión. Margrethe Franck parecía irritada, como si su presencia allí le resultara más que molesta.

Lo miró de arriba abajo por encima de las gafas.

–¿Un hombre nuevo... y mejor?

Llevaba puestas algunas de las cosas que había tirado sobre el mostrador de la tienda de ropa masculina de Støvring: tejanos, una camiseta blanca y una camisa de leñador, a cuadros rojos y negros. E iba descalzo, aunque también se había comprado un par de bambas en otra tienda. Aún llevaba el pelo por encima de los hombros, pero ahora según los deseos de Anja. Los hombres de pelo corto eran de otra época.

–¿Mejor? Difícilmente... ¿Prefieres que pospongamos la reunión?

–¿Por qué?

–Porque parece que estás muy ocupada.

–No, ya he acabado –dijo ella, apartando los papeles.

Oxen acercó un taburete a la pared y se sentó.

–Bueno, ¿y qué quieres saber? –preguntó.

–Mossman me pidió que te ayudara, así que necesito algo para ubicarme. Un punto de partida, al menos. ¿Cuál es tu plan? ¿Ya tienes uno?

–Aún no he pensado en eso.

–¿Así que no sabes lo que vas a hacer? –Su tono de voz era frío.

Fue en aquel momento cuando se dio cuenta de que una de las piernas de su pantalón vaquero colgaba, vacía, por debajo de su rodilla. Y eso que al entrar ya había visto la prótesis junto a la mesita de noche.

–Digamos que aún le estoy dando vueltas. La pierna...
¿Estabas en una misión en el extranjero?

Ella negó con la cabeza.

–Nunca puse un pie en el ejército; ni siquiera cuando tenía dos.

–Minas antipersonas... He visto muchas lesiones de este tipo.

–Me lo imagino. Pero ¿estás diciéndome que no tienes nada para mí? ¿Nada que pueda investigar?

–Hay una cosa en la que sí he pensado –dijo. En la bañera se había preguntado si Franck podría comprobarlo...

Ella lo miró inquisitivamente.

–*Modus operandi* –dijo él.

–¿*Modus operandi*? ¿En qué sentido? –Su mirada era penetrante tras las gafas.

–En el de perros ahorcados. Es decir: tenemos a tres perros ahorcados: el de Bergsøe, el de Corfitzen y el mío, más dos dueños de perros también muertos: Bergsøe y Corfitzen. Creo que...

–Dos dueños de perros muertos *por ahora* –le interrumpió ella.

–Por ahora, sí. Según mi experiencia, que como sabes no es poca... creo que se trata de un acto de intimidación. Este es el *modus operandi*: asustar a la gente, amenazarlos.

–¿Y por qué?

–He aquí la pregunta del millón.

–Pues tú vas a conseguir un cuarto de millón por la respuesta, Oxen, así que... Mira, no voy a engañarte. En mi opinión, es una locura que hayan aceptado pagarte doscientas cincuenta mil coronas, solo porque creen que puedes ser sospechoso... o bien la próxima víctima.

–No me importa lo que pienses, aunque te entiendo.

–Aprendí mi oficio en la policía. Estoy acostumbrada a indagar. Tú no.

Por fin, Margrethe Franck se quitó las gafas para mirarlo, y él se sintió mucho mejor.

—No necesito haberme formado en la policía para ver que aquí hay gato encerrado —dijo Oxen—. Y si además consigo toda esa cantidad de dinero por adelantado, solo porque a alguien le parezco digno de confianza... entonces es obvio que lo que hay es toda una camada de felinos encerrada. De modo que voy a tratar de pillar lo que pueda y a aceptar que voy a correr un riesgo muy elevado por ello.

Ella asintió pensativamente varias veces y entonces puso su pierna sana sobre el escritorio, enérgica.

—Estaba patrullando con mi compañero y nos pidieron que fuéramos a la zona del puerto, a arrestar a un presunto asesino. Estaba escondido en su coche, en un patio trasero. Cuando nos vio se dio a la fuga: pisó el acelerador, fue directo hacia mí y me aplastó contra una pared. De eso hace ya diez años. Tuvieron que amputármela por encima de la rodilla... Aunque en realidad es como si siguiera teniéndola. En fin. Estábamos con el *modus operandi*, ¿verdad?

Margrethe Franck apartó una mecha de pelo de su cara.

—Se trata de intimidar —respondió Oxen, asintiendo—. Si hubiera sido una advertencia real, el anuncio de una sentencia de muerte, Corfitzen no se habría sentado en su silla tan tranquilo y no habría muerto de un derrame cerebral. Mi teoría es que se habría marchado de este mundo de un modo distinto, tratando de enviarnos una señal clara al respecto. Pero ¿qué dice una *investigadora* al respecto?

—Dice que de acuerdo, y se pregunta por qué alguien quiere intimidarte a ti, Niels Oxen.

Él se encogió de hombros.

—¿A mí? No tengo ni la más remota idea, créeme. Pero tiene que haber alguna conexión entre los muertos y yo, o debe de haber aparecido una de repente. Al fin y al cabo, yo estaba en la escena del crimen. Bueno, no en la oficina, pero sí en el jardín.

—También tiene que haber alguna conexión entre Bergsøe y Corfitzen, porque sus perros tuvieron el mismo destino. La pregunta es ¿cuál?

—La respuesta es la misma: ni idea —dijo.

—Pero si un perro ahorcado es parte del *modus operandi*... entonces, todas las posibles y futuras víctimas de intimidación deberían ser dueñas de un perro, ¿no? Aunque también es evidente que todo este tema no tiene nada que ver con una lucha interna de la Asociación Danesa de Criadores de Perros.

Su tono aún era frío y distante. Si en algún lugar del rostro de Margrethe Franck se escondía una sonrisa, sabía ocultarla bien. En cualquier caso, Oxen habría apostado a que no había ninguna.

—Supongo que hay tantos dueños de perros en Dinamarca que la coincidencia podría ser también una simple cuestión estadística. Es decir, el número cuatro, el que vaya a ser intimidado después de mí, puede que no tenga un perro. Es más, puede que no haya un número cuatro. No hacemos más que hablar de hipótesis infundadas... —dijo.

—No, Oxen, estamos hablando sobre el *modus*, lo cual es muy interesante.

—Hace un rato me has preguntado si no había nada que pudieras investigar. Bueno, creo que sí lo hay. Creo que el *modus operandi* es tan insólito que deberíamos analizarlo en profundidad. ¿Ha habido más víctimas que hayan pasado por lo mismo?

—Tienes razón. Tenemos que investigar esa cuestión —dijo ella, asintiendo—. No imagino a Grube y a su gente considerando esta posibilidad, pero lo verificaré. Sea como sea... estamos... obligados a compartir nuestros descubrimientos con la gente de Aalborg, al menos hasta cierto punto. Es importante para Mossman.

—A mí me da igual. Tú te encargas de esas cuestiones.

—Voy a enviar una solicitud a la Interpol. Nos limitaremos a Europa, para empezar. ¿Algo más? —Sin la montura de ébano, su mirada parecía más suave.

—No. Mañana iré a echar un vistazo a alguna cosilla…

—¿Alguna cosilla?

—Iré al castillo, a olisquear un poco.

—De acuerdo.

Parecía que Margrethe Franck se había resignado a disponer de poca información.

—Quiero irme a la cama temprano. Nos vemos mañana.

Oxen se levantó y la saludó con la mano. Justo cuando estaba a punto de cerrar la puerta, ella le dijo:

—Tu perro…

—¿Qué pasa con él?

—¿Cómo se llamaba?

—Señor White.

—¿Cuánto hacía que lo tenías?

—¿Tiene algo que ver con el caso?

—No.

—Tres años y cuatro meses. ¿Por qué?

—Oh, por nada. Buenas noches.

27

La sensación de volver a conducir un coche después de más de tres años lo había transportado al pasado, como en una máquina del tiempo, y ahora se sentía igual que cuando aún llevaba una vida normal y tenía su propia casa y dos coches en el garaje. El de papá y el de mamá.

Mientras giraba el volante y se dirigía hacia la corta avenida que conducía al castillo recordó el trayecto que él mismo solía hacer en otros tiempos y recorrió mentalmente los metros que le faltaban para llegar a su casa.

Pronto llegaría a la puerta con las bolsas de la compra, Magnus le saldría alegremente al encuentro y Birgitte lo saludaría sin la menor muestra de entusiasmo, lo cual lo impulsaría a buscar pistas sobre el estado en el que se hallaba su ánimo. Al mismo tiempo, se prepararía para recibir su primer comentario negativo, que podría estar tan relacionado con el trabajo de él como con las patatas que acababa de comprar, o, más probablemente, con cualquier cosa que hubiera olvidado o que debiera haber hecho de otra manera... o que no debiera haber hecho en absoluto.

Volver a conducir le resultaba divertido, ciertamente, aunque no lo había echado nada de menos. Tampoco había añorado eso de hablar tanto y a todas horas. Tenía la sensación de que los últimos días habían sido un auténtico torrente de palabras que se sucedían ininterrumpidamente, como a cámara lenta.

Avanzó despacio por la avenida y se dio cuenta de que el poste con la cámara de vigilancia ya no estaba. Aparcó junto a otros dos coches sobre el suelo de grava y salió de la máquina del tiempo.

A la luz del día, Nørlund se veía muy diferente. Parecía mucho más pequeño y compacto que en aquella noche. Pero también más acogedor, sin la iluminación, las sombras y los hombres de negro.

El edificio blanco que quedaba a la derecha del castillo era más grande de lo que recordaba. Parecía la casa del servicio, propia de una época más gloriosa.

En el recinto no se veía ni un alma, por lo que cruzó el pequeño puente y recorrió el patio adoquinado hasta el portal principal. Sobre la gran puerta doble reconoció claramente los agujeros en los que había estado la cámara de vídeo. Dejó caer tres veces la pesada aldaba de la puerta y esperó. Nada.

Estaba a punto de darse la vuelta y marcharse cuando se abrió la puerta. Era la hija de Corfitzen, Karin, calzada con unas sandalias y vestida con unos vaqueros rotos y una camisa. Parecía sorprendida.

–¿Tú? Hola.

Se dieron las manos y él le presentó la mejor de las explicaciones que se había preparado durante el trayecto hasta allí.

–Quería preguntarte si podía echar un vistazo por el castillo. Como sabes, soy sospechoso de la muerte de tu padre, pero ahora mi perro también ha sido ahorcado, como el suyo, de modo que, según parece, estoy repetidamente involucrado en todo este asunto. ¿Cómo ha llegado a darse esta situación y en qué sentido? –Se encogió de hombros–. No tengo ni la

más remota idea. Puede que me cruzara con alguien esa noche… Puede que ese alguien crea que vi algo. No lo sé.

–El inspector Grube ya me había contado lo de tu perro.
Lo siento mucho. ¿Cuánto tiempo hace que lo tenías?

–Tres años y cuatro meses.

Ella asintió, comprensiva.

–Dime qué puedo hacer por ti.

–Me gustaría echar un vistazo, tanto por fuera como por
dentro del castillo.

–De acuerdo. Ahora mismo estoy ocupada, así que lo mejor será que empieces por fuera, y yo luego te acompaño y
hacemos una ruta por el castillo.

–Gracias.

–Estás… distinto. –Karin Corfitzen le sonrió ampliamente–. ¿Te has convertido en un hombre nuevo… y mejor?

–¿Mejor? Difícilmente.

Por segunda vez en menos de un día una mujer le plantea-
ba la misma (y atrevida) pregunta. Y por segunda vez dio la
misma respuesta.

–En cualquier caso, «un hombre más limpio», sin duda
–dijo ella, con una risa–. El cambio te sienta bien. Echa un
vistazo y vuelve en media hora, va.

–Perfecto. Solo una cosa: ¿ya no tenéis cámaras de vigilancia? Me sorprende…

–Uy, eso era antes. La última vez que estuve aquí fue hace
casi un año, y todavía había cámaras por todas partes, incluida la que estaba encima de esta puerta –dijo, señalando hacia
arriba–. Pero pregúntaselo a Arvidsen si te lo encuentras. Él
sabe más que yo sobre estas cosas.

Si el castillo le pareció más pequeño a la luz del día, el jardín, en cambio, se le antojó mucho más grande que la noche
en que se había escondido allí con el Señor White. La franja
de césped rectangular estaba cuidadosamente cortada y ro-

deada de flores minuciosamente plantadas. Justo a su lado se hallaban los setos y demás árboles entre los que había corrido aquella otra noche, cuando solo tenía una idea en mente: largarse a toda velocidad.

Avanzó varios metros por el lado del césped mirando a su alrededor con atención, pero no vio ni una sola cámara de vigilancia. Al final del jardín reconoció a Arvidsen detrás de uno de los grandes rododendros.

Su nuevo teléfono le sonó en el bolsillo. Era Margrethe Franck, a quien no había visto en el desayuno.

—He hablado con la policía en Aalborg. Grube dice que este tal Arvidsen, el jardinero, o lo que sea, formó parte del cuerpo de policía.

—Interesante. Ahora mismo le estoy viendo la nuca.

—¿Estás en Nørlund?

—Sí.

—¿Y qué haces ahí?

—He venido a hablar con la hija de Corfitzen, y ahora estoy dando una vuelta. ¿Así que Arvidsen era policía?

—Más que eso. No era un agente común, sino que pertenecía a las Unidades Especiales Antiterroristas... y tiene un historial bastante impresionante, por cierto.

—Pues ahora mismo está rastrillando.

—Todo este tema me huele mal, Oxen. ¿Quedamos esta tarde para ponernos al día?

—De acuerdo. Por ahora hablaré un poco con nuestro policía de la unidad especial. Por cierto, ¿sabes cuántos años tiene Arvidsen?

—Cincuenta y dos.

—¿Y cuánto tiempo lleva trabajando para Corfitzen?

—Cinco años. Ah, se me olvidaba... todavía tiene su permiso de armas.

—Bien... nos vemos esta tarde.

Y dicho aquello, colgó el teléfono. Cincuenta y dos años; qué edad más rara. Eso significaba que Arvidsen había salido de la policía a los cuarenta y siete años. Por contra, el exembajador Corfitzen había contado con un jardinero con experiencia en las unidades antiterroristas danesas. Una de las tareas rutinarias de las UPE era proteger a los clientes famosos, por lo que Arvidsen también había recibido una formación especial en seguridad personal. ¿Por qué diantres querría un anciano diplomático contratar a un jardinero tan cualificado?

–¿Hola?

Cuando llegó al final del jardín, llamó a Arvidsen. El jardinero le respondió con un gesto de cabeza.

–Karin Corfitzen me ha permitido echar un vistazo –explicó–. Bonito jardín; está todo muy bien cuidado.

Arvidsen lo miró con suspicacia.

–Y estos magníficos rododendros... deben de ser imponentes cuando florecen. ¿Pasa usted su tiempo aquí, en el jardín?

–La mayor parte.

–¿Qué más trabajos hacía para Corfitzen?

–Por lo que me han contado, es usted un cazador furtivo; no un investigador –respondió Arvidsen bruscamente.

–Correcto, pero su nueva jefa me ha dado permiso para hacerle algunas preguntas. Así que, para empezar, ¿por qué está tan enfadado?

–Es que estoy hasta las narices de tener que responder siempre a las mismas preguntas, hechas por diferentes idiotas. Era su chófer y su mayordomo; hacía un poco de todo: pequeñas reparaciones, recados, ocuparme del jardín y esas cosas. Además, Corfitzen prefería ocuparse de sus negocios en el asiento trasero de un coche en lugar de al volante, y por eso conducía muchas millas al año para él.

–Para un hombre que poda arbustos y recoge malezas, es usted bastante… versátil. No me parece muy normal que un miembro de las UPE termine como jardinero.

–¿No somos todos jardineros en los jardines de Dios?

–¿Por qué no puso a la policía al corriente de su pasado?

El humor de Arvidsen no mejoró con el repentino giro que había tomado la conversación.

–Nadie me lo preguntó. Pero los colegas de Aalborg estuvieron aquí ayer, y ahora ya lo saben. Me consta que usted mismo fue un extraordinario soldado, ¿no? Sabrá entonces cuáles son los salarios del Estado. Corfitzen, en cambio, sabía apreciar a un chófer seguro.

–Y a un protector.

–Corfitzen no necesitaba un protector. Era un hombre generoso y querido.

–¿Puedo preguntarle cuánto gana?

–No. No es asunto suyo.

–Puedo echar un vistazo a los informes de la policía y verlo allí.

–Pues hágalo.

A Oxen se le ocurrió una idea. Se escondió en un rincón del jardín y llamó a Margrethe Franck. Tuvo que esperar varios minutos antes de que ella le respondiera. Entretanto, Arvidsen había empezado a desenterrar una planta.

–Sesenta y siete mil quinientas coronas al mes, un total de ochocientas diez mil al año. Eso le convierte en el jardinero mejor pagado del país, nadie puede superarlo.

–¿Y qué? –Arvidsen parecía molesto.

Oxen miró al antiguo antiterrorista a los ojos.

–¿A qué tenía tanto miedo Corfitzen? ¿Qué habían venido a buscar esos cinco tíos de seguridad?

–Por lo que sé, se trataba de asesores financieros que lo

habían aconsejado en algunos asuntos. Al menos eso me dijo el embajador.

—Me está mintiendo, jardinero. Usted tiene un permiso de armas. ¿Lo necesita para disparar a los pulgones?

—Ya conoce mi pasado: estoy acostumbrado a manejar armas. Por mi propia seguridad.

—Pero aquí se trata de Corfitzen. Usted fue su gorila durante cinco años. ¿Qué pasó con la videovigilancia?

Daba la sensación de que Arvidsen se estaba aburriendo. Se apoyó en su pala.

—¿Qué videovigilancia?

—La que se anuncia en el cartel de la entrada.

—Desmantelé el sistema hace una eternidad. El verano pasado. Se había estropeado. Había varias cámaras rotas, y sus discos duros también.

En aquel momento Oxen dio una zancada hacia delante y agarró inesperadamente a Arvidsen por el cuello. Tiró del fornido jardinero hacia sí y le dijo:

—¡Estás mintiendo, cabrón! Sabes perfectamente que yo sé que el sistema de vigilancia funcionaba la noche que estuve aquí. Esperaste media hora antes de informar a la secretaria y llamar a la policía después de haber encontrado a Corfitzen muerto. Tiempo suficiente para quitar las cámaras, ¿verdad? Pero ¿por qué?

—Para atreverte con tales acusaciones deberías...

—¡Estás jugando con fuego!

Soltó a Arvidsen y le dio un empujón. El que fuera policía tropezó con la pala y acabó cayendo de culo sobre las flores. Para Oxen, reunir el suficiente autocontrol como para que el leal escudero de Corfitzen saliera indemne de aquella trifulca resultó un verdadero logro.

Seguía molesto, pero se recordó a sí mismo que debía calmarse, y poco después llamó a la pesada puerta principal del castillo y la abrió. Exclamó un «¿Hola?» Y oyó unos pasos apresurados. Entonces apareció Karin Corfitzen, sonriendo, por el pasillo.

–Hola, Oxen. ¿Puedo tutearle? ¡Ay, pero me temo que tendrás que disculparme, porque he olvidado tu nombre de pila!

–Niels.

–Niels. Qué nombre más danés… Mi madre era sueca, por eso mis amigos me llaman Kajsa, que es el diminutivo sueco de Karin. De modo que puedes llamarme Kajsa, sin más. ¿Has hablado con Arvidsen?

Él asintió.

–¿Un tipo raro, eh?

–No tanto, si consideramos que trabajó en las Unidades Especiales Antiterroristas danesas. ¿Tú lo sabías?

–¿Unidades antiterroristas? ¡Por el amor de Dios, no, no lo sabía!

–¿Te explicó tu padre alguna vez por qué quiso contratar a Arvidsen?

Ella reflexionó un momento.

–Mi padre pensaba que conducir su propio coche era una pérdida de tiempo. Siempre decía que Arvidsen era un buen chófer y que se podía confiar en él. Además, era muy bueno cuidando el jardín. Pero ven, sígueme, empezaremos por el ala principal.

Karin lo precedió por los largos y sinuosos pasillos, hablándole de las diferentes habitaciones y del linaje de los Corfitzen, que en su día se instaló en el castillo de Nørlund por muy poco dinero.

Él la escuchaba sin prestar demasiada atención. Seguía pensando en que Arvidsen era una fuente directa de información y que sabía algo que no le había dicho.

Subieron un tramo de escaleras y siguieron por un largo pasillo embaldosado. Kajsa Corfitzen se detuvo en medio y abrió una puerta batiente.

—El salón principal —dijo ella—. Lo llamamos el Salón de los Caballeros. Pasa, pasa.

Aparte de un pequeño aparador frente a una de las ventanas, el único mueble de aquella sala era una enorme mesa redonda con seis sillas a juego, plantada justo en el centro. Por lo demás, unas cortinas gruesas y largas hasta el suelo, con brocados de color verde musgo y bordados dorados abrigaban las ventanas.

—Roble macizo, de primera calidad. Hoy en día ya no lo encuentras —dijo Kajsa, pasando la mano sobre la superficie de la mesa, gruesa como un pulgar.

—¿Aquí es donde se celebran los banquetes?

Posó la mirada en el gran tapiz que decoraba una de las paredes del salón. Era la única decoración de toda la sala, y representaba una violenta escena de guerra, con sangre, espadas y caballos encabritados.

—Los Corfitzen nunca hemos sido *party animals*, sino más bien personajes espartanos, por lo que no ha habido ni una sola fiesta, propiamente dicha, desde que llegamos a Nørlund. Y nunca estuvimos presentes cuando mi abuelo celebró aquí alguna de sus escasas cenas con invitados. Al principio mis padres ni siquiera vivían en el castillo. Iban de un lado a otro en función del trabajo de mi padre. Mi madre murió de cáncer en Bucarest a los cuarenta y uno. Se llamaba Anna Lisa. Mi padre era un joven agregado cuando se conocieron en Estocolmo. No se instaló en Nørlund hasta después de su jubilación, es decir, hace diez u once años. Creo que usó el Salón de los Caballeros para un par de cenas con su gente de confianza: su equipo de colaboradores, sus compañeros de caza y algunos viejos amigos diplomáticos.

—¿Teníais una estrecha relación, tu padre y tú?

Ella suspiró y sacudió la cabeza ligeramente.

—No, por desgracia no. Y ahora es demasiado tarde.

Kajsa Corfitzen se dirigió a uno de los grandes ventanales y se quedó un rato, de espaldas a Oxen, mirando hacia el parque. Luego continuó, vacilante:

—Todo termina con un «demasiado tarde», ¿verdad? Mi padre y yo nos queríamos mucho, pero él estaba siempre ocupado con todos sus proyectos y yo tenía mis compromisos en Londres. Nunca he vivido en una familia clásica. Pasé la mayor parte de mi infancia en internados de Dinamarca y de Suiza mientras mis padres vivían en el extranjero, y después me fui a estudiar a Inglaterra.

Se dio la vuelta y se quedó unos segundos ahí, a contraluz, antes de seguir con el repaso al pasado de su familia:

—Nunca estuvimos realmente *close*. ¿Cómo habríamos podido, con el tipo de vida que llevábamos? Y me temo que uno no puede recuperar el tiempo perdido, por mucho que lo desee. Es poco realista. Mi padre vivía en cuerpo y alma para su trabajo en la embajada, y después para todo lo demás… el Consejo, el fondo infantil, la empresa… También le encantaban la caza y la pesca. Pero bueno, ¿por qué te cuento todo esto? El inspector ya dispone de toda la información, así que si te sirve…

—Sí me sirve, muchas gracias. Estoy tratando de hacerme una composición de lugar.

—¿Cómo puede alguien actuar como tú, Niels? Y varias veces, además. Me pregunto si es instinto o capacidad de equilibrio. ¿Qué pasa en esos segundos en los que tenéis que tomar decisiones? ¿Dónde queda el miedo?

—Ni yo mismo lo sé… —dijo, y se encogió de hombros.

—Lo que has logrado es *outstanding*. ¿No estás orgulloso?

Él volvió a encogerse de hombros.

—Eso de los niños… el fondo infantil, ¿cómo lo encajo en mi composición de lugar? —se apresuró a preguntar, para no tener que responder la pregunta.

Ella sonrió con indulgencia.

–Ya veo… ¿tal vez me cuentes más cosas en otra ocasión? Respecto a los niños… Creo que esa semilla la plantó mi madre hace muchos años. A ella siempre le interesaron las obras de caridad, y como estaban en Europa del Este, había realmente mucho que hacer. El bienestar de los niños le tocaba especialmente el corazón. Más tarde, mucho después de su muerte, se creó la H. O. Corfitzen Foundation for Children in Need, pero mi padre no se comprometió con el tema, y, por tanto, con su financiación, hasta que se jubiló. Sí, tal vez tenga sentido preguntarnos si en realidad su *commitment* trataba de enmascarar un sentimiento de culpa porque no había sabido comportarse como un verdadero padre con su única hija, quién sabe. Pero no me malinterpretes: no le guardo ningún rencor. Había que conocer a mi padre para comprenderlo, eso es todo. Nunca dejó nada a medias. Amaba el cuerpo diplomático y lo sacrificó todo por él. Pero bueno, ¿seguimos avanzando?

Oxen asintió.

–Su despacho… ¿dónde está?

–Por este pasillo. Un poco más adelante.

Poco después se detuvo frente a una puerta en cuyo pomo aún quedaba enrollado un trozo de cinta roja y blanca.

Siempre se anudaba una cinta roja y blanca de acordonamiento policial. De detrás de una maceta que había en el suelo sacó una llave grande y antigua que metió en la cerradura.

–Creo que la policía ya no tiene que volver, pero aun así me pidieron que mantuviera la puerta cerrada –dijo, mientras la abría–. Seguro que puedes echar un vistazo desde aquí.

El despacho era justo como se lo había imaginado: muebles regios, un escritorio de caoba con estantes también de caoba, un sillón Chester y un sofá de cuero marrón oscuro. En los estantes había grandes huecos, pues la policía se había llevado archivos y otros materiales para examinarlos. La pantalla del ordenador todavía estaba sobre el escritorio, pero el cable colgaba suelto en el aire, puesto que los agentes se habían hecho con el disco duro para analizarlo.

Oxen no se movió de la puerta. Tenía un motivo más que claro: solo faltaba que la policía encontrara su ADN en la escena del crimen para que algunos vieran su sueño hecho realidad.

—Muchas gracias por enseñarme todo esto. Eres muy amable. Aunque recuerda que estoy bajo sospecha.

—¡Oh, no te creas que soy tan ingenua! —le respondió Kajsa—. Así, entre nosotros... el inspector Grube no cree que tengas nada que ver con el asesinato de mi padre, pero está convencido de que sí sabes algo que no has querido decir. Algo que te guardas para ti. Por eso me gustaría reiterar mi petición del otro día: si eso es cierto, dile de qué se trata.

Oxen sacudió la cabeza.

—Todo el mundo cree que me guardo algo, pero yo no sé nada. ¿El nombre de Bergsøe significa algo para ti? ¿Mogens Bergsoe?

—No. ¿Debería?

—Creo que podía haber sido amigo de tu padre.

—Ah, bueno, podría ser, aunque yo nunca haya oído hablar de él. ¿Quién es?

—No es más que un abogado.

—Humm, ¿continuamos? Muchas de las habitaciones de las alas laterales están vacías. La calefacción en invierno es bastante cara y, claro, mi padre no necesitaba tanto espacio. Pero igual tendrías que ver la biblioteca y el dormitorio principal: las dos habitaciones que más interesaban a mi padre. Sígueme, están en el piso de abajo.

Oxen no dijo nada mientras bajaban las escaleras, y al llegar abajo preguntó, como quien no quiere la cosa:

–¿Y qué hay del nombre Bøjlesen, Max Bøjlesen? ¿Te dice algo?

–¿El jefe de policía de Aalborg?

–Sí.

–Grube lo mencionó en algún momento. Pero no, mi padre no tuvo ninguna relación con él, al menos por lo que yo sé.

–¿Y Axel Mossman?

–No, tampoco. ¿Este quién es?

–Solo uno de los muchos hombres que tu padre podría haber conocido... o no.

Caminó por el largo pasillo, siguiendo los pasos de Kajsa. Solo entonces se dio cuenta del tenue olor a lilas que envolvía a la hija de Corfitzen.

Ella siguió hablándole de las distintas habitaciones y del amor que sentía su padre por los libros, pero él había dejado de escucharla. En su interior estaba empezando a prepararse... y el plan tomó forma en seguida.

Esa misma noche volvería a Nørlund, al amparo de la oscuridad, y haría otra visita al viejo castillo.

28

La verificación fáctica de la vida y los antecedentes del excazador Niels Oxen casi había concluido.

Franck se había hecho traer su ordenador portátil desde el cuartel general de Søborg hasta el Rold Storkro. Si tenía que escribir mucho, lo necesitaba. Después de pasar la mañana al teléfono recolectando información y atando cabos, trabajó duro durante toda la tarde.

Volvió a ponerse las gafas para leer y repasó el documento de la pantalla: una recopilación de las hazañas de Oxen.

CONDECORACIONES:

1993: Medalla al Valor del Ejército.
Misión: UNPROFOR, Bosnia.
Razón: N. O. demostró un coraje extraordinario al arriesgar su propia vida para llevar a un colega lesionado (P. Jensen) hasta un lugar seguro, en un momento en que la patrulla danesa quedó atrapada en un fuego cruzado.

1995: Medalla al Valor del Ejército, con hojas de roble plateado.
Misión: UNPROFOR, Krajina, Croacia.

Razón: N. O. demostró una osadía y audacia ejemplares cuando un compañero suyo de la Compañía Bravo fue alcanzado por un francotirador serbio mientras patrullaban el puente sobre el río Una, en Kostajnica. N. O. saltó al río y llevó a su compañero a tierra. El camarada (L. T. Fritsen) sobrevivió.

2002: Medalla al Valor del Ejército, con hojas de roble plateado.
Misión: Grupo de tareas Hurón, miembro del Cuerpo de Cazadores de la *Operation Enduring Freedom* bajo el Alto Mando Americano, Afganistán.
Razón: Durante una operación en el valle de Shahi Kot, N. O. y un compañero se encontraron en medio de un tiroteo masivo contra guerreros talibanes y corrieron a proteger a la tripulación de un helicóptero Chinook que acababa de hacer un aterrizaje de emergencia. Sin el compromiso heroico de ambos daneses, todos habrían fallecido.
(La misión recibió también el reconocimiento de los Estados Unidos).

2010: Cruz al Valor.
(Niels Oxen es, hasta la fecha, el primer y único merecedor del Nuevo Reconocimiento Militar, reservado para casos extraordinarios. N. O. dejó el ejército el 1 de enero de 2010).
Misión: 2009, cuerpo de cazadores, provincia de Helmand, Afganistán.
Razón: N. O. mostró una valentía fuera de lo común cuando él y algunos de sus compañeros cayeron en una emboscada: su vehículo fue alcanzado por una trampa explosiva mientras patrullaban por el noreste de Gereshk y el enemigo estaba armado hasta las orejas. La situación requería una reacción inmediata: N. O. se ofreció como voluntario y se separó del resto para atacar al enemigo por la espalda. Se enfrentó a ellos con sus propias manos. Eran ocho guerreros talibanes. Dos cayeron en combate.

Oxen llamó a la puerta y entró sin esperar respuesta. Margrethe Franck estaba sentada frente a su pequeño escritorio, y parecía, igual que el día anterior, totalmente absorta en su trabajo. La diferencia era que ya no tenía una pila de archivos y un iPad frente a sí, sino un ordenador portátil. Él arrastró el taburete hasta la pared y se sentó. Las rutinas se fijaban con rapidez.

–Hola, Oxen. Dame un segundo… –Le lanzó una mirada furtiva por encima de la montura de ébano, y poco después se quitó las gafas y lo observó directamente–. Tenía que enviar algo urgente, disculpa. ¿Y bien? ¿Has descubierto algo? ¿Qué hay de Arvidsen, nuestro amigo de las unidades antiterroristas?

Oxen había decidido no proporcionar (al menos por el momento) ninguna información a Margrethe Franck.

–Ese hombre no parece trigo limpio… aunque puede que solo se deba a su expresión arisca. Y tampoco es muy hablador, que digamos.

–¡Anda, mira! De esos yo también conozco a alguno –comentó ella, fríamente.

–Arvidsen me dijo que su cometido principal era ser chófer de Corfitzen y que, en cuanto al salario, estaba muy satisfecho con la decisión de dejar de trabajar para el Estado.

–¿Y el arma? ¿Qué me dices de eso?

–Lleva toda la vida con ella… como protección personal… Nada importante. Me dijo que pensaba que los cinco guardaespaldas eran asesores financieros. La verdad es que me entraron ganas de abofetearlo.

–Grube ha dicho que mañana le cantará las cuarenta, para ver de qué pie cojea.

–Ya iba siendo hora, la verdad.

Margrethe se reclinó en su silla, se llevó las manos a la nuca y apoyó la pierna izquierda en el escritorio.

—Me he encargado de que nuestras investigaciones avancen a través de la Interpol, aunque eso no es todo: también he estado analizando los casos de los perros ahorcados.

—¿Ah sí?

Oxen se incorporó involuntariamente en el taburete.

—España —dijo ella, rascándose la cabeza, pensativa—. En España cuelgan a los perros que...

—Y en China se los comen. ¿Qué pasa con España?

—Lo de los perros ahorcados es una mala costumbre española, ampliamente discutida en los círculos de protección animal. En realidad afecta casi exclusivamente a galgos. La WSPA, sigla de World Society for the Protection of Animals, una organización muy respetada en toda Europa, estima que cada año son brutalmente asesinados hasta cincuenta mil galgos, y que la mayor parte de ellos mueren ahorcados. ¡Cincuenta mil perros al año!

—Una cifra importante, sí. ¿Y por qué los matan?

—Los galgos suelen adquirirse por dos razones: o bien para cazar liebres, o bien para hacer carreras. Y todo sucede en la llanura española, una zona cuyos habitantes no son conocidos, precisamente, por sus remilgos. Los perros viven una vida miserable y son sometidos a dietas muy estrictas. Su vida hábil dura muy poco y, por lo general, tras apenas dos años de servicio, los cazadores ya quieren deshacerse de ellos. Ahorcarlos es el método más popular, porque no cuesta ni un euro... Los perros que no han logrado desempeñar su trabajo lo suficientemente bien y han expuesto al cazador son los que reciben el trato más cruel. Los cuelgan tan cerca del suelo que sus patas traseras pueden rozarlo ligeramente, y así luchan contra la asfixia durante mucho tiempo. El método recibe el nombre de *el pianista*, supuestamente porque existe una cierta semejanza entre las patas de perro, que repiquetean desesperadamente contra el suelo, y los dedos de un pianista sobre el teclado.

—Qué poético. Es terrible el modo en que los españoles tratan a sus animales. Lo de las corridas de toros tampoco he podido entenderlo nunca.

—A los perros que hicieron un buen trabajo, en cambio, se los cuelga muy alto para que tengan una muerte rápida. Hay muchas organizaciones comprometidas con la erradicación de esta práctica, y en Facebook se ha formado un gran grupo de protesta contra la tortura y el asesinato de galgos.

Margrethe Franck se detuvo y lo miró. Oxen estaba a punto de comentar algo cuando ella levantó un dedo y dijo:

—Y ahora quieres saber qué demonios tiene esto que ver con nosotros.

Él asintió.

—Pues que el *modus operandi*, como lo llamaste ayer, tiene su origen en España. Solo que en lugar de galgos tenemos pastores alemanes, drahthaaers y samoyedos. ¿Te parece una coincidencia? ¿O puede que haya realmente un hilo que conecte los casos de Bergsøe y Corfitzen? Es cierto que es una pista aún bastante inconsistente, pero algo es algo, ¿no?

Él asintió con aprobación. Vio claramente el perfil de investigadora independiente, con visión de futuro y efectiva, que sin duda hacía falta para pertenecer al núcleo de confianza de Axel Mossman.

—He enviado una solicitud de información a España, no solo a la Policía Nacional (que equivaldría a la policía danesa), sino también a la Guardia Civil, que es más bien una unidad militar que investiga los delitos capitales y se considera particularmente competente. Ahora me toca esperar... a no ser que tú tengas alguna tarea para mí.

Su tono seguía siendo cortante. Oxen se decidió enseguida. Cuanto antes aclarara las cosas, mejor.

—Tengo que trabajar solo. Hay algo en toda esta situación que no me cuadra. Seguiré mis propias pistas, veré adónde me llevan, y ya informaré de todo lo que considere que es relevante. Pero seguro que no haré un equipo de investigadores. Así que calma...

—Está bien —dijo ella, inclinándose hacia delante—. Haré lo que Mossman me ha encargado, por supuesto: te ayudaré cuando lo necesites. Puedes involucrarme en tu trabajo o dejarme al margen. Pero no dudes ni por un momento de que el *sparring* es el responsable de un buen trabajo de investigación. Si quieres saber lo que hago en esta habitación o lo que hacen los demás en la comisaría, tendrás que pedírmelo.

Él asintió.

Ella no hizo ningún gesto. Sus ojos azules le sostuvieron la mirada. No mostraban ninguna emoción. Más allá de lo buena que fuera en su trabajo (al fin y al cabo era la persona de máxima confianza del director de CNI), a Oxen le parecía una persona de mal genio que lo consideraba —a él— una absoluta pérdida de tiempo.

—Siempre asientes, Oxen. Siempre asientes, pero no dices nada. ¿Estamos de acuerdo?

—Sí.

—Está bien... *Oxen*, si no lo entendí mal, Mossman dijo que tu nombre tenía algo que ver con alguna ortografía antigua, ¿verdad?

Franck se recostó de nuevo en su silla, y una vez más a él le fue imposible determinar si había visto una sonrisa en la comisura de sus boca.

—Correcto. «Oxe» es la grafía antigua de Okse, que significa «buey».

—¿Tienes hermanos?

—Una hermana mayor.

—¿Os veis de vez en cuando?

Él sacudió la cabeza.

—¿Padres?

–Mi padre murió y mi madre vive en una residencia. Tiene demencia senil.

–Pero ¿vas a visitarla?

–De vez en cuando.

–Y dime, ¿tienes hijos?

–Un hijo de doce años.

–¿Y lo ves? Es decir, ya sé que te divorciaste.

–Por supuesto que lo veo.

Se levantó bruscamente e hizo ademán de marcharse. Margrethe Franck cambió de tema inmediatamente.

–Tengo algunos documentos de Aalborg que podrías llevarte y leer antes de ir a dormir, si quieres. El más emocionante es un discurso inacabado que hemos encontrado en el ordenador de Corfitzen. Estaba trabajando en él el día que murió. Iba a leerlo en la próxima reunión del Consilium. Interesante... Para ser un diplomático, el hombre tenía unas opiniones políticas bastante pronunciadas. Hay mucho material sobre el tema. El Consilium organiza conferencias al más alto nivel, con presentaciones de Bill Clinton, Al Gore, Alan Greenspan, Richard Branson, Warren Buffett, Bono de U2 y otros por el estilo. Los más altos ejecutivos, los mejores políticos y las celebridades más actuales lo dejan todo para participar en las conferencias. Y estas siempre se llevan a cabo en el hotel D'Angleterre de Copenhague.

Le entregó un montón de papeles.

–También hay algo de información sobre la hija de Corfitzen, a quien ya has conocido. Echa un vistazo al material sobre el exembajador y su fondo infantil, si te apetece. Y si no... pues felices sueños.

Quiso decirle que lamentaba ser tan distante y desconfiado. Quiso pedirle que entendiera que no podía ser de otro modo. Que no se lo tomara como algo personal. Pero... pero que ahí había gato encerrado, aunque no fuera culpa suya.

Lamentablemente, fue incapaz de pronunciar las palabras que había pensado. Justo cuando estaban a punto de tocar sus labios, se amontonaron en su garganta y se quedaron allí atascadas.

Ella aún lo estaba mirando. Por primera vez, le sonrió abiertamente.

—Parece... ¿Sucede algo? –preguntó Franck.

Oxen tuvo la sensación de que la separación de trabajo que acababa de proponerle había influido de algún modo, positivamente, en su ánimo.

—No, no es nada. Es decir, sí... ¿Qué fue del sospechoso de asesinato que te arrolló? ¿Logró escapar?

—No. Lo pillamos.

—Me alegro.

—Le disparé justo entre los ojos. Solo me faltó tiempo para apartarme.

Después de que Oxen hubiera salido de la habitación, Margrethe Franck se quedó sentada un momento, mirando el techo. Todavía le faltaba lo más importante, los documentos de la psicóloga, para poder hacerse una imagen completa del antiguo héroe de guerra.

Pero antes resumiría los hechos y se los enviaría a Mossman para seguir manteniéndolo a raya un día más. Bajó la pantalla hasta llegar al apartado «Relaciones familiares» y añadió algo en el apartado de su hermana: «N. O. confirma que no se ven».

En el apartado dedicado a la madre con demencia escribió: «Según N. O., la visita 'de vez en cuando', pero eso no es cierto: hace ya dos años y medio de la última vez que la vio».

También en el párrafo sobre el hijo de Niels, Magnus, corrigió rápidamente el texto: «Según sus propias declaraciones, N. O. ve a su hijo. Esto entra en contradicción con nuestros informes, según los cuales no ha visto a su hijo durante los tres últimos años –treinta y ocho meses, para ser exactos– a pesar de que su régimen de visitas le permitiría estar con él los fines de semana alternos».

29

Aún faltaba más de una hora para que fuera noche cerrada. Tenía que esperar hasta entonces, porque solo cuando la oscuridad fuera absoluta podría volver al castillo de Nørlund. Apartó un poco la cortina y miró hacia afuera. El cielo llevaba nublado todo el día. Bien. Así la luna no lo delataría.

Solo habían pasado unos días desde aquella noche en la que se puso el cuchillo entre los dientes y reptó entre la hierba alta, por la noche, allá en Lindenborg Å. Ahora, en cambio, se hallaba estirado sobre un colchón insoportablemente blando, había comido hasta reventar y tenía la tele siempre encendida. Solo se había dado la vuelta una vez, brevemente, pero su vida había cambiado por completo.

Empezó a hojear los informes que le había pasado Franck. Eran interesantes. La primera parte describía al noble diplomático, exembajador, señor del castillo, fundador del Consilium, hombre de negocios, amigo y protector de los niños: Hans-Otto Corfitzen.

Hasta el momento solo había recopilado fragmentos. Pasó hojas hacia delante y hacia atrás. Vista así, escrita y resumida ante sus ojos, la vida de Corfitzen resultaba impresionante. ¿De dónde había sacado ese hombre tanta energía para hacer todas esas cosas? La policía de Jutlandia del Norte había realizado un verdadero ejercicio de investigación y recopilación de datos. En varias páginas encontró la descripción detallada de las diversas actividades de Corfitzen, así como las declaraciones de varias fuentes del Ministerio de Asuntos Exteriores sobre su brillante carrera y su exquisita administración, e incluso una visión general de su pequeño imperio: el castillo. Oxen se quedó atrapado leyendo el impresionante recorrido cronológico por la carrera de Corfitzen al servicio del Ministerio de Asuntos Exteriores: después de su primer trabajo como consejero en 1965, en Estocolmo, pasó a los cargos correspondientes en Londres, Madrid y Varsovia, antes de encargarse de los negocios de Lisboa y ser destinado a Belgrado en 1976. En 1979 fue destinado a Bucarest; en 1982, a Moscú, y en 1985 asumió el puesto absoluto como embajador de Moscú. A continuación vinieron unos años en Bonn, y desde 1992 fue el embajador danés de la Unión Europea en Bruselas. En 1995 pasó a ser embajador en Sofía, en 1997 lo fue en Varsovia, y en 2000, en Vilnius. Tres años después se jubiló.

El *think tank* que Corfitzen ya había fundado en su época de embajador en la Unión Soviética, el Consilium, incluía, entre otras, una cita del canon oficial de valores en sus documentos:

«El Consilium es un foro libre, burgués y políticamente independiente, cuyos miembros comparten ciertas ideas básicas social-liberales».

El autor del texto apuntó aún otra cita que resumía mejor el asunto:

«Los fundamentos del Consilium pueden describirse como clásicamente liberales, combinados con ciertos criterios sociales, más flexibles y singulares».

En el canon de valores encontró otra cita interesante:

«El Consilium opera a partir de un foro inicial central y se extiende a subforos asociados con carácter *ad hoc*».

En una nota descubrió que actualmente había tres subforos activos en los que se discutían los temas siguientes:

1) La reorganización del sistema tributario danés.

2) El comercio fronterizo danés-alemán; el desequilibrio estructural.

3) La reforma de la promoción cultural estatal.

En los documentos había también una serie de ejemplos adjuntos a la labor del Consilium y a su papel en el debate público. Se hablaba, por ejemplo, de la regla danesa de los veinticuatro años –que pretendía evitar los matrimonios forzados–, o la «ley cuchillo» –endurecimiento de las normas de expulsión de los delincuentes extranjeros–, o la cuestión de la vigilancia de fronteras. Durante los últimos años, el *think tank* se había interesado prácticamente por todos los campos que habían sido objeto de discusión pública.

El Consilium tenía una pequeña oficina situada en la calle Gammel, de Copenhague, para sus tres únicos empleados permanentes. Cuando las reuniones eran más numerosas alquilaban la sala de reuniones de algún hotel, y para los eventos de alto perfil reservaban siempre el hotel D'Angleterre, como Margrethe Franck le había dicho.

La junta del *think tank* estaba compuesta por eminentes hombres de negocios, antiguos políticos, un pintor, un escritor y algunos profesores universitarios.

Oxen conocía los nombres de los expolíticos y de dos de los líderes empresariales. Los otros miembros no le sonaban de nada. El presidente de la junta era el propio Corfitzen.

El *think tank* era una institución que formaba parte del Fondo del Consilium. El dinero para las actividades provenía, a través de diferentes vías perfectamente legales, de su propio fundador, Corfitzen, y también de algunas donaciones considerables, y generó parte de los fondos de su política de inversión activa.

El Consilium informó de que sus actuaciones eran más discretas que las del CEPOS, su homólogo liberal danés, y que, aunque se consideraban «proactivos en el proceso político, no buscaban una plataforma de medios para su propio trabajo».

Había aún más documentos con información sobre la vida y obra de Corfitzen, pero Oxen no tenía ganas de seguir leyendo. Se levantó y descorrió ligeramente la cortina de su habitación. Aún había demasiada luz. Se dejó caer en su cama y empezó a leer las páginas que trataban sobre la única descendiente del embajador, su hija Karin «Kajsa» Corfitzen.

Ambos eran del mismo año. Karin Corfitzen tenía cuarenta y tres, había nacido en Londres y había vivido allí durante más de veinte años. Estaba casada y divorciada. Dos veces. Primero con el político conservador y miembro de la Cámara de los Comunes Alex Clayton, y luego con Duncan McGowan, el magnate de los medios de comunicación y director de la compañía financiera McGowan, Hasselbaink & Grady Finance.

Según la policía de Jutlandia del Norte, Kajsa llevaba cuatro años sola y vivía en Chelsea. No había tenido hijos con ninguno de sus dos maridos.

Tal como ella misma le había dicho durante su visita, había pasado su etapa escolar en Suiza y Dinamarca, en el internado de chicas Le Châtelar en Montreux y en Herlufsholm.

La lista de los centros formativos por los que pasó era realmente larga: empezó con un título de economía en la Universidad de Cambridge. A esto le siguió un puesto como profesora en la Henley Business School, la Universidad de Reading, y una serie de contratos en el sector de las finanzas privadas. En la actualidad, Karin Corfitzen era analista en jefe de la

Morgan Stanley International Inc. London, una división del banco de inversión estadounidense Morgan Stanley, especializado exclusivamente en la gestión de activos privados.

En otras palabras, si alguien tenía mucho dinero y quería tener más sin la necesidad de trabajar demasiado, podía recurrir a Kajsa... a no ser que ahora ella renunciase a su trabajo para convertirse en la reina del castillo de Nørlund.

En ese caso, Kajsa se encargaría en el futuro de gestionar los fondos para niños necesitados que hasta ahora habían corrido a cuenta de su padre.

Las siguientes páginas trataban explícitamente sobre la H. O. Corfitzen Foundation for Children in Need. Según el análisis policial, los beneficios obtenidos por esta inversión proporcionaron el capital necesario para fundar cinco orfanatos en Europa del Este y facilitaron la ayuda a niños en otros frentes.

Había dos hogares infantiles en Rumanía, uno en Bulgaria, uno en Albania y otro en Bosnia. Al parecer, eran instalaciones bien administradas, y la policía se había puesto en contacto con todas ellas. La reacción había sido la misma en las cinco casas: desolación ante la muerte del exembajador, y miedo al futuro.

Oxen echó un vistazo a su reloj de pulsera. En media hora se pondría en marcha, pues para entonces ya habría oscurecido por completo. Cogió las últimas páginas de la pila, que –si hacía caso a lo que le había dicho Margrethe Franck– se suponía que tenían que ser las más interesantes. Correspondían al discurso incompleto de Corfitzen que la policía había rescatado de su ordenador.

Todo parecía indicar, ya desde el primer párrafo, que había escrito aquel texto para presentarlo en el próximo seminario abierto del Consilium, dedicado al tema «Política y moralidad».

El título de su discurso era breve y conciso: «Malabaris-mos».

Oxen empezó leer.

Joseph de Maistre, brillante abogado, diplomático, escritor y filó-sofo de Saboya, escribió una frase en 1811 que llegó a ser amplia-mente conocida y citada en innumerables ocasiones a lo largo del tiempo. Se han hecho varias versiones de ella, algunas levemente modernizadas, y dice así:

Cada país tiene el gobierno que se merece.

Y quien dice gobierno, dice pueblo.

A mí, señoras y señores, me gustaría observar esta cuestión des-de la perspectiva danesa actual y formularla como una pregunta: ¿Es cierto que los daneses merecemos el gobierno que tenemos, y no uno mejor?

Con estas palabras me gustaría darles la bienvenida a un *Consi-lium* en el que pretendemos enfocarnos de lleno en el tema «Política y moralidad», o bien en la ausencia de ambas.

La política siempre ha sido un malabarismo sangriento, así que ¿cabe esperar alguna forma de moralidad en este campo de batalla? Mi respuesta es *sí*, sin lugar a dudas. En política, como en la vida en general, la credibilidad es una característica indispensable. En este sentido, las organizaciones de los distintos partidos son com-pletamente irrelevantes. Permítanme sostener que la moralidad en este país tiene una existencia bastante triste. Y nadie, repito, na-die en todo Christiansborg, es mejor o peor que los demás en este sentido, ni los de la izquierda más radical ni los de la derecha más ultraconservadora.

Los daneses están gobernados por *malabaristas*, y eso en una época que se supone moderna e ilustrada. Lo que valía en los úl-timos minutos antes del cierre de las mesas electorales deja de ser válido en el mismo instante en que se hace el recuento de papeletas y el gobierno se presenta ante sus votantes.

Los malabaristas políticos alardean de sí mismos, se presentan ante las masas en el mercado de los medios de comunicación, y prometen al pueblo entretenimiento y grandes ganancias. Ya no sienten vergüenza alguna y sus falsas promesas no tienen límites. Y lo único que necesitan es una crucecita en un pedazo de papel.

Pero aquí nadie sale ganando, queridos amigos, y no hay nada de qué reírse. Las promesas rotas manifiestan una absoluta falta de respeto hacia los ciudadanos daneses. Los políticos y sus tejemanejes se convierten en la fuerza impulsora tras la simplificación de la democracia danesa, en lugar de proteger lo más preciado que tenemos.

Oxen se detuvo. El exembajador quería hablar sin tapujos, pero ahora estaba muerto y ya nadie escucharía sus pensamientos sobre los políticos y su moralidad. Del mismo modo, el trabajo del Consilium sufriría probablemente las consecuencias de que su enérgico fundador se hubiera ido al cielo… o al infierno. (Aunque después de leer todas esas alabanzas a su persona y su trabajo, lo más probable era que hubiese cogido un billete sin escalas directo hacia lo más alto).

Recorrió con la vista las tres páginas que ocupaba el discurso de apertura de Corfitzen para los participantes del seminario. Hablaba continuamente de moralidad y ética, salpicado con citas del filósofo danés Søren Kierkegaard y el francés Jean-Jacques Rousseau.

Había un párrafo que no hablaba solo de la moral, sino de la doble moral. En él decía:

Y yo les pregunto: ¿dónde queda la decencia cuando un político se manifiesta continuamente a favor de la sanidad pública y sugiere la abolición de los hospitales privados, pero cuando ve la necesidad de operarse escoge un centro privado para no tener que sufrir la lista de espera?

Y también les pregunto: ¿dónde queda la decencia cuando un político lucha supuestamente por la educación pública danesa, e incluso pide recursos adicionales para ella, pero matricula a sus propios hijos en una escuela privada?

Y les pregunto: ¿dónde queda la decencia cuando un ministro acepta un regalo de un jeque de Oriente Medio, un Rolex por valor de setenta mil coronas, y solo lo devuelve cuando un defensor del pueblo amenaza con investigar el caso?

Y todo esto mientras los ciudadanos de a pie debemos atenernos a complejísimas pautas de cumplimiento si queremos dejar a nuestros hijos una suma determinada de dinero, o si, como dueños de una empresa, queremos recompensar a nuestros empleados con un modesto regalo sin que se vean inmediatamente castigados desde el punto de vista tributario.

Podría seguir durante horas. ¿Creen ustedes que todo esto sucede porque los políticos son un reflejo de la sociedad? ¿Que todos saltamos por el tramo en el que la valla es más baja? No. Los políticos son modelos que los votantes llevamos a hombros. Tenemos derecho, sin lugar a duda, a esperar más de ellos.

Estaba a punto de dejar la pila a un lado cuando llamaron a la puerta. Margrethe Franck entró en su habitación. Lo hizo dando saltitos sobre su única pierna, y una vez dentro se sentó en una silla.

—¿Molesto? —preguntó.

—No, ya casi he terminado con el discurso de Corfitzen.

—Puede que la amargura le mordiera durante su larga vida como funcionario, pero tiene razón en lo que dice.

—¿Ah sí?

—Por supuesto. ¿Dónde queda la moralidad?

—«Los mejores santos suelen ser los peores demonios». Mi abuelo solía decir eso, y era un hombre muy sabio.

—Siempre hay una excepción que confirma la regla. Hans-

Otto Corfitzen parece haber sido uno de esos insólitos especímenes sin mancha. Pero tengo noticias, noticias interesantes. Pensé que querrías oírlas, para estar al día, y así cumplo con mi parte.

–Cuéntame.

–Puede que ya hayas leído el material sobre el Consilium... –empezó diciendo ella.

–La mayor parte, sí.

–El *think tank* organiza cada año una serie de conferencias con tres o cuatro colaboradores externos. Acabo de recibir la lista con los nombres de los ponentes de los últimos diez años, un total de cuarenta y seis, y... adivina quién aparece en la lista.

Él se quedó pensando unos segundos.

–¿Mogens Bergsøe, quizá? –respondió al fin.

–Correcto. De eso hace ya cinco años. Él ya era presidente de la Comisión Wamberg, y sobre ella versó su charla, en líneas generales, por supuesto. El título de su ponencia fue «El registro de las personas al servicio de la sociedad».

–Suena interesante.

–Pues tengo algo aún más interesante. –Margrethe Franck se reclinó hacia atrás y sonrió–. Aunque creo que prefieres trabajar solo, ¿no?

–Está bien, está bien, mensaje recibido. No quise decir... Yo habría... Es que...

Franck asintió y levantó las manos para hacerlo callar.

–De acuerdo –dijo ella–. La lista incluye nombres superconocidos: un buen número de empresarios y políticos, y también uno que ambos conocemos. Que conocemos bastante, incluso: Axel Mossman.

–¿Mossman?

–Mi querido jefe, sí. En 2003 habló sobre «El fundamentalismo: el nuevo desafío de los servicios de inteligencia».

Oxen no dijo nada y se quedó pensando. ¿Debería estar sorprendido? ¿Era aquella una noticia impactante o una simple curiosidad? Comprendió que no sabía mucho sobre el estado de la investigación policial.

—El asunto de Bergsøe… —dijo entonces— ralentiza la investigación sobre Corfitzen, ¿verdad?

—No es que nos sirva para avanzar más rápido, la verdad. Pero al menos hemos descubierto la conexión entre Corfitzen y Bergsøe y sus perros ahorcados, que hasta ahora no habíamos considerado. En cuanto a Mossman… lo más probable es que su presencia en las listas se ubique más en el campo de la casualidad.

—¿Has hablado de esto con él?

—Hace cinco minutos. Se ha quedado bastante sorprendido. No recordaba haber dado una conferencia para el Consilium, pero es que él da muchas cada año, y después del 11 de septiembre, muchas más. Me ha dicho que no se preocupa demasiado por este tema, ya que es su despacho quien lo organiza todo.

—Puede que el hecho de encontrarnos con diferentes nombres de celebridades en esta lista se deba sencillamente a la naturaleza del asunto. Políticos, líderes empresariales y demás grandes personalidades asisten a conferencias y seminarios, o participan de alguna otra manera en el trabajo del Consilium, ¿no? Seguramente es solo cuestión de tiempo que se encuentren en algún punto.

Ella asintió.

—Por supuesto. Pero ahora tenemos una pista sólida que seguir, así que… ¿qué me dices de ti, Oxen? ¿Aún no has dado ninguna conferencia en el Consilium sobre tus méritos?

—¿Yo? ¿Lo dices en serio? —Sonrió con la boca torcida, o al menos intentó sonreír.

—Sí. «Mi vida como héroe».

–Humm...

–No te preocupes, estaba bromeando. Y no me malinterpretes. Pienso que eres genial. Buenas noches. ¡Descansa!

Todavía se estaba riendo cuando se levantó, salió de la habitación a toda prisa y cerró la puerta tras ella, al salir.

Se dejó caer sobre la cama. «¿Genial?». Vaya, ahora resultaba que Margrethe Franck quería romper el hielo.

Miró su reloj. Ya era tarde. ¡Hora de ponerse en marcha! Se levantó y cogió sus adquisiciones del supermercado de Skørping: una pequeña linterna y un rollo de cinta adhesiva, además de una botella de *whisky*... para uso médico, por supuesto. Luego sacó uno de sus cuchillos de combate del lugar en el que los tenía escondidos: es decir, bajo el colchón. Era un SEAL 2000. Más pequeño y práctico que el Bowie grande, que también estaba bajo el colchón. Se sentó en el borde de la cama, se arremangó una pierna del pantalón y, con la cinta adhesiva, se ató el cuchillo enfundado en el interior de su pantorrilla derecha. Cogió su chaqueta de cuero nueva y se metió la linterna y la cinta en los bolsillos. Estaba listo.

Bajo ninguna circunstancia debía hacer ruido o dar un portazo y alarmar así a Franck, por lo que arrastró suavemente la puerta tras de sí, la cerró con sumo cuidado y se deslizó después por el largo pasillo.

Margrethe Franck llevaba un puñado de minutos interminables haciendo guardia ante su ventana, mirando entre las rendijas de su cortina, cuando lo vio salir. No pudo reconocerle la cara, pero sí esa oscura silueta que se extendía desde la entrada del hotel hacia el estacionamiento. Tenía un modo de andar muy característico: ligero y flexible.

Cogió su móvil y marcó el número.

–Aquí Franck. Yo tenía razón. Oxen ha salido.

–Gracias, tengo contacto visual.

–¿Y el transmisor?

–Veo el coche en la pantalla, así que tranquila, Franck. Ahora yo me hago cargo del tema. Fin –le dijo la voz masculina al otro lado del teléfono.

30

Los arbustos se cerraron tras él, y, en la más absoluta oscuridad, Oxen se deslizó desde el callejón hasta el castillo. Su reloj mostraba las 23:06 h. Apenas había luna, de manera que era todo perfecto. Ni siquiera tenía que preocuparse por las cámaras de vídeo, pues ya no quedaba ninguna.

Nørlund se alzaba frente a él, a oscuras y sin vigilancia. Puede que Kajsa Corfitzen estuviera deambulando ahora mismo por sus oscuros pasillos, pensando en su padre fallecido, o puede que estuviera acostada en alguna de sus innumerables habitaciones, durmiendo. En cualquier caso, no percibió el menor signo de actividad, y solo el brillo de las farolas del jardín le proporcionó algo de luz.

Kajsa, la mujer que en realidad pertenecía a la élite londinense, estaba ahora a años luz de la modernidad de Chelsea, y sin ese foco luminoso lo más probable era que se sintiera tan a oscuras en su antigua fortaleza como en las cuevas de Tora Bora.

También la casa del mayordomo, pese a tener las paredes cubiertas de yeso blanco, parecía oscura junto a los terrenos del castillo. Aquella tenía que ser la residencia oficial del exmiembro de las unidades antiterroristas, Arvidsen. Oxen reconoció también los dos coches aparcados frente al castillo:

el VW Passat Coupé de color negro se hallaba justo frente a la residencia oficial (un coche demasiado elegante para un jardinero) y el Mercedes G 350 verde oscuro (el típico todoterreno de precio adecuado al rango de terrateniente), al lado izquierdo de la avenida; seguro que ese había sido el coche del viejo Corfitzen y, ahora, probablemente, de su hija.

Se arrastró hasta la parte trasera de la casa del mayordomo y se quedó inmóvil, pues oyó un ruido muy característico; uno que conocía bien desde su infancia, de las vacaciones que pasó con su tío favorito, Laurids, quien había sido guardabosques en Jutlandia Occidental. Se trataba de aquel agradable arrullo que solo podía oírse en un lugar del mundo: un palomar. Oxen siguió avanzando en la oscuridad y se acercó agazapado hasta la esquina de la casa.

Lo cierto es que las vacaciones con el tío Laurids no habían sido vacaciones, en realidad. Tardó muchos años en darse cuenta de que habían sido más bien un destierro. Todos los veranos, durante ocho años consecutivos, a él lo habían enviado a Oksbøl, y a su hermana a Vordingborg, con su tía, alejándolos de su casa a instancias del tiránico cabeza de familia que era su padre, quien en sus vacaciones quería tener paz.

Justo al final de la parte trasera del edificio le pareció ver un ligero resplandor. Se deslizó junto a la pared y descubrió que la luz salía de un sótano que quedaba junto a la casa. El sótano estaba tapado con una plancha de metal oxidada, que hacía las veces de puerta y había quedado prácticamente camuflada bajo una densa capa de hojas secas.

Los coches estaban aparcados, los dos edificios estaban a oscuras... ¿y en el sótano había luz? Qué extraño...

Oxen apartó las hojas, levantó la plancha con sumo cuidado, se arrodilló y metió la cabeza en el agujero del que provenía la luz, como si de un avestruz se tratara. Al principio no alcanzó a ver mucho. Se topó con una ventana sobre la que se habían ido acumulando el polvo y la suciedad durante décadas, así como las telarañas, que se le engancharon en la cara y en el pelo. Se pasó la mano por el rostro y escupió sobre el cristal de la ventana, para frotarlo luego con la manga de su abrigo y abrir un espacio por el que mirar hacia abajo.

Lo que vio fue una pequeña habitación llena de herramientas comunes y, algo más allá, una puerta entreabierta que daba a una segunda habitación, desde la que provenía la luz. Oxen reconoció el contorno de un hombre: cuello ancho y pelo corto. Arvidsen.

Su campo de visión quedaba severamente limitado por el hueco de la puerta, y solo pudo distinguir parte del hombre, que estaba sentado en una silla y ante una mesa sobre la que había muchos papeles. A la izquierda de la puerta se hallaban previsiblemente la caldera y una maraña de tuberías.

Poul Arvidsen, probablemente el único jardinero del país (por no decir del mundo) que era también un profesional jubilado de la lucha contra el terrorismo, se hallaba, pues, profundamente ensimismado en una montaña de documentos que había recopilado en su sala de calderas.

Al cabo de unos minutos, Oxen tuvo que echarse hacia atrás e incorporarse, para relajar el cuerpo y sobreponerse a la incomodidad de la posición en la que se hallaba. Luego volvió a la carga. Arvidsen seguía en la misma postura.

Pasó otra media hora más antes de que el jardinero se moviera. Oxen pudo ver cómo se levantaba lentamente y se quedaba de pie junto a la mesa por un momento. Luego lo vio dar unos pasos hacia la izquierda y detenerse de espaldas a la puerta. Los papeles habían desaparecido. Finalmente, el hombre se dio la vuelta, salió de la habitación y apagó el interruptor. El último resquicio de luz que aún podía verse provenía probablemente de alguna escalera.

La recompensa por haber metido la cabeza en aquel agujero lleno de telarañas fue un descubrimiento aparentemente pequeño pero de vital importancia: Arvidsen se había marchado del sótano sin una sola hoja de papel entre las manos.

Un poco más tarde, la puerta principal de la casa se abrió y se cerró de nuevo. Alguien puso en marcha el Passat y desapareció con él por la avenida, haciendo crujir la grava bajo sus ruedas. Arvidsen se marchaba en el momento en que la mayoría se iba a dormir.

Niels Oxen se inclinó hacia delante y miró atentamente hacia los cristales, a la luz de su linterna. Se levantó la pernera del pantalón y cogió su cuchillo. Hundió la punta en el marco podrido de la ventana y enseguida perforó un espacio lo suficientemente ancho como para pasar la hoja de este, empujar con ella los ganchos que mantenían la ventana cerrada, y abrirla. Era pequeña, pero debería ser suficiente. En cualquier caso, el descenso hacia la oscura bodega parecía que iba a ser un verdadero desafío acrobático.

Oxen sujetó la linterna entre los dientes, se estiró en el suelo boca arriba y empujó con ambos pies a la vez, para darse impulso. Sin saber muy bien cómo, se las arregló para desplazar la parte superior de su cuerpo hacia el lugar desde el que venía la luz, y poco a poco fue dejándose caer.

Se arañó la espalda con el borde áspero de la pared, pero pronto tuvo ya la parte superior de su cuerpo en el sótano, y sus dedos se aferraron a un tubo de calefacción que pendía del techo. Hizo una especie de acrobacia pendular, atrajo hacia sí sus piernas flexionadas, y segundos después volvía a tener la tierra bajo los pies. Estaba a salvo en el pasillo del sótano.

Repasó mentalmente los movimientos que Arvidsen había hecho justo después de levantarse de su silla. Entonces se dirigió hacia la sala en la que se hallaba la vieja caldera. Allí no había ni una sola ventana, por lo que podía encender la luz sin peligro.

Junto a la pared había una mesa de trabajo sobre la que podía verse un tablero de conglomerado con muchas herramientas. Al otro lado había un viejo banco de carpintero. Oxen centró su atención en la pequeña mesa frente a la que Arvidsen había estado leyendo, sentado en una silla de jardín. Sabía que tenía que buscar en el estrecho espacio que quedaba entre esa mesa y la caldera.

Dejó la linterna y empezó a mirar. Estaba todo ordenado, a excepción de cuatro pisapapeles viejos alineados en el borde de la mesa. Se detuvo frente a la caldera y se dio la vuelta para verificar su posición con respecto a la ventana abierta en la habitación de al lado. Estaba justo en el sitio en el que Arvidsen acababa de pasar un buen un rato de espaldas a él.

El caso es que ahí no había nada, más allá de una maraña de tuberías: tuberías de calefacción y de agua, algunas con el habitual aislamiento de espuma gris para el agua caliente, otras sin él. Repasó mentalmente los movimientos de Arvidsen: no se había inclinado ni había levantado los brazos, de modo que tenía que haber hecho algo a la altura de los ojos.

Con gesto decidido, Oxen empezó a palpar las tuberías y a retirar el aislamiento, pero sin éxito. Luego volvió a empezar desde el principio, esta vez más sistemáticamente. Al cabo de unos segundos dio con un tubo que desaparecía con una curvatura por la parte posterior de la caldera. Estiró de él con fuerza y casi cayó hacia atrás, pues se quedó con un trozo entre las manos. Tenía aproximadamente cincuenta centímetros de largo y se había colocado entre dos extremos de tubo ciegos. Escondidos en su aislamiento encontró varios papeles.

Lo primero que le llamó la atención fue un rollo de papel bastante largo. Ya sabía, pues, para qué estaban allí los cuatro pisapapeles: Oxen desenrolló el cilindro y colocó un peso en cada esquina.

En total había nueve hojas con innumerables líneas, medidas y cálculos, correspondientes a antiguos planos de planta del castillo de Nørlund. De modo que así era como el jardinero pasaba sus largas veladas: ¡estudiando concienzudamente los planos del castillo! Oxen observó los nueve dibujos con mayor detenimiento. Cada uno representaba la planta de una de las alas del edificio. Sótano, planta baja, primer piso.

Había aún dos rollos de papeles más. El segundo resultó ser una pila de hojas DIN-A4 normales, unidas con un par de grapas. Les echó un vistazo en diagonal. Se trataba, por lo visto, de una serie de observaciones ordenadas cronológicamente: fechas, horas y un sinfín de combinaciones de letras... pero ni un solo nombre.

El tercer y último rollo tenía un formato DIN-A3. Había nueve páginas, cada una asignada a uno de los planos de planta. En la parte superior podían verse los números de página correspondientes, las respectivas alas y las plantas. Algunas de las páginas estaban casi vacías, y otras estaban llenas de cálculos y comentarios escritos a mano, probablemente por el propio Arvidsen.

De modo que o bien el leal escudero de Hans-Otto Corfitzen tenía un interés abrumador por la construcción de edificios, o bien lo que tenía era un interés abrumadoramente dudoso por alguna otra cosa relacionada con el castillo.

Tenía que darse prisa. Fue poniendo hoja por hoja sobre el suelo de hormigón, bajo la lámpara del techo, las desplegó con la ayuda de los pisapapeles, y las fotografió con la cámara de su móvil. Aunque trabajaba rápido y con enorme concentración, estaba yendo más lento de lo que habría querido.

Si Arvidsen solo había querido salir a comer y beber algo a esas horas, lo más probable era que hubiera conducido hasta la tienda de comida rápida o la estación de servicio de la autopista, que se encontraban a solo unos kilómetros de distancia. Y si no... ¿adónde más podría haber ido a medianoche? Oxen se apresuró.

Finalmente, pudo enrollar hasta el último dibujo tras fotografiar la lista de observaciones secretas de Arvidsen. Pero solo cuando llegó a la última página descubrió un pedazo de papel más duro, pegado a una esquina por la parte posterior. Dio la vuelta al papel. Se trataba de una tarjeta de visita.

La reconoció de inmediato, porque él tenía una igual. Se trataba de una tarjeta blanca con un discreto logo en la que podía leerse: «Axel Mossman, jefe de policía, CNI (Centro Nacional de Inteligencia)». En ella, alguien había añadido un número de teléfono escrito a mano. El mismo número que le había dado a él.

Eso sí que no se lo esperaba. Se sentía completamente desconcertado, y en ese momento tuvo claro que no sabía lo que debía creer... o a quién.

Ahora resultaba que el renombrado jefe de inteligencia se deslizaba por corredores invisibles, como un fantasma envuelto en *tweed*, y que por lo visto no solo estaba aquí y allá, sino en todas partes. O tal vez en ninguna.

Oxen se guardó la tarjeta de visita –pensó que quizá podría resultarle útil–, y fotografió rápidamente la última página. Luego lo enrolló todo cuidadosamente y fijó de nuevo el aislamiento del tubo, para dejarlo como lo había encontrado. Ya iba siendo hora de desaparecer.

31

Cada fibra de su cuerpo estaba tensa como la cuerda de un arco. Después de tres desasosegados cuartos de hora bajo las sábanas, había vuelto a ponerse en pie. Ahora estaba sentado en la ventana y miraba fijamente a la noche.

Tenía a su lado una bolsita con hierba. Ya casi estaba vacía. Además tenía también una botella de *whisky* del supermercado de Skørping. Al menos esta seguía llena.

La ventana estaba abierta de par en par para que el aromático humo no se quedara estancado en la habitación. La brisa nocturna le parecía de lo más agradable y actuaba como un paño húmedo y fresco sobre su frente sobrecalentada.

Dio una calada larga, reteniendo el humo en sus pulmones.

Daría lo que fuera por conseguir que todo tuviera sentido. Querría enfrentarse a aquel asunto concienzudamente e ir ordenándolo todo: instrucciones tácticas, coordenadas, amigos y enemigos, puesta en marcha, objetivos… Pero no podía. No lograba apartar la cortina tras la que se escondían los motivos de aquel caso.

Sobre el enorme papel que tenía en su regazo había dibujado líneas, círculos y flechas. Se trataba del cartel del tablero de anuncios que había en el pasillo: lo había arrancado al pasar por su lado –necesitaba una superficie lo suficientemente grande– y había empezado a escribir en su reverso. Hizo un esfuerzo por presentarlo todo de forma razonablemente esquemática, y razonablemente cronológica.

Primero apareció ahorcado el perro del abogado Mogens Bergsøe. Luego, parece que Bergsøe fue asesinado cuando estaba en el lago con su kayak. Entonces llegó el turno del perro del exembajador Hans-Otto Corfitzen, quien murió unos días después, debido a un derrame cerebral fruto de un abuso físico. Después asesinaron al Señor White.

Ay, el Señor White… Aún le parecía sentir su hocico en la palma de la mano, como un dolor fantasma.

Por lo demás, encontraron huellas de él y de Whitey en el parque, descubrieron su «ataque» a la embajada de la UE en Bosnia y airearon su «carta amenazadora» a Bergsøe como presidente de la Comisión que tenía que investigar la muerte de sus compañeros. Y por supuesto estaba Axel Mossman, que lo había metido indirectamente en todo ese asunto, comprándolo por doscientas cincuenta mil coronas.

Mossman… Ahí estaba el jefe del CNI, repartiendo arbitrariamente su tarjeta de visita y su número de teléfono secreto a exmiembros de las unidades antiterroristas y a veteranos de guerra. ¿A qué diantre de acuerdos habrían llegado Mossman y Arvidsen?

¿Acaso Arvidsen ejercía de topo para Mossman? Aunque, en caso de ser así, ¿por qué querría saber quién entraba y salía del castillo de Nørlund? ¿O era Arvidsen un simple jardinero que había tropezado con algo valioso y se lo había ofrecido al jefe de inteligencia?

Y luego estaba el veterano de guerra, claro, que no era sino él mismo…

Dio una nueva y profunda calada. La hierba ardió rápidamente, y pocas bocanadas después ya solo quedaba una pequeña colilla del porro, que apenas podía sostener entre el índice y el pulgar.

¿Qué pintaba él en todo este asunto? ¿Era posible que Mossman lo considerara realmente culpable? ¿Que creyera que esa era su *vendetta* particular por la muerte de Bosse en la misión de Bosnia de 1995?

¿Era posible que Mossman, Rytter, y su niñera-soldado de la habitación de al lado, Margrethe Franck, simplemente esperaran a que cometiera un error y se delatara? ¿Querían acabar con él y recuperar el dinero que le habían ofrecido?

¿O es que habían encontrado a alguien capaz de servirles como un exsoldado loco e impredecible, como un elefante presto a destruir toda la porcelana con la que se topase en la cacharrería?

¿Y cómo acabaría todo? Una vez destrozada la porcelana que había repartida por el Borre Sø y el bosque del Rold… ¿dejarían ahí tirados los fragmentos o tenían algún plan secreto para pegarlos de nuevo?

La colilla tenía ya solo unos milímetros cuando la apagó y la tiró por la ventana, hacia la oscuridad. Desenroscó el tapón de la botella y dio el primer trago. Después de la hierba, sabía más bien a pipí de rata. O puede que siempre tuviese ese mismo sabor.

Pensándolo bien, ahora mismo le encantaría estar en cualquier otro sitio, lejos de todas esas preguntas que revoloteaban por su cabeza como abejorros y no lo dejaban en paz. Pero era imposible. No podía coger su mochila y desaparecer sin más. Antes tendría que llegar al fondo del asunto.

Se lo debía al Señor White… y a sí mismo. Si no averiguaba lo que se escondía en todo aquel asunto, lo arrastrarían al matadero.

Dio otro trago de *whisky*. Su cuerpo empezó a relajarse. El centrifugado de su cabeza se ralentizó. Se echó hacia atrás y miró hacia arriba. El techo de nubes se había agrietado en algunas zonas y le mostró algunas estrellas dispersas. Su instinto le dijo que le esperaba una noche infernal.

Volvió a mirar el papel que tenía sobre el regazo y lo recorrió lentamente con la mirada. No encontró en él ninguna respuesta, pero la cronología le subrayó algo de lo que ya se había dado cuenta: Arvidsen era la figura central y la respuesta a las preguntas más apremiantes de la investigación.

¿Quiénes eran los guardias? ¿Quién había supuesto una amenaza para Corfitzen? ¿Por qué se retiraron las cámaras de vigilancia? Y, vistas las últimas averiguaciones, ¿por qué se interesaba Arvidsen en los planos del edificio, a quién había estado vigilando y de qué iban aquellas listas?

Tenía muchas preguntas, pero estaba absolutamente convencido de que aquel maldito bastardo no le facilitaría ni una sola respuesta.

Claro que había formas de hacerle cambiar de opinión. Estaba harto de especular. Su plan A estaba listo. Era un plan muy sencillo, basado en la simple violencia. Al día siguiente lo pondría en acción.

Se sintió algo aliviado. Se había formado una cierta visión general y se había formulado las preguntas correctas. Y por último, pero no menos importante, había encontrado un objetivo, un enemigo: Poul Arvidsen.

Dio un tercer y último sorbo. El *whisky* sabía cada vez mejor. No es que tuviera un paladar demasiado refinado, la verdad. Si bebía era por motivos más bien prácticos. Puso la botella detrás de la cortina y cerró la ventana. Tenía que dormir un poco.

Para evitar la maldición de la cama blanda, puso las sábanas en el suelo, se desnudó y se metió bajo la manta. Cerró los ojos y pensó en varios métodos excelentes para hacer que Arvidsen cantara. Y dado que Arvidsen era obviamente un imbécil integral, se concentró especialmente en los que provocaban más dolor.

▶ Oscar 21, aquí Bravo 44. Vehículos militares serbios por el norte. Minibús rojo y BMW negro. Es Milorad, qué cabrón... Los tenéis encima. Cambio.

▶ Oscar 21. Entendido. Cambio.

▶ Bravo 44. No, se han parado frente a la escuela. Esperad... maldita sea... el minibús está lleno de personas tullidas. Los serbios están borrachos. Los han tirado en la escuela. Les están pegando. ¿Qué hacemos? Cambio.

▶ Oscar 21. Lo que decís pinta feo, muy feo. Venimos. Esperad. Confirmad respuesta. Cambio.

»A todas las unidades. Aquí Kilo 05. Es demasiado peligroso. No podemos hacer nada. Repito: no actuamos, nos mantenemos en nuestros puestos. Confirmad. Cambio.

▶ Oscar 21, entendido, corto.

▶ Bravo 44, entendido, corto.

–*Me cago en la puta, Oxe, mira lo que han hecho. Por todas partes...*

–*Tranquilo, Bosse, tranquilo...*

–*Joder, Oxe, están todos locos, joder.*

–*Sí.*

–*Tendríamos que haber...*

–*Ya oíste lo que dijo Klaus. No teníamos permiso. Nos habrían hecho papilla si nos hubiésemos presentado allí.*

–*Pero mira esto, coño. Aquí han pintado una línea de salida y allí han escrito «finish». Joder, joder, joder. Están enfermos. Deberíamos llevar a esos cabrones al paredón. Tienes claro que han montado una puta carrera, ¿no? Me estoy mareando, Oxe. Tengo ganas de vomitar...*

–*Respira, Bosse, tranquilo, tranquilo... Sal, que te dé el aire.*

—Oxe, ven aquí.

—¿Qué pasa, Sune?

—Este todavía se mueve. ¡Joder, es todo tan aberrante! Una carrera con personas tullidas... Este de aquí no tiene... no tiene piernas.

—Está sangrando un montón. Tiene varios disparos en el vientre, y uno en la cabeza.

—Acaba de abrir los ojos, Oxe. Está mirándote. ¿Qué se supone que tenemos que hacer? Joder, ¿qué hacemos?

—No tardará en morir. Ve a ver si los demás están muertos.

—¿Es que no lo ves? Está mirando. ¡Por el amor de Dios, está mirándote!

—Ve a comprobar cómo están los demás, Sune.

—Sí, vale... A ver, este está muerto, este también. Y esta. Es solo una niña, joder, una niña en silla de ruedas. No creo que pueda...

—Ha muerto.

—¿El que te miraba está muerto, Oxe? ¿Estás seguro?

—Sí.

—¿Has sido tú? ¿Lo has hecho tú?

—Está muerto. Ya está en paz.

Se despertó dando un respingo. Estaba mojado y sudoroso y le costaba respirar. Tardó un rato en recordar que se encontraba sobre el suelo de su habitación de hotel. Se incorporó.

Había habido un grito. Se había despertado en mitad de un grito. Pero no tenía ni idea de si el grito había sido real o no. ¿Había querido gritar? ¿Había gritado de verdad? ¿O no había podido? Se puso de rodillas, confundido. Podía...

Alguien llamó a su puerta, ruidosamente.

No sabía qué decir. Aún estaba aturdido. Pese a todo, se dirigió a la puerta y la abrió despreocupadamente, sin pararse a pensar siquiera que tal vez fuera una imprudencia.

En el pasillo estaba Margrethe Franck, de pie sobre una

pierna, con una camiseta interior blanca y unos pantaloncitos negros. Se apoyaba contra el marco de la puerta y sostenía una pistola con ambas manos.

–¿Qué ha pasado, Oxen? ¿Todo bien?

–¿A qué te refieres?

–Estabas gritando.

–¿Yo? No puede ser. Estaba durmiendo.

–¿Estás solo?

–Sí. ¿Con quién iba a estar?

–¿Puedo entrar?

Él asintió y ella entró cojeando en su habitación. ¿Era acaso una prueba? ¿Estaba Franck en alerta tras el asunto del Señor White? ¿Quería comprobar que no iban a amenazarlo? ¿Estaba asegurando el perímetro, tal como a él mismo le habían enseñado?

–¿Duermes en el suelo?

–Solo por esta noche. Tengo dolor de espalda.

Franck sonrió, pero no dijo nada. Entonces ella se inclinó y echó un vistazo debajo de su cama. Después abrió el armario de la entrada y respiró hondo.

–¿Hierba?

Él asintió.

Franck miró a su alrededor, atentamente. Con el cañón de la pistola apartó la cortina. La botella aún seguía en el alféizar de la ventana.

–¿Y alcohol?

Él asintió de nuevo. A esas alturas estaba ya tan despierto que la sensación de tener que rendir cuentas ante ella le hizo explotar repentinamente:

–Pero ¿tú quién te crees que eres? ¿Lara Croft con una pierna? ¡Sal de mi cuarto! ¡Fuera!

–Está bien. Lo siento. Solo quería asegurarme de que…

–¡Fuera!

Ella asintió y cerró la puerta al salir, dando un portazo. Él fue al baño y metió la cabeza bajo el chorro de agua fría. Luego se secó, se tumbó en el suelo y se tapó con la manta.

Maldita sea, ¿por qué había perdido los papeles? Ni siquiera se lo merecía, pues solo había querido ayudar.

El caso es que Margrethe Franck era una verdadera granada con una pierna. Iba peinada a la última, llevaba marfil y ébano, y tenía un bonito y apetitoso trasero apenas cubierto por unos pantaloncitos negros y unos pechos firmes que se movían bajo su camiseta al saltar.

Desconsolado, maldijo en voz alta bajo su manta. Siempre le pasaba lo mismo. Ni siquiera la idea de imaginársela a ella gimiendo y retorciéndose sobre él le provocó la más mínima reacción.

Era patético. Estaba muerto. Era un imbécil muerto.

32

La psicóloga Ella Munk se quitó las gafas. Puede que lo hiciera para enfatizar el significado del mensaje que estaba a punto de comunicar. Miró a Margrethe Franck directamente a los ojos y dijo:

–Sin una orden judicial no puedo ni voy a serle de ninguna ayuda, ¿lo entiende? –Su tono era enfático.

–No voy a hacerle preguntas específicas, y es muy probable que más adelante vuelva con la orden. Ya veremos.

–Aun así… –La psicóloga hizo una pausa dramática y se rascó la nariz con las patillas de las gafas, antes de continuar–: puede usted hacerme todas las preguntas que quiera, pero ya le adelanto que la mayoría quedará sin respuesta. ¿Sabe? Niels Oxen nunca se mostró realmente dispuesto a cooperar. En mi profesión es imprescindible forjar lazos de confianza mutua, pero en el caso de Oxen nunca llegamos tan lejos. De modo que, aunque al final viniera con una orden judicial, tampoco podría darle unos informes demasiado extensos sobre él. Se lo digo para que tanto el CNI como usted tengan una idea del grado de información del que estamos hablando.

–Está bien. Entonces solo el diagnóstico, básicamente. ¿Podría decirme cuál es?

Ella Munk, una elegante mujer de unos cuarenta años, con algunos mechones plateados en su cabello oscuro, se dio la vuelta hacia la pantalla de su ordenador, volvió a ponerse las gafas y clicó el ratón unas cuantas veces.

—Oxen solo estuvo aquí en cinco ocasiones. Pero sí... tenemos un diagnóstico.

—Que sería...

La psicóloga sacudió suavemente la cabeza y una sonrisa indulgente le iluminó el rostro.

—Obviamente, no puedo decírselo. Sabe perfectamente que es secreto profesional.

—Entonces hablemos en términos generales. ¿Tiene usted experiencia con pacientes con trastorno por estrés postraumático?

—Antes trabajaba para el ejército, de modo que sí, la tengo. El trastorno por estrés postraumático es mi especialidad. ¿Por qué lo pregunta?

Franck no tenía claro si Ella Munk era una mujer amable o una fría profesional.

—Pero... ¿y usted?, ¿sabe usted algo sobre el tema? —preguntó la psicóloga.

—No, en realidad no.

Su respuesta fue una mentira descarada, pero solo pretendía destensar un poco la conversación. Margrethe también había ido al psicólogo en varias ocasiones, de forma rutinaria, siguiendo las directrices de la policía.

Su psicólogo había sido un señor mayor; una eminencia en su campo. Aunque puede que ella hubiese sido un caso muy sencillo, simple de tratar, pues nunca se había arrepentido de haber disparado y matado a aquel cerdo asesino cuyo último acto perverso consistió en aplastarle la pierna en el preciso instante en que empezaba su descenso a los infiernos.

Hoy solo desearía haber reaccionado con más rapidez y haberle disparado uno o dos segundos antes, aunque en realidad se trataba de un deseo sin amargura. Por supuesto, también tenía días jodidos. Pero aparte de eso, si no le hubiese pasado lo de la pierna nunca habría conseguido el trabajo de sus sueños, con el gran Mossman, en Søborg.

—Tengo algunos documentos que sí puedo mostrarle. Son científicos, pero de carácter divulgativo, pues están destinados a familiares y amigos. Si me pasa su dirección de correo electrónico, se lo enviaré todo.

—Magnífico —Margrethe Franck sacó una tarjeta de visita de uno de sus bolsillos y la dejó sobre el escritorio.

—Pero si lo que pretende es comparar los síntomas en esa lista con los de la personalidad de Niels Oxen... no olvide que estamos hablando de individuos, ¿eh? No de fórmulas exactas.

—No lo olvidaré. Dicho de otro modo: así, en general, ¿es concebible que un soldado cazador sufra estrés postraumático?

—Lo es, por supuesto, aunque se trata de una posibilidad ciertamente insólita y remota. Los miembros del cuerpo de cazadores han sido seleccionados y evaluados con tanta meticulosidad que al final solo pasa por el agujero de la aguja por ser perfecto para la tropa. Así pues, ningún cazador suele tener predisposición al trastorno por estrés postraumático.

—¿Los cazadores son demasiado duros?

—Los cazadores son personas física y mentalmente sanas que tienen un gran equilibrio interno y saben renunciar a sus propias necesidades por el bien de la comunidad. Menciono esto solo para dejar claro en qué consiste «el mito del superhombre».

—Los soldados que estuvieron en los Balcanes fueron los más afectados, ¿verdad?

Ella Munk asintió con la cabeza.

–Correcto. El TEPT es bastante común entre los daneses que se vieron involucrados en aquella misión internacional: la mayoría desarrolla un sentimiento de inferioridad respecto a los soldados que estuvieron en Irak o Afganistán, porque en estos últimos destinos se dio una verdadera acción de combate que no existió en los Balcanes. No tenían órdenes para eso. Los soldados daneses tenían que actuar pasivamente, y con el tiempo hemos visto que hay profundos traumas derivados precisamente de esa impotencia. Ser testigo de un ataque pero no tener permiso para intervenir puede mutilar el alma de cualquiera.

–Niels Oxen estuvo dos veces en los Balcanes: una durante la guerra y otra después.

–Esa información está al alcance de cualquiera.

Parecía que la psicóloga no estaba dispuesta a añadir nada más. Era obvio que en el marco de aquella conversación iba a resultarle del todo imposible crear una atmósfera de confidencialidad entre ambas. Ella Munk no tenía ni la más mínima intención de dejar entrever siquiera un hilo del que tirar para conocer más detalles sobre el estado psicológico de Niels Oxen, de modo que Margrethe iba a tener que recurrir a otros medios. Mossman ya le había indicado, sin el menor miramiento, que no dudara en proceder cómo mejor le pareciera.

Se levantó, pues, y le dio la mano a Munk.

–Gracias por su tiempo. Y le agradecería mucho que pudiera enviarme el material informativo por correo.

La psicóloga asintió.

–De nada. Ahora mismo se lo envío.

Eran casi las once y media cuando Margrethe Franck regresó a Rold Storkro después de su viaje a Aalborg para ver a la psicóloga. Por el camino se había dedicado a poner ya en marcha una de las alternativas con las que seguir avanzando en su investigación.

La alternativa en cuestión consistía en contactar con un anciano canoso que empezaba marchitarse en armonía con su entorno, pero que poseía exactamente las mismas habilidades que sus colegas más jóvenes y –al contrario que él– esclavos de los clichés: ropa de *hip-hop* de mil colores, gorras de béisbol con la visera en la nuca, cantidades ingentes de Coca-Cola y un acceso cada vez más anárquico a todo y a todos por el ciberespacio.

Asger Hansen –incluso el nombre resultaba anodino– era un exespecialista informático que había sido víctima de las medidas de austeridad de una empresa internacional, empeñada en penalizar que su certificado de bautismo ya hubiera empezado a ponerse amarillo. Era un hombre excepcionalmente cauteloso, de sesenta y un años, que vivía solo en el corazón de Copenhague, en la calle Studie, cerca de la iglesia Vor Frue. Allí tenía también una pequeña oficina, desde la que ofrecía sus servicios de especialista para una selecta clientela.

Asger Hansen era tan cuidadoso que sus conversaciones solían ser extremadamente breves. Algunas cosas no debían hablarse al teléfono. Ella solo le había preguntado si tenía «tiempo para un trabajo rápido», y él había dicho que sí. El resto de la conversación estaría encriptado, como de costumbre. El primer paso consistiría en reenviarle el correo de la psicóloga Ella Munk.

–¡Hola Franckie!

Levantó la mirada, sorprendida. Martin Rytter estaba sentado en la terraza de la entrada del hotel, disfrutando del calorcito primaveral, con las gafas de sol enredándose en su pelo.

–Pero ¿qué...?

El jefe de operaciones del CNI era poco menos que la última persona con la que Franck habría esperado encontrarse allí. En todos los años que llevaba en el CNI, ni el director en persona ni el jefe de operaciones habían intervenido jamás en un caso particular con tanto empecinamiento. Los que estaban arriba de todo en la cadena de mando eran más bien administrativos: tomaban decisiones y convocaban a otros para implementarlas. El hecho de que Rytter estuviera allí subrayaba indiscutiblemente la seriedad de aquel asunto. Aunque, bien pensado, si los asesinatos del presidente de la Comisión Wamberg y el mandamás de la diplomacia danesa no ponían en alerta a los altos mandos ejecutivos, ya nada lo haría. El caso Bergsøe-Corfitzen tenía que robarles el sueño, y con razón.

—¿Qué haces aquí, Martin? —Margrethe se dejó caer en una silla, junto a él.

—Pasaba por aquí por casualidad... y he pensado en invitarte a desayunar.

—Venga, al grano.

—¿Estás estresada, Franckie?

—Salgo ahora mismo de la psicóloga, y sí, eso estresa a cualquiera.

—¿Has ido por lo de tu disparo? —Rytter señaló con la cabeza hacia la pierna derecha de ella—. Pensé que lo tenías superado...

—¡No, por Dios! ¡Me refiero a la psicóloga de Niels Oxen!

—Oh. Claro. Lo siento. ¿Quieres desayunar?

—Sí, me muero de hambre.

Rytter movió la cabeza, sonriendo.

Si los rumores eran ciertos, él iba a ser el escogido para suceder a Mossman (que tenía previsto retirarse en unos años) y convertirse en el próximo director general del CNI. Algunos de los hombres más influyentes del cuerpo hablaban de la necesidad de «estabilizar» las reformas de Mossman de los últimos años, por encima de la necesidad de innovación, y de ahí que todo apuntara a Rytter. Además, su aguda capacidad interpretativa era ampliamente temida. Así pues, si las cosas seguían el curso previsto, Margrethe también tendría el puesto asegurado durante muchos años más. A Rytter le gustaba, la respetaba, y sus sentimientos eran recíprocos.

—Aparte del desayuno, ¿por qué estás aquí?

—Bueno, tenía que ir a Aarhus para otros temas, y le prometí a Mossman que te daría esto.

Dio unos golpecitos a una maleta de metal que tenía entre las piernas, y Franck dejó escapar un silbido.

—Vaya, vaya, de modo que el jefe de operaciones trabaja ahora de mensajero.

—Mossman quiere que la lista de involucrados sea lo más breve posible —le contestó Rytter—. Solo tú, yo, Oxen, y el propio Mossman.

—Como dije el otro día, no entiendo qué espera Mossman de ese hombre, y menos aún a este precio. ¿Tú has descubierto algo en este sentido?

—No hemos vuelto a hablar del tema, Franckie, pero me apuesto lo que quieras a que en realidad se trata de un préstamo. —Rytter dio unos golpecitos a la maleta de nuevo y luego continuó—: Mossman nunca ha tirado el dinero, aunque… la verdad es que no sé qué se trae Oxen entre manos. No sé qué se propone él.

—Solo los dioses lo saben. Hasta el momento no me ha demostrado ni un ápice de confianza. Pero creo que vamos en la dirección correcta.

—¿Y las cosas funcionan como deberían? ¿Willy y Bent le siguen la pista?

Martin Rytter se refería a sus colegas Willy Sørensen y Bent Fensmark, que seguían a Niels Oxen, por turnos, y lo tenían vigilado las veinticuatro horas del día, los siete días de la semana. Ellos también vivían en el hotel.

—Sí, sí. Lo tienen todo controlado. Pero por el momento Oxen se lo está tomando todo con calma. Lo único destacable ha sido una pequeña escapada nocturna a Nørlund, en la que irrumpió en la casa del viejo jardinero.

—¿Alguna idea de los motivos?

—Todavía no, pero tengo la sensación de que en algún momento el asunto de Oxen nos explotará en la cara.

—¿Por qué dices eso? ¿Tan indomable te parece? —preguntó Rytter.

—La psicóloga exige una orden judicial para acceder a sus informes, de modo que no hemos podido entrar en detalles, pero, por lo general, parece que los miembros del cuerpo de cazadores rara vez sufren estrés postraumático. Los veteranos de los Balcanes, en cambio, tienen mucho que decir al respecto. Oxen es ambas cosas: cazador y veterano de los Balcanes. No hemos logrado avanzar más.

33

El Mercedes todoterreno de Karin «Kajsa» Corfitzen no estaba en el aparcamiento, pero sí lo estaba el Passat de Arvidsen. Con eso se esfumaron todas sus reservas: iba a poder llevar a cabo su simple y brutal plan A.

Empezaría amenazando al antiguo miembro de las unidades antiterroristas para lograr que cantase, pero si con eso no era suficiente (y sospechaba que no iba a serlo), recurriría sin dudarlo a medidas más drásticas. Medidas que provocasen dolor a Arvidsen. Mucho dolor.

Una idea como aquella era más bien propia de un cerebro reptiliano, lo sabía perfectamente, pero no le importaba. La violencia primitiva era lo único que le permitiría abrir un boquete en la pared invisible que bloqueaba el camino de la investigación sobre el caso del antiguo embajador.

Haber encontrado el número de contacto de Mossman en posesión de Arvidsen no le dejaba otra opción: no quería dejarse arrastrar aún más por el inescrutable laberinto supuestamente diseñado por uno de los cargos superiores de la policía, en concreto por el director del CNI, Axel Mossman.

Cerró la puerta del coche con un portazo. Solo había una cosa que tenía que mantener al margen del interrogatorio de Arvidsen: el material que había descubierto en el sótano. Y no debía perder la cabeza ni sentirse provocado. Los dibujos y las observaciones del jardinero iban a ser sus triunfos secretos, y por el momento debía mantenerlos en secreto.

Acababa de volver del estudio fotográfico en Aalborg, en el que las fotos que había hecho con su móvil iban a convertirse en impresiones de alta definición gracias a las modernas máquinas que allí había. Había pedido que le hicieran todos los planos del castillo en formato A3, y había dicho al responsable que le pagaría el doble si se las tenía para esa misma tarde. En unas horas pasaría a recogerlas.

Caminó rodeando el foso, en dirección al jardín del castillo, desde donde le llegaba el ruido de un motor. De vez en cuando, la cabeza de Arvidsen aparecía entre los arbustos. Poco después, Oxen salió de entre la maleza y avanzó cautelosamente.

Su plan era sorprender a Arvidsen. Se detuvo y sacó el cuchillo de la pernera del pantalón.

Cuando estuvo ya muy cerca, se escondió tras un rododendro a esperar el momento adecuado. Arvidsen estaba cortando el césped con su tractor de color amarillo y, según parecía, estaba a punto de terminar. Tendría que actuar con rapidez, pues.

La oportunidad le llegó al cabo de muy poco, cuando Arvidsen detuvo la máquina y sacó un paquete de cigarrillos de su bolsillo.

Oxen avanzó hasta quedar justo detrás de su presa, al amparo de los arbustos. Los últimos metros, ya por el césped, a cielo abierto, los salvó con unas rápidas zancadas. Después de aquello dio un salto y se plantó en la cabina del tractor, donde pasó el brazo izquierdo alrededor del cuello de Arvidsen y, con la mano derecha, sostuvo el cuchillo justo delante de su garganta. El hombre dejó escapar unos gorgoteos indescifrables y tiró su cigarrillo y su encendedor al suelo.

–Quédate quieto y escucha, ¿entendido? –enfatizó sus palabras apretando algo más el brazo en torno al cuello de Arvidsen–. *¿Entendido?*

Este a duras penas tuvo fuerzas para asentir. Oxen aflojó un poco.

–¿Para quién trabajas?

Arvidsen tosió.

–Corfitzen. Y ahora… para su hija.

–Estás mintiendo. ¡Vamos, responde! –Apretó la hoja contra la garganta de Arvidsen.

–¡Venga, soldado, hazlo! Sé que no te atreverás, nenaza. No tienes lo que hay que tener. ¿Héroe de guerra? ¡Deja que me ría!

Oxen tensó los brazos de golpe.

–¿Quién estaba interesado en Corfitzen?

–No lo sé –jadeó Arvidsen.

–¿Y qué pintaban aquí los seguratas?

–Ya te lo he dicho. ¡No tengo ni idea! Maldito cobarde, atacando por la espalda… ¿Cómo es posible que un mariposón como tú consiga una medalla?

Con la velocidad del rayo, Oxen cambió de brazo y tiró del pelo de Arvidsen con la mano izquierda, obligándole a echar la cabeza hacia atrás y presionándole el cuello con el filo del cuchillo.

–Voy a darte una última oportunidad, Arvidsen. Es la última, así que aprovéchala bien, o te dolerá. Te dolerá una barbaridad. Dime… después de la muerte de Corfitzen hiciste desaparecer las cámaras de videovigilancia. ¿Por qué?

El fornido jardinero pareció pensar por un momento, pero entonces siseó:

–No te atreverás, cabrón. Yo estuve en Kosovo. La guerra es para los hombres, no para las niñas, y tú estás como una cabra. No eres más que un loco y miserable gilipollas. Y ahora déjame ir…

Lleno de ira, Oxen clavó el cuchillo en el muslo derecho del jardinero, mientras con el brazo izquierdo seguía sujetándolo del cuello. Ahora solo podía verse el mango...

Arvidsen chilló y se retorció como un loco, y al hacerlo puso el tractor accidentalmente en marcha. Lentamente rodaron sobre la enorme explanada de césped.

—¡Te aseguro que aún puede dolerte mucho más! Así que... ¿me respondes ahora? ¿Por qué hiciste desaparecer las cámaras?

El tractor empezó a cortar la hierba en línea recta. Iba directo al castillo.

Oxen hizo girar el cuchillo en el muslo de Arvidsen, que gritó con toda el alma.

—¡Para, para, para! Fue porque yo...

En ese preciso segundo, Oxen oyó un siseo que le resultó familiar. Pasó justo junto a su oreja, e instintivamente le hizo agacharse y parapetarse tras la ancha espalda del jardinero. Cuando volvió a levantar la vista, la cara de Arvidsen estaba cubierta de sangre, le faltaba parte de la mejilla y su oreja había quedado reducida a unos pocos hilillos sangrientos.

Parecía que quería gritar, pero su garganta no emitía ningún sonido. Estaba petrificado.

—¡Contéstame! ¡La videovigilancia! ¿Por qué?

Oxen tuvo que aflojar el cuello de Arvidsen para poder mantenerse a cubierto.

—El refugio de caza... El suelo... Ayúdame...

No pudo añadir nada más. El segundo disparo le acertó en mitad de la frente y le atravesó el cráneo, saliéndole al fin por la nuca, junto con una cierta cantidad de masa encefálica que salpicó a Oxen en la cara, como una cálida cascada. Solo tenía una oportunidad: tenía que quedarse detrás de la espalda protectora de Arvidsen. Si saltaba del tractor ahora, se convertiría en una presa fácil para el francotirador, que probablemente estuviera de pie en alguna de las numerosas ventanas del castillo.

El tractor seguía rodando a su ritmo, constante.

La tercera bala pasó silbando junto a la oreja derecha de Oxen. Este extendió la mano y aferró a Arvidsen del cuello para mantener su pesado cuerpo sin vida en posición vertical en el asiento.

El foso del castillo estaba cada vez más cerca. Quince metros, diez metros…

La cuarta bala atravesó el hombro del jardinero y rasgó la chaqueta del propio Oxen al salir.

Cinco metros, cuatro, tres, dos…

En el preciso instante en el que el morro del tractor se quedó en el aire, justo antes de precipitarse al vacío y recorrer los pocos metros que lo separaban del agua negra del foso, Oxen se tiró a un lado, se rodeó las piernas con los brazos y cayó de bomba en el agua. Inmediatamente antes de sumergirse pudo ver por el rabillo del ojo cómo el delgado cuerpo de Arvidsen volcaba sobre el volante del tractor.

Después, la oscuridad se cernió a su alrededor. No tenía manera de orientarse bajo el agua, pero al menos sabía aproximadamente la dirección que debía tomar; y sabía que, si llegaba a la siguiente curva, estaría a salvo. Si conseguía recorrer esos veinte metros sin que le dieran las balas, tendría una oportunidad.

Poco después, sus manos tocaron algo suave: barro. Había llegado a la orilla, pero cuando sacó, con cautela, toda la cabeza del agua, vio que el ángulo no era suficiente para protegerlo del francotirador. Se desplazó entonces unos metros más por el agua, salió a la orilla y corrió en zigzag hasta encontrar refugio entre los árboles y los arbustos.

Se agazapó tras un árbol y miró hacia el ala lateral del castillo. Todas las ventanas estaban cerradas. No había nadie a la vista, de modo que corrió hasta el estacionamiento y repitió la maniobra. El resultado fue el mismo: el francotirador no estaba a la vista. No se veía nada. Y Kajsa Corfitzen aún no había regresado.

La idea era sentarse al volante y salir de allí a toda pastilla, pero de pronto cambió de opinión. Tenía que ir al castillo, aunque hubiera perdido su querido cuchillo de combate, que seguía clavado en el muslo de Arvidsen. Para él ya no había nada que hacer, pero sería una gran victoria poder atrapar al francotirador.

Estaba a punto de ponerse a correr hacia el puente y cruzar el foso del castillo, cuando una bala atravesó la luna delantera de su coche. En un abrir y cerrar de ojos, Oxen abrió la puerta del conductor, se lanzó sobre el asiento y puso el motor en marcha. Segundos después, su coche rugía hacia la carretera, escupiendo astillas y grava a toda velocidad.

La bala número dos impactó contra la luna trasera y salió por la parte de delante del coche. Luego giró a la derecha y, por fin, Niels Oxen se supo a salvo.

Cuando minutos después se quitó las algas y el barro de la cara, ya de camino hacia el Rold, seguía sin poder pensar con claridad. Tenía pisado a fondo el acelerador y notaba el corazón latiéndole a toda velocidad. No era la primera vez que se sentía así. Había perdido su calma habitual y, simplemente, se sentía incapaz de organizar o dar sentido a todo aquel caos.

Su ropa estaba empapada y apestaba a musgo y lodo. Miró por el espejo retrovisor y no vio a nadie que le persiguiera. No entendía nada y no tenía respuestas. Solo el caos. Y, aun así, en el desorden de su mente había algo importante que tenía que encontrar y desentrañar. ¿Qué podía ser?

—¡Concéntrate, maldita sea! —se espetó a sí mismo, escupiendo un residuo de agua fangosa en el suelo del coche, donde se mezcló con el agua que iba escupiendo su ropa.

Arvidsen había dicho algo. Segundos antes de que el francotirador le disparara en la frente, había dicho algo. Habían sido apenas dos palabras sin conexión aparente. Tardó un par de segundos, pero al fin las recordó: «Refugio de caza» y «Suelo». ¿Qué significaba eso?

Mientras pensaba en aquel mensaje, helado de frío, logró calmarse lo suficiente como para plantearse una nueva y alarmante pregunta:

¿A quién habían ido dirigidos aquellos disparos? ¿Quién había sido el verdadero objetivo del francotirador? ¿Arvidsen... o él mismo?

Después de los dos disparos que recibió su coche, no le cabía duda de que, fuera como fuese, ahora él también estaba en la lista de objetivos del francotirador en cuestión. Y todo llevaba a una última pregunta más:

¿Quién era el francotirador?

¿Quién podía entrar sin problemas aparentes en el castillo con un arma bajo el brazo y apostarse en una de las ventanas que daban al parque? ¿Y con qué motivo?

Los interrogantes se acumulaban sin control en su interior. Tenía que volver a su habitación y hacerse las preguntas correctas en el orden correcto. Y también tenía que bañarse, cambiarse de ropa e ir lo más rápido posible al estudio fotográfico de Aalborg.

¿Refugio de caza?

Giró a la derecha y llegó al Rold Storkro.

¿Suelo?

Si se querían utilizar las dos palabras juntas en el mismo contexto, solo había una interpretación posible.

34

Trataba sobre una serie de síntomas que podían manifestarse en un TEPT, es decir, en un trastorno por estrés postraumático. En cuanto a su propia experiencia y terapia, Franck no pudo hacer otra cosa que asentir y mostrar su acuerdo ante la mayoría de ellos.

La psicóloga Ella Munk había cumplido su palabra y le había enviado la información inmediatamente. Luego, ella misma había reenviado el correo electrónico a Hansen, junto con un mensaje cifrado que ya estaba esperando en su bandeja de salida. No quería ni saber lo que Hansen haría con ello, ciertamente, siempre y cuando lo moviese. Y la experiencia le decía que lo haría a toda velocidad.

Echó un vistazo a la información acerca de los síntomas de la enfermedad que podían ayudar a los afectados a comprender a qué se enfrentaban:

–*Flashbacks*: recuerdos continuos de eventos traumáticos.
–Pesadillas e insomnio: ambos recurrentes y acompañados de sudor frío.
–Falta de memoria y de concentración.
–Aislamiento: los afectados se alejan de sus amigos y familiares y se mantienen al margen de reuniones grupales.

–Sensibilidad al ruido: bajo umbral de tolerancia al ruido.

–Desconfianza: aislamiento y alienación. Los afectados suelen ser muy desconfiados.

–Vida emocional reducida: desaparece, o se debilita considerablemente, la capacidad de sentir empatía, ternura o amor.

–Comportamiento adictivo: alcohol, pastillas o drogas.

–Problemas sexuales de todo tipo, e impotencia.

¿Podía reconocer a algunos de esos síntomas en Niels Oxen? No podía afirmarlo con seguridad, pues no lo conocía tan bien, pero lo que sí tenía claro era que, en el caso de la desconfianza, el veterano de guerra llegaba al 9,5 en su particular escala de Richter.

Estaba a punto de escribir la introducción al texto que más adelante se convertiría en un informe completo sobre el estado mental de Oxen, cuando le sonó el teléfono.

Ya solo el «hola», jadeante, le dio a entender que algo iba mal. Era su colega Willy Sørensen. El encargado de seguir a Oxen en ese momento.

–¡Alguien ha disparado a Arvidsen, y luego ha tratado de matar Oxen! En el jardín del castillo. Se ha tirado al foso y luego se ha escapado, mientras las balas le pasaban rozándole los oídos. ¡Ha sido una locura! Ahora va de camino al hotel. Creo que…

–¡Calma, Sørensen! Vamos por partes, ¿quieres? Pensaba que Oxen estaba en Aalborg. ¿No era así?

–Joder, aún estoy temblando. Ha sido todo tan increíble… ¡Como en una película! Oxen estaba en Aalborg, sí, pero luego ha ido a Nørlund. Lo he seguido hasta el jardín del castillo y he visto que se dirigía directamente hacia Arvidsen, que estaba cortando el césped con el tractor. Oxen ha dado un salto y lo ha sorprendido por detrás, cogiéndolo por la espalda mientras el tractor seguía rodando. Entonces ha amenazado al jardinero poniéndole un cuchillo en la garganta. Han discutido, y de pronto he visto cómo Oxen levantaba el cuchillo y se lo clavaba.

—¿Estás diciéndome que Oxen ha matado a Arvidsen?

—¡No, no! El cuchillo se lo ha clavado en el muslo, y este ha gritado como un cerdo durante la matanza. Yo no he oído el disparo, pero de pronto Oxen se ha parapetado detrás de Arvidsen y...

—¡Willy! Pero ¿de qué disparo hablas? Cálmate, por el amor de Dios...

Sus palabras llevaron a su colega de Aarhus a detenerse unos segundos, coger aire y tranquilizarse, describiendo por fin los acontecimientos de tal modo que ella pudiera comprenderlos: había un francotirador en una de las ventanas del castillo, y Arvidsen había sido asesinado.

—Cuando el tractor cayó en el foso, Oxen saltó a un lado. Ese hombre es increíble, Franck, tiene los nervios de acero.

Sørensen seguía fuera de sí mientras explicaba detalladamente cómo Oxen logró escapar de la lluvia de balas.

—¿Y tú has visto todo eso con tus propios ojos?

—Estaba escondido entre los arbustos, sí.

—¿Y has podido ver quién disparó?

—Solo su silueta.

—¿Oxen te ha visto?

—No, estoy seguro de que no.

Comprendía perfectamente que Willy estuviera agotado. El trabajo en el CNI no solía ir acompañado de semejantes descargas de adrenalina. Seguro que habían pasado varios años desde la última vez que Sørensen estuvo cerca de un disparo... suponiendo que alguna vez lo hubiese estado.

—Veo en la pantalla que Oxen acaba de girar hacia la entrada del hotel. Lo tendrás allí en unos minutos, Franck.

–Buen trabajo, Willy. ¡Voy a darme prisa!

Margrethe colgó y salió corriendo de su habitación. Tuvo el tiempo justo para sentarse en la terraza del hotel, en la mesa que quedaba delante de todo y fingir que estaba totalmente relajada, cuando oyó que la puerta de un coche se cerraba de golpe en el aparcamiento de al lado. Muy poco después vio a Oxen avanzando a paso ligero hacia la entrada.

Solo cuando lo tuvo más cerca le quedó claro que el veterano de guerra parecía alguien que... que acababa de volver de la guerra. Oxen estaba empapado y cubierto de arriba abajo con barro y una cierta cantidad de algas verdes. Titubeó un instante al verla, pero luego pasó a su lado sin el menor amago de querer detenerse.

–Ey, Oxen, pero ¿dónde demonios te has metido para ir con esas pintas?

Él se limitó a levantar una mano, a la defensiva. Tenía el rostro sombrío, y parecía tan agresivo como en la noche en que la insultó llamándola «Lara Croft con una pierna».

–¿Has salido a darte un bañito?

De no haber sido por la mano, levantada a modo de escudo, habría jurado que Oxen ni siquiera la había visto, pues fue directo a las escaleras... y desapareció.

–Mira que puedes llegar a ser estúpida, Margrethe –se reprendió a sí misma y a su intento miserable de sonsacarle información, pero permaneció sentada. No tenía ningún sentido seguir a Oxen por el hotel, eso estaba claro. Él no era el tipo de persona a la que uno podía acosar.

Ahora le tocaría a Rytter decidir lo que debían hacer a continuación. Tenía que llamarlo, aunque para eso tuviera que interrumpir su reunión en Aarhus.

Lo más probable era que el CNI no tuviera más remedio que informar al inspector Grube y a sus colegas de Aalborg. Aquel era el segundo asesinato que se producía en Nørlund, y obviamente se trataba de un asunto profesional. La tierra ardería bajo los pies de Niels Oxen, no tanto porque pensaran que era culpable, sino porque, una vez más, había estado en la escena del crimen. En Aalborg, sin duda, el veterano de guerra y ahora soldado de Mossman iba a ser asado a fuego lento.

El sol le calentaba la cara cuando le sobrevino un pensamiento: hacía apenas unas horas había estado sentada en ese mismo lugar y le había dicho a Martin Rytter que tenía la sensación de que en algún momento el asunto de Oxen les explotaría en la cara.

Karin «Kajsa» Corfitzen observaba con curiosidad mientras los buzos sacaban del foso el cuerpo de Poul Arvidsen.

Margrethe Franck se acercó a ella, le estrechó la mano y se presentó. Intercambiaron unas palabras. La señorita Corfitzen se había quedado sin jardinero.

Unos minutos después, cuando hubo dado todas las instrucciones a sus colegas, el inspector Grube se reunió con ellas.

–Hola, Franck –dijo–. Veo que sigue por aquí.

Ella asintió. El enorme cuerpo de Arvidsen yacía ahora sobre la hierba.

Willy Sørensen lo había descrito bien: al hombre le faltaba gran parte de la zona posterior de la cabeza. El agujero por el que entró la bala era apenas un punto rojo de óxido en la frente, pero la nuca… la nuca ya era otra cosa. Así funcionan las balas: el verdadero destrozo lo producen al salir.

El disparo se llevó a Arvidsen de inmediato al más allá en el preciso momento en que Oxen acababa de clavarle el cuchillo en la pierna para hacerle hablar.

–Qué extraño –murmuró Grube, sacudiendo la cabeza.

–¿El qué? –preguntó ella.

—Una grieta en sus pantalones, a la altura del muslo. Debió de perder bastante sangre. Antes de morir, se lesionó gravemente en la pierna.

—Puede que sucediera cuando bajó del tractor.

—Es posible, sí… —Grube parecía escéptico.

¿Qué más habría podido decir el jardinero antes de morir? ¿Y de qué diablos iba todo aquello? En poco tiempo, Niels Oxen había logrado zarandear la investigación y echar sobre ella una buena nube de polvo… Claro que tal vez fuera ese el punto.

En cuanto Oxen abandonara el hotel, entraría en su habitación, la revisaría de arriba abajo e intentaría encontrar algunas de las respuestas que le faltaban. Por ejemplo, aún no sabía por qué había irrumpido la otra noche en la casa del jardinero de Nørlund.

—Rytter nos llamó y nos informó de lo de Arvidsen —dijo Grube, levantándose—. No estaba en absoluto al corriente de que su gente seguía trabajando en este asunto —añadió.

Ella ya se había puesto de acuerdo con Rytter para hacer que sus respuestas coincidieran, así que le dijo:

—Sí, sí, Willy Sørensen quiso venir para echar un vistazo. Quería charlar un rato con Arvidsen, pero fue una empresa fallida.

—Lo vio todo desde los arbustos, ¿no es así? —preguntó Grube.

Ella asintió.

—Sí, eso tengo entendido. Aunque lo mejor será que lo interrogue usted mismo, ¿no?

—Ya he hablado con él por teléfono. Debe de estar al caer. Por lo que respecta a la investigación, es todo una porquería. Arvidsen sabía mucho más de lo que había admitido. Yo esperaba recabar suficiente información como para hacerle cantar pronto, pero ahora vuelvo a estar en un callejón sin salida. ¿Usted ha podido hacer algo con los documentos del Consilium, Franck?

–No son tan importantes, por el momento, aunque tienen un enorme valor de fondo. Ah, y también es bastante significativo que Mossman aparezca en la lista de ponentes.

–Estoy absolutamente convencido de que entre Corfitzen y Bergsøe hay una conexión –gruñó Grube.

Kajsa Corfitzen estaba junto a ellos, con las manos metidas en los bolsillos de su chaqueta y mirando pensativamente al horizonte. Había escuchado su conversación y dijo:

–Pero ¿qué demonios tenía que ver Arvidsen con todo esto? Es todo demasiado extraño, ¿no les parece? Todo esto no le pega nada a mi padre... ¿Y quién se atreve a colarse en mi casa y, como si eso fuera poco, a disparar a alguien desde una ventana? Esto no me gusta; no me gusta nada...

En el camino de regreso al hotel, a Margrethe le sonó el móvil. Era un antiguo colega, Lars Clausen, ahora retirado. Casi había olvidado que le había dejado un mensaje el día anterior.

Clausen había trabajado en la comisaría de Bellahøj cuando Niels Oxen era estudiante de policía. Esa parte de la breve carrera policial de Oxen era apenas un gran agujero negro. Tras intercambiar algunas de las preguntas de cortesía obligatorias sobre la vida del jubilado y de su familia, el hombre la interrumpió:

–Gracias por preguntar, Margrethe, pero estoy seguro de que no me has llamado para interesarte por mi vida, ¿verdad? Cuéntame, ¿en qué puedo ayudarte? –dijo, y se rio.

–Está bien... Me gustaría saber qué te viene a la mente si te digo el nombre de Niels Oxen.

–Soldado valiente –respondió Clausen, sin titubear–. El más condecorado que la pequeña Dinamarca haya visto jamás. ¿Por qué me lo preguntas?

—Estuvisteis juntos en Bellahøj, ¿verdad?

—Sí.

—¿Llegaste a conocerlo bien?

—Bueno, quizá «bien» sea excesivo, pero lo conocía, sí. Compartimos un montón de charlas. Llegó a la comisaría con dos medallas al valor, pero por otra parte aún estaba muy verde. Eso llamaba la atención y despertaba grandes expectativas a su alrededor. Desde entonces fui siguiendo sus pasos y supe que aún le dieron una tercera medalla, e incluso un noble y flamante reconocimiento del que sabemos que en el curso de la historia solo ha sido otorgado en muy contadas ocasiones. Me refiero a la Cruz al Valor. Vi el artículo en el periódico y lo recorté. ¿Qué tienes tú que ver con él, Margrethe?

—Estoy investigando su historia.

—¿La ha cagado?

—Es pronto para hablar de ello. Pero dime, ¿cómo era?

—Listo. Muy seguro de sí mismo para ser un estudiante. Además, tranquilo y sereno, aunque enérgico. Más bien reservado, en general. Los que lo conocían bien lo alababan enormemente. Los que no, se burlaban de sus condecoraciones. Yo solo puedo hablar bien sobre él.

—Y de pronto rompió con todo y desapareció. ¿Puedes recordar algo de aquella época?

—Nunca supe realmente a qué se debió aquello. Supuse que le gustaba más el ejército y que quiso volver. Como explicación me pareció suficiente. No sé, quizá puedas preguntárselo a Max Bøjlesen, ¿no? Él era nuestro jefe en aquella época, y seguro que el joven Oxen tuvo que hablar con él para despedirse.

—¿Max Bøjlesen? —exclamó ella, casi gritando.

—Sí, sí. Caray, vaya tono.

—¿Te refieres a Bøjlesen, el actual jefe de policía de Aalborg? ¿A ese Bøjlesen?

–Al mismo. Pareces sorprendida.

–No sabía que había estado en Bellahøj por aquel entonces.

–Ve a Jutlandia y pregúntaselo tú misma, Margrethe.

–*Estoy* en Jutlandia.

–¿Cómo? ¿Y qué diablos estás haciendo allí?

–Investigar a Niels Oxen; ¿qué si no?

–Madre mía. Allí fuera, en Søborg, sois todos unos tunantes. Bueno, ¿volverás alguna vez a visitarnos o qué? Lillemor preguntó por ti hace unas semanas.

–Sí, aquí no se salva nadie. Y sí, iré a visitaros pronto.

–Más te vale.

–Palabra de *scout*. Solo una pregunta más: ¿quién era el superior inmediato de Oxen?

–Jørgen Middelbo.

–¿Y dónde puedo encontrarlo?

–Está muerto. Cáncer. El año pasado, creo.

–¡Vaya por Dios! Bueno, qué le vamos a hacer… Ahora tengo que irme. ¡Un millón de gracias por tu ayuda!

Colgó el teléfono. Max Bøjlesen… Durante el primer interrogatorio a Niels Oxen, el hombre estuvo sentado con su propia gente junto a Rytter y Mossman, y se comportó como si no supiera nada acerca de ese veterano de guerra al que acababan de obligar a salir del bosque.

¡Era todo tan absurdo! Todo el mundo en Bellahøj recordaba seguro a ese estudiante de policía de apellido tan insólito, Oxen, y tan sobradamente condecorado por su valentía.

Max Bøjlesen. Vaya bastardo.

El numerito del jefe de policía se acercaba provocativamente a las primeras posiciones de la lista –bastante larga, por lo demás– de rarezas en torno a aquel caso.

35

Well... Oxen sonrió mientras aparcaba frente a la escuela de Ravnkilde, un pueblecito al sur del bosque del Rold. Quizá debiera adoptar también esa expresión anglófila de Axel Mossman para redondear aún más su aparición. *Well, well...*

Dio la vuelta a la llave y escondió su melena negra bajo la gorra de *tweed*. Ahora *era* Mossman. Al teléfono se había presentado como «Inspector Axel Mossman, del CNI», y esperaba que funcionara. Al menos el conserje de la escuela no se había mostrado escéptico.

La idea se le ocurrió en la ducha, mientras esperaba a que el agua hiciera desaparecer la espuma por el desagüe.

El nombre del conserje era Dan Troelsen. Era el presidente de la asociación de cazadores de Arden, y esa era, de hecho, la razón por la que Oxen estaba estacionando en aquel momento en el aparcamiento de la escuela.

Un hombre delgado y musculoso, con zuecos y un mono azul, se reunió con él antes de haber cerrado siquiera la puerta del coche. Se saludaron y se dieron la mano. En el supuesto caso de que el conserje le pidiera una identificación, podría dársela: como solución de emergencia había cogido la tarjeta de visita que el jefe del CNI le había dado (afortunadamente no la había desechado, como le había sugerido) y había raspado el rango de Mossman con la punta de un cuchillo. El resultado era pasable, pero no superaría una revisión crítica.

Sus cavilaciones fueron en vano, al final. El conserje no era un tipo sospechoso.

—Viene usted por el tema de Corfitzen y el bosque, ¿verdad? —preguntó.

—Sí. Le pido disculpas por molestarlo, y le agradezco enormemente que me conceda algo de su tiempo. ¿Es usted, pues, el conserje de la escuela?

—En realidad solo soy un ayudante. Trabajo aquí a tiempo parcial. El resto del día soy un granjero, pero los pocos cerdos que tengo ya no me dan para vivir. Y tuve que arrendar mi terreno… Pero, a ver, usted viene por lo del bosque…

—Como ya le dije por teléfono, el CNI está investigando las circunstancias que rodean a la muerte de Corfitzen, y en este contexto necesitamos tener una visión general de todas las propiedades que dependen de Nørlund. Lamentablemente, la hija, que acaba de llegar de Inglaterra, no está aún al tanto de todos estos temas, así que pensé que el presidente de la asociación de cazadores sería el mejor interlocutor que podría encontrar.

El conserje-a-tiempo-parcial Troelsen asintió lentamente.

—Seguro que en el aserradero también podrían haberle ayudado —dijo.

—Me temo que el hombre con el que hablé no sabía demasiado —dijo Oxen con tono de disculpa, extendiendo el gran mapa sobre el capó del coche para que Troelsen pudiera seguirlo.

Entonces, Oxen-Mossman comenzó:

—Mire, nos han dicho que en algún lugar de la propiedad de Nørlund hay un refugio de caza. Puede que hayan querido darnos gato por liebre, pero…

—No, no; no van ustedes equivocados —dijo el conserje, interrumpiéndolo.

—¿Ah, no? —Oxen asintió y se regocijó interiormente.

—Está aquí, mire... —Troelsen puso su dedo índice, teñido de amarillo por la nicotina, sobre uno de los puntos verdes del mapa—. El refugio está aquí, en la parte norte del bosque de Torstedlund. Obviamente no tenemos permiso para cazar allí, pero yo soy de la zona, y el bosque pertenece a Nørlund.

—Tiene sentido. Entonces... ¿se trata de un antiguo refugio de caza?

Troelsen asintió.

—Sí, sí... Ya estaba allí cuando yo era niño. Hay bastantes refugios en los terrenos privados; algunos son incluso elegantes. Este es una vieja cabaña de madera de la época en la que Nørlund aún acogía a grandes sociedades de caza. ¿Tiene algo para escribir?

Entregó su bolígrafo al conserje-granjero.

—A ver. No tiene pérdida... —dijo Troelsen, sonriendo, e hizo una pequeña cruz en el mapa tras revisarlo todo cuidadosamente un par de veces.

—Muchas gracias. ¿Y no hay ningún otro refugio de caza en los terrenos de Corfitzen?

—No.

—Bueno, pues le estoy muy agradecido.

Se dieron la mano de nuevo y Oxen se metió en el coche, encendió el motor y salió del estacionamiento.

Cuando al fin llegó a la carretera, lanzó un grito triunfal que hizo temblar las ventanas del coche. ¡Había funcionado! Acababa de poner un poco de orden en el caos. Había hecho las preguntas correctas a la persona correcta. Con un poco de paciencia, había podido hacerlo.

Mañana por la mañana, sin más dilación, iría al bosque de Torstedlund. Su olfato lo estaba llevando a seguir las pistas. Gritó de nuevo, de pura felicidad, y golpeó el volante con ambas manos. Y entonces se dio cuenta de que ni siquiera recordaba la última vez que se había sentido así de bien.

Salió de la carretera en la primera área de servicio que encontró, apagó el motor, se puso cómodo en el asiento del conductor y abrió el sobre del estudio de fotografía.

Ahora tenía que encargarse de los secretos de Arvidsen. El hijo de puta de Arvidsen, que Dios lo tuviera en su gloria, que había obstruido la investigación por razones que esperaba poder descubrir en la siguiente hora. Pensaba quedarse ahí sentado, tranquilamente, leyendo y estudiando los papeles que había encontrado en el sótano secreto de aquel bastardo.

Su reloj de pulsera le indicó que había pasado ya algo más de una hora. Volvió a meter los revelados de las fotos en el sobre y se frotó la cara con cansancio mientras soñaba con darse una ducha de agua helada.

El material de Arvidsen no le había disipado ninguna duda, pero ahora tenía –y debía admitir que no era baladí– una fuerte sospecha acerca de lo que buscaba el malcarado jardinero.

La ventana al verdadero Axel Mossman estaba abierta cada noche entre las 22:00 y las 23:00 horas, y esta vez iba a utilizarla.

36

La maleta de aluminio estaba colocada entre ambos. Ella la había empujado hacia él, y se había sentido como el Vagabundo empujando la albóndiga hacia la Dama, pero Oxen, como ella en la película, no la tocó.

–¿No quieres contarlo? –preguntó Margrethe Franck.

Había llamado a su puerta hacia las siete de la tarde para preguntarle si le iba bien hacerle un reporte vespertino. No le iba nada bien, la verdad, y cuando se lo dijo, ella le respondió con bastante malhumor que a las ocho en punto lo esperaría en su habitación para darle la maleta, y que, de lo contrario, ya podía ir olvidándose de su dinero de mierda. Así que ahí estaba, a las ocho en punto, sentado en el taburete que quedaba junto a la pared.

–¿Contarlo? –Sacudió la cabeza hacia los lados.

–¿De dónde sale ahora esta confianza ciega?

Franck parecía indignada. Oxen sabía perfectamente que había sido un maleducado al irrumpir en el hotel, empapado y cubierto de lodo, sin prestarle la más mínima atención ni decir nada, pero también sabía que no le había quedado otra opción.

–Ya te lo contaré más tarde –le dijo.

–Está bien, pero tienes que firmar aquí.

Le entregó un pedazo de papel extraoficial en el que solo aparecía indicada la fecha, el lugar y la cantidad a la que ascendía el pago. Oxen firmó sin más.

—Eso es todo, entonces, ¿no? —dijo, mirándola con curiosidad.

Ella se inclinó hacia delante y fijó sus ojos en él. Llevaba la prótesis bajo los tejanos desgastados, lo que la hacía parecer más formal y fría que la mujer que había conocido en los últimos días.

—Dime, Oxen, ¿tan estúpida crees que soy? —Sus ojos azules brillaban de ira.

—¿A qué te refieres?

—Entras en el hotel a toda velocidad, empapado y apestando como una nutria, cubierto de barro de los pies a la cabeza... ¿y ni siquiera te molestas en detenerte un segundo y decirme por qué?

—Lo siento, pero...

—Y entonces el inspector Grube nos dice que su gente ha sacado el cuerpo de Arvidsen del foso de Nørlund. ¿No crees que hasta una Lara Croft con una sola pierna sería capaz de sumar dos más dos? ¿Agua, barro, foso...? ¿O es que has perdido el juicio, Niels Oxen?

—¿Arvidsen está muerto?

—¡Idiota! ¡Si no quieres compartir tu información, esta muerte recaerá sobre tus hombros, te lo aseguro!

—¿A qué te refieres?

—A lo que acabo de decir exactamente. Estás jugando en la liga de los mayores, y parece que no te has dado cuenta.

—Yo nunca juego.

—¿Qué querías sonsacar a Arvidsen cuando le clavaste el cuchillo en la pierna? ¡Dímelo!

—¿Cuchillo? ¿Qué cuchillo? No tengo ni idea de lo que estás diciendo.

Se maldijo a sí mismo, pero sabía que no podía responder otra cosa. Margrethe Franck era la informante de Mossman.

Franck permaneció sentada, mirándolo como sin dar crédito y negando con la cabeza, resignadamente. Justo cuando estaba a punto de decir algo, le sonó el teléfono.

Se enderezó y escuchó con atención, muy concentrada, mientras repetía «Sí, sí», en español, varias veces. Luego se sentó frente a su escritorio, cogió la libreta y el bolígrafo y le indicó que se sentara.

—Vamos… —dijo, también en español.

Tomó algunas notas y escribió una serie de preguntas, o al menos eso era lo que parecía. Oxen no tenía ni idea español. En ese sentido, la llamada telefónica no podía ser otra cosa que la respuesta a su requerimiento a la Interpol.

Franck escribió y escribió. La conversación duró prácticamente quince minutos. Luego colgó y apretó los puños con entusiasmo.

—¡Sí! —exclamó—. Mira, Oxen, deja que te cuente lo que nos diferencia: yo comparto. Hago lo que me han pedido que haga, y comparto mis avances contigo. Acabo de recibir una llamada de España, del inspector Rubén Montoya Negrete, de la Policía Nacional de Málaga.

—Ajá. Y tú hablas español.

—Además de inglés, alemán y francés. Fluidos. Es lo que se llama «competencia», y resulta francamente útil cuando una es una inválida coja.

—Joder, lo siento…

—¿Qué es lo que sientes? —Lo miró inquisitivamente por encima de sus gafas.

—Lo que dije de Lara Croft. ¡De verdad que lo siento!

—Humm… Sigo con el tema. El inspector español tenía novedades respecto al asunto de los perros ahorcados: de hecho, quería hablarme de otro perro ahorcado, y también de su dueño muerto.

–Así que hay algo de verdad en tu hipótesis –dijo–; en el tema del *modus operandi*.

–Y es que no se trata de un muerto cualquiera, sino de un ciudadano de origen danés.

Las cosas se ponían cada vez más interesantes.

–Espera un momento. Quiero comprobar algo –dijo Franck, moviendo sus dedos a toda velocidad por el teclado de su ordenador–. ¡Sí! ¡Es cierto!

–¿Qué pasa?

Margrethe Franck hojeó sus notas en español y retomó el hilo.

–Espera un segundo, vamos a repasarlo todo de nuevo. Según el inspector Montoya Negrete, a finales de febrero el director danés Hannibal Frederiksen cayó con su coche por un precipicio y perdió la vida. En un primer momento, su muerte no despertó ninguna sospecha, desgracias como esta suceden a veces, pero más adelante la policía de Málaga recibió una llamada de Henriette, la esposa de Frederiksen. Por lo visto la mujer había encontrado el diario de su difunto esposo, un diario que nunca antes había visto, y ahí encontró lo siguiente, lo he traducido libremente, y lo cito ahora más o menos como el inspector me lo ha leído: «Para mi desesperación, esta mañana he encontrado a nuestro querido perro Señor colgado de un almendro de nuestra propiedad. Ayer ya tuve la sensación de que algo iba mal. Lo estuve buscando, pero no pude encontrarlo. No pude pegar ojo en toda la noche. No debería habérmelo tomado a la ligera, no debería haberlos ignorado. Hablaban en serio. Muy en serio. Espero como agua de mayo los próximos días. Ya he discutido con X que me enviará apoyo. No me he atrevido a contar a Henriette lo de Señor, porque se moriría de miedo. Me he limitado a decirle que se escapó. Lo sepulté junto al lago».

Margrethe Franck dejó su libreta y lo miró inquisitivamente. Oxen había estado escuchando y asintiendo. No tenía ninguna duda.

—Estamos ante un tipo de reacción en cadena, que por lo visto se inició oficialmente en España. Dime lo que acabas de buscar y encontrar en el ordenador.

Margrethe Franck sonrió ampliamente y se volvió hacia la pantalla.

—Tengo el material de la secretaría del Consilium en mi ordenador. Aquí, mira: el director Hannibal Frederiksen aparece en dos ocasiones como experto de una comisión *ad hoc*. La primera, hace nueve años, en un grupo de trabajo encargado de los impuestos corporativos, y la segunda, hace tres, en un grupo similar que se volcó en el tema «La industria de la construcción: una salida de la crisis». Frederiksen no era miembro del foro original ni nada de eso, pero había participado en numerosas conferencias y eventos, y recientemente había dado una charla ante Alan Greenspan, el antiguo jefe del Banco Central Americano. De eso hace también tres años.

—Todos los caminos llevan al Consilium —murmuró Oxen.

—Eso parece, sí.

—De modo que, en orden cronológico fueron Hannibal Frederiksen, Mogens Bergsøe y el propio fundador del Consilium, Hans-Otto Corfitzen. Tres perros ahorcados y tres hombres muertos.

—Cuatro. Olvidas el tuyo.

—Pero yo sigo aquí.

—Por ahora sí. Pero hoy has temido por tu vida, ¿no?

Oxen sacudió la cabeza con un suspiro. O estaba dando palos al aire y acertando milagrosamente, o Margrethe Franck sabía demasiado, y demasiado bien.

—Deberíamos investigar a ese tal Hannibal un poco más a fondo. Voy a echar un vistazo en Google —dijo Franck.

—No debería ser demasiado difícil, ¿no? ¿Quién demonios se llama Hannibal hoy en día?

—Yo no conozco a ninguno aparte de Aníbal Barca, el de los elefantes —murmuró ella.

Oxen estudió su rostro discretamente. Sus pálidas mejillas habían adquirido de nuevo un ligero rubor. Por lo visto se había olvidado de que estaba enfadada.

—Muy bien, aquí lo tenemos —dijo—. Su currículum ocupa más que las páginas amarillas.

—Pues yo nunca había oído hablar de él —apuntó Oxen.

—Yo tampoco. A ver… Poseía varias empresas de construcción: tres aquí en Dinamarca y una en España (Frederiksen Construcciones), y era, además, un conocido *developer* de complejos hoteleros en el mercado inmobiliario español. Un periódico danés lo describió una vez como el «matador secreto de la industria de la construcción».

—¿Qué edad tenía?

—Sesenta y dos. Y a lo largo de los años fue miembro de un buen número de consejos directivos. Diez años atrás, sin ir más lejos, formó parte del consejo directivo y del comité ejecutivo de la Asociación Danesa de Empleadores.

—Eso suena a contactos, redes, influencias… Me gustaría saber quién es ese X al que hace referencia en su diario.

—A mí también me gustaría saberlo, la verdad —suspiró ella.

—¿Se había establecido en España?

—El inspector dice que sí. Que lleva domiciliado allí unos años.

—¿Y qué hacemos ahora?

—Pues enviaremos a alguien allí abajo para hablar con su esposa, ¿no? Y ahora dime, ¿por qué abandonaste la academia de policía de aquel modo?

Su radical cambio de tema, con mordedura de serpiente incluida, lo pilló desprevenido y dudó un segundo más de lo que habría querido. ¡Con lo bien que iban! Justo cuando la conversación avanzaba con un tono despreocupado, se vio impelido a hablar sin pensar de lo que hablaba.

—Echaba de menos el ejército. —Se oyó decir.

—¿Eso es posible?

—Pues claro.

—¿Y cómo?

—Cuando uno pasa el tiempo suficiente junto a sus compañeros, en situaciones de riesgo… el ejército se convierte eventualmente en tu familia. Y uno puede echar mucho de menos a su familia, si la pierde de repente.

Franck permaneció callada, escuchándolo, como si esperara que dijera algo más, pero él se quedó en silencio.

—¿Habrías llegado a ser un buen policía? —le preguntó ella, al fin.

—Eso tendrías que preguntárselo a los demás.

—Pero ¿te gustaba el trabajo?

—Estaba bien, pero preferí volver. Y cuando me aceptaron en los cazadores, nunca me replanteé mi decisión.

Margrethe Franck mordió pensativamente su bolígrafo. Luego arqueó una ceja y dijo:

—Es que me parece realmente insólito que no te recuerde.

—¿Quién?

—Max Bøjlesen… No ha dicho a nadie que te conocía. Ni una palabra al respecto. No me dirás que no resulta desconcertante, ¿no?

—Bueno, conocer, conocer… Él era el jefe de la comisaría en la que estuve, y un día entré en su oficina y le dije que quería volver al ejército. Ese fue nuestro único contacto.

—A ver, ¿un pipiolo llega a su santuario de Bellahøj con

dos medallas al valor y él no mueve un pelo para conocerlo? ¡Anda ya! No esperes que me crea esa historia.

–Bueno, entonces pregúntaselo tú misma, Franck.

–Imaginaba que dirías algo así. Bien, no olvides tu dinero al salir. Seguro que querrás guardártelo todo para ti, igual que haces con la información.

Él se levantó y cogió la maleta sin decir palabra. Así fue cómo acabó aquella conversación: igual de mal que había empezado.

–¡Ah, por cierto! Olvidas algo.

Con la mano ya en el pomo de la puerta, Oxen se detuvo. Margrethe Franck abrió el cajón superior de su escritorio, sacó algo de él y le dijo:

–Ten. ¡Cógelo!

Y dicho aquello le lanzó, con una parábola suave y bien calculada, algo oblongo que él pudo coger sin dificultad. Era su cuchillo. El que se suponía que debía estar clavado en el muslo de Arvidsen.

–He pensado que lo echarías de menos. Cierra la puerta cuando te vayas, gracias.

37

La ventana de contacto de Axel Mossman, director del Centro Nacional de Inteligencia, llevaba treinta minutos abierta, así que ya iba siendo hora. Eran las 22:30 h. Oxen había esperado deliberadamente, porque no quería dar la impresión de sentirse apremiado. Había aprovechado aquella media hora para revisar una vez más el material que había encontrado en el sótano de Arvidsen. Cogió el móvil y marcó el número que había garabateado en la tarjeta de visita.

–¿Hola?

La voz sonaba profunda y suave.

–Aquí el cazador –dijo, de acuerdo con el procedimiento acordado.

–Buenas tardes. ¿Qué puedo hacer por usted?

–El jardinero de Corfitzen, Arvidsen, está muerto. Un francotirador lo ha matado a tiros.

–Estoy al corriente.

–Yo estaba allí cuando sucedió.

–No creo –dijo la voz queda.

–Estaba sentado a su lado, en el tractor con el que cortaba el césped, justo cuando…

–Como acabo de decirle, yo creo que no. Dicho de otro

modo, *no estaba* allí. En realidad es sencillo, ¿no? ¿No ha recuperado su cuchillo?

–Sí...

–¿Lo ve? Eso es porque no estaba allí. ¿Tiene algo más que decirme?

Se había quedado ojiplático. Aquel mar de dudas y preguntas que lo había ocupado todo ese tiempo se había desvanecido con un simple chasquido de dedos. Él se había propuesto discutir la situación con Mossman, pero ahora resultaba que, supuestamente, nada de eso había sucedido. Que no había estado donde había estado.

–Todavía no.

–¿Pudo hablar con él antes de...?

–No.

–¿Ni una palabra? –preguntó Mossman.

–Nada.

Obviamente, Mossman quería asegurarse de que Arvidsen no había cantado al notar el cuchillo en la pierna.

Estuvo a punto de cantárselo todo, de decirle todo lo que había descubierto y aprovechar el impacto de sus palabras para preguntar directamente al director del CNI por qué demonios tenía Arvidsen una tarjeta de visita con su número de teléfono secreto. ¿Acaso el jardinero trabajaba para él? ¿O resultaba que Mossman estaba involucrado en los asesinatos y ahora estaba tratando de mantener la investigación bajo control? ¿Estaba usándolo a él como un as guardado en la manga, al precio de ganga de doscientas cincuenta mil coronas, a fin de contar con una solución plausible al caso que incluía delincuentes mentalmente inestables y motivos sólidos?

Pero al final no dijo nada. No se tiraría a la piscina sin saber si había agua. Además, lo más probable era que Mossman no se sorprendiera por ese tipo de afirmaciones.

–Estoy... Por el momento estoy revisando... varias pistas distintas. Ya le diré algo cuando tenga más información –añadió.

–*Well*, entonces vamos a dejar aquí la conversación.

Ligeramente sorprendido, colgó el teléfono. Resulta que había personas tirando de hilos invisibles, no solo a sus espaldas, sino también justo frente a sus narices. Y Axel Mossman estaba en todas partes, asegurándose de que absolutamente todo sucediera como él había previsto.

Miró el cuchillo que reposaba sobre su mesilla de noche. Se alegraba de haberlo recuperado. Lo único que ahora sabía con certeza era que alguien lo había visto todo de cerca. De lo contrario el cuchillo no estaría allí. Por lo tanto, lo más probable era que también lo hubiesen seguido hasta el estudio de fotografía y la escuela de Ravnkilde. Esto último era irrelevante, porque nadie podría haber escuchado su breve conversación con el conserje desde el otro lado de la calle, pero… por supuesto, también debían de haber visto su incursión en el sótano de Arvidsen. La pregunta entonces era: ¿cuánto sabía el CNI?

Era todo muy extraño. Había sido meticuloso, había estado atento y había comprobado en diversas ocasiones si lo estaban siguiendo. Solo quedaba una opción, pues, y le molestaba sobremanera no haberla pensado. Tal vez fuera realmente un veterano que ya no estaba en forma, o tal vez no estuviera acostumbrado a jugar en la liga de los mayores.

Lo primero que haría al día siguiente sería encontrar el localizador de GPS que Mossman, Rytter, Franck y compañía habían instalado sin lugar a duda en su Suzuki de alquiler, y arrancárselo de cuajo. En su viaje al antiguo refugio de caza de Nørlund no quería tener compañía.

Se puso cómodo y empezó a revisar, una vez más, el material del sótano de Arvidsen. Resulta que el jardinero había tomado un montón de medidas del sótano, la planta baja y el primer piso, y parecía evidente que el trabajo aún estaba en una fase muy incipiente.

Tras observar aquellos planos una vez más, Oxen llegó a la conclusión de que, al menos aparentemente, Arvidsen había estado buscando algún tipo de información que sugiriera la existencia de una habitación secreta.

Suponiendo por un momento que sí la hubiera (Nørlund no sería el primer castillo en la historia en el que se escondieran secretos)... ¿Por qué iba Arvidsen a estar interesado en ella?

La lista empezó a resultarle algo más clara. Se trataba simplemente de una lista de observaciones, que empezó por lo visto tres semanas después de que Arvidsen fuera contratado por Corfitzen, cinco años atrás.

En cada observación había una columna para la fecha, una para la hora de llegada y una para la de salida, y al final de todo otra columna en la que apenas podía leerse «asunto» y una misteriosa combinación de letras. La primera era PJ, la segunda SHM, la tercera AA, y así sucesivamente, a veces con combinaciones de dos y a veces de tres letras.

Sin una clave de descifrado era inútil intentar entender aquella lista. AA podría ser, por ejemplo, el antiguo secretario de Estado, Asbjørn Andersen, o el conocido actor Anders Aaberg. Así que no tenía sentido perder el tiempo intentando imaginar a qué se refería cada «asunto».

Mientras la maquinaria del CNI anduviera tras la pista española del muerto Hannibal Frederiksen, él solo tenía un hilo del que tirar, y era francamente concreto: el «suelo» del «refugio de caza».

El documento adjunto se titulaba simple y llanamente «Veterano de guerra N. Oxen», y aterrizó en su bandeja de entrada mientras ella estaba sentada en la cama, ya metida bajo la manta, con el portátil sobre la pierna.

El correo era de Asger Hansen. Eso significaba que ya había tenido acceso a los registros médicos electrónicos de Ella Munk y había obtenido la información que quería. Hacía apenas unos minutos acababa de bostezar, medio adormilada, pero de pronto se sentía completamente despierta.

Abrió el documento y recorrió el adjunto a toda velocidad, fijándose brevemente en varios pasajes cortos. Luego volvió al principio y se dispuso a leerlo ordenadamente, de la primera frase hasta la última.

Niels Oxen había estado cinco veces en terapia conductual con Ella Munk. Las cinco sesiones habían sido descritas en un formulario con todos los datos del paciente.

El diagnóstico de Ella Munk, TEPT, quedaba ampliamente desentrañado y justificado en algo más de una página del documento. El trastorno por estrés postraumático de Niels Oxen aparecía descrito como «particularmente pronunciado» y «en ocasiones más grave, también en términos de duración, que un caso típico de TEPT».

«Sin embargo, he llegado a la conclusión de que N. O. es mucho menos disfuncional de lo que cabría esperar, dada la magnitud de su trastorno», fue una de las conclusiones de la doctora Munk.

Todo esto venía respaldado por una alusión a la pertenencia de Oxen al Cuerpo de Cazadores y a las habilidades básicas de las que todos sus miembros, y por tanto también él, hacían gala.

El documento se extendía a lo largo de veinticinco páginas y dejaba en evidencia una terapia que podría definirse como cualquier cosa menos exitosa. Por lo visto, Oxen no se había mostrado dispuesto a cooperar, por mucho que fuera él mismo quien decidió visitar a la doctora Ella Munk por recomendación de un psicólogo del ejército.

Munk enfatizó particularmente el hecho de que, por lo ge-

neral, los síntomas del trastorno por estrés postraumático solían manifestarse unos seis meses después de un determinado
trauma, pero en el caso de Oxen lo más probable era que par-
tieran de una multitud de experiencias acumuladas a lo largo
de los años y que, en última instancia, hubieran afectado a su
equilibrio mental, en un proceso gradual pero irrefrenable.

No fue hasta la tercera sesión que Ella Munk resumió las
observaciones concretas: algunos de sus traumas se remonta-
ban a los primeros años que pasó en los Balcanes.

«N. O. menciona por iniciativa propia un acontecimiento
concreto durante su primera misión internacional en 1993 en
los Balcanes: el maltrato y fusilamiento a personas discapacitadas en un pabellón deportivo de las milicias serbias. N. O.
no menciona ningún detalle, y solo comenta una cuestión:
sostuvo en sus brazos a un joven moribundo, más o menos
de su edad, hasta que murió».

Ella había añadido una nota personal: «Avanzo muy despacio, pues sospecho que N. O. no está listo para una confrontación con sus traumas en esta etapa temprana. No in-
sisto en las preguntas».

Gran parte de las conversaciones con Oxen versaron,
obviamente, sobre la pérdida de su compañero Bo «Bosse»
Hansen y sus esfuerzos posteriores para formar una comisión
de investigación.

Ella Munk citó una frase de Oxen: «No pasa un solo día
sin que piense en Bosse».

La cuarta sesión trajo consigo observaciones aún más concretas. La psicóloga apuntó:

«Poco a poco va quedando claro que el caso de N. O. se
define a partir de un total de siete eventos (un número anor-
malmente elevado que hace que este caso sea único). N. O.
ha mencionado varias veces el número siete y ha usado el
término fijo 'los siete'».

De los documentos se desprendía que la psicóloga había decidido, una vez más, no ahondar en los detalles, pero que Oxen hablaba continuamente de siete terribles pesadillas que le sobrevenían a cualquier hora del día, a veces combinadas con *flashbacks* y a veces también con recuerdos que no tenían ninguna relación con ellas.

«Hoy he descubierto que el episodio que involucra a personas discapacitadas maltratadas es uno de los 'Siete'. Además, N. O. ha mencionado voluntariamente otro más, al que se ha referido como la secuencia 'Kuhmann'. Sin embargo, cuando le he pedido que concretara, se ha desconectado de la conversación y ha perdido todo interés en seguir hablando».

Margrethe Franck siguió leyendo y supo que hacía unos tres años que Niels Oxen había reconocido que necesitaba apoyo para «aclarar su situación». Sin embargo, según Ella Munk, en realidad no era consciente de la magnitud de su problema. Estaba completamente convencido de que él era el único capaz de abordar y, en última instancia, resolver, sus problemas.

A mediados de la quinta y última sesión, Oxen se había levantado y se había ido, dejando un mensaje a Ella Munk, que por lo visto ella había grabado siguiendo el protocolo:

«Usted no entiende una mierda. No deja de insistir en las historias familiares de los cojones, pero resulta que son irrelevantes. Todo esto va sobre la guerra, y usted no la ha conocido; nunca ha estado en un lugar en el que todo es cuestión de vida o muerte; en el que todo, incluso la vida, pende de un hilo… Un movimiento equivocado, una decisión errónea, y se acabó. Pero usted no lo entiende. No está capacitada. No conoce mi mundo».

Esta despedida tan brusca fue la culminación de una relación que la psicóloga había descrito como cada vez más tensa. Desde la tercera entrevista, la situación había ido escalando amenazadoramente: en concreto desde que Ella Munk empezó a considerar y evaluar con cautela la situación familiar de Niels Oxen (y sobre la que Oxen se habían mostrado vehementemente opuesto a conversar).

El diario terminaba con el comentario: «Es la primera vez que me veo enfrentada a una interrupción tan brusca de una terapia. Estoy molesta y me pregunto qué he hecho mal, si es que he hecho algo mal».

38

Aparcó el Suzuki en un camino forestal, ligeramente inclinado en una pendiente para que él pudiera arrastrarse por debajo.

Solo le llevó unos segundos encontrar el pequeño transmisor de GPS negro, que seguía enviando una señal a sus «amigos» e informándoles de dónde se hallaba. Lo habían colocado con cinta adhesiva debajo del maletero. Él lo había desenganchado y había ido hasta el supermercado de Skørping, que había abierto las puertas justo en el momento en que él entraba en el estacionamiento.

Sonrió para sus adentros, aunque esta vez renunció al grito de júbilo. En aquel momento iba ya de camino al bosque, al gran Torstedlund, que se encontraba al norte de Nørlund, y su sonrisa nacía de la certeza de que sus perseguidores se hallaban en aquel momento siguiéndole la pista al coche de una joven madre con dos niños pequeños, que solo los dioses sabían adónde se dirigía en realidad. En el maletero de la furgoneta Peugeot plateada de aquella mujer se hallaba su transmisor de GPS.

Sus seguidores, pues, nunca descubrirían el destino de su viaje, que no era otro que el antiguo refugio de caza de Corfitzen, y por eso se permitió el lujo de desviarse brevemente de su ruta, sin ser molestado, para ocultar algo de valor.

El material que encontró en el sótano de Arvidsen también estaba a buen recaudo. Si a alguien se le ocurriera la idea de rebuscar en su habitación, no encontraría nada. Todo se hallaba bajo una de las láminas del falso techo que cubría el sótano del hotel.

Aun así, tuvo que comprobar cuan lejos llegaban las sombras.

En primer lugar llamó al conserje y presidente del club de caza, Troelsen, quien lo tranquilizó de inmediato. Nadie se había acercado a hacerle preguntas. El dueño del estudio de fotografía de Aalborg, en cambio, le dijo que justo cuando él hubo recogido sus impresiones y se hubo marchado, un hombre se acercó a la tienda, le informó de que trabajaba para el CNI y se identificó como tal. El fotógrafo le aseguró que había eliminado todos los archivos que acababa de imprimir, como hacía siempre con cualquiera de sus trabajos, pero se sintió obligado a explicar al del CNI que se trataba de los planos del castillo de Nørlund «y de alguna que otra lista».

Con todo, no había sucedido nada malo. Los secretos de Oxen seguían siendo secretos.

La primavera, hasta el momento inquebrantable, acababa de ser quebrantada: desde hacía una hora, el cielo, completamente gris, venía dejando caer unas gotitas intermitentes. Era media mañana, y la lluvia se convirtió en chaparrón justo en el momento en que Oxen salió de la estrecha carretera pavimentada que iba desde el aserradero hasta Torstedlund, y tomó un sendero sinuoso que conducía al bosque.

A juzgar por su mapa tenía que seguir hacia el norte, hasta el punto en el que se cruzaban cuatro de los senderos señalizados. Allí debía tomar el segundo giro a la izquierda y mantenerse a la derecha en la siguiente bifurcación.

La primera parte del sendero le condujo a través de terreno relativamente descubierto, con algunas hayas gruesas, pero poco a poco el bosque fue volviéndose más denso.

No era la primera vez que jugaba a ser Caperucita Roja. Sea como fuere, prefería mil veces más deambular por el bosque, en busca de una remota cabaña y con varios lobos acechándole en la nuca, que volver a alguno de esos caminos pedregosos de la provincia de Helmand con guerreros talibanes detrás de cada saliente.

Giró la llave y salió del coche justo en el punto en el que las carreteras convergían en un charco de barro negro. Tuvo que observar atentamente y con especial concentración la cantidad de carriles que los vehículos de los forestales habían excavado en el suelo, porque en su mapa no se veían tantos.

El bosque estaba tan tranquilo, tan seductoramente tranquilo... La lluvia descendía en grandes gotas y repiqueteaba contra corteza, agujas, hojas, musgo y tierra, cuyos olores se mezclaban entre sí y se convertían en el perfume más maravilloso del mundo: el del húmedo bosque danés.

Por un instante sintió realmente la tentación de dejarlo todo atrás, huir y encontrar un nuevo escondite en un nuevo bosque.

Pero cuando volvió al volante y puso de nuevo en marcha el motor, su zumbido ahuyentó de golpe ese pensamiento. Tenía que terminar lo que había venido a hacer, porque, de lo contrario, los lobos se lo comerían.

Solo un poco más tarde llegó a un gran claro y supo que había seguido el camino correcto. Allí, frente a un exuberante arbusto, se alzaba el antiguo refugio de caza, que había permanecido activo durante varias generaciones. Oxen avanzó sobre la hierba hasta el porche cubierto, salió de su coche y se plantó frente a la impresionante entrada.

La construcción de madera estaba pintada de negro, pero el color no se había renovado ni una sola vez durante los últimos años, y a nadie se le había ocurrido tampoco ocuparse de las celosías blancas de las ventanas, que poco a poco habían ido quedándose sin pintura. El techo era un excelente ejemplo de artesanía, pero con el tiempo gruesas capas de musgo habían ido abriéndose paso entre las vigas de madera. La chimenea se elevaba como una columna de piedra hacia el cielo, pero las juntas se habían derrumbado, y en las grietas de la pared crecía de todo, desde ortigas hasta un pequeño abedul.

En la parte de atrás del refugio, cuyo ruinoso estado no dejaba de conferirle un cierto encanto, había una pequeña cabaña adyacente y un lavabo.

Avanzó hasta el porche de entrada y miró por una de las ventanas. Vio una mesa larga y muchas sillas. No hacía falta ser un lince para imaginar cómo resonarían en su día las carcajadas y las conversaciones allí dentro, o cómo sería el tintineo de los cubiertos y las vajillas o el gorgoteo de las petacas antes de que sonaran los cuernos para alertar a los perros y convocar al conjunto de nobles ricos y élites burguesas que conformaban la sociedad de caza.

Ahora, en cambio, estaba todo tan silencioso que casi podía oírse crecer la hierba.

Cogió la palanca que había tomado prestada del sótano del hotel, en el que había descubierto varias cajas de herramientas, y dio una vuelta en torno al refugio para averiguar cuál podía ser el acceso más fácil.

Se decidió por un tablón de madera de la parte de atrás. Lo hundió, metió la mano por el espacio que quedó libre, corrió desde dentro los ganchos de la ventana, la abrió y se coló en el interior del refugio.

Por lo visto, aterrizó en la cocina. El ambiente era denso, sofocante, e imperaba un intenso olor a moho.

Se quedó absolutamente inmóvil, justo en el lugar en el que había caído, y el suelo de madera captó de inmediato toda su atención. Iba a dar con el secreto de Arvidsen, aunque para ello tuviera que arrancar uno a uno todos los tablones que fuera pisando. (Eso suponiendo, claro, que se hallara sobre el suelo adecuado).

La suciedad acumulada durante décadas y una gruesa capa de polvo cubrían la compacta madera del suelo. Si alguien hubiese estado allí últimamente, sus huellas se habrían quedado marcadas sobre el polvo, sin duda… pero la zona de la cocina parecía absolutamente ajena a cualquier incursión. Con cuidado, se dirigió hacia la gran sala de estar, en la que pudo ver una mesa larga, unas sillas y unos sillones carcomidos por las polillas frente a una enorme chimenea.

En esa habitación, al contrario que en la cocina, sí pudo ver un montón de huellas en el suelo, perfectamente definidas, y una estrecha escalera que conducía hacia un piso superior. Subió los escalones sin dudar, y vio que conducían a una buhardilla de techo bajo e inclinado, equivalente a medio piso. Había allí dos habitaciones vacías, a izquierda y derecha de la escalera. Anduvo hasta el centro de la buhardilla, donde casi podía ponerse erguido, y observó con enorme atención el suelo de ambos espacios. No vio nada que le llamara la atención, de modo que bajó las escaleras de nuevo.

Si alguien hubiera arrancado alguno de los tablones del suelo, o simplemente lo hubiera levantado con cautela, habría dejado constancia de sus movimientos. Sin embargo, allí no había nada que apuntara en esa dirección. Ni siquiera en la sala de estar.

La única curiosidad consistía en la presencia de huellas, no solo por la sala sino también debajo de la mesa, como si alguien –tal vez Arvidsen– hubiese estado allí sentado, soñando quizá con el tintineo de las copas al brindar en días pasados.

Solo que eso no tenía ningún sentido.

La mesa, de unos seis metros de largo, era de madera maciza, y en el mejor de los casos solo podría moverse con enorme dificultad. Estaba firmemente apoyada sobre seis patas, conectadas a estriberas en toda su longitud. Y escondido justo allí abajo, Oxen encontró lo que andaba buscando: una serie de astillas y arañazos marcados en el suelo, cerca de las dos patas centrales. Oxen se arrastró hasta abajo de la mesa y presionó firmemente la madera, haciendo palanca en el espacio estrecho que se abría entre los dos tablones. Forcejeó un rato, y, de pronto, cinco de ellos se levantaron a la vez. Lo había conseguido.

Para su sorpresa, al principio no pudo ver nada en el interior del agujero negro que se abrió en el suelo, pero cuando se estiró boca abajo junto a él y metió el brazo y lo estiró moviéndolo por debajo de las tablas, sus dedos toparon rápidamente con una bolsa de plástico y una bolsa de nailon. Estiró ambas hacia sí, se puso de rodillas y sacó sus hallazgos del agujero.

En la bolsa de plástico descubrió algo que parecía un reproductor de DVD, pero en cuya funda podía leerse: «Centro de vigilancia extrema, HDD-3TB». ¿Tres *terabytes*? ¡Eso tenía que ser el disco duro con el sistema de videovigilancia del castillo de Nørlund! Abrió luego la cremallera de la bolsa de nailon y descubrió un ordenador portátil en su interior. Una pegatina de la tapa revelaba sin lugar a dudas que el aparato pertenecía a P. Arvidsen. Oxen rebuscó entre los compartimientos de la bolsa, pero solo encontró cables, y un pequeño lápiz de memoria USB que no...

—¡No te muevas o disparo!

Aquella orden tan brusca e inesperada resonó por toda la habitación. Oxen estaba a cuatro patas bajo la mesa y no pudo ver nada. Se maldijo a sí mismo. Se había sentido tan seguro, que no se le ocurrió que pudiera pasar algo así... y ahora no le quedaba más remedio que obedecer.

—Sal de ahí lentamente, con la cabeza baja. No te des la vuelta, y ni se te ocurra ir de valiente, o te volaré el cráneo, y entonces serás un valiente muerto, camarada. ¿Entendido?

—Sí –respondió.

—Bien, pues venga, melenas, sal ya. ¡Despacio!

Oxen hizo todo lo posible para no irritar innecesariamente aquel dedo índice que reposaba sobre un gatillo.

—Y ahora date la vuelta, pero muy lentamente.

Con cuidado, se incorporó y empezó a darse la vuelta hacia el hombre que quedaba detrás de él.

Lo último que registró fue una manga de color claro y una mano enfundada en un guante negro que se precipitaba hacia su cara. La culata de la pistola le golpeó en la sien y se convirtió en un estallido luminoso ante sus ojos.

39

Con un enojo que apenas se esforzó en disimular, el jefe de policía Max Bøjlesen le pidió que tomara asiento frente a la mesa de su oficina. Su estado de ánimo se había visto ya desbordado en la antesala, cuando su secretaria le advirtió de que Margrethe Franck había llegado y su tono le había hecho pensar, inevitablemente, en una amenaza.

El jefe de policía de Jutlandia del Norte empujó con el dedo índice sus gafas de montura de oro hacia la parte superior de su nariz, y cuando se sentó frente a Franck suspiró profundamente para dejar claro que, en su opinión, aquello era una increíble pérdida de tiempo.

–Voy a ir directo al grano, Franck. Axel Mossman me ha insistido una vez más en la importancia de que usted y yo nos encontremos hoy, pero me gustaría repetirle lo que ya le dije ayer: que esta conversación habríamos podido tenerla perfectamente al teléfono.

–Algunas cosas no resultan adecuadas por esa vía –dijo ella, sacando su pluma.

–Bueno... Axel me ha puesto al corriente: me ha explicado el horror por el que se ha visto obligada a pasar y lo mucho que la aprecia, así que me he decidido a conocerla. Es real-

277

mente asombroso verla lidiar con su discapacidad, y descubrir que el CNI es tan… tan flexible.

Así que ahí estaban; de nuevo Lara Croft. Durante unos segundos se preguntó qué le dolería más, e instintivamente pensó en la idea de pulverizarle los huevos con su pie protésico, pero poco después decidió que no merecía la pena.

–Ahora mismo, y siguiendo las instrucciones de Mossman, estoy dedicándome a investigar a Niels Oxen. Acabo de llegar al momento en el que este abandonó el cuerpo de policía, en lo que puede considerarse una decisión sorprendente, pues por aquel entonces todo el mundo pensaba que era un agente excelente y había realizado su cometido de manera impecable. Pero ¿qué digo? usted era en aquel momento el jefe de la comisaría de Bellahøj, de modo que debe de saber mejor que nadie de lo que estoy hablando, ¿no es verdad?

–Era el jefe, sí, pero no era su superior directo. Para serle sincero, no me acuerdo en absoluto de él. Bellahøj es una comisaría de formación. Allí había más de trescientos agentes…

–Oxen fue a verlo para presentar su dimisión.

–Si usted lo dice… –Bøjlesen se enderezó, algo tenso.

–¿Cuántas veces en su vida se ha cruzado con un agente condecorado por su valentía?

–Mire, de verdad, no lo sé.

El jefe de policía tenía ahora la espalda muy erguida, y su mirada ya no parecía molesta, sino más bien agresiva.

–¿Cuántas veces en su vida se ha cruzado con un agente doblemente condecorado por su valentía?

Bøjlesen negó con la cabeza, molesto.

–Cuando Oxen llegó a Bellahøj ya había recibido dos medallas. Imagino que el jefe del distrito debió de tomar nota de aquel joven brillante y ejemplar que llegaba a sus filas, ¿no? ¿Y dice usted que no puede recordarlo en absoluto?

–Recordarlo, recordarlo… puede que un poco, quizá, vagamente –gruñó Bøjlesen.

–¿Recordarlo un poco? A ver, uno recuerda o no recuerda. Entiendo, entonces que usted, al final, sí recuerda a Niels Oxen, ¿verdad?

El jefe de policía asintió, y ella continuó sin darle tregua:

–¿Y no le parece que esa información podría haber resultado relevante el otro día, cuando su gente lo arrastró hasta la comisaría para que todos pudiéramos ver los despojos que quedaban del guerrero?

–¿Adónde quiere ir a parar, Franck?

–¿Por qué no mencionó que tenían un pasado común?

–¿Un pasado común? Tal como usted lo dice parece que hubiéramos compartido muchas cosas, y no: yo era el jefe y él, un estudiante, nada más. No me fastidie, Franck, si esto es tener un pasado común, entonces comparto mi pasado con mucha gente.

–Pero no lo mencionó.

–¿Debí estrecharle la mano? ¿Preguntarle cómo le había ido todo este tiempo y, ya de paso, si mató al embajador Corfitzen? ¿Se refiere a eso? ¿Es esto lo que anda buscando?

–¿Por qué Oxen abandonó el cuerpo de policía?

Max Bøjlesen se quitó las gafas y limpió el cristal con la punta de su corbata mientras suspiraba.

–Se cansó. Quiso volver a ser soldado.

–¿Esto sí lo recuerda?

–Me molestó, por supuesto. Era un buen modelo para los policías jóvenes.

–¿Y qué hizo para retenerlo?

–No pude retenerlo. Cuando vino a hablar conmigo ya había tomado su decisión. ¿No se lo ha preguntado directamente a él?

–En este asunto responde igual que en todos los demás: no dice nada.

–¿Y a qué viene toda esta agitación, entonces?

Margrethe dejó el bolígrafo sobre su libreta y miró al policía a los ojos.

–Porque... –empezó diciendo lentamente– porque en mi opinión todo este asunto apesta. La explicación es sencilla: quería volver con sus compañeros. Pero Oxen tuvo experiencias realmente terribles y violentas en los Balcanes. Consiguió dejarlo todo atrás, entró en la academia de policía, hizo bien su trabajo y, de pronto... pam, decide tirarlo todo por la borda sin dar la menor explicación, y cuando ustedes dos vuelven a encontrarse muchos años después, parece que ninguno puede acordarse del otro... o no quiere hacerlo. Pues bien, créame cuando le digo que averiguaré lo que sucedió realmente.

–Está usted buscando algo que no existe. Pero este es el modo que tienen los de Søborg de perder el tiempo, ¿no? En fin, ¿esto es todo?

–Sí, pero no será la última vez que hablemos de Oxen, créame.

Y dicho aquello, Franck se levantó y salió de la oficina del jefe de policía.

En la oficina del inspector Rasmus Grube el ambiente era francamente mejor. Aunque él parecía bastante ocupado, ofreció a Margrethe una taza de café y le pidió que se sentara a esperar un momento.

–¿Qué la trae por aquí? –le preguntó.

–Una pequeña charla con el jefe de policía. Sobre Oxen. Mossman quiere saberlo todo sobre él.

–¿Oxen? –Grube la miró sorprendido–. ¿No es eso perder el tiempo?

Ella se encogió de hombros.

–No lo sé. ¿Usted cree que lo es?

–No hemos encontrado ni un mísero pelo suyo en el domicilio de Bergsøe o de Corfitzen. Y si realmente fuera culpable de la muerte de este último… ¿por qué demonios habría instalado su campamento precisamente en el bosque del exembajador? No tiene ningún sentido. Y ahora, con esta nueva información de lo de España…, que gracias, por cierto… Por lo que sabemos, los caminos de Hannibal Frederiksen y Niels Oxen no se han cruzado nunca.

–Es pronto para estar seguros de eso, ¿no le parece?

–Rytter ha prometido poner a gente que se dedique a revisar todo lo que tenga que ver con Hannibal Frederiksen. Así nos evitaremos doblar el trabajo. Pero me apuesto lo que quiera a que esos dos hombres no se conocieron. Oxen no es más que uno de esos sospechosos «cómodos»: un pobre diablo que ha tenido un tropiezo vital –dijo Grube.

–¿Y qué me dice de Bøjlesen? ¿Le deja tranquilo?

Grube resopló pesadamente.

–¿Que si me deja tranquilo? ¿Está de broma? En su opinión hay «muy poco movimiento en todo este asunto».

–¿Y el asesinato de Arvidsen? ¿Y la conexión con España? ¿No tenemos ahí algo de 'movimiento'?

–Yo solo le he dicho lo que él me dice a mí. Pero le aseguro que ando tras la pista de Arvidsen, y que hay movimiento, y que en este contexto tengo noticias que le resultarán definitivamente interesantes. Se trata de la hija de Corfitzen.

–¿Ah, sí? ¿De qué se trata?

–Pues resulta que es una excelente tiradora.

–¿Que es *qué*?

–Kajsa Corfitzen ha sido la ganadora femenina del CURA durante varios años seguidos. Tres, para ser exactos. Supongo que sabe que CURA es el acrónimo de Cambridge University Rifle Association, ¿verdad? Pues no solo eso, sino que también ha ganado en otras competiciones.

—¿Está usted insinuando que Karin Corfitzen disparó a su propio jardinero?

El inspector negó con la cabeza.

—No, no estoy diciendo eso, pero tampoco estoy asegurando que no pudo ser ella. En esta investigación todas las puertas siguen abiertas. A uno de mis hombres se le ocurrió la brillante idea de investigar a Kajsa Corfitzen porque ella es la única que tenía libre acceso al castillo, y... bingo. Por cierto, resulta que también es una excelente esgrimista, y que incluso ganó el campeonato británico.

—¿Lo comenta por si nos encontramos con alguien con una daga clavada en el corazón?

Grube sonrió silenciosamente.

—Parece que tendré que revisar la impresión que me había forjado. En un primer momento me pareció más bien alguien que solo sabía de números y contabilidad —apuntó Franck, levantándose—. ¿Le han preguntado directamente sobre el tema de los disparos?

—No, por ahora hemos preferido reservarnos esa carta.

—Una última pregunta. ¿Podría darme el nombre de alguno de los policías que coincidieron con Oxen durante su formación en Bellahøj?

Grube hurgó en su memoria y al poco sonrió, aliviado.

—Dos. Ahora mismo se me ocurren dos que estuvieron allí con toda seguridad. —Escribió algo en un pedazo de papel y se lo entregó a Margrethe—. Aquí tiene: Hans-Erik Overgaard, en la actualidad inspector de la Policía de Jutlandia del Sur, y Uffe Grumstrup, que trabaja en la comisaría de Copenhague, aunque en realidad no tengo ni idea de lo que hace allí. Pruebe con los dos.

—Muchísimas gracias. Eso haré. Seguimos en contacto.

Antes aún de salir del aparcamiento de la comisaría, Margrethe ya había contactado con los dos hombres que habían estudiado en la clase de Niels Oxen durante su paso por la academia de policía.

La memoria del inspector Grube no había fallado. Ambos habían estado en Bellahøj y ambos recordaban perfectamente a Oxen, aunque ninguno de los dos pudo servirle de mucho más. Por lo visto, Oxen nunca llegó a «pertenecer realmente» a la academia de policía. No es que estuviera marginado, sino que prefería mantenerse retirado del resto. Además, no le gustaba hablar de sí mismo, y menos aún de sus logros en el ejército.

Tanto Overgaard como Grumstrup mencionaron el revuelo que la llegada de Niels Oxen ocasionó en la academia, pues todo el mundo sabía que era el mejor de todos. Oxen tenía un carisma especial, una especie de «aura», en palabras de Grumstrup, que le confería una autoridad natural, una dignidad inquebrantable por la que muchos se habrían dejado cortar un brazo.

En otras palabras, Niels Oxen tenía un talento natural.

De ahí que a todos les resultara tan desconcertante el hecho de que de repente hubiese dado la espalda a Bellahøj. Y de ahí también que Margrethe estuviera cada vez más convencida de que en el sótano de Oxen había un buen número de cadáveres.

Llegados a ese punto, no obstante, no podía dedicar más tiempo a esa teoría, sino que tenía que seguir investigando... a menos que Mossman le ordenara lo contrario.

En aquel momento, Willy Sørensen ya estaba en el hotel, listo para hacer el turno de noche y reemplazar a Bent Fensmark, que había estado siguiendo a Oxen desde la madrugada, pero ahí había algo extraño, pues Fensmark no se había movido durante las últimas horas.

Franck solo había recibido una breve llamada suya por la mañana, en la que le informaba de que «el vagabundo» –que era el modo en que Fensmark se refería a Oxen– había encontrado al fin el rastreador de GPS y había llevado a cabo una maniobra de despiste bastante inteligente en el estacionamiento de un supermercado de Skørping.

El único problema de aquella maniobra fue que en realidad no despistó a nadie. Sørensen y Fensmark habían colocado no uno, sino dos transmisores en el vehículo: uno bajo el maletero y uno debajo del asiento trasero. El tema es que si alguien encuentra uno no espera encontrar otro más.

Cuando Margrethe entró en la autopista, echó un vistazo a su reloj. Habían pasado ya más de cuatro horas desde que Bent Fensmark la había llamado. Su falta de disciplina le resultaba irritante. Habían acordado que la llamarían cada dos horas, sin excepción.

Decidió tomar la salida de Haverslev y pasar por el castillo para hablar con Kajsa Corfitzen, o tal vez tropezar con Niels Oxen.

Aunque no había dejado de pensar en ello y no lograba resignarse a tener preguntas sin respuesta, ya estaba en las afueras de Støvring cuando de repente estalló en voz alta:

–Oh, venga ya, Margrethe, seguro que un marido le comenta algo así a su esposa, ¿no? ¡Seguro!

Bastó una brevísima llamada al viejo Lars Clausen, ya retirado, para descubrir que Jørgen Middelbo, el difunto jefe de policía de Bellahøj, había vivido en Holbæk durante muchos años. Apenas unos minutos después había localizado a una tal Astrid Middelbo y tenía ya su teléfono. Era la única Middelbo de todo Holbæk.

Marcó el número, se presentó amablemente y en seguida confirmó que estaba hablando con la persona adecuada. Astrid Middelbo, cuya voz al teléfono sonaba cautelosa, había perdido a su marido hacía casi un año y medio, de un cáncer de pulmón.

—Le ruego que me disculpe, pero estoy trabajando en un caso en el que quizá podría ayudarme –dijo Margrethe.

—¿Yo? –El desconcierto de Holbæk llegó sin titubeos hasta Jutlandia del Norte.

—Sí, bueno, mire, me gustaría disponer de algo más de información acerca de un hombre que fue estudiante de policía en Bellahøj durante el tiempo en que su marido trabajó allí.

—Jørgen y yo casi nunca hablábamos de trabajo.

—Se trata de un hombre con un apellido bastante especial, y con una historia también especial. Su nombre es Niels Oxen. ¿Recuerda si su esposo mencionó ese nombre alguna vez?

—No, me temo que no me suena. ¿Qué ha hecho?

—Puede que nada. Es solo que el CNI está investigando un poco su pasado. Lo insólito de su caso es que el hombre había sido soldado antes que policía, y que cuando llegó a Bellahøj ya le habían concedido dos medallas al valor.

—Ajá...

—Hace unos años se convirtió en el único soldado que estuvo a la altura de recibir una nueva y honorable distinción: la Cruz al Valor. La televisión y los periódicos no hablaron de otra cosa. Y, bueno, como le decía, su nombre es Niels Oxen.

En el otro extremo de la línea se hizo el silencio, y luego Astrid Middelbo dijo con voz firme:

—Jørgen y yo teníamos un acuerdo. Todo lo que él me comentaba en relación con su trabajo debía permanecer en el marco de nuestras cuatro paredes.

—Estoy segura de que se trataba de un muy buen acuerdo, señora Middelbo, pero lo más probable es que su esposo fuera el único que estuviera al corriente de un asunto en el que Oxen estuvo involucrado hace muchos años, así que...

–Me temo que no puedo ayudarla, señora… Disculpe, ¿cuál era su nombre?

–Franck. Margrethe Franck. Trabajo en Søborg.

–Bueno, como le he dicho, lo siento.

–Descuide, lo entiendo… Aunque estoy convencida de que su marido nos habría ayudado con este asunto sin dudarlo, y por eso tenía la esperanza de que…

–Adiós, señora Franck.

Se despidieron, y Franck empezó a golpear el volante con las dos manos, indignada. Qué desastre.

–¡Mierda, mierda, mierda!

Encendió la radio, y al reconocer la canción que estaba sonando la puso a todo volumen. *Born in the U.S.A.* todavía rugía, ensordecedora, en los altavoces de su coche cuando entró en la gasolinera de la salida de Haverslev. Se quedó quieta en su asiento y cantó junto con Springsteen la última estrofa de la canción: *I'm a cool rocking daddy in the U.S.A…* Fue por eso que no oyó la llamada, pero sí notó la vibración del móvil. Cuando reconoció el número, hizo callar a Bruce inmediatamente.

–Soy Astrid Middelbo otra vez. Lo he estado pensando y creo que tiene usted razón. Jørgen no habría dudado en ayudar al CNI.

–¿Entonces ha recordado algo? –preguntó Margrethe con cautela, mientras en su fuero interno quería gritar de emoción.

–Sí. Ese nombre… Por supuesto que puedo recordarlo. Oxen es un apellido francamente insólito, e iba acompañado de toda una historia increíble de actos heroicos. Pero Jørgen no me habló de él hasta que recibió la última condecoración. Antes nunca le dedicó ni una palabra. Pero esa noche nos sentamos frente al televisor y lo vimos en las noticias. La reina también estaba allí, de hecho fue ella quien le entregó la medalla, y hubo un breve reportaje sobre el caso.

El corazón de Margrethe latía a toda velocidad. Le habría gustado arrancar las palabras de la garganta de la viuda Middelbo, pero sabía que tenía que ser paciente.

–Jørgen estaba superenfadado. Sentado como siempre en su butaca, se puso de un humor de perros y ni siquiera quiso tomarse el café. Recuerdo que se refirió a todo aquello como una ridícula comedia, y que maldijo e insultó al soldado.

Astrid Middelbo hizo una breve pausa, obviamente con la intención de no perder el hilo de aquella complicada historia.

–Jørgen se alteró mucho con aquella increíble condecoración que estaba recibiendo el soldado. Le pregunté qué demonios era tan malo al respecto, y él me respondió con un grito que resonó por toda la casa: «¡Ese maldito cerdo traficante!».

Y luego me explicó que ese tal Oxen era estudiante de policía en la academia de Bellahøj y que hacía algún tiempo lo habían pillado actuando de camello. Tenía contactos con criminales del mundo de las drogas, y una redada en su casa encontró mucho material en ese sentido.

–¿Drogas? Vaya, eso sí que no me lo esperaba.

–No, ¿verdad? Parece algo imposible, con lo buen soldado que era... tan valiente, guapo y humilde... Parece que las drogas eran lo último que se esperaría de él.

–¿Y qué pasó entonces? ¿Le contó su marido lo que sucedió después? ¿Lo metieron en la cárcel?

–Eso fue lo que yo le pregunté. Al principio mi marido no quiso responderme, pero luego... me dijo que no debía contarle esto a nadie.

–Pero ahora la situación ha cambiado, ¿verdad?

–Mi esposo recibió instrucciones de hacer la vista gorda.

–¿De verdad? ¿Quién le dio la orden?

–Bøjlesen, Max Bøjlesen, quien por aquel momento era su superior. Cuesta olvidar estos nombres.

Ahora tenía que andarse con cuidado. La viuda no debía tener la impresión de que su querido esposo fuera a ser puesto en tela de juicio después de aquello. Margrethe avanzó con cautela.

–Se trata de una orden realmente escandalosa. ¿Qué hizo su esposo al respecto?

–Pues nada en absoluto. Obedeció. Todos se comportaron como si nadie hubiese visto u oído nada, y nunca se dijo una sola palabra al respecto.

–¿Y sabe usted por qué quisieron silenciar aquel asunto?

–Bueno, se suponía que ese hombre debía ser un joven modelo de perfección para el resto, y su impecable imagen no debía ser destruida.

–¿Y Oxen, simplemente, salió indemne?

–Se fue de la policía y volvió a la guerra.

–Pero ¡qué desastre! ¿Y ya no volvió a saber nada más sobre ese asunto?

–Pude ver cuánto atormentaba a mi marido aquel secreto, pues le hizo entrar en conflicto directo con su sentido de la justicia. Bøjlesen hizo desaparecer todos los documentos sobre el caso, para que nadie pudiera probar nada, pero Jørgen...

La viuda se quedó callada unos segundos. ¿Estaba a punto de revelarle algo? Sin embargo, en lugar de seguir con el hilo preguntó con cuidado:

–¿Por qué se interesa usted por el soldado? ¿Qué pretende?

–Ese hombre, Oxen, forma parte de una investigación más grande. De hecho, ahora mismo estoy en Aalborg y acabo de estar en la oficina de Bøjlesen. Ahora es jefe de policía de Jutlandia del Norte, y me ha asegurado que no sabe nada sobre el caso Oxen.

–¡Miente! –A Astrid Middelbo le tembló la voz–. Le juro que está mintiendo. Jørgen siempre me dijo que Bøjlesen era un bastardo. Que manipulaba la realidad y no dudaba en usar los codos para abrirse camino. Pero escuche...

La anciana superó al fin la última barrera: después de todo, ambas estaban haciendo causa común contra Max Bøjlesen.

—Lo último que Jørgen me dijo aquella noche fue que se había cubierto las espaldas en caso de que algo fuera mal. Había guardado copias del informe y de las fotos en un sobre en su armario.

—¿En su armario? ¿Qué armario?

—Él tiene... tenía... un armario especial en el sótano. En él guardaba todo tipo de tesoros.

—¿Lo ha comprobado?

—No... Su ropa todavía espera a que...

La señora Middelbo se quedó en silencio.

—La entiendo. Debe de ser muy difícil...

—Pasamos muchos años juntos, ¿sabe? Pero dígame, ¿cree que Jørgen hizo algo mal entonces?

Estaba absolutamente convencida de que aquella no era la primera vez que la viuda se hacía esa pregunta. Ahora debía sopesar cada palabra con sumo cuidado.

—Si quiere que le sea sincera, yo opino que ningún criminal debería escapar a su sentencia, pero sé que a veces las cosas son más complejas. ¿Qué sucede, por ejemplo, cuando el crimen se produce al servicio de un objetivo superior? Estoy segura de que su marido debió considerar que no podía hacer nada.

Esa era solo la mitad de su opinión, por supuesto: la que necesitaba para tranquilizar la conciencia de la viuda. En aquel punto de su vida, Jørgen Middelbo debió considerar que su cargo y el salario asociado eran ciertamente más importantes que airear una punzante historia sobre un estudiante de policía que había sido descubierto delinquiendo y al mismo tiempo honrado como un soldado valiente al servicio de la nación.

–Creo que ya va siendo hora de vaciar el armario. Puede usted venir en unos días y recoger el sobre. Entonces, si lo desea, podremos charlar un rato más.

–Gracias, me encantaría.

Después de despedirse de la viuda de Middelbo, Margrethe se quedó quieta en el coche durante un buen rato.

Niels Oxen en malas compañías. Niels Oxen como traficante de drogas. Niels Oxen como protagonista de una historia de puertas correderas. Un largo registro de pecados con todos sus matices, desde la violencia doméstica hasta el fraude de seguros, pasando por el tema de la droga como la guinda del pastel.

Muchas medallas, todas con dos caras.

40

El sabor a sangre fue lo primero que se abrió paso en los entresijos de su conciencia adormilada. Lo segundo, el olor a polvo y a aire estancado. Lo tercero, y último, una especie de mensaje que le enviaba su cuerpo: «Ey, colega, tienes algo raro en la boca, escúpelo».

Lentamente empujó hacia delante lo que fuera aquello, con la lengua, y en seguida notó que tenía una agradable cantidad de espacio en la cavidad bucal. La tenía superseca, pero gradualmente logró humedecerla con saliva.

Aún tenía los ojos cerrados cuando notó que algo estaba pasando. Entre la confusión inicial y la desorientación empezó a formarse un primer pensamiento: a saber, que el insólito cuerpo extraño que acababa de empujar hacia sus dientes era una... un lápiz de memoria USB.

Abrió los ojos, e inmediatamente volvió a cerrarlos. Algo iba mal. Esperó un momento, y luego lo intentó de nuevo, esta vez más suavemente, pero con el mismo resultado. Sus ojos se encontraron con otro par de ojos, grandes, muy abiertos, y velados como los de un bacalao pescado en el estrecho de Øresund y tirado en la cubierta del barco.

Qué horrible. Aquellos ojos pertenecían a un humano, cuyo rostro quedaba apenas a un brazo de distancia del suyo.

Su cadáver yacía de costado sobre un charco de sangre oscura y coagulada que se había extendido por los tablones polvorientos.

Los tablones del suelo de…

… del refugio, por supuesto. Del antiguo refugio de caza de Corfitzen, en el que se había colado para echar un vistazo e investigar el suelo, dado que Arvidsen había dicho esa palabra, «suelo», justo antes de perder la vida.

Así estaban las cosas.

Con cuidado, alzó la cabeza para ver los tablones que él mismo había levantado, así como el agujero negro en el suelo. Había dado con el escondite de Arvidsen y había descubierto en él un disco duro, un ordenador portátil y un lápiz de memoria USB. Y cuando una voz masculina tronó justo a su espalda y le dijo que lo estaba apuntando con una pistola, Oxen se había metido a toda prisa el lápiz en la boca.

Miró de nuevo a la izquierda. El cuerpo que tenía a su lado pertenecía a un hombre de unos cuarenta años que llevaba una ligera chaqueta de algodón y guantes negros. Una manga de color claro y una mano enfundada en negro eran precisamente lo último que Oxen recordaba. De modo que el hombre con los ojos de bacalao era el que lo había dejado inconsciente.

Fue entonces, al recordar aquel momento, cuando sintió de nuevo el dolor. Se pasó los dedos por la frente y notó que su pelo estaba pegajoso y duro sobre un enorme chichón, y al seguir bajando la mano notó también sangre reseca en su mejilla.

Obviamente, andar por ahí golpeando a la gente era una estupidez de máxima categoría, pero en ningún caso podía considerarse un crimen que debiera ser castigado con la muerte.

Con dificultad, se incorporó hasta quedar de rodillas y empujó ligeramente el cadáver para dejarlo boca arriba. Tenía un disparo en la zona del corazón y al menos otro en el abdomen. Costaba distinguirlo, con toda esa sangre. No muy lejos del cuerpo había una Heckler & Koch semiautomática, por lo que era de suponer que el hombre tenía alguna relación con la Policía.

Revisó rápidamente sus bolsillos, y el resultado fue de lo más productivo: en el delantero de su camisa encontró un móvil, y en el interior de su chaqueta, un monedero. Oxen se puso de pie y, aún algo aturdido, avanzó tambaleándose hacia el viejo sillón que estaba frente a la chimenea, donde se dejó caer, levantando una nube de polvo.

Según el carnet de conducir, la tarjeta de crédito y el seguro del coche, aquel tipo se llamaba Bent Fensmark. No encontró una placa de policía, y eso le sorprendió. El monedero contenía dos billetes de cien coronas, uno de cincuenta y cuatro de lotería, aunque, obviamente, ya le había tocado el número de la mala suerte...

Cuando menos, Bent Fensmark pudo cruzar el Estigia sin ningún problema: pues en uno de los apartados del monedero encontró una tarjeta que informaba de que el fallecido tenía el título de buceador profesional.

Oxen cogió el teléfono y lo revisó concienzudamente. La lista de últimas llamadas indicaba que en su último día aquel hombre solo había llamado a tres personas. No estaba seguro de que fuera una buena idea, pero lo hizo de todos modos: marcó el primero de los números.

–Aquí Mossman. –La voz profunda que respondió al otro lado de la línea era inconfundible. Fensmark había contactado con el director del CNI apenas una hora y media antes.

–Martin Rytter –dijo, como con prisas, la voz que respondió al teléfono cuando Oxen marcó el segundo número, cuya llamada había tenido lugar diez minutos antes de la de Mossman.

Marcó entonces el tercer y último número, y el teléfono sonó varias veces hasta que alguien contestó. La voz sonaba molesta:

—¿Por qué demonios llamas a esta hora? ¿Dónde está Oxen?

Era Margrethe Franck. Dudó unos segundos mientras ella repetía varias veces «¿Hola?», pero al fin se decidió.

—Pues estoy aquí... Y es mejor que tú también vengas, Franck. Inmediatamente.

No había pasado ni media hora cuando oyó el sonido de un motor en el exterior. Por lo visto, Margrethe Franck había logrado sortear todo aquel laberinto de caminos forestales y dar con la ubicación que marcaba su móvil.

La mujer no sabía lo que le esperaba. Solo que debía llegar lo antes posible.

Oxen había aprovechado el tiempo de espera para buscar marcas de huellas en los polvorientos tablones del suelo del refugio, y marcas de neumáticos en el húmedo suelo del bosque, pero las únicas que encontró fueron las de su propio coche, lo cual significaba que Fensmark debía de haber aparcado en algún lugar del bosque para pasar inadvertido. Y lo mismo se aplicaba, lógicamente, al asesino.

Después de aquello, Oxen se había sentado de nuevo en el sillón de la cabaña y había tratado de concentrarse para pensar en los pasos que debía dar a continuación. Por enésima vez, intentó hacerse las preguntas correctas en el orden correcto. Esta vez le resultó algo más fácil, tal vez porque tenía algo tangible a lo que aferrarse: la memoria USB de su bolsillo.

Oyó la puerta de un coche al cerrarse, luego el crujido de la puerta trasera del refugio al abrirse, y segundos después ella apareció en la habitación. No supo decir si

Margrethe Franck se sorprendió al ver aquella escena o no, pues la mujer solo se permitió reaccionar arqueando una ceja.

—¡Fensmark! Oxen, ¿lo has...? —empezó a decir ella, mirándolo inquisitivamente.

—No, no, yo no.

—¿Quién entonces?

—No lo sé. De modo que lo conoces. —Oxen señaló con la cabeza al muerto que yacía en el suelo.

—Sí, es un colega de Aarhus, Bent Fensmark.

—¿Y por qué me atacó?

—¿A qué te refieres?

—Para empezar, es obvio que tenía el encargo de seguirme. A partir de ahí, imagino que si yo encontraba algo tenía que reducirme y, en caso de ser necesario, dispararme a bocajarro... ¿tengo razón? ¿De modo que estos son los jueguecitos con los que andáis?

Margrethe Franck dio unos pasos hacia delante con cautela y se arrodilló junto al cadáver. Luego suspiró y sacudió la cabeza hacia los lados.

—¡Te he preguntado algo, Franck, por el amor de Dios, así que haz el favor de responderme, joder! —La ira empezaba a abrirse paso en su interior.

—Tengo que llamar a Mossman, él debería...

Oxen saltó:

—Mossman puede besarme el culo. Tú ahora no llamas a nadie, ¿me entiendes? Primero vamos a hablar tú y yo. ¿Sabes lo que significa esta palabra? ¿Hablar? Después ya podrás hacer conmigo lo que quieras. ¡Me cago en la leche, Franck, me debes algunas respuestas!

Ella se levantó y le dirigió una mirada acusadora.

—¡Lo mismo digo, Oxen!

—¡Siéntate!

Señaló el otro sillón y él mismo volvió a sentarse en el suyo. Vacilante, Franck se dejó caer donde él le indicaba y por unos segundos desapareció tras una nube de polvo.

—Te he preguntado algo —insistió.

—Sí, Fensmark y otro colega de Aarhus tenían el encargo de seguirte a todas horas, día y noche, por turnos. ¿Ya estás satisfecho?

—¿Fue decisión tuya?

—No, eso solo pueden decidirlo Rytter y Mossman. Pero entiendo bien los motivos de ambos. Mossman, por supuesto, quiere estar seguro de que obtiene algo a cambio de su cuarto de millón. De lo contrario sería una estupidez.

—Hoy encontré el localizador en mi coche y lo coloqué en otro. —Señaló con la cabeza al cadáver que estaba en el suelo—. Dime, entonces, cómo supo que yo...

Ella levantó dos dedos frente a su cara.

—¿Dos? ¿Había dos localizadores en el coche?

Franck asintió, y Oxen se sintió ridículo y molesto. Había perdido su ventaja: no había sido capaz de esquivar a nadie. Y eso sin tener en cuenta que había tardado una eternidad en encontrar el primer localizador. Era un idiota.

—De modo que me habéis estado siguiendo todo el rato. De acuerdo... ¿qué sabes?

—Sé que entraste en el sótano de Arvidsen, y que encontraste algún tipo de lista o de dibujos de planos del castillo. Nos lo dijo el encargado del estudio de fotos de Aalborg. Los hemos buscado en tu habitación, pero sin éxito. También sé que atacaste a Arvidsen y le clavaste tu cuchillo en la pierna cuando los dos estabais subidos al tractor con el que cortaba el césped. Y sé que quien disparó a Arvidsen habría estado encantado de acabar también contigo y matar a dos pájaros de un tiro, literalmente.

—¿Alguna idea de quién fue?

–¿El francotirador? No, ni idea –respondió ella–. Y tampoco tengo ni la más remota idea de por qué estás aquí, en este refugio perdido en medio del bosque. La lista, los planos del castillo, todo esto que estoy viendo ahora... ¿Si fueras tan amable...?

Margrethe Franck señaló irritada en dirección al cadáver y dio un golpe con su puño en el reposabrazos del sillón.

El cerebro de Oxen elucubraba a toda velocidad. Por lo visto, seguir trabajando solo no iba a servirle de mucho. Aunque, por otro lado, no estaba seguro de si podía confiar en Margrethe Franck o no.

–Mi cuchillo... ¿Fuiste tú quien siguió la pista? Quiero decir, este tío tenía una licencia de buceo. ¿Fue él quien lo sacó del foso?

–¿Fensmark tenía una licencia de buceo? No lo sabía. Puede que fuera él quien recuperara tu cuchillo, sí, pero me temo que yo no tengo nada que ver con eso. Tu arma, simplemente, aterrizó metida en un gran sobre en mi escritorio. Fueron Rytter y Mossman los que lo movieron. Aunque no fueras culpable de asesinato, apostaría el cuello a que las huellas dactilares del cuchillo te habrían puesto entre rejas. A fin de cuentas, tienes un montón de asuntos que explicar.

Poco a poco, Franck empezó a tranquilizarse, igual que él. Quizá hasta podrían mantener una conversación real, sin lanzarlo de nuevo todo por la borda.

–¿Confiabas en él? –preguntó aún Oxen, señalando con la cabeza al muerto.

–No tenía ninguna razón para no hacerlo. ¿Por qué?

–Porque, obviamente, no te dijo dónde estaba ni qué estaba haciendo. En lugar de informarte a ti, prefirió llamar a Rytter primero y a Mossman después. Puedes comprobarlo tú misma, ten, aquí está su teléfono.

Le lanzó el móvil. Ella asintió mientras presionaba las teclas.

–Es cierto. La última vez que hablé con él fue esta mañana, aunque teníamos acordado que me llamaría cada dos horas –dijo.

–Eso podría significar que alguien le pidió que no te informara de todo, ¿no te parece?

Por la expresión de su rostro, vio que Margrethe había llegado a la misma conclusión que él.

–Bueno, así son las cosas... En mi trabajo hay una distinción estricta entre lo que podemos saber y lo que debemos saber, y, ciertamente, hay muchas cosas sobre las que la infantería no debe estar necesariamente informada. A quien no le gusten las reglas puede irse en cualquier momento... pero es que a mí me encanta mi trabajo en el CNI. En fin, y ahora me gustaría saber cómo has acabado en esta situación. Te toca hablar a ti.

Decidió seguir el ejemplo de ella: empezó por el jardinero y expolicía Arvidsen, detalló el forcejeo de ambos sobre el tractor, le habló de las últimas palabras de Arvidsen –«refugio de caza» y «suelo»–, y finalmente le explicó los pasos que había seguido para localizar el antiguo refugio de caza de Corfitzen.

Margrethe Franck lo escuchó en silencio, asintiendo. Ahora Oxen estaba hablándole del descubrimiento de los tablones sueltos en el suelo, bajo la mesa, así como del disco duro y el ordenador... y por fin de la voz que le sorprendió a su espalda y que, tal como había podido descubrir ahora, pertenecía a un colega suyo del CNI, Bent Fensmark, su sombra, quien estuvo a un pelo de destrozarle la sien con su arma reglamentaria.

–Pero resulta que la sombra también tenía una sombra, y que esta última no dudó en quitárselo a él de en medio para hacerse con su botín –concluyó Margrethe Franck, mirando de reojo al charco de sangre–. Me gustaría saber qué encontraste en la bodega de Arvidsen –le dijo, y sonó a exigencia.

Él vaciló. La asistente del CNI pretendía destaparle el único as que tenía en la manga.

—¿Me lo vas a contar o no?

—Ya sabes que se trata de una serie de planos del castillo, ala por ala, piso por piso. Hay muchas medidas marcadas, tanto del interior como del exterior. Parece que el propio Arvidsen realizó un buen número de mediciones.

—Entonces ¿crees que estaba buscando algo? ¿Una habitación, tal vez?

—Imagino que sí.

—¿Puedo ver los planos?

Oxen asintió.

—¿Y qué hay de la lista? ¿Qué crees que significa?

Intentó sopesar los pros y los contras por última vez. Sabía que el acceso a más información, el acceso a los sistemas, quedaba fuera de su alcance, mientras que ella podía acceder a todo. Pero no tenía ni idea de lo que había en ese USB, ni si podría serle de alguna utilidad.

—Parece que es algún tipo de lista de observación. Desde que lo contrataron, Arvidsen ha registrado todas las entradas y salidas del castillo.

—¿Hay nombres?

La pregunta era si Margrethe Franck podría ver alguna ventaja en llegar a un trato con él. Pero, aunque así fuera, lo cierto es que nunca podría estar seguro de que ella no estuviera en contacto con Mossman a sus espaldas.

Si hubiera logrado mantener con vida a Arvidsen, jamás se habría planteado siquiera la posibilidad de trabajar con ella, sino que simplemente le habría sacado toda la información a ese bastardo. Ahora, en cambio, solo tenía ese pequeño artilugio en el que podía grabarlo todo.

—No hay nombres, solo combinaciones de letras sin sentido. Pura especulación.

–¿Y dónde están ahora la lista y los planos?

–En el hotel.

–Está bien… aquí solo tenemos las huellas que el culpable ha dejado en el polvo, nada más, y en el material que encontraste en el sótano de Arvidsen no había nada aprovechable, ¿verdad? ¿Es correcto?

–Correcto.

–Entonces solo nos queda desentrañar lo que está relacionado con el Consilium y confiar en encontrar algo interesante.

Franck respiró con fuerza al imaginar esta perspectiva.

Oxen tomó una decisión. Se guardaría para sí el tema de la tarjeta de visita de Mossman, esa que había encontrado entre las pertenencias de Arvidsen, y compartiría con Franck lo del USB para que ella confiara en él y, a ser posible, para que desentrañara la información.

–Aún tenemos una oportunidad –dijo.

–Que sería…

–Esto. Lo he encontrado en el escondite del suelo de Arvidsen.

Sostuvo el lápiz de memoria entre su pulgar y su dedo índice, y luego añadió:

–Pero antes deberíamos acordar algunas condiciones.

–¿Condiciones? ¿A qué te refieres?

–Mossman no ha puesto doscientas cincuenta mil coronas sobre la mesa porque yo le guste mucho, sino porque me necesita. El problema es que no tengo idea de para qué, al menos por ahora. De modo que, en mi opinión, tú y yo deberíamos empezar a trabajar juntos. A ayudarnos mutuamente. Y eso implica que no quedes o hables con Mossman sin informarme previamente. Si te parece bien, adelante. Si, por el contrario, crees que no podrás cumplir con este punto, propongo que cada uno vaya por su cuenta.

Miró al USB y luego a él, y luego otra vez al USB.

Finalmente, Franck asintió en silencio.

—Está bien —dijo Oxen—. Entonces opino que deberíamos meter esto en tu ordenador lo antes posible.

—Bueno, primero tendría que encargarme de todo este caos…

—El tipo no puede estar más muerto, así que no se moverá de aquí. Primero, la memoria USB; luego, volvemos y nos encargamos de todo.

Ella vaciló por un momento.

—Está bien. Vamos —dijo al fin.

41

Helena y Konrad Sikorski se registraron en un nuevo hotel, el siguiente de una larga lista. Esta vez se trataba del más que modesto hotel Syd, en Hadsund. Un sencillo edificio de ladrillo rojo que pertenecía a la antigua posada junto a la terminal del ferri de la ciudad, donde habían recogido sus llaves.

La pareja había abandonado el bosque del Rold justo después de que Konrad hubiese regresado con sus trofeos: un disco duro y un ordenador portátil. De pronto les había parecido más arriesgado que nunca eso de dormir tan cerca del enemigo, o, para ser más exactos, de *uno de* sus enemigos, pues las unidades de investigación no eran más que uno entre tantos.

Hadsund estaba solo a unos 25 kilómetros de distancia de la policía, pero resultaba lo suficientemente tranquilizador. Por lo que parecía, tampoco iban a quedarse demasiados días. Tenían que seguir avanzando. Ya estaban razonablemente cerca de su destino.

Lo primero que hicieron fue analizar el disco duro y los datos del ordenador portátil, y allá lo encontraron todo justo como lo habían temido.

Ella se pasó las primeras horas llorando, desconsolada, pero luego la tristeza dio paso a una emoción nueva: quería venganza. Y aquel sentimiento fue ganando terreno, hasta que volvió a saberse tranquila y lista para la acción.

Él, por su parte, pasó un buen rato pensando, de pie junto a la ventana, mirando hacia el fiordo.

—Tenemos que ir con cuidado y no precipitarnos. Esto va a ir poniéndose cada vez peor. ¿Lo tienes claro? —le preguntó.

—Sí —respondió ella—, muy claro. Pero aparte de los guardaespaldas de estos tres hombres, ¿hay algún obstáculo más? ¡La policía no tiene ni idea! ¿Cuándo crees que recibiremos una respuesta?

Se encogió de hombros. No lo sabía. No tenía ni idea de lo difícil que sería obtener la información necesaria a partir de las matrículas de los vehículos. Pero si Andrej Rakhimov decía que podía hacer el trabajo en Dinamarca, es que podía, sin lugar a duda. Ya solo el precio que les había exigido indicaba que la tarea no era nada fácil de llevar a cabo: ochocientos euros por cada nombre, incluidas las direcciones.

—Tenemos que ser pacientes e identificar al hombre adecuado sin precipitarnos. No podemos permitírnoslo. Sería como cometer un error estúpido por desidia, y tú y yo no cometemos errores por desidia.

Ella le sonrió y asintió. Tenía razón, como siempre. Solo tenían que mantener la cabeza fría. Daba igual que tardaran una, dos o tres semanas, siempre y cuando lograran llevar a cabo el plan.

—Has aprendido —dijo.

—¿Aprendido? ¿A qué te refieres? —preguntó él.

—Podrías haber matado también al tipo de pelo largo, pero no lo has hecho.

Él no entendió muy bien a qué se refería. Es decir, ella se había quejado recientemente de la brutalidad de sus actos, aunque los reproches que le hacía eran injustos: no es que fuera brutal; era efectivo.

—El mico ese del pelo largo… Nos importa un carajo, así que ¿por qué tendría que haberlo matado?

—A eso me refiero exactamente. Has aprendido.

Eran poco después de las siete, ya había anochecido, y acababan de cenar las hamburguesas que ella había comprado en el bar de la esquina. Él estaba sentado en el retrete y ella estaba estirada en la cama, viendo la televisión. Así era cómo pasaban el tiempo de espera en los hoteles desde hacía varias semanas.

De pronto ella lanzó un grito, y él dio un respingo de sorpresa:

—¡Ven, vamos, ven! ¡Ahora! ¡Date prisa!

Se subió los pantalones y saltó por el suelo como un cuervo alicaído.

—Pero ¿qué demonios ha pasado?

Ella señaló la televisión con entusiasmo, pero él no alcanzó a entender nada. En aquel momento estaban dando las noticias.

—¡Ahí! —gritó ella—. ¡Mira! Ahí está…

42

Sus miradas estaban fijas en la pantalla del ordenador. Atentos, esperaban que apareciera, finalmente, lo que escondía la memoria USB que habían rescatado del refugio. Y por fin… ahí estaban: en la pantalla de su escritorio aparecieron dos miserables archivos. Franck cogió el ratón, presta a hacer doble clic sobre ellos.

—Son dos archivos MOV, es decir, dos vídeos —dijo, mientras repiqueteaba con los dedos sobre la mesa, esperando, impaciente a que los vídeos se abrieran.

Si de verdad se trataba de dos vídeos, solo podían ser una cosa: grabaciones del sistema de videovigilancia del castillo. ¡Eso sí sería suerte!

—¿Estás listo, Oxen?

—Dale al *play* —murmuró él, mirando fijamente la pantalla.

Ante sus ojos apareció un paisaje otoñal. Algunos árboles estaban bastante pelados, mientras que otros aún mantenían la mayor parte de su follaje multicolor. El viento soplaba con fuerza, y de vez en cuando se veían hojas volando por los aires. El lugar les resultaba familiar…

—Es el camino de entrada al castillo de Nørlund —susurró Oxen.

La avenida estaba tranquila a la luz del pálido sol, y el aire era fresco. Un poco más a lo lejos se oía el sonido de los coches al pasar por la carretera.

Solo entonces les llamó la atención la fecha, que aparecía sobreimpresa en la esquina superior derecha de la pantalla: 14 de octubre. La grabación era, pues, del año pasado. A su lado podía leerse la hora: las 15:36.

La cámara siguió unos segundos ahí, impertérrita, enfocando la avenida. No se movía ni un alma. ¡No, espera, sí!

Un coche aparecía tras una curva y se dirigía directamente hacia la cámara. Era el Mercedes verde oscuro de Corfitzen. El vehículo avanzaba lentamente por el patio delantero del castillo. Pero ¿quién era el conductor? ¡Oh, espera! ¡Era Arvidsen! Al hacer una curva desapareció el reflejo del sol en la luna delantera y el chófer pudo verse sin ninguna dificultad. La persona que estaba en el asiento del copiloto, por su parte, parecía una mujer y llevaba gafas de sol. Arvidsen aparcaba el coche frente a los árboles, a cierta distancia de los otros tres coches que también estaba aparcados allí, y detenía el motor.

La puerta trasera izquierda se abría lentamente. Un zapato de tacón alto culminaba la bella pierna de una mujer con medias de seda negra y se posaba cuidadosamente en la gravilla. Arvidsen saltaba del coche a toda prisa y le abría la puerta del todo. La mujer salía, miraba a su alrededor y entregaba a Arvidsen sus gafas de sol. Este corría hacia el otro lado del vehículo y abría a la vez las puertas delantera y trasera, de las que bajaban sendas mujeres más, que entornaban los ojos para protegerse del sol, pero que también entregaban sus gafas a Arvidsen.

Las tres mujeres observaban el castillo y esperaban brevemente, charlando unas con otras mientras Arvidsen sacaba sus equipajes del Mercedes: tres maletas que depositaba con esmero sobre la gravilla. Las mujeres entonces (la distancia respecto a la cámara era aún demasiado grande como para verlas con claridad) cogían sus respectivos equipajes, y, siguiendo las indicaciones de Arvidsen, avanzaban por el puente que pasaba sobre el foso.

Se acercaban cada vez más a la cámara. Arvidsen las precedía, mostrándoles el camino.

La primera mujer era rubia, casi tan alta como el jardinero; bonita, con rasgos marcados, carmín rojo brillante y dientes blancos que se abrían paso entre sus labios cuando sonreía. Iba muy bien vestida y llevaba una chaqueta de cuero rojo. Debía de tener treinta y pocos años.

La segunda mujer era, según parecía derivarse de sus rasgos faciales, algo mayor. Su maquillaje era más discreto y parecía más acorde al de una mujer de unos cuarenta y tantos. Lleva una chaqueta de cuero negra y un sombrero negro con adornos de piel.

La tercera mujer parecía la más joven. Debía de tener veintimuchos, aunque puede que su apariencia condujera un poco al engaño. Llevaba unos vaqueros modernos, deshilachados por encima de una rodilla, botas altas de cuero negro y un blusón corto, también de color negro. Estaba muy morena –casi quemada– de tanto sol, llevaba un corte de pelo a lo paje y apoyaba un segundo par de gafas oscuras en él. Una gran sonrisa bailaba en sus labios carnosos. La grabación no tenía sonido, pero se veía claramente que irradiaba felicidad. Era una mujer bella, muy bella, alegre y vital.

Las imágenes debían estar tomadas desde la cámara que se encontraba sobre la entrada principal. Ahora las mujeres se veían perfectamente, y Oxen y Franck pudieron apreciar más detalles: la rubia tenía un pequeño brillantito en la fosa nasal izquierda; la mayor, las mejillas ligeramente redondeadas, aunque no parecía gorda, y la más pequeña, los ojos marrones como perlas oscuras, y tan brillantes como su pelo.

Una tras otra desaparecieron del campo de visión de la cámara cuando llegaron a la escalera del castillo.

La grabación terminó como había empezado: con la avenida del castillo desierta, y las hojas marchitas jugueteando con el viento.

Oxen había estado extraordinariamente concentrado todo el tiempo. Al acabar se echó hacia atrás y lanzó un suspiro. Franck se volvió hacia él y le dijo:

—Ahora el segundo vídeo. Luego volveremos a verlos ambos desde el principio, y después comentaremos lo que hemos visto. ¿Listo, Oxen?

La película dos comenzó donde la uno había acabado —con la imagen de la avenida del castillo—, con la única diferencia de que la luz del sol había desaparecido y habían pasado dos días, pues la fecha sobreimpresa en la esquina indicaba que era el 16 de octubre, a las 11:45 en punto.

Pasaron casi treinta segundos antes de que sucediera algo. Lo primero que se vio fue la nuca de Arvidsen, y luego todo su cuerpo.

El jardinero salía de la entrada principal, avanzaba por el pequeño patio de entrada al castillo y cruzaba el foso. Una figura femenina lo seguía, y luego otra. Ambas mujeres arrastraban sus maletas sobre las piedrecitas del puente, lleno de baches. Una vez más, la distancia respecto a la cámara no les permitía distinguir todos los detalles, pero, a juzgar por el sombrero, la que iba delante era la mujer madura, seguida por la rubia con el *piercing* en la nariz. La guapa con el corte de pelo a lo paje no estaba allí.

Ahora subían al Mercedes. Arvidsen sacaba algo de sus bolsillos… unas gafas de sol, y se las entregaba a las mujeres. Después cargaba sus maletas en el coche. La tercera mujer seguía sin aparecer. Las otras entraban, cerraban las puertas del coche y este se ponía en marcha y se alejaba lentamente de allí.

—OK, OK, nos falta la señorita *pelopaje*.

Franck no pudo controlar la excitación y dijo aquello antes de que la película acabara... cosa que hizo, por cierto, después de enfocar la avenida vacía unos segundos más.

—Ahora vamos a verlas otra vez, las dos grabaciones, desde el principio —añadió Franck.

Se sentaron muy cerca el uno del otro, frente al pequeño escritorio y observaron por segunda vez cómo Poul Arvidsen, leal escudero del exembajador Hans-Otto Corfitzen, llegó al castillo de Nørlund con tres mujeres, y se fue solo con dos.

—Vamos —dijo Franck, al acabar—. Yo tomo notas y tú empiezas, ¿te parece? ¿Qué acabas de ver?

—Bien, he visto a Arvidsen llegando con tres elegantes mujeres. ¿Tienes un calendario?

—Ya lo he comprobado. El día que llegaron caía en viernes... suponiendo que la grabación fuera del año pasado, claro, cosa que, sin duda alguna, me parece lo más probable —dijo.

—Yo solo sé que el sistema de videovigilancia seguía instalado la noche que estuve en el castillo con mi perro, y que alguien lo desmontó después, a toda velocidad.

—No me lo habías dicho.

—¿Ah no?

—En realidad no me sorprende —dijo ella, moviendo la cabeza hacia los lados—. Pero sigamos: ¿qué más has visto?

—Bien, he visto que Arvidsen llegaba al castillo un viernes por la tarde, en compañía de tres mujeres, y que el domingo al mediodía se marchaba de allí con dos de ellas. Yo diría que eran de Europa del Este. He estado varias veces en los Balcanes y en Rusia, y me ha parecido que estas eran típicas mujeres eslavas, de pómulos altos y tendencia al maquillaje de ojos atrevido. ¿Una chaqueta de cuero rojo y un *piercing* en la nariz? Esto ya no está precisamente de moda por aquí... ¿Y un sombrero con adornos de piel? Sí, estas mujeres bien podrían encajar en los Balcanes o en Rusia; lo cual, a su vez, encajaría con la historia de Corfitzen, quien completó la mayor parte de su carrera diplomática en Europa del Este.

—¿Algo más?

—Yo diría que son mujeres de compañía. Prostitutas de categoría.

—¿Prostitutas? ¿Por qué? Las tres podrían ser simples invitadas del embajador, ¿no?

—Aparecen en el castillo, así, sin más, como si formaran parte de un pedido. Arvidsen las recoge y las trae, y ellas arrastran unas maletas en las que apenas cabe un poco de ropa extra para el fin de semana. Puedo estar equivocado, por supuesto, pero es que no tienen precisamente la pinta de tener algo que ver con la carrera diplomática.

—¿Eso es todo?

—Ninguna de las tres sabe dónde está.

—¿A qué te refieres?

—Las gafas de sol… Las tres le dieron sus gafas a Arvidsen cuando llegaron, y las dos que se fueron también se pusieron unas gafas oscuras al salir de Nørlund, y eso que el domingo no hacía sol. La mujer bonita tenía, incluso, un segundo par de gafas de sol en el pelo. Ergo no eran gafas para protegerse del sol, sino para asegurarse de que no veían adónde se dirigían. Un gesto no demasiado hospitalario.

—¿Algo más?

—Bueno, como ya hemos dicho, la monada con el corte de pelo a lo paje no se marchó con las otras el domingo.

—¿Por qué?

—Aún no tengo una respuesta para eso. ¿Y tú? ¿Tú qué opinas?

—Pues casi lo mismo que tú —respondió ella, poniéndose las gafas de lectura en el pelo—. Yo también las ubicaría en Europa del Este, no sé, entre Polonia, Bielorrusia, Ucrania o

Rumania… Y también opino que ni su ropa ni su maquillaje se ajustan al código diplomático. Pero no me malinterpretes: parecen de todo menos baratas. Sí, lo del servicio de compañía de alto *standing* me parece la hipótesis más adecuada, pues obviamente no habían sido invitadas a una gran fiesta.

–¿Qué te hace pensar eso?

–El número de coches aparcados. Tres a su llegada, el viernes, y cinco el día de su partida, además del coche privado de Arvidsen. El salón principal del castillo no se llena con cinco coches. La pregunta es: ¿de quiénes son?

–Por supuesto, los coches…

Él había centrado toda su atención en las mujeres, y solo se había percatado de los coches de un modo inconsciente, como al margen, pero Franck no había fallado.

–Y eso es exactamente lo que vamos a comprobar. ¡Y de inmediato, además! Echaré un vistazo rápido y anotaré los números de las matrículas –dijo, empujando sus gafas negras hacia su nariz de marfil.

Oxen la miró por el rabillo del ojo. La primera película estaba en marcha, y Franck parecía muy concentrada. Podía notar el entusiasmo profesional de la asistente personal de Mossman mientras se sentaba frente a la pantalla con las mejillas enrojecidas.

Margrethe Franck era camaleónica y francamente competente. Seguro que a cualquiera le gustaría tenerla en su equipo. Sabía cuál era su sitio. Podía hacerse invisible y permanecer en silencio, como lo hizo cuando se reunió por primera vez en el cuartel general de la policía en Aalborg, pero también era capaz de mostrar presencia, liderazgo y decisión. ¿No fue ella quien apareció de inmediato en escena, en aquella caótica ocasión en la que Rytter, Mossman y él mismo se enfrentaron físicamente en el hotel Hvide Hus? ¿No fue ella quien lo apuntó con una pistola para que se calmara, y quien le habría disparado sin dudarlo? Sí… ella… ni siquiera había perdido la cabeza al ver a un compañero muerto, tendido sobre su propio charco de sangre.

Sabía ocuparse de las piezas pequeñas –y de las grandes–, sin la necesidad de introducirlas en una cadena de decisiones global. Con ella era posible jugar sobre el tapete, pero manteniendo los ases escondidos hasta el final. Parecía que era la herramienta universal que Mossman siempre tenía a mano.

Aunque le dijera lo contrario, Oxen estaba convencido de que Franck era demasiado ambiciosa y orgullosa como para aceptar, sin más, que los dirigentes del CNI no quisieran ponerla al corriente de todos los aspectos relacionados con el caso Bergsøe-Corfitzen.

El mensaje era claro. Fensmark había estado a punto de entregar al CNI un material de enorme importancia, probablemente definitivo, en forma de un disco duro y un ordenador, y ni él mismo ni nadie más tenían la menor intención de informar a Margrethe Franck de la situación.

La pregunta era: ¿cuál sería su grado de enfado? ¿Hasta dónde llegaría la siempre leal ayudante de Mossman?

Sus dedos volaban sobre el teclado, ignorándolo a él. De vez en cuando se detenía y tomaba alguna nota. Él la escuchó mientras llamaba a una empresa de alquiler de vehículos y hacía algunas preguntas; rápida, efectiva, y adiós.

El pensamiento de Oxen voló hacia otra cosa. El dinero. ¿Hasta dónde lo habría seguido Fensmark cuando escondió la maleta con los billetes? Seguro que había sido su sombra hasta el lugar en el que aparcó el coche, pero era bastante improbable que a partir de allí le hubiera seguido sin llamar la atención…

–No me lo puedo creer. –Franck estaba inmóvil mirando el ordenador.

–¿Qué sucede?

–*Houston, we have a problem* –dijo ella, lanzando un suspiro–. He revisado las matrículas de los cinco coches. Dos de los coches del primer vídeo pertenecen a Ejnar Uth-Johansen, el nuevo secretario de Estado del Departamento de Defensa, y a Mogens Bergsøe...

–Hombre, por fin Bergsøe. Pensé que ya nunca volvería a aparecer.

Ella asintió pensativamente y continuó:

–Sí, a Bergsøe lo conocemos bien, muerto y enterrado. Y el tercer coche pertenece a un tal Kristoffer Nyberg, jefe ejecutivo, o CEO, como se dice hoy en día, de Fortune Pharmaceutical Industries en Copenhague, una gran corporación farmacéutica internacional, especializada en antidepresivos.

–¿Y qué me dices de los dos coches de la segunda película? –preguntó Oxen.

–Uno es un coche de alquiler de la empresa Hertz, que tiene un puesto en el aeropuerto de Aalborg, y fue alquilado para todo el fin de semana por... –Franck sonrió triunfalmente– nada más y nada menos que Hannibal Frederiksen, que vino en avión desde España. También muerto y enterrado.

–Ya veo. Así que él también. ¿Y el quinto?

–El quinto, Oxen, es malo para nosotros. Realmente malo... El quinto y último coche que estaba allí aparcado pertenece ni más ni menos que al ministro de Justicia, Ulrik Rosborg.

–¿El ministro de Justicia?

–Eso mismo. El príncipe heredero, que algún día se convertirá en nuestro ministro de Estado, suponiendo, claro, que los hombres sabios del país tengan razón.

No dijo nada sobre aquel bombazo. Estaba concentrado, pensando más allá. Había habido cinco invitados daneses en aquel castillo, hombres de negocios con puestos de poder en el Estado, además del anfitrión, quien fuera antiguo embajador del país. Y ahora tres de esos seis hombres estaban muertos.

Un porcentaje de mortalidad del cincuenta por ciento después de ese fin de semana de octubre en el castillo de Nørlund.

Y, por otra parte, estaban también las tres desconocidas que habían sido igualmente invitadas a aquel encuentro: tres mujeres que llegaron en coche con Arvidsen. Y si agregamos a Arvidsen a la lista de los presentes, entonces la proporción pasa a ser de cuatro muertos por siete personas. Pero ¿cómo demonios encajaban esas tres mujeres en este rompecabezas?

—El jefe del Centro Nacional de Inteligencia está directamente subordinado al ministro de Justicia, Oxen. Ulrik Rosborg es el superior de Axel Mossman. El superior inmediato, en línea directa, sin ningún jefe de policía estatal ni ningún otro cargo de por medio. —Hizo una breve pausa y luego continuó—: No puedo quedarme con toda esta información para mí, no es posible... Pero, a ver, ¿estás escuchándome?

—Sí, sí... ¿Por qué no puedes quedarte con la información?

—Hannibal Frederiksen está muerto, Mogens Bergsøe está muerto, Hans-Otto Corfitzen está muerto. Y los otros tres caballeros, el secretario de Estado, el CEO de la farmacéutica y el ministro de Justicia, corren un potencial peligro de muerte. No puedo ignorar eso.

—Ningún político danés es insustituible.

—¿Puedes dejar a un lado tu maldito sarcasmo? ¡Este es mi trabajo! ¡Mi responsabilidad!

—Es que hay algo que me parece mucho más interesante que un ministro de Justicia en peligro —dijo.

—¿El qué?

—La pregunta. Saber *por qué* está realmente en peligro. ¿Qué es exactamente lo que convirtió aquel fin de semana de octubre en una confluencia mortal?

—Tengo que llamar a Mossman, lo siento, tengo que hacerlo. Hay tres hombres que deben ser puestos inmediatamente bajo protección policial.

Oxen se dio cuenta de que, por primera vez desde que la conocía, Margrethe Franck parecía trastornada. Aunque hacía un esfuerzo por mostrar fortaleza y tenía bien cogidas las riendas, era evidente que se sentía sobrepasada.

–Espera solo cinco minutos, por favor. Veo que el hecho de que el ministro de Justicia esté involucrado en el asunto casi te hace sentir pánico, pero te pido que lo olvides por un momento, ¿quieres? Porque si lo logras, te darás cuenta de que todavía hay una pregunta sin responder: ¿por qué tuvieron que morir esos tres hombres? O cuatro, si contamos a Arvidsen, o cinco, con tu colega Fensmark. Yo creo que la respuesta la encontraremos si observamos más de cerca a las tres mujeres. ¿Qué te parece si nos inventamos una historia alternativa oficial? ¿Una que se acerque a la verdad pero nos deje margen a nosotros para seguir investigando?

Ella se encogió de hombros.

–Para ser sincera, no te conozco en absoluto –dijo–. No sé si puedo confiar en ti. ¡No tengo ni idea! Con intereses tan poderosos en juego, ¿por qué diablos tendría que correr el riesgo de unir fuerzas contigo y poner en peligro mi trabajo? Haz el favor de decírmelo.

–Porque... –respondió él, clavando sus ojos en ella– porque quieres seguir mirándote en el espejo mañana, Franck. Porque obviamente tú eres así. Íntegra... Y o luchas por ello o estás perdida.

Ella vaciló un momento, pero luego exclamó, enérgica:

–¡No! ¡No pienso hacerlo! No me convencerás. No voy a traicionar a Mossman. Ya lo he decidido: tengo que informarle de todo. Es mi deber decirle la verdad. Y punto.

Ahora él era quien tenía que pensar. ¿Debía hacerlo? ¿Debía mostrar su carta ganadora para convencer a Margrethe Franck? Sopesó los pros y los contras y se dio cuenta de que, en realidad, no tenía ninguna otra opción. Y si su último as no era suficiente, ya no tendría nada con lo que convencerla.

—Aún hay una cosa que no te había dicho… —dijo al fin, vacilante.

Franck lo miró con suspicacia.

—En el sótano de Arvidsen, donde encontré los dibujos del castillo y esta lista… descubrí algo más: la tarjeta de visita de Mossman, con su número de contacto secreto. Parece que él mismo se la entregó en persona a Arvidsen.

Franck frunció el ceño.

—¿Una conexión entre Mossman y Arvidsen? ¿Estás tratando de sugerir algo así? —Su voz sonaba profundamente escéptica—. ¿Y por qué demonios te refieres a un número de contacto *secreto*? ¿Por qué no crees que fuera su número personal?

—Porque a mí me dio exactamente la misma tarjeta que a él. Con el mismo número de contacto.

—¿Mossman te dio *a ti* un número secreto?

—Después de nuestra charla en el hotel Hvide Hus me pidió que me reuniera con él en el parque que quedaba al otro lado de la calle, de un modo muy discreto. Y me dijo que si daba con algo grande tenía que informarle a él directamente. Sin decíroslo ni a Rytter ni a ti. Luego me dio un número y me habló de una ventana de varias horas en la que poder localizarlo.

—¡Eso no es cierto! No puede ser. ¡Te lo estás inventando! —gritó Franck.

Él metió la mano en su bolsillo, encontró las dos tarjetas de visita y las puso en el escritorio, frente a ella.

—Mira, esta es la mía. Rasqué el nombre porque la usé para identificarme ante el conserje. Y esta es la de Arvidsen. El número de contacto es el mismo. Te digo la verdad.

Margrethe Franck examinó atentamente ambas tarjetas. Entonces alzó la vista, desesperadamente, hacia el techo. Se mesó el pelo con las manos y suspiró varias veces, cada vez más profundamente.

–Te digo la verdad, Franck. Te digo toda la verdad –repitió él.

Después, ambos callaron durante varios minutos. Finalmente, ella se calmó.

–¿Y qué sugerías, Oxen, cuando me proponías una historia «que se acercara a la verdad»? –preguntó, casi en un susurro.

–Inventemos una nueva secuencia de acontecimientos, algo muy cercano a lo que ha sucedido en realidad, pero que nos deje margen de acción a nosotros. 1. Yo estoy en el refugio de caza. 2. Encuentro el disco duro y el ordenador debajo de los tablones del suelo. 3. Enciendo el portátil y veo el fragmento de un vídeo en el que varios automóviles aparcan frente al castillo de Nørlund. 4. Tomo nota de las matrículas, descubro a quién corresponden, y justo en ese momento el colega del CNI viene y me golpea. 5. Cuando recupero el conocimiento, lo encuentro tumbado a mi lado, muerto.

–¿Y las tres mujeres de Nørlund?

–Nos las guardamos para nosotros. Las mantenemos en secreto, del mismo modo que la lista con observaciones de Arvidsen y los planos de planta.

–Y entonces... ¿qué propones que hagamos ahora?

–Si aceptas mi sugerencia, volvemos a la cabaña de inmediato. Desde allí puedes alertar a Rytter y a Mossman y contarles todo lo que quieras sobre el ministro de Justicia, el CEO y el secretario de Estado. Que les pongan guardaespaldas y protección oficial. Así no te sientes culpable ni tienes remordimientos. Y en la misma llamada pides que envíen a alguien a limpiar un poco en el refugio.

–Es que no entiendo lo que está haciendo. De verdad, no lo entiendo –dijo Franck, negando con la cabeza.

–¿Mossman? Yo tampoco. Lo único que está claro es que anda tras algún proyecto personal que probablemente implique vigilar a las personas de Nørlund y, además, hacerlo durante mucho tiempo.

–Pero un tío como Arvidsen… No sé a qué tipo de acuerdo llegaron ellos dos, pero no hay duda de que deja a Mossman en una mala posición.

–Tal vez no tengas que decirle lo del ministro de Justicia a Mossman –reflexionó.

–¿Cómo que no? No me queda más remedio que hacerlo, independientemente de todo lo demás.

–Quiero decir que es posible que ya lo sepa. Que tal vez Mossman tenga abierta otra pequeña operación para vigilar a su jefe, el ministro de Justicia.

–¿Te refieres a una vigilancia regular?

–Como parte de una investigación, por supuesto. Una investigación más o menos secreta.

Franck entornó los ojos.

–O puede que esté cubriendo a su jefe por motivos que desconocemos –dijo.

–Sí. O también puede que estemos en un terreno diferente –apuntó él, tratando de ordenar sus pensamientos mientras continuaba–: Es decir, puede que estemos donde ya habíamos estado: el otro día viniste a mi habitación y me dijiste que Mossman había dado una conferencia en el Consilium, así que ya estaba en contacto con la organización, ¿no? Puede, entonces, que no fuera tan insólito como habíamos pensado… O, por el contrario, puede que fuera totalmente sospechoso. O que Mossman formara parte de un círculo íntimo de especialistas y trabajara con Arvidsen para proteger a alguien: no al ministro de Justicia, sino a nuestro embajador, Corfitzen.

Margrethe Franck asintió.

—Hay muchas combinaciones posibles. Arvidsen está muerto. No sabemos si llegó a contactar con Mossman o si le sugirió algún acuerdo. Quiero decir… ¿cuánto podemos inferir realmente de una tarjeta de visita y un número de teléfono secreto?

Oxen se encogió de hombros.

—Solo Mossman puede responder a esa pregunta. Pero nosotros no podemos preguntárselo. Tenemos que acatar las reglas del juego. Y por lo que a él respecta… debemos tener cuidado. Esta es mi sugerencia, Franck.

Ella asintió, aunque seguía muy pensativa.

—Eso te conecta con Arvidsen, Oxen. Él tenía un acuerdo con Mossman, y tú también tienes uno. ¿Qué opinas al respecto?

Le había dado tantas vueltas al asunto… Desde el preciso momento en que le dijo a Franck que había algo entre los arbustos.

—No tengo ni idea de lo que Mossman se trae entre manos. Lo único que sé es que quiere utilizarme, y eso me hace andarme con más cuidado.

—El día que estuvimos en el hotel Hvide Hus, Rytter y yo no podíamos entender, de ninguna de las maneras, por qué te ofreció un cuarto de millón de coronas. Su única explicación fue que el instinto le decía que podías resultarnos útil para nuestro trabajo de investigación, y cuando yo le pregunté si con útil quería decir «como uno de aquellos *tontos útiles*», su respuesta fue que ya se vería… ¿No te arrepientes de haberle dicho que sí?

—Pero ¿qué otra opción me quedaba? Aunque hubiera desaparecido, un día me habría despertado y me habrían encarcelado por un asesinato que no cometí. Ahora estoy metido hasta el cuello en este asunto, pero al menos tengo la oportunidad de mirar por encima de un hombro u otro y andar un paso por delante.

–¿Crees que te sacrificarán en algún momento?

Oxen extendió los brazos en señal de resignación.

–Honestamente, no tengo ni idea. Pero solo hay que mirar lo que Mossman obtiene a cambio de su dinero: un veterano de guerra visiblemente traumatizado, y mentalmente inestable, con muchos motivos para matar. Un personaje de carácter dudoso, solo tienes que echar un vistazo a mis antecedentes penales para saber de lo que hablo, que se convierte, sin duda, en una buena compra para él. Así es como mantiene la situación bajo control.

–A mí me gusta Axel Mossman. Me gusta mucho, en realidad. El viejo zorro plateado me parece un personaje muy sólido. Todo esto de aquí… me molesta.

Margrethe Franck parecía genuinamente triste al pensar que, visto lo visto, su jefe podría haber estado mintiéndole.

–¿Y qué vamos a hacer ahora? –preguntó.

–Pues seguiremos con lo nuestro. Descubriremos quién es amigo y quién no. Tengo la sensación de que estamos ante una historia mucho más grande. Las tres mujeres son la llave que abre la puerta siguiente. Tenemos que averiguar dónde las recogió Arvidsen y de dónde venían.

–Yo me encargo de eso. El aeropuerto de Aalborg está aquí mismo –dijo.

–Una sola solicitud oficial para una lista de pasajeros, y nos quedaremos con el culo al aire. Mossman sabrá de inmediato lo que estamos tramando.

–Tranquilo. Conozco a alguien a quien puedo preguntar discretamente… suponiendo, claro, que las tres hubiesen llegaron a través de Aalborg.

–Está bien, volvamos a la cabaña.

43

El cuerpo de Fensmark seguía tendido en el suelo polvoriento del refugio de caza, sobre un charco de sangre negra y coagulada. Se sentaron fuera, frente al porche cubierto, y esperaron un buen rato. El aire fresco contrastaba fuertemente con la atmósfera sofocante del refugio abandonado.

Margrethe Franck había llamado a su jefe y le había contado aquella versión de la verdad que Oxen y ella habían convenido, y Mossman, por su parte, no había dudado en poner en marcha su cadena de mando. Dos coches de Aarhus estaban ya en camino.

El asesinato de Fensmark y las circunstancias que lo rodearon se consideraron inmediatamente confidenciales, y todas las investigaciones relacionadas con el asunto se llevaron a cabo con el más absoluto secretismo. El comisario Grube y sus colegas en Aalborg no fueron ni remotamente informados.

El presidente de la Comisión Wamberg había sido asesinado, y ahora sabían que el jefe político del CNI, el ministro de Justicia, se hallaba en peligro. Ambas cuestiones estaban de algún modo relacionadas, y ese fue motivo suficiente para que el CNI se blindara.

–¿Cómo se llama tu hijo, por cierto? –La pregunta de Franck rompió un silencio de varios minutos.

–Magnus –respondió Oxen.

–¿Y qué hacéis cuando estáis juntos, Magnus y tú?

–Lo típico: ver fútbol, ir al cine, visitar el zoo, bañarnos en verano y todas esas cosas. Lo mismo que hacen todos.

–¿Y qué supuso para él que te mudaras al bosque?

–Le conté que pasaría una temporada lejos… Caray, cuánto tardan estos de Aarhus, ¿eh? ¿No te parece que tendrían que haber llegado hace ya mucho tiempo?

–Tú vivías en el distrito noroeste. ¿Y tu ex?

–En Charlottenlund. Pero ¿qué me dices de ti? ¿Estás casada?

Franck negó con la cabeza.

–¿Por qué no?

–Mi trabajo ocupa demasiado espacio. ¿Crees que te habrías convertido en un buen policía?

Él clavó la punta de su bota en el suelo.

–Esto ya me lo habías preguntado.

–Lo sé. ¿Y bien?

–Creo que habría sido bastante bueno, sí.

–Fue todo muy repentino, ¿no? De un día para otro. Me refiero al hecho de que decidieras renunciar.

–Qué va; lo maduré durante mucho tiempo. También te lo había dicho.

–¿Hablaste con alguien sobre ello antes de tomar la decisión?

–No del todo.

–¿Eres una persona reservada, Oxen?

La pregunta lo cogió por sorpresa. No iba acompañada de una sonrisa o de cualquier otro gesto que pudiera haber insinuado que Margrethe Franck estaba bromeando; no, ahí solo estaban sus ojos, serios e interesados.

–Qué pregunta más extraña. «Reservado»... ¿Qué opinas tú? ¿Crees que lo soy?

–Yo creo que las guerras y toda esa mierda que has visto y experimentado... creo que te acompañan inevitablemente, en todo momento, y que debe de resultarte muy difícil llevar una vida normal, o preocuparte por esas insignificancias que suelen molestar al resto de los mortales. Y creo que eso debe de acabar provocando algo de... aislamiento. De soledad. No he podido evitar pensar en ello ahora mismo.

Tratándose de Margrethe Franck había dos posibilidades, tal vez tres. O bien se interesaba por él por razones puramente profesionales y estaba tratando de crear una atmósfera personal entre ellos que le facilitara el camino, o bien estaba realmente preocupada por él... O ambas cosas.

–Por supuesto, puede haber cosas que a cada uno le parezcan más o menos insignificantes. De ahí que no se deba...

En aquel momento se oyó el sonido de varios motores, cada vez más cerca.

–Ahí están –dijo Oxen, aliviado.

Poco después, una furgoneta apareció por el camino forestal, y después otra. Las dos VW Sprinter de color blanco avanzaron lentamente por el claro y se detuvieron frente al refugio de caza.

–En una van los técnicos, y en la otra el comando de limpieza, *the cleaners* –murmuró Margrethe Franck, mientras sus colegas empezaban a salir de las furgonetas. Se saludaron y los equipos se pusieron los monos de trabajo. Franck los condujo hasta la escena del crimen, y Oxen se limitó a observarlos.

Los técnicos, como no podía ser de otro modo, se dedicarían a recabar innumerables muestras, aislar huellas dactilares y hacer moldes con las marcas de los neumáticos que probablemente encontrarían un poco más allá del refugio.

Luego vendrían los de la limpieza. En cuanto dispusieran de luz verde, los dos encargados del asunto meterían el cuerpo en un saco y lo dejarían en la parte trasera del coche. Luego, ambos recorrerían el refugio con artículos de limpieza y trapos, para que el polvo pudiera volver a cubrirlo todo, con el tiempo, una vez más.

Eran poco más de las nueve. Estaban en la habitación de Franck, sentados uno al lado del otro, frente al escritorio, y habían cenado juntos. La idea fue de ella.

Aunque habría preferido estar solo, a Oxen le pareció que al menos aquella vez tenía que decirle que sí, en una especie de gesto simbólico para sellar sus acuerdos laborales.

Acababa de volver del sótano, donde había recuperado los documentos que había escondido entre los paneles del techo, y ahora estaban ambos absortos en la lista de observación de Arvidsen.

–Por ahora todo encaja con lo que sabemos –dijo Franck–. Esto es realmente una lista de observación. Y mira las abreviaturas del 14 y 16 de octubre.

Él movió su dedo índice sobre el papel. El 14 de octubre había apuntadas cinco horas bajo el título «Llegadas», así como cinco abreviaturas: HF (Hannibal Frederiksen), EUJ (Ejnar Uth-Johansen, secretario de Estado en el Ministerio de Defensa), MB (Mogens Bergsøe, presidente de la Comisión Wamberg), KN (Kristoffer Nyberg, CEO de una farmacéutica) y, finalmente, UR para el último invitado, que llegó ese viernes, el ministro de Justicia Ulrik Rosborg.

Todas esas abreviaturas se encontraron también apuntadas en la lista del domingo, bajo el título de «Salidas».

–Por supuesto, todavía hay muchas abreviaturas que no podemos asignar –dijo Franck–. ¿Quiénes son AA o LJ, por ejemplo?

–Es inútil adivinarlo.

–¿Puedo ver los planos?

Él asintió y puso el primero sobre la mesa. Franck lo observó silenciosamente, con atención, y recorrió con la mirada el plano del ala principal de la planta baja y las numerosas mediciones y cálculos que hizo Arvidsen.

–Y lo mismo hizo en los otros pisos y alas –dijo Oxen.

Franck estaba a punto de decir algo cuando le sonó el móvil. Descolgó y pareció entusiasmada al escuchar lo que le decían al otro lado: apuntó algo en su libreta y deletreó una serie de nombres. Dio las gracias varias veces y pocos minutos después acabó la conversación con un nuevo «¡Mil gracias!», y colgó.

Entonces lanzó un silbido emocionado.

–¡Tengo los nombres! –dijo.

Oxen la miró sin entender.

–Los nombres de las tres mujeres. Aterrizaron en el aeropuerto de Aalborg, tal como imaginábamos. ¿De dónde podrían haber venido, si no? Se llaman Danuté Romancikiene, Virginija Zakalskyte y Jolita Turai Baronaité. Son de Lituania y aterrizaron el año pasado en Copenhague, el 14 de octubre, con el vuelo SAS SK745 desde Vilna. De allí continuaron hasta Aalborg, y el domingo 16 regresaron realizando ese mismo trayecto inverso hasta Vilna con el vuelo SK744. Pero solo Danuté y Jolita.

–De modo que la belleza con el corte de pelo a lo paje y los ojos marrones es Virginija.

–Sí.

–Y ella... ¿cogió un avión otro día?

–Eso es lo mismo que les he preguntado yo, pero la respuesta es no. Virginija Zakalskyte no ha vuelto en avión a Vilna. Sin embargo, tal como ha insinuado mi fuente, es posible que volviera en ferri, hay uno desde Kiel o Karlshamn

325

hacia Klaipėda, y, por supuesto, podría haber tomado cualquier ruta terrestre. Empezaré revisando los puertos, ni que sea para descartar.

—Y yo me voy mañana a Vilna.

Ante este anuncio, Franck frunció el ceño. Tal vez se estuviera preguntando si debía acompañarlo.

—Imagino que tú mañana tendrás que volver a casa para hablar con el CEO, el secretario de Estado y el ministro de Justicia, ¿verdad? Yo podría irme ahora mismo, de hecho. Hablo ruso, así que puedo apañármelas solo. Lo único que necesito son las tres direcciones —dijo.

Ella asintió, pensando en voz alta:

—Me gusta la idea de irse inmediatamente, pero temo que si buscamos las direcciones dejaremos un rastro demasiado evidente. Los viajeros no tienen que aportar su dirección al entrar en Europa, de modo que, en todo caso, deberíamos pedir ayuda a la Europol... Mi contacto danés en La Haya podría pedir a sus homólogos lituanos que le facilitaran la información del registro nacional, pero, de nuevo, nada de esto pasaría desapercibido. Otra opción es recurrir al oficial de enlace que se halla en el Báltico en una maniobra de cooperación con la policía. Creo que en este momento se trata de un sueco, y que, si no me falla la memoria, ahora vive en Estonia. Por supuesto esto supondría tener que dar un desvío enorme para llegar a una dirección en Vilna, y al final también dejaríamos rastro. Hagamos lo que hagamos, Mossman lo notará de inmediato.

Franck sopló para apartarse un mechón de pelo de la frente. Tamborileó sobre la mesa con los cinco dedos de la mano derecha mientras mantenía la mirada fija en algún punto de la pared. Parecía distraída.

—Aunque tal vez... —dijo de pronto—. Tal vez podamos lograrlo pese a todo.

–¿Cómo?

–Eso es lo que estaba pensando. Pensaba en un curso que hice en Helsinki hace unos años. En mi clase había un alumno que estoy casi segura de que era de Vilna. Su nombre era Zigmantas, Zigmantas no-sé-qué. Parecía muy buen tío, tal vez un poco demasiado entusiasta. Cuando acabó el curso siguió escribiéndome una temporada. Si le pido que me ayude, seguro que lo hará encantado, y con discreción, no tengo ninguna duda. Veré qué puedo hacer mañana por la mañana.

Después de aquello volvieron a revisar los planos, y al cabo de una hora Oxen se puso de pie para irse a la cama. Cuando estaba a punto de poner su mano en el pomo de la puerta, ella le dijo:

–Yo también tengo *flashbacks*. De aquella época, de cuando aún tenía pierna… y algunas pesadillas realmente terribles. Ya no las sufro tan a menudo, pero aún siguen por aquí, de vez en cuando. Cuatro, cinco, seis veces al año.

Él asintió, sonrió y se puso algo tenso.

–Oxen, ¿te mudaste al bosque para conseguir tenerlo todo controlado?

Él se encogió de hombros.

–Fue para… para encontrar algo de paz. El Señor White y yo solo queríamos descansar.

–Y ahora el Señor White ya no está –dijo ella.

Él asintió y abrió la puerta. Justo cuando estaba a punto de cerrarla tras de sí, Franck retomó la palabra:

–Tú no haces esto por dinero.

–Buenas noches; que descanses –dijo, cerrando por fin la puerta.

Mañana por la mañana tenía que salir muy pronto. Tenía que ir a Vilna a visitar a Virginija Zakalskyte, Jolita Turai Baronaité y Danuté Romancikiene.

44

La joven de la recepción del hotel Tilto, en el centro de Vilna, lo miró atentamente mientras él le mostraba su reserva exponiéndola sobre la mesa.

–¿Niels Oxen, de Dinamarca? Ha llegado algo para usted –dijo ella, en inglés, justo antes de abrir un cajón y entregarle un sobre grande.

De modo que Franck lo había logrado, tal como le había prometido. Esa mujer podía con todo.

Rellenó el formulario del registro con celeridad, cogió uno de los mapas gratuitos que había sobre el mostrador y tomó el ascensor hasta el tercer piso. Apenas unos segundos después, se dejó caer sobre la cama de su habitación y abrió el sobre. En su interior, una hoja DIN A4 escrita a mano. El texto estaba en inglés, y tenía adjunta (con un clip) una copia de una foto de muy mala calidad.

«A Niels Oxen. Aquí está la lista de direcciones que le prometí a Margrethe. Por supuesto, en Vilna y sus alrededores viven varias mujeres con estos nombres, pero he podido excluir a algunas dada la edad estimada que me facilitó Margrethe. En el caso de Virginija, tenemos el informe de una mujer desaparecida con el mismo nombre (adjunto foto). Buena suerte. Llámeme si tiene problemas».

La carta estaba firmada con el nombre de Ramunas Zig-mantas. El hombre que había echado un cable a Franck probablemente trabajaba en la policía de Vilna o en el servicio secreto lituano, y le había dejado un número de teléfono móvil.

Oxen estudió la lista de nombres:

Virginija Zakalskyte. Había tres mujeres con ese nombre, pero él no tuvo que investigarlas siquiera. La copia de aquella foto tan mala aún era lo suficientemente buena como para permitirle reconocer inmediatamente a la hermosa joven. Ahí estaba la verdadera Virginija, que, por lo visto, nunca regresó a Lituania. Tenía veintisiete años.

Según Zigmantas, hacía cuatro meses que se consideraba definitivamente desaparecida, pero su familia llevaba ya unos ocho meses buscándola, lo que significaba que no la habían visto desde su viaje a Dinamarca.

En los documentos que tenía delante pudo ver tanto la dirección de la joven como la de sus padres.

Jolita Turai Baronaité. Solo había una mujer con este nombre en todo Vilna, así que esperaba que fuera la mujer adecuada. Tenía treinta y cuatro años y vivía en un distrito llamado Žirmūnai.

Danuté Romancikiene. Era la mayor de ese trío que había sido invitado al castillo de Nørlund para el entretenimiento general. Aquí había tres opciones, y, por lo tanto, tres direcciones de mujeres de entre cuarenta y cuatro y cincuenta años. Pintaba a que iba a tener que caminar.

Tuvo toda la tarde a su disposición, y, como era sábado, sus opciones de pasar el tiempo libre resultaron considerablemente mejores que en un día de semana laboral. Afortunadamente, el mapa también incluía un registro callejero. Tardó menos de quince minutos en encontrar las calles, marcarlas con un círculo y buscar atajos para llegar hasta ellas, o para ir de una a otra. Leer y memorizar planos era una de las cosas para las que fue entrenado.

Luego se levantó vigorosamente, se metió la lista de direcciones de Zigmantas en el bolsillo interior de su chaqueta y salió de su habitación.

Dado que tenía bien identificada a Virginija Zakalskyte y sabía con certeza que había desaparecido, decidió empezar su trabajo por la parte más simple: Jolita Turai Baronaité.

Anduvo una corta distancia hasta la calle T. Vrublevskio, que llegaba más allá de la imponente catedral, y que conducía, hacia el sur, hasta el corazón de la ciudad vieja, y hacia el norte, hasta el río.

Había mucho tráfico, incluso para un sábado a aquella hora. En la calle, los neumáticos calientes de los coches chirriaban al entrar en contacto con los adoquines del suelo. Tuvo la suerte de ver un taxi y lo llamó. El conductor acercó el coche a toda velocidad hacia la acera y frenó bruscamente.

Oxen le indicó en ruso adónde quería ir, y, afortunadamente, su idioma no provocó una reacción negativa. En Lituania nunca había habido tantos rusos como en los dos Estados hermanos del Báltico, y tampoco había habido tantos problemas de independencia como allí. El conductor asintió y esperó a que se abriera una brecha en el tráfico. Entonces se atrevió a dar una peligrosa vuelta en forma de U y se pusieron en camino.

El trayecto los llevó lejos del centro. Žirmūnai, donde vivía Jolita, quedaba a pocas millas al norte. El conductor fue todo lo rápido que le permitió la tercera marcha del coche, y usó el puente del rey Mindaugas como plataforma de lanzamiento a través de la ciudad, aunque lo cierto era que el puente parecía cualquier cosa menos propio de un rey. Levantado por enormes arcos de hierro, la estructura resultaba tan simple

330

que uno bien podría pensar que el escuadrón de ingenieros no dedicó más de un día a diseñarla.

Por debajo pasaba perezosamente el río Neris. Su ladera empinada había sido fortificada en gran parte con enormes ladrillos de celosía de hormigón, sin la menor ambición pintoresca. En algunos lugares había crecido la hierba, y en otros, en cambio solo podían verse manchas de hormigón rugoso y tierra marrón reflejadas en el espejo plateado del río.

No pudo ver más, al menos no de cerca. En el primer gran cruce al que llegaron, el conductor giró bruscamente a la derecha y siguió el curso del río a cierta distancia hacia el norte.

A izquierda y derecha de la calle había edificios residenciales, y unos kilómetros al este, una colina cubierta de bosque se alzaba sobre el horizonte.

Oxen sintió un pinchazo de alegría cuando pasaron junto a una serie de edificios prefabricados y en mal estado que se parecían sobremanera a los típicos barrios soviéticos del antiguo orden mundial.

Todas las viviendas estaban equipadas con un pequeño balcón cubierto: una discreta posibilidad de gozar de las vistas, y un par de metros cuadrados adicionales, diseñados con una enorme inventiva. Por lo general disponían también de espacio para tender la ropa y, con el paso de los años, habían ido equipándose repetidamente con tablones de madera o chapa galvanizada. En algunos casos podían verse incluso verdaderos invernaderos con palmeras, o pequeñas obras de arte hechas de coloridos mosaicos de vidrio.

Se sintió feliz, pues esos bloques le recordaban la individualidad del ser humano, su imperturbabilidad y sus sueños, y le hacían pensar en que todo podría suceder en cualquier momento, en cualquier lugar, pasara lo que pasara.

Muy poco después, el taxista giró a la izquierda y rompió el silencio:

—Ya casi hemos llegado. Son esas casas de allí, detrás del Senukai.

Oxen no tenían ni idea de lo que era el Senukai. Avanzaron a través de un área aparentemente interminable, con modernos centros comerciales y edificios de oficinas a uno y otro lado de la carretera, y con gente sacando enormes bolsas de los supermercados, que por lo visto nunca cerraban sus puertas.

Frente a ellos apareció una hilera de modernos bloques de pisos, pintados todos del mismo modo, en tonos apagados. El conductor volvió a doblar una esquina, avanzó por la parte trasera de un complejo de edificios y disminuyó la velocidad.

—Déjeme aquí mismo —dijo Oxen, haciéndole un gesto para que se detuviera—. Ya encontraré yo el número.

En la placa de la calle que quedaba en aquella esquina pudo leer «K. Ladygos gatvé». Pagó, salió del taxi y miró el reloj. No estaba mal. Había salido del aeropuerto hacía una hora y media, y ahora ya estaba aquí.

Jolita Turai Baronaité vivía en la calle K. Ladygos número 8, tercer piso, escalera derecha.

Entonces comprendió lo que era el Senukai, porque en la parte posterior del edificio pudo ver unas rampas de carga en las que había varios camiones, unos al lado de otros, así como madejas de lana, ladrillos, madera y componentes prefabricados apilados por todas partes. De vez en cuando los clientes aparecían por algún portal llevando de todo: desde marcos de puertas hasta cajas de flores. En el Senukai se vendía todo el material con el que cualquier ciudadano de Vilna podría sentar las bases de sus sueños.

Se detuvo frente a la casa con el número ocho. En la planta baja había una peluquería. Levantó la vista y se preguntó qué sueño movería a Jolita en el tercer piso.

Repasó los nombres de los buzones, y vio que no había ninguna Jolita Turai Baronaité, ni en el tercer piso ni en ningún otro. De hecho no había ni una sola Jolita en todo el bloque. ¿Era posible que Zigmantas le hubiera dado una información obsoleta?

Un hombre con una niña pequeña en brazos y otra cogida de la mano se acercó hacia la puerta. Oxen le salió al encuentro y le dijo:

—Estoy buscando a Jolita Turai Baronaité. Pensaba que vivía aquí, pero no veo su nombre en los buzones.

—¿Jolita? No, aquí no vive ninguna Jolita. Bueno, nosotros solo llevamos en el bloque medio año, pero si quiere estar seguro pregunte allí, que lo saben todo —dijo el hombre, señalando a la peluquería.

En el aparador podía leerse «Chez Svetlana» con doradas letras con formas curvas. Oxen dio las gracias al hombre y entró en la tienda. Svetlana. Probablemente, una peluquera rusa. Puede que fuera por su larga melena, o quizá por el hecho de que los hombres no solieran entrar en su peluquería, pero el caso es que Svetlana lo miró fijamente, sin pestañear.

—He venido a ver a Jolita. Jolita Turai Baronaité. Se supone que vive aquí, pero… su nombre no está en el buzón, y no lo entiendo.

Svetlana se centró entonces en el pelo canoso de la anciana que tenía delante, en la silla del peluquero.

—Oh —dijo ella, suspirando y sacudiendo la cabeza—. La pobre Jolita…

—¿Pobre por qué? ¿Le ha pasado algo?

—¿No se ha enterado? Jolita murió hace unos meses. El año pasado, en octubre. Era tan agradable… Y muy buena clienta, además. A veces solo venía para tomar una taza de té.

—¿Muerta? ¿En serio?

–Suicidio. Se tomó unas pastillas… Según dijeron, dejó una carta en la que hablaba de un amor no correspondido. A mí me cuesta creerlo, ¿sabe? No me parece propio de Jolita… Ahora descansa allí, en Antakalnis.

Svetlana hizo un gesto hacia la ventana.

–¿Cómo dice?

–En el cementerio, por supuesto. En el camposanto de Antakalnis, al otro lado del río. Y resulta que su madre trabaja allí, de jardinera. ¿No le parece una ironía del destino?

–Pues sí…

–¿No la conocía mucho, no? ¿O es que no es usted de aquí?

–Oh, bueno, la conocí hace tiempo. Fuimos amigos durante un tiempo… pero no, tiene usted razón, no soy de aquí.

–Entonces le aconsejo que vaya al cementerio y le presente sus respetos por última vez. Hoy es sábado –Svetlana echó un vistazo al reloj que tenía sobre el espejo– y es pronto. Puede que su madre aún esté allí, trabajando. Sobre todo si hay programado algún funeral. Salúdela de mi parte, ¿quiere? De Svetlana, la peluquera.

–Descuide. Pero, dígame, ¿a qué se dedicaba Jolita últimamente? ¿De qué trabajaba?

–Era secretaria en la embajada noruega.

–Gracias.

Hizo un gesto de agradecimiento con la cabeza y cerró la puerta al salir. Sabía que algo así podía pasar, pero estaba resultando todo demasiado fácil… Y algo en su interior le decía que las cosas podían volverse mucho más complicadas.

El cementerio de Antakalnis parecía formar parte de otro mundo. Los muertos descansaban al pie de una colina, entre los gruesos troncos de gigantescas coníferas: tejos, tuyas, enebros y demás árboles de hoja perenne.

Todo parecía tranquilo y silencioso entre aquellas plantas, aunque las grandes carreteras a ambos lados del río no quedaban muy lejos de allí. Los caminos más anchos entre las tumbas estaban cubiertos de grava y adecuadamente despejados de maleza, y los más estrechos, cubiertos por una gruesa capa de agujas marrones que amortiguaban los pasos de los visitantes. En aquel lugar hasta los pájaros parecían trinar en voz baja.

Oxen tardó muy poco en localizar a la única mujer que obviamente no estaba de visita, sino trabajando. En aquel momento, se hallaba rastrillando el suelo.

Le confirmó que era la madre de Jolita en cuanto él se presentó. Fingió ser un antiguo compañero de la embajada, que acababa de volver de vacaciones y enterarse de la triste noticia.

—Es terrible enterrar a un hijo. Terrible. Parece un error, y una injusticia… aunque llevo trabajando aquí casi diez años y sé muy bien que la vida sabe ser muy injusta —dijo la mujer, en voz baja.

—No sabe cuánto lo siento —le aseguró Oxen, con el cuerpo en tensión—. ¿Sería tan amable de mostrarme su tumba?

—Por supuesto, venga conmigo.

En silencio avanzaron hacia la salida. Desde allí, un camino estrecho conducía a una colina en la que se alzaban tres grandes pinos. La tumba estaba en la parte superior. El aire del cementerio era húmedo, y el musgo se extendía sobre las tumbas sombrías, pero la de Jolita se veía diferente, más limpia, más nueva.

Según la fecha de la lápida, murió tres días después de su regreso de Dinamarca. ¡Solo tres días!

—Svetlana, la peluquera de casa de Jolita, le envía saludos —dijo.

La mujer asintió.

—Ella me ha contado lo que pasó, pero yo no puedo creerlo. Jolita estaba siempre tan feliz...

—Yo tampoco lo entiendo –dijo la mujer–. ¿Aunque no es así siempre? Uno cree que lo sabe todo, pero probablemente no sepa nada hasta el día del juicio final. Ella explicó sus motivos en una carta, ¿lo sabía? Todos sabíamos que había hombres en su vida, por supuesto, pero ¿un amor tan infeliz? ¿Un dolor tan inmenso? No... Ninguno de los que la conocíamos aceptamos esa razón.

Hablaron un rato sobre Jolita y sobre lo complicada que puede ser la vida a veces. Luego él le puso una mano en el hombro, le dio las gracias y se despidió.

Se sintió un cobarde por haber aterrizado en aquel lugar con una bandera falsa. Se dio cuenta de que le costaba respirar mientras cerraba la puerta del cementerio detrás de él.

Había claramente dos posibilidades: o bien Jolita había experimentado algo tan perturbador en el castillo de Nørlund que ya no se veía capaz de vivir con ello, o bien eso mismo que había experimentado había provocado que otra persona quisiera verla muerta y hubiera actuado en consecuencia. Para ser sincero, Oxen consideraba que esta última opción era la más factible.

En cuanto a Danuté Romancikiene... a esas alturas, temía lo peor. Tenía que encontrarla, inmediatamente.

Le llevó más de dos horas y tres largos viajes en taxi dar con la Danuté correcta. Su tercer y último intento lo llevó a una casa en el centro de la ciudad, y allí tuvo el éxito que no había tenido en el sudoeste de Lazdynai, ni al norte de la ciudad, en Tarandė.

Una chica muy joven le abrió la puerta. Una breve conversación confirmó sus sospechas. Cuando respondió a su pregunta, las lágrimas brotaron de sus ojos, y su voz sonó entrecortada.

—Es mi madre... pero murió –dijo, secándose las mejillas con la manga del jersey.

Oxen se había presentado como un excolega de su madre, y había dicho que tenía muchísimas ganas de verla, después de tantos años. Al mismo tiempo, le había mostrado a la joven una foto que se había guardado en el móvil para asegurarse de que estaban hablando de la Danuté correcta.

Ahora tenía que seguir desempeñando su papel, aunque le resultaba francamente difícil.

—Lo siento muchísimo, no tenía ni idea. ¿Qué le pasó?

Un joven apareció en la puerta. El hermano de la chica, sin duda.

—¿Eras compañero de mi madre, dices? ¿Del ministerio?

Oxen asintió, y pensó durante unos segundos.

—Sí, del ministerio, pero de eso hace un montón de años. Tantos que ni siquiera recuerdo dónde trabajó tu madre por última vez.

—Era la secretaria principal del ministro de Trabajo –respondió el chico.

—¿Y cuándo... desde cuándo está muerta?

—Murió el año pasado. El 20 de octubre. Un accidente de tráfico. Se salió de la carretera cuando iba de camino a Palanga.

—¿En octubre? Un conocido me dijo que vuestra madre estuvo en Dinamarca el otoño pasado. ¿Vosotros fuisteis con ella?

Los hermanos se miraron inquisitivamente.

—No sabemos nada de un viaje a Dinamarca. Debe tratarse de un error... Por aquel entonces los dos vivíamos en una residencia de estudiantes en la ciudad, pero ahora hemos venido a vivir aquí, al menos hasta que sepamos qué hacer a continuación... Esta casa era de nuestra madre.

–Entiendo. No sabéis cuánto lo lamento. Pero no quiero molestaros más, chicos… Gracias por atenderme.

Se despidió apresuradamente y salió de la casa. El gran edificio de la calle Pylimo se conservaba magníficamente bien y su fachada estucada estaba decorada con formas de enredaderas y coronas de laurel. Una casa de esas características superaba con creces lo que cualquier secretaria, aunque fuera la más diligente del ministerio más adinerado, podría haberse permitido. Pero era obvio que la elegante Danuté Romancikiene tenía otras fuentes de ingresos más interesantes.

A ella le permitieron vivir un día más que a la joven Jolita. ¿Por qué? Y… ¿un accidente de tráfico? ¿Aunque por qué no? Era mucho más efectivo y menos engorroso que el suicidio. Y por lo visto el responsable de ambos crímenes puso el máximo interés en hacer que las dos muertes se vieran lo más distintas posibles.

No tenía ni la menor idea de dónde había sacado Zigmantas las direcciones de aquellas dos mujeres, pero estaba claro que en el registro de ciudadanos lituano había errores imperdonables, pues uno podía haber muerto y seguir vivo en el registro. Oxen sacó la lista de su bolsillo y encontró la dirección de los padres de Virginija Zakalskyte.

No es que hubiese tenido una idea de cómo esos señores iban a poder ayudarlo, sino más bien, lamentablemente, que no se le ocurría nada más. No tenía nada. Lo único que sabía era que todas las mujeres que pasaron el fin de semana en el castillo de Nørlund habían muerto inesperadamente. Todas excepto –era una posibilidad que aún existía, al menos en teoría– Virginija, quien por lo visto había decidido desaparecer voluntariamente.

El barrio de Žvėrynas quedaba al oeste del centro, encajado en una curva del río Neris, y era considerablemente distinto a los otros que había visto durante su visita relámpago a la ciudad: aquí había muchas casas unifamiliares, y estaba claro que los vecinos de esta zona tenían un alto nivel adquisitivo.

Antes de llegar allí había echado un vistazo a la dirección de la propia Virginija, que resultó que vivía en un edificio muy moderno que se hallaba en una calle paralela a la zona comercial más moderna de la ciudad: la Gedimino Prospektas. Una dirección de lo más refinada para una joven de apenas veintisiete años.

Pagó el taxi y se bajó. Los padres de Virginija vivían en una pequeña casa familiar de la calle D. Poškos. La planta baja estaba estucada de amarillo, y el primer piso cubierto de madera. Toda la parcela estaba rodeada por una valla de madera blanca y el césped, recién cortado.

Oyó que alguien trasteaba con alguna herramienta, tal vez de un garaje, y fue hacia allí. Decidió cambiar su táctica de acercamiento para no enredarse en su propia tela de araña. Diría que formaba parte de una investigación danesa extraoficial que trabajaba, entre otras cosas, con la desaparición de Virginija.

Unos minutos más tarde, estaba sentado en un banco de la cocina mientras la madre de Virginija le servía café. El hombre que había encontrado en el garaje y al que había explicado en ruso sus intenciones estaba sentado al final de la mesa. Después de que los tres hubiesen dado un sorbo al café, Oxen rompió el silencio.

–¿Sabían que su hija estuvo en Dinamarca en octubre?

Los padres asintieron.

–La policía nos lo dijo cuando alertamos de su desaparición –respondió el padre–. Lo encontraron en los registros del aeropuerto… Virginija había cogido un avión a Dinamarca, pero no uno de vuelta.

Desgraciadamente, nadie les había explicado por qué la policía no fue a buscarla a Dinamarca, o incluso al resto de Europa.

—Tardaron ustedes cuatro meses en informar de la desaparición de su hija. Eso es mucho tiempo, ¿no les parece?

Por lo visto, la pareja ya había tenido que responder un millón de veces a aquel reproche, porque la madre respondió sin titubear:

—Mire usted, Virginija ya había desaparecido en otras ocasiones. Le encantaba viajar. Se escapaba, o llámelo como quiera. Tenemos tres hijas, y Virginija es claramente la... la más independiente. O quizá la más rebelde. Nosotros queríamos...

Una joven rubia asomó la cabeza por la puerta. Oxen calculó que tendría unos veinte años. Y si Virginija era guapa, aquella mujer que apareció en la puerta lo era aún más. Oxen miró a la madre, y luego al padre. No cabía duda que el aspecto estaba en los genes.

—*Hello* —dijo la joven, asintiendo con la cabeza hacia él. Luego dijo algo a sus padres en lituano y volvió a desaparecer.

—Esa era Ieva, nuestra hija pequeña. Está estudiando aquí en Vilna —dijo el padre, con orgullo. La melena rubia de la joven era herencia de él.

—Virginija es la del medio, y luego tenemos a Simona, la mayor. Ella es una mujer de negocios que dirige tres panaderías —añadió la madre.

Oxen aprovechó el comentario para tirar del hilo:

—Eso me lleva a la siguiente pregunta: ¿a qué se dedicaba Virginija?

La madre sacudió la cabeza, sonriendo.

—Esa chica... hizo un poco de todo. Abrió un bar con una amiga y durante mucho tiempo organizó grandes conciertos de *rock* en todo el país. Luego dio un salto, y todos pensamos que por fin iba a sentar la cabeza: consiguió un trabajo en el Swedbank, donde trabajó durante los últimos cinco años. Ella es, o era, asesora de inversiones.

–Llegó a vivir bastante bien. Su piso está ubicado cerca de un parque, en una calle paralela a Gedimino Prospektas, y debe ser muy caro.

–Se pueden decir muchas cosas sobre Virginija, pero hay algo incuestionable: siempre ha trabajado para salir adelante, y entiende de dinero –dijo la madre.

Oxen no pudo detectar ni un ápice de desconfianza en aquellos padres. Estaban absolutamente convencidos de que su hija había trabajado duro para conseguir un sueldo en el banco nórdico-báltico, y prefirió cambiar de tema.

–¿Cuántas veces había desaparecido antes de esta última?

–En tres ocasiones –dijo el padre–. Y en todas le perdimos el rastro entre uno y tres meses. Pero eso fue mucho antes de que empezara a trabajar para el Swedbank.

–¿Y adónde fue? ¿Qué hizo durante ese tiempo?

–¿Qué hacen las chicas cuando se escapan? –La madre se encogió de hombros y continuó–: Una siempre teme lo peor. Por lo que sabemos, siempre fue por temas de hombres… o «de tíos», como decía ella. Virginija siempre fue… muy admirada por los hombres. Podría haber estado casada con un hombre bueno y decente desde hacía ya mucho tiempo, si hubiera querido.

El padre asintió, como dándole la razón.

–El hecho de que ella ya se hubiera marchado en otras ocasiones, sin informarnos, provocó que la policía se tomara nuestra denuncia con cierto… escepticismo, por así decirlo. A duras penas logramos que nos escucharan –dijo.

–Entonces, ¿Virginija no les informó de que tenía previsto ir a Dinamarca?

–No, no teníamos ni idea –dijo el padre.

–Mi esposo me ha dicho que mencionó usted una ambiciosa investigación en Dinamarca. ¿Puede decirnos más sobre en qué podría estar involucrada nuestra hija? –dijo entonces la mujer, mirándolo inquisitivamente.

–Lamentablemente no puedo responderles a eso. No estoy autorizado, pero les aseguro que se trata de un caso muy importante. Algunas pistas conducen a cuestiones económicas. En este sentido, encontramos el nombre de su hija y descubrimos que no usó su billete de vuelta a casa. Por eso reaccionamos. Pero díganme… ¿qué opinan ustedes? ¿Qué creen que puede haber pasado, ocho meses después de su desaparición?

–Ambos pensamos que le ha sucedido algo –respondió el padre, con convicción.

–Ocho meses es mucho tiempo. Si todo estuviera bien, al menos habría llamado. Y ella siempre andaba metida en historias. Su padre y yo nos hemos hecho a la idea de que probablemente no… no volveremos a verla…

La mujer bajó la cabeza y se secó una lágrima con la servilleta.

–¿Y su hija mayor? ¿Creen que podría hablar con ella?

–Simona está de viaje de negocios. Honestamente, no sé si ha vuelto o no. Ella siempre está muy ocupada.

Oxen insistió, sin embargo, hasta que la madre le escribió la dirección de Simona y tres números de teléfono diferentes.

–¿Sería usted tan amable de informarnos si descubre algo en Dinamarca? –preguntó entonces ella, entregándole la nota.

–Por supuesto, faltaría más. Muchas gracias por el café.

En principio tenía pensado investigar un poco más sobre el apartamento de Virginija, el alquiler y el motivo por el que su nombre aún estaba en el buzón de la entrada, pero algo le dijo que iba a ser más inteligente seguir la pista de la herma-

342

na mayor, Simona. Solo esperaba poder localizarla. Ella era su última ficha en Vilna.

Decidió volver caminando al hotel. Quería respirar aire fresco y pensar, y seguro que el ejercicio le sentaría bien. No hacía ni medio minuto que se había despedido de los padres cuando la hija pequeña le salió al paso a la vuelta de la esquina. La chica, que llevaba una larga cola de caballo rubia, le tendió la mano y, sorprendentemente, le susurró:

—Tome la nota. —Se lo dijo en inglés.

Oxel sintió el papel doblado en la mano.

—*Goodbye* —dijo Ieva, en voz alta.

—*Goodbye* —dijo él, mientras le devolvía el suave apretón de manos.

Se alejó tres bloques de casas más, desdobló la nota y leyó con curiosidad lo que en ella había escrito a mano: «Mañana a las tres en punto de la tarde. En la Puerta de la Aurora. Te esperaré en la capilla de la Virgen de Vilna. Un saludo, Ieva».

45

Permanecieron en silencio durante todo el trayecto. Ella volvía a ser la chófer de Axel Mossman.

El director del CNI odiaba conducir, porque le obligaba a invertir parte de su capacidad mental en todos aquellos idiotas que se cruzaban en su camino. «Uso inadecuado de los recursos», le había dicho sonriendo, cuando le pidió que se pusiera al volante. Pese a su sonrisa, no obstante, Franck no había dudado que hablaba en serio.

Había pasado a recogerlo por su casa, en Kokkedal. Eso tampoco era nuevo, pero aquel día tenía más sentido que nunca, ya que ella vivía en Østerbro y tenían que ir hacia Gilleleje.

–*Well*, Margrethe, acabemos con esto –dijo Mossman con un suspiro, desparramándose en el asiento del pasajero y cerrando la puerta de golpe.

Después de aquello, ninguno de los dos había dicho nada más. Nada que valiera la pena, al menos. Tanto silencio era más bien sorprendente, pero parecía una metáfora de toda la situación.

Mientras conducía, Franck pensaba en Mossman todo el tiempo, y de vez en cuando lo miraba discretamente, de soslayo. De hecho, no había dejado de cavilar sobre él desde que Niels Oxen le había contado su secreto.

¿A qué estaba jugando su jefe? ¿Y qué tenía que ver con el expolicía de élite Poul Arvidsen?

Ahora estaban a menos de diez kilómetros de Gilleleje. El ministro de Justicia, Ulrik Rosborg, los había convocado en su casa de veraneo porque, en su opinión, era el lugar más adecuado para un encuentro. El ministro no vivía muy lejos de allí, en el campo, en algún lugar cerca de Nødebo, y como su esposa, que era arquitecta, los sábados trabajaba desde casa, Rosborg quiso evitar que ella se preocupara al ver que el jefe del CNI en persona iba a visitarlos, y propuso que se encontraran en Gilleleje.

Eran casi las once y media. Sería ideal que aquello no les llevara demasiado tiempo, porque así Margrethe podría dedicar el resto del día a ayudar a Martin Rytter con sus conversaciones con Ejnar Uth-Johansen y Kristoffer Nyberg.

Por supuesto, los tres hombres que estuvieron en el castillo de Nørlund el octubre pasado recibieron una sucinta explicación de por qué el CNI había decidido ponerles guardaespaldas, pero aún no habían sido informados en profundidad... al menos hasta ahora. Aunque de lo que se trataba en realidad no era tanto de informarlos cuanto de sacarles información. El CNI, por supuesto, estaba altamente interesado en los eventos que se produjeron en octubre en el castillo de Nørlund.

A Margrethe no le sorprendió verse involucrada en asuntos tan confidenciales, pues ya le había sucedido antes, y aunque había oído hablar de los celos y quejas de algunos de sus colegas, molestos porque ella podía intervenir a tan alto nivel y ellos no, no le importaba lo más mínimo. Sabía que tenía acceso a todos los materiales y estaba orgullosa de la confianza depositada en ella, aunque la confianza tenía límites, claro... y el cuello de botella señalaba a Axel Mossman, una vez más.

Además de encargarse de todas las cuestiones prácticas y de tomar notas y memorizarlo todo y conducir el coche, Franck había recibido otro encargo especial para el encuentro con el ministro: debía asegurarse de que la conversación quedase grabada, pero no de forma oficial. Dicho con otras palabras, el ministro no debía enterarse. Mossman era lo suficientemente inteligente como para asegurarse siempre de todo cuanto pudiera.

Ella había estado dando muchas vueltas a las reflexiones de Niels Oxen y tenía que admitir que estaba convencida de que Mossman era capaz de usar cualquier método para proteger o controlar a su superior, el ministro de Justicia, en cualquier situación. Nadie llegaba a ser jefe del CNI sin una buena dosis de cinismo.

Ella misma, de hecho, había aceptado una insólita alianza con un conflictivo héroe de guerra a partir del doble juego de Mossman. Conflictivo, al menos, por cuanto hacía a su historial pecador. Por lo general, Franck tenía un magnífico olfato para tales asuntos, y ahora su nariz le decía que podía confiar en Oxen. Aunque su nariz no era infalible, claro. (Reprimió aquel pensamiento).

Si todo iba bien, esperaba quedar libre a partir de la tarde. En su casa la aguardaba un gran sobre que había dejado a toda prisa en el recibidor, antes de salir corriendo hacia Kokkedal para recoger a Mossman. Se moría de ganas de abrirlo, la verdad, porque confiaba en que su contenido arrojara algo de luz sobre el lado más oscuro de Oxen.

El caso es que aquella mañana, según lo convenido, había hecho una parada en Holbæk para visitar a la señora Middelbo. Después de que ambas hablaran por teléfono, la viuda del exjefe de policía de Bellahøj había empezado inmediatamente a registrar el taller de su esposo hasta encontrar los registros del caso de aquel valiente soldado que los había engañado a todos con su esplendor. Y ahora aquella información la estaba esperando pacientemente en su recibidor.

—Ya tendríamos que estar llegando, Margrethe. ¿Qué dice esa cosa milagrosa? —murmuró Mossman, mirando atentamente el sistema de navegación del cuadro de mandos.

—No queda nada. En seguida llegamos —respondió ella—. ¿Cuántos guardaespaldas le hemos puesto, por cierto?

—Cuatro.

—¿Cuatro? —Franck había calculado que serían tres, y su tono de asombro pretendía provocar a su jefe.

—Sí, cuatro. ¿A qué viene tanta sorpresa? Este hombre no es un ministro cualquiera, ¿verdad?

Parecía que hoy era uno de los pocos días del año en que el jefe del Servicio de Inteligencia Nacional no estaba de humor.

—¿Y qué me dice de Uth-Johansen y Nyberg?

—Dos cada uno.

Poco después se hallaban frente al cartel de la ciudad de Gilleleje y giraron hacia la estrecha y pavimentada calle Grøntoften, donde la familia Rosborg pasaba el verano en una moderna casa de madera, rodeada de abedules y altos setos.

El primer guardaespaldas les salió al encuentro en cuanto entraron en el camino que daba al jardín. Cuando vio quién iba en el asiento del copiloto, les saludó y les indicó que siguieran adelante.

El segundo guardaespaldas se presentó en el aparcamiento. A este lo conocía, su nombre era Karsten. Se acercó al coche y abrió la puerta de Mossman, que lo saludó brevemente:

—Gracias, Ingemann. ¿Dónde está? ¿Qué está haciendo?

—Está en la parte de atrás de la terraza, podando arbustos.

—*Well*, esto sí que es bueno. Ahora resulta que Rosborg poda arbustos. Vamos, Margrethe.

Mossman hizo un gesto enérgico hacia ella, visiblemente divertido ante la idea de ver a un ministro de Justicia con las tijeras de podar.

Lo encontraron en el cuidado jardín que quedaba en la parte de atrás de la casa, donde realmente se hallaba ocupado podando un boj.

Ulrik Rosborg era uno de los pocos políticos daneses –quizá incluso el único– que había dado prioridad al tema de la salud. Había sido atleta, en alguna modalidad de carrera, si no iba equivocada, e incluso había participado en un programa de *fitness* en la televisión; uno que trataba sobre alimentación saludable, ejercicio y programas de entrenamiento. Rondaba los cuarenta y cinco años, había tenido dos o tres hijos con la arquitecta y toda la familia Rosborg gozaba de perfecta de salud.

Franck recordó un fragmento televisivo en el que se mostraba a la familia Rosborg en el desayuno. Una armoniosa escena con una mesa llena de frutas que de ninguna manera podía compararse al inconfundible apocalipsis matinal del que su hermana mayor, también madre por partida triple, solía hablarle con regularidad.

El ministro de Justicia alzó la mirada hacia ellos y sonrió. Cuando se puso de pie pudieron ver que iba con sandalias, pantalones cortos y una camiseta ceñida que evidenciaba el hecho de que salud y entrenamiento no eran simples titulares de su campaña electoral. Hasta el apretón de manos con el que los saludó parecía sano y lleno de vida.

–¿Nos sentamos en la terraza, Axel? Ahí podemos hablar en paz. ¿Queréis un café? Tengo un termo lleno –dijo Rosborg amablemente.

Momentos después, ella y Mossman estaban sentados a la mesa del jardín con una taza de café delante, charlando. El ministro, en cambio, se limitó a tomar un vaso de agua del grifo.

–Está bien, Axel, cuéntame.

Mossman arrugó levemente la nariz, incómodo quizá con ese «Axel» que sonaba demasiado familiar. El ministro, por supuesto, estaba al corriente de todos los detalles sobre la muerte de Bergsøe en Borre Sø, y, por supuesto, también sabía en qué punto se hallaba la investigación sobre el fallecimiento de Corfitzen, por lo que Mossman pasó a hablarle directamente del caso de Hannibal Frederiksen, otrora peso pesado de la economía danesa –de él, de su perro ahorcado y de su propia muerte en un sospechoso accidente que se produjo en un acantilado de Málaga–, y luego del asesinato de Arvidsen, del drama en el pabellón de caza y del vídeo con las matrículas.

Margrethe mantuvo la mirada fija en Rosborg mientras la pequeña grabadora de su bolsillo iba registrándolo todo. El ministro de Justicia hizo alguna que otra mueca mientras Mossman iba desmadejando todo el asunto sobre la mesa del jardín de madera tropical que tenían enfrente, y tal vez contrajera levemente los labios cuando Mossman concluyó su informe indicando el tema de las matrículas.

–*Well*, ahora, por supuesto, me veo obligado a preguntarte qué hacías en el castillo de Nørlund aquel fin de semana junto a Bergsøe, Frederiksen, Nyberg y Uth-Johansen.

–Cazar. Nos invitaron a una partida de caza. Y a una de pesca.

–No sabía que conocieras al viejo embajador.

–¿A Corfitzen? ¿Y quién no lo conocía? Pondría la mano en el fuego a que la mayoría de los políticos de alto rango sabían perfectamente quién era. Al fin y al cabo, fue uno de los diplomáticos de más éxito que hemos tenido.

–Pero yo no estoy hablando de «saber quién es», sino de «conocer». –Ahora Mossman gruñó de nuevo.

–Bueno, tal vez «conocer» sea excesivo. Nuestra relación nunca fue tan personal. Solo nos reunimos en privado unas pocas veces, en los eventos realmente grandes del Consilium. La visita de Clinton, por ejemplo, fue una de ellas.

–De Bill, querrás decir.

Rosborg resopló indignado, dio un trago a su agua y asintió.

–De modo que fuiste invitado a un fin de semana de caza en el castillo de Corfitzen.

–Sí. Caza mayor. Y, como acabo de decirte, también había pesca para los que quisieran. En el Lindenborg Å hay magníficas truchas marrones.

–Ya veo. ¿Y bien? ¿Tuviste suerte con la partida?

–Kristoffer Nyberg cazó un carnero. Yo pesqué una trucha de casi cuatro kilos y Corfitzen una de tres kilos.

–¿Conocías a los otros invitados?

–A Bergsøe, por supuesto. Al resto, no.

–¿Ni siquiera al secretario de Estado?

Rosborg negó con la cabeza.

–No. Seguro que habíamos coincidido en alguna ocasión, pero él trabaja en otro ministerio, muy distinto al mío.

Margrethe estaba a punto de intervenir, cosa que no solía hacer, cuando Mossman por fin escupió la pregunta central:

–Cuando Rytter te informó sobre la muerte de Corfitzen no mencionaste que lo conocías.

–Ya, es que... bueno, es lo que acabamos de comentar, Axel: «conocer» es un verbo algo excesivo. Solo he estado en Nørlund en una ocasión, y eso fue en octubre del año pasado. En un asunto tan serio como el que nos ocupa, me pareció completamente irrelevante informaros de que una vez pasé un fin de semana allí. Ahora veo que tal vez fue un error, y lo lamento.

Mossman asintió pensativamente y tomó un sorbo de café, girando ligeramente su enorme cuerpo hacia el jardín.

–Bonita casa, bonito jardín, bonita zona. Adoro Gilleleje –dijo entonces, cambiando radicalmente de tema.

—Sí, a nosotros también no gusta mucho. Es por eso que pasamos la mayor parte del verano aquí, si el clima lo permite. A los niños les encanta bañarse, y Mette, mi esposa, adora tumbarse en la playa y leer.

Rosborg movió su silla ligeramente, de modo que ahora estaba en diagonal respecto a ellos. Cruzó una pierna sobre la otra, balanceándola ligeramente hasta que la sandalia de su pie derecho se cayó al suelo, sin más. Margrethe Franck lo vio de inmediato: el ministro de Justicia se había hecho un pequeño tatuaje en la parte exterior del tobillo derecho: *I. H. 2006*.

Era obvio que Mossman, siempre tan despierto, también tenía que haberlo visto. Lo que Franck no esperaba era que su jefe hiciera un comentario sobre algo tan privado.

—Estos tatuajes están cada vez más de moda —dijo, señalando con la cabeza el pie descalzo del ministro.

—Ah, eso no es más que un recuerdo, Axel. De un pasado lejano, uno de entrenos duros y sacrificios —dijo el ministro, sonriendo—. «I. H.» significa «Ironman de Hawái», y el año se explica solo. Fue un pequeño sueño cumplido. Una época maravillosa.

—Ya veo —dijo Mossman, recuperando de pronto el tema que de verdad le importaba con muy poca elegancia—. Pero dime, ¿qué hicisteis durante todo ese fin de semana en Nørlund?».

—Humm… Nada especial… —Rosborg estaba perplejo—. Es decir… por supuesto, comimos maravillosamente, y nos bebimos una o dos botellas de vino tinto del bueno. Pero tuvimos que levantarnos pronto ambos días.

—Entonces, ¿no sabrías decir por qué tres de los seis invitados de aquel evento están ahora muertos? Mejor dicho, ¿asesinados?

—No, no. En absoluto. —El ministro de Justicia negó con la cabeza—. Pero ¿no podría ser que hubiese otros motivos? Es decir, ¿razones que no estuvieran necesariamente relacionadas con ese fin de semana? ¿Cómo lo ves?

—Es posible, claro, pero ya sabes cómo funcionan estas cosas. Tenemos que mirar debajo de todas las piedras –dijo Mossman, sin titubear.

—Supongo, entonces, que debería sentirme amenazado, ¿no? Dado que yo también estaba en Nørlund... Pero ¿ahora qué? –preguntó Rosborg, poniendo su expresión más formal.

—Te mantendré continuamente informado y te libraré de mi gente lo antes posible, pero no hasta que sepamos cuál es el peligro.

—Por supuesto, por supuesto. Y gracias por venir hasta aquí. ¿Hay algo más que queráis comentar antes de marcharos?

Margrethe se fijó en la fuerza de ese «antes de marcharos»: un modo perfectamente elegante de echar a alguien lo antes posible.

Se levantaron y se despidieron. Rosborg ya había sacado sus tijeras de podar cuando Mossman arqueó una ceja y dijo:

—Solo una última pregunta.

—¿Sí?

—¿Tenéis un perro?

—Sí, Rosie, una labrador. ¿Crees que...?

—Yo no creo nada, pero cuídala bien. Ya te llamaré.

No fue hasta bien entrada la tarde cuando abandonó el ministerio de Defensa junto con Martin Rytter.

El sol, ya bajo, los cegó al salir del edificio. Justo delante de ellos, una pareja mayor estaba sentada en un banco frente a la iglesia de Holmens y se tomaba un helado, mientras que un barco bajaba en ese momento por el río, de camino al Børse, lleno de jóvenes con ganas de fiesta.

—Tendríamos que volver a tener veintidós años, ¿no te parece? –dijo Rytter, poniéndose las gafas de sol–. Es sábado por la noche y se acerca el verano.

Un Ejnar Uth-Johansen visiblemente afectado los había recibido en su oficina. Como funcionario público, y a diferencia de algunos políticos importantes, no estaba acostumbrado a amenazas de ningún tipo.

Él fue el último superviviente de Nørlund con el que hablaron ese día. Antes, Rytter y Franck habían ido a Vedbæk a visitar a Kristoffer Nyberg, CEO de Fortune Pharmaceutical Industries.

Nyberg era un tipo más bien duro y lacónico. Su elocuente esposa, en cambio, aparentemente algo más joven que él, se había sentado con ellos delante de la blanca y pulida mesa de la cocina y había estado haciendo preguntas.

Ni el CEO ni el secretario de Estado se habían mostrado precisamente entusiasmados con el tema de los guardaespaldas, pero ambos habían admitido que apenas se daban cuenta de su presencia. Por lo demás, se habían tomado el asunto muy en serio, lo cual resultaba francamente apropiado.

La declaración de ambos coincidió con la del ministro de Justicia: habían sido invitados a un fin de semana de caza y pesca en el castillo de Nørlund.

El director Nyberg conoció a Corfitzen a través de su esposa, quien trabajaba en el Departamento de Estado y cuyo padre también había sido embajador.

El secretario de Estado, Uth-Johansen, se había reunido con Corfitzen en varias ocasiones, por varios eventos del Consilium, y aunque lo conocía solo superficialmente, en algún momento habían descubierto que compartían una pasión común –a saber, la caza–, y en una ocasión, el exembajador y fundador del *think tank* le prometió que lo invitaría un día a cazar a Nørlund. Y así lo hizo.

Los dos hombres hurgaron en los confines más recónditos de su memoria para encontrar una explicación a las muertes de los invitados de Nørlund, pero en ambos casos el resultado fue idéntico: no tenían ni idea.

En general, ambas conversaciones habían discurrido de un modo muy similar, con la pequeña diferencia de que el CEO tenía un perro y el secretario de Estado no.

—¿Volverás a Jutlandia del Norte a partir del lunes? —le preguntó Rytter.

—Aún no lo sé. Mossman no me ha dicho nada.

—Yo voy a enviar allí a diez hombres, y a algún otro a Aarhus. Y me quedaré por allí unos días —dijo él.

—¿Los enviarás a todos a Rold Storkro?

—Sí. Y cinco volverán a Silkeborg, para investigar el tema de Bergsøe. Al viejo se le está yendo la pinza.

—Ya me he dado cuenta de eso, sí.

—Es todo por el ministro de Justicia. Lo tiene ocupadísimo. De verdad que nos iría genial hacer algún avance... ¿Qué pasa con nuestro héroe de guerra? ¿Vale todo ese dinero que le pagamos? —preguntó Rytter, sonriendo.

—No sé qué decir... —Ella estiró los brazos, incapaz de añadir nada más al respecto—. ¿Te leíste mi informe?

—Incursión en el sótano de Arvidsen, Arvidsen muerto en el tractor-cortacésped, Fensmark muerto en el refugio del bosque... sí, gracias, lo leí. Y en cada ocasión, Oxen estaba cerca.

—Tiene un indiscutible talento para meterse en líos —dijo.

—Un talento extraño. ¿Hay también medallas a la mala organización? Ayer hablé con Mossman sobre el tema. Su único comentario fue: «Dale tiempo, Rytter, dale tiempo...». ¿A ti te ha dicho algo más?

Franck negó con la cabeza.

—Está bien, Franckie, ahora quiero irme a casa y pasar el fin de semana con mi familia. Más vale tarde que nunca, ¿verdad? Por si el lunes no nos vemos, seguro que nos encontraremos en Rold Storkro en algún momento, pronto.

—Sí. ¡Buen fin de semana!

Era obvio que todo el complejo proceso de investigación pesaba mucho sobre los anchos hombros de Mossman, aunque por lo visto Martin Rytter también quería hacerse cargo del problema. Por lo general lo manejaba todo con mano firme, pero esta vez se veía francamente incómodo.

Rytter dobló la esquina y desapareció por el Admiralgade, donde estaba aparcado su coche. Ella cruzó la calle y fue hacia su Mini Cooper blanco y negro, que había aparcado justo frente a la puerta de la iglesia.

Y, de nuevo, un fin de semana de kebab. Una constatación molesta, pero no precisamente sorprendente. Se sirvió una copa de vino y se puso cómoda en el sofá de su pequeña sala de estar.

Frente a ella, sobre la mesa, tenía el gran sobre marrón que había recogido de la señora Middelbo en Holbæk. Las expectativas eran siempre la mejor parte de las sorpresas. El sobre era pesado y grueso.

No se rindió a la curiosidad hasta que satisfizo gran parte de su apetito y se hubo comido más de la mitad del kebab. Luego cogió su copa de vino, le dio un trago, se recostó en su sofá y abrió el sobre.

La mitad del kebab ya estaba frío desde hacía tiempo y su copa de vino seguía intacta cuando, después de una hora de absoluta concentración, recogió los papeles y volvió a meterlos en el sobre. Había sido una lectura inquietante.

Se quedó un buen rato sentada, pensando, y por fin se levantó, puso la segunda parte de su cena turca en el microondas, encendió el televisor, se sirvió un poco más de vino tinto, se desabrochó la prótesis de la pierna y se sentó de nuevo en el sofá con el plato otra vez lleno.

Ahora estaba lista para ver una película, por penosa que fuera. Lo más importante era que podía quedarse dormida en cualquier momento sin tener la sensación de que había dejado algo a medias.

Era más de medianoche cuando se despertó bajo la manta de lana. En la tele se oían los disparos de una ametralladora. Chuck Norris, con su cinta en la frente, tenía el dedo en el gatillo.

Döner kebab y una película de clase B. ¿Podía haber algo mejor? Apagó el televisor y volvió a coger el sobre marrón.

Era posible que Niels Oxen fuera un ser despiadado y violento, que hubiera pegado a su esposa, que hubiera tratado de engañar a su compañía de seguros, que los hubiera mentido a todos y cada uno de ellos, incluso a ella misma... Pero simplemente le costaba creer que fuera un traficante de drogas y que se hubiese hecho de oro haciendo que un montón de gente cayera en desgracia.

Lamentablemente, los informes y las fotos de sus colegas no dejaban lugar a dudas. Vació el sobre y volvió a empezar desde el principio.

Media hora más tarde, cuando volvió a dejar todos los papeles a un lado por segunda vez en esa noche, supo que tendría que sacrificar el domingo para dedicarse a una investigación privada.

46

Las calles Pilies y Didžioji eran perpendiculares, y en su cruce formaban la arteria principal del antiguo centro histórico de Vilna. Allí convergían también todos los turistas, y, si los carteles de las numerosas tiendecitas de la zona no mentían, había algo en particular que todo visitante que se preciara de serlo debía llevarse a casa como recuerdo de aquel lugar: el ámbar.

Era imposible caminar por ahí sin toparse continuamente con la resina fosilizada, y la mayoría de las tiendas incluía en su nombre la palabra. En el pasado, la mitad de la población lituana tuvo que abrirse paso en la costa del Báltico y el ámbar fue su salvación.

Oxen, en cambio, odiaba esa piedra desde cuarto de primaria, cuando la señora Linnemann lo atormentaba en las clases de danés con un colosal collar de ámbar sobre su cuello de tortuga.

Echó un vistazo al reloj. Iba muy bien de tiempo. Todavía faltaban diez minutos para su cita con Ieva en el Aušros Vartai, la Puerta de la Aurora.

Se había levantado tarde. Tanto que en el hotel ya solo le dieron una taza de café para desayunar.

Durante el tiempo que tardó en beberse media botella de

357

whisky, estuvo sentado en el alféizar de la ventana de su habitación, después de la medianoche. Le pareció que los Siete no se colarían en sus sueños en esa ocasión, pero, en cambio, se sintió atormentado por el recuerdo de Virginija, Danuté y Jolita, esas tres mujeres lituanas que se habían abierto de piernas para la élite danesa y que, por alguna razón, habían tenido que pagar un precio terrible.

Desde la ventana se había quedado mirando fijamente la ciudad durante un largo rato, y había estado pensando. En sí mismo. En su hijo. En el pasado. En el futuro. Y de nuevo en el pasado... Era todo tan desestructurado, tan carente de perspectiva...

Y, por supuesto, durante todo aquel rato no dejó de preguntarse por qué Ieva quería verlo.

No llegó a ver el amanecer sobre Vilna, porque se quedó dormido.

Caminó un poco más y vio la casa con el arco azul pálido que ocupaba de lado a lado aquella calle estrecha y asfaltada. Eso tenía que ser la Puerta de la Aurora. Ahí estaba la capilla con la Virgen más sagrada de la ciudad católica: la Madre de la Misericordia.

Entró por una puerta muy corriente. Siguió un largo pasillo y subió por una empinada escalera. Un pasaje intermedio conducía a la capilla.

Dos mujeres y un anciano estaban arrodillados frente al gran icono dorado de la ciudad, la Virgen de Vilna, y el hombre se apoyaba directamente sobre la barandilla que quedaba frente a ella. Los tres sostenían sendos rosarios en sus manos e iban dejando que las bolitas se deslizaran entre sus dedos mientras avanzaban en su oración. La mujer que quedaba más atrás era Ieva. Su larga melena estaba recogida en la nuca con un broche.

Se sentó con cuidado en una de las pocas sillas que había en la sala y esperó. Desde su asiento podía mirar hacia abajo, a través del gran cristal de la ventana, y ver la calle por la que acababa de pasar. La sala era bastante pequeña para ser un santuario: apenas había espacio para diez o doce personas y solo cabían ocho sillas. Miró a su alrededor. Debajo de la Virgen brillaban unas velas eléctricas, y las paredes estaban todas decoradas con pequeños adornos y figuras de todo el mundo, aparentemente hechas de plata.

Volvió a mirar el reloj. Eran las 15:03 h. Seguro que Ieva, que ni siquiera había girado la cabeza cuando él entró en la habitación, terminaría pronto sus oraciones.

Efectivamente, poco después se levantó, se santiguó y se pasó la bolsa por los hombros, haciéndole un gesto con la cabeza para que la siguiera. En mitad del pasillo, abrió una puertecita y lo condujo a una habitación vacía desde la que podía verse un jardín con grandes árboles frutales.

–Gracias por venir. Aquí podemos hablar sin que nos molesten –dijo Ieva.

Él asintió. Aquella joven no solo era preciosa, sino que parecía insólitamente tranquila y equilibrada. No era solo el modo en que estaba allí, de pie frente él, esbelta y confiada, sino también el modo en que le hablaba, con dulzura pero con determinación.

–Oí su conversación con mis padres, así que lo sé. Desde que Virginija desapareció, vengo aquí todos los días después de la universidad y le pido a la Santa Madre de la Misericordia que ayude a mi familia. Y ahora está usted aquí...

–Humm... Pero yo no soy la persona que estabas esperando.

–¿Se ha fijado en la decoración de las paredes?

Él asintió.

–Son regalos de gente agradecida. Personas a las que la Madre de la Misericordia ha ayudado. Si no le entendí mal, usted no es policía, ¿verdad?

—No, en este caso soy más bien una especie de colaborador externo.

—Tal vez sea precisamente por eso que tengo la impresión de que puedo confiar en usted: porque *no es* de la policía. Pero entonces, ¿a qué se dedica, en realidad?

—Soy, o mejor dicho, fui, soldado. En los últimos años pertenecí a una unidad de élite, los cazadores.

Ieva lo miró sin tapujos, de la cabeza a los pies.

—Imagino que tiene un móvil —dijo entonces.

—Sí.

Ella sacó el suyo de su bolsillo y continuó:

—Voy a enviarle un vídeo corto. Ya lo mirará después. Fue grabado en Dinamarca y muestra a Virginija con un hombre. Mi hermana nunca supo, ni quiso saber, su verdadero nombre. Un apartamento de lujo, ropa elegante, un nivel de vida elevado… Sé perfectamente de dónde sacaba el dinero, y mi hermana mayor, Simona, también lo sabe. Mis padres, en cambio, creen que era por su trabajo en el banco, y deben seguir creyéndolo, pase lo que pase. ¿Entiende lo que le digo?

—Por supuesto. No les diré nada. Yo también tenía esa idea respecto a su hermana. ¿De dónde sacó el vídeo?

—De Simona. Me lo pasé de su móvil al mío. Mire, de vez en cuando voy a dormir a casa de mi hermana, y en una ocasión, el pasado mes de octubre, sucedió algo: yo estaba ya en mi habitación, pero seguía despierta. Por eso escuché que Simona abría la puerta y entraba en casa una mujer. Me asomé a las escaleras y la vi. La reconocí en seguida, pues ya la había visto en otras ocasiones, paseando con Virginija por la ciudad. Se llamaba Jolita.

Oxen arqueó la ceja e hizo un gesto de estupefacción que no pasó desapercibido a Ieva. Ella levantó la mano, expresivamente.

—Sí, sí, lo sé. Jolita fue una de las mujeres con las que Virginija viajó a Dinamarca. Uno de los policías se lo contó a mis padres. Y también sé que ahora está muerta. Se supone que se suicidó al día siguiente de visitar a Simona. Extraño, ¿no le parece?

—Hay muchas cuestiones extrañas en toda esta historia. Y eso incluye el suicidio efectivamente. Pero vamos a ver, dice que Jolita fue a ver a su hermana, ¿no? ¿Y bien? ¿Qué le dijo?

—Esa noche, Jolita le contó a Simona que habían estado en algún tipo de castillo o mansión en Dinamarca, y que estaba preocupada por Virginija. Por lo visto una de las noches que pasaron en aquel lugar había oído ruidos provenientes de la habitación de mi hermana, ruidos que sonaban bastante… brutales, y ella se acercó a su puerta para ver qué le pasaba. Como estaba un poco abierta, cogió el móvil y grabó este vídeo. La cara del hombre no se ve en ningún momento, pero Virginija es inconfundible. El vídeo es… asqueroso.

Él le puso una mano en el hombro.

—Entiendo. No tiene por qué…

—Jolita dijo que Virginija no bajó a desayunar al día siguiente. Uno de los caballeros les comunicó que aquella noche se había sentido indispuesta y que volaría de vuelta a casa en cuanto se recuperase. Jolita pensaba que a mi hermana le había sucedido algo. Además, se sentía superculpable porque tanto a ella como a la tercera mujer les pagaron mucho más de lo convenido. Después de la muerte de Jolita, quise ir a hablar con esa tercera mujer, Danuté, pero resulta que ella también murió, en un accidente de tráfico. Fui a contárselo todo a la policía, pero a nadie pareció interesarle lo más mínimo. Un agente me dijo que cada día hay gente que se suicida y gente que muere en accidentes de tráfico. Y tampoco quieren perder el tiempo buscando a Virginija, porque ya lo hicieron una vez y luego apareció sola, tan tranquila.

Ieva se acercó a la ventana y miró hacia fuera. A la luz del día podía verse reflejada la seriedad en su rostro joven y suave.

–¿Es usted creyente?

Su pregunta lo sorprendió. Se encogió de hombros.

–Creyente… Me temo que he visto demasiado horror para poder serlo.

–No logra dormir en paz, ¿verdad? Se ve en su mirada. ¿A qué se debe? ¿Es por su trabajo?

Ieva lo diseccionó con precisión quirúrgica. ¿De dónde sacaría esa chica una afirmación así?

–No lo sé. He estado en muchas misiones internacionales, en muchas zonas de guerra. Es demasiado…

–Debería usted hacer las paces con sus demonios, amigo. Debería tratar con ellos y aceptarlos. Solo cuando su alma encuentre la paz podrá recibir, y dar. Mientras no pueda hacer ambas cosas, no vivirá en realidad. Mañana rezaré por usted. Respecto a Virginija… está muerta, ¿verdad?

Ieva se volvió hacia él. Parecía absolutamente serena.

–Yo creo que está muerta, sí, aunque puedo estar equivocado. Sea como fuere… gracias por el vídeo y gracias por su ayuda.

–Aún hay más –dijo Ieva, mirándolo con calma–. Mucho más. Es sobre Simona, mi hermana mayor. Temo lo peor y necesito su ayuda. Tengo que mostrarle algo que llevo en el ordenador. –Dio unos golpecitos en su bolso, al decir aquello–. Pero este lugar no es apropiado para ello. Sugiero que vayamos al apartamento de Simona. Aunque le advierto de que solo dispongo de media hora, porque luego debo ir a trabajar. Tengo un empleo, además de los estudios, en una tienda que vende objetos de ámbar.

El espacioso piso de Simona Zakalskyte se hallaba en un edificio que hacía esquina, en la primera fila de casas frente al río. Estaba a un tiro de piedra del puente Mindaugas. Recorrieron juntos el trayecto por el casco antiguo, y ahora Ieva acababa de abrir su portátil sobre la mesa del comedor.

—Siéntese, y trataré de explicárselo todo —dijo ella, quedándose de pie a su lado mientras empezaba a hablar.

Oxen miró la pantalla y ella abrió el correo.

—Mire… —La joven se aclaró la garganta—. Tengo una copia del disco duro del portátil de Simona.

Él la miró a los ojos. De modo que el ángel también tenía cola y un par de cuernos, en realidad. Bien. Resultaba tranquilizador.

—La hice porque sospechaba que algo iba mal. Algo que mi hermana quería ocultarme. Después de la desaparición de Virginija, ella se reunió varias veces con nuestro primo, Sergei Pronko. Mi tía, la hermana de mi madre, se casó con un ruso… Sergei pertenecía a los *spetsnaz*, es decir, a los soldados de élite, igual que usted, y fue miembro de las fuerzas especiales rusas. No se encuentra entre los mejores hijos de Dios, si me lo pregunta. Cuando le pregunté a Simona por qué quedaba tanto con él últimamente, se limitó a decirme que todo iba a salir bien, y que no contara nada a nuestros padres. Así que hice una copia de su disco duro. ¿Ve esto? Es una lista larguísima de correos entre ambos. Los he ordenado cronológicamente y los he guardado en una carpeta aparte. Usted sabe ruso, ¿no?

Él asintió. Ieva movió el ratón hacia abajo y hacia arriba varias veces.

—Está todo aquí. Yo tengo que irme inmediatamente, pero usted puede quedarse y leerlo en paz. La versión corta es que Simona lleva fuera cuatro semanas, y aunque se ha puesto en contacto conmigo varias veces, estoy preocupada. Me consta que está con nuestro primo en Dinamarca, y que ambos andan tras la pista de Virginija. Le enviaré un mensaje de texto con fotos de ambos. Esto es demasiado peligroso para Simona. Le ruego que los encuentre lo antes posible y los persuada para que vuelvan a casa. ¿Haría eso por mí?

Ieva le cogió las manos y se las apretó. Su penetrante mirada se clavó en la de él, y entonces repitió, casi en un susurro:

–¿Haría eso por mí, Niels?

Él asintió.

–Haré cuanto esté en mi mano. Se lo prometo.

–Que el Señor esté con usted… Ahora tengo que irme. Cierre la puerta cuando se vaya.

Ieva se despidió agitando la mano, salió corriendo del apartamento y bajó las escaleras hasta desaparecer de su campo de visión.

Oxen se quedó allí solo, confundido, preguntándose cómo podía alguien ser tan confiado con un desconocido. Luego empezó a leer. Leyó todos los mensajes una vez, y luego otra.

Sergei y Simona se habían enviado treinta y dos correos en total. Muchos hablaban de detalles prácticos, como el cambio de moneda y cosas similares, que no le interesaban nada, pero le sirvieron para hacerse una idea general.

Al principio de la correspondencia, Dinamarca ni siquiera se mencionaba. De lo que se trataba era de planear un viaje a España, donde querían encontrar a un hombre llamado Hannibal Frederiksen, que vivía cerca de Málaga. Por lo visto, el viaje tuvo lugar a principios de año, en febrero.

Fue entonces cuando apareció en escena Dinamarca, pues era su siguiente destino. En ese momento no tenían otra pista que un nombre: Mogens Bergsøe. Al igual que en el viaje anterior, el de España, acordaron usar una identidad falsa y presentarse como el señor y la señora Sikorski, de Alemania.

No necesitaba saber más. Y tampoco pudo encontrar mucha más información que le resultara útil en los mensajes.

Era el momento de ver el vídeo que Ieva le había enviado a su móvil. Tenía muy claro lo que estaba a punto de ver cuando presionó el *play* y empezó a ver una grabación movida y borrosa. Todo parecía cubierto de un color ocre, pues la iluminación no era nada buena.

No habría reconocido a Virginija si Ieva no le hubiera dicho que era ella. Estaba en una cama, a cuatro patas, y tenía detrás a un hombre arrodillado. La toma lo cortaba a él por encima de los hombros, pero en una ocasión el móvil se movió brevemente y pudo verse una nuca de pelo oscuro. La escena era brutal, pero parecía consensuada. La grabación duraba unos diez o quince segundos, no más.

Volvió a mirar el vídeo. En la pared, encima de la cama, había un crucifijo. Una tercera vez... y entonces descubrió un detalle que antes le había pasado desapercibido.

El hombre tenía algo en el tobillo derecho. Una pequeña sombra oscura... probablemente un tatuaje. Desafortunadamente, la imagen era demasiado borrosa como para saber lo que significaba.

Guardó el teléfono en el bolsillo. Más tarde le enviaría el vídeo a Margrethe Franck, después de examinarlo una vez más en su habitación del hotel.

Se levantó y dio una vuelta por el piso, sin hacer ruido. Por lo visto, la mayor de las tres hermanas era una exitosa empresaria y propietaria de varias panaderías. Aunque no estaba ubicado en una de las zonas caras de la ciudad, el hecho de que se hallara tan cerca del famoso puente y de una de las arterias de la ciudad, lo revalorizaba considerablemente.

En la acera de enfrente, tras un moderno complejo de edificios, podía verse el tejado de la antigua sala de conciertos y el foro de deportes. La enorme construcción recordaba la palma de una mano, y todo el edificio, de hormigón, tenía un aspecto tan socialista que en cuanto lo vio pensó que tenía que ser obra de Brézhnev.

Y lo era, ciertamente. Al menos eso le había dicho el taxista el día anterior. En la actualidad el edificio estaba cerrado y nadie sabía qué hacer con él, aunque ciertos grupos de Vilna estaban en contra de demolerlo. Hasta la arquitectura soviética más clásica podría, con el tiempo, convertirse en reflejo de un pasado que valía la pena preservar.

El río Neris pasaba frente a las ventanas de la sala de estar de Simona, entre una capa de tierra y hormigón que sustituía a las laderas verdes a las que estaba acostumbrado. A la izquierda, al otro lado de la orilla, en las antiguas fortificaciones, una pequeña torre de vigilancia se alzaba hacia el cielo azul y, más lejos aún, Oxen pudo ver tres grandes cruces blancas en una colina rodeada de árboles.

Mientras caminaron juntos por el casco antiguo, Ieva le comentó que las tres cruces se habían levantado en recuerdo de siete monjes franciscanos que, según la leyenda, habían sido crucificados allí. Stalin había arrancado las cruces en su día, pero los lituanos, ahora independientes, habían vuelto a ponerlas hacía ya mucho tiempo.

Las cruces brillaban blancas a la luz del sol. También podrían haber estado allí por Virginija, Jolita y Danuté.

Oxen regresó a la mesa del comedor y apagó el ordenador de Ieva. Luego salió de aquel piso y cerró la puerta tras él.

47

Un clima desapacible, con nubes pesadas y bajas y una llovizna persistente, se había asentado sobre Karrebæksminde. Margrethe acababa de ver cómo un puente basculante se elevaba por encima del río Enø, y no pudo evitar pensar en una mandíbula abierta. Un velero aprovechó el momento y la acompañó durante un rato, hasta que ella aparcó su coche al borde del puerto deportivo.

No tardó demasiado tiempo en encontrar al funcionario retirado que había trabajado para la policía criminal durante muchos años. Benny Overholm era el único que estaba trabajando en su barco, mientras que todos los demás andaban –como no podía ser de otro modo en ese domingo de junio– metidos en el agua.

–¿Benny Overholm?

El hombre se dio la vuelta y bajó su taladro. Llevaba una gorra de color azul claro, y su barba poblada y despeinada, de color gris plateado, pegaba perfectamente con la gruesa cadena de oro que llevaba colgada al cuello. Él asintió y la miró con ojos despiertos.

–El mismo.

Franck se presentó y le estrechó la mano.

Benny Overholm vivía en Næstved, pero, según le había

comentado su esposa, pasaba la mayor parte de su tiempo en Karrebæksminde, y en principio no le veía ninguna gracia a llevarse el móvil consigo.

–Estoy investigando un caso antiguo, y me he topado con el nombre de Niels Oxen. Querría saber si le dice algo.

–¿Debería?

–Estuvo en Bellahøj en la misma temporada que usted.

Benny Overholm se encogió de hombros sin decir nada.

–Era un estudiante de la academia –insistió Franck.

–Ah, ya veo. Por eso no me acuerdo. Los estudiantes de policía van y vienen continuamente.

–Abrió usted una investigación en su contra, junto a su colega Stig Ellehøj.

–¿Eso hice? ¿Y por qué?

–Drogas.

–Mire usted, he trabajado en la policía durante medio siglo, y he manejado infinidad de casos... –Overholm hizo un gesto con las manos, como disculpándose por no recordar.

–Niels Oxen fue un caso especial: estuvo en el ejército antes que en la academia, y allí recibió dos medallas al valor. Y eso sin tener en cuenta lo extraño que resulta su nombre, sin más.

Overholm se quitó los guantes e hizo un evidente intento por recordar. Luego asintió lentamente.

–Ah, sí, creo que ya sé quién es. ¡Pero de eso hace una eternidad!

Franck le entregó algunos documentos y le ayudó a refrescar la memoria con un resumen rápido de la situación, mientras él hojeaba el papeleo.

–Sí, sí, ahora lo recuerdo. Un caso extraño... –dijo.

–¿En qué sentido?

–Básicamente, interrumpió su formación de una manera brusca y radical. En un momento dado nos llamaron para hablar con el jefe y...

—¿Con Max Bøjlesen?

—Exacto. Con el de arriba de todo. Nos dijo que todo aquello era un malentendido y nos pidió que nos olvidáramos del asunto. Pero el caso es que él ya había contactado con nosotros en persona y nos había pedido que le informáramos de todo lo que pasara, pero sin reportar directamente a nuestro supervisor, lo cual no era una práctica nada común. De hecho, sacrificamos parte de nuestro tiempo libre… Conseguimos que nos pagaran las horas extras. Creo que a nuestro superior directo le dijeron desde el principio que sería una pérdida de tiempo investigar ese asunto… Poco tiempo después, el soldado en cuestión dejó la academia —explicó Overholm.

—¿Quién estaba al corriente?

—Stig, mi compañero, se chivó a Middelbo. Ambos solían ir juntos a cazar, y Stig pensó que Middelbo debía estar informado y tener la oportunidad de hacerse cargo del caso, dado que el tipo, ese tal Oxen, era su alumno. Pero nunca pasó nada. Ahora Middelbo está retirado, igual que yo.

—Middelbo está muerto. Cáncer.

Benny Overholm frunció el ceño y murmuró:

—Maldito cáncer…

—¿Quién más estaba al corriente de esto?

—Solo el gran jefazo y nosotros: Stig Ellehøj y yo. Como ya le he dicho, nuestro supervisor pensaba que toda esa historia no conducía a nada.

Las explicaciones de Benny Overholm parecían sinceras y honestas, pero, como el resto de involucrados, había tardado un tiempo inusitadamente largo en acordarse de Oxen, lo cual era inquietante, dada la gravedad del asunto.

—¿Qué es lo que le preocupa tanto al CNI? —preguntó Overholm sin poder evitarlo.

—Lo siento, ya sabe que…

—Sí, sí, claro —dijo rápidamente el expolicía.

—¿Y cómo empezó todo? ¿De dónde vino la sospecha?

—De mí —dijo Overholm—. Yo hice sonar las alarmas, porque tenía a un informante creíble que me dijo que debíamos investigarlo.

—¿Un informante?

—Un tipo que conocí, un sintecho.

—¿Y quién era?

—Nunca he aireado ninguna de mis fuentes y no tengo ninguna intención de cambiar eso ahora.

Franck dudó unos instantes. Sabía que si seguía por ahí se quedaría estancada, así que intentó tomar otro camino:

—Entiendo que no quiera darme sus fuentes, pero quizá sí pueda decirme cuál era su mensaje, ¿no? El titular, cuando menos.

—Que el soldado, o el estudiante de policía, traficaba. Simple y llanamente.

—¿Y qué fue lo que descubrió en el transcurso de sus investigaciones? —Por un instante estuvo a punto de referirse a ello como a «los juegos de su tiempo libre», pero se contuvo en el último momento.

—Lo estuvimos vigilando. Pudimos documentar que se ausentaba de su puesto y quedaba con algunos tipos duros, malas influencias, considerando que era un estudiante de policía.

—¿Tipos como este? —preguntó Franck, mostrándole una foto en la que podía verse a un Niels Oxen mucho más joven entregando un pequeño sobre o un trozo de papel a un tipo delgado con una gorra de lana.

—Sí, exacto, justo como este. Personas de aspecto sospechoso.

—¿Y quién es?

—No me acuerdo. Alguno del mundillo de la droga. De lo contrario no habríamos fotografiado a Oxen con él.

—Ya veo… ¿y cómo siguió el tema?

—Después de pasar una temporada espiándolo por las tardes y los fines de semana, recibimos la orden de actuar e inspeccionar su vivienda.

Overholm debió de notar su sorpresa, ya que continuó:

—No nos facilitaron una orden de registro ni nada de eso… No actuamos en un marco del todo legal… pero ¿qué se hace cuando el que da la orden es precisamente el jefe?

—¿Y qué encontraron?

Benny Overholm entornó los ojos y parpadeó mirando hacia el cielo nublado, como si la verdadera respuesta estuviera allí.

—¿Sabe usted? —dijo resoplando—. No lo recuerdo con exactitud. Pero allí había droga dura, pastillas y algo de dinero. Seguro que encontrará el informe entre sus archivos.

—Solo he tenido acceso a una parte —respondió ella.

Era mentira. El informe entero estaba en el sobre. Sabía que lo que habían confiscado era ni más ni menos que 850 gramos de heroína, 350 gramos de anfetaminas y cinco envases de blíster con un total de cincuenta pastillas de diazepam. Teniendo en cuenta el valor del mercado de ese momento, se había estimado que allí había al menos medio millón de coronas.

—¿Dónde estaba la droga?

—En el garaje. En un agujero en la pared, oculto detrás de una de esas placas en las que se cuelgan las herramientas. Lo recuerdo porque estaba bastante bien escondido.

La memoria de Overholm no le falló en ese caso, porque el sobre también contenía fotos del garaje.

—¿Y qué pasó con el arresto?

—El propio jefe se encargó de ello.

—¿Y luego?

—Y luego, nada más.

–¿Ninguna explicación, nada?

–Como ya le he dicho, el jefe nos informó de que todo había sido un malentendido. Que algunos criminales habían querido cargarse al soldado y le habían tendido una trampa. Que debíamos olvidarnos del asunto y mantener la boca cerrada. Que sería un desastre dar a entender que la policía había sido burlada.

–¿Y usted se quedó tranquilo con esas explicaciones?

–Oiga, mire… Yo estoy bien aquí, con mi barca. Celebro despertarme cada mañana, en verano y en invierno. No quiero problemas. La policía, y todo lo relacionado con ese tema, son pasado para mí.

Y así fue cómo acabó la conversación con Benny Overholm. Es decir, después hablaron un poco más sobre barcos, y por fin Margrethe le agradeció la ayuda y se despidió.

Cuando subió a su coche, se dio cuenta de que el hombre no había vuelto a su trabajo, sino que, obviamente, se había quedado sumido en sus pensamientos.

El vocerío de un montón de niños felices envolvía la piscina del Centro de Ocio de Glostrup.

Su ronda de investigación privada estaba a punto de entrar en su fase más interesante, con su segundo y último entrevistado. Franck estaba sentada en la pequeña cafetería de la piscina, y frente a ella, en la silla de delante, se hallaba el inspector Stig Ellehøj.

Durante la conversación, sus dos hijos, un niño y una niña de unos diez y doce años, habían golpeado el cristal varias veces, a fin de que su padre volviera de una vez por todas a jugar con ellos en la piscina.

El socio de Overholm en la época de Bellahøj tenía unos cuarenta y cinco años, y una barriga que se curvaba bajo su camiseta, lo cual revelaba que había encontrado un puesto de oficina en la policía criminal de Albertslund, que pertenecía a la sede de Copenhague Occidental.

Él había aceptado amablemente quedar con ella y hablar brevemente sobre el «Caso del Soldado», tal como él mismo lo había llamado por teléfono, pero con la condición de que se quedaran en la piscina, porque les había prometido a sus hijos un domingo por la tarde pasado por agua.

Al contrario de lo que sucedió con Overholm, Ellehøj se acordaba perfectamente de Oxen. Franck constató su credibilidad preguntándole por todo el curso del caso. Lo que él dijo fue muy similar a lo que ya le dijera Overholm, con la diferencia de que Ellehøj recordaba muchos más detalles, como lo sorprendido que se quedó al saber por la prensa que Oxen había recibido la medalla al valor.

Ellehøj parecía preocupado.

—Esto… dado que no teníamos una orden de registro y que informamos directamente a Bøjlesen a espaldas de nuestro jefe… bueno, todo esto… puede suponerme algún problema.

—Por supuesto, el CNI se toma este asunto muy en serio —dijo, mirándolo a los ojos.

—Pero es que puede costarme mi puesto.

—Eso no depende de nosotros. Yo solo hago mi trabajo.

—He venido aquí voluntariamente, y se lo he contado todo. Y también informé a Middelbo en su momento —dijo Ellehøj.

—Middelbo está muerto.

—Recibimos una orden directa, que venía desde lo más alto, desde Max Bøjlesen. Lo lógico era que actuáramos en consecuencia, ¿no le parece?

—Bueno… ya veremos. Por ahora aún tengo alguna pregunta. ¿Me permite que le robe algo más de tiempo?

—Por supuesto —dijo el robusto Ellehøj.

—¿Quién encontró el escondite detrás de la placa de herramientas del garaje de Oxen?

—Fue Benny —respondió el hombre, sin dudarlo.

—Debieron de tardar ustedes una barbaridad en hacer el registro, ¿no? Es decir, primero la casa, luego el sótano y luego el garaje...

Stig Ellehøj negó con la cabeza.

—No, no fue así. De hecho, empezamos por el garaje.

—¡Oh, vaya! ¿Y se puede saber por qué?

—Benny pensó que sería un buen lugar, porque la esposa de Oxen seguro que no metería ahí las narices y él podía dedicarse a sus negocios.

—Le ruego que trate de recordar... ¿Cuánto tiempo les llevó encontrar el escondite?

Ellehøj vaciló un momento.

—Fue todo muy rápido. Tal vez un poco menos de media hora. ¿Está insinuando que...?

—No, yo no insinúo nada. Solo estoy tratando de arrojar algo de luz sobre esto. ¿Todavía mantiene contacto con Benny Overholm?

—¡No!

—Eso ha sonado bastante categórico.

—No me gustaba mucho ese hombre. Yo era joven y nuevo en el departamento, y él... Mirándolo en retrospectiva, hizo lo que quiso conmigo. Y no solo aquella vez. Él fue la razón por la que abandoné el cuerpo. Y estaba encantado de haberlo dejado todo atrás, hasta que llamó usted esta mañana.

—¿Sabe usted quién le dio el chivatazo a Benny de lo de Oxen?

—No. No me lo dijo, y no se lo pregunté.

Franck sacó el sobre de su pequeña mochila. Habían llegado al final del trayecto. Stig Ellehøj parecía un hombre con verdaderos remordimientos de conciencia. Había llegado el momento de dar la estocada final.

—¿Sabe quién es?

Le mostró la foto en la que podía verse a Niels Oxen y al tipo inquietante de la gorra de punto. Ellehøj lo miró y pensó.

—Sí, creo que sí... Es Balboa, un veterano de la guerra de los Balcanes que entregaron a los perros.

—¿Balboa?

—¿No conoce usted a Rocky Balboa? ¿Rocky, el de las películas de Sylvester Stallone? ¿El boxeador?

—Ah, ese, sí, claro. Pero ¿por qué lo llama así?

—Fue Benny quien me contó la historia. El tipo en realidad se llamaba Ballebo. Era un boxeador *amateur* en la categoría de peso ligero: uno bastante malo; ni daba ni recibía demasiado. Su gran modelo era Rocky Balboa. De ahí el apodo. Eso sí: solo los dioses saben por qué quiso ser soldado. Parece que los requisitos del ejército no eran muy altos por lo que respecta a los Balcanes, pero el caso es que Balboa ya no volvió a ser el mismo. Todo empezó a irle mal, tomó drogas y cometió un montón de tonterías.

—¿Supone entonces que Overholm también lo conoce?

—Por supuesto. Es decir, lo *conocía*. Balboa murió hace muchos años, supuestamente por una sobredosis, cuando yo aún estaba en Bellahøj.

De modo que la historia de Benny Overholm tenía alguna que otra laguna... Lo cual no la sorprendió, para ser sinceros.

—¿Y cree que Benny Overholm conocía bien a ese tal Balboa?

—Bastante bien, creo. En una ocasión vi que Benny le daba discretamente un billete al pasar junto a una tienda de comida rápida... y diría que no debería haberlo visto.

—¿Preguntó a qué venía aquello? ¿Y qué le contestó él?

—Me contestó algo que tenía que ver con el tratamiento de mierda que el Estado danés proporcionaba a sus veteranos de guerra enfermos.

Le devolvió la foto, y ella la metió en el sobre y se puso de pie mientras una jauría de niños entraba en la cafetería. En el momento en que los hijos de Ellehøj volvieron a golpear el cristal, se despidieron.

Franck salió del recinto de la piscina y, de camino al estacionamiento, pensó en que la vida de Niels Oxen había sido una verdadera mierda, y además durante muchos años. Había que ser muy valiente para soportar algo así.

Eran poco más de las nueve. Estaba sentada frente a la televisión cuando el suave *pling* de su teléfono móvil llamó su atención. No había tenido tiempo aún de incorporarse, cogerlo y echarle un vistazo, cuando oyó el aviso de tres mensajes más.

Eran cuatro wasaps de Niels Oxen, desde Vilna. Los dos primeros eran fotos: una de una mujer bastante guapa y una de un hombre de pelo castaño y piel pecosa. El tercero era un texto que decía: «Simona Zakalskyte y Sergei Pronko». El cuarto, un vídeo junto al que Oxen se limitó a escribir: «Virginija en Nørlund. Observa el tobillo derecho del hombre, te llamo en cinco minutos».

Apagó la televisión y puso en marcha el vídeo. La calidad era malísima, pero la postura de los dos cuerpos no dejaba ningún margen a la imaginación. Y la mancha oscura en el tobillo del hombre le llamó la atención de inmediato.

En aquel momento no se le ocurrió nadie a quien pedir ayuda en la central técnica de Vanløse, porque todo ese asunto era demasiado delicado y nadie debía saber cuánto habían descubierto... Pero lo cierto era que lo de la investigación técnica era completamente innecesario: ella ya sabía que en el tobillo del hombre ponía I. H. 2006.

Y si el Ironman era una prueba de resistencia brutal, no menos brutal era el modo en que aquel hombre trató a la mujer que tenía delante.

Pocos minutos después sonó el teléfono. Era Oxen. Ella cogió el aparato y en seguida dijo:

—Sé quién es.

48

No iba a haber más perros ahorcados. Esta vez, el destinatario de su mensaje no iba a ser una parada intermedia en el trayecto hacia su destino, sino directamente el propio destino. No tenían necesidad de advertirle; no hacía falta. Salvarían al perro, y reducirían los riesgos de cara a la gran final.

Se había hecho tarde. Helena y Konrad Sikorski regresaron a su nuevo hotel tras otra cautelosa exploración y una cena en la pizzería. Era una ventaja, sin duda, hacer vida turística como una pareja casada. Su tapadera funcionaba a la perfección.

Cerca de allí se hallaba el castillo de Fredensborg, y el castillo de Frederiksborg y el Esrum Sø. Realmente, parecía que en aquel pequeño país no había nada feo... a excepción, por supuesto, de alguno de sus habitantes.

La mañana después de que su enemigo les fuera servido en bandeja de plata en las noticias de la televisión, actuaron con la velocidad del rayo y se trasladaron de Hadsund a Hillerød.

El enemigo era poderoso. Ni en sus mayores fantasías habían imaginado que todo aquel asunto los llevaría tan alto. Su enemigo no era otro que el ministro de Justicia danés.

Investigaron y exploraron concienzudamente la residencia

que aquel hombre tenía en un pueblecito cerca de Nødebo. Se desplazaron hasta allí en persona y analizaron el terreno también con Google Maps, que casi les permitía contar los ladrillos de las casas.

Habían analizado concienzudamente todo el trasfondo de aquel personaje. Algunas cosas las encontraron en internet, en inglés y en alemán, pero para la mayor parte de la información recibieron un discreto apoyo de Andrej Rakhimov, quien les proporcionó gratuitamente a un intérprete danés digno de confianza. Fue un gesto de amistad, aunque ella sabía que tenía que pagar el costo de verificar las matrículas, como habían acordado. Después de todo, Rakhimov había movido todos sus hilos para evitar que los propietarios de los coches pudieran ver aquellos vídeos, por lo que ya era demasiado tarde para ignorarlo, aunque ahora, gracias a las noticias, ya no necesitaran la información.

–¿Dejamos la carta como está? –preguntó ella, encendiendo la pequeña cafetera en su habitación.

–Yo creo que suena muy bien –dijo él.

–A ver, léemela una vez más.

Él se puso los guantes de goma. Cogió el papel lleno de letras pegadas con cola y recortadas de titulares del *USA Today*, y empezó a leer.

A la atención del ministro de Justicia:
Eche un vistazo a este CD-ROM. El disco duro con la grabación original del castillo cuesta 1,5 millones de euros. En efectivo. Siga usted las siguientes indicaciones:
El miércoles a las 12 horas inicie sesión en el chat privado que le indicamos a continuación.
Contraseña: perros ahorcados
Nombre de usuario: justicia

Además de las palabras pegadas con cola, al final de la carta había una dirección URL que conducía a un chat privado que habían configurado especialmente para la ocasión. Seguirían dirigiéndose al ministro de Justicia desde allí.

–¿Algo que objetar? Porque si es así, es el momento de comentarlo.

–No, no, está bien –dijo ella.

Les había costado ponerse de acuerdo en la cantidad. A ella le parecía demasiado poco, pero él la había convencido de lo contrario, categóricamente. ¿Acaso habría alguna diferencia si sacaban tres, cuatro o cinco millones? Tenían que andarse con cuidado. La cantidad tenía que ser elevada, pero no tanto como para que el ministro de Justicia no pudiera conseguirla sin tener que informar a su esposa o a otras personas, y, sobre todo, tenía que ser elevada, pero no tanto como para que no pudiera reunir la suma completa de una sola vez.

Habían hecho sus deberes. Podían asumir que aquel hombre tenía dinero. Mucho dinero. Era académico y abogado, y también tenía una pequeña participación en el imperio corporativo de la familia Rosborg. S. E. Rosborg International fue fundada por su padre, y en un artículo que encontraron en internet leyeron que «El ministro de Justicia, Ulrik Rosborg, era tan rico, que no tenía por qué asumir un trabajo mal pagado como representante del pueblo en Christiansborg. El hecho de que así lo hiciera, pese a todo, dice mucho de su ardiente compromiso político».

Las frases de aquel estilo sonaban siempre tan bonitas...

También se habían topado con varios artículos y reseñas sobre él en programas de televisión sobre la salud de los daneses. El ministro era, aparentemente, un magnífico ejemplo de mente sana en cuerpo sano.

Pero en realidad no era más que un cerdo miserable y pervertido. Nada más.

Las instrucciones las recibiría una sola vez por internet, por el chat privado, y después romperían todo contacto.

Y en el supuesto caso de que tratara de engañarlos –lo cual les parecía inimaginable, porque arruinaría su vida y su carrera política de un solo golpe–, bueno, en ese caso habían tomado precauciones. Se habían asegurado la asistencia técnica de una amiga de «Helena» que trabajaba en la industria de la TI. Le bastaron unos sencillos comandos para hacer ver que su ordenador se hallaba en un hotel de Vilna.

Pero eso fue solo por precaución. Se sentían muy seguros porque nadie sabía quiénes eran. Nadie conocía su plan. Las pruebas estaban tanto en el disco duro como en el ordenador que habían cogido en el refugio del bosque, y ambos estaban ahora cuidadosamente escondidos. En cuanto entraran en la fase final y decisiva, el cerdo del ministro podría comprar las pruebas y salvar su piel por la suma de un millón y medio de euros.

Pero en el chat también harían a Rosborg una advertencia fácil de entender: si intentaba tomarles el pelo durante la entrega del dinero, ellos solo tendrían que apretar una tecla para subir el vídeo de inmediato a YouTube. ¿Y cómo sería el mundo del ministro entonces?

–Pero ¿cómo le entregaremos físicamente la carta? ¿También has pensado en eso, amigo mío?

Ella se sentó en el borde de la cama y sostuvo la taza con ambas manos, como si se calentara. La perspectiva de los próximos días la ponía algo nerviosa, estaba claro. Algunos sudaban con los nervios; ella se quedaba helada.

Él, en cambio, se sentía fenomenal. Con su participación de setecientos cincuenta mil euros podría hacer muchísimas cosas en Lituania, o en Rusia. Podrías cumplir un montón de sueños y forjarse un colchón para el resto de su vida, si lo gestionaba con sensatez.

—No me gusta la idea de acercarme a su domicilio particular. Mañana es lunes y, por lo tanto, es día laborable. Seguimos su coche hasta Copenhague. Probablemente tendrán limusinas y conductores en este país, ¿no? Nos mantenemos a una distancia segura y anotaremos todo lo que esté relacionado con su llegada al Parlamento: ¿dónde deja el coche?, ¿por qué puerta entran los tipos como él? y todas esas cosas. Entonces esperaremos que ese mismo proceso se repita el martes, pues el martes estaremos en el sitio adecuado con el tiempo adecuado y el plan bien preparado. Y si por algún motivo saliera mal, aún tendríamos la opción de hacerlo el miércoles. El tipo recibirá su carta. No tenemos ninguna prisa.

Ella aún sostenía la taza.

—Está bien, hagámoslo como propones. Pero dime, honestamente… ¿crees que funcionará?

Él asintió y sonrió para tranquilizarla.

—Por supuesto que funcionará. Te lo prometo. Solo tenemos que encontrar el lugar adecuado para la entrega, y todo estará listo.

49

En el Opel Corsa plateado de Europcar solo había una persona. Helena Sikorski –o, mejor dicho, Simona Zakalskyte– conducía silenciosamente, abriéndose camino entre la densidad del tráfico danés que llevaba hasta el centro de Copenhague. Era martes por la mañana. Tres coches más adelante, el ministro de Justicia Ulrik Rosborg se hacía llevar en su coche de alquiler, ajeno a todo. A los lados, y también por delante y por detrás, había coches del CNI con agentes de seguridad.

El Opel Corsa llevaba un localizador GPS, pero aun así Margrethe Franck realizaba su tarea con la mayor concentración. Niels Oxen también acababa de llamar para confirmarle que estaba observando al primo, Sergei Pronko, quien esa misma mañana había cogido un taxi muy temprano. Ahora ambos estaban frente a Christiansborg, justo a la entrada de Rigsdagsgården.

Fuera la que fuera la intención de Zakalskyte y Pronko, parecía que fueran a llevarla a cabo en cualquier momento.

No había sido difícil encontrar a los dos presuntos responsables de los asesinatos de Hannibal Frederiksen, Mogens Bergsøe y Hans-Otto Corfitzen. Margrethe había podido localizarlos el lunes por la mañana.

A última hora del domingo había elaborado una lista de posibles alojamientos, partiendo de la residencia del ministro de Justicia en Nødebo e investigando los hoteles y pensiones más cercanos en un radio de diez a quince kilómetros.

Su razonamiento lógico la llevó a pensar que la pareja que buscaban se alojaba cerca de su objetivo, y resultó que tenía razón: en la lista de huéspedes de su tercera opción, el hotel Hillerød, encontró a la pareja Helena y Konrad Sikorski, de Barsinghausen, Alemania.

Finalmente, las imágenes de las cámaras de seguridad del hotel confirmaron la sospecha. Simona Zakalskyte y su primo Sergei Pronko estaban instalados en la habitación número 14.

Cuando Margrethe los hubo encontrado, resultó que no estaban en su habitación. No regresaron hasta el mediodía y por la tarde aún salieron un par de veces. Sus escapadas los llevaron a pasar varias veces frente a la casa de campo del ministro de Justicia y a cruzar Nødebo. Habían cenado en una pizzería de Hillerød y habían vuelto tarde al hotel. Oxen se habían hecho cargo del último turno para que ella pudiera descansar en su habitación del hotel Hillerød.

Cruzaron la plaza Kongens Nytorv. Pronto llegarían al Holmens Bro, y luego ya estarían en Christiansborg. Ella no tenía ni idea de adónde solían ir los ministros. ¿Tal vez no fue al Parlamento, sino directamente al ministerio en Slotsholmsgade? De ser así, solo tendría que seguir adelante. Estaba a punto de saberlo.

Oxen vio que el vehículo oficial del Ministerio de Justicia –un Audi A8 Quattro azul oscuro– cruzaba el puente y llamó a Margrethe Franck.

–Atenta. Tenemos que ver adónde quiere ir. Pronko está de pie junto a un tipo con el que ha hablado en la calle: su mensajero, supongo.

—Está bien, dejo la radio abierta –respondió ella.

La pequeña comitiva, formada por dos vehículos del CNI y el coche oficial del ministro, giró a la derecha y entró en Rigsdagsgården. De modo que el ministro de Justicia Ulrik Rosborg quería entrar en el Parlamento por la escalera principal.

—Voy a entrar con él –dijo Franck.

El ministro salió e hizo una señal a los guardias de seguridad. Poco después, la columna del CNI empezó a moverse de nuevo, mientras Rosborg se dirigía a la gran escalera.

—¡Franck! ¡Ojo con el tío del suéter azul claro! Es el mensajero, el tío de la bicicleta… Tiene un sobre en la mano.

Un adolescente en bicicleta se acercó al ministro, que se había detenido al pie de las escaleras para conversar con un anciano caballero.

—Rosborg está hablando… con el presidente del Parlamento, Hans Panduro –dijo Franck al teléfono.

Ahora el joven frenó la bici justo delante del ministro, le dijo algo y le entregó un sobre blanco. Luego se largó de allí, pedaleando a toda velocidad y desapareciendo por la Tøjhusgade.

El ministro de Justicia tocó el sobre y sonrió al presidente del Parlamento, que enseguida se puso a hablar con otro colega.

Subió unos escalones más y se detuvo. Tocó el sobre de nuevo, lo abrió y sacó una hoja de papel, pero solo un poco. Por un momento, Oxen notó que el ministro se ponía tenso en las escaleras. Luego lo vio mover la cabeza de forma extraña, como si buscara algo en Rigsdagsgården, y entonces subió con un par de zancadas el tramo de escaleras que le quedaba y desapareció en el interior del edificio del Parlamento.

—Pronko está volviendo. Ella va a recogerlo, Franck, ¡ven tú a la salida y cógeme a mí también!

–De acuerdo.

Segundos después, Oxen estaba sentado junto a Franck. Ambos seguían con la mirada fija en las luces traseras del Corsa, que avanzaba por la Slotsholmsgade.

–¿Qué crees que había en el sobre? ¿Su chantaje? –preguntó ella, sin perder de vista el Corsa.

–Creo que sí. ¿Qué si no?

–¿Así que le habrán pedido unos millones? ¿Crees que es eso lo que quieren?

–Estoy bastante seguro de que es eso, sí. En realidad disponen de información suficiente como para hundirlo eternamente. ¡Eh, que giran!

El Corsa giró a la derecha por el Christians Brygge, pasó por encima del canal Frederiksholms y luego siguió por Kalvebod Brygge.

–¿Y crees que pueden demostrar que la mató?

–Nosotros no sabemos si está muerta, ¿recuerdas? Solo sabemos que Virginija ha desaparecido. Pero ¿adónde cojones van?

El Corsa giró ahora en la Bernstorffsgade, y ellos siguieron manteniéndose a una distancia prudencial. Al llegar a la estación se detuvieron frente a la entrada principal, y vieron a Sergei Pronko saliendo del coche y desapareciendo a toda velocidad en el edificio de la estación, con una bolsa grande de color naranja cruzada al hombro. Franck se detuvo también en la acera y Oxen se lanzó tras el ruso.

En el interior de la estación había un jaleo de gente, hombres y mujeres que avanzaban con prisas, casi todos oscuros y sombríos en comparación con la brillante luz del sol que llegaba del exterior. Oxen se dejó llevar por la corriente hasta que reconoció la bolsa naranja entre la multitud. Sergei Pronko avanzaba con paso resuelto hacia el otro extremo del edificio.

Oxen lo siguió a una distancia prudencial. No podía excluir que Pronko lo reconociera si llegaba a verlo.

Ahora el ruso subió las escaleras que conducían hasta la salida de Istedgade. Oxen corrió tras él y llegó justo a tiempo de ver que Pronko giraba a la izquierda, hacia otra escalera que bajaba y conducía –según indicaban las señales– hacia la consigna de equipajes.

Lo siguió por el largo pasillo, con precaución. Los casilleros estaban pegados a la pared, uno junto al otro, desde el suelo hasta el techo, ocupando todo aquella estancia y hasta donde alcanzaba la vista. Inmediatamente, su cerebro empezó a registrar todo tipo de actividad: lo llevaba en la sangre.

No es que hubiera mucha gente, pero sí alguna, afortunadamente: una pareja mayor luchaba con sus maletas, una mujer con un niño pequeño cogido de la mano estudiaba cómo funcionaba la máquina de monedas, y en el centro del pasillo una pareja joven con dos mochilas grandes esperaba en el mostrador de atención al cliente. Al fondo, también, frente a uno de los casilleros, había una joven africana.

Sergei Pronko se detuvo junto al punto de recogida de paquetes, que con su cubierta de acero inoxidable recordaba a un mostrador de facturación del aeropuerto.

Oxen se colocó junto a la máquina, parapetado tras la mujer con el niño, que por lo visto tenía problemas con el sistema de pago. Por el rabillo del ojo, observó que el ruso se movía hacia atrás cuando el par de mochileros se fueron de allí. Pronko dejó su bolsa naranja, abrió la cremallera y sacó una mochila más pequeña. Era de color verde oscuro. Completamente anodina.

Cuando la joven empleada de la consigna se inclinó para darle su número de equipaje, giró un poco la bolsa, y Oxen se dio cuenta de inmediato. De la cremallera del bolsillo lateral pendía un pequeño peluche: un oso polar. No necesitaba saber más. Con cuidado, se retiró de la zona, volvió a subir las escaleras y encontró un lugar adecuado para esconderse entre la multitud y esperar.

Sergei Pronko apareció un poco más tarde, con la bolsa de deporte de nuevo colgada sobre su hombro. El ruso se dirigió hacia la salida, sin ninguna prisa, y por lo visto le entró hambre, pues se compró dos bocadillos, un brik de leche y dos Coca-Colas grandes, que se guardó en el bolsillo antes de salir de la estación.

Relajado, se subió de nuevo al Corsa, que lo esperaba allí aparcado. Simona Zakalskyte puso en marcha el motor, se sumó a la circulación y tras un breve titubeo giró a la izquierda, hacia Bernstorfsgade. Desde allí se dirigieron a la intersección de Vesterbrogade, que cruzaron en línea recta.

–¿Qué ha hecho en la estación? –preguntó Franck, esperando que el tráfico le permitiera hacer la misma maniobra que había visto hacer al Corsa.

–Ha comprado unos billetes… o al menos eso supongo, porque ha estado en las taquillas. Y en el camino de vuelta ha comprado unos bocadillos y unas Coca-Colas.

–¿Unos billetes? De modo que planean escapar en tren, ¿no? Es bueno saberlo. Esto solo puede significar que tomarán el ferri de Gedser a Warnemünde y luego irán en tren desde Rostock a Lituania, pasando por Berlín y Varsovia.

–Eso tiene que ser fácil de averiguar, ¿no?

–Hombre, imagino que no habrá pagado con tarjeta de crédito. Los únicos billetes que podríamos consultar son los de la compañía de ferris, si los hay. Con eso deberíamos tener suficiente.

Continuaron conduciendo en silencio por un rato. Franck se mantuvo todo el tiempo a una distancia prudencial del coche de la pareja ruso-lituana. Solo cuando llegaron a la avenida Borups ella expresó en voz alta lo que él llevaba un rato pensando:

—Me gustaría saber cuánto durará esto. El ministro de Justicia ya conoce sus intenciones. Tiene que reunir el dinero, aunque probablemente no vaya a suponerle demasiado esfuerzo. Me parece recordar que Rosborg ya nació con un montón de dinero en los bolsillos. Creo que está relacionado de alguna manera con S. E. Rosborg International, ¿verdad?

—Sí, pertenece a su familia. No creo que a Rosborg le haya faltado nunca de nada.

Ulrik Rosborg fue uno de los políticos a los que Oxen se había acercado en su momento con la esperanza de poder definir un comité de investigación sobre la muerte de Bosse. En ese momento había otros partidos en el poder y Rosborg era la estrella más enérgica y prolífica de la oposición. Lamentablemente, no fue lo suficientemente enérgico como para responder a su petición.

—Seguro que Pronko y Zakalskyte tienen todo el interés en concluir la caza lo antes posible y ponerse a salvo en su hogar, en Vilna. Pero sospecho que tendrán que concederle dos o tres días, en función de a lo que ascienda la suma —continuó diciendo Franck.

—Básicamente, no sabemos nada. *Creemos* que quieren chantajearlo, pero no estamos seguros —respondió Oxen, entonces.

Llegaron al Utterslev Mose y a la autopista de Hillerød. El destino parecía no ser otro que el hotel.

—Supongo que te orientas muy bien por la zona, puesto que viviste en el vecindario muchos años, ¿no? —preguntó Franck.

—Pues no me oriento demasiado bien por aquí, no —gruñó él.

Aunque en su día había hecho mil rondas por la zona buscando botellas, ahora le parecía que de eso hacía una eternidad. Fue antes de la época en la que él y el Señor White se bajaron del tren el 1 de mayo, bajo la lluvia torrencial de Skørping.

Ahora, camino a Hillerød, iba sentado en el coche junto a una trabajadora del servicio secreto y ambos andaban tras los pasos de un hombre y una mujer que llevaban meses asesinando a sangre fría en búsqueda de su verdadero objetivo.

Iba sentado junto a Margrethe Franck porque, en una noche de luna, había sido lo suficientemente estúpido como para querer echar un vistazo a los macizos de flores del castillo de Nørlund.

Veinte minutos después entraron en el estacionamiento del hotel Hillerød y fueron hasta el rincón más alejado del mismo, desde donde pudieron ver a Simona Zakalskyte y a Sergei Pronko desaparecer en la entrada del hotel.

A partir de aquel momento, se trataba de dejar pasar el tiempo antes de volver a ponerse en marcha. No les quedaba más opción que improvisar, y no tenían margen para el error. Cualquier paso en falso podría ser mortal.

Salieron del auto y caminaron hacia la entrada. En cuanto estuvo en su habitación, Oxen tuvo que hacer las llamadas necesarias y hacerse cargo de su propia póliza de seguro personal. A última hora de la noche, estaría listo para una pequeña misión secreta que pondría a la policía lo antes posible en movimiento.

El reloj de la estación central de Copenhague indicaba que faltaban pocos minutos para la medianoche. Avanzó con calma, llevando una bolsa de plástico en la mano, hasta el punto de encuentro acordado.

Mientras tanto, en el hotel Hillerød, Franck hacía guardia con la firme convicción de que él dormía a pierna suelta. Oxen había aprendido de sus errores: se había asegurado de que nadie le siguiera, y tampoco había ningún GPS porque había salido del hotel a pie y había sido recogido a unos cientos de metros de allí, según lo acordado, por la esposa de Fritsen.

L. T. Fritsen lo esperaba a la salida de Istedgade, apoyado en una de las barandillas. El mecánico, con el que mantenía una buena amistad desde su segunda misión en los Balcanes, se había mantenido a flote en su pequeño taller de reparación de automóviles en Amager con su trabajo habitual y varias reparaciones bajo su protección.

Apenas se veían, pero Fritsen siempre estaba allí cuando lo necesitaba, desde aquel día –hacía ya casi siete años–, en el que Oxen se tiró al Una para salvarlo después de que este hubiera sido alcanzado por un francotirador.

Hizo su señal –se rascó el lóbulo de la oreja derecha–, y L. T. Fritsen cogió la bolsa, en la que llevaba su ordenador con todos sus complementos, y empezó a bajar lentamente.

Oxen dejó pasar un minuto antes de seguirlo. Se encontraron en las empinadas escaleras que conducían al pasillo de las consignas de la estación. Sin mediar una palabra, ambos sacaron su ropa de recambio, se pusieron unas sudaderas y unos quepis, y se levantaron las capuchas. Luego siguieron avanzando.

El largo pasillo con los casilleros estaba desierto, solo había un empleado de servicio tras el mostrador de recepción, un tipo desgarbado con los logos de DSB y 7-Eleven en la camiseta.

Fritsen dejó su bolsa en el suelo, y en el preciso momento en que el empleado dio un paso adelante, le lanzó un chorro de aerosol en la cara, mientras Oxen localizaba rápidamente y bloqueaba las tres cámaras de vigilancia que había en el techo. Luego saltó detrás del mostrador, cogió al tipo y lo empujó al suelo. En apenas unos segundos, Fritsen le cerró la boca con cinta adhesiva, le puso los brazos detrás de la espalda y le ató las muñecas y los tobillos, también con cinta adhesiva. Juntos, lo apartaron de en medio y lo dejaron sentado en el rincón más alejado del pasillo.

Fritsen ocupó su puesto en el mostrador, mientras Oxen se dirigía rápidamente hacia los estantes en los que estaban los equipajes. Todo estaba lógica y perfectamente ordenado, y resultaba fácil de encontrar. Tardó menos de un minuto en localizar la mochila verde con el osito polar en un estante justo a la altura de los ojos.

Hizo una señal a Fritsen y este asintió.

Seguía sin verse un alma en el largo pasillo. Aún faltaba una hora para que la estación cerrara, pero ya nadie tenía nada que hacer en la sala de equipajes. Miró su reloj. Habían pasado seis minutos.

No podía saber si alguien, en algún lugar, estaba encargado de controlar la monitorización de aquel pasillo, pero sí había visto, en cambio, que la sala de las consignas estaba controlada a medias por la compañía ferroviaria DSB y por la cadena de quioscos 7-Eleven, por lo que era muy poco probable que hubiera un excedente de personal, en realidad.

Después de exactamente ocho minutos y veinticinco segundos, Fritsen saltó por encima del mostrador sosteniendo su bolsa en las manos. Tranquila y sosegadamente, subieron las escaleras y salieron de la estación por la salida de Istedgade.

Un poco más allá, en la esquina de Colbjørnsgade, los esperaba la esposa de L. T. Fritsen, lista para recogerlos.

50

Estaban en alerta constante. Cada vez que el supuesto matrimonio se metía en el coche, creían que podía haber llegado el momento. Pero lo que sucedía cada vez era... nada. La pareja Sikorski salía a dar una vuelta una o dos veces al día, y luego volvía, sin más.

Franck y Oxen se habían acuartelado en el hotel Hillerød, y ella, que dormía dos habitaciones más allá, le había confesado que estaba empezando a quedarse sin excusas de cara a sus superiores.

Martin Rytter, quien por su parte se había mudado a la oficina del Rold Storkro en calidad de jefe del equipo, había llamado ya varias veces. Ella lo contenía como podía diciéndole que estaba trabajando para Mossman, quien quería saber absolutamente todo acerca de los tres hombres que sobrevivieron a aquel fatídico fin de semana, y que por eso andaba ocupada todo el día con las vidas del ministro de Justicia, Rosborg, el secretario de Estado, Uth-Johansen, y el CEO de la farmacéutica, Nyberg.

Una explicación absolutamente creíble, pero radicalmente falsa. Y cuando Rytter le preguntó sobre «nuestro amigo el soldado», ella le respondió que no tenía ni idea de lo que estaba haciendo.

Oxen deseaba con todas sus fuerzas que llegara el día en que todo aquello llegara a su fin. Estaba preparado. Y ahora solo quería que acabara de una vez.

Él se había hecho cargo de la guardia nocturna. Eran más de las cuatro de la madrugada del sábado cuando sus ojos volaron desde la ventana hasta la pantalla de su móvil. Lo cogió y marcó apresuradamente el número de Franck.

—¡Ahora!

Simona Zakalskyte y Sergei Pronko avanzaron tranquilamente por el aparcamiento iluminado hasta su Opel, pero, a diferencia de las últimas veces, ahora llevaban sus maletas con ellos. Ya se iban. Había llegado el momento.

Levantó el colchón de su cama y sacó el cuchillo y su última adquisición: una SIG Sauer P210 de nueve milímetros, más conocida como «Neuhausen». La típica pistola autorrecargable de los cazadores, conocida por su fiabilidad y tremenda precisión. El arma le había costado la considerable suma de veintiún mil coronas en el mercado negro. L. T. Fritsen se había ocupado de la SIG y de algunos otros artículos en Copenhague.

Metió el cargador con ocho balas en la pistola y se guardó el de repuesto en el bolsillo de los pantalones. Luego se apresuró a atarse el cuchillo a la pierna derecha, cogió su chaqueta y cerró la puerta de golpe.

En aquel mismo segundo, Franck salió también por la puerta de su habitación. Estaba enfundando su arma y cubriéndola con su chaqueta.

—¿GPS?

—Aquí dentro —respondió ella, levantando su pequeña mochila.

—¿Prismáticos?

—También.

Corrieron por el pasillo, y luego frenaron bruscamente y

pasaron caminando junto al mostrador de la recepción. Desde el cristal del vestíbulo pudieron ver el Corsa saliendo del estacionamiento. Se quedaron quietos hasta que este desapareció en la noche negra de Milnersvej, y entonces corrieron hasta el Mini Cooper de Franck. Ella se sentó en el asiento del conductor y puso el coche en marcha, mientras él sacaba el GPS de su mochila.

—Tranquila, los tengo —dijo, mientras ella aceleraba bruscamente para salir de allí.

El punto rojo de su pantalla avanzó lentamente por la Østergade, luego pasó a Helsingørsgade y a Holmegårdsvej, al parque del castillo de Frederiksborg y por fin a Fredensborgvej. Ellos se mantuvieron a mucha distancia todo el tiempo. En principio no había ninguna razón para el contacto visual.

—¿Van a entrar en la autopista? —preguntó Franck.

Oxen esperó un momento. El punto rojo seguía avanzando...

—No, se quedan en Hillerødvej.

Poco después, el Corsa giró a la izquierda y siguió por Nødebovej.

—¿Van de camino hacia la casa del ministro de Justicia? —exclamó Franck—. ¡No entiendo nada!

—Vamos a esperar y a ver qué pasa. Todavía falta mucho camino por recorrer —respondió él, manteniendo los ojos fijos en el punto rojo.

Obviamente, Zakalskyte y Pronko no tenían la menor intención de meter su Corsa en la boca del lobo. En lugar de eso, avanzaron cruzaron la ciudad de Nødebo, que más bien parecía una reserva natural en un centro urbano, y luego continuaron por Gillelejevej a través del bosque, donde los árboles de hoja caduca se alineaban junto a la carretera. Poco después, giraron por un camino que iba a parar a la orilla del lago Esrum.

—¿Es posible que ya hayamos estado aquí?

—Sí. Hace unos días se pasaron aquí una hora entera, sentados, fumando. Mantén la distancia —dijo Oxen.

El Corsa siguió avanzando, pero redujo la marcha. Poco menos de un kilómetro después, el punto rojo se detuvo.

—Se han parado. No podemos quedarnos aquí. Si viniera alguien, nos vería en seguida.

—Entonces, ¿qué hacemos? —Los dedos de Franck tamborilearon impacientemente sobre el volante.

Oxen estudió el mapa en la pantalla.

—Damos media vuelta, retrocedemos un poco y cogemos este camino paralelo. —Le acercó la pantalla para que pudiera ver lo que le señalaba—. Seguimos este camino hasta estar a la misma altura que ellos, y entonces dejamos el coche y caminamos los doscientos metros que nos separan de ellos por el bosque, hasta el lugar en el que han dejado el Corsa. Sospecho que querrán reunirse con el ministro de Justicia por allí.

—Debe ser por eso que han esperado tanto: es sábado por la mañana, él no trabaja y puede salir a dar una vuelta, sin más. Además, está muy cerca de su casa. Muy práctico, la verdad —dijo ella.

—Casi atentos a sus necesidades —murmuró—. ¡Venga, salgamos de aquí!

Diez minutos más tarde se abrían camino a través de la maleza, primero rápidamente, sin prestar atención a los sonidos que hacían, pero luego, en cuanto pudieron intuir la brillante superficie del lago entre los árboles, ralentizaron el paso.

Al final, se limitaron a seguir adelante con cautela. Si el GPS tenía razón, estaban a menos de cien metros del Corsa. Miraban al suelo con atención, para evitar romper ramas o hacer ruido. Junto a un árbol caído en una pequeña colina, él le hizo una señal a ella para que se detuviera. Avanzó lentísimamente unos metros más, y entonces le hizo un gesto para que lo siguiera.

A esas alturas del día, el sol ya había salido a romper la noche. Su campo de visión quedaba en gran parte bloqueado por el follaje, pero había muchos puntos por los que accedían a ver el lago. En un momento dado pudieron distinguir el parabrisas del Corsa, brillando bajo el sol. Y no muy lejos de allí, la espalda de Sergei Pronko. El antiguo *spetsnaz* estaba fumando un cigarro. Oxen vio el humo gris elevándose frente a la cara del hombre. A Zakalskyte no pudo verla debido al denso follaje.

—Tenemos que acercarnos mucho más —dijo, soltando los prismáticos.

—¿Crees que podemos? —Franck estaba ahora cerca de su hombro.

—El matorral ahí abajo. ¿Lo ves? Nos quedaremos allí hasta que veamos al ministro u oigamos su coche. Eso acaparará por unos minutos toda su atención, y nosotros aprovecharemos para acercarnos lo más que podamos y parapetarnos detrás de un árbol. Entonces estamos justo donde tenemos que estar...

Franck se limitó a asentir, algo preocupada. A su señal, avanzó agazapada por la orilla hasta llegar al matorral que habían convenido. Una vez allí, se sentaron en el suelo, a esperar.

—Es el momento de tener paciencia. No digas nada —le susurró él al oído, mientras echaba un vistazo a su reloj. Eran las 4:56 h.

Zakalskyte y Pronko habían dejado su coche en un claro al lado del camino. Sorprendido, observó que en el techo del Corsa había un portátil encendido.

Ambos fumaban un cigarrillo tras otro, tal vez porque la tensión empezaba a resultar insostenible. Ella estaba apoyada en el guardabarros delantero del coche con un cigarrillo en la boca, pero se removía, inquieta, todo el tiempo. Él, en cambio, permanecía absolutamente inmóvil. De pronto tiró la colilla al suelo, cogió unos prismáticos y examinó cuidadosamente toda la zona: primero la parte del lago, luego la de la tierra.

Oxen y Franck se acurrucaron con fuerza tras el matorral. Vieron a Pronko sacar una pistola del bolsillo de su pantalón y dar unos pasos, arriba y abajo, por el sendero del bosque. El exsoldado de élite era un hombre cauteloso que quería tener el perímetro asegurado. Ahora avanzaba por el terraplén, hacia el bosque.

Cuando Pronko estaba apenas a unos veinte o veinticinco metros de ellos, Oxen desenfundó su pistola y le quitó el cierre de seguridad, con sumo cuidado. Franck también sacó la suya e hizo lo propio.

A escasos diez metros de ellos, el ruso dio por concluida su revisión del terreno y volvió hacia el coche. Ellos respiraron, aliviados.

Eran las 5:14 h. Abajo, en el coche, el supuesto matrimonio se servía la siguiente ronda de cigarrillos. Simona Zakalskyte volvió a moverse nerviosamente, pasando el peso de su cuerpo de un pie al otro. Entonces sacó una pistola del bolsillo de su chaqueta y dijo algo a su primo. Él cogió el cargador de su arma, le echó un vistazo y la devolvió a su sitio con energía. Luego asintió y le dio lo que parecieron ser unas instrucciones finales. Ella cargó el arma y la volvió a guardar.

Las 5:25 h. Sergei Pronko da una breve orden. Simona se sitúa junto al ordenador, que sigue en el techo del Corsa.

Pronko avanza hacia el camino y mira de nuevo hacia el horizonte. Luego se mueve silenciosamente hacia atrás, abre la puerta del pasajero y arroja sus prismáticos al asiento trasero.

5:30 h. Oyen el ruido de un motor. Poco después, aparece un coche, pequeño y oscuro, que avanza lentamente por el camino. Ahora lo reconocen perfectamente. Es el coche de la esposa arquitecta: un Citroën Picasso. Por supuesto, Franck ya lo había comprobado.

También pudieron reconocer perfectamente a la persona que iba al volante. El coche avanzó los últimos metros hacia Sergei Pronko, que se había puesto a cubierto detrás del Corsa. Con su brazo extendido, el ruso apuntó directamente al ministro de Justicia.

51

Sergei Pronko indicó al ministro de Justicia que se dirigiera al pequeño claro, agitando la pistola en el aire. Luego le hizo una señal para que saliera del coche.

Oxen y Franck se habían deslizado unos metros más hacia delante y ahora estaban detrás de sendos gruesos troncos de haya. Franck se quedó a unos tres metros de Oxen, y a unos veinte de los dos coches. Estaba, pues, lo suficientemente cerca como para captar parte de lo que decían.

Ulrik Rosborg salió lentamente de su Citroën con las manos levantadas. El ministro estaba pálido y parecía aterrorizado.

–Remember… just one touch… –Sergei Pronko señaló el ordenador portátil, apuntando el dedo a modo de advertencia.

Luego ordenó a Rosborg que separara las piernas y apoyara ambas manos en el capó de su coche, donde lo cacheó. Con el arma en la mano, Pronko indicó al ministro que se dirigiera al maletero de su coche.

–Open!

Rosborg obedeció mecánicamente. Después, Pronko lo empujó hacia delante, frente a los dos coches. Rosborg sostenía una gran bolsa deportiva de nailon en la mano.

En ese momento, Rosborg se encontró cara a cara con Simona Zakalskyte, quien se había quedado escondida detrás del Corsa. Ella caminó lentamente hacia él y se detuvo a unos metros de distancia. El ministro dejó caer la bolsa y agachó la cabeza. Por un momento ella se quedó inmóvil mirándolo, y luego exclamó:

–*Look at me!*

La voz de Zakalskyte, furiosa, airada, pareció tener un efecto tremendo sobre él. Rosborg dio un respingo y obedeció, intimidado. La lituana miró la cara aterrorizada del ministro, como si estuviera buscando algo en ella. Su primo cogió la bolsa y la apartó hacia un lado. Luego se arrodilló, abrió la cremallera y comprobó el contenido.

Con un rápido asentimiento, le hizo un gesto a su compañera para indicarle que todo estaba bien y metió la bolsa en el maletero del Corsa.

Zakalskyte se quedó inmóvil, mirando al ministro mientras Pronko los observaba atentamente.

–*So... you think, you can buy this?*

Zakalskyte gritó aquello a un milímetro de la cara de Rosborg, que seguía paralizado, y entonces sacó un trozo de papel del bolsillo de su pantalón y lo sostuvo con la mano izquierda frente a la nariz del ministro.

Parecía un tique para recoger algo de equipaje en la consigna de la estación principal.

Y después de aquello, literalmente, explotó, como si su cuerpo hubiera liberado un poder sin precedentes. El resultado fue un golpe brutal con la pistola contra la cabeza de Rosborg, que al caer se golpeó también contra el capó del Citroën. Cuando se llevó la mano al lugar del golpe, vio que la tenía llena de sangre. Desde su escondite, Oxen y Franck no supieron ver si la sangre le salía de la nariz o de una ceja rota.

El ministro se tambaleó unos pasos, pero Simona Zakalskyte siguió sin separarse de él, y le puso el cañón de la pistola en la frente.

—*She was my sister! You pig!* —gritó al ensangrentado ministro. Los labios de él temblaron, pero ella volvió a gritar—: *Get down!*

Seguía apoyando la pistola contra la frente de él y lo obligó a ponerse de rodillas. En aquel momento, Oxen y Franck lo oyeron hablar. Su voz sonaba rota:

—*It was… an accident. I'm… so sorry!*

Zakalskyte se quedó un momento inmóvil ante el arrodillado Rosborg. Luego repitió, fuerte y claro:

—*She was my sister!*

Y dicho aquello, cargó su pistola.

La situación estaba fuera de control. Franck estaba tendida en el suelo, con los brazos extendidos y el arma preparada para disparar. Iba a tener que intervenir. Se habían dividido las tareas a base de señas. Él apuntaba al exsoldado ruso y ella se hacía cargo de la mujer. No tenía más remedio que apuntarle al tórax. Dos, tal vez tres tiros rápidos.

El dedo derecho de Franck se tensó lentamente ante el gatillo.

Pero entonces, antes de que ella pudiera disparar, vieron la cabeza de Simona Zakalskyte desplazándose bruscamente hacia atrás. En una fracción de segundo, Franck y Oxen vieron el rastro de tejido gris-marronoso que arrastró la bala al salir por la nuca de Simona Zakalskyte.

La bala fue disparada con silenciador, y una precisión milimétrica. Tenía que tratarse de un rifle. Absolutamente sorprendidos, no pudieron reaccionar con la rapidez que habrían querido. En realidad solo tuvieron tiempo para darse cuenta de que estaban desprotegidos. A juzgar por el ángulo de la bala, el francotirador tenía que estar más arriba, en algún lugar a su izquierda.

Sergei Pronko se agachó detrás del Corsa justo cuando su prima se desplomó en el suelo, junto al ministro de Justicia, que seguía arrodillado.

Entonces, una bala fue a parar justo a la pantalla del portátil, que seguía abierta. Las ventanas del coche explotaron, y los siguientes proyectiles perforaron la carrocería.

Había al menos dos tiradores. Oxen aún no había acabado de dar cuerpo a esa idea cuando otro proyectil llegó directamente desde arriba y destrozó la corteza del tronco del árbol tras el que se escondía Franck. Y entonces escuchó también el característico silbido, seguido del sonido sordo de la bala al perforar el suelo del bosque a pocos centímetros de su hombro izquierdo.

–¡Ahora!

Corrió hacia ella y la levantó por el brazo.

–¡Corre! ¡Hacia allí!

Tuvieron que subir por el terraplén, hasta que los árboles se hicieron tan estrechos y los matorrales tan gruesos que costaba ver más allá y se sintieron menos expuestos. Sin detenerse un solo segundo a pensar en la desventaja de Franck, la obligó a zigzaguear cuesta arriba por la montaña.

–¡Escóndete allí, entre esos arbustos!

Después de gritar aquello, Oxen se tiró al suelo, rodó y se parapetó detrás de un árbol, en posición de disparar, cosa que hizo: cinco disparos seguidos, a tientas, más que nada para cubrir a Franck. Después corrió tras ella mientras oía las balas silbando junto a sus orejas, hasta que finalmente pudo esconderse tras el mismo matorral en el que habían estado antes. Un solo proyectil siseó a través del follaje marchito. Después, el fuego se detuvo.

–¿Qué demonios...? –Franck, que estaba estirada sobre su barriga, se dio la vuelta y se quedó boca arriba, jadeando.

Sacó los prismáticos de la mochila y se incorporó brevísimamente.

–Hay tres francotiradores –dijo, vigilando de cerca la escena que se desarrollaba a sus pies.

Tres hombres con ropa de camuflaje y rostros ennegrecidos avanzaron con cautela hacia delante, en dirección a Sergei Pronko, quien había empezado a disparar, enloquecido, cuando Oxen y Franck tuvieron que salir corriendo de allí.

Los hombres iban armados con rifles y ametralladoras, que llevaban colgadas en diagonal en el pecho. Su forma de moverse por el terreno, de peinarlo y de cubrirse los unos a los otros no dejaba lugar a dudas: eran unos profesionales.

De pronto todo estaba en la más absoluta quietud.

Simona Zakalskyte seguía inmóvil en el lugar en que se había derrumbado, con una nota extraordinariamente valiosa en su mano, el ministro de Justicia había desaparecido, y Sergei Pronko no les quedaba visible desde ese ángulo.

Si el ruso no se había escapado aprovechando el tiroteo, ahora su huida quedaba muy limitada. Quizá podría haber usado al ministro de Justicia como escudo, pero algo le decía que el ministro ya había recibido ayuda para salir por la puerta de atrás. Así que Pronko solo tenía una salida: el coche.

–No somos su objetivo principal. Corre lo más rápido que puedas hacia el coche. Luego ve hacia la Stichstraße y recógeme allí. ¿Entendido?

Franck asintió, se levantó y salió corriendo sin perder ni un segundo. Él hizo lo mismo: corrió y se abrió paso a través de la maleza, mientras notaba el azote de las ramas en su cara.

Le quedaba muy poco tiempo. Pronko no podría hacer mucha cosa contra tres hombres armados hasta los dientes, de modo que su única oportunidad era huir en coche. Era difícil, pero no imposible. Y aún tendría más opciones si el que cogía era el coche del ministro, que estaba protegido detrás del Corsa.

Después de este rápido análisis, Oxen supo que lo que debía hacer era correr hacia la carretera y estar preparado para cualquier cosa.

Las afiladas espinas de un seto de zarzamoras se hundieron en sus brazos y muslos y le rascaron la piel, mientras él corría por el bosque, ignorando las heridas, y se caía al suelo e inmediatamente volvía a ponerse en pie. Tan pronto como llegó a un terreno más claro, con árboles de hoja caduca, aceleró el ritmo.

Estaba seguro de que Pronko tenía que haber llegado a la misma conclusión que él. Uno no discute con un enemigo que acaba de volarle los sesos a tu prima. Para los rusos no había nada que negociar. Ahora solo era cuestión de segundos que se viera obligado a arriesgarse, a la desesperada.

El bosque perdió densidad. Oxen ya casi podía correr en línea recta sin impedimentos, pero justo delante se encontró con el siguiente y definitivo obstáculo en forma de cercado.

Entonces lo oyó, el ruido de las ametralladoras. Sergei Pronko había aprovechado su oportunidad.

Oxen saltó, sin pensárselo dos veces, sobre la primera cerca de espinas que encontró. Continuó zigzagueando, cogió impulso y saltó de nuevo. Tropezó, se tambaleó y rodó sobre el duro asfalto, pero se levantó rápidamente y se preparó para cambiar el cargador. Lo más probable era que necesitara las ocho balas. Pronto sabría si el ruso lo había logrado o no…

El furioso rugido del motor acercándose por la carretera le dio la respuesta solo unos segundos después. Oxen se detuvo con las piernas ligeramente separadas, desplazó el peso hacia la izquierda y extendió los brazos mientras asía la pistola. Ahora se trataba de precisión, y había pasado ya mucho tiempo…

El pequeño Citroën avanzaba a toda velocidad sobre el camino pavimentado, inmerso en una nube de astillas y polvo, acelerando, enloquecido. El vehículo estaba completamente acribillado, y, para poder ver mejor, Pronko había golpeado con el cañón de su pistola los restos del parabrisas hecho añicos. Entonces disparó dos veces. Eran disparos de advertencia, más bien, porque a esa velocidad era prácticamente imposible acertar.

Cambió de marcha y aumentó la velocidad. Oxen se mantuvo inmóvil.

Esperó. Y esperó.

Y entonces disparó. Dos disparos en el neumático delantero izquierdo, y dos en el derecho. Luego se tiró a un lado, rodó por el suelo mientras el ruso pasaba junto a él a toda velocidad, con los neumáticos deshinchados, e inmediatamente se puso de rodillas otra vez. Dos disparos en el neumático posterior izquierdo, y uno en el derecho.

En ese momento apareció otro coche a toda pastilla. Negro, con el techo blanco y un ribete también blanco. Disminuyó la velocidad, giró y se quedó cruzado en mitad de la carretera. Era un Mini Cooper.

La siguiente escena se quedó grabada a fuego en su retina. Parecía una sucesión de secuencias breves, puestas una detrás de otra. El ruso en el Citroën, que avanzaba con tres neumáticos deshinchados. Su fallida maniobra de huida. El sonido del metal al chocar y aplastarse contra un árbol, que se derrumbó a cámara lenta y cayó encima de la carretera.

El coche estaba destrozado. Franck ya estaba sacando al ruso, inerte, por el asiento del pasajero, cuando Oxen se reunió con ella y exclamó:

–¡Rápido, tenemos que meterlo en el asiento trasero! Llegarán en cualquier momento.

Juntos arrastraron a Sergei Pronko hasta el Mini. Estaba inconsciente y malherido.

En su hombro derecho, un chorro de sangre se había extendido por la parte delantera de su chaqueta de cuero, y, por la posterior, el proyectil había hecho un gran agujero en la salida. El ruso había sido alcanzado por una bala, una de disparo hueco, diseñada para hacer el mayor daño posible. También tenía una gran y fea laceración en la cabeza, y su rostro estaba cubierto de pequeñas y sangrientas heridas de cristales. Además, después de ese frenazo brusco contra el árbol, lo más probable era que también tuviera lesiones internas.

Franck puso en marcha el Mini y se alejó de allí a toda velocidad.

–Vamos al hospital en Hillerød. Y necesitamos protección. ¡Inmediatamente! –rugió.

52

El jefe del CNI, Axel Mossman, terminó su lacónica conversación telefónica.

—Era Rytter, que todavía está en el bosque. Sí, ha visto que el coche de la esposa, el pequeño Citroën, ha acabado totalmente siniestrado y estrellado contra un árbol. Y no, no ha visto el cadáver de ninguna mujer.

—¿Cómo que no ha visto ningún cadáver? —Margrethe Franck saltó de su silla—. ¿Junto al lago? ¿Cómo que no lo ha visto?

—Pues eso —dijo Mossman, negando con la cabeza—. Y tampoco ningún Corsa.

—¿Sangre? ¿Cristales rotos? ¿Cartuchos de bala vacíos? —apuntó Oxen.

Todas sus preguntas fueron respondidas con su correspondiente movimiento de cabeza. Aquello provocó a Oxen una sensación realmente desagradable en la entrada del estómago. Alguien acababa de colarles un increíble gol por la escuadra.

—No, Oxen. A primera vista no hay nada de eso.

—Pero ¿cómo quiere que nos hayamos inventado una historia así? ¡No tiene sentido, maldita sea! —Franck sentía la adrenalina corriendo por su cuerpo.

—Yo no he dicho eso, Margrethe... Yo me he limitado a repetir lo que Rytter acaba de comunicarme.

Estaban sentados en una habitación vacía que les habían concedido con vistas a mantener una conversación confidencial. Un interrogatorio extraoficial, vamos. En la comisaría tendrían que volver a repetirlo todo, al menos una vez.

Sin duda, Mossman estaba deseando estrangular a Franck para darle una lección. El jefe del CNI se indignó al enterarse de la alianza Franck-Oxen.

Ellos, por su parte, le habían dado a Mossman una versión «casi completa» de lo sucedido en los últimos días, y lo único que se guardaron fue la lista de observaciones y los planos del sótano de Arvidsen, al menos por el momento.

Después de hacer sonar la alarma, Axel Mossman, Martin Rytter y un grupo completo de empleados de Søborg llegaron a la comisaría de Hillerød con una celeridad impresionante.

Rytter, que resultó que ya había vuelto de su estancia en el norte de Jutlandia, dirigió la comitiva que se desplazó inmediatamente a Esrum Sø, donde, por lo visto, los tres hombres armados hasta las cejas y con trajes de camuflaje lo limpiaron todo perfectamente... o bien contaron con la ayuda de todo un equipo de limpieza.

Llamaron a la puerta. Un hombre con una bata blanca asomó la cabeza en la sala.

—Solo quería informarles de que sigue en el quirófano. La lesión del hombro es complicada.

—Gracias —dijo Mossman—. ¿Ha podido descubrir algo más?

—Nada, excepto que saldrá de esta —dijo el doctor, y desapareció justo cuando el teléfono de Mossman volvió a sonar.

La conversación fue breve y concluyó con un áspero:

—Pasaré en menos de una hora.

—Era el ministro de Justicia. Le dejé un mensaje en su contestador —dijo Mossman.

Obviamente, no tenía intención de decirles nada más al respecto. Parecía perdido en sus pensamientos... Oxen y Franck se miraron primero entre ellos y luego a él, y por fin, después de esperar un buen rato, Franck no pudo aguantar más y explotó:

–¿Y bien? –preguntó, deliberadamente.

Mossman se cayó de la parra y aterrizó con fuerza en el limpio suelo de la comisaría.

–¿Y bien? ¿Qué esperas que te diga, Margrethe? No tengo una respuesta para eso. Ahora iré a hablar con el ministro.

–Oh, venga ya. Hay algo más, ¿verdad? De lo contrario, hace ya tiempo que ese impresentable estaría entre rejas. ¿Cómo se explica que siga siendo ministro, si no?

Axel Mossman asintió, pensativo, y puede que hasta esbozara una sonrisa.

–*Well*... sí, hay una explicación. El ministro dice que a su esposa le robaron el coche esta mañana, y que él ha estado en casa, solo, tratando de recuperarse de una semana más bien dura. Por lo visto, después tenía pensado reunirse con el resto de su familia, que ayer se desplazó también a la casa de veraneo.

–¿Cómo? ¿Pretende hacerme creer que el ministro de Justicia ha estado durmiendo toda la mañana? Eso es una solemne tontería. ¡Una estupidez y una solemne tontería! –dijo Franck entre dientes, sin apartar los ojos de su jefe–. Pero a ver, ¿me crees a mí o le crees *a él*?

Mossman entornó los ojos hasta que no fueron más que dos misteriosas ranuras sobre sus mejillas.

–Vamos a tranquilizarnos... –respondió–. Entiendo que toda esta historia puede resultar un poco complicada, pero ahora tendrás que disculparme. Tengo algo que hacer.

Y dicho aquello, Axel Mossman se levantó y salió de la habitación con pasos apresurados.

Disfrutaron de un pequeño desayuno en la cafetería del hospital y discutieron la situación en voz queda.

La investigación se había encallado y ahora estaba en un terreno más bien rocoso, la verdad, sobre todo si el ministro de Justicia seguía empeñado en asegurar que había pasado la mañana durmiendo en su cama, en lugar de admitir que se había desplazado hasta Esrum Sø para pagar un chantaje, y que una vez allí había estado a punto de morir.

Además, resultaba que Ulrik Rosborg, es decir, ese mismo ministro de Justicia, seguía siendo el hombre que quedaba justo por encima de Axel Mossman en la cadena de mando del CNI.

Todo ese asunto había dado un giro francamente insólito, y la situación que había aterrizado en el escritorio de Mossman era de lo más compleja y excepcional. En pocas palabras, no se trataba de controlar el servicio de inteligencia o las relaciones internas y externas del Consilium, sino de afrontar un objetivo aparentemente enorme y trivial al mismo tiempo, que había dejado su huella en el curso de la historia y que sin duda seguiría haciéndolo: el sexo.

Y en ese sentido no importa si eres rey, dama, jota, presidente o golfista. El sexo puede destrozar cualquier carrera.

–Creemos que fue como lo vimos –dijo entonces Franck–. Pero no lo sabemos con seguridad. En realidad no tenemos idea de lo que aparece en el vídeo.

–Pero sabemos que la bolsa de nailon estaba llena de billetes, y que el dinero era el precio de algo que podría arruinar la carrera, y la vida, del ministro de Justicia. Y no estamos hablando de látex y cuero y todo eso, sino de su posible implicación en la muerte de Virginija.

Franck parecía dispuesta a creerlo. Prestaba atención a todas sus palabras y él prefirió no entrar en detalles, aunque sabía exactamente lo que había sucedido en el castillo de Nørlund aquella noche.

—El cadáver… Parece que nuestra mayor dificultad consiste en encontrar los cadáveres que podrían dar cuenta de nuestras afirmaciones, ¿no te parece? Porque… ¿dónde está el cadáver de Virginija?

Él se encogió de hombros.

—Nørlund ocupa más de 2.200 hectáreas de terreno.

—Ni un cadáver, ni un crimen… –Franck se mordió el labio.

—Y, por lo pronto, ahora nos faltan dos de las tres hermanas Zakalskyte –dijo Oxen.

—Quienquiera que sea el responsable de todo esto, lo más probable es que descargue el cuerpo de Simona en algún lugar.

—De lo que no hay duda es de que son amigos del ministro de Justicia.

—La idea es una locura. Hemos sido testigos de un incidente que resulta que no sucedió, y ahora puede que estén por aquí, o en el hospital, o…

—O que trabajen para el Servicio de Inteligencia. Entonces a todos les parecería de lo más conveniente que el asunto se disolviera en el aire –dijo Oxen.

—Conveniente para Mossman.

Era obvio que Franck estaba lejos de sentirse entusiasmada con su propia declaración. Oxen asintió y continuó:

—Como tú misma acabas de decir… no hay cadáver, ni crimen. Nunca encontraremos a Virginija, ni a Simona. Lo único que podemos esperar es que el CNI cuide muy muy bien a Sergei Pronko.

—Hay dos policías haciendo guardia frente a la puerta de su habitación.

—Ah, vale, entonces todo está bien.

—Oxen, en serio, ¿cómo puedes ser tan desconfiado? De verdad piensas que…

Él se encogió de hombros otra vez.

–Yo solo sé que los sistemas se blindan cuando son amenazados desde el exterior.

Continuaron en silencio, y empezaron a comer. Un bocadillo de jamón y queso, y un café. Por fin, Franck rompió su mutismo:

–El ministro de Justicia tuvo que esquivar a cuatro personas de seguridad para llegar a Esrum Sø. ¡A cuatro! O bien es realmente bueno y logró escaparse por la puerta de atrás para ir al bosque, o bien...

Levantó la taza y dio un sorbo. Su frase inconclusa dejó un enorme espacio abierto entre los dos.

–Lo que yo decía –dijo Oxen, al fin.

A última hora de la tarde, Sergei Pronko yacía adormilado y profundamente abatido bajo sus sábanas blancas en la cama del hospital. Había sobrevivido a la complicada cirugía del hombro y se había despertado hacía ya varias horas.

La bala había resultado realmente dañina. No le habían dado demasiadas esperanzas de que el hombro volviera a funcionarle con normalidad.

En general, había salido bastante mal parado. Según los médicos, había sufrido una conmoción cerebral, la herida de la cabeza había sido cosida con diecisiete puntos de sutura, además de once puntos extra en la frente, y también se había roto varias costillas –algo que ya de por sí le provocaba un dolor infernal–, y tenía la cadera magullada. Por lo demás, le habían salido en la cara algunas pecas más: le habían quitado un montón de trocitos de cristal y tenía pequeñas manchas de sangre por todas partes.

El médico les había dado veinte minutos. Se sentaron en las cuatro sillas de la habitación, dos a cada lado de la cama.

En un primer momento, Mossman le había dicho a Oxen que no podía entrar.

—Aquí no se te ha perdido nada, Oxen. Esto es trabajo de la policía.

El hecho de que, aun así, estuviera sentado en una de las sillas respondía a la circunstancia de que hablaba ruso y Mossman había tenido que ceder para no perder más tiempo.

El jefe del CNI había vuelto al hospital hacía menos de una hora. Contrariamente a su costumbre, en aquella ocasión insistió en estar presente ya en el primer interrogatorio del ruso. No había dicho una sola palabra sobre su viaje a la sede del condado del ministro de Justicia.

Así pues, Mossman plantó su enorme cuerpo en la silla, se aclaró la garganta y comenzó sin más dilación:

—Buenos días. Mi nombre es Axel Mossman; dirijo el Servicio de Inteligencia Nacional danés, y estos son algunos de mis colaboradores. Traduzca eso, por favor, Oxen. Y pregúntele si podemos continuar la conversación en inglés.

Oxen tradujo la frase y en seguida dio a conocer la respuesta que el ruso murmuró a modo de respuesta.

—Dice que en inglés está bien.

El jefe del CNI empezó con unas pocas preguntas introductorias, con la idea de aclarar una serie de formalidades (identidad y procedencia, duración de su estancia en el país e identificación de la tapadera de señor y señora Sikorski) y luego volvió a los acontecimientos de esa mañana.

—¿Por qué querían reunirse usted y su prima con el ministro de Justicia junto al lago esta mañana?

Sergei Pronko puso los ojos en blanco, como si hiciera tiempo que no oía nada más absurdo que eso. Debía de ir medicado hasta las cejas, porque pudo toser, sin quejarse de su dolor de costillas.

—¿Ministro de Justicia? ¿Qué ministro de Justicia? No sé de qué me habla... ¿De dónde ha sacado esta idea? Mi prima y yo queríamos encontrarnos con un compatriota del...

entorno criminal de Copenhague. Queríamos arreglar algunas cosas con él.

Durante una fracción de segundo, Oxen se quedó conmocionado ante el testimonio del ruso, pero luego le pareció perfectamente lógico que lo negara todo: «ellos» habían hablado antes con él; habían encontrado el modo de asustarlo y transmitirle el mensaje. Sin lugar a dudas, Pronko había recibido instrucciones.

Mossman y Rytter levantaron las cejas, mientras que Franck, por lo visto, había llegado a la misma conclusión que él.

—Entonces... ¿niega haberse visto con el ministro? —Mossman recuperó el control rápidamente.

—No conozco a ningún ministro danés.

—¿Y niega también que le dispararon?

El ruso negó con la cabeza, e hizo un esfuerzo por sonreír.

—Por supuesto que no. Alguien debió de tendernos una emboscada. Alguien que tenía interés en acabar con mis amigos lituanos en Copenhague.

—¿Y quiénes son estos amigos que tiene en Copenhague?

Pronko empezó a darle nombres. Mossman levantó las manos, a la defensiva, y dijo:

—Está bien, ya nos encargaremos de eso más adelante. Por ahora concentrémonos en Hannibal Frederiksen.

El ruso se quedó en silencio, y entonces Rytter intervino:

—Sabemos que usted y su prima estuvieron en España. ¿Cuál era su relación con Hannibal Frederiksen?

—No conozco a ningún Hannibal.

Probablemente todos habían contado con obtener esa respuesta, de modo que Mossman siguió adelante:

—*Well*, entonces hablemos sobre Mogens Bergsøe, el abogado de Sejs-Svejbæk. ¿Lo siguieron cuando salió a pasear en kayak por el lago?

El ruso sacudió la cabeza hacia los lados, cansado, y de pronto estalló en un inesperado arrebato de ira:

–¿Qué están tratando de hacerme confesar? ¿A qué vienen estas preguntas? ¡Oigan, yo soy una persona honesta!

Aquel evidente teatro pareció sacar de sus casillas a Mossman, quien, aun así, logró mantener la compostura y preguntar con voz queda:

–Y sobre el embajador Hans-Otto Corfitzen, el que vivía en el castillo de Nørlund, ¿qué podría decirnos?

–Pero ¿qué quieren que les diga? No conozco a estas personas. Solo quiero saber dónde está Simona.

Mossman levantó su manaza.

–Sería más apropiado que nos lo dijera *usted*.

–¿Cómo? Yo no lo sé, no tengo ni idea. Aquello acabó en un verdadero caos… Puede que se fuera con la gente de Copenhague. A mí me dispararon, no sé si lo recuerda –respondió el ruso, señalándose el hombro con la cabeza.

–Y quiso escapar en el coche que previamente habían robado sin saber a quién.

–Sí, sí… exactamente.

Martin Rytter volvió a pedir la palabra:

–A ver si lo estoy entendiendo bien… ¿Usted imagina que su prima goza de mejor salud que usted ahora y que debe de andar por algún lugar de Copenhague? ¿Y qué pasa con el hombre del antiguo refugio de caza?

Esta vez, Sergei Pronko se limitó a poner los ojos en blanco y suspirar profundamente.

53

Era tarde. Cuando él y Margrethe Franck volvieron a entrar en el hospital, ya eran más de las diez y media. Franke mostró su identificación y los dos colegas del CNI que estaban de guardia los dejaron entrar en la habitación de Sergei Pronko.

El ruso estaba durmiendo, pero eso no era problema.

—Diez minutos, ¿de acuerdo?

Él asintió y ella salió de la habitación.

Entonces Oxen puso su mano sobre la boca del ruso. La reacción fue prácticamente inmediata: Sergei Pronko abrió rápidamente los ojos y miró alrededor, confundido. Oxen le habló en ruso para asegurarse de que entendía la gravedad de la situación:

—Mi nombre es Niels. No soy del servicio secreto; solo estoy accidentalmente metido en todo este asunto.

Entonces se quitó la ropa, pieza por pieza, hasta quedarse en calcetines y calzoncillos.

—Ya ves. No llevo micrófonos ni cables ni grabadora ni nada. Solo quiero respuestas. Soy exsoldado de las fuerzas especiales danesas de los cazadores. Somos colegas, Sergei. Los dos somos *spetsnaz*. Y quiero que tengas muy claro que haré todo lo que pueda hasta hacerte hablar. —Cogió su cu-

chillo del suelo y presionó la hoja contra el cuello del ruso–.
¿Entiendes lo que te digo?

Pronko asintió lentamente.

–¿Quién te dijo lo que tenías que responder durante el interrogatorio?

Pronko vaciló... demasiado tiempo, así que Oxen decidió mostrarle un adelanto de lo que era capaz de hacer. Volvió a tapar la boca del ruso y presionó el puño contra su hombro destrozado. Las pupilas de Pronko dieron inmediatamente cuenta del dolor que aquello le provocó. Oxen esperó un momento antes de soltar la boca del ruso.

–Te preguntaré otra vez: ¿quién te dio las instrucciones?

–No lo sé. Me pasaron una nota... Y me la tragué.

–¿Tienes alguna copia de las imágenes que demuestran que el ministro de Justicia mató a Virginija?

–¿Tú sabes que la mató? ¿Cómo lo sabes?

–¡Haz el favor de responder a mis preguntas!

–El material estaba en la consigna de equipajes de la estación de tren de Copenhague. Simona tenía el resguardo en el bolsillo de su chaqueta. Y también tenía un pen drive en el que habíamos hecho una copia. Eso es todo...

–¿Cuánto le pedisteis?

–Un millón y medio de euros.

–¿Por qué empezasteis por Hannibal Frederiksen?

–Virginija y las otras dos mujeres no sabían a qué lugar de Dinamarca las habían llevado. Tuvieron que ponerse unas gafas especiales durante el viaje para no ver por dónde iban. Pero aquella noche Hannibal Frederiksen estuvo con Danuté y le dijo quién era y que vivía en España, cerca de Málaga. Él era el mayor. Pensamos que eso podría hacerlo más fácil.

–¿Y luego Mogens Bergsøe?

–Estuvo con Jolita. Obtuvimos su dirección porque ella

echó un vistazo a su billetero cuando él acabó dormido, borracho perdido.

—Y el tercero fue Corfitzen. ¿Cómo sucedió?

—El abogado mencionó el castillo antes de emborracharse.

—Los perros. ¿Por qué matasteis a los perros?

—Eso fue idea de Simona. Ella pasó un tiempo allí, en su juventud, haciendo algún que otro trabajo, y oyó que allí la gente ahorca a los perros de caza que se habían vuelto viejos o no eran lo suficientemente buenos. Oyó que mataban a miles. ¿Es terrible, verdad? Pero Hannibal Frederiksen tenía un perro, y quisimos utilizarlo para darle a entender que íbamos en serio. Antes de eso habíamos intentado ponernos en contacto con él, pero se negó a decirnos nada.

—¿Y luego se salió de la carretera?

—Exacto. Se salió de la carretera. Pobre hombre.

—¿Y Mogens Bergsøe?

—Quiso la casualidad que también tuviera un perro. Humm... He oído hablar mucho de los cazadores daneses. Tenéis buena reputación.

—Puedo decir lo mismo de vosotros, los *spetsnaz* rusos. Pero volviendo a Bergsøe... ¿lo seguisteis hasta el lago mientras estaba en su kayak?

El ruso asintió.

—Llevaba guardaespaldas. Maté al que tenía más cerca y lo tiré del kayak. Soy un buceador entrenado.

—Entonces... ¿ni Frederiksen ni Bergsøe quisieron revelar quién era el hombre con el tatuaje en el tobillo? ¿El tipo que mató a Virginija? ¿Fue así?

—Supuestamente, no tenían idea de quién estuvo con ella esa noche. Pero como dije antes, el abogado nos dio la pista del castillo de Nørlund. Fue lo único que acertó a mencionar antes de ahogarse. Bueno, y entonces descubrimos que Corfitzen también tenía un perro. Así que... ¿por qué no continuar con la reacción en cadena? Pero el tipo tenía la piel curtida y no se dejó intimidar. Al contrario, me vaciló y me insultó, y de pronto murió en la silla, así, de repente.

—Pero en el castillo había varios guardias. ¿Cómo entraste?

—Fui por el foso, subí por la pared y salté por el techo. Pura rutina.

—¿Qué pasó después de que murió Corfitzen?

—Que estábamos jodidos... Pero luego decidimos dar al asunto otra oportunidad y seguir a los investigadores encubiertos. Queríamos saber adónde nos conduciría todo el asunto... Si no hubiera funcionado, habríamos tenido que rendirnos y volver a casa. Alquilamos una habitación en el Rold Storkro, donde te instalaste con esa bruja rubia. El resto fue fácil. Me dediqué a seguir a los que te seguían. También el día en que fuiste al refugio de caza... y de pronto... De pronto nos encontramos con el cofre del tesoro, justo bajo los tablones del suelo. ¿Puedo beber agua?

Oxen acercó al ruso un vaso de agua. Después de unos tragos, Pronko continuó:

—Entonces... bueno, teníamos el disco duro... Por lo visto, el anciano se dedicaba a espiar lo que hacían sus huéspedes con las prostitutas. En las fotos también pudimos ver la cara del asesino de Virginija. Nuestra siguiente pista fueron los números de matrícula de los coches ahí aparcados. Queríamos investigarlos para ver quiénes eran; es decir, cómo se llamaban y dónde vivían, pero no fue necesario porque Simona reconoció a aquel cerdo en las noticias de la noche. Era vuestro ministro de Justicia. Ni en sueños habríamos imaginado que se trataría de un hombre tan famoso.

—¿Y Simona quería matarlo?

—Me sorprendió que quisiera meterle una bala en la frente a ese cerdo, pero yo no la habría detenido. —El ruso tomó otro sorbo de agua, y luego dijo, enfáticamente—: Oye... negaré cada palabra que te he dicho hoy, ¿me entiendes? ¡Lo negaré todo! Soy un hombre cuidadoso. Llevaba un mono, guantes, gorra, incluso una máscara. No soy un jodido aficionado. No he dejado mi ADN en ninguna parte. Nadie me puede conectar con los muertos. ¿Lo entiendes?

–¿Y Arvidsen, el jardinero en el castillo?

–Como dije, seguí a quien te seguía, y por eso pude ver lo que pasó. Pero no fui yo.

–¿Y sabes quién fue?

–Solo pude ver una sombra en una ventana.

–¿Hombre o mujer?

–Ni idea.

–¿Y quiénes eran los tres hombres que os atacaron en el lago?

–Pues lo mismo: ni idea. Eran soldados. Toda la historia apesta a militar.

Oxen apartó el cuchillo de la garganta del ruso, volvió a vestirse, y mientras se ataba los zapatos dijo como quien no quiere la cosa:

–Una última pregunta, Sergei... ¿Por qué matasteis también a mi perro?

–¿A tu perro? No fuimos nosotros.

54

Sergei Pronko se despertó muy temprano. Era su tercera mañana en el hospital de Hillerød. La luz del alba empezaba a despuntar. Alguien se había olvidado de cerrar las cortinas. De lo contrario podría haber dormido más tiempo.

Incluso antes de lograr abrir los ojos, su cerebro empezó a funcionar. Recordó por qué estaba acostado en aquella cómoda cama blanca y por qué sentía ese dolor tan infernal, y recordó, sin la menor compasión, la situación de mierda en la que se hallaba...

Solo entonces abrió los ojos, y se quedó muy sorprendido... porque en la franja de luz del sol que se recortaba sobre su manta había un sobre. Extendió la mano, lo cogió y lo abrió.

Ya estaba lo suficientemente despierto como sumar dos más dos. El remitente seguro que era la misma persona que se coló el primer día en su habitación y le dejó las instrucciones acerca de lo que debía decir y cómo debía comportarse cuando le interrogaran los del CNI. Si quería tener una oportunidad de salir de Dinamarca lo más rápido posible, debía estar atento.

El sobre contenía un pasaporte lituano. Se reconoció en la foto, aunque en ella llevaba el pelo rubio más largo y gafas. Su nombre era Aleksándr Ivánovitj Petróv. Los que lo habían hecho eran profesionales. Además del pasaporte había mil coronas danesas, unos cuantos centenares de euros, un billete de tren para Copenhague-Kiel, y uno de ferri para viajar con la compañía DFDS Lisco desde Kiel a Klaipėda, Lituania. Veintiuna horas bien buenas para ir desde el norte de Alemania hasta su hogar, donde le esperaban la libertad y la seguridad.

Echó un vistazo a su reloj. La fecha de salida era hoy. El tren salía a última hora de la mañana, y el ferri a las seis en punto.

En el fondo del sobre palpó algo duro. Eran pastillas, analgésicos para el dolor que le permitirían sobrevivir el viaje a casa.

Pero... ¿de verdad aquellos tíos que tiraban de los hilos desde detrás del biombo lo consideraban tan idiota? ¿De verdad pensaban que él, Sergei Pronko, era tan estúpido?

Dejó caer las piernas por el borde de la cama y sus pies tocaron el suelo. La maniobra le recordó inmediatamente que no debía dejar de tomar las pastillas a intervalos fijos y determinados.

Con dificultad, cruzó la habitación hacia el armario, esperando encontrar algo que ponerse, dado que su ropa estaría probablemente manchada de sangre y desgarrada. Allí, efectivamente, le esperaba todo lo que necesitaba, desde calcetines hasta una chaqueta y zapatos. Por supuesto, todo de su talla. En una bolsa de plástico había también una peluca, cuya longitud y color eran aproximadamente los mismos que en la fotografía falsa. Junto a ella, un estuche de gafas. Lo abrió y, obviamente, se encontró con unas llamativas gafas de montura de plástico marrón oscuro idénticas a las del pasaporte.

Los profesionales habían pensado en todo. O al menos eso creían.

A primera hora de la tarde, el tren entró en la estación de Karlshamn, en Suecia. Se había pasado la última hora dormitando, más bien aturdido por los fuertes medicamentos.

Por supuesto, no había tenido ningún problema en salir de su habitación, cruzar todo el hospital y llegar a la puerta principal, donde pidió un taxi que lo llevó hasta la estación central de Copenhague.

Y decía «por supuesto», porque toda aquella movida habría sido evidentemente inútil si lo hubiesen detenido en la puerta del hospital. No es que no hubiera vigilantes allí sentados cuando se fue, no, seguían allí. Pero, a diferencia de los de antes, estos no iban vestidos de calle, así que supuso que eran policías sobornados, o falsos, colocados allí por sus amigos desconocidos. Y, por supuesto, ninguno de los dos hizo nada cuando él abrió silenciosamente la puerta y se marchó.

En principio hizo lo que ellos querían que hiciera: tomar el tren a Kiel. Excepto que se bajó tras cuatro paradas y regresó a Copenhague en el siguiente tren. No había dejado de mirar atrás, por encima del hombro, casi a cada segundo, pero no había notado nada sospechoso ni había visto a nadie que lo siguiera. Y si se le había escapado alguna sombra, seguro que había podido darle el esquinazo con su salida del tren en el último minuto.

Los frenos chirriaron y el tren ralentizó su marcha. Finalmente, las puertas se abrieron y él bajó en la estación de Karlshamn.

En algún lugar del horizonte, en mitad de la negra noche, a cinco horas de distancia, se hallaba la ciudad de Karlshamn. Para él, la ciudad simbolizaba el final de su misión conjunta, que lamentablemente había acabado fatal.

Ahora estaba en la borda del Lisco Optima y miró hacia atrás con enorme tristeza. Ya eran casi las once de la noche, y aún le quedaban nueve horas de trayecto antes de alcanzar la libertad en Klaipėda.

Había salido a fumar otro cigarrillo. El último del día. Después se zamparía un puñado de pastillas y dormiría toda la noche.

Estaba acostumbrado a las pérdidas. También a las grandes. Chechenia había sido muy dura... pero la pérdida de Simona fue más que dolorosa. Ella no había sido una prima cualquiera, sino su prima favorita. Siempre amable con él, siempre tan buena, aunque fuera ruso.

Un sentimiento de culpa lo abrumaba. Aunque había servido en las fuerzas especiales durante mucho tiempo, no había sabido proteger a Simona y llevarla a casa de vuelta.

¿Tendría que ir a ver a la familia de Simona? ¿Visitar a la hermana de su madre y contarle lo que había pasado? ¿Tendría que explicarle que nunca volvería a ver a sus dos hijas?

Arrojó la colilla al mar y bajó las escaleras para acostarse.

La cerradura se rompió con sumo cuidado y la puerta del camarote de Sergei Pronko se abrió sin hacer ruido. Un hombre con una chaqueta de verano de color claro entró en el cubículo y apuntó con una pistola con silenciador a la figura que dormía en la cama.

Apretó el gatillo tres veces, y luego salió del camarote.

55

El castillo de Nørlund brillaba bajo el sol ardiente, y cuando abrió la ventana, sintió una oleada de calor. Aún estaban en junio, pero los últimos días habían resultado inusualmente cálidos. ¿Qué temperatura alcanzarían al mediodía?

Había vuelto a Jutlandia del Norte, donde últimamente estaba pasando mucho tiempo, y también al Rold Storkro, que volvería a servirle de campamento base mientras él y Margrethe Franck llevaran a cabo el trabajo que les esperaba en la montaña.

Axel Mossman no había mencionado en absoluto que aún esperara algo de él –en todo caso fue más bien lo contrario–, de modo que Oxen asumió que su participación en la detención de Sergei Pronko había terminado. Después de todo, no era su problema que el ruso hubiera escapado del hospital.

Se apoyó en la pared, junto al marco de la ventana. En el suelo de la casa de Arvidsen había cajas, varias pilas de libros, ropa y todo tipo de cosas desordenadas. El comisario Grube y su gente habían estado utilizando el salón a modo de almacén, y habían dejado allí todo lo que habían ido encontrando por la casa –desde el techo hasta el sótano– y que de un modo u otro les había parecido útil para la investigación del asesinato del jardinero. Pero aunque la casa aún seguía sellada, los funcionarios hacía tiempo que se habían ido.

Grube y los agentes de la policía local se sentían impotentes ante el lío de investigación que el servicio de inteligencia les había dejado.

La policía de Jutlandia del Norte nunca podría aclarar los asesinatos de Corfitzen, Bergsøe y Arvidsen, y ni siquiera habían sido informados sobre la muerte de Fensmark en el refugio de caza.

Franck habló con Kajsa Corfitzen.

Ella se había mostrado de acuerdo en que Oxen echara otra ojeada a las pertenencias de Arvidsen, siempre que el resto de departamentos de la policía no pusiera objeciones. Y Franck le había asegurado que todos estaban de acuerdo.

Ya había buscado minuciosamente en el sótano y el ático, pero sin éxito.

Cabía decir que Arvidsen había dejado atrás una cantidad bastante ínfima de bienes terrenales. Sus papeles personales llenaban a lo sumo la mitad de una caja de mudanzas, y parecía obvio que con esas manos tan rugosas rara vez había pasado las hojas de un libro. En la vida de Arvidsen, la literatura cabía en una pequeña caja de cartón y consistía en *thrillers* baratos, algunas biografías y una serie de libros y revistas sobre jardinería.

Aunque le parecía que no tenía demasiado sentido, y aunque los oficiales de Jutlandia del Norte ya habían estado allí antes que él, no le quedaba más remedio que revisarlo todo de nuevo, con la esperanza de encontrar una pista que a los demás se les hubiese pasado por alto. Porque Arvidsen había puesto algo en marcha, algo muy especial en lo que tal vez, o tal vez no, andaba involucrado el jefe del CNI. Y a él le parecía inconcebible que en esa casa no quedara ni un solo indicio al respecto.

El acuerdo al que había llegado con Franck consistía en que debía ponerlo todo patas arriba en aquella casa, mientras ella se ocupaba de algunos asuntos en Søborg. En cuanto tuviera una oportunidad, se tomaría unos días de descanso y recuperaría las horas extras. Luego se reunirían y pensarían en el mejor modo de seguir con la búsqueda tras la que andaba Arvidsen, la de la habitación secreta del castillo, sin levantar la menor sospecha.

Cruzó la sala de estar, se acuclilló junto a un montón de ropa y empezó a hurgar en todas las piezas, incluso las que no parecían ser ni remotamente prometedoras. Andaba justo ocupado en un par de pantalones de trabajo cuando le sonó el móvil. Era Franck.

–¿Habéis encontrado a Sergei Pronko? –preguntó.

–No. Ha desaparecido. Se lo ha tragado la tierra. Un giro bastante práctico de los acontecimientos para más de uno, ¿no te parece?

–¿Y seguimos sin encontrar el cuerpo?

–¿El de Simona? No, tampoco lo encontramos.

–Alguien se está dedicando a eliminar a los lituanos y a los rusos, ¿lo ves?

–Eso parece. Pero no podrán hacer que desaparezca todo –dijo ella–. En la escena del crimen, en el bosque, se encontraron rastros de sangre y tejidos por todo el suelo. Además, han desenterrado una gran cantidad de proyectiles y cartuchos, y han hecho al menos un descubrimiento interesante: entre los proyectiles había tres misiles de punta hueca.

–Uno de los cuales mató a Simona y otro atravesó el hombro de Sergei.

–Exacto. Y es el mismo tipo de munición que utilizaron para liquidar a Arvidsen: un cartucho Winchester Super X HP.

–De modo que si alguien sospechaba de Kajsa Corfitzen porque es una excelente tiradora… el argumento queda desmontado. Además, está claro que ninguno de los atacantes de aquella mañana, junto al lago, era mujer.

—Bueno, hay mucha otra gente que puede usar fácilmente las municiones Winchester Super X HP —respondió ella.

Oxen suspiró. Por Dios, qué terca era esa mujer.

—¿Y tú, Oxen? ¿Has descubierto algo nuevo?

—Ni remotamente. Estoy en la fase «revisar bolsillos». ¿Hay alguna coincidencia en las otras escenas del crimen? ¿En el despacho de Corfitzen? ¿En el refugio de caza?

—No, todavía nada. Es extraño, ¿no? Realmente insólito, en realidad... —Franck chasqueó la lengua, pensativa.

—Tal vez fuera realmente tan cuidadoso como me dijo.

—Tal vez, pero eliminar rastros de ADN es casi imposible... Llámame si encuentras algo, ¿eh?

—Lo mismo digo.

Colgó y volvió a ocuparse de los bolsillos de los pantalones de Arvidsen, aunque sus pensamientos volaron muy lejos de allí. Seguía atrapado en la misma zona de peligro, mientras que la realidad estaba tan alterada y confusa que uno ya ni siquiera podía estar seguro de que un hallazgo de ADN fuera realmente un hallazgo de ADN. Asesinatos que no existían, cuerpos que no se encontraban, y ahora también sospechosos que desaparecían... Visto lo visto, estaba claro que cualquier pista podía desaparecer sin más, o aparecer de repente.

Parecía que había fuerzas muy poderosas dispuestas a manipularlo todo. La pregunta era quién estaba detrás de todo aquello, al final.

Los bolsillos de Arvidsen estaban vacíos. Oxen echó un vistazo a toda la habitación. Hasta los pocos cuadros que decoraban las paredes habían sido descolgados y examinados. Estaban apilados junto a la calefacción, y les habían sacado los marcos. No había duda de que Grube y su gente habían sido minuciosos. Un trabajo aburridísimo y nada envidiable, por cierto.

Se levantó, fue al escritorio que quedaba frente a la ventana y se dejó caer pesadamente sobre la silla del despacho, algo maltrecha. Sobre la mesa había una bandeja de cartas y una vieja jarra de cerámica con un puñado de bolígrafos en su interior. También había algunos periódicos amarillentos por ahí. Nada que indicara que Arvidsen había dispuesto de un ordenador: ni rasguños sobre la madera ni marcas en el polvo. Nada.

El escritorio tenía tres cajones pequeños. Abrió el de arriba y encontró una mezcla heterogénea de clips sueltos, una calculadora y una gruesa capa de polvo. En el cajón número dos había tres revistas de jardín, y en el inferior, un abrecartas, un tubo de pegamento, más clips y más polvo.

Cogió la bandeja de cartas. En el compartimento superior había unas cuantas facturas pagadas, en el siguiente una serie de anuncios clasificados con ofertas inmobiliarias y en el último unos cuantos folletos coloridos. Le llamó la atención el de arriba de todo: presentaba al Randers Regnskov, un pabellón en el que se había replicado artificialmente una selva interior. Le echó un vistazo. Randers tenía de todo, desde el loro hasta la serpiente.

Del pasillo le llegó un «*Hello*?», y entonces Kajsa Corfitzen apareció en la puerta de la sala de estar. Sonriendo, dio unos golpecitos en el marco de la puerta.

—Solo quería saber cómo ibas. ¿Te molesto?

Con ella entró también una ola de calor del exterior, y el olor a lilas del campo.

—No, en absoluto.

Llevaba pantalones cortos de color caqui, sandalias, y una blusa blanca lo suficientemente desabrochada como para dejar entrever su sujetador blanco. En una mano sostenía una botella de agua, y debía de haberse tirado un poco encima al beber, porque la blusa se le pegaba a la piel justo en la zona del escote, revelando que su sostén tenía un borde de encaje.

–Ya estamos a veinticuatro grados –dijo–. Hoy va a hacer mucho calor. ¿Y bien? ¿Avanzas?

Todas las conversaciones –las conversaciones con personas de carne y hueso– le parecían al principio sencillamente incómodas. Hacía mucho tiempo que no pensaba en aquello. Hablaba solo con Franck, y con ella no le pasaba. Pero ahora... ahí estaba esa idea otra vez. ¿Sería cosa de Kajsa? ¿O del olor a lilas?

–No, me temo que no avanzo nada –respondió, agitando el folleto de la selva.

Kajsa se le acercó, le quitó el folleto de la mano y se inclinó sobre el escritorio. Se apoyó en los codos y empezó a leer. La blusa se tensó en torno a su voluptuoso pecho, y el sudor brillaba sobre su piel. Llevaba una delicada cruz de oro colgada del cuello con una cadena que ahora pendía libremente en su suave piel. No pudo evitar pensar en la cruz que hacía de punto de mira de un visor.

–¡Chist!, Bosse, ¿has oído eso? Un grito.

–Venía de la casa. Deberíamos pedir refuerzos.

–No, no, sigue adelante. ¡No hagas ruido!

–¡Mira! El coche parece de la milicia. Tenemos que irnos de aquí, Oxen, esto es demasiado peligroso.

–Anda ya. Voy hacia la ventana.

–Joder, cómo grita. ¿Crees que la están...?

Con la cabeza pegada al muro de la casa, tenía un minúsculo campo de visión.

Tres hombres... Una tortura...

Un rostro distorsionado por el dolor, la medallita de su

cadena golpeando contra su barbilla, la boca descompuesta con cada embate brutal, los pechos chocando entre sí.

Un descanso. Apenas unos segundos.

Otro hombre se pone detrás de ella, sonriendo, con la camiseta sucia. Le falta un diente, le estira del pelo con las manos, le aplasta la cara contra la mesa, sus caderas la golpean sin piedad. La cadena.

Ella tiene los ojos negros. Son ellos los que gritan. Los que suplican.

—Me cago en todo, Oxen, no debemos...
—¡Desde luego que sí, Bosse! Desde luego que debemos. ¡Cúbreme!

Una patada, la puerta se abre, ambas manos sobre la pistola. Aprieta tres veces el gatillo, y caen tres hombres. Uno con una gorra, uno sin un diente y uno con una lágrima tatuada en el ojo izquierdo. La mujer cae al suelo, desmayada. El de la lágrima grita: «*Don't kill me! My friend, don't kill me, please*».

—I will make you cry, for real, you bastard...

Y le dispara cuatro, cinco, seis y siete veces en el estómago.

—Pero ¿qué es este folleto? Randers Regnskov, caray, una selva tropical en Jutlandia, qué emocionante. Nunca he estado allí. ¿Y tú? ¿No? ¿Niels, estás bien?

—Joder, Oxen, maldita sea. Si no tenemos cuidado, tendremos a toda la milicia serbia pisándonos los talones, y a nuestra propia gente también. ¡Mierda, acabamos de hacer algo ilegal!
—No teníamos otra opción, y lo sabes tan bien como yo, Bosse. El tío este al que le falta el diente, y este otro de la lágrima... los dos estaban en el pabellón, con los discapacitados.

–Ostias, qué... ¡Ey!, ¿eso ha sido un disparo? Ha sonado en la
casa. ¿Crees que ella...?

–Sí... me temo que sí, Bosse. Creo que ya no quería seguir.

–¿Niels? ¿Te encuentras mal?

–Eh... no, solo estaba pensando en esto de Arvidsen. No,
nunca he estado en Randers Regnskov.

–Pues suena muy exótico, ¿no? Una selva interior... Quizá
debería ir algún día.

Kajsa Corfitzen se apoyó con sus manos y se incorporó.
Eso concedió un poco de aire a Oxen, que pudo recomponerse.

–Pero el verdadero motivo de mi visita... –Kajsa vaciló.

–¿Sí?

–Bueno, solo por si estuvieras interesado... Qué sé yo,
Niels... Puede que las cosas hayan salido mal, y que, no sé,
si quisieras algo de paz y tranquilidad, y un trabajo, bueno,
entonces podrías trabajar para mí. Por supuesto, tendrías que
ocuparte también del jardín, pero haríamos lo posible por en-
contrarte una ocupación algo más... ambiciosa. Así que ya
lo sabes. Solo por si te interesa. No tienes que responder de
inmediato, ¿vale? Solo piénsalo.

Él carraspeó, tratando de aclararse la garganta.

–¿Qué tienes pensado hacer ahora, Kajsa, con el castillo
y todo lo demás? –La pregunta solo pretendía hacerle ganar
tiempo para escabullirse de la respuesta.

Kajsa Corfitzen se secó una gota de sudor de la frente y se
encogió de hombros.

–Aún no lo sé. Mañana me voy a Londres y me quedaré
allí unas semanas. El trabajo me llama. No puedo dejarlo
todo atrás.

–¿Y qué pasará aquí?

–La secretaria de mi padre seguirá ocupándose del papeleo. Tiene un hermano que ha dicho que podría ocuparse de las cuestiones prácticas del castillo con sus hijos. Mi padre ya había contratado a alguien para ocuparse del aserradero. Yo pretendo llevarlo todo desde Londres por un tiempo, hasta que decida qué hacer con esto.

—Suena razonable. Pero ¿no habrá nadie que vigile el castillo?

—¿Alguien de seguridad, quieres decir? Sí, he contratado a una empresa de vigilancia que se pasará por aquí y lo comprobará todo a intervalos regulares. Las investigaciones no os han conducido a nada, ¿verdad?

Él movió la cabeza hacia los lados.

—Pues no.

—Dejé de llamar al comisario Grube en Aalborg. ¿Tú qué piensas, Niels? ¿Quién crees que mató a mi padre? *A penny for your thoughts.*

—Estás preguntando al tipo equivocado. Hay gente mucho más informada sobre este caso que yo. Los directivos del CNI, por ejemplo. Pero yo creo que Arvidsen tuvo algo que ver. Por eso estoy haciendo este último intento aquí.

—¿Quieres decir que le dispararon porque sabía algo?

—Sí.

—¿Y qué quieres hacer cuando hayas terminado con este asunto? ¿Volver al bosque, o qué?

Se encogió de hombros.

—Puedes quedarte en tu campamento todo el tiempo que quieras.

—Gracias, pero no sé...

—Haz lo que más te convenga. Yo ahora te dejo en paz, para que puedas seguir trabajando. Me voy a hacer las maletas. Si sucede algo interesante, no dudes en llamarme. Aquí está mi número de móvil y el de la oficina.

Kajsa dejó su tarjeta de visita en el escritorio y se fue.

Oxen intentó imaginarse a sí mismo conduciendo un tractor por el jardín, pero, sinceramente, pensó que le era más fácil imaginarse a Spiderman con un andador.

Había dos folletos más en la bandeja de cartas. Uno era de la asociación de museos East Funen sobre el castillo de Nyborg y el otro, del Scandinavian Wildlife Park en Djursland. Esos dos y el de la selva tropical en Randers. Se quedó mirando el trébol de tres hojas que tenía en la mano.

Así las cosas, recordó un viejo programa de televisión en el que el público, junto con dos «expertos en estilos de vida», tenían que adivinar quién vivía en una determinada vivienda... Bueno, si no tenían nada mejor que hacer... El trabajo de Sherlock Holmes incluía también abrir la nevera de vez en cuando y escuchar a la voz en *off* del presentador que decía: «Bueno, queridos amigos, ¿qué es lo que no pega aquí? ¿El filete de ternera, la salchicha de cerdo o el plátano?».

La respuesta en ese caso, por supuesto, era... el castillo de Nyborg.

Decidió estudiar más atentamente el folleto, que ofrecía una breve descripción de la historia del castillo: un «monumento único de la Edad Media danesa». Resulta que los reyes de Dinamarca residieron en Nyborg, que se hallaba en el centro de su gran imperio, durante unos cuatrocientos años: desde la época de Waldemar el Grande hasta bien entrado el siglo XVI.

Durante siglos, el castillo sirvió como sede del Danehof, una especie de Parlamento de la época. Cuando se celebraba algún encuentro del Danehof, el rey reunía a su alrededor a los caballeros y clérigos más influyentes del país, y esta poderosa élite negociaba y tomaba decisiones sobre los asuntos del país.

Nyborg... ¿el centro del imperio? Nunca había oído hablar de eso. Para él, Nyborg era el lugar en el que antes solía

435

cogerse el ferri a Korsør y Selandia. Ahora, en cambio, el trayecto se hacía por el puente. Aparte de eso, Nyborg, con su prisión estatal, era el lugar al que se llevaban los delincuentes. Y eso era todo lo que sabía sobre la ciudad.

Hojeó un poco más el folleto, y de pronto se quedó de piedra: allí había algo. Levantó el prospecto y lo sostuvo contra la luz brillante que entraba a través de la ventana. Efectivamente, había unas marcas; alguien había estado escribiendo algo en un papel, probablemente apoyado encima del folleto. Cogió uno de los bolígrafos de Arvidsen y repasó con él las marcas, hasta ver aparecer un nombre: Malte Bulbjerg.

Valía la pena intentarlo, y además era fácil: marcó el número de teléfono que aparecía en la parte posterior del folleto y, después de haber sido redirigido una sola vez, empezó la conversación.

Cuando colgó el teléfono, un cuarto de hora más tarde, estaba francamente sorprendido. Cuanto más intentaba convencerse de que aquello era imposible, más desasosiego sentía en su interior.

Si era cierto que acababa de llegar al fondo de la verdad, también lo era que estaba a punto de cruzar un umbral hacia una esfera de poder en la que cualquiera que tratara de colarse corría el riesgo de ser eliminado.

Marcó el número de Margrethe Franck. Tenía que dejarlo todo y escucharlo.

56

Estaban los tres sentados con una taza de café en la mano, en la pequeña mesa de reuniones de la oficina. Esta se encontraba ubicada en el edificio de paredes amarillas dedicado a la administración, desde el que podía verse un lateral del lago, el más idílico, que hacía pensar en un estanque de pueblo, con calles de adoquines y las casitas propias de Slotsgade.

Si se inclinaba un poco hacia delante, Oxen podía ver el castillo de Nyborg desde donde estaba sentado. El antiguo Danehof, o lo que quedaba de él, estaba a pocos metros de distancia, bajo la luz del sol.

Solo el edificio principal, la gran ala oeste de ladrillos rojos, seguía en pie. Tenía un punto de vieja casa abandonada. Se le hacía difícil imaginar que aquel caserón enorme y peculiar hubiera sido alguna vez parte de una imponente fortaleza, palacio real y lugar de encuentro del poderoso Parlamento medieval.

—He tenido algo de tiempo para pensar en lo que hablamos por teléfono ayer. —El director del museo, Malte Bulbjerg, miró a Oxen, abrió su diario de bolsillo, lo hojeó un momento y luego continuó—: Y lo he encontrado. Poul Arvidsen estuvo aquí el 8 de enero, de 13:30 h a 15:00 h, y estuvo hablando conmigo.

–Si no le he entendido mal, Poul Arvidsen le dijo que estaba trabajando en un libro, ¿verdad? –intervino Margrethe Franck.

–Me dijo que era escritor y que estaba escribiendo una guía sobre castillos, casas señoriales y palacios daneses. La verdad es que ese día no me pareció extraño, pero ahora, si lo pienso, recuerdo que nuestra conversación versó solo sobre un tema: el Danehof.

Bulbjerg, con sus mocasines blancos, sus pantalones de lino de color curri y la camiseta del FC Barcelona, debía de tener apenas treinta años, y en el momento en que pronunció la palabra «Danehof», sus ojos se tiñeron de un brillo especial.

El día anterior, cuando Oxen lo había llamado por teléfono, el director del museo de Nyborg había sido informado de que la policía había abierto una investigación acerca de las actividades de Poul Arvidsen.

Franck estaba sentada a su lado, tensa como un cable de acero.

–Danehof... Nos gustaría saberlo todo sobre el tema; pero especialmente nos gustaría saber lo que Arvidsen quiso conocer sobre el tema. Espero que no sea demasiado para usted –dijo ella, con su sonrisa más encantadora.

–No, no, me he despejado toda la mañana para ustedes. Si hay algo de lo que sepa hablar, eso es precisamente el Danehof. ¿Y a quién no le gusta hablar de lo que sabe? –dijo Bulbjerg, sonriendo también. Después señaló el termo y añadió–: Sírvanse lo que deseen.

El joven director del museo se sentó en posición. Casi podría decirse que había estado ensayando lo que iba a decirles:

–Lo más probable es que yo sea una rareza en Dinamarca. –Se tocó la camiseta–. Una especie de Lionel Messi del Danehof. Claro que eso no es una hazaña, debo añadir, pues no hay mucha gente a la que le interese esa institución. Puede que cueste de creer, pero la última vez que el Danehof fue objeto de una investigación oficial fue a finales del siglo XIX. Lamentable. Porque el Danehof que tenemos en nuestro castillo real, aquí en Nyborg, representa, si me lo preguntan, uno de los capítulos más emocionantes de la historia de Dinamarca. En ese sentido, ahora ando en el proceso de preparar un nuevo proyecto de investigación a gran escala, que empezará el año que viene.

De modo que Bulbjerg estaba listo para airear los secretos de Nyborg. Bien: la lección de historia podía comenzar.

—El Danehof es el equivalente a la Carta Magna de los ingleses, y es por eso que...

—¿La Carta Magna? —interrumpió Franck, antes de que Oxen pudiera hacer lo propio.

—Oh, disculpe —dijo Malte Bulbjerg, sonriendo—. Hasta Messi puede tropezar. —Y dicho aquello, explicó pacientemente—: la Carta Magna hace referencia a una serie de escritos acerca de la libertad inglesa, fechados en 1215, que restringen el poder del rey. En pocas palabras, la Carta Magna documenta que el rey acordó que su voluntad podría estar limitada por la ley. Pues bien, el Danehof fue una asamblea imperial de la Edad Media. Durante las reuniones del Danehof, los «mejores hombres del Reich», laicos y religiosos, se reunían en torno al monarca. Y cuando digo todos me refiero a todos: desde los obispos hasta los príncipes, desde los funcionarios hasta los grandes terratenientes. El Danehof no solo era el tribunal supremo, sino que tenía al mismo tiempo una función legislativa y política. Pero ante todo, debía limitar el poder del rey, como sucedió también con la Carta Magna.

El director del museo los miró inquisitivamente. Ambos asintieron como dos buenos alumnos.

Oxen no pudo evitar pensar en la brecha enorme que separaba a un expolicía profesional como Poul Arvidsen y algo tan académico como la división medieval de poderes.

No había ninguna duda de que habían convencido a Bulbjerg con su movimiento de cabeza, pues este continuó sin inmutarse:

–Antes del Danehof existió el «Hof». La palabra proviene del alemán y hacía referencia en primer lugar a la Corte Real, pero después derivó en cualquier tipo de encuentro con el rey. El primer rey obligado a someterse a un tratado de este tipo fue Erik V Klipping, en 1282. En la Carta que tuvo que firmar se comprometía a consultar regularmente a la nobleza y a convocar todos los años a los mejores hombres del reino para gobernar el país con ellos. Al principio esos encuentros tuvieron lugar en Laetare el cuarto domingo de Cuaresma, luego se pospusieron hasta el domingo posterior a la Pascua y finalmente volvieron al cuarto domingo. En el Danehof de 1354, Waldemar IV Atterdag, proclamó que «nuestro Parlamento se llama Danehof y se celebrará en Nyborg todos los años, en el día de San Juan».

Una vez más, Bulbjerg los miró para ver si lo seguían. Y una vez más, ellos asintieron.

–Las cosas siguieron así hasta 1413, cuando Erik von Pommern disolvió el Danehof. Antes de aquella fecha hubo también algún que otro período de la historia danesa en los que no tuvo lugar, pero no sabemos ni cuánto duraron ni cuántos fueron. Lo que sí sabemos con seguridad es que todo acabó en 1413.

Esta circunstancia pareció molestar considerablemente al director del museo, aunque en seguida explicó que el Reichsrat, que con el paso del tiempo había ido volviéndose más y más influyente, asumió entonces la función del Danehof y eventualmente lo reemplazó.

–Es decir, en resumen, el Danehof fue el lugar en el que los poderosos de Dinamarca podían determinar los límites… pero en verdad era el lugar en el que se decidía todo.

Incluso quién debería ser el rey. Algo muy grande, ¿no les parece?

El director del museo abrió los brazos como si abrazara su querido pasado.

–Trate de imaginar ahora el modo en que los poderosos han hecho su peregrinación hasta Nyborg. En el Danehof de 1377 participaron Margrethe I y su hijo, el rey Oluf, de quien ella era tutora. También lo hicieron el arzobispo, siete obispos, cuarenta caballeros y setenta y cinco escuderos. Un porcentaje enorme de los más nobles caballeros del país. Y decidieron leyes, hablaron de derecho y establecieron políticas. ¿Se lo imagina? Y todo aquí, en Nyborg, a pocos metros del lugar en el que estamos sentados ahora. Los encuentros se llevaron a cabo en el Salón de los Caballeros, que aún se puede visitar a día de hoy. Aunque una nueva reconstrucción, claro. ¿No es una idea fantástica?

Ellos asintieron y sonrieron. El entusiasmo de Bulbjerg era contagioso.

–¿Hubo algo en lo que Poul Arvidsen estuviera particularmente interesado? ¿Puede recordarlo? ¿Preguntó algo especial?

El director del museo miró a Franck y asintió.

–Ya he dedicado un tiempo a pensar en eso, y la respuesta es sí. En un punto determinado de nuestra conversación, me dejó realmente sorprendido. Su hombre quiso saber si el Danehof había reaparecido en la historia, recientemente. Por supuesto, le dije que no. Cuando el Danehof se disolvió, lo hizo de manera definitiva. Una pregunta insólita, ¿no les parece?

–¿Eso es todo? –respondió Franck.

Habían acordado que ella haría las preguntas. La idea había sido de Oxen, que se sentía más cómodo manteniéndose al margen.

–Nada. Lo cual me sorprendió, debo admitirlo –respondió Bulbjerg–. Porque, ahora que estamos aquí, su interés por el Danehof y su estructura de poder era mucho más excesivo de lo que cualquiera habría esperado de un autor de guías de viaje.

–¿Podría explicar eso un poco más? –inquirió Franck rápidamente.

–Lo que a él le preocupaba realmente era el modo en que los poderosos se habían dividido el poder entre ellos. Me preguntó sobre el nepotismo y esas cosas. Recuerdo que hablamos de que la edad es irrelevante, pues donde hay poder también hay abuso del poder. Y si en algún momento han tenido ustedes la impresión de que el Danehof representaba una especie de institución democrática, una precursora de nuestra democracia representativa, sepan que eso es cierto en parte, pero al mismo tiempo también es fundamentalmente incorrecto, pues el Danehof no era más que un medio para centralizar el poder. Si lo desean, puedo explicárselo.

Ellos asintieron de nuevo en sincronía y sonrieron al amable historiador.

–Claro, encantados. Y no se preocupe, que no nos aburrirá –dijo Franck.

El director del museo se sumergió con gran energía en una representación aún más detallada del Parlamento medieval.

El establecimiento de la Corte, y más tarde del Danehof como representación de los «mejores hombres del imperio», significaba al mismo tiempo que las antiguas asambleas habían perdido su importancia. Ahora ya no eran los campesinos los que elegían al rey, sino la nobleza, y aunque había terratenientes y otros representantes de la población que participaban en ella, lo cierto es que el poder estaba todavía en muy pocas manos.

Todo esto sucedió en un tiempo en que la administración se estaba expandiendo y se trabajaba para crear una ley unificada para el imperio, mientras que los funcionarios del rey se establecían en todo el país como señores, gobernadores y administradores. Y a pesar de las luchas de poder dentro de la familia real y de las limitaciones a las que le sometía el Danehof, el poder del rey se fortaleció durante ese tiempo.

El Danehof se convirtió –también para el rey– en una plataforma que le permitía, a él y a la nobleza, promover sus propios intereses. Y era bastante efectivo.

–En el Haandfæstning, un documento contractual que Christoffer II firmó en 1320, la élite del país se reforzó en gran medida por su relación con el rey. El Danehof fue declarado el órgano legislativo supremo del imperio y se erigió como tribunal supremo. El Danehof era, pues, superior a la Corte Real. Y así se mantuvo hasta el final. No había nada, ni nadie, por encima del Danehof. Esa es una de las cosas que hacen que su historia sea tan fascinante, opino.

Malte Bulbjerg cerró el puño para subrayar su entusiasmo.

El apasionado historiador extendió su mano hacia el termo, y entonces recordó algo emocionante que aún no había dicho: que la ironía del destino quiso que Erik Klipping fuera el primer rey al que se le impuso un Haandfæstning, en el Danehof de 1282. En aquel momento se decidió que los casos relacionados con crímenes contra el rey debían ser resueltos por el Danehof.

Y de todos los casos, el primero no fue ni más ni menos que la propia muerte de Klipping, el último regicidio de la historia de Dinamarca.

–Y ahora es cuando la cosa se pone dramática –anunció el director del museo–. El rey fue asesinado en 1286, tras un día de caza con un grupo del Danehof, en Finderup. La tradición dice que recibió cincuenta y seis heridas de arma blanca. Probablemente todos los daneses hayan oído hablar en algún momento del «asesinato en Finderup», ¿verdad? Y seguro que la mayoría de ellos puede recordar el famoso cuadro de Otto Bache. ¿A que sí?

Oxen asintió. Lo estaba viendo justo delante de él. El ambiente sombrío, el paisaje arrasado por el viento, los pájaros volando en el cielo, y el mariscal Stig Andersen y el resto de conspiradores alejándose de Finderup a caballo. Aquella dramática ilustración se había grabado a fuego en su mente, como en la de todos los niños daneses en su época escolar.

—Yo tengo una copia en casa. A mi esposa, por suerte, le gusta —dijo Bulbjerg, entre risas, y continuó—: un año después del asesinato, el Danehof sentenció a nueve nobles. El mariscal Stig fue considerado el autor intelectual del crimen, y él y los otros ocho fueron declarados *non gratos* y expatriados a Noruega.

—Una pregunta… cuando el Danehof se disolvió, los nobles debieron de estar muy enfadados, ¿no? —Oxen llevaba un buen rato haciéndose esa pregunta. El director del museo asintió.

—Desafortunadamente no puedo darle los nombres de los que estaban más enfadados, pero definitivamente puedo asegurarle que no debe ser nada fácil saberse poderoso y rico un día, y no serlo al siguiente.

—¿Y qué dijo Arvidsen tras este resumen histórico? —preguntó Franck.

—Antes de acabar le mostré el Salón de los Caballeros, y él me dio las gracias y me dijo que le había parecido todo muy interesante. ¿Puedo preguntarles de qué se le acusa o es demasiado impertinente por mi parte? Si es así me callo, ¿eh?

Franck vaciló unos instantes y luego respondió:

—Me temo que, pese a sus esfuerzos, el castillo de Nyborg no aparecerá en ninguna guía de viaje nueva. Arvidsen fue asesinado recientemente.

Acababan de completar el recorrido por los dos pisos del edificio del castillo: habitaciones enormes con techos altos, salas de caballeros y la antigua sala del Danehof, cuyas paredes estaban pintadas con un patrón de cubos en blanco y negro –la sala ya no era como había sido en su día, sino que ofrecía una versión nueva y más pequeña. El ala oeste se había ampliado y reconstruido varias veces a lo largo del tiempo–... y después de la visita volvieron al presente, donde el sol ardía en el cielo.

Hacía ya un buen rato que se habían despedido de Malte Bulbjerg. El amable director del museo se disculpó varias veces por no tener tiempo para guiarlos personalmente, pero si regresaban otro día, lo haría con sumo placer.

Antes de encontrarse con él en su oficina, al llegar, ya habían dado una vuelta por Wallanlage y Schlosssee, y ahora querían volver rápido a Jutlandia del Norte.

Cruzaron el puente peatonal que conducía al estacionamiento y al hermoso y antiguo ayuntamiento de la ciudad, y de pronto Franck se detuvo a mitad de camino y le puso una mano en el brazo.

–¡Ahora lo entiendo! Crees que Arvidsen andaba tras el rastro de una edición moderna del Danehof, de alguna manera vinculada al *think tank* de Corfitzen, el Consilium. Una suerte de élite poderosa capaz de modelar toda la realidad... y de matar y hacer desaparecer cadáveres.

–Exacto.

–Qué locura.

–Sí.

–E inverosímil.

–Sí.

–Y peligroso.

–Sí.

Oxen se volvió y miró el castillo por última vez. A pesar de su imponente tamaño, causaba una impresión increíblemente modesta. No había adornos vistosos ni mampostería gruesa contra el enemigo.

El ala oeste era casi demasiado ordinaria como para formar el marco de una gran escena de poder. Y, sin embargo, fue precisamente aquí donde se reunieron las fuerzas más poderosas del país para dirigir el destino de Dinamarca.

Tal vez Arvidsen había oído algo que no debería haber oído, o visto algo que no estaba destinado a sus ojos. Probablemente nunca sabrían con exactitud qué fue lo que lo puso en la pista del Danehof y el castillo de Nyborg. Pero fuera lo que fuera, al final le había costado la vida.

–¿Y qué hacemos ahora? –preguntó ella.

–Pues solo nos queda una cosa más por hacer: el castillo de Nørlund. Tenemos que terminar la investigación de Arvidsen.

–¿Qué crees que nos espera en la habitación secreta, si la encontramos?

–Respuestas… Espero que encontremos respuestas.

–Está bien. Dime, ¿qué te traes entre manos?

–Kajsa Corfitzen ha vuelto hoy a Londres. Esta noche empezaremos a buscar.

57

Colarse en el castillo de Nørlund fue un juego de niños. El edificio se recortaba en la tenue luz de la noche como una vivienda demasiado grande, mientras su única inquilina había huido en pos de la vorágine londinense. Presionó el lateral de su reloj de pulsera, y las cifras digitales se iluminaron y le mostraron que era justo medianoche. Tenían ante ellos varias horas de trabajo.

Cruzaron la gran sala del sótano, absolutamente vacía, ubicada en el ala oeste del castillo. El haz de su linterna se deslizaba sobre el suelo y las paredes de hormigón. No había en todo aquel espacio ni la más remota señal de la confusión propia de un sótano. Ni siquiera una miserable caja de cartón. Al final de todo, una puerta. En algún lugar tendría que haber una escalera que condujera al piso de arriba...

Oxen había roto el cristal que quedaba tras una celosía del sótano con el codo, luego había metido la mano por el agujero, había apartado el gancho y había abierto la ventana. Desde la estrecha franja de hierba que quedaba entre el castillo y el foso, habían trepado al sótano con relativa dificultad. Pensando en los guardias que debían hacer su ronda rutinaria, Oxen había reemplazado el cristal –que había traído preparado– y había vuelto a poner el gancho. Cualquier precaución era poca. Nadie debía tener la más mínima sospecha de que el castillo estuviera recibiendo una visita nocturna.

Franck se había provisto de un detector de movimiento, que instalaron en la avenida de entrada, para que pudieran ser advertidos a tiempo y apagar sus linternas en caso de que llegara un coche.

Él había disipado la preocupación de ella sobre la posible existencia de un sistema de alarma. No recordaba haber visto ningún sensor cuando Kajsa le mostró el castillo. Además, el vetusto edificio tenía tantas ventanas que era imposible que todas estuvieran aseguradas. La videovigilancia externa que Arvidsen había desmantelado había sido, sin duda, la única medida de control. Y si alguien pensaba que en el castillo iba a encontrar montañas de oro y demás tesoros, estaba rotundamente equivocado. Allí no había mucho que buscar.

Oxen abrió la chirriante puerta y entraron en una habitación más pequeña, también completamente vacía. Desde allí pasaron a través de una esclusa a otra habitación vacía, en cuya pared posterior podía adivinarse una escalera estrecha.

Subieron cuidadosamente aquella escalera cuyos peldaños llevaban siglos de servicio. En lo alto los esperaba una sólida puerta de madera. Se miraron el uno al otro.

–¿Quieres?

Franck sonrió. Estaba de un sorprendente buen humor. Antes incluso de marcharse de Nyborg ya se había mostrado impaciente ante la perspectiva de una expedición a la antigua fortaleza.

–Si hay una alarma, estará aquí.

Con cuidado, empujó el pomo de la puerta hacia abajo. Oxen había calculado la posibilidad de que en este punto podría ser necesario el uso de la fuerza, y a tal efecto había metido en su mochila una pequeña selección de herramientas útiles para ese propósito: desde un martillo hasta un pequeño explosivo; llevaba de todo, tal vez porque pensaba que Corfitzen tenía que haberse atrincherado en su castillo con sumo cuidado. Pero para su sorpresa, Franck abrió la puerta sin encontrar la menor resistencia.

–Ni flechas, ni lanzas, ni trampas –murmuró Franck, iluminando con su linterna un estrecho pasillo.

–¿Decepcionada?

–Oh, no exactamente. ¿Seguimos con la expedición, Indy?

–Sí. Supongo que ahora estamos en medio del castillo. La siguiente escalera tiene que estar por aquí cerca.

Cuando estaban sentados en la habitación del hotel de Franck, con los planos del castillo desplegados encima de la cama, él le había dicho que Kajsa Corfitzen le había mostrado las habitaciones de invitados que quedaban en el ala oeste. Allí querían empezar su búsqueda, pues Franck sospechaba que el viejo embajador había instalado cámaras en todas ellas para eternizar lo que fuera que sus invitados llevaban a cabo entre las sábanas. Eso sí, sin que ellos estuvieran al corriente, claro.

Oxen no le había dicho que él hacía tiempo que había visto las imágenes de las cámaras de vigilancia de Corfitzen, y que por tanto sabía exactamente en qué habitación había pasado la noche el ministro de Justicia, comportándose de un modo tan despiadado y despreciable con Virginija Zakalskyte, hasta el punto de acabar cometiendo un crimen.

Pero, por supuesto, examinarían las habitaciones de todos modos. Si las cámaras estaban conectadas a la red eléctrica, los cables podrían ayudarlos y mostrarles el camino. Para este propósito, Oxen había adquirido un dispositivo de búsqueda de cables. Una unidad de buscador y una de receptor, ambas del tamaño de un teléfono móvil grande. Con este equipo podría detectar cables ocultos en las paredes o en el suelo.

En algún lugar de ese enorme edificio, Corfitzen había tenido que establecer una especie de centro de actividades, con monitores y discos duros. Aunque obviamente, si el asunto hubiese sido tan fácil como limitarse a seguir cables, Arvidsen ya haría tiempo que habría encontrado la habitación secreta.

–¡Aquí!

Franck había descubierto la escalera, una escalera de piedra que conducía al primer piso. La subieron y llegaron a la enorme planta principal. A partir de aquí ya pudieron orientarse más fácilmente. Las puertas estaban una al lado de la otra, y por lo visto no había ninguna en todo el castillo que estuviera cerrada. Claro que… ¿por qué iban a estarlo? Durante muchos años allí solo había vivido una persona.

Cada uno abrió una habitación. Ambas resultaron estar más o menos vacías.

–Vamos a intentarlo por el otro lado –sugirió Franck.

Ella desapareció en la habitación de al lado, y él estaba a punto de abrir el pomo de otra puerta cuando ella lo llamó. Volvió sobre sus pasos, enfocando el pasillo con el cono de luz de su linterna, y Franck apareció en la puerta.

–Hay toallas en el baño –dijo.

Entraron en la habitación. Era grande y estaba amueblada con una cama de matrimonio, un sofá y una mesa de café, así como un majestuoso televisor de pantalla plana y un escritorio con su silla a juego. Todo muy chic e incuestionablemente moderno. Los colores eran claros y discretos, y las paredes estaban pintadas de blanco y adornadas con pinturas doradas que mostraban motivos históricos.

–No está mal –dijo. Se plantó en medio de la habitación y dio una vuelta sobre sí mismo, iluminándolo todo con la linterna.

–Para un hombre al que le gusta dormir sobre ramitas y

hojas esto es probablemente una maravilla, ¿no? ¿Y dónde está la cámara?

—Allí arriba, creo.

Enfocó hacia una rejilla de ventilación debajo del techo. Luego arrastró la silla del escritorio contra la pared y se subió.

—Esto está demasiado alto. Ven aquí y te subo, ¿vale?

Ella asintió. Oxen le ofreció la mano y la atrajo hacia él. Ahora estaban ambos de pie sobre la silla, muy cerca el uno del otro, como si fueran a bailar una canción lenta. Más cerca que nunca. Ella olía muy distinta a Kajsa. Nada de lilas, era algo más… algo claro. Se movieron con alguna dificultad, y entonces ella puso su pierna izquierda, la buena, en las manos unidas de él. De su minusvalía se había olvidado hacía tiempo.

Mientras se levantaba por encima de él, su pecho le rozó la mejilla y la frente.

—¿Puedes? —preguntó él, aparentando despreocupación, con la vista puesta en su barriga desnuda y plana.

—¿Y por qué no iba a poder? Tú estate quieto.

Franck se estiró cual larga era, se apoyó contra la pared e iluminó la rejilla de ventilación.

—¡Bingo! —dijo.

—¿Algún cable?

Tardó un segundo antes de responder.

—Ni uno.

—Ostras. De modo que sin cables. Tenía que haberlo imaginado. Vale, pues baja.

Echaron un vistazo a su alrededor una última vez y luego salieron de la habitación. La siguiente de la fila también estaba completamente amueblada. Tenía el mismo tamaño, y el estilo y los colores eran idénticos. Solo el escritorio antiguo parecía diferente. Oxen deslizó el cono de luz por las paredes, y de pronto se detuvo en mitad de su recorrido.

Esa era la habitación. Este era el lugar en el que un padre de familia sano y atlético, además de ministro de Justicia, había sido presa de un instinto animal y homicida. Un pequeño crucifijo de madera colgaba de la pared, entre las cortinas. Jesús en la cruz había visto a Ulrik Rosborg matar a la bella Virginija Zakalskyte aquella noche.

Había un total de cuatro habitaciones contiguas amuebladas de un modo muy parecido, y gracias al extraño ingenio de Corfitzen, las cuatro disponían de un pequeño extra de decoración: una cámara de vigilancia en el conducto de ventilación.

–Me gustaría saber a cuántos de sus invitados habrá hecho caer en la trampa.

Franck se acercó a la ventana de la última habitación y miró hacia el foso, en aquel momento tan poco iluminado.

–Seguro que a un montón, pero no creo que haya tenido nunca más influencia que aquí, con nuestro ministro de Justicia.

–Qué paquete más bonito: infidelidad, perversión y asesinato. Tendría a Rosborg comiéndole en la mano –dijo Franck.

–Pero no por mucho tiempo. Solo desde octubre hasta ahora.

–No podemos estar seguros de que hubiera utilizado las grabaciones… Quizá solo pretendía reforzar su posición de poder.

–No olvides que Corfitzen fue embajador de Dinamarca en el bloque oriental durante los años de la Guerra Fría –dijo Oxen–. En la Unión Soviética. ¡Ahí es nada! Y piensa que este modo de comprometer y dejar en evidencia a los invitados era una especialidad de los rusos: cuando organizaban orgías en sus dachas y en las fincas de sus países, para su propia gente pero también para los representantes occidentales, siempre se aseguraban de que al final todos tuvieran una pequeña película de las juergas que se habían corrido en las habitaciones.

—Y resulta que el venerado decano de la diplomacia danesa se trajo a casa algunos de los trucos sucios de aquella época, ¿no? ¿Es eso lo que quieres decir? Hans-Otto Corfitzen, el filántropo que trabajaba por el bien de los niños necesitados...

—Los santos son siempre los peores demonios, Franck. Ya lo decía mi abuelo. Y este tipo de acciones resultan efectivas. Si eres ministro de Justicia, tienes el poder. Y todo gira siempre en torno al poder y las influencias. Para el Consilium... y para el Danehof, suponiendo que todavía exista. Es...

El detector de movimiento que llevaba en su chaqueta los interrumpió. Alguien estaba entrando en la avenida.

Apagaron sus linternas a toda velocidad y corrieron hacia una ventana del lado estrecho del edificio, justo a tiempo para ver una camioneta blanca aparcar frente al castillo. Un hombre salió y abrió el portón trasero. Un pastor alemán saltó del coche.

El tipo encendió una linterna enorme y comenzó su ronda de inspección. Cruzó el puente con el perro, luego siguió por el estrecho tramo de césped que quedaba entre el foso y la pared del castillo, tal como ellos habían hecho poco antes, y finalmente dobló la esquina, sin ninguna prisa, y desapareció de su vista.

Al cabo de un rato, el hombre reapareció por el otro lado del castillo, volvió a la furgoneta y dio por finalizada su ronda de rutina. Había rodeado el castillo una vez, y probablemente también había estado en el parque.

Cuando el perro entró en la furgoneta de un salto, el guardia se sentó al volante y desapareció por la avenida.

—Venga, vayamos al ala principal, en el primer piso. Cuatro ojos ven más de dos. Di en voz alta todo lo que te parezca sospechoso: armarios, estantes, paneles en la pared...

Franck asintió y anduvieron juntos por el pasillo hasta llegar a la gran puerta que separaba las dos alas del castillo. Ambas conectaban con la habitación que quedaba en la parte delantera, un pequeño salón, y se extendían meticulosamente hacia delante, a través de algunas habitaciones medio vacías, hasta llegar al despacho de Corfitzen, que estaba en el centro de aquel ala, y que aún se encontraba precintado con la cinta roja y blanca de la policía. Oxen dejó que Franck se encargara de aquello. El despacho seguía siendo el último lugar en el mundo en el que quería que se encontrara su ADN.

Después, a medida que fueron avanzando por los pasillos, sus linternas siguieron iluminando concienzudamente el perímetro, y de vez en cuando Oxen intentó, pero sin éxito, realizar mediciones con el buscador de cables.

Franck rebuscó en un armario voluminoso y macizo, y Oxen acabó golpeando la zona de la pared que quedaba justo detrás para asegurarse de que el pasillo secreto de Corfitzen, el más personal, el que conducía a Narnia, no estaba detrás de él.

Al final llegaron a la Sala de los Caballeros, que ya había visitado durante con Kajsa Corfitzen. Esa sala estaba también prácticamente vacía, por lo que no había mucho que investigar. Solo que ahora, al contrario de lo que pasó en la ocasión anterior, acababa de darse cuenta de que solo había seis sillas en torno a la enorme mesa. Oxen retiró una y se sentó.

–Debe de haber pasado mucho tiempo desde la última vez que alguien brindó en esta mesa –dijo Franck, de pie junto a una ventana.

–Un anciano no necesita mucho espacio en un castillo… Pero hemos sido concienzudos y lo hemos revisado todo a fondo, ¿no crees? Tal vez nos hayamos equivocado. Tal vez no haya nada que descubrir, finalmente.

Franck no respondió. Se acercó y se sentó frente a él, en el borde de la mesa. Entonces le iluminó la cara con la linterna.

—No te levantes, Oxen. Ahora quiero que me respondas algunas cuestiones.

—¡Aparta esa luz de mi cara!

Ella bajó la linterna.

—Lo sé todo sobre Benny Overholm, el de la cadena de oro, y su compañero Stig Ellehøj. Y sobre la heroína, las anfetaminas y el diazepam que encontraron en la pared de tu garaje. Y sobre tu amigo drogadicto, Balboa, de la época de los Balcanes. ¿Te descubrieron y te ofrecieron una alternativa? ¿Fue porque eras un modelo estupendo, así, con todas esas medallas? ¿Fue así, Oxen?

—Pero ¿de qué me hablas? ¿Esto va a ser un interrogatorio?

Hizo el gesto de levantarse de la silla, pero Franck le puso el pie sobre el pecho y lo empujó con fuerza contra el asiento.

—Quédate sentado. Y relájate. Es hora de que respondas a algunas preguntas, ¿me oyes?

La miró en silencio mientras su pulso empezaba a calmarse. Luego asintió pensativamente.

—Está bien… Parece que has sido concienzuda, ¿eh, Franck? Eso te gusta, ¿verdad? Fisgona… Pero escúchame bien: nunca he tenido nada que ver con drogas duras. ¡Nunca! Me tendieron una trampa, y tuve que escoger entre caer en ella o poner tierra de por medio.

—Tendrás que explicármelo un poco mejor.

—Balboa era un pobre diablo. Nos conocíamos de la Compañía Bravo. Apareció cuando mi esposa acababa de irse de casa por segunda o tercera vez. Nuestro matrimonio era bastante… turbulento. Lo dejé vivir temporalmente conmigo, e incluso le di una llave. No debería haber hecho eso. Solo él pudo haber metido toda esa mierda en mi garaje. Pero esa puerta también está cerrada, porque Balboa está muerto. Práctico, ¿verdad? Una sobredosis.

—Vi una foto vuestra en la que parece que le estés pasando algo.

—Por el amor de Dios, sí, yo también la vi. Ni siquiera puedo recordar si le estaba dando algo realmente, o si él me lo daba a mí, o yo qué sé. Quizá fuera un billete de cincuenta o un boleto de lotería. Pero te aseguro que, fuera lo que fuera, no era droga.

—¿Y a qué venía todo ese montaje?

—Yo creo que todo estaba relacionado con la muerte de Bosse. Nadie dijo nunca nada al respecto, pero era algo que estaba en el aire. En una ocasión Bøjlesen me invitó a hablar con él y me preguntó qué me gustaría hacer si no fuera policía. Le dije que me alistaría con los cazadores. Al día siguiente me hizo bailar lo que no está escrito. Las evidencias en mi contra eran abrumadoras. No tenía ni la menor posibilidad de salir libre de aquello; fue entonces cuando Bøjlesen me sugirió que me fuera y dejara la policía, y que él, a cambio, se aseguraría de que este problema con las drogas no trascendiera y mi historial anterior no me impidiera unirme a los cazadores. Suponiendo, claro está, que pasara las pruebas de aptitud. Y al final de todo aún me dio el consejo de que dejara a un lado las circunstancias de la muerte de Bosse si quería tener un futuro con los cazadores... o en cualquier otro lugar. Así que no hubo una comisión de investigación. Y yo... dejé que me compraran, o que me chantajearan, o como quieras decirlo.

—¿Y por qué no podía haber una comisión de investigación? ¿Cuál era el problema?

—A este tipo de sistemas no les gusta ser criticados. La ilusión de la propia infalibilidad no debe mostrar ninguna fisura, y menos aún no en público. Este es uno de los poquísimos puntos en los que el ejército no se distingue en absoluto del resto del mundo.

–Pero ¿no lograste más adelante una comisión de investigación?

–Más adelante sí. Simplemente, no pude olvidarlo.

–¿Pegaste a tu esposa?

Franck volvió a enfocarle la cara con la luz de la linterna, y en esta ocasión él no le dijo nada.

–Sí –respondió, frunciendo el ceño–. Una vez. Le pegué tan fuerte que se cayó al suelo. Y ahora aparta la luz.

–Un verdadero héroe.

–Oh, venga ya. Lees un trozo de papel y crees que lo sabes todo, pero en realidad no sabes nada.

–¿Qué es lo que no sé?

Oxen respiró hondo y luego exhaló el aire, lentamente.

–Está bien. Era una noche de sábado, después de la segunda incursión en los Balcanes. En casa teníamos invitados: dos colegas con sus esposas. En aquella época del año las últimas horas de la tarde eran realmente húmedas, y aquel día en concreto había llovido mucho. La relación entre mi esposa y yo estaba tan tensa que amenazaba con romperse en cualquier minuto, no solo porque solíamos pensar cosas distintas de todo lo que nos pasaba, sino también, y sobre todo, por las cosas que había traído consigo la muerte de Bosse. Birgitte estaba borracha y yo también. En un momento dado, sin venir a cuento, se levantó y dijo que si pudiera se cagaría en la tumba de Bosse en ese mismo momento. Y le pegué una bofetada.

–Humm... hubo una segunda vez.

–Eso creyó la policía, lo sé. Birgitte apareció un día con un hematoma facial y una ceja reventada. Dijo que había sido yo, pero te juro que no es verdad. Yo ni siquiera estaba con ella, y no tengo ni la más remota idea de lo que le pasó. Pero ella nunca me lo dijo. Nunca supe quién la golpeó de verdad.

457

–Fraude de seguros, violencia, disturbios… La lista es larga. ¿Quién eres, Niels Oxen?

Él encendió su propia linterna y enfocó con ella a Franck.

–¿De verdad crees esto que has dicho, Franck? ¿De verdad lo crees?

–Explícamelo.

–En una ocasión me peleé con un colega que estuvo provocándome hasta hacerme estallar. Eso es cierto. Estaba tan borracho que me quedé con el torso desnudo en Stork Brunnen, y por lo visto amenacé también a un policía. Pero eso es todo. Si te informas como Dios manda, verás que todas las demás acusaciones se han retirado y han sido desestimadas. Fue así durante años. Sistemáticamente. Cada vez que me mostraba activo en algún comité de investigación, mi vida privada se volvía una locura. Nuestra casa se incendió un día y me acusaron de haber cometido un fraude de seguros porque nuestra situación financiera era precaria. Y en una ocasión un mensajero fue hasta el trabajo de Birgitte y le entregó una carta que estaba escrita para mí: «Olvídelo, Oxen. Eso hará que su vida sea más fácil».

Él la miró con expresión cansada.

–Fue así durante años. Con represalias cada vez que trataba de tomar la iniciativa. De pronto hasta mi mujer se sumó a la locura y me denunció por violencia doméstica. Luego vinieron el divorcio y más incidentes, pero yo insistí en una comisión de investigación. Renové mis quejas. Y se produjeron nuevas acusaciones y nuevas presiones escalonadas.

–¿Estás sugiriendo, entonces, que has sido víctima de una conspiración?

–Ni más ni menos que eso. Una conspiración. No me digas que no lo habías pensado, Franck.

Ella se mantuvo sentada en el borde de la mesa. A la débil

luz de su linterna, que hacía mucho que había vuelto a enfocar el suelo, parecía cavilar.

–¿Y por qué no paraste? ¿Por qué permitiste que te hicieran tantas cosas?

–Bosse era más que un buen amigo. ¿Sabes? Yo tuve una infancia bastante difícil. Nos mudábamos de casa a menudo, y Bosse fue la única persona del mundo que siempre estuvo ahí para mí. Él fue el verdadero héroe… y yo necesitaba que alguien se hiciera responsable de su muerte. Se lo debía. Hay una gran diferencia entre un compañero y un amigo, Franck.

–¿Y qué me dices de tus medallas? ¿Fueron también un intento de comprarte?

Él se encogió de hombros y se quedó en silencio.

–¿Tal vez?

–¿Así que no mataste tú solo a ocho guerreros talibanes por tu cuenta?

–Sí lo hice.

–¿Y saltaste al Una?

–Sí.

–¿Y ayudaste a los soldados del helicóptero Chinook?

–Sí.

–¿Y qué me dices del herido que salvaste del fuego cruzado?

–¡También, joder!

–Entonces no te han comprado con esto. Te mereces las medallas.

–Mossman no es estúpido. El otro día, en la comisaría, me dejó caer que con mi historia y mis acusaciones, todo el mundo se forma una idea predefinida sobre mí en su interior: «un hombre, una misión». El alborotador. La persona ofendida que no puede dejar ir lo que la atormenta.

–¿Qué acabas de decirme sobre la integridad?

–El problema es que realmente tengo razón. Que estaban al corriente de los planes de los croatas. Que hasta nos advirtieron a través de los canales diplomáticos. «¡Marchaos!», nos dijeron. Pero no vinieron a sacarnos de allí, y por eso Bosse murió. Así es, Franck. Esta es la verdad pura y dura. ¿Qué demonios se les había perdido a seis soldados daneses escasamente armados y con gorros de bufón azules en medio del gran ataque de la Krajina? Pero ¿por qué me quejo?, ¿eh? ¡Si al final hasta le dieron una medalla a Bosse! Que fuera póstuma no es más que una amargura a la que me empeño en aferrarme.

Franck se levantó.

–Gracias –dijo–. Gracias por tus respuestas. Son casi las cuatro. Deberíamos irnos de aquí.

58

Rodó inquieto en la cama, de un lado a otro. El brillante sol de la mañana se coló por el hueco de las cortinas y se posó por un breve momento como una línea brillante en su rostro. En algún lugar lejano de su subconsciente registró esa luz brillante. Se dio la vuelta hacia el otro lado, y todo volvió a estar oscuro de nuevo.

El destello de luz fue seguido por un trueno. Y la lluvia roja lo salpicó por todas partes. Era extraño que la lluvia fuese roja...

Cuando abrió los ojos, vio las manchas.

▶ Foxtrot 18. ¡Contacto enemigo! ¡Explosión! Esperen. Cambio y corto.

La voz sonaba distante y queda. Los granos de arena ardían en sus mejillas. Se ajustó las gafas, se puso boca abajo, se arrodilló y se sintió aliviado al descubrir que su cuerpo todavía funcionaba. Instintivamente, su mirada echó un vistazo a su alrededor: el caos.

▶ Xray 26, aquí Foxtrot 18. Explosión masiva frente a la comisaría de policía. Probablemente terroristas suicidas. Cambio.

▸ Xray 26, ¿estáis bien? Cambio.

▸ Foxtrot 18, estoy bien. Muchos muertos Cambio.

La mujer... La joven del *niqab* negro. ¿Fue ella? ¿Se había puesto el *niqab* y no el burka azul afgano para engañarlos a todos? Había tenido unos ojos tan preciosos... En forma de almendra, como ónix negro. ¿Habían sido los ojos de una bomba?

▸ Xray 26, quedaos donde estáis. Venimos a buscaros. Confirmad. Cambio.

▸ Foxtrot 18, entendido. Corto.

Escuchó las órdenes claras y escuchó su propia voz comunicándose con Xray. Siguió rodando de un lado a otro de la cama, primero rápido, luego más lento. Una vez más, la luz del sol se deslizó sobre su cara. Permaneció completamente inmóvil, y por fin abrió los ojos.

Allí no había miembros desgarrados, ni ojos de ónix negro asomando por la ranura del *niqab*, ni sirenas, ni pánico. Solo paz y tranquilidad y un pájaro cantando en la ventana.

Probablemente ya era media mañana. Llevaban tres noches entrando en el castillo pero sin encontrar nada.

Se quedó quieto sobre su espalda. Xray y los ojos negros de la bomba habían vuelto. Formaban parte de los Siete, que llevaban mucho mucho más tiempo que nunca dejándolo tranquilo.

–Haz las paces con tus demonios, amigo.

Welcome home, asshole.

Cuando finalmente volvió a la cama, esa misma mañana, ya se estiró con la certeza de que algo saldría mal. No tenía ni que mirar. Sabía que la botella de *whisky* semivacía estaba en la mesita de noche, junto al cenicero.

Se sentía paralizado, rígido como un anciano de cien años, y rotundamente cansado. Justo en aquel momento, alguien llamó a la puerta de su habitación.

–Oxen, ¿estás despierto?

Franck estaba siempre en movimiento. Desde la mañana hasta la noche. Ella había estado a su lado durante años, ¿verdad? *Booom*. De pronto se plantó allí. Como el impacto de una granada. Como cuando fue brutalmente despojado de su universo tranquilo y pacífico en el bosque, junto al Señor White.

Franck era ahora su colega. Tenía una gran fuerza de voluntad y propósito, tan fresco como la arena del desierto en mitad de la noche, cuando...

–¡Maldita sea, Oxen! ¡Despierta de una vez!

Tropezó hacia la puerta, la dejó entrar y se tambaleó de vuelta hacia la cama.

–Aquí apesta. ¿Es que ayer te fumaste un bosque entero?

Franck arrugó la nariz, tiró de las cortinas hacia un lado, abrió la ventana y vació en la calle el contenido del cenicero. Luego se sentó en la silla del escritorio y lo miró como un médico en una visita.

–¿Una noche dura?

Él asintió. Lo cierto era que siempre que estaba con Franck asentía... aunque no era necesario. Ella sabía perfectamente lo que había estado haciendo, pero en lugar de exponerlo, lo cubrió. Franck, la cautelosa. Franck, la granada que cayó del cielo.

–No puedes seguir comportándote así, soldado. ¿Te das cuenta de eso, verdad?

–¿Por qué irrumpes en mi habitación en mitad de la noche?

Ella sacudió la cabeza con una sonrisa y se apoyó en la pared.

–Estoy realizando una inspección del cuartel. ¿No es así cómo se llama? Quería saber si tienes la ropa impecablemente planchada y todo perfectamente doblado, pero… vaya, que no parece ser el caso.

Franck recorrió el suelo con la mirada, y vio que las cosas estaban simplemente dejadas allí donde habían caído.

–Eres peor que un grano en el culo –se quejó Oxen, dándose la vuelta.

–Tengo noticias interesantes, así que escucha: han encontrado a Sergei Pronko.

Él se dio la vuelta y la miró mientras ella continuaba:

–Más muerto que una momia. En un ferri. Se supone que lo mataron el día después tras escaparse del hospital.

Se incorporó de un salto. Él era la última pieza que les faltaba del rompecabezas.

–¿En un ferri? ¿En cuál?

–El de Karlshamn a Klaipėda –dijo–. Lo encontraron cuando estaban limpiando en el puerto. Abatido, bajo las mantas, en su camarote. Tres disparos en el corazón. Un trabajo limpio.

–La policía estuvo buscándolo. ¿Por qué no lo han encontrado hasta hoy?

–La policía de Klaipėda encontró un pasaporte en su camarote con un nombre que no era el suyo. También su aspecto era distinto al de la foto. Junto a la cama tenía una peluca y unas gafas. Probablemente tardaron varios días en comprender el contexto. Y además, estamos hablando de Lituania… Tal vez al principio ni siquiera compartieran la búsqueda con Vilna ¿Quién sabe? –Ella se encogió de hombros.

–¿Quién te ha informado?

–Rytter, hace quince minutos.

–¿Te das cuenta? Están barriendo todos los flecos sueltos,

y los van metiendo, tranquilamente, lentamente, bajo la alfombra. Ahora ya no queda ni un testigo.

–Pero es Pronko –dijo Franck–, así que al menos tenemos un cadáver.

–¿Y de qué nos sirve? Los cadáveres no hablan.

–Quizá podamos conectarlo con las escenas del crimen, el despacho de Corfitzen o el refugio de caza.

Oxen negó con la cabeza y levantó las manos con resignación.

–Aunque hubiera una conexión entre estos puntos, ellos la destruirán. ¿No lo ves o no quieres verlo, Franck? Sergei Pronko no es el delincuente cómodo que necesitan. Uno podría profundizar en sus motivos y hurgar en las historias que rodean a sus primas desaparecidas, y eso es justo lo contrario de estar cómodo.

–Pero los casos no se disuelven en el aire, y seguimos sin tener a un culpable…

–Es por eso que andan buscando uno nuevo.

–¿Uno nuevo? –Ella lo miró inquisitivamente.

–Uno que les sea cómodo. Uno con motivos y, a ser posible, que trabaje solo, porque así no habrá complicaciones. A ser posible, uno que esté mentalmente enfermo y cuyo mundo está tan hecho polvo que nadie puede entenderlo de verdad. ¿Tengo que decir más?

–No, ya veo adónde vas a parar.

–Pues así están las cosas –murmuró, frotándose la cara con las manos.

–Pero Rytter y Mossman saben la verdad. Saben que lo del lago fue un montaje, que Simona Zakalskyte recibió un disparo y que Sergei Pronko ha sido asesinado.

–Algunas peleas son demasiado grandes para ser libradas. ¿Qué ganarían ellos si se enfrentaran contra el poder?

–¿Quieres decir contra su jefe, el ministro de Justicia?

—En un primer momento, sí, contra el ministro de Justicia, pero indirectamente contra un poder mucho mayor. Contra el Danehof. Ellos dos no son conscientes de eso, porque el Danehof no es algo que se materialice. El Danehof, simplemente, está. Como el aire.

—Tal vez te hayan influido demasiado todos esos argumentos, y te estés precipitando con la teoría de la conspiración. Puede que Arvidsen anduviera por un camino totalmente equivocado, y por eso no hemos encontrado nada en el castillo durante estas tres últimas noches. Puede que, al final, no haya nada en todo Nørlund. Ni sombra del pasado, ni poder central, ni Danehof. A lo sumo un anciano con una concepción algo pervertida de la hospitalidad. Un *voyeur*, vamos.

—¡Joder, Franck! ¡Despierta de una vez! Se necesitan recursos, y muchos, para montar todo este teatro del lago, y el asesinato de Pronko ha sido el penúltimo paso. El último será sacar un nuevo culpable al mercado. El poder se ha blindado. Todos están trabajando juntos para proteger al ministro de Justicia, porque nadie quiere sacrificar lo que supone: es demasiado especial, y costoso. El Danehof sabe lo que significa poder, porque nunca ha estado interesado en nada que no lo represente. ¿No lo entiendes?

—Y tú, ¿te sientas en la cama, envuelto en hierba y licor, y lo analizas todo tranquilamente?

—No soy capaz de controlarlo todo racionalmente. Es cierto que estoy enfermo, ¿sabes? Lo que me pasa a veces, por la noche, es una maldita locura.

Le parecía un misterio todo lo que últimamente estaba saliendo de sus labios. Probablemente se debiera a que con Margrethe Franck no solo era fácil asentir con la cabeza, sino también hablar con ella. Las palabras iban y venían sin esfuerzo, como hacía tiempo que no le pasaba. Era muy liberador.

—No tienes que decirme lo que es un trastorno por estrés postraumático. Es solo que… pareces tan valiente…. pese a saber lo que está pasando —explicó.

Él apartó la manta y balanceó las piernas sobre el borde de la cama. Iba solo en calzoncillos.

—Bueno… estoy siendo precavido. Ya entendí de qué iba a ir todo el asunto desde el mismísimo primer día, y jugar con ello me ha parecido la única manera de fortalecer mi posición.

—Eso no es cierto. La verdadera razón por la que accediste a colaborar fue tu perro, ¿no?

—Por supuesto, él también. Pero esa era precisamente su intención.

—¿Cómo que *su* intención? ¿A quién te refieres?

—A los que se aseguraron de que mi perro muriera.

—Pensé que había sido Pronko, para intimidarte.

—No, no. Fue Rytter. O Mossman. O ambos juntos, yo qué sé, para involucrarme y meterme en escena.

—Hasta hace muy poco habría dicho que estás como una cabra, pero ahora considero que tal vez tengas razón. —Franck se deslizó hacia delante en la silla y apoyó impulsivamente las manos sobre las rodillas desnudas de él–. Has dicho que estás siendo precavido, ¿no? ¿Qué tipo de precauciones estás tomando?

—No puedo decírtelo. Es mejor si no sabes nada.

59

Habían acordado dejarlo estar. Eran las dos y media de la mañana, y en cuanto hubieran revisado las dos últimas habitaciones al final del pasillo y la habitación con las estanterías cargadas de libros, abandonarían la búsqueda después de cuatro noches infructuosas.

Si era cierto que había alguna habitación secreta en Nørlund, Corfitzen había sido tan meticuloso y refinado escondiéndola que necesitarían medios más apropiados para dar con ella. Rayos X, tal vez, o algún tipo de aparato especial que ni siquiera conocían.

A él le tocaba la Sala de los Caballeros. Se detuvo en la puerta, y enfocó con la linterna un cuadro que había colgado en la pared. La imagen mostraba buques de guerra y grandes fragatas en una batalla naval. Ya había revisado antes ese cuadro, y sabía que no había nada detrás, más que un muro de piedra extraordinariamente sólido.

Franck estaba avanzando por el pasillo. Él oyó el ruido de sus tacones repiqueteando sobre el suelo, y luego la oyó doblar la esquina y avanzar por el largo y recto tramo que conducía más allá de la entrada principal del castillo, mientras iba deslizando un tenue rayo de luz por las paredes.

Oxen se quedó quieto. Tenían que admitir que habían perdido la batalla. La energía con la que se habían dedicado a la tarea las primeras noches se había ido agotando y ya no les quedaba nada. Franck había llegado a la entrada principal de inmediato. Sus tacones se oían con celeridad. ¿Por qué no llevaba bambas, como la última vez que vinieron? Mientras cruzaba un pasillo, sus pasos se detuvieron en el recibidor por un momento, y luego pudo oírla de nuevo. Ahora estaba muy cerca.

Le iluminó la cara con la linterna, y ella cerró los ojos.

—Para. ¿Te quedan pilas? Las mías están casi vacías. ¿Qué haces aquí plantado? ¿No deberíamos movernos y acabar el trabajo?

Él tardó unos segundos en recomponerse y formular para sus adentros lo que acababa de pasarle por la cabeza sin darse apenas cuenta: la sensación de que algo en la breve secuencia que acababan de experimentar no era cierta; algo que había pasado desde el momento en que Franck apareció por la esquina hasta ahora.

—Vuelve a irte —le dijo.

—¿Perdona?

—Vuelve sobre tus pasos. Regresa al sitio por el que acabas de venir, y luego acércate otra vez.

—¿Por qué?

—Tú hazlo, por favor. Ve hacia allá, gira esa esquina, llega hasta la habitación y cuando yo te grite «¡Ven!», pues vienes, ¿vale?

Franck negó con la cabeza y se marchó, algo molesta.

Cuando ya no pudo oír sus pasos, le dio la señal. Se agachó y miró al suelo con suma concentración. Cuando Franck llegó a donde él estaba, Oxen se levantó y le pidió que lo repitiera por segunda vez.

—¡No! No hasta que me digas por qué.

—Ahora te lo digo, te lo juro. Solo una vez más, por favor. Y si grito «¡Para!», pues te detienes inmediatamente, ¿vale?

Desconcertada, Franck giró sobre sus talones, tal vez algo molesta por el tono de mando en la voz de Oxen, y desapareció por el pasillo por tercera vez, mientras él se quedaba escuchando. Curiosamente, solo la oía cuando ella venía y no cuando se marchaba. Poco después, gritó «¡Ven!», y todo empezó de nuevo.

–¡Para!

Ella se detuvo de inmediato.

–¡Quédate donde estás! ¡No te muevas ni un milímetro!

Oxen corrió por el pasillo y se arrodilló frente a ella.

–Da un paso atrás.

Ella obedeció en silencio, mientras él investigaba el suelo con suma atención. La luz de la linterna iluminaba el magnífico parqué de madera pulida que se extendía a lo largo del vestíbulo principal. El patrón estaba hecho de grandes cuadrados, de un metro aproximadamente, y formaban una especie de patrón de cubo, que a su vez estaba decorado con parqué en espiga. La madera era preciosa y oscura, y brillaba con una intensidad que sugería muchas capas de pintura.

Franck estaba casi en medio de uno de los cuadrados. Oxen sostuvo la linterna muy cerca del suelo y descubrió una brecha casi imperceptible en la transición al siguiente cuadrado. Tenía tan solo un milímetro de ancho y se parecía perfectamente a las líneas que formaban el patrón del parqué.

–Quítate un zapato y hazte a un lado.

Oxen cogió el zapato de Franck y golpeó varias veces con el talón en el cuadrado de madera del suelo. Luego hizo lo mismo en el cuadrado de delante, y en el de atrás.

–Yo también lo he oído –dijo Franck–. No es muy obvio, pero hay una diferencia. Caramba, Oxen.

–Hay una diferencia, sí; es muy pequeña… pero existe. Así que quizá no estaba equivocado. Puede que tengamos suerte.

Se levantó e iluminó las paredes blancas. Franck y él se encontraban exactamente entre dos ventanas que se abrían a un pequeño patio. En la pared colgaba un gran espejo con un amplio marco dorado, y a izquierda y derecha de este podían verse unos candelabros de latón, con una decoración curva y floreada, y con coloridas –y supuestas– piedras preciosas. A la luz de la linterna brillaban como joyas, pero Oxen estaba seguro de que estaban hechas de cristal, pues, de lo contrario, los candelabros probablemente habrían estado en una caja fuerte. Y había una gran vela blanca en cada uno.

Juntos, quitaron el espejo de la pared. Estaba colgado de un grueso alambre de acero. Oxen examinó meticulosamente el marco y pasó los dedos por encima. Luego lo miró por detrás. Nada. Colgaron el espejo otra vez, y él tomó los candelabros, anclados en la pared gruesa con tres tornillos cada uno.

Sostuvo la linterna muy cerca de las piedras. Eran amarillas, rojas, verdes, moradas, azules y negras. ¿Ónix negro? No tenían la forma almendrada de los ojos de bomba de la noche anterior, sino que eran redondas. Había tres en cada candelabro. Las inspeccionó a la luz, revisándolas, comparándolas, mirando primero una y luego las otras y vuelta a empezar, y observó que la piedra superior del candelabro de la derecha brillaba de un modo distinto.

–¿Tienes un bolígrafo?

Franck se sacó uno del bolsillo interior de su chaqueta, y Oxen golpeó suavemente la punta contra las piedras negras. Una vez, y luego otra. La parte superior derecha sonaba diferente.

–Creo que lo tenemos –murmuró, sacando el rastreador de cables de su mochila–; creo que aquí tenemos algo.

Lentamente pasó el aparato por la pared, por debajo del candelabro, sin quitarle un ojo de encima, y de pronto lo vio claro: había una línea debajo del candelabro, en un lugar para el que no había una explicación lógica.

–Creo que el tema funciona así –dijo, iluminando el candelabro–. Aquí, donde está esta piedra negra, hay un sensor de control remoto. Como en el mando de una tele. Si presionas el botón, el cuadrado de allí bajará como un ascensor.

–Impresionante… suponiendo que tengas razón, claro. Aunque por desgracia no tenemos control remoto.

Revolvió en su mochila y sacó un destornillador.

–No, pero tenemos esto. Aguántame la linterna.

Tardó menos de un minuto en soltar los tornillos. Cuando quitó el último, sostuvo el candelabro con determinación. Luego lo soltó, pero este no se cayó, sino que se quedó sujeto por dos cables que sobresalían de un tubo de plástico en la pared.

–Acércate con la linterna.

Consiguió su navaja y se concentró en el trabajo. Franck había estado en silencio desde que caminó hacia delante y hacia atrás por el pasillo. Oxen cubrió los cables con los colores correctos y los aisló.

–Vamos a intentarlo, ¿no? ¿Vendrás conmigo?

–¿Estás loco? –siseó ella y se apartó a toda velocidad–. Además, vi una escalera en el sótano del ala oeste.

–Está bien. ¡Ahí va!

Sostuvo los extremos de los cables juntos para que se tocaran, e inmediatamente hubo un leve zumbido. Lentamente, el parqué oscuro en espiga se abrió hacia abajo y dejó un pequeño agujero en el suelo del castillo.

Oxen sintió un hormigueo en el estómago. Tenía la sensación de que se hallaba en el Valle de los Reyes, ante la entrada de la tumba de Tutankamón, aún por descubrir. Solo había una diferencia abismal: que él no esperaba encontrar allí ni una mísera corona danesa, sino más bien una sala con pantallas, monitores y aparatos de grabación.

El ascensor se detuvo, y ellos iluminaron con sus linternas hacia abajo. Tenía unos cuatro metros, y por lo visto conducía a un estrecho pasillo que se alejaba del castillo.

–De modo que la habitación secreta no está en el castillo, sino fuera, debajo del parque.

–Exacto. Arvidsen podría haberse pasado buscando el resto de su vida –dijo Franck.

–Voy a bajar –anunció Oxen, cargándose la mochila al hombro.

Luego se puso de rodillas, se agarró al borde del agujero, descolgó las piernas en el aire y se dejó caer lentamente dando un salto que lo llevó a aterrizar sano y salvo sobre sus pies.

–Tengo que conseguir una escalera –dijo Franck–. Yo no puedo hacer eso… con mi pierna. Además, deberíamos asegurarnos de poder volver a salir luego, ¿no te parece? –y dicho aquello, se marchó de inmediato.

Oxen dejó vagar el cono de luz de su linterna por todo el espacio. Estaba rodeado de muros de hormigón desnudos. En la pared lateral había dos interruptores. Uno de ellos era un interruptor de luz normal y corriente. El otro tenía un pomo redondo, que probablemente devolvía el ascensor a su posición inicial. Presionó el primero, y un tubo de luz fluorescente iluminó el estrecho pasillo, de unos cuatro metros de largo.

Al final del pasillo había una puerta de acero. Parecía pesar varias toneladas y ser de una calidad impresionante. Era exactamente lo que había temido: Corfitzen no había escatimado en esfuerzos para mantener a salvo su secreto.

Al lado derecho de la puerta había un volante del tamaño de un plato y otras tres ruedas pequeñas. En la pared lateral podía verse un exclusivo sistema de bloqueo electrónico J&C Lock Universe, que consistía en una pequeña pantalla digital y un pequeño teclado alfabético y numérico. Sobre él podía leerse *12 digit security code*: código de seguridad de doce dígitos.

Si aquello fuera como en las películas, ahora él dispondría de algún dispositivo inteligente que conectaría al bloqueo de seguridad y con el que descifraría el código en cuestión de segundos. Pero la realidad era otra. Hasta los ordenadores de alto rendimiento tardarían un buen rato en descodificar un código combinado de doce números y letras –o uno de solo seis u ocho dígitos, que habría sido lo normal–. Pero, por si eso fuera poco, ni tenía equipo ni habría sabido cómo manejarlo.

Siempre había temido que, si alguna vez encontraban la habitación de Corfitzen, las cosas acabaran así: justo a un paso de lograrlo. Así que había invertido muchos esfuerzos en conseguir una herramienta que pudiera ayudarlo, mejor aún que la alta tecnología: el impacto brutal y definitivo de una explosión de carga C4.

En ese sentido, se había metido en la mochila una carga explosiva M112 de 570 gramos de composición C4, el explosivo plástico con el que había logrado más éxitos y había acumulado más reconocimiento en el ejército. No les quedaba otra opción. L. T. Fritsen le había conseguido el C4 y una serie de disparadores electrónicos entre los que había colocado también el arma.

Oxen observó atentamente la puerta de acero, sus juntas y el muro de hormigón. El truco pasaba por abrirse camino a la habitación de al lado, sin destruir más de lo necesario. Por suerte, como cazador había completado un entrenamiento especial en el manejo de explosivos.

No había mucho que sus disparadores coordinados pudieran hacer contra la enorme puerta de acero. La explosión perdería demasiada energía en la superficie. La única solución era hacer un agujero en la pared de hormigón de al lado.

Desempacó el taladro inalámbrico que llevaba en la mochila, cogió la brocha más dura, de veinticinco milímetros, y taladró el primero de los cuatro agujeros. Si metía el explosivo en un agujero, podría sacar el máximo partido a una explosión relativamente modesta.

Por desgracia, desconocía el espesor exacto de la pared, pero estimó que las cuatro cargas explosivas perforarían agujeros de aproximadamente treinta centímetros de diámetro cada uno, y si las disponía en un rectángulo de modo que los círculos explosivos se tocaran entre sí, entonces obtendría un agujero de la pared en forma de diamante, que podría acabar de definir fácilmente con la ayuda de un martillo y unas potentes cizallas.

Si todo iba bien, lograría superar ese impedimento.

Acababa de terminar con el segundo agujero cuando una escalera de aluminio se estrelló contra el suelo del pasillo secreto. Segundos después, una emocionada Margrethe Franck llegaba a su lado.

—¿Qué estás haciendo? —dijo, y miró con escepticismo la puerta, la pared y el equipo de Oxen.

—Tenemos delante, como puedes ver, una puerta propia de Fort Knox. Así que vamos a tener que abrir un agujero en la pared para poder pasar.

—¿Que vamos a pasar por la pared, dices? ¿Y cómo vamos a hacerlo, si puedo preguntar?

—Con C4 —respondió él, sosteniendo el bloque de explosivos en las manos para que ella pudiera verlo—. Cuatro agujeros, 125 gramos por agujero.

—Oye... ¿andabas todo el rato por aquí con explosivos en la mochila, Oxen? ¿Es que estás completamente loco?

—Bueno, es que no esperaba que Corfitzen pusiera una llave debajo del tapete, la verdad. Además, ¿por qué no? El C4 es tan inofensivo como el chicle. Puedes cortarlo, quemarlo, dispararlo… y no pasará nada. Estoy hablando de pequeñas cantidades, mujer, pero que serán suficientes para nosotros. A menos que sepas el código de acceso de doce dígitos de Corfitzen, claro.

Ella sacudió la cabeza con cansancio.

—Supongo que sabes lo que estás haciendo.

—Puedes estar tranquila; no es la primera vez que lo hago. Saldremos afuera, volaremos la pared, volveremos a bajar, acabaremos de abrir el agujero y subiremos. Funcionará.

El polvo gris flotaba como una cortina en el estrecho corredor subterráneo. Había detonado las cuatro cargas explosivas hacía unos minutos. A pocos centímetros del suelo se había abierto un agujero en la pared, exactamente como Oxen había previsto.

Después de golpear con el martillo y cortar con los pernos para lograr un agujero más amable, se arrodilló y miró al otro lado. Detrás del agujero de la pared no había una habitación, sino más bien otro pasillo estrecho. Se arrastró por el suelo e indicó a Franck que lo siguiera. Después de unos pocos metros, se hallaban frente a una puerta de acero, en esta ocasión equipada con un pestillo común. La puerta, que no era ni mucho menos tan sólida como la primera, se abrió fácilmente. Con cuidado, entraron en la habitación que quedaba al otro lado y dejaron que las luces de las linternas vagaran sobre las paredes. Oxen vio un interruptor y encendió dos tubos brillantes en el techo.

60

La habitación secreta de Corfitzen tenía unos cuatro metros cuadrados, y con sus paredes, suelo y techo de hormigón parecía una caja prefabricada que alguien hubiese enterrado en un agujero del recinto del castillo y cubierto de tierra.

–Guau… –susurró Franck, mientras recorría con la mirada una pared entera cubierta de pantallas.

Estaban en el sacrosanto centro de Nørlund, una insólita mezcla de hormigón rugoso y equipos ultramodernos de alta tecnología en negro mate con acabado cromado. En una pared había seis monitores de 40 pulgadas en dos filas de tres unidades cada una. Estaban etiquetados como «Habitación 1», «Habitación 2», «Habitación 3», «Habitación 4», «Sala de los Caballeros» y «Vestíbulo».

Sobre una mesa que ocupaba todo el ancho de las tres pantallas podía verse una torre de varios dispositivos, que incluían una grabadora de redes, un reproductor de DVD y una grabadora de audio digital. Naturalmente, Corfitzen también había instalado micrófonos ocultos… solo que no se les había ocurrido buscarlos.

Desde el punto de vista puramente técnico, Oxen no tenía ni idea de para qué servía cada uno de los dispositivos que había. Todo lo que sabía era que el disco duro que había llegado a manos de Arvidsen tenía que haber estado en algún lugar del castillo –si no, nunca lo habría encontrado–, y que las cámaras internas de las habitaciones tenían que estar conectadas entre sí. Y, por supuesto, también sabía que la señal inalámbrica había sido amplificada en su recorrido, a fin de que Corfitzen pudiera sentarse allí y mirar el espectáculo en directo.

–Así que venía por las noches y se ponía cómodo –dijo Franck, arrugando la nariz al pensarlo.

–O escuchaba las conversaciones que pudieran tener sus invitados en privado, en un contexto de intimidad, como por ejemplo en la cama –añadió él.

En el extremo más alejado de la habitación había tres armarios de metal de doble puerta que se extendían desde el suelo hasta el techo. La tercera pared estaba desnuda, y en la cuarta solo había una nevera, y sobre ella un estante con una cafetera. Franck fue a los armarios y abrió el primero.

–Es un archivo –dijo, mientras leía el contenido en diagonal–. Grabaciones y cintas de vídeo antiguas, todas fechadas y ordenadas cronológicamente.

Abrió entonces la puerta del armario central. Estaba medio vacío.

–Solo CD-ROM o DVD –anunció.

Abrió el tercer armario y descubrió un montón de libros, todos con idéntica cubierta marrón y relieve dorado. Oxen se acercó al armario de un salto y se arrodilló ante él. En el estante inferior había una caja oblonga de cristal grueso, que contenía varios libros muy antiguos. La tapa estaba cerrada con varios dispositivos. Había una válvula unida a la caja, que obviamente era una especie de aislamiento diseñado para proteger su precioso contenido contra el deterioro, de modo que el aire pudiera ser aspirado o reemplazado por un gas especial.

Dado el grosor del cristal no resultaba fácil distinguir lo que había dentro, que además con el tiempo había perdido la mayor parte de su estampación dorada, pero, aun así, Oxen no tuvo ninguna duda de lo que tenía delante de él.

–Agárrate fuerte, Franck... El primer libro se llama: *Danehof Nord: 1420 - Fundación*. ¡Esto es increíble! ¿No dijo Bulbjerg que el Danehof fue disuelto en 1413 por Erik von Pommern? Y ahora resulta que siete años después, el Danehof resucita de entre los muertos en una especie de variante del norte...

Una cosa era el sexo picante y comprometedor entre personas influyentes –y más si se había producido un asesinato–, porque se dice que a los hombres poderosos les gusta actuar como salvajes, pero otra cosa muy distinta era lo que tenían ahora en sus manos. Eso era único, y muy impactante.

–Maldita sea, Margrethe. Esto es historia. La historia de Dinamarca. ¡Es increíble, extraordinario, sensacional!

Ella asintió con expresión seria, aunque en esos momentos parecía estar más interesada en el armario de los DVD que en su descubrimiento.

–Se está haciendo tarde. Deberíamos salir pronto de aquí, y volver mañana por la noche –dijo.

Él seguía mirando los lomos de los libros que se acumulaban tras el grueso cristal. El primer libro era más bien estrecho, y el número dos de la serie algo más grueso. En su lomo podía leerse *Danehof Nord: 1420-1469*, y después de él venía el *Danehof Nord: 1470-1519*. El cuarto de la serie también abarcó un período de cincuenta años. Entonces, de repente, se abría una brecha de más de setenta y cinco años, seguida por una larga serie en la que cada volumen compilaba veinte años. A partir de 1783 se produjo otra brecha de silencio.

Concentrado, Oxen recorrió los lomos de los libros que ya no estaban protegidos por cristales, sino en los compartimentos del armario. Por lo visto, desde 1859 se había reanudado una cronología coherente que ya no se había detenido hasta el día de hoy. El volumen más reciente tenía solo un puñado de años, pues cubría desde 1985 hasta 2009; es decir, veinticinco años. Oxen sacó el libro del armario. Era grueso, pesado y estaba escrito a mano. Abrió la primera página.

El año pasado estuvo marcado por una fuerte crisis financiera. Dejamos atrás unos meses muy difíciles.

Todo el Danehof ha dedicado la mayor parte de su atención a la situación financiera, y hemos puesto todo nuestro empeño en el proceso político-económico de la ciudad.

Continuaremos este trabajo en 2010, con la esperanza de que los temas más importantes del año se deriven de las consecuencias de la difícil situación financiera, y que sigamos con la discusión acerca de las medidas legislativas pertinentes.

En vista de la gravedad del asunto, tendremos que posponer nuestras otras obligaciones respecto a Dinamarca y al pueblo danés.

Hans-Otto Corfitzen, Nørlund, 31 de diciembre de 2009

Oxen estaba pensando en que las palabras del antiguo embajador parecían dignas de un ministro de Estado, cuando Franck lo sacó de sus pensamientos.

—Aquí en la mesa hay algo: un viejo maletín de cuero con algunas hojas sueltas. Parece que Corfitzen estaba trabajando en ello. A juzgar por la fecha, la última página es bastante nueva, pues la escribió pocos días antes de su muerte —dijo Franck, quien había empezado a examinar el escritorio y vigilar la pared más de cerca.

Él no contestó, sino que se quedó donde estaba, leyendo de la estantería. Sacó un libro al azar y lo abrió arbitrariamente. En la parte superior de la página ponía «Abril de 1978».

Al fin hemos podido resolver el gran problema del cártel en la in-
dustria del acero. Acabamos de coronar con éxito cuatro años de
trabajo. El fiscal renuncia a seguir con el caso. El precio era alto.
Desde la gran traición de 1963 no habíamos estado bajo tanta pre-
sión. Tuvimos que intervenir y, en dos casos, recurrir a la solución
definitiva, que lamentamos profundamente.

¿El problema del cártel de 1978? ¿La solución definitiva? Sonaba como si el Danehof hubiera defendido un territorio y
hubiera dejado cadáveres a su paso. De modo que no se trataba solo de política, de planteamientos señalados a dedo y
del bienestar y la desgracia de la burguesía, no. El Danehof
era despiadado. Hoy, y también en 1978.

Devolvió el libro a la estantería y estudió las fechas. Tenía
que encontrar aquel en el que hablaba de «la gran traición de
1963». Sacó la correspondiente cinta del armario y la hojeó
concentrado hasta que encontró el año.

Franck había presionado muchos botones mientras tanto y estaba reproduciendo la grabación de una conversación
entre dos hombres. Pero él no la escuchaba. Finalmente, la
encontró: «julio de 1963».

Esperamos el verano con gran preocupación. Nuestros temores han
sido confirmados: Ove Gyldenborg-Sejr, abogado de la Corte Supre-
ma, rompió su juramento de lealtad y cometió una gran traición: man-
tuvo conversaciones secretas con el fiscal del Estado Edvard Pallesen.
Es una pena para el Danehof Nord que esto haya sido, siquiera,
posible. Nos sentimos avergonzados y preparados para una solu-
ción integral de la organización que parece inevitable.

El asunto de la revelación de secretos, pues, comenzó en julio
de 1963 y en aquel momento parecía insalvable. Siguió pasando páginas hasta llegar a agosto.

El primer día del mes, el máximo jefe del Danehof convocó y celebró apresuradamente una reunión. En la agenda había solo un punto: la traición del abogado Ove Gyldenborg-Sejr.

Dado que este asunto amenaza toda nuestra existencia, hemos acordado excepcionalmente que la solución al problema no sea dejar solo al norte, sino actuar todos juntos.

Estamos preparados para tomar medidas tan pronto como tengamos una visión general definitiva sobre el alcance del problema y el número de participantes.

Se acuerda por unanimidad que debemos llevar el asunto hasta el final, y además de inmediato. Por todos los medios.

Fue un drama mortal pero controlado, que se expresó aquí, con una precisa caligrafía, ante sus ojos. Siguió hojeando. Franck detuvo la grabadora. La oyó seguir trasteando en los aparatos, pero la ignoró.

–¡Mira esto! –dijo ella, cuando él estaba a punto de llegar a septiembre de 1963.

–Ahora no...

–¡Que mires, maldita sea! ¡Caray, Oxen, están todos aquí!

Al oír aquello levantó la cabeza. El monitor inferior derecho estaba encendido y mostraba una grabación de la Sala de los Caballeros.

Cinco hombres estaban sentados en torno a la mesa que quedaba justo en medio de la habitación. El propio Corfitzen estaba ahí, dando la espalda a la cámara. Oxen lo reconoció por la mata de pelo blanco. Dejó el libro en el suelo y se acercó.

–¡Ahí, mira! Son ellos –susurró Franck, apoyando el dedo índice en la pantalla–: Frederiksen, Bergsøe, Uth-Johansen, y Nyberg... El CD estaba puesto.

De modo que ahí estaban, hombro con hombro: Hannibal Frederiksen, el respetado y envejecido hombre de negocios que había decidido ir a acabar sus días a Málaga; el abogado y presidente de la Comisión Wamberg, Mogens Bergsøe, cuyo destino había sido sellado en Borre Sø; el secretario de Estado del Ministerio de Defensa Ejnar Uth-Johansen, y el director general de Fortune Pharmaceutical Industries, Kristoffer Nyberg.

El último lugar estaba vacío.

Ninguno de los hombres dijo una palabra. Las velas ardían en los magníficos candelabros de siete brazos que había en el centro de la mesa, y su luz reflejaba en una gran jarra de agua que reposaba sobre una bandeja, junto con seis vasos. Los cuatro invitados estaban sentados en sus sillas, como petrificados.

Entonces se abrió la puerta y el sexto y último hombre entró en la Sala de los Caballeros.

Educado y respetuoso, se quedó de pie tras el alto respaldo de la silla libre, y no tomó asiento hasta que Corfitzen le hizo un gesto de asentimiento con la cabeza.

El sexto y último hombre era el ministro de Justicia Ulrik Rosborg.

La mirada de Corfitzen vagó primero por toda la mesa, y luego se aclaró la garganta y rompió el silencio, con una voz suave y agradable.

–Bienvenidos, queridos amigos, a la reunión número 129 del Primer Anillo del Norte, el segundo encuentro de nuestro pequeño y exclusivo círculo. Han pasado tres años desde la última vez que tuvimos el placer de encontrarnos. Comencemos con un breve informe del estado personal para ponernos al día. Empiece usted, Frederiksen.

–Sigo reduciendo gradualmente mis compromisos profesionales. Me he retirado de tres juntas de supervisión, pero mi estado no ha cambiado.

Corfitzen asintió con la cabeza hacia Mogens Bergsøe.

–Estado sin cambios, con la única salvedad de que mi esposa y yo nos hemos separado, aunque no divorciado.

–¿Y usted, Uth-Johansen?

El secretario de Estado mencionó algunos puntos en orden cronológico y concluyó diciendo que el 1 de abril había sido nombrado secretario de Estado en el Ministerio de Defensa.

–Me gustaría aprovechar esta oportunidad para agradecérselo –dijo.

El viejo embajador levantó las manos, a la defensiva.

–Nada sucede por sí solo. El puesto se lo debe a su persistencia y perseverancia –dijo–. ¿Y usted, Nyberg?

–Estado sin cambios.

El último en hablar fue el ministro de Justicia. Con la aprobación de Corfitzen, Ulrik Rosborg se sumergió en una declaración concisa de los eventos más significativos de los últimos tres años.

–Hace diecisiete meses fui nombrado ministro de Justicia. Soy consciente de las influencias que se movieron en este sentido y también me gustaría aprovechar la oportunidad para expresarles mi agradecimiento.

Corfitzen se incorporó brevemente en su asiento y levantó la mano de nuevo.

–Agradézcaselo a usted mismo. Su talento no debe ser menospreciado, aunque todos sabemos a lo que obliga... Así que es lógico que haya llegado tan lejos, y sus éxitos son plenamente merecidos.

Corfitzen asintió a Rosborg e hizo una breve pausa, en la que los cinco hombres no hicieron más que permanecer sentados en silencio y mirarlo. Luego el exembajador continuó:

–Gracias, caballeros. Pasaremos los próximos días juntos en esta inspiradora compañía, después de tres años de la última vez, y, como ya hemos discutido antes, largamente, durante el café, tendremos tiempo suficiente para los ciervos y las truchas marrones, aunque tenemos muchas otras cosas por hacer. Nuestro objetivo será discutir sobre dos asuntos principales y cerrarlos con resultados y recomendaciones. En primer lugar, nos ocuparemos de la integración de trabajadores extranjeros cualificados a través del mercado laboral y de la creación de puestos de trabajo como herramienta para mejorar la integración; y en segundo lugar, definiremos los precedentes y las penas por delitos de carácter particularmente violento, y nos enfocaremos en discutir un hecho que perturba la situación legal de la mayor parte de la población: que la sociedad dedica considerablemente más recursos financieros para los perpetradores que para las victimas.

Corfitzen había hablado con suma concentración, observando atentamente a sus invitados mientras lo hacía, y sin recurrir a ninguna nota. Se detuvo un segundo más en los objetivos, y entonces concluyó:

—Como pueden ver, nos hallamos ante dos temas muy diferentes, pero ambos, diría, son un gran desafío. Sé que valdrá la pena. Todos ustedes fueron cuidadosamente seleccionados para servir a Dinamarca. Todos están entre los mejores hombres del país.

—Y se suponía que solo habían venido a pasar «un sencillo fin de semana de caza y pesca», malditos cabrones…

Franck miró su reloj, detuvo la cinta y apagó la pantalla.

—Tenemos que irnos ya, Oxen. Es tarde. Me llevaré esta grabación —dijo ella, quitando el DVD y guardándoselo—. Daría lo que fuera por tener ya el original del ministro de Justicia con Virginija. Quiero saber lo que le pasó. ¡Si supiéramos dónde está ese maldito vídeo! —dijo.

—¿Y si hizo una copia para el archivo? ¿O hizo una copia de seguridad? Hay un disco duro allá en la mesa, lo vi antes. Si solo guardó una copia de la grabación en el disco duro del refugio de caza, entonces estamos jodidos. Los tres tipos del lago, esos que iban tan bien camuflados, ya se habrán deshecho de ella hace tiempo.

Franck asintió.

–Tal vez la encuentre mañana, cuando volvamos. Suponiendo que esté aquí, claro. Pero ahora deberíamos marcharnos ya, de verdad.

La cabeza de Oxen no dejaba de darle vueltas. «Danehof Norte»… ¿Por qué norte? ¿Había también un sur, un este y un oeste? ¿Y qué quiso decir Corfitzen con lo de «Primer Anillo»?

–Tienes razón. Deberíamos irnos –dijo, contrariado, porque habría querido llevarse la estantería.

Al menos cogió del suelo el volumen de 1963, pues de ningún modo quería perderse cómo había sido la «gran traición de 1963». Metió el libro en su mochila, entonces, y antes de apagar la luz, al pasar, agarró rápidamente el maletín del escritorio del que le había hablado Franck.

Poco después, subieron por la pequeña plataforma elevadora y se pararon de nuevo en el piso de parqué del castillo. Ahora solo tenían que volver al sótano y salir por la ventana.

Franck estaba recogiendo la escalera, mientras él la esperaba en la puerta de la Sala de los Caballeros, cuando de pronto unas potentísimas linternas se encendieron a izquierda y derecha de ambos. Habían caído en una trampa.

Su primer pensamiento fue la pistola que tenía en la mochila. El segundo, el maletín. Sin saber muy bien cómo, se las arregló para esconderlo entre unos pocos libros de la estantería que quedaba junto a la puerta.

–¡Quietos! ¡No os mováis! ¡Las manos en alto, para que podamos verlas! Un movimiento en falso y os borramos del mapa, ¿entendido?

La dura orden les llegó desde la derecha, pero las luces se movían hacia ellos desde ambos lados.

61

Estaban envueltos en un ruido infernal. Oxen podía percibir claramente el intenso olor de las astillas de madera fresca, y el tipo de crujidos que le rodeaban le dio una idea bastante concreta de lo que estaba sucediendo a su alrededor... Por fin, cuando uno de los seis hombres que tan inoportunamente les habían sorprendido en el castillo se le acercó y le quitó la venda, pudo confirmar sus sospechas. Estaban en el bosque y tenían las muñecas atadas al tronco de un árbol. Se hallaban, de hecho, en una zona rectangular que hasta hacía poco había tenido una vegetación muy densa y que últimamente habían empezado a desdejar.

A pocos metros de distancia, una máquina de cortar leña hacía su trabajo con enorme diligencia. La garganta insaciable del monstruo era en realidad una sierra circular montada sobre un largo brazo de grúa. La máquina podía talar de cuajo, apartar las ramas y cortar los troncos en trozos de longitud preprogramada, todo a una velocidad que volvería sencillamente irrisoria la labor de cualquier trabajador forestal.

Lanzó una mirada cautelosa a Franck, quien parpadeó ante la tenue luz de la mañana, cuando le quitaron la venda. La vio estremecerse y, completamente paralizada, quedarse observando la máquina, que en ese segundo acababa de coger un tronco enorme como si de un palillo de dientes se tratara.

Había solo ocho árboles entre ella y la máquina. Uno de los hombres le había arrancado el bolso en el castillo y, por supuesto, había encontrado inmediatamente el DVD que ella había cogido de la sala de los monitores. Y con la misma naturalidad, obviamente, habían descubierto el volumen del Danehof de la mochila de Oxen. Sin embargo, se les había escapado el cuchillo de combate que él llevaba siempre pegado a su pierna derecha. Claro que un cuchillo en una pierna tampoco sirve de mucho si uno aparece sentado y con los brazos atados al tronco de un árbol.

Los hombres, equipados con pasamontañas negros, los habían metido en una camioneta. Luego habían conducido durante aproximadamente un cuarto de hora y, por fin, durante el último tramo, habían avanzado por un terreno irregular, que sin duda correspondía a caminos forestales.

Miró a su alrededor y trató de orientarse. Al otro lado de la zona de deforestación crecía una pequeña pared de abetos azules, y en el otro extremo pudo distinguir un gran automóvil, un SUV plateado, de cara. En el coche reconoció los oscuros contornos de dos personas.

Detrás del coche se extendía el impenetrable follaje verde, un denso bosque de hayas y, en la esquina más alejada, un puñado de enormes coníferas sobresalían en el cielo azul pálido. La copa del árbol más alto estaba doblada hacia un lado, y había otra tan torcida como la Torre de Pisa.

Cuando volvió a mirar a Franck solo quedaban siete árboles entre ella y la máquina.

La luna delantera del monstruo forestal reflejaba la luz del sol, por lo que no podía decir si el conductor estaba realmente decidido, o no, a partir en dos a la asistente de Mossman.

Levantó la cabeza de nuevo y miró hacia el rincón de las coníferas. Conocía a estos gigantes. Sabía dónde estaban. Aquel era el bosque Ersted, y ellos se encontraban solo a unos pocos metros al oeste de su antiguo campamento en Lindenborg Å.

Seis árboles entre Franck y el monstruo.

Aterrorizada, ella le gritó algo, pero él solo pudo ver cómo se movía su boca. Intentó pensar en algo constructivo, pero todos sus esfuerzos se ahogaban en el ruido ensordecedor.

El hombre que acababa de quitarles la venda tenía que estar cerca, en algún lugar detrás de ellos, aunque ahora no pudieran verlo. Lo más probable era que los seis tipos estuvieran acechándolos a sus espaldas, pero, de hecho, aunque hubieran estado gritándoles a coro, no habrían podido oír nada.

La máquina empezó a cortar el siguiente tronco. Pronto sería el turno de Franck, y él seguía sintiéndose absolutamente incapaz de organizar un pensamiento coherente que pudiera aportarle algún tipo de esperanza.

El brazo de la sierra era insaciable, y los troncos caían abatidos con gran precisión.

Justo cuando el siguiente árbol aterrizó en el suelo del bosque, un hombre con un pasamontañas entró en su campo de visión e indicó algo al conductor de la máquina, tras lo que el monstruo dio media vuelta y se alejó, llevándose con él también el ruido.

Con los brazos cruzados y las piernas ligeramente abiertas, el hombre se plantó ante a ellos.

—Vaya máquina infernal… Estaba a punto de cometer una verdadera porquería y no me apetecía nada. No me divierte mucho mi trabajo, pero hago lo que me ordenan. Mi encargo ahora es eliminaros, y eso haré, pero prefiero que sea de una manera limpia y ordenada. Si hubieseis dejado las cosas como estaban y os hubieseis mantenido alejados del castillo, nada de esto habría tenido que pasar.

El hombre hizo una señal, y uno de sus ayudantes enmascarados se plantó detrás de ellos. Tenía una motosierra en la mano. Lo más probable era que los seis estuvieran ahí detrás.

El hombre puso en marcha la sierra y taló el árbol al que estaba atada Franck, directamente a la altura de su cabeza. El troncó cayó en una nube de virutas transparentes, y a ella la obligó a ponerse en pie. Allí estaba, con las manos todavía atadas a la espalda, y con un aspecto sorprendentemente pequeño y amedrentado en medio de la gran explanada. Por primera vez desde que la conocía, parecía como si toda la energía la hubiera abandonado.

Entonces llegó su turno. Las virutas salpicaron sus fosas nasales y golpearon sus orejas como si fueran pinchazos. Después de aquello cayó el árbol, y él pudo levantarse y poner sus brazos sobre el tocón del árbol.

–¡Vamos, a la excavadora!

El hombre señaló detrás de ellos y sacó una pistola de la funda que llevaba bajo la chaqueta.

Oxen y Franck se dieron la vuelta y vieron a otro hombre con pasamontañas y una ametralladora cruzada en el pecho. Por lo visto, los otros tres que habían estado en el castillo ya no estaban en el bosque.

La excavadora quedaba a unos treinta o cuarenta metros de distancia, junto a una gran montaña de arena de color marrón claro, y había también un camión con pala aparcado detrás. No había ninguna duda: estaba todo listo para un funeral. Ya había visto antes algo así. En otro lugar. En otro momento.

Los hombres los empujaron hacia la excavadora. Una vez allí, miraron fijamente al agujero, que era profundo y grande. Mucho más grande de lo necesario.

El agujero... Un trabajo de chinos que había hecho un hombre con una gran máquina amarilla. Cualquiera podría cavar un agujero así en el suelo; la diferencia estaba en lo que se volcara en su interior.

El aire era cálido y centelleaba bajo el sol. Yacían unos encima de otros, en capas y capas, entrecruzados, como muñecos de juguete. El dulce hedor de sus cuerpos se colaba por sus fosas nasales, bajaba por su garganta y se aferraba a su estómago, que de pronto relanzaba hacia arriba su contenido amargo, y lo expulsaba por la boca.

Todo zumbaba y siseaba. Moscas y gusanos, en bocas, narices, ojos.

–¡Al borde! ¡Y de rodillas! Como dije, un encargo es un encargo... Tendríais que haberos mantenido alejados, idiotas. Igual que Arvidsen, por cierto.

Oxen cayó de rodillas en la arena, y Franck siguió su ejemplo.

A primera vista parece una pila de ropa sucia tirada en el suelo. Tirada así, sin más. Ropa de todos los colores. Nada demasiado caro. Ropa normal, barata, de colores brillantes, nada demasiado emocionante.

Pero es que hay gente en la ropa. Gente gris y famélica. Los que están arriba no llevan allí mucho tiempo. Tienen las mejillas pálidas, los globos oculares apagados y los dedos torcidos en busca de ayuda.

En la parte superior hay un joven estudiante. Lleva una camiseta de la Juventus.

–Si creéis en Dios, entonces es el momento –dijo una voz a su espalda. No sonó dramático, sino más bien como una sobria declaración.

Oxen entornó los ojos, sacudió la cabeza hacia los lados y trató de apartar aquella imagen de su cabeza. La camiseta de fútbol desapareció.

–¡Quédate quieto, hombre! ¿Te has vuelto loco? ¡Que te quedes quieto! –El chico que tenían detrás casi gritó de rabia.

Oxen abrió los ojos lentamente. El agujero volvía a estar vacío, y la arena, limpia. Marrón claro y marrón oscuro.

Franck estaba de rodillas a su lado, mirándolo con una expresión aterrorizada.

Se dio cuenta de que el hombre acababa de cargar su arma en ese preciso momento… pero aún no tenía ningún plan, solo ideas sueltas. Necesitaba más tiempo.

–¡Oye, espera! –gritó–. Si nos matas, tus jefes van a tener un follón terrible, ¿me oyes?

–Cállate.

–Si aprietas ese gatillo, el mundo entero verá una grabación en la que el ministro de Justicia de Dinamarca mata a una mujer después de violarla. ¿Te enteras? ¿Y qué crees que pensarán tus jefes entonces?

Por el rabillo del ojo pudo ver que el hombre que estaba detrás de ellos bajaba su arma y empezaba a pasarse el peso del cuerpo de una pierna a la otra, con inquietud.

–¿De qué diablos estás hablando?

La pregunta vino acompañada de una cierta vacilación.

–Pues de lo que has oído, ni más ni menos. Yo he visto el vídeo, y tengo una copia. Si no hago una cosa muy concreta en las próximas cuarenta y ocho horas, se enviará un correo electrónico con el archivo adjunto a las salas de redacción de las principales cadenas televisivas del país, además de una de cobertura adicional, a la BBC. ¿Entiendes lo que estoy diciendo?

Franck lo miró de reojo, pero él no le devolvió la mirada.

El hombre se llevó las manos al pantalón y estuvo palpándolo, con cuidado, hasta que dio con el móvil que llevaba en un bolsillo.

Entonces llamó por teléfono e informó a su jefe sobre el inesperado giro que habían adquirido los acontecimientos.

Tal vez su jefe fuera uno de los hombres que aguardaban sentados en el SUV plateado, tan amenazadoramente aparcado a la salida del bosque.

—Ten —dijo el hombre—. Te pondré el teléfono al oído para que le digas a mi jefe, exactamente, qué es lo que aparece en ese vídeo del que hablas.

Oxen se concentró y empezó a hablar:

—Mi nombre es Niels Oxen. El vídeo proviene del sistema de vigilancia secreta de Hans-Otto Corfitzen en el castillo de Nørlund. Fue grabado el año pasado, durante la noche del sábado 16 de octubre. En él se puede ver al ministro de Justicia Ulrik Rosborg violando a Virginija Zakalskyte por detrás. Ella lleva un arnés de cuero y está amordazada con una brida. También tiene una correa alrededor del cuello, de la que él estira sin compasión. La escena es brutal. Muy brutal. Al principio parece que ella lo está pasando bien, pero en realidad está paralizada por la asfixia. Sin embargo, Rosborg no se detiene. Está fuera de sí, como poseído. Sigue empujando, empotrándola y tirando de la correa, cada vez más fuerte. Ni siquiera se detiene cuando ella pierde la consciencia, ni cuando se desmaya ante él. Solo se da cuenta de lo que ha hecho cuando se ha quedado satisfecho. Entonces sale de la habitación con un ataque de pánico y reaparece después de unos minutos, acompañado de Corfitzen. Pero ya es demasiado tarde. Virginija Zakalskyte, una joven de Vilna de veintisiete años, está muerta. ¿Qué me dice? Parece que podría interesar a los programas sensacionalistas de la televisión, ¿verdad?

El hombre apartó el teléfono de la oreja de Oxen, se alejó unos pasos y empezó una conversación muy intensa con su jefe.

Oxen aprovechó el momento para bajar las manos hacia la pernera derecha de su pantalón. Los otros dos hombres estaban en el lado opuesto del agujero, así que no podían ver lo que estaba intentando hacer con las manos tras la espalda. Consiguió levantarse la pernera, lo suficiente como para acceder al cuchillo, encontrar la pequeña lengüeta, levantarla y aferrar el mango. Con cuidado, sacó la afilada hoja, la puso en vertical y presionó con ella los cables que le ataban las manos. En cuestión de segundos se había desatado.

Mientras tanto iba oyendo que el hombre hablaba detrás de él, aunque no entendió lo que decía. Poco después, regresó.

–Tenemos un ordenador aquí mismo. Mi jefe me ha ordenado que os deje libres en cuanto nos digas dónde tienes guardado ese correo y en qué consiste esa «cosa concreta» que tienes que hacer. Piensa que a mi jefe se le conoce porque siempre cumple su palabra.

Oxen resopló.

–¿Estás loco? En cuanto lo sepas volverás aquí a matarnos.

El hombre suspiró profundamente.

–Está bien –dijo–. Entonces lo haremos de otra manera. Primero te disparé en una rótula, luego en la otra, y luego en los huevos. Y seguiré disparando hasta que me lo cuentes todo. ¿Qué te parece? ¿Mejor así? Anda, levántate.

En ese preciso instante, Oxen dio un salto, como un resorte: giró sobre su propio eje, se orientó en una fracción de segundo y se precipitó contra el hombre sin dejar de moverse. Con el pie derecho pegó una patada a la pistola que este llevaba en la mano, luego inclinó la cabeza hacia delante, rodó, y volvió a ponerse en pie a toda velocidad, en esta ocasión justo detrás del tío, que no daba crédito a lo que acababa de pasar.

–¡Detrás de mí! –gritó a Franck, pasando su brazo izquierdo con fuerza por la barbilla del hombre, y apretando el cuchillo contra su garganta indefensa–. ¡Ve al camión, Margrethe! ¡No te despistes! ¡Quédate justo detrás de nosotros!

Franck lo comprendió enseguida y se mantuvo a cubierto. Los otros dos hombres habían cogido sus armas: una ametralladora y una pistola apuntaban ahora a Oxen y a Franck, pero resultaba obvio que no sabían qué hacer a continuación.

Paso a paso, el grupo de tres fue moviéndose hacia atrás, hacia el camión. Los hombres los siguieron, vacilantes, sin dejar de apuntarlos pero sin saber qué hacer porque su líder no podía decir nada que no sonara a gruñido.

Franck ya había llegado al camión, y ahora Oxen solo tenía que recorrer unos pocos metros. Apartó el cuchillo y pasó su brazo izquierdo por el cuello del hombre, como si de un tornillo se tratara. Entonces cogió el arma con la otra mano y la alargó hacia Franck, que estaba justo detrás de él.

–¡Tus manos, rápido!

Franck se puso de espaldas y él le cortó el cable.

–Sube y ponlo en marcha. Solo tienes que girar la llave, como un coche. Entonces pon marcha atrás. La palanca del cambio está en el *joystick*; para empezar el interruptor debe de estar en punto muerto. ¡Recuerda, punto muerto!

Volvía a tener el cuchillo contra el cuello del hombre. Le pareció que pasaba una eternidad, pero, finalmente, el motor hizo un ruido sordo y una nube negra y apestosa salió por el tubo de escape.

Había llegado el momento. La última maniobra sería la más difícil. Las armas de aquellos dos hombres estaban enfocándole a él, pero por ahora no se atrevían a apretar el gatillo. Cambió de postura una vez más y sostuvo el cuchillo entre los dientes para tener libre la mano derecha. Sus dedos se aferraron al camión, a media altura, y sus pies también encontraron apoyo. Se puso a sí mismo y a su escudo humano en el escalón inferior. El hombre bajó los pies voluntariamente. De lo contrario se habría asfixiado.

Dos escalones más. Los tiradores buscaban un punto muerto que les ofreciera la oportunidad de dispararle en la cabeza. Uno con el que no fallaran. Así que Oxen siguió moviéndose y cubriéndose el cuerpo.

Desde el tercer escalón entró ya en la cabina del conductor. La afilada hoja del cuchillo volvía a estar apoyada en la garganta del hombre.

Lanzó una rápida ojeada a la cabina, por encima del hombro, y vio que el *joystick* estaba en el reposabrazos derecho. Cuando estuvo en los Pioneros condujo en alguna ocasión dispositivos así de pesados, pero eso fue hace mucho tiempo. Con su mano libre, tiró del *joystick* hacia atrás y la pala subió. Lo empujó hacia la derecha e inclinó la pala hacia delante para que protegiera un área lo más grande posible. El hombre se inquietó y levantó un brazo para mantener el equilibrio.

No fue la decisión correcta, en realidad; no fue algo a lo que uno llegara después de una serie de consideraciones, sino más bien el instinto. Con un movimiento muy intenso, pasó el cuchillo de izquierda a derecha del cuello del hombre y le dio una patada en la espalda desde el escalón superior. Luego volvió a encender el interruptor y pisó el pedal del acelerador.

Giró el volante y ajustó el ángulo de la pala, a fin de que actuara como un escudo gigante, puesto que los dos hombres empezaron a disparar contra ellos en el mismísimo segundo en que su jefe sin vida cayó de la cabina con la garganta abierta.

Las balas sonaron contra el metal, rebotando en la pala. Solo unos pocos disparos alcanzaron el cristal, pero no fue nada peligroso. Oxen puso la marcha atrás a toda velocidad. El potente motor hizo que los neumáticos retumbaran sobre el suelo, más allá de cualquier obstáculo o golpe.

De pronto, los dos hombres dejaron de disparar. Oyó que Franck gritaba que estaban trepando hacia la cabina, pero no le importó. Tenía que concentrarse. Frenó, puso la palanca del cambio de marcha en posición «hacia delante», dio la vuelta y bajó la pala para usarla como ariete. Luego hizo girar el motor en la marcha más alta y salió disparado a toda velocidad.

–¡Cógete fuerte! –le gritó a Franck, justo en el momento en el que el camión clavaba su pala en la pared de abetos azules y pasaba como arando la tierra entre unos cuantos árboles jóvenes. Primero recto, y luego cuesta abajo, la máquina eliminó toda resistencia y fue dejando un rastro de desolación, como si un huracán hubiera barrido el bosque.

Corrieron por la pendiente hacia el valle del río. Oxen había tenido una muy buena idea acerca de cuándo y dónde podría terminar esa locura de viaje. Tenía un objetivo claro para esta maniobra.

La cabina entera se tambaleó cuando colisionaron con uno de los árboles más grandes que apareció frente a ellos. El camión siguió avanzando, no obstante, traqueteando por el camino del valle, y chafando árboles y arbustos a su paso. Luego llegaron al valle, donde el suelo se volvió más llano, y tras un breve tramo de hierba alta, aterrizaron en medio de una amplia arboleda de sauces.

Hasta ahí habían llegado. Tal como imaginaba, la pesada máquina se hundió en el barro y el motor dejó de funcionar.

Bajaron de la cabina a toda velocidad. Aún les quedaba un largo camino a través del pantano antes de alcanzar de nuevo suelo firme.

Oxen se dio la vuelta. Sus perseguidores les iban pisando los talones: en la parte superior de la pendiente, en el espacio abierto entre los abetos azules, vieron aparecer a la excavadora amarilla como si de una jirafa furiosa se tratara.

62

Estaban completamente cubiertos, rodeados por todas partes por un barro negro y apestoso. Oxen tenía a Franck más o menos detrás de él. Por lo general su prótesis no era una desventaja notoria, pero a este ritmo y con esa dificultad de terreno... sí le causaba problemas, sí.

Por fin llegaron a su antiguo campamento. Desde allí podrían ver aparecer las cabezas de sus perseguidores a cierta distancia, entre juncos y tiras de hierba.

Franck se dejó caer en el suelo, intentando recuperar el aliento, mientras que Oxen saltaba hacia una montaña de broza y la apartaba a toda velocidad. Debajo de una manta, y camuflados entre hojas, hierba y tierra, estaban el arco y la única flecha que aún le quedaba.

De haber estado solo, habría evitado cualquier confrontación y habría escapado a toda prisa por la empinada ladera oriental y por el Vesterskov. Pero con Franck en ese estado de agotamiento, eso era sencillamente imposible. Los hombres les darían alcance y los matarían, sin más.

–¡Vamos, Margrethe, en pie! Tienes que ayudarme.

Tomó la manta y corrió con ella hacia la zona arenosa en la que el pantano se fundía con la tierra firme. Se arrodilló ante un pequeño hueco y se puso a apartar la arena hacia los lados con ambas manos. Desde allí podía ver perfectamente el lugar por el que vendrían sus perseguidores.

Cuando Franck llegó a su lado, él se tumbó boca abajo con la flecha y el arco.

—Cúbreme con la manta y luego camúflala con arena y hierbas y algunas ramas. Luego pon algo de hierba también sobre mi mano libre y sobre el arco.

Ella trabajó a toda velocidad. Apenas unos minutos después observó el resultado con satisfacción.

—Si queremos salir de esta, tendré que acercarme lo más posible a esos tíos —le explicó él.

—Pero… en el mejor de los casos, solo podrás alcanzar a uno de ellos, ¿no? ¿Y qué pasará entonces?

—Bueno, ya veremos. Por ahora tienes que desaparecer y esconderte. Cruza el arroyo y sube la pendiente que se abre detrás del gran roble. Después es todo llano. Hay un gran árbol caído. Espérame allí.

—Solo una cosa más… ¿Es cierto que tienes ese vídeo del que has hablado?

—Luego te lo cuento. ¡Ahora vete!

Franck asintió y desapareció de allí inmediatamente. Oxen tardó unos minutos en poder ver a sus perseguidores a través de la estrecha brecha que quedaba entre la manta y el suelo, pero sabía que era solo cuestión de tiempo que ambos corrieran directamente hacia él. Tenía un solo disparo, así que no podía permitirse fallarlo. Y una vez disparada la flecha tenía que alejarse de allí lo más rápido posible y seguir a Franck.

Cuando por fin aparecieron, se alegró de que el tipo con la ametralladora fuera delante y su compañero, unos diez o quince metros por detrás. Eso significaba que no tendría que retirarse bajo una lluvia de fuego enemigo. Ambos perseguidores se habían quitado sus pasamontañas, probablemente debido al calor.

Llegaron al fin frente al abedul caído, y Oxen comprendió que aquella brecha era perfecta. Tenía que arrodillarse para apuntar bien, así que no le quedaba más remedio que salir de su escondite.

Contó para darse ánimos y calcular el mejor momento. Diez, nueve, ocho… Al llegar al cero se levantó de un salto y se puso de rodillas. El arco ya estaba tenso antes incluso de que su brazo se hubiera puesto en horizontal. Apuntó y soltó la flecha silenciosa.

Por un brevísimo instante el hombre quedó aturdido, como una pieza de venado, sin entender lo que acababa de suceder, pero con la convicción de que iba a ser algo fatal. Bajó la vista hacia su estómago y vio el chorro de sangre.

En lugar de quedarse a ver el colapso de su oponente, Oxen se tiró al suelo y se alejó de allí a rastras. Solo cuando llegó a la hierba alta, se incorporó y corrió, mientras oía una serie de disparos a su espalda.

La flecha de punta de tres filos había cumplido con su función: había abierto un agujero mortal a través del cuerpo de aquel hombre, desde el vientre hasta la espalda, atravesando en canal capas de piel, fibras musculares, estómago y vísceras por las que su vida se apagaría en cuestión de minutos.

Justo cuando llegó a la pendiente, tres nuevos disparos rompieron el aire a gran velocidad. Cerca de él –demasiado cerca de él–, una bala rozó la rama de un árbol, y la siguiente le rompió el arco; difícilmente podría haber sido peor.

Franck ya se había puesto a correr cuando él llegó al árbol caído. Miró por encima del hombro, pero su perseguidor no estaba a la vista. Sin embargo, en su lugar reconoció a un tercer hombre que se abría camino a través del pantano. ¡Maldita sea! Así que volvían a tener dos enemigos. ¡Ojalá hubiese estado solo para enfrentarse a ellos!

Corrieron montaña arriba a toda velocidad y, finalmente, llegaron a un denso bosque de coníferas en el que los altos abetos rojos bloqueaban prácticamente cualquier rayo de luz.

—¡Para! —gritó.

Franck se detuvo de inmediato.

—Mi arco está roto. Tenemos que pensar en algo.

—¿No te parece suficiente con seguir corriendo a toda velocidad?

—Cada vez lo tenemos a menos distancia, y ahora hay un tercer tío. —Le hizo un gesto con la mano mientras miraba hacia arriba—. Tenemos que eliminarlo lo antes posible —dijo, mientras señalaba un tronco que parecía muy fuerte—. Yo treparé ahí arriba y tú te tirarás al suelo, entre los dos árboles. Cuando te haga una señal, empezarás a gemir. Ni mucho, ni poco.

—Está bien. ¿Crees que funcionará?

—Por supuesto.

Se subió y le dijo cuál sería la señal.

Pasaron unos minutos, hasta que intuyó una sombra oscura que se arrastraba cautelosamente por el denso bosque. Cuando oyó a la mujer lloriqueando, se detuvo y la miró con suspicacia. En ese mismo segundo, Oxen saltó del árbol y aterrizó exactamente detrás de su oponente. Con la velocidad del rayo le pasó los brazos alrededor del cuello y se lo rompió con un poderoso tirón.

Franck se puso boca abajo y observó, conmocionada, cómo Oxen dejaba caer el cuerpo inerte y la pistola de aquel hombre: una SIG Sauer, el mismo modelo que usaba ella.

Oxen sacó el cargador, lo vació y contó los cartuchos. Luego volvió a cargar el arma.

Le quedaban cinco disparos para detener al tercer y último perseguidor, que les daría alcance inevitablemente porque ellos ya empezaban a estar cansados y recorrerían algo despacio los tres o cuatro kilómetros que los separaban de la carretera.

Franck corrió tan rápido como pudo. Ella no se quejó, aunque sin duda había empezado a sentir dolor en la pierna. Siguieron por un canal profundo que servía de camino para los trabajadores forestales y anduvieron mucho tiempo sin ver ni rastro de su tercer perseguidor.

Llegados a un claro, el canal se cruzaba con otras huellas de ruedas y acabó convirtiéndose en una vía más clara, que primero conducía a una depresión y luego hacia arriba.

—Esta maldita pierna... ¿Podemos parar un minuto, por favor? —dijo Franck, jadeando.

—No. Continúa.

Un poco más arriba, donde el camino de grava llegaba a la ancha carretera, Oxen vio entre los árboles que se acercaba un camión.

—Ya no queda nada, va. Ya casi hemos llegado —le aseguró, intentando animarla.

El primer disparo les llegó desde atrás, en diagonal, justo en el momento en que llegaron a la recta final y estaban a solo trescientos metros de la carretera. Oxen lanzó una rápida mirada por encima del hombro y vio a una figura con un pasamontañas que subía como un fantasma por la pendiente. El hombre probablemente acababa de descubrirlos y ahora trataba de cortarles el camino a toda costa.

Con el siguiente disparo, un montón de piedras y de grava golpearon directamente a Oxen al rebotar. Luego siguió una serie de cuatro disparos rápidos, el segundo de los cuales le dio en la espalda —en el hombro izquierdo—, aunque él siguió corriendo y condujo a Franck hasta la espesura junto al camino. Saltó entonces hacia atrás, se dejó caer, rodó sobre su estómago y disparó tres tiros consecutivos.

—¡Corre, Franck! Corre en línea recta.

502

Entre los árboles estaban relativamente protegidos, pero avanzaban mucho más lentamente.

El perseguidor disparó una nueva salva de balazos.

Oxen levantó su pistola con ambas manos y disparó, con los brazos extendidos, una sola vez. Por lo visto fue suficiente para dar en el blanco –es decir, en el hombre del pasamontañas–, y aunque solo fuera levemente, en el brazo derecho, el tipo no tuvo más remedio que detenerse un momento y ponerse a cubierto.

A Oxen ya solo le quedaba una bala.

Corrió con todas sus fuerzas, siempre en línea recta, y volvió a alcanzar a Franck. Segundos después volvieron a oír los siguientes disparos.

Por fin llegaron al borde de la carretera.

Pasaron a través de un seto, a lo bruto, sin prestar atención a los cortes y arañazos, y accedieron a la carretera. Un coche pasó a toda velocidad junto a ellos, en dirección a Rold, y por el otro lado se acercó el camión que iba en dirección norte.

Oxen se plantó en mitad de la carretera y empezó a mover los brazos en círculos. Era un camión frigorífico, un vehículo muy grande que empezó a patinar cuando el conductor pisó los frenos. Por el rabillo del ojo, Oxen vio que su perseguidor aparecía entre los árboles y aún oyó dos disparos más, pero luego el camión rugió a su lado como un enorme espíritu guardián.

Corrieron hacia la cabina y subieron sin pedir permiso al conductor, que los observaba con la boca abierta.

–¡En marcha! –le espetó Oxen, blandiendo su pistola.

Jadeando, miró por la ventana y alcanzó a ver a su enemigo de pie junto a un árbol. Y cuando el camión rugió, la figura oscura desapareció de su vista.

63

Cuando abrió los ojos vio un enorme rostro sonriente, y cuando el hombre al que pertenecía ese rostro se inclinó hacia delante, los pliegues de su piel colgaron como guirnaldas de carne en su cara. Oxen no pudo evitar pensar en un bulldog.

—*Well...*

Esa palabra era más que suficiente. No le hacía falta sentirse más despierto para saber quién tenía delante.

—Sé que este no ha sido el primer balazo que recibes, Oxen, pero estaría bien que fuera el último.

Axel Mossman reclinó su poderoso cuerpo en la silla que había empujado junto al borde de la cama.

—Eso ha sonado a amenaza.

—Pues no era lo que pretendía —respondió el jefe del CNI—. ¿Qué dicen los médicos de tu hombro?

—Se pondrá bien. Me lo han prometido. ¿Cómo está Franck?

—Margrethe te manda saludos. Me ha pedido que te diga que vendrá más tarde. Se ha deshecho en elogios sobre ti. Dice que has triunfado en la investigación y que has encontrado la sala secreta. Está completamente rendida a tus pies, Oxen.

—¿Y eso qué significa?

—Pues que Margrethe hizo su trabajo puntualmente, como siempre, justo como le había pedido, y, sin embargo, desde el primer momento se mostró... leal a ti, Oxen. Más leal de lo que en un primer momento me pareció adecuado. ¿Sabes? Conozco a Margrethe lo suficientemente bien como para notar que ella siente una cierta atracción...

—¿Por qué estás aquí? ¿Has venido a decirme que no has encontrado nada en Nørlund y que los archivos secretos de Corfitzen, junto con los vídeos y los monitores, no son más que un bodega vacía? Es eso, ¿verdad?

Axel Mossman asintió lentamente. Parecía algo avergonzado, si su rubor no mentía.

—Solo que la habitación no estaba vacía. Había allí muebles viejos, estanterías, una cómoda y cosas por el estilo.

—Qué cosa más absurda, hacer un esfuerzo así, con un ascensor invisible en el parqué y una puerta de acero con un código de seguridad, para tener un cuarto de chatarra, ¿no te parece? Aunque si a mí no me crees, al menos creerás a Franck, ¿no?

—Sorprendentemente, las pruebas siempre desaparecen cuando tú estás involucrado en ellas, Oxen. Los cadáveres, los asesinos, y ahora también los libros antiguos y las grabaciones de audio y vídeo. Y el equipamiento técnico. Todo ha volado.

—Lo cual podría conducirnos a una sospecha completamente distinta, ¿no te parece?

—¿Ah sí...? ¿Quizás querrías explicarlo con más detalle?

—Siempre hay alguien perfectamente informado, y siempre aparece alguien cuando descubro o me sucede algo.

—No tenemos ningún topo, si es eso lo que sugieres.

—Si todo va según lo planeado, ¿por qué no habéis arrestado al ministro de Justicia? —Se incorporó, colérico y completamente despierto.

—Hagamos primero un experimento mental, Oxen. Imaginemos que se trata de ti. Tú eres el hombre que tiene un motivo para todo.

—Ese es el escenario que tenías en mente desde el principio, ¿verdad? Yo tenía que ser el chivo expiatorio.

—La premisa más importante en mi profesión es que siempre hay que encontrar un culpable. Pero en el camino hacia la meta, uno se ve obligado a usar diferentes herramientas; algunas, incluso, insólitas. Cuantos más participantes cualificados puedas poner en juego, más combinaciones posibles resultarán de ello. Pero déjame volver a nuestro experimento mental.

Mossman continuó con una expresión enigmática en su rostro, de la cual era imposible concluir si estaba hablando de teoría o de práctica.

—Tú odias a Hans-Otto Corfitzen y a todos los demás diplomáticos, esa panda de arrogantes e indulgentes que fracasaron en el asunto de los Balcanes. Y el fracaso de todos ellos te ha llevado a vivir terribles experiencias y ha dejado cicatrices en tu alma, Oxen, además de que, indirectamente, le costó la vida a tu compañero. Odias al abogado Mogens Bergsøe porque él y su maldita Comisión absolvieron a su jefe de toda responsabilidad. Mataste a Arvidsen porque te vio en el castillo y vio cómo atacabas a su dueño, después de atarlo a una silla y golpearlo. Pero no te denunció porque él también era una rata y prefirió chantajearte.

—Lo mataron con un rifle.

—Si escaneamos con un detector de metales los alrededores de tu campamento encontraremos un rifle, estoy seguro. Siempre se encuentran cosas así.

—El cuchillo. Mi cuchillo en el muslo de Arvidsen. ¿Cómo es posible que estuviera allí si supuestamente le disparé desde la distancia?

—Te olvidas de algo, Oxen… ¿Qué cuchillo?

—De acuerdo. Está bien. Continúa. Fensmark, tu propio colega… ¿asesinado en el refugio de caza?

Axel Mossman asintió.

—Bien pensado —respondió—. Encontraste el material que Arvidsen había escondido para chantajearte, posiblemente vídeos de vigilancia que te ubican en el castillo, y cuando Fensmark te sorprende, lo matas. Y como eres un demonio de sangre fría, te golpeaste a ti mismo y te hiciste daño para que incluso Margrethe Franck te creyera.

—El arma pertenecía a Sergei Pronko, así que ¿cómo…?

—No tan rápido, Oxen. —Mossman levantó una mano—. Lo único que sé es que Fensmark fue abatido por el mismo rifle con el que mataste a Arvidsen, ¿recuerdas? Ese que probablemente encontraremos enterrado cerca de tu campamento. Seguro que un informe balístico nos ayuda a demostrar que se trata del arma correcta.

Recordó que la policía, que en este caso estaría compinchada con el CNI, tenía en su poder el arma del ruso y que, por lo tanto, podía colocarla en cualquier lugar. Pero había allí una brecha…

—El rifle… el arma con la que mataron a Arvidsen… no la tienes.

Mossman hizo una mueca pensativa.

—Eso puede ser cierto en un primer momento. Pero estoy bastante seguro de que bastará un simple comentario en el lugar correcto… algo así como que solo por un rifle estamos perdiendo la oportunidad de meterte entre rejas… y yo creo que a nadie le parecerá una prueba demasiado concluyente. ¿No te parece?

—Es posible, sí. ¿Y qué hay de Virginija Zakalskyte?

—¿Virginija qué? No es nada importante en este asunto. Ni ella ni las otras dos mujeres estuvieron nunca en Nørlund.

—¿Su hermana Simona? Aparece en varios vídeos de vigilancia de varios hoteles.

—*Well*, estuvo en Dinamarca con su primo Sergei. Parece que eran ladrones. Los finlandeses llevan cuchillos, los lituanos, en cambio, roban con las manos. Todo el mundo lo sabe.

—Pero ella tenía una exitosa empresa y era dueña de varias panaderías.

—Todos roban, en mayor o menor medida. La conclusión es que solo cuenta una cosa: nadie en este mundo puede probar que tuvo algo que ver con el caso Bergsøe, o Corfitzen, o Fensmark, o Arvidsen… Simona ha desaparecido, como me consta que sabes bien. Así que solo quedaba su primo Sergei, al que casi logramos detener tras haber sufrido una confrontación interna. Pero sus contactos rusos en Dinamarca lo ayudaron a escapar del hospital en Hillerød. Que sus enemigos lo atraparan en el camarote ya es otra historia.

—¿Aquí estamos hablando de teoría o de práctica?

Mossman no respondió a su pregunta. Se limitó a girar la cabeza levemente para poder mirar por la ventana, más allá de la cama del hospital.

El jefe del CNI se quedó en silencio durante mucho tiempo, como buscando respuestas en algún lugar del cielo gris que pendía sobre Aalborg. Oxen no tenía prisa. Estaba acostado en una cama cómoda bajo una manta blanca y limpia, y en cualquier caso no podía usar su brazo izquierdo.

—*Well* –dijo Mossman al fin, lentamente–. Dame una buena razón para no arrestarte ahora mismo.

—Una buena razón, aunque probablemente irrelevante, podría ser que soy inocente. Así que vuelvo a preguntar: ¿teoría o práctica?

—¿Por qué eres tan poco flexible, Oxen? También podríamos negociar, por ejemplo. Margrethe me dijo que lograsteis escapar porque amenazaste con publicar la copia de una grabación en la que el ministro de Justicia se veía muy comprometido. Si es cierto que posees dicha grabación, podrías dármela discretamente, y quedríamos en paz.

–¿Y quién sería el culpable entonces?

–*Well*, el escenario podría quedar así: Bergsøe se ahogó en un viaje en canoa. Estas cosas pasan, al fin y al cabo ya no era tan joven. Caso cerrado. Sergei Pronko irrumpió en el castillo de Corfitzen para robar allí, y este murió de un ataque al corazón. Por supuesto, descubriremos el ADN del ruso sobre el terreno. Caso cerrado. Y como Arvidsen se dio cuenta de algo y trató de chantajear a la pareja de pícaros primos, por supuesto, tuvieron que apartarlo del camino. Nunca encontramos el rifle, pero eso no es importante. Los dos responsables están muertos. Caso cerrado. Lo mismo ocurre con Fensmark, que se encontraba en el pabellón de caza cuando Sergei acababa de descubrir las pruebas de Arvidsen, de modo que el ruso no tiene más remedio que matarlo. Aquí sí tenemos el arma. Caso cerrado. Y cuando los primos se encuentran con no-sé-qué tipos en Esrum Sø para negociar un acuerdo sobre algunos robos y trapicheos, las cosas se ponen feas, Simona desaparece y Sergei termina en el hospital. Ya sabes el resto. Caso cerrado. Así que la pregunta es: ¿tienes la grabación o era un maldito farol, soldado?

–En teoría podemos imaginar ambas cosas, pero en la práctica… Anda, pues también. Pero ¿quién podría quererla?

Cogió el vaso de agua que había en la mesita de noche y lo vació en un periquete. Tenía el cuello y la boca secos como papel de lija. Debía de ser por la anestesia. Mossman extendió la mano.

–¿Quieres más agua? –preguntó.

Oxen negó con la cabeza.

–Te has olvidado de alguien, Mossman. Hannibal Frederiksen, el que está en España.

—No lo conozco. Pero si lo conociera diría que ya no tiene nada que ver con mi trabajo. Murió en un accidente de tráfico. Que yo sepa, hay bastantes accidentes de esos por ahí abajo. De modo que, por veinticinco mil coronas... ¿tendrías la amabilidad de contarme con todo detalle lo que el público podría ver en el vídeo del ministro de Justicia?

Se tomó un momento para pensar y concluyó que aquello no podía perjudicarlo. De hecho ya había explicado el contenido del vídeo cuando él y Franck estaban a segundos de ser ejecutados por la espalda.

—Con una condición.

Mossman se contentó con un gesto de asentimiento y levantó una ceja.

—Quiero que os aseguréis de que el ministro de Justicia se entera de lo que vi; y quiero que le dejéis claro con qué lo estoy amenazando: que la grabación se reenviará automáticamente a varios estudios de televisión si no realizo una determinada acción cada dos días y, por lo tanto, evito la publicación.

—Si no entendí mal a Margrethe, eso mismo fue lo que dijiste, en el agujero del bosque.

—Sí. Pero aun así nos siguieron y trataron de matarnos.

—De un modo bastante *amateur*, he oído, ¿no?

—Estaré encantado de repetir mi mensaje. Así que... ¿se lo pasarás a tu jefe?

—*Well*, haré llegar tus palabras al ministro de Justicia, y luego rezaré para que tu seguro de vida sea bueno. ¿El vídeo?

—*Hardcore*. Parece que el ministro de Justicia se pirra por el látex y el cuero cuando no está disfrutando de su vida saludable en familia.

Mossman gruñó. Oxen continuó con su descripción:

—El ministro y Virginija están definitivamente cachondos cuando el vídeo empieza. Ella lleva botas de charol y un corsé.

Oxen explicó a Mossman cómo el ministro de Justicia ponía una especie de arnés en la boca de la mujer y se lo apretaba, y a continuación describió detalladamente los acontecimientos, hasta el momento en que Rosborg regresaba a la habitación en compañía de Corfitzen, que le gritaba una y otra vez: «Pero ¿qué cojones has hecho, idiota?»

Mossman se mantuvo impertérrito mientras escuchaba, y luego se mantuvo en silencio por un momento, como perdido en una serie de pensamientos abismales.

–¿Y de dónde sacaste la grabación? –preguntó, al parecer algo distraído.

–Lo sabrás cuando me digas más cosas sobre Arvidsen.

–¿Sobre Arvidsen? Hecho.

–Cuando Franck y yo seguimos a Simona Zakalskyte y Sergei Pronko a Copenhague... no se lo dije a Franck, pero en realidad Sergei Pronko fue allí para depositar una mochila. Con la ayuda de un buen amigo, volví a la estación esa misma noche para echar un vistazo al contenido de la mochila...

–Y hacer una copia. –Mossman asintió, comprendiendo.

–Exacto.

–O bien hiciste un trabajo inteligente y limpio, o bien te lo acabas de inventar.

–Por supuesto. Escoge la respuesta que prefieras. Pero ¿qué me dices de Arvidsen?

–Poul Arvidsen era parte de algo mucho más grande que te habría acabado contando de todos modos, Oxen. Verás...

La mirada de Mossman vagó desde la ventana hasta el techo blanco del hospital y luego se posó en su cara. El jefe del CNI lo miró a los ojos mientras continuaba:

–Me pasé muchos años buscando el Danehof. Muchos, muchísimos años.

Su mirada debió de traicionarlo, porque Mossman comentó:

—No estés tan sorprendido, soldado. Buscaba algo, pero no sabía exactamente qué. Un círculo, una logia, una hermandad, o simplemente, llamémoslo así, una «esfera de poder».

—Pero ¿por qué lo buscabas?

Por un momento, Mossman pareció perdido en sus pensamientos, y se tomó su tiempo para responder.

—Dios, han pasado tantos años. Yo era joven entonces. Trabajaba en el Departamento de Homicidios de la policía de Copenhague. Tuvimos un caso en el que un hombre de ochenta y nueve años recibió un disparo, probablemente a manos de un ladrón. Antes de que muriera, el anciano logró escribir algo en el suelo con su propia sangre: «Danehof». Nunca encontramos al culpable. Resultó que la víctima no era un hombre cualquiera, sino Karl-Erik Ryttinger, el gran hombre de la industria pesada danesa. En ese momento, se decía que había construido su compañía con sus propias manos.

—Ryttinger Eisen.

—Correcto. Una empresa exitosa con un final muy triste. El hombre estaba en las primeras etapas de demencia cuando murió. El ladrón dejó muchas joyas preciosas y toda la plata sin tocar, lo cual nos pareció muy extraño. Y la bala estaba justo en el corazón, lo que también parecía extraño. Fue mi primer caso de asesinato. Tal vez por eso...

—¿Examinasteis los antecedentes de Ryttinger?

—Por supuesto. Pero no encontramos nada. Danehof pareció la fantasía de un hombre moribundo. Luego volvió a pasar, hace once años. ¿El nombre de Gunnar Gregersen significa algo para ti?

—Fue un político, ¿verdad? Socialdemócrata, creo.

—Sí. Ocupó un puesto en el comité de control parlamentario, que se encarga de los servicios de inteligencia. Gregersen era una estrella en ascenso, rápido de mente y hábil delante de las cámaras. Y de pronto, se suicidó. Dijeron que era maníaco-depresivo. Su esposa me llamó una noche y me dijo que había encontrado un sobre dirigido a mí. Estaba borracha, triste y desesperada. Me dijo que había abierto el sobre, y mencionó «un tal Danehof», o más precisamente, «Danehof Este». Cuando llegué a su casa, la mujer había saltado por la ventana, y no encontré un sobre por ninguna parte.

—Pero ¿no has encontrado nada en todo este tiempo?

—Nada tangible. Solo trazos discretos de poder. No más asesinatos u otros actos de violencia. Pero he visto muchas acciones similares a lo largo de los años y he tomado muchas decisiones. Para ser sincero, no siempre he entendido todo lo que pasaba y a veces me he enterado de cosas que no debería haber sabido. No olvides que paso mucho tiempo con los políticos. Con el tiempo he ido sumando descubrimientos, *bits and pieces* que, juntos, han ido formando el insondable mosaico de una esfera de poder. Pero hasta ahora nunca había encontrado la puerta que conducía a esta esfera. Solo tenía pistas sobre sus miembros y su director.

—¿Hans-Otto Corfitzen?

Mossman asintió en voz baja.

—Sí.

—Tú también diste una conferencia en el Consilium.

—Fue una coincidencia, créeme.

—¿A quién más encontraste?

—Al abogado Mogens Bergsøe, entre otros… Corfitzen fue la razón por la que moví todos mis hilos para que Arvidsen consiguiera un trabajo como jardinero y chófer en Nørlund. Desafortunadamente, con el tiempo, Arvidsen desarrolló un sentido del negocio, exigió pagos extras por las cosas que sin duda ya le había pagado, y se hizo cada vez más oscuro descubrir para quién estaba trabajando en realidad. ¿Era él mi topo en el Danehof? ¿O se había convertido gradualmente en el topo del Danehof respecto a mí? ¿O quizá iba por libre y perseguía solo su propio interés: el dinero? Sinceramente, no lo sé. La última vez me llamó poco después de la muerte de Corfitzen. Quería venderme un «vídeo sensacional» por el precio de cinco millones de coronas. Se le había perdido un tornillo. Le pedí detalles, pero después de aquello ya no supe nada de él, y de pronto apareció muerto.

–¿Tal vez te dijera que tenía algo que ver con el ministro de Justicia?

–Esto es pura especulación.

–Entonces... ¿no sabías nada sobre su lista de observaciones y sobre el hecho de que andaba buscando esa habitación?

–No. Al principio, por supuesto, me iba pasando información. De eso se trataba, al fin y al cabo. Me daba nombres, me decía quiénes entraban y quiénes salían del castillo. Pero ya no sé si esa información era de fiar. No tenía ni idea de que el ministro de Justicia estaba entre ellos, por ejemplo. Y tampoco había oído hablar de los otros tres. Pero sí me habló de otros nombres prominentes: personas que juegan o desempeñan un papel central en su campo.

–¿Y no te atreves a derribar a tu propio jefe?

–¿Esto es una pregunta o una declaración?

Creyó ver una chispa de ira en los ojos del jefe del CNI, aunque el timbre de su voz no reflejó nada.

–Más bien lo último –respondió Oxen.

–Bueno, las cosas no son siempre lo que parecen. Si uno quiere talar árboles muy gruesos, primero debe agenciarse el equipo adecuado. Y luego debe ser terriblemente cuidadoso, o de lo contrario acabará mal. Si nos basamos en la eficacia que el Danehof ha mostrado hasta ahora, diría que estoy bastante jodido. Cualquier evidencia con la que cuente debe serlo al cien por cien, y, tal como acabo de demostrarte según nuestro pequeño experimento mental, por el momento no dispongo de nada, a menos que...

—Que me porte bien y te dé la grabación de vídeo. Después de eso, el Danehof, el ministro de Justicia, y tú mismo os quedaréis la mar de felices. Sea como sea: o se trata de un trabajo inteligente y limpio, o bien te lo acabas de inventar. ¿Te suena la frase?

Resignado, Mossman levantó las manos y resopló pesadamente, como si estuviera a punto de renunciar a explicar sus preocupaciones.

—Eres escéptico, Oxen, y lo entiendo. Tienes todas las razones para serlo. No puedo hacer más que jurarte que las cosas han ido como te he dicho.

—¿Formas parte del Danehof, Mossman? ¿Eres uno de ellos?

Axel Mossman negó con la cabeza, en silencio.

—No.

Oxen cogió la jarra, vertió agua en su vaso y bebió. Ninguno de los dos dijo una palabra. El jefe del CNI se recostó en la silla, con las piernas cruzadas, como un hombre que hubiera jugado su última carta. Lo que pasara con la partida ya no estaba en sus manos. ¿O acaso el experimentado jefe de inteligencia acababa de sacarse uno de sus muchos ases de la manga?

—Si no eres del Danehof, ¿quién lo es?

Mossman se encogió de hombros.

—Eso es lo que estoy tratando de averiguar. Pero aunque pudiera derribar a Rosborg, esa no sería la forma más inteligente de manejar el tema. Solo me robaría la oportunidad de encontrar a los demás miembros. De lo que aquí se trata, no lo dudes, es de tiempo.

—Pero alguien muy cercano a ti está recibiendo la información en tiempo real. De lo contrario, el Danehof no podría actuar tan rápido cada vez.

—Yo mismo he pasado información al ministro de Justicia, y además varias veces. En el caso de Bergsøe y en el de Corfitzen. Él me puso en el Ministerio precisamente por esa razón: para ser mi superior directo.

—Lo sé. Pero hay otras cosas, muchos detalles útiles. ¿Por qué nuestros amigos con pasamontañas, por ejemplo, aparecieron en Nørlund cuando encontramos la habitación? ¿Franck te llamó mientras se fue a buscar la escalera?

—Tonterías. Margrethe es como la nieve recién caída. Pura. Y leal.

—¿Y qué me dices de Rytter?

—No tenía ni idea de que tú y Margrethe andabais buscando algo en el castillo. Nadie lo sabía. Nunca he tenido una razón para dudar de Rytter.

—Así que volvemos al principio. A ti.

—Oxen, estamos dando vueltas en círculos. Esta es una conversación muy tediosa.

Mossman ya no podía ocultar su disgusto.

—El tipo que nos persiguió hasta la carretera… Estoy bastante seguro de que al menos uno de mis disparos le dio en el brazo. ¿Conoces a alguien que de repente haya aparecido con una lesión en el brazo o el hombro derecho?

—No. No hay lesiones en ningún brazo, ni en ninguna otra parte. ¿Tienes la grabación o no la tienes? Y si es así, ¿me la darás o no?

Estaban obviamente al final del camino. El jefe del CNI se inclinó hacia delante una vez más y lo miró a los ojos. ¿Era el último recurso de un hombre necesitado, varado en el archipiélago del poder? ¿O tal vez un lobo, un depredador despiadado?

—Pongo una condición: que me dejéis en paz. El Danehof, el CNI, el mundo entero. Solo quiero que me dejen en paz. Pero primero me gustaría dormir un poco, así que si fueras tan amable…

—*Well*, entonces quizás en otra ocasión.

Mossman se levantó y se despidió con un apretón de manos. Entonces el gigante se dio la vuelta y trotó hacia la puerta.

—Solo una cosa más…

Oxen se enderezó cuando Mossman llegó a la puerta.

—¿Sí?

—No deberías haber matado a mi perro. Nunca.

—Que te mejores, Oxen.

El jefe del servicio de inteligencia doméstica asintió brevemente y salió, cerrando la puerta detrás de él.

64

La caligrafía era perfecta, las letras inusualmente uniformes y curvas. El fiel escudero de Dinamarca, su representante en el mundo, Hans-Otto Corfitzen, había dominado siempre el arte de la escritura. Y había sido un maestro de la redacción, también, aunque su estilo era un poco anticuado y pomposo.

En la primera página Corfitzen dio la bienvenida al nuevo año:

Uno puede con razón llamarlo ironía del destino. Vivimos en un tiempo moderno y enormemente técnico, pero nunca antes una institución medieval como nuestro Danehof había sido tan importante como lo es hoy, no solo en espíritu sino también en acción. El próximo año, el Danehof, con sus fuerzas unidas del Norte, el Sur y el Este, trabajará arduamente para guiar a nuestro país en la dirección correcta, tanto política como moral.

Oxen leyó en diagonal las hojas sueltas que contenían entradas desde Año Nuevo a mayo. Ya había leído el contenido de la vieja carpeta de cuero dos veces. En algún momento, alguien se daría cuenta de que faltaba esa carpeta, y entonces se desataría el infierno.

En febrero, los registros daban cuenta de un desastre que Oxen conocía bien.

Hoy, 18 de febrero, recibí la trágica noticia de que Hannibal Frederiksen murió en un accidente de tráfico en España. Estamos firmemente convencidos de que este accidente fue provocado. Frederiksen se dirigía al aeropuerto en el momento del incidente, para recoger a nuestro representante.

Parece que nos estamos enfrentando a un problema que puede tener su origen en las locuras de nuestro ministro de Justicia, Ulrik Rosborg (ver entrada de octubre del año pasado). La idea era discutir con Frederiksen sobre esa situación.

Hannibal Frederiksen (activo) realizó una importante contribución a nuestro trabajo durante más de treinta y un años y fue una de las figuras más destacadas de nuestro círculo. Por supuesto, su viuda recibirá una generosa donación anual.

Siempre honraremos su memoria.

Recuperar la carpeta de cuero había sido un juego de niños. Oxen había entrado en la oficina de la secretaria de Corfitzen, la señora Larsen, había hecho algunas preguntas triviales y luego se había despedido con las palabras:

–¡Gracias, saldré por mi cuenta!

Al salir, había dado un pequeño rodeo y había pasado junto a la estantería de la Sala de los Caballeros. Había cogido la cartera, se la había metido debajo del jersey, y adiós, Nørlund.

En el mes de marzo, Oxen hizo un descubrimiento muy interesante. Se habló de otra muerte. Había leído el fragmento varias veces para interpretarlo correctamente, pues Corfitzen había sido extremadamente discreto. Esto es lo que decía:

El 12 de marzo, después de cincuenta y un años, tuvimos que despedirnos de un miembro altamente respetado (pasivo), el exdirec-

tor de banco Simon Skovgaard, de noventa y un años, de Copen-
hague. Fue enterrado en Helligåndskirke. Skovgaard mostró varios
signos de vejez y percibimos que representaba un riesgo de segu-
ridad significativo. Dado que la esposa de Skovgaard murió hace
mucho tiempo, no hay más gastos que pagar.

Siempre honraremos su memoria.

Eso solo podía significar una cosa: el Danehof había acor-
tado personalmente la lista de sus miembros pasivos cuando
existía el peligro de que el anciano dejara escapar algo en su
confusión mental.

Inmediatamente después, le llamó la atención la historia
de Axel Mossman sobre Ryttinger, el antiguo director, que
presuntamente fue asesinado por un ladrón hacía muchos
años. Según Mossman, Ryttinger sufría de demencia incipiente. «Riesgo de seguridad». El supuesto era obvio.

En el mes de abril hubo muchas entradas, principalmente de naturaleza política, que se referían a una iniciativa del
Gobierno:

Con el tiempo hemos podido comprobar que los especialistas ex-
tranjeros pronto tendrán un acceso más fácil al mercado laboral
danés. Además, se propondrán considerables incentivos financieros
en el mercado laboral danés para que los esfuerzos valgan la pena
en nuestro país. Lo que nos falta es un encuentro serio con la po-
lítica fiscal que roba a nuestros ciudadanos los últimos remanen-
tes. El año que viene haremos cuanto esté en nuestras manos para
cambiar políticamente la carga fiscal danesa que rompió el récord.

Siguió hojeando hasta mayo. Allí encontró una exposición
detallada sobre la muerte de Mogens Bergsøe y de las medidas tomadas contra aquello a lo que un Hans-Otto Corfitzen
cada vez más preocupado se refería como «una amenaza para

el Primer Anillo del Norte en el contexto de la lamentable muerte de la señorita Zakalskyte».

Saltó a la última página y leyó las últimas palabras que Corfitzen había plasmado sobre el papel junto antes de haber sido atrapado, él también, por «la amenaza aislada»:

Nuestra organización está trabajando duro para identificar la amenaza. Tras haber optado por una solución definitiva para las dos invitadas de la reunión de octubre, consideré que la amenaza había sido disuelta. Desafortunadamente, estaba equivocado.

Mientras escribo estas líneas, un grupo de hombres especialmente seleccionados patrulla por Nørlund. Maldigo el momento en el que un encuentro tan banal adquirió consecuencias tan exorbitantes, y asumo toda la responsabilidad por ello.

En cuanto dejemos atrás todo este asunto, tengo la intención de reconsiderar mi posición en el Danehof y de plantearme seriamente la opción de ofrecer el relevo de mi silla a fuerzas más jóvenes.

Colocó las hojas manuscritas de Corfitzen en la carpeta de cuero. Luego lo metió todo en un gran sobre acolchado y lo envió al museo de Nyborg, con el comentario «para el muy honorable director del museo, el señor Malte Bulbjerg». No indicó el remitente.

Para un historiador especializado en el Danehof, el contenido de esa carta era probablemente similar al del Santo Grial, y más considerando que Malte Bulbjerg quería empezar su extenso trabajo científico sobre el Danehof al año siguiente.

Con todo, las hojas de Corfitzen serían una representación pequeña y explosiva, pero incompleta. El asesinato que debía pesar sobre la conciencia del ministro de Justicia, por ejemplo, solo aparecía mencionado como un «acto de locura». En cualquier caso, Oxen había eliminado la carga explosiva más grande para evitar que detonara directamente en la cara del historiador.

Se trataba de tres páginas. La primera, un inventario actualizado de forma rutinaria de los actuales miembros vitalicios *activos* del Danehof del Norte. En total, quince personas, solo hombres. Cinco de ellos, distribuidos en el Primer, Segundo y Tercer Anillo.

La segunda página era un resumen de los miembros *pasivos, retirados,* de la División del Norte; y la última era un informe que daba cuenta acerca de quién había muerto en los últimos meses. Aparte de Frederiksen y Bergsøe, había otros dos hombres, de setenta y nueve y noventa y un años. El primero había fallecido incuestionablemente por causas naturales. El segundo fue aquel gerente del banco al que se le había ayudado un poco a dejar de vivir.

Oxen sacó una segunda pila de hojas y la puso, junto con la lista de miembros del Danehof, en otro sobre, que envió a la dirección de L. T. Fritsen en Amager. Eran las copias de los apuntes de Corfitzen, hechas en la fotocopiadora del hotel.

Ahora solo le quedaba enviar las dos cartas a la oficina de correos.

Después de eso, recuperaría el dinero que había enterrado en la malez cerca de su antiguo campamento y se despediría del Señor White por última vez.

Y luego tenía aún otra obligación que ya no podía posponer. La llamada telefónica a Ieva. Le había prometido que le informaría en cuanto supiera algo, y ya no tenía ninguna excusa para evitar contarle la dolorosa verdad: que nunca volvería a ver a sus hermanas, Virginija y Simona.

Pero antes de poder dar la espalda de una vez por todas a toda esa historia, tenía que pasar por la ceremonia que iba a tener lugar al día siguiente en la sede de la policía de Aalborg. Ya solo de pensar en toda esa acumulación de gente se ponía enfermo. Pero tenía una razón muy especial para ir, de todos modos.

Por lo demás, el día siguiente sería también el de la marcha de Margrethe Franck, la mujer que se había acercado a él más que nadie en los últimos años. Si echaba la vista atrás y lo pensaba un segundo, Franck había sido una compañía realmente agradable.

Hacía apenas unas horas habían hablado por teléfono. Franck había sugerido acompañarlo a la fiesta y quedarse con él en el Rold Storkro, donde todavía tenía su habitación. Luego podrían salir a cenar juntos, tomar una copa de vino, dar por cerrado todo ese asunto y despedirse.

Él había aceptado su propuesta. No había podido evitarlo. Pero la mera idea de llevar la cita a cabo le hacía sentir pánico.

Ciertamente, podrían hablar durante horas sobre montajes y puntos de vista, pero eso no era importante ahora porque, básicamente, todo había ocurrido dentro de las normas convencionales.

Por supuesto, era consciente de que Franck representaba un cebo casi perfecto. Mossman lo había reconocido de inmediato.

Soldado y prótesis de pierna, experiencias postraumáticas... ¿Podía darse acaso un dúo más adecuado? ¿Podía generarse un mayor entendimiento mutuo?

Era todo tan absurdo, tan superficial... Pero en algún momento, el equilibrio se había inclinado a su favor, y la suposición de Mossman había hecho mella en ellos. Y cuando finalmente formaron su alianza, Franck había cumplido su palabra.

Oxen jamás podría acusar a Margrethe Franck de haberlo traicionado. Él, en cambio, le había ocultado una copia del vídeo, así que ella sí tenía las razones para culparlo. Pero no lo haría, estaba seguro.

Eran las reglas del juego.

65

Le sobrevino un sentimiento de incomodidad, mientras el murmullo de la multitud lo rodeaba como si de un enjambre de abejas se tratara.

Ya estaba en el último paso: el camino hacia la sala más grande de la comisaría de policía en Aalborg. Ahora podía ver la puerta al final del pasillo, que no dejaba de abrirse y cerrarse todo el tiempo, pues la gente entraba y salía... Bueno, la mayoría entraba.

—Estás tan... callado. ¿Algo va mal?

Franck le apretó el brazo sano, el derecho. Se había tragado un puñado de analgésicos para dejar en casa el dolor que sentía permanentemente en su brazo izquierdo desde la operación. No le apetecía nada llamar la atención aquel día.

—No, es solo... demasiada gente en un mismo lugar. No me siento bien.

—Pues quédate cerca de la puerta, y así podrás ir entrando y saliendo cuando lo necesites, ¿no? —Franck volvió a apretarle el brazo. Tal vez entendía por lo que estaba pasando.

Ella lo había estado esperando en el estacionamiento, según lo acordado. Fresca y atractiva, con vaqueros desgastados, botas altas de cuero marrón y una chaqueta corta de cuero viejo, con el cuello levantado para protegerse del viento. Llevaba las gafas de sol en el pelo corto y rubio, los labios pintados de color morado oscuro, y la serpiente había regresado a su oreja izquierda.

Lo había abrazado al verlo y le había dado un ligero beso en la mejilla. Parecía realmente contenta de encontrarse con él.

Ahora iban juntos de camino a la celebración del jefe de policía, cuyo sexagésimo cumpleaños había caído, inteligentemente, en viernes.

Oxen había recibido la invitación del propio Axel Mossman. El jefe de policía, Max Bøjlesen, seguía siendo un gilipollas integral, incapaz de ponerse en contacto con él por sí mismo.

Según Mossman, Bøjlesen quería aprovechar la oportunidad para anunciar que el caso Corfitzen, junto con sus diferentes estribaciones, había sido resuelto, y para agradecer a su gente, que lo escuchaba con un canapé en la mano, todo el trabajo realizado. En ese sentido, Bøjlesen le había pedido específicamente al jefe del CNI que preguntara a Oxen si podía acudir a la cita.

¿Querría Bøjlesen, acaso, disculparse de repente y entonar el *mea culpa* después de tantos años? ¿O había ahí gato encerrado?

Franck abrió la puerta y el ruido de la multitud se elevó a un tono inimaginable. Oxen se recostó inmediatamente contra la pared e hizo un esfuerzo por ver con claridad, pero el corazón le latía con fuerza y las imágenes le llegaban borrosas.

Él murmura, clama, él cacarea, y el polvo, el mercado.
En Gereshk, en Musa Qala, en Kabul, por toda la eternidad.
Un gran organismo vivo, polvo pulsante, aire centelleante. Una tarea imposible de vigilar.

▶ Bravo 17, nada sospechoso, continúa allá en la parte occidental. Cambio.

▶ Bravo 15, todo está tranquilo. Corto.

Entre puestos de mercado, clientes, hombres y mujeres con velo, entre adultos y niños con miembros bombardeados, tantos que extrañan algo... un brazo, una pierna, un pie, una familia. Tantos amigos, tantos enemigos invisibles...

—Si no te encuentras bien nos vamos, ¿eh? No te sientas obligado.

Franck le puso la mano en el hombro.

—Ya vuelvo, solo tengo que saludar a alguien —continuó, sonriéndole y desapareciendo entre la multitud.

Se detuvo un momento, apoyando la espalda contra la pared, observando la razón por la que había venido. A poca distancia, en una mesa con bebidas, estaba de pie: Martin Rytter, la mano derecha de Mossman.

Oxen esperó unos segundos más antes de sentirse muy claro otra vez. Luego se dirigió al director de operaciones del CNI, quien estaba hablando con otros dos caballeros. Sin dudarlo, entró en la conversación y le tendió la mano a Rytter.

—Buenos días, Rytter —dijo—. Qué bien verte otra vez, por suerte en circunstancias más agradables.

Le estrechó la mano al hombre del CNI, haciendo una mueca al mismo tiempo que, con su otro brazo derecho, lo abraza vigorosamente. Una cálida bienvenida como entre viejos amigos que no se habían visto en meses. El gesto tomó a Rytter por sorpresa, pero la atención de Oxen estaba en otra cosa: estaba seguro de que sentiría una ligera elevación bajo el ligero impacto de la chaqueta, algo suave y sólido. Una pieza ancha en la parte superior del brazo, y luego algo suave de nuevo, tejidos y músculos. ¿Era eso un vendaje? ¿Un vendaje apretado en la parte superior del brazo derecho? ¿Y no había habido un leve gemido de dolor en los labios de Rytter cuando Oxen presionó con fuerza?

La cara de Rytter se torció ligeramente. Apenas visible. A menos que supieras qué buscar.

–Hola, Oxen. Y gracias por la buena cooperación, debo añadir.

Oxen aflojó la sujeción y creyó ver rastros de alivio en la cara de Rytter.

–Gracias, igualmente.

–Bueno, pudimos completar varias investigaciones, incluso todavía quedan algunas preguntas. Pero nos encargaremos de eso más tarde –dijo Rytter.

–Sí, hacedlo. Yo ya me voy. Solo una cosa más: no deberías haber matado a mi perro…

Miró a Rytter fijamente. El hombre enarcó las cejas sorprendido.

–¿Tu perro? Dime, ¿has bebido? ¿O fumado?

Dejó que Rytter se pusiera de pie y se retiró a su lugar en la pared. Poco después, un hombre calvo bajó de un pequeño podio para pronunciar su discurso de felicitación sobre las innumerables fortunas de Bøjlesen, de sesenta años. Oxen no escuchaba, pues buscaba en vano el cabello rubio de Franck.

–¡Pero bueno, Oxen, hola! ¡Qué casualidad! –el comisario Rasmus Grube se había detenido frente a él.

–Buenos días, Grube.

–¿Cómo está tu hombro? He oído que…

Grube se calló cuando Bøjlesen subió al podio. El jefe de policía sacó el micrófono de su soporte, dio la bienvenida a sus invitados y agradeció las amables palabras con las que lo habían presentado. Luego, habló un buen rato acerca de la sensación de cumplir sesenta años, pero con ganas de seguir teniendo marcha.

Mientras el inspector escuchaba atentamente las palabras de su jefe, Oxen volvió la cabeza hacia los lados, en busca de la corta melena rubia de Franck. Cuando volvió a fijar su atención en Bøjlesen, este estaba diciendo:

—Y ya que estamos todos aquí reunidos, me gustaría aprovechar la oportunidad para decirles que por fin podremos archivar una de las investigaciones más difíciles de los últimos años. La muerte del exembajador Hans-Otto Corfitzen nos ha costado un verdadero esfuerzo y ha exigido lo mejor de todos nosotros. ¡En este sentido, me gustaría darles a todos las gracias por este fantástico logro! Esta misma mañana he hablado con nuestro ministro de Justicia, Ulrik Rosborg, quien me ha pedido que les transmitiera también sus saludos y agradecimiento. Por supuesto, si me detengo explícitamente en esta investigación, es porque me parece un excelente ejemplo de lo que somos capaces de hacer cuando nuestros diferentes departamentos se unen y trabajan en equipo. Aquí en Aalborg llevamos a cabo un excelente trabajo de colaboración con el CNI y estuvimos todos remando en la misma dirección. Es...

—Pero ¿de qué mierda está hablando? ¡Si el CNI bajó las persianas! —gruñó Grube, sacudiendo la cabeza.

—... es por eso que mi agradecimiento más especial es para el jefe del CNI, Axel Mossman, quien está hoy también aquí, con nosotros: gracias, Axel —continuó Bøjlesen, aún desde lo alto del podio.

Tras un breve respiro, el hombre tomó aire de nuevo y soltó una noticia inesperada:

—Llegados a este punto, me parece de recibo confesar que un colaborador «externo», por llamarlo de algún modo, alguien de quien en una etapa temprana de la investigación llegamos a pensar que era el culpable, también nos ha sido de enorme ayuda. Hace muchos años tuve el placer de ser el jefe de este hombre, antes de que él decidiera seguir otra carrera. Normalmente no damos premios a nuestra propia gente, pero hoy me gustaría...

Oxen no daba crédito a lo que estaba oyendo. Se refugió en la pared, pasó junto a tres o cuatro desconocidos, y salió de la sala por una de las puertas que estaban abiertas.

–... hacer una excepción, y por eso he comprado unas botellas de vino tinto que me gustaría entregarle. Por favor, Niels Oxen, si fuera tan amable de acercarse al estrado para que todos podamos...

Oxen corrió por el pasillo y se precipitó escaleras abajo.

–... felicitarlo y darle las gracias... ¡Un gran aplauso, por favor!

Bajó varios escalones a la vez. La voz nasal de Bøjlesen aún se oía por el altavoz.

–Niels Oxen, ¿sería tan amable de acercarse al estrado? Por lo que sé, debería estar aquí hoy, ¿verdad? ¿Oxen? ¿Alguien ha visto a Niels Oxen?

66

Era una perezosa tarde de junio. Se detuvo en una encrucijada de señales de tráfico descoloridas, justo al llegar al final de la pequeña calle lateral. Se sentó en el suelo y se sacó la gorra.

El sol de la tarde se posaba sobre todas las cosas, como una piel dorada, y arrojaba largas sombras sobre los campos. El viento, que había azotado Aalborg cuando se encontró con Margrethe Franck en el estacionamiento, se había diluido.

Habían pasado seis horas desde que salió de la comisaría. Impulsado por su miedo a las multitudes y ahuyentado por la hipocresía del jefe de policía, con el que no quería tener nada que ver y con el que había alcanzado niveles que no creía posibles, se había abalanzado sobre el primer taxi y había tomado el camino más rápido posible hacia el hotel.

Allí se sentó en el escritorio y trató de escribir una carta a Franck, pero simplemente no pudo. Después de tres intentos inútiles, se guardó los papeles arrugados en el bolsillo y se contentó con: «Querida Margrethe: Lo siento».

Luego cogió la mochila con sus pertenencias y el dinero de Mossman, y se marchó de allí, dejando la puerta de la habitación entreabierta para que ella pudiera encontrar su mensaje.

Con el brazo izquierdo en el cabestrillo, pero por lo demás bastante entero. Simplemente, se fue. Anduvo por el bosque del Rold, cruzó prados y campos, y se movió por los caminos más estrechos que pudo encontrar.

Lo cierto es que tenía todos los motivos del mundo para estar preocupado. En ese momento, el CD con la copia del vídeo se encontraba en el taller de L. T. Fritsen, en Amager. El asunto del correo automático no había sido más que un farol, pero había sido necesario para que lo dejaran en paz.

Se había pasado días enteros preguntándose cómo había sido posible que el Danehof del Norte hubiera caído tan repentinamente, y dónde estarían el Danehof del Sur y el del Este. Un total de cuarenta y cinco miembros, distribuidos por todo el país. Dado que él conocía la identidad de los quince que pertenecían a la División del Norte, la pregunta que le había estado rompiendo la cabeza era quiénes serían los otros treinta individuos que formaban esa élite medieval del poder.

¿Qué tipo de personas eran? ¿Eran también de las que alargaban las manos en las estanterías a la búsqueda de los productos más frescos que siempre quedaban atrás? ¿Y no había nadie entre ellos a quien le temblara el pulso al pensar, por ejemplo, en el destino del antiguo director de banco?

Aquello no fue más que un asesinato premeditado. Y no había sido el primero, si él había interpretado correctamente los informes anuales. De hecho, si Axel Mossman había dicho la verdad, el jefe del CNI hasta debió de presenciarlo él mismo: «Danehof», escrito con la sangre de un anciano moribundo.

Oxen había pensado en lo aterrador que era que alguien pudiera tener tanto poder como para cambiar, o borrar, la realidad. Y en lo grotesco que era que el ministro de Justicia fuera el primero en saltársela. ¿Cómo podía haber llegado tan lejos?

Aun así... Con cada kilómetro que iba dejando atrás, y pese a ir sintiéndose cada vez más ligero, sabía que, simplemente, estaba llegando a la próxima encrucijada. Que al día siguiente volvería a salir el sol y la realidad regresaría con todo su horror. Que lo que estaba haciendo no era más que una «retirada ordenada», pero que el enemigo aún seguía allí.

Los pájaros cantaban en el seto cercano. El grano brillaba bajo los últimos rayos del sol, y algunos animales paseaban perezosamente por el pasto.

Los nombres de los lugares en las señales de tráfico no le decían nada.

–Bueno, Señor White, viejo amigo, ¿adónde prefieres ir? ¿A la derecha, a la izquierda o recto?

No sabía a quién acudir ni adónde ir. Solo sabía que estaba muy al norte, por lo que ir hacia el sur era lo único que parecía razonable.

Epílogo

S oy un periodista de profesión. Tal vez sea este el motivo por el que me gusta averiguar si la ficción esconde algo de realidad. Y si es así, dónde. Para quienes tengan la misma necesidad que yo:

La historia del castillo de Nørlund se corresponde a las descripciones que yo poseía, pero lo cierto es que nunca ha pertenecido a una familia apellidada Corfitzen. El castillo es hoy en día propiedad del Fondo Nørlund.

La Cruz al Valor es efectivamente el más alto reconocimiento militar de Dinamarca, que se otorga por un servicio extraordinario. De hecho, se otorgó por primera y única vez el 18 de noviembre de 2011. La reina Margarita hizo entrega de esa cruz al sargento Casper Westphalen Mathiesen.

El Danehof de Nyborg existió en realidad. He tratado de contar su historia en pocas palabras. A pesar de su única y fascinante posición de poder en la Edad Media, el Danehof ocupa un lugar sorprendentemente modesto en los libros de historia.

Los acontecimientos que llevaron a la muerte de Bo «Bosse» Hansen durante la ofensiva del Ejército Nacional Croata son invención mía, pero se basan en las circunstancias en las que murió el sargento Claus Gamborg, que fue el primer soldado danés de la ONU en morir en una batalla abierta, el 4 de agosto de 1995. Gamborg fue póstumamente honrado por su valentía.

He querido ubicar ficción y realidad exactamente en este punto para poder retratar los horrores de la guerra de los Balcanes en breves instantáneas.

A lo largo de los años, se ha debatido mucho sobre el fallecimiento de Gamborg y las críticas a las decisiones que condujeron a su muerte. A diferencia de mi historia, en su caso nunca se habló de una comisión de investigación.

Jens Henrik Jensen

Esta primera edición de *Oxen. La primera víctima*,
de Jens Henrik Jensen, se terminó de imprimir
en *Grafica Veneta S.p.A. di Trebaseleghe* (PD)
de Italia en abril de 2019. Para la composición
del texto se ha utilizado la tipografía Sabon
diseñada por Jan Tschichold en 1964.

Duomo ediciones es una empresa comprometida
con el medio ambiente. El papel utilizado para
la impresión de este libro procede de bosques
gestionados sosteniblemente.

PEFC

PEFC/18-31-226

Este libro está impreso con el sol. La energía
que ha hecho posible su impresión procede
exclusivamente de paneles solares.
Grafica Veneta es la primera imprenta
en el mundo que no utiliza carbón.

Questo libro è stampato col sole

Azienda carbon-free

PRÓXIMAMENTE, DOS NUEVOS TITULOS

DE LA SERIE *OXEN*

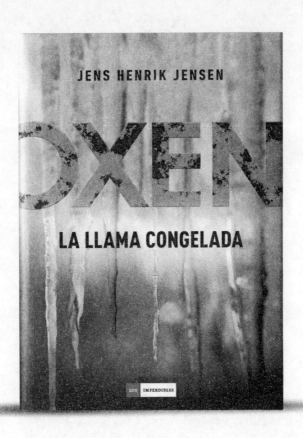